大唐婉儿

（上）

上官晓梅　著

中国文联出版社
http://www.clapnet.cn

图书在版编目（CIP）数据

大唐婉儿 / 上官晓梅著. -- 北京：中国文联出版
社，2024.3
ISBN 978－7－5190－5472－4

Ⅰ.①大… Ⅱ.①上… Ⅲ.①长篇小说—中国—当代
Ⅳ.①I247.5

中国国家版本馆 CIP 数据核字（2024）第 060598 号

著　　者　上官晓梅
责任编辑　王　斐
责任校对　贾　丹
装帧设计　中联华文

出版发行　中国文联出版社
地　　址　北京市朝阳区农展馆南里 10 号　　　　邮编　100125
电　　话　010－85923025（发行部）　　　　85923091（总编室）
经　　销　全国新华书店等
印　　刷　三河市华东印刷有限公司

开　　本　710 毫米×1000 毫米　　1/16
印　　张　50.25
字　　数　792 千字
版　　次　2024 年 3 月第 1 版第 1 次印刷
定　　价　198.00 元（全二册）

彩书怨

叶下洞庭初，思君万里馀。
露浓香被冷，月落锦屏虚。
欲奏江南曲，贪封蓟北书。
书中无别意，惟怅久离居。

上官婉儿作

序

杨少衡

　　那一年，上官晓梅告诉我，她正在创作一部长篇小说，写的是唐代著名人物上官婉儿。我相当惊讶，问她为什么想要写这样的作品？之所以惊讶，可能出于一种时空距离感。上官晓梅生活、工作于祖国东南名城福建邵武，她要写的这位历史人物祖籍陇西，于一千三百多年前活跃于盛唐都城长安。我下意识里有一种感觉，这样的人物和题材，恐怕更能触动生活于西北地区的作者，为什么一千多年之后数千里之外的上官晓梅也有如此兴趣？记得当时她说："上官婉儿是我祖姑，从宋朝开始被冤枉了几百年，现在她的墓志铭出土了，我又得天独厚地掌握了《上官氏家谱》第一手资料，所以我要写这本书。"

　　在读到《大唐婉儿》书稿之前，我对上官晓梅的创作风格还算了解，曾读过她发表在《福建文学》刊物上的小说，记得都属现实题材的范畴。大约十年前，曾看过她发给我的一个未完稿的长篇小说和微型小说《不许偷窥》。微型小说写的是一对男女从两小无猜到共同生活的经历，短短千余字，以一个特殊角度囊括了两人的大半生，亦把时代变迁包含其中。当时印象很深，我发现她对生活有自己独特的视角，在小说里表现得游刃有余。所以一听说她要写那么一位历史人物，起初略为吃惊，但细想起来又觉得不奇怪了。姓氏对她的选择肯定有一定影响，自己家族姓氏中曾经有过的著名优秀人物，总是让人感觉亲切。但是除了姓氏，上官晓梅与她要表现的这位历史人物应当还有更多的关联。首先，她们都是女性，上官婉儿是中国历史上不多见的，只有在盛唐那种恢宏背景下才可能出现的女性精英，更多地会让同为女性的上官晓梅感佩与共鸣。其次，在文学方面都有造诣。上官晓梅是位作家，她写的上官婉儿除了是著名的政治强人，曾推波助澜甚至引领那个时代汹涌诡谲的政治波涛，在唐代政治史上留下深深的痕迹之外，还是一位著名的文学人物。她曾以其政治地位和影响设立修文馆，开展文化活动，主持风雅，品评诗文，奖掖文人。其本人的诗歌创作承其祖父上官仪之风，祖孙俩笔下"绮错婉媚"的"上官体"影响一代文坛，成为当时主流。她本人"才华绝代而创作丰赡"，在开拓唐代园林山水诗题材方面多有贡献，被称为一代词宗，留有《唐昭容上官氏文集》二十卷（已散佚），《全唐诗》收有其名篇《彩书怨》等三十二首诗。以一位女子身份影响一代文风，成为当时文学标志者和引领者，这在中国古代文学史上实为罕见。正是这样一位前辈才女打动了上官晓梅，才有了我们读到的这一部长篇小说。

我觉得《大唐婉儿》非常值得一读。历史上那位真实女性的传奇经历与故事，她与当年那批风云人物所纵横其间的壮阔历史画卷，以及其闪耀于中国文学灿烂星空中的卓越才华，为这部长篇小说提供了厚实基础。小说作者上官晓梅在描绘历史、刻画人物中深思熟虑，饱含情感，匠心独运，以生动细腻的文字把一千多年前的人物与生活形象地再现于我们面前，给我们一个与历史教科书有别的文学作品，使这部长篇小说感染力丰沛，格外耐读。

比之现实题材小说，历史题材特别是描写特定历史人物的长篇小说无疑有其表现难度。一方面，必须立足于丰富的资料占有，符合各历史事件的本来面目与真实状况；另一方面，又必须加入大量生活细节和情节想象，让历史典籍中的寥寥数语化成生动鲜活的故事。上官晓梅为此付出巨大努力，《大唐婉儿》做得相当成功。以我感觉，有三个方面特别值得肯定：

一是其立意。作为一个政治人物，上官婉儿活跃于唐代从武则天到李显、韦后、李隆基时期，作为当年许多重大政治事变的参与者甚至掌控者，当时及后人对她的评价不免有所分歧，特别是《旧唐书》《新唐书》等正史中较多地体现了她的负面形象。我注意到，有当代学者做过分析，指出与上官婉儿同时代的文人，如张说、武平一等对她评价很高，"可以肯定上官婉儿在当时的评价远高于后代史书中，这种差异可能在于后代史官对女性参与政事的抨击"。我觉得这一分析客观而精到。上官晓梅在小说中塑造上官婉儿这个人物形象时，以什么来回应史料中对她的主人公的不同评价？作者从正史、《上官氏家谱》等史籍记载中追索背景，发掘精神内涵，形成了自己的认识，在小说里加以充分表现。特别是着重使用迟至 2013 年才发现的上官婉儿墓中《上官婉儿墓志铭》提供的颠覆了以往记载的史料，把上官婉儿为阻止韦后立安乐公主为皇太女，喝下毒酒以死相谏的事迹浓墨重彩，描绘得淋漓尽致，以此突出了小说主人公的基调，同时也是作者为这部作品确定的立意，那就是作者自己概括的："彰显唐代千古奇女子上官婉儿的胸襟境界，国家利益高于一切，江山社稷为大，黎民百姓为上。"这样的立意使小说主人公既是当年那位历史人物，又是作者倾情塑造的文学形象，以此超脱于历来各种评价之上，也使一部历史题材长篇小说有了浓厚的现实意义。

二是其艺术表现。特别值得注意的是，这部作品结构完整，脉络清晰。它以时间为轴，以小说主人公的遭际与思想形成脉络，以各重要事件作为主要描绘节点构架而成。全书分上、中、下三篇。上篇从上官婉儿出生前夕起笔，明线写其家庭变故，实表现上官氏家族渊源与传统，为未来上官婉儿的成长做铺垫。其中突出描绘上官婉儿与母亲在掖庭逆境中的一段苦难岁月，表现出苦难对于她而言是财富，使童年的上官婉儿坚强、隐忍、苦学，最终迎来命运的转折，凭才华和胆识获得武则天赏识，亦为顾全大局忍痛割爱。中篇从上官婉儿十三岁入才人写到神龙政变。这是她跟随武则天游走于最高政治权力中心历练的二十八年，她从一个懵懂少女，逐渐成长为一个忧国忧民的优秀政治家，特别是围绕保唐兴国，利用自己的特殊身份，与武承嗣和来俊臣势力斗智斗勇。几经沉浮，几度生死，让她彻悟人生真谛。下篇从神龙政变到唐龙政变，表现上官婉儿捍卫大唐，与韦后斗争，甚至以命相搏。在中宗皇帝突然驾崩后，上官婉儿与太平公主及李隆基里应外合，挫败韦后的女皇梦，拯救了大唐王朝，自己却慨然赴死。通过精心构架，作者将纷繁归为一统，突出了主旨，让读者能清晰地了解那段历史，深入认知与领悟。作品中的大量细节描绘，让人印象深刻。例如上官婉儿出生时的接生婆事件，写得波澜起伏，险象环生。我相信这样的事情不太可能记录在典籍里，有可能在传说中，更可能出自作者出色的想象能力。全书中类似描写有很多，众多重大事件与人物形象通过大量细节变得有声有色，可触可感。另外还有语言，作者使用平实规范的当代文学语言完成这部作品，也注意融入往昔语言的一些元素，处理得比较妥帖，读来顺畅没有障碍感，表现出作者在语言方面的努力与成效。

　　三是其创作态度。以我印象，上官晓梅以往的小说创作以短篇为主，《大唐婉儿》是她的第一部长篇小说。首部长篇出手不凡，一写五十余万字，厚厚重重一大本。其实这只是最后呈现的状态，早在此前三年多，她就曾把部分书稿传给我阅读，记得当时她告诉我，初稿写了七十余万字，让我很意外。近几年她几易书稿，反复斟酌，提炼压缩，竟砍去原稿近二十万字，这非常不容易，也表明她一直在精益求精。上官晓梅在这部长篇小说上花的时间相当长，所谓"十年磨一剑"，从萌生创作意愿到现在出版，为时恐怕只多不少。这些年里她收集各方资料，在上官氏千年传承下来的家谱中寻找点点滴滴，反复构思，潜心创作，拿出这么厚重的一部历史长篇小说呈现给读者，其工程之浩大，付出心血之巨大可以想见。作为一个一边工作一边从事创作的小说作者，殊为难得。

　　因此，特别期待上官晓梅以这部长篇小说为新起点，踏上自己文学之旅的新高峰。

2022 年 4 月 13 日于厦门

注：杨少衡老师为原福建省作协主席，著名小说家。

上官婉儿墓志铭

一、墓志盖

二、墓志铭拓片

三、墓志铭全文

夫道之妙者,乾坤得之而为形质;气之精者,造化取之而为识用。挺埴陶铸,合散消息,不可备之于人。备之于人矣,则光前绝后,千载其一。

婕妤姓上官,陇西上邽人也,其先高阳氏之后,子为楚上官大夫,因生得姓之相继。女为汉昭帝皇后,富贵勋庸之不绝。曾祖弘,随(隋)藤(腾)王府记室参军、襄州总管府属、华州长史、会稽郡赞持、尚书比部郎中。与谷城公吐万绪平江南,授通议大夫。学备五车,文穷三变。曳裾入侍,载清长坂之衣冠;仗剑出征,一扫平江之氛祲。

祖仪,皇朝晋府参军、东阁祭酒、弘文馆学士、给事中、太子洗马、中书舍人、秘书少监、银青光禄大夫、行中书侍郎、同中书门下三品,赠中书令、秦州都督、上柱国、楚国公,食邑三千户。波涛海运,崖岸山高;为木则揉作良弓,为铁则砺成利剑;采摭殚于糟粕,一令典籍困穷;错综极于烟霞,载使文章全盛。至于跨蹑簪笏,谋猷庙堂,以石投水而高视,以梅和羹而独步,宫寮府佐,问望相趋;麟阁龙楼,辉光递袭。富不期侈,贵不易交。生有令名,天书满于华屋;没有遗爱,玺诰及于穷泉。

父庭芝，左千牛，周王（李显）府属。人物本源，士流冠冕。宸极以侍奉为重，道在腹心；王庭以吐纳为先，事资喉舌。落落万寻之树，方振国风；昂昂千里之驹，始光人望。属楚国公数奇运否，解印褰裳，近辞金阙之前，远窜石门之外，并从流迸，同以忧卒。赠黄门侍郎（西台侍郎、同东西台三品）、天水郡开国公，食邑三千户。访以荒陬，无复藤城之檿；藏之秘府，空余竹简之书。

婕妤，懿淑天资，贤明神助。诗书为苑囿，捃拾得其菁华；翰墨为机杼，组织成其锦绣。年十三为才人，该通备于龙蛇，应卒逾于星火。先皇拨乱反正，除旧布新，救人疾苦，绍天明命。神龙元年，册为昭容。以韦氏侮弄国权，摇动皇极，贼臣递构，欲立爱女为储；爱女潜谋，欲以贼臣为党。昭容泣血极谏，扣心竭诚，乞降纶言，将除蔓草。先帝自存宽厚，为掩瑕疵；昭容觉事不行，计无所出。上之，请擿伏而理，言且莫从；中之，请辞位而退，制未之许；次之，请落发而出，卒为挫衄；下之，请饮鸩而死，几至颠坠。

先帝惜其才用，慜以坚贞，广求入膝之医，才救悬丝之命。屡移朏魄，始就痊平。表请退为婕妤，再三方许。暨宫车晏驾，土宇衔哀。政出后宫，思屠害黎庶；事连外戚，欲倾覆宗社。皇太子冲规参圣，上智伐谋，既先天不违，亦后天斯应，拯皇基于倾覆，安帝道于艰虞。

昭容居安以危，处险以泰。且陪清禁，委运于乾坤之间；遽冒铦锋，亡身于仓卒之际。时春秋四十七。皇鉴昭临，圣慈轸悼，爰造制命，礼葬赠官。太平公主哀伤，赙赠绢五百匹，遣使吊祭，词旨绸缪。以大唐景云元年八月二十四日，窆于雍州咸阳县茂道乡洪渎原，礼也！龟龙八卦，与红颜而并销，金石五声，随白骨而俱葬。

其词曰：
巨阀鸿勋，长源远系。冠冕交袭，公侯相继。
爰诞贤明，是光锋锐。宫闱以得，若合符契。【其一】
潇湘水断，宛委山倾。珠沉圆折，玉碎连城。
甫瞻松槚，静听坟茔。千年万岁，椒花颂声。【其二】

（来源网络）

上官婉儿颂

官兰贞

涂云纵笔才横溢，大略雄谋傲凤钗。
绝代女英存义魄，倾城美誉祭忠骸。
上官诗体精承引，吏事宫规巧理排。
爱国忧民呕沥血，婉儿功绩岂能埋。

目　录
CONTENTS

上　篇

中　篇

上　篇

第一章　双喜临门欢天喜
积善之家有余庆

一

李治帝满面春风高坐在金銮殿上，他目光往下扫去，文武百官济济一堂，不禁眼里升腾起鄙夷，但又有一丝欣慰。他鄙夷那些只会拿俸禄，关键时候却贪生怕死之官，他欣慰朝廷幸好有上官仪这样忠君不二的臣子。这回自己与皇后武则天斗法，若没有宰相上官仪力挺亲赴濮州抗疫为自己解忧排难，只怕又要让武则天占去上风。

上官仪，字游韶，陕州陕县人，性格率真，直言不讳。擅长诗歌，辞藻绮错婉媚，风靡初唐，世人称之为上官体诗。十九岁登进士及第，历任弘文馆直学士、秘书郎、起居郎、秘书少监、太子中舍人。龙朔二年（662）拜相，授西台侍郎同东西台三品。

自唐太宗李世民起就十分欣赏上官仪的文采，每属文必遣仪视稿，每宴必召上官仪，上官仪的仕途走得扶摇直上。李世民驾崩李治继位，李治对上官仪的欣赏有过之而无不及。李治先后擢上官仪秘书少监、太子中舍人、中书侍郎、西台侍郎、东西台门下省三品（宰相）。

"王伏胜宣旨！"李治居高临下一声宣旨，大殿立刻鸦雀无声。

"遵旨！"王伏胜立刻应声道，而后弯腰低眉，双手微微举过头顶从皇帝手中接过圣旨，再保持弯腰姿势缓缓转过身，当面朝大臣时再挺直身子。

王伏胜表情庄严，缓缓展开圣旨而后高声唱读：

"皇帝诏曰，西台侍郎、同东西台三品上官仪，怜天下苍生，弃个人安危，濮州抗疫有功，赐食邑七百，白银五百，骏马一匹，钦此！"

"臣叩谢隆恩！但臣惶恐！"上官仪慌忙跪拜谢恩。

"抗疫乃臣子的本分，凯旋乃托陛下洪福，臣岂敢贪功受赏……"上官仪婉言推辞封赏。

"仪爱卿，是嫌朕赏赐得少了吗？"李治故意歪曲沉下脸喝问。

"臣不敢！"上官仪立刻把头叩得更低。

"那就是要抗旨咯？"李治又故意沉声问。

"陛下！臣万万不敢！臣领旨谢恩！"上官仪只得受赏。

"这就好，众爱卿，有本奏来，无本退朝！"李治帝像是怕上官仪这头犟驴再说出什么谢绝的理由来而匆忙宣布退朝。

二

退朝后给事中刘仁轨、右相刘祥道、中书舍人杨武左、武卫大将军苏定方等一群大臣纷纷围拢上去向上官仪道贺，上官仪的亲家御史中丞郑崇素最后一个上前，他由衷地祝贺上官仪平安而归。

唯有宰相李义府和中书令许敬宗一言不发擦身而过。

"瞧见没有？得志啊！嗯瑟啊！"李义府追上许敬宗说风凉话。

"瞧见什么？老夫什么都没瞧见！"许敬宗一副淡然的样子，嘴里还哼哼着小曲。

"许公，可以呀，站着看人吃肉不忧反乐是何道理啊？"李义府见许敬宗不忧反乐实在有些费解。

"肉鲜味美，人人欲食之，食之者自然乐不思蜀，然，不见得人人都能消化，要是消化不了，那是要拉肚子的！"许敬宗一通老谋深算的话说完便要策马而去。

"愚弟肤浅，还请许公明示！"李义府拦下许敬宗纳首作揖请求明示。

"汝没见上官仪眼里只有皇帝没有皇后吗？当今的皇后与吕雉比，有过之而无不及，眼中没她的人只怕都是那短命的鬼呀！"许敬宗的后半句"都是那短命的鬼"是用唱腔唱的。

但李义府却不苟同。

"世事难料啊，许公此回恐怕要失算了！"李义府忽然神秘一笑卖起了关子。

"哦？怎讲？愚兄愿听高见！"这回轮到许敬宗一头雾水向李义府讨教。

"他眼里没有皇后，可皇后眼里有他呀！"李义府贴着许敬宗的耳根说。

"汝是说皇后爱上他？"许敬宗脱口而出，可话一出口就知失言了。

"这可是许大人说的哦，余可什么都没说。"李义府可不是省油的灯，立刻揪了许敬宗的小辫子猪八戒反打一耙。

"看我这嘴……"许敬宗无奈，只得轻轻扇了自己一个嘴巴。

李义府却又哈哈笑了说："许公不必惊慌，下官什么都没听见！只是羡煞那小子走大桃花运啊！怕是不出一年老兄你的中书令都是他的了。"

李义府一方面是酸溜溜的吃醋，另一方面是激将挑唆，他希望借许敬宗之手干掉既是政敌，在他看来又是情敌的上官仪。

"走桃花运！这可是李大人说的哦！"许敬宗立刻反将李义府一军。两人不觉面面相觑，继而相视大笑。

"圣人皆曰物极必反，月满则亏！不妨我们打个赌，老朽认为不出一年上官仪必人头落地！"许敬宗笑毕说。

"成！若是愚弟输，定给仁兄牵马脱靴搓脚丫子。"李义府暗暗高兴，心想我要的就是这个。

"若是老夫输，定为汝搓背挠痒痒！"许敬宗笑着说。

"一言为定！"

两人击掌为誓，而后各自上马离去。

三

"仪仁兄，恭喜平安归来！"亲家郑崇素待恭贺的人都散去后，最后一个迎上前拥抱。

郑崇素，御史中丞，初唐七大姓氏之一，性格清高，从不苟同，与上官仪甚是投缘。他俩是棋友兼茶友，后又把掌上明珠郑钰瑶许配给上官仪的长子上官庭芝为妻，两人又多了一层亲家关系。

郑崇素虽然与上官仪结成亲家，但两人还是习惯称兄道弟。

"放心，愚兄的诗还没写完，阎王爷是不敢要我的！"上官仪哈哈一笑说。

"亏你还笑得出来，抗疫那是九死一生的差事，一家人都为你担心死了！"郑崇素言语中带有埋怨。

"为臣子的就当如此！如果人人都贪生怕死，那国将不国啊！"上官仪不以为然。

"理是这么个理，可你是宰相，没必要事必躬亲嘛！"郑崇素有郑崇素的理。

"非也！宰相更应该身先士卒！有句话叫什么来着？我不下地狱谁下地狱！"上官仪朗朗一笑，那神情好像千斤重担压着也没什么。

"好了，汝是倔驴，吾历来争不过你，总之回来就好！"郑崇素说着轻捶了一下上官仪，这一拳饱含着多少关切和友谊！

"吾说过，在下诗还没写完，阎王爷是不敢要老朽的！只是离家有些时日了，家里可都好？"上官仪走了几个月心里难免惦记着家。

"仁兄也会惦记家呀！"郑崇素的言语中又有埋怨。这也难怪郑崇素，因为上官仪回京没顾上回家就直奔朝堂。

"今日不是正好赶上朝日，就直接赶来复命来了，交完差不是就可以安心回家吗！"上官仪也明白郑崇素的埋怨，便解释道。

"反正你都有理！放心，有杨太太在，家里一切都好！……"郑崇素说着忽然心像被什么刺了一下，随即眉头也微微皱起。

"怎么？出什么事了吗？"上官仪的心一下子就提了起来。

"都说了一切平安！"郑崇素说。

"贤弟，你瞒不过愚兄，刚才你的神情泄了密，快说家里出什么事了？"上官仪很是着急。

"真没出事，仁兄切莫着急上火，刚才愚弟只是想起钰儿……唉！"郑崇素说着便叹了一声。

郑崇素说的钰儿便是自己的宝贝千金郑钰瑶，上官仪之儿媳，上官庭芝之妻郑氏。

她七岁能诗，琴棋书画无所不通，十五岁那年皇家晦日梅园诗会，她的三首吟梅令人刮目相看，其中《奉和晦日古梅》一举夺魁，武则天赐她长安才女，并赐与上官庭芝完婚。婚后郑钰瑶与夫君上官庭芝恩爱有加，上官仪和杨太太也十分喜欢疼爱这个知书达礼的儿媳，但美中不足，婚后多年尚未有育。与他们同年完婚的弟弟上官庭璋已有三个男孩，长子上官经野、次子上官经国、幼子上官经纬。

自古不孝有三，无后为大，郑崇素怎能不替女儿着急叹气呢！

"贤弟还是为钰儿不孕的事发愁吧？"上官仪问。

"正是！不孝有三，无后为大！要不还是叫庭芝纳房妾吧！"郑崇素叹着气说。

"这太委屈钰儿那孩子了！还是再等等吧，再说了我上官仪已经有三个孙子了，怎能说我无后呢！"上官仪极力宽慰郑崇素。

"可那毕竟都是庭璋的孩子……"郑崇素说。

"贤弟啊，我是看着钰儿长大的，她在愚兄心里既是儿媳又是女儿，她与庭芝又如胶似漆，若庭芝纳妾，她定以泪洗面，汝让愚兄如何忍心？再等两年吧，大不了就让庭璋过继一个给他们，也就这么大个事！"上官仪又一次拒绝了郑崇素的提议。

"贤弟也别老愁着这事，回吧，改日我们再好好对弈！"上官仪拍了拍亲家公的肩头以此表示安慰。

四

上官仪骑着一匹白马"嘚嘚"地往府邸赶。

"老爷回来啦……老爷回来啦……"郑氏的陪嫁丫鬟香芸远远看见便扯开嗓子嚷着，一阵风似地奔进屋子报讯。

郑钰瑶正斜靠在床上，上官庭芝一旁陪着。

原来早饭后，郑钰瑶突然阵阵直呕，请来郎中把脉，说是喜脉。这可把全家上下乐坏了，当然最高兴的人还是郑钰瑶自己。婚后多年不孕，眼见妯姻李慧已生下第三胎，她急得简直要疯了，情急之下亦多次劝夫君纳妾，怎奈上官庭芝每每一口回绝，且发誓即使夫人终生不育亦绝不纳妾！

"父亲回来了?!"庭芝起身一脸春风迎出大门。

"汝母亲呢?"上官仪第一句问的是自己的夫人杨太太。也难怪，每次下朝回家杨太太都是第一个迎接，然后亲手为他煮一壶热茶。

"母亲上祠堂烧香去了，钰儿她有喜了!"上官庭芝掩饰不住内心的喜悦。

"哦? 刚才你岳父还拦着为父，劝我给你纳妾呢。去，赶快给他老人家报喜去! 你岳父为你的事没少操心，你这小子也不知哪辈子修来的福，那会儿他们家的门槛都被媒婆子踏破，提亲的帖子装起来一大篓压死你，可钰儿偏偏就相中你!"上官仪像是喝了酒说醉话一样，一句东一句西地扯到几年前去。

"老爷说哪里话，儿媳惭愧! 其实是钰儿不知哪辈子修来的福，老爷和太太视钰儿为己出! 庭芝又是百般呵护，钰儿天天都像掉进蜜罐子一样呢!"郑钰瑶迎出来细声细语说。

"老爷，姑爷那过目不忘的本领亦是倾倒了整个长安城的姑娘呢! 姑爷和我们家小姐那是天生一对地造一双!"香芸倒是知道小姐的心思，替郑钰瑶狠夸了一番姑爷。

香芸说得一点不假。上官庭芝有过目不忘的本领。那日皇家诗会，武则天当场考上官庭芝的记忆，令他背诵曹植的《洛神赋》。洛神赋洋洋洒洒千言字，上官庭芝面无怯色，从容而背，李治帝和武则天都大为赏识，当即敕封左千牛，周王府属。那日他玉树临风，背诵《洛神赋》的洒脱样子，也着实迷倒了长安城一大片金枝玉叶。

……

"老爷加封食邑，钰儿有喜，算是双喜临门，挑个日子，老爷陪妾身去趟慈恩寺可否?"夜里杨太太对上官仪说。

"我也有些日子没去了，说起寺庙，又想起了恩师，一别就三十春秋有余，也不知他老人家好与不好!"上官仪的心绪一下子便飞进了童年。

他的童年与少年都是在寺庙与他的恩师青灯一盏相伴度过的。

上官仪的父亲上官弘，隋朝江都宫副监，隋大业十四年（618），上官弘被宇文化及党羽陈稜所杀，这年上官仪刚满十岁。混乱中，上官仪侥幸被父亲的亲信藏匿，后随他，也就是恩师隐居南方寺庙长大。贞观元年（627），恩师让他下山去找父亲的同人旧友扬州大都督府长史杨恭仁。

杨恭仁见上官仪一表人才又博览群书文采出众，不仅收下了他，还力荐他赴京科考。上官仪果然不负众望，一举高中榜眼。杨恭仁欣慰之下，将千金女儿许配于他。

上官仪不禁又想起恩师严厉又关爱的目光。

"恩师不是父亲却胜似父亲，多想再见他一面，让我好好报答他老人家的恩情啊！"上官仪对夫人感慨道。

"恩师是世外高人，妾身想，只要相公不辱没他的教诲，为国尽忠，为民尽道，就是对他老人家的最好报答！"杨太太安慰道。

"夫人说得极是，不愧为相门之女，下山临别时，恩师说的就是这番话，只要堂堂正正做人，为国尽忠，为民尽道，就是对他的最好报答！"

"恭喜相公，说明相公没有辱没恩师的教诲，否则定会来找老爷算账。"杨太太说。

"是这样的吗？"上官仪内心欣喜。

"一定是这样的！如果老爷有悖逆之为，我想恩师是会来惩罚徒弟的。"杨太太说。

"哦……如果是这样那就好！"上官仪长长地吐了一口气，困意不觉席卷而来。

"睡吧，在外奔波了几个月刚回来又累了一天……"杨太太心疼地帮上官仪掖了掖被头。

"的确是累了……老了……"上官仪确感疲惫，叨叨着自己老了，不觉便进入了梦乡。

第二章　亦幻亦真假且真
是梦非梦终缠身

一

夜里郑氏被噩梦惊醒，她梦见一个和尚送她一杆秤，待她要问个究竟时，和尚不见了，转身自己掉进了一个黑洞……

郑氏醒来已是一身冷汗，她摸了一把内衣，汗淋淋的，唔，谢天谢地幸亏是梦！她长长地嘘了一口气。

郑氏，名唤钰瑶，御史中丞郑崇素千金，上官仪儿媳，上官庭芝妻，此时她正身怀六甲。

"做噩梦了？"丈夫上官庭芝搂过郑氏。

"妾梦见一个和尚送我一杆老大的秤，悬在房顶上晃悠，那和尚好像还说什么来着……对了，说可称量天下，说完就不见了，我追上去想问个究竟，却一脚踏空掉进了一个黑洞，我在黑洞里拼命地喊你，再后来你叫醒了我……"郑钰瑶原原本本和盘托出梦境。

"可称量天下？有意思！"上官庭芝略有所思地琢磨着。

"称量天下者王也，难不成夫人怀的是帝王？"上官庭芝笑着脱口而出。

"夫君！此话传扬出去是会株连九族的！"郑钰瑶吓得一把捂住上官庭芝的嘴。

"看把夫人吓得！不过是夫妻床第间的玩笑罢了，哪里会传扬出去！"上官庭芝笑。

"亦不可！此话非同小可，关系到全家上下百口人性命！"郑钰瑶依然正色道，甚至有些生气。

"是，夫人提醒得极是！俗话说祸从口出，小心行得万年船！更何况朝中许敬宗、李义府之流正恨不能无中生有捏造父亲的罪名呢！"上官庭芝也意识到自己玩笑开过了。

"可不是，伴君如伴虎，尤其是当下，陛下与武后关系越来越僵，父亲大人又天性耿直，不擅长缝隙求生，夫君在外说话行事都得小心再小心才好，切不可连累了父亲！"郑钰瑶语重心长。

"夫人不说倒也罢，凡事我都循规蹈矩，哪里会连累父亲，倒是父亲那脾性，一头倔驴，怕是有朝一日要连累全家呢！"提起父亲上官仪庭芝不觉愁绪爬上心头。

"瞧你，还循规蹈矩呢，做儿子的怎可如此说父亲？"郑氏道。

"不是庭芝要这样说父亲，是庭芝替父亲担心啊！父亲总是拒武后于千里，武后可不是省油的灯，庭芝担心父亲这样下去要出大事的。"上官庭芝说着发出一声重重的长叹。

"宫里出什么事了吗？"郑钰瑶敏锐地嗅出了什么。

"韩国夫人死了！"上官庭芝说。

"韩国夫人死了？她不是武后的姐姐吗？"

"是又怎样！"上官庭芝又叹了一声。

"她的死与父亲有关吗？"郑钰瑶又一惊。

"无关。"

"既无关，为何说父亲会出大事？"

"夫人有所不知，韩国夫人是因和陛下好被武后杀死的，这以后陛下与武后的关系怕是要更僵，而父亲又不会左右逢源，我担心往后父亲怕是要把武后得罪个透！"上官庭芝为父亲上官仪捏着汗。

"是啊，父亲秉性又直又倔，要他唯唯诺诺地活，他情愿轰轰烈烈地死！的确令人担忧，母亲亦有所忧。"郑钰瑶很了解自己的公公上官仪，她打小就常听自己父亲唠叨过上官仪。

"可武后是得罪不起的！为了权力她会不择手段，当年为了夺皇后，不惜掐死自己襁褓中的女儿，今天为了争宠又不惜杀死自己的亲姐姐，父亲又算什么？一个臣子而已，到时随便构陷一个罪名怕是比捏死一只蚂蚁还容易！"

上官庭芝絮絮叨叨只顾着自己长吁短叹，一句一个哀叹！却忘了郑钰瑶是有孕之身受不得这般惊吓和刺激。

郑钰瑶听得心惊肉跳，手脚发凉，不觉肚子里的孩子乱踢腾起来，紧接着小腿一阵抽筋……她疼得忍不住"唉咳唉咳"地哼。

"夫人怎么了？"

"我腿肚子抽筋得紧……快帮我揉揉……"郑钰瑶疼得龇牙咧嘴，把个上官庭芝吓得慌了手脚。

"是夫君不好，无端胡说八道把夫人给吓着了！"上官庭芝一边为夫人揉搓一边自责。

其实上官庭芝说的郑氏何尝不知，只是灯不拨不亮而已。

"不怪夫君，夫君不说妾心里也有数，母亲亦担心着呢，也一直劝着。"郑钰瑶说。

"也许是我们杞人忧天吧，父亲入朝已三十余载，从年轻时起就不断有人预言父亲会死在耿直上，可父亲呢，却因耿直忠言受到两代君王的器重，如今已是一人之下万人之上的宰相。"上官庭芝再不敢说那些危言耸听的话，而是专挑能安慰的话说。

"历史上也不是所有的忠臣都死于非命，远的不说，近的就有魏徵，他敢言比父亲有过之而无不及，可他不但善始善终还留得一世清名！"上官庭芝继续安慰夫人。

"此一时彼一时，夫君也不必安慰妾，若真有那一天，只要能和夫君在一起，死又何惧，就是舍不得我们的孩子！"郑钰瑶说着又情不自禁地叹了一声。

"放心吧，不会有那一天的！积善之家，必有余庆！母亲她一生吃斋念佛行善积德，佛祖会保佑我们一家平安的！"上官庭芝继续安慰夫人，再不敢说惊吓夫人的话。

"嗯，是福不是祸，是祸躲不过，睡吧，明天你还要伴周王早朝呢！"

"嗯，睡！"

郑钰瑶偎依在庭芝怀里，庭芝搂着夫人，可谁也无睡意。上官庭芝在心里想，"假如有那一天，你一定要照顾好我们的孩子！"郑钰瑶在心里想，"假如有那一天，假如我不能陪你一起走，我一定会照顾好我们的孩子！"

二

早饭后，杨太太惯例去祠堂烧香念经，这是她每天必做的功课。烧完香转回府邸，郑钰瑶就第一时间给太太沏上茶，这仿佛是郑钰瑶每天必做的功课。

杨太太从祠堂回来习惯坐在客厅的靠背椅上歇息，等媳妇给她沏茶，这仿佛成了杨太太的一种享受。

一阵穿堂风拂过，也不知怎的，兴许是昨夜没睡好，兴许是凉爽的秋风催人入眠，杨太太不觉连连打着哈欠，迷迷糊糊就进入了梦乡。

入得梦乡，就见白皑皑的雪地里，盛开着一园子的梅花，朵朵艳艳生辉，一群女子在梅园雪地嬉笑打闹，杨太太甚是高兴，满面笑容迎上去要与那些女子搭话，可未待走近，那群嬉闹的女子纷纷朝杨太太奔去。

"给奶奶请安！"她们奔到杨太太面前便"扑通扑通"跪下请安，又"咯咯"地笑着。

杨太太乐得合不拢嘴，从腰间掏出红包，一个一个地递上。

"别闹了，都退下吧。"突然有个声音仿佛从空中飘来。

"仙子姐姐好！"那群女子招呼着又"咯咯"笑着一哄而散。

杨太太循声望去，并未见到发声的女子，她正东张西望寻找时，又听见空中飘来一个声音。

"奶奶，让您久等了，孙女在这里给奶奶磕头谢罪！"

杨太太只觉眼前一片亮光，一阵芳香，面前就飘落下一个艳艳生辉的女子，此女子一身白素，如玉簪花般洁白清新，定睛细看，女子面若皎月，目如清泉，齿如白雪，发如泼墨，唇似红梅，张口闭目举手投足皆是一种美，娇媚动人到极致；深邃的目光中依稀透出一股势不可当的睿智，真个是可人到心尖的女子。

此女子口口声声叫杨太太奶奶。杨太太先是乐得手舞足蹈，继而流出泪说:"我的好孙女,你怎么才来呀,想死奶奶了,你看,奶奶这满头的白发都是想孙女想的。"

杨太太伸手去搀扶跪在雪地上的女子,可她手臂一挥,脚一踢,一个惊吓,醒了。

醒来的杨太太又是揉眼又是甩脑袋。

"做梦了?"郑钰瑶上前问。

"刚才你都在这儿吗?"杨太太问。

"嗯,不曾离开。"郑钰瑶说。

"那你听见我说什么了吗?"

"不曾听清,就听见娘阵阵发笑。"

杨太太听媳妇一说,又哈哈笑了起来。"咳,人老了真不中用,瞧,这大白天的就犯困,还做白日梦!"杨太太笑着说。

"娘哪里老了,兴许是起早了,我母亲都说娘越活越年轻哩!"郑钰瑶一边沏茶一边说。

"我看太太也是越活越年轻哩,眼角一丝皱纹都没有,看,我俩同庚,我的皱纹可以夹死蚊子了!"杨太太的贴身佣人吴妈接了话题哈哈笑着说。

"你们呀,什么时候学会合起伙来拿我这个老太婆打趣了?越活越年轻?那还不成妖怪了!"杨太太笑得更欢。

说话间郑钰瑶沏来一杯热茶,杨太太接过茶呷了一口。

"不打趣了,和你们说说方才的怪梦。"杨太太有些神秘。

杨太太眉飞色舞,一边说梦一边开心得合不拢嘴。

杨太太又呷了一口茶。

"……那个女孩好像是从天上飘下来的,她喊我奶奶,还说来迟了,你说这梦怪也不怪?"

"怪,却又十分有趣!"郑钰瑶说。

"雪地,红梅盛开,你们说这是应着喜还是应着晦?"杨太太又问。

"瑞雪兆丰年!当然是应着喜了,说不定老爷下朝回来又升官加封了呢!"吴妈快人快语抢了说。

"梅开报春晓,此梦应该应着喜呢。"郑钰瑶答道。

"我待字闺中时,常溜进父亲的书房偷看《易经》、五行、《周公》解梦，这雪便是应了'冬'字。'冬'字文底两点水，水润文笔，想必是应了老爷的文采。"杨太太煞有介事地自己解起梦来。

"想不到娘还懂易经五行，娘真不愧是相门之女！"郑钰瑶一边惊讶一边思考着是不是把自己昨夜的梦让婆婆解一解呢。

"不值一提，也就一知半解自娱而已，当不得真。"杨太太呵呵笑着摆了摆手表示谦虚，完了继续解她的梦。

"梅花向来寓意女子，梦中女子又喊我奶奶，这应该是应了钰儿的孕喜！"杨太太说。

"若真是应验了梦，我倒是喜欢了那梦中的孙女！"杨太太只顾了开心，却没留意到郑钰瑶有心事。

郑钰瑶欲言又止，她还在忧虑是否和盘托出自己夜里的怪梦。

"好了，喜欢归喜欢，不过这第一胎嘛，最好还是男孩。"杨太太话一出口就觉失言，这话会给郑钰瑶压力。

杨太太下意识地看一眼媳妇，见她心事重重的样子连忙打圆场：

"别往心里去，我随便说说，男孩女孩我和老爷都喜欢！"

"哦，不是因为这个，是钰儿昨夜也做了一个怪梦……"郑钰瑶终究架不住好奇心的挠，她说出自己也做了一个怪梦。

"哦？这么巧？那说来听听。"杨太太倒是有兴趣了。

于是郑钰瑶把梦境和盘托出，但隐去了和尚那句"称量天下"。

杨太太听完早已喜笑颜开，拍着腿说："吉梦，吉梦，大吉梦！"

"哦？怎的就是吉梦？媳妇愚钝！"郑钰瑶说。

"那周公解梦也不过是三部曲，或曰直解，或曰反解，或曰曲解。钰儿梦中的景物一为屋、二为秤、三为和尚，屋可视为老爷，庇护一家老小不受风雨侵蚀；和尚送秤，视为佛门送子，这是应了钰儿的孕喜；秤，为栋梁之材，预示媳妇肚里怀的不是状元也是进士，故，大吉也！"杨太太煞有介事，俨然是个相士。

"那掉进了黑洞作何解？"郑钰瑶还是不放心梦中的黑洞。

杨太太略有所思，随之眉头皱紧。

"是不祥之兆？"郑钰瑶旋即拧紧了心。

"非也！方才不是说过吗，或直解，或反解，此处可做反解，与黑洞相反的便是光明了。"杨太太淡淡露了一个笑。

郑钰瑶见杨太太依旧是笑着,又听得那样一解,便重重舒了一口气,心头的石头终于落下,但她哪里知道,这最后一解是杨太太宽慰她的,其实杨太太心中另有一解。

"洞",门前三点水,"门前有水"寸步难行;"同",内为口,口上压着一,《易经》曰一画开天地,"一"可代表天子,故解曰:郁郁不得志,凶。"冂"字为半个囚,解曰暗藏杀机,恐有牢狱之灾;"同"字总解:祸从口出。

杨太太倒抽了一口凉气,她最担心的就是祸从口出!上官仪过于耿直,终有一天怕要祸从口出。

杨太太开始坐立不安,她悄悄叫栓福去接上早朝的上官仪。栓福不明白,老爷有丁贵候在宫外接,为何还叫自己去接?莫不是太太有意换下丁贵?若是这样自己要推辞,自己大字不识一斗,脑子又不灵光哪里配当老爷的跟班。栓福哪里知道,杨太太明着是去接人,实际上是放心不下要栓福前去打探消息,但她不能明说,免得人人不安,再说了毕竟是个梦。

第三章 十月怀胎终分娩
呱呱坠地绝代女

一

夜里，郑钰瑶熟睡的脸庞，渐渐被剧痛扭曲，终于，她被疼醒了。

她睁开眼，把手摸向隆起的肚子，可此时，疼痛似乎又消失了。是吃坏了东西闹肚子吗？她这样想。但，很快就否定了，因为她感到身体下部异样的潮湿，她虽无临盆经验，但直觉告诉她，她要临盆了。

即将做母亲的喜悦，爬上她的脸庞，占据了疼痛。这份喜悦已经来得太迟，她等待了太久。

又一阵疼痛袭来，郑钰瑶看看丈夫上官庭芝，他正轻微地打着鼾声，睡得正酣。

"庭芝，你醒醒。"郑钰瑶轻呼丈夫。

上官庭芝翻个身，把手挽住郑钰瑶，嘴里喃喃道："天就亮了吗？"说完他又呼哧呼哧地睡着了。

郑钰瑶看着夫君馋睡的样子，不觉露了一个笑。心想，算了，反正也没那么快生。听母亲说过，母亲生自己时痛了三天三夜才生下来，自己这才开始痛呢，何必深更半夜惊得鸡飞狗跳，搞得人人都睡不好觉？让他睡吧。郑钰瑶这样想着，便放弃叫醒上官庭芝。

又一阵抽筋似的疼痛牵引着她的全身，但她没有喊叫，她不动声色地躺着。疼痛很快又渐渐消失，她深深地吐了一口气，舒展了一下身心，而后蹑手蹑脚地起床。

她又蹑手蹑脚地走进偏房，打开马桶小解。

她坐在马桶上，忽然又一阵疼痛袭来，她感觉到比前几阵疼得更猛烈，背部像被人抽住了筋，越抽越紧，膀胱也一阵一阵针刺般电流击过般的疼痛。

疼痛一阵紧过一阵，她感到浑身冒冷汗，禁不住哼哼起来。

她想站起来，但感到困难，背部的筋被牵住，她无法伸直，但她努力使自己站起来，她要离开马桶。她担心万一此时孩子掉下来，小时候就听母亲说过有人不小心把孩子生在马桶里的故事。

她咬着牙，忍住痛，一点一点地站起，忽然，一阵热流从她的下身滚出，她吓得惊叫一声，不顾一切地站起来移开身子，但不知怎的，只感身子不听使唤，瞬间失去重心，模糊中只听"嘭"的一声响，便重重地摔倒在地……

"庭芝，庭芝……"她大声地喊，可疼痛使她发出的声音十分微弱，大声只是她的感官意识而已。

上官庭芝睡得正浓，郑钰瑶微弱的喊声，完全淹没在他的鼾声中。郑钰瑶想站起来，可怎么都站立不起来。

"庭芝……"郑钰瑶还在喊，回答她的依然是鼾声。

怎么办？她环顾四周，墙角有个瓷瓶，打翻它应该能惊醒夫君。

她爬过去，伸手要推倒梅瓶，可忽又舍不得了。这是庭芝送的生日礼物，每年梅花盛开时节，庭芝就漫山遍野去采野生梅花插在瓷瓶里，让整个屋子生机盎然没有冬的氛围。

又一阵疼痛袭来，郑钰瑶痛得瘫软成一团。

"庭芝……你快醒醒啊！"

回答她的依然是鼾声。郑钰瑶一咬牙推倒梅瓶。梅瓶"咣当"一声被砸破，寂静的屋子，寂静的夜，瞬间被一声巨响惊动……

"钰儿……"上官庭芝被惊醒，发现妻子不在，惊得一个翻身跳下床……

"庭芝……"郑钰瑶十分微弱地喊。

上官庭芝循着声音进到偏房，看见夫人躺在地上，吓得他冲过去一把将其抱起。

"钰儿你怎么啦？怎不叫醒我？"

"我肚子疼得厉害，许是要生了。"郑钰瑶微弱地笑着说。

"我叫母亲去。"上官庭芝把夫人抱到床上转身直奔母亲的寝室。

杨太太披衣起床，让庭芝把管家佣人等一干人统统叫醒。杨太太坐镇大厅指挥，首先吩咐管家丁贵和栓福立刻抬了轿子去请接生婆金指借春，吩咐吴妈去烧水，丫鬟香芸看着郑钰瑶。

一切吩咐妥当，杨太太坐在客厅，手捻佛珠，嘴里念念有词。

上官庭芝在客厅坐卧不安，他想进去陪妻子，但都被杨太太拦了下来。这是风俗，女人生孩子男人不许进去，这风俗是从哪个朝代传下来的，谁也不知道，只是人们都习惯地遵守着。

管家丁贵和栓福抬了木轿一路跑去接半个月前就预约好的喜婆金指借春。

金指借春本姓梁，传说当年武则天在去昭陵的途中发生早产生下李贤，就是她接生的，她因此一夜爆红。后来到洛阳城打了"金指借春"这个招牌，成为洛阳城头号喜婆，凡是要请她接生的都必须提前预约，且付双倍的价钱。

丁贵和栓福一路小跑来到南门街，向东顺流走，又七拐八弯地绕了三条巷子，终于看见杏花巷三个大字。

杏花巷的尽头，有一户人家，门前挂着两个大红灯笼，灯笼上写着"金指借春"四个大字，再看门楣上方阴刻着"梁府"两个大字。

"就这了。"丁贵说着放下轿，上前便敲门。

"咣当咣当"，铜质门环击打在木门上，立刻发出"咣当咣当"的声响。

"开门——快开门，我家少夫人要生了……"管家丁贵一边敲门一边喊话。

"是来请我们家奶奶接生的吧！"门内终于传来声音，是金指借春府上的管家。

"我是上官仪大人府上的管家，我们家少夫人要生了，我来接金指借春奶奶过府。"管家丁贵急急地说。

"呀，那真不巧了，我们家奶奶前脚被方老爷给接走了。"梁府管家说。

"什么？被人给接走了？我们家不是拿了定金预约的吗？"丁贵一听喜婆被人给接走了，一下子就急了。

"不错，你们家是拿了定金的，只是方老爷家的小妾发生早产，我们家奶奶说了不能去的，说你们家付了定金，可那方老爷跪着往死里求，后来我们家奶奶说应该不会那样巧，她前脚走你会后脚来，唉，谁知事情还真就这样巧了！"梁府管家一脸的歉意。

"你可知是哪个方老爷接走的吗？"丁贵顾不得责备。

"这个……哎哟，都怪我少问了一句，我只听说是方老爷家的……"梁府管家说。

"那可知方老爷住东门还是西门？"丁贵再问。

"我只听见我们家奶奶叫他方老爷，其余的一概不知。"梁府管家一问三不知，把丁贵和栓福急得抓狂也没辙。

丁贵和栓福面面相觑，不知该怎么办好，那边少夫人又耽搁不得。

"走，我们去请妙手香，回去再禀报事情经过。"管家丁贵沉思后做出决定。

妙手香是洛阳城的又一位著名接生婆，名气仅次于金指借春。凡洛阳城要请她们两位接生的，都得提前预约，并付双倍的价钱。

"可我听说，妙手香是个极其原则的人，没有提前预约给多少钱她也不去。"栓福说。

"不管了，去了再说，凭着老爷宰相的面子，求也得把她求去。"丁贵说。

丁贵毕竟常随上官仪出入，多少见识过场面，遇事能果断处理。

妙手香住在西门街，西门街离金指借春的住处足有二里地远，管家丁贵和栓福一路小跑，跑到西门街时，两人都是一身大汗，但他们顾不得脱下棉袄凉快一下身子。

他们马不停蹄地一条巷子一条巷子地寻，好不容易才寻到了妙手香府邸。

丁贵丢下木轿三步并作两步上前就拍门。

门被拍得咚咚响，一会儿门内传出声音。

"谁呀，这深更半夜的，吵得人不能安睡。"来开门的老头一边打着呵欠一边埋怨。

丁贵不理会埋怨，门才开一条缝便挤进去，也顾不上赔不是，开口便问：

"你们家奶奶在家吗?"

"要接生吗!"老头懒懒地问。

"是的，妙手香奶奶在家吗?"丁贵再问。

"你们是哪家老爷，有约吗?"老头还是慢悠悠的。

"我们还没来得及约，这少夫人提前了……"丁贵没敢把接金指借春的事说出来，而是机灵地撒了个谎。

"没拿约金你们走吧，我们家奶奶拿了蔡老爷家的约金，前你们一脚也来过人，奶奶一口回绝，我想奶奶此番也是不会去的。"老头说着推他们出去就要关门。

可丁贵哪里肯走，他拨开老头反倒闯进去，且扯开嗓子喊：

"妙手香奶奶，我们是西台侍郎上官仪大人府上的，我们家少夫人提前临盆，我们老爷让我来请您老人家过府……"

丁贵这样一喊，还有谁能睡。妙手香起床披衣把管家丁贵让进客厅，又吩咐丫鬟上茶。

"上茶就不必了，若能请得奶奶跑一趟西台大人府上，为我家少夫人接生，丁贵定另登门拜谢!"丁贵有意一口一个西台大人，只是希望妙手香能看在上官仪的面子上破一次例跑一趟。

妙手香自然明白丁贵的用意，只是想想自己收了蔡老爷家的约金，这要是前脚走了，蔡老爷家的后脚就来，那可如何是好。

"不是我不给面子，这生孩子的事是说生就生的，我拿了蔡老爷家的定金，万一我前脚走了，他们后脚就来，那我妙手香岂不就失信砸了自己的牌子吗!"妙手香沉思一会儿后还是婉言拒绝。

"不会那样巧的。"丁贵说。

"我不去，他们可能不来，我前脚走，他们可能后脚就来，世界上的事就是那么巧。"妙手香说。

"若果然那样巧了，夫人的损失全部由我们府上赔，另外我们府再付双倍酬劳。"丁贵说。

"不是钱的问题，而是信誉的问题，没有信誉，以后谁肯拿高价预约呢？再说了，这生孩子的事，人人都耽搁不起呀！"妙手香说。

"两位实在抱歉，还是别在这耽搁时间，不然误了事情你们怕是担待不起啊！"妙手香说着起身，吩咐老人送客。

丁贵和栓福再无话可说，以前只听说妙手香是个一诺千金的人，今日一见，果然如此，甚至有些偏激。

丁贵和栓福无奈，只得抬着空轿一路小跑回府报信。

二

杨太太一看管家和栓福居然抬了空轿回来，心下着实发慌。

"喜婆呢？怎么空着轿回来？"杨太太急得口气都重了。

丁贵喘着粗气把事情原委和盘托出，且把去接妙手香的经过也和盘托出。杨太太听了，对丁贵的办事能力已没得说，他们也只能这样了。怪只怪自己当初选错了喜婆，若是选择妙手香就不会发生这样的事情。

"都怪我，都怪我……现在该如何是好！"杨太太显得有些慌乱。

"是不是去请魏氏或者王氏？"丁贵试探着问杨太太。

"魏氏和王氏都是乡间小户人家的喜婆，请她们给钰儿接生，若是顺顺当当还好，可若是有个磕磕碰碰，怕是无法对亲家那边交代呀！"杨太太既不情愿又有顾虑。

"情况紧急，亲家那边应该能理解。"丁贵说。

"叔伯公家的青凤不是干接生的吗？我看她人机灵，家里收拾得干干净净，不如先叫她来看着，等金指借春那边完事了自然会赶来。"上官庭芝想起了许青凤。

许青凤，上官仪同族叔伯上官郁的儿媳，就住在上官巷。上官庭芝说得不错，她人机灵，自她见郑钰瑶怀孕后，她就常来上官仪家串门，她希望自己给杨太太留下好印象，到时郑钰瑶临盆能让她搭上一把手，以此提升名气，跃入大户人家的喜婆行列。

"对呀，看娘都急糊涂了，怎就把身边的青凤丫头给忘了呢！丁贵，快快去请青凤丫头来。"杨太太说。

可杨太太话音落下，上官仪突然出现在大厅。

"让庭芝去请青凤吧，丁贵和栓福跟我去请妙手香！"上官仪说。

原来杨太太和丁贵等人在客厅说的话，上官仪都听见了，他和杨太太一样担心有个万一，他决定亲自跑一趟去请妙手香。

"老爷亲自去？这有损老爷的面子，还是我和栓福再跑一趟吧！"丁贵劝道。

"是面子重要还是人命重要？人命关天！快走吧！"上官仪说着夺步就走。

"甚好，以防万一！"杨太太说。

许青凤一听是去给少夫人接生，心里乐得开花一样，她一个翻身跳下床，披了衣服拿了工具，就随上官庭芝走。

青凤来到府上没多寒暄，立刻被引进郑钰瑶的寝室。

郑钰瑶疼得脸色煞白，不停地哼哼。

青凤近前，先摸了一把脉，说无碍，而后拿出一个竹制的听胎器，一端对着郑钰瑶隆起的肚子，另一端贴着自己的耳朵听胎心，杨太太在一旁看了不觉皱紧了眉头。

这也难怪杨太太皱了脸，人家妙手香和金指借春的听胎筒可是细银打制的，这用竹筒来听胎音，是地道的乡间小户人家接生用的。

"钰儿，真是委屈你了！"杨太太扫视一眼郑钰瑶在心里说。

青凤可是个机灵儿，她感觉到了杨太太的不屑，但她不在意，她想只要顺顺利利把少夫人的孩子接生了，有了名气，以后就不愁买不起银制的听胎器。

青凤听了一会儿收起听筒说："胎音很有力，非常好。"

接着她叫吴妈端来热水，青凤把手洗了又洗，再搁在火盆上烤干，然后把郑钰瑶的双腿叉开，手指轻轻伸进去摸了一会儿，继而脸色大变。

但她不动声色，只示意杨太太出去说话。

"难道情况不好吗？"杨太太急了低声问。

"我摸到的好像是孩子的屁股。"青凤低声说。

杨太太一听便吓白了脸，这产妇多死于胎位不正，死亡率最高的就是屁股朝下的坐生儿。

"你确定?"杨太太问。

"十有八九!"青凤说。

"这可如何是好?"杨太太立马紧张得浑身筛糠似的。

"快去请妙手香或金指借春,青凤不敢耽误少夫人!"青凤说。

"老爷已经去了,只是不知道请不请得来!"杨太太说。

"庭璋,你骑马去看看金指借春回府了没!回府了立刻接来!"杨太太又吩咐幼子上官庭璋去接金指借春,以保万全之策。

"大太太也别太着急,凤儿也曾顺利接生过坐生儿。"青凤见杨太太吓得一直在哆嗦,便安慰道。

青凤回到郑钰瑶榻前,虽然不动声色,但郑钰瑶还是捕捉到了一丝不祥的信息。

"青凤,有事别瞒着我,我能挺住的!"郑钰瑶抓住青凤的手说。

"没呀,一切都好着呢,夫人您就安心等着当母亲吧!"青凤强装笑容说。

许青凤虽然是名不见经传的小户人家的接生婆,但她深知,产妇此时最不应受到惊吓刺激,否则有血崩之祸。

"那你和娘刚才出去说什么?"郑钰瑶虚弱地问。

"咳,是太太心急,她想知道是千金还是带把的,我说没摸出来。"许青凤机灵地编了个谎,总算暂时瞒过去了。

"羊水什么时候破的?"许青凤问郑钰瑶。

"有一些时候了。"郑钰瑶微弱地回答。

"羊水破得早了一些。"许青凤说。

"破早了会怎样?"郑钰瑶有些紧张。

"也不打紧的,破早了,生的时候累一些些。最好是生的那一刻破羊水,但是,一般都是提前破羊水的,少夫人不用怕的,每个女人都是这样过来的,我第一胎时,也害怕得紧,后来呀,想想每个女人都能闯过去,我也一定能闯过去,这样想了,也就不怕了,结果呢,像母鸡下蛋一样,疼着疼着就生下来了。"

青凤为了转移郑钰瑶的情绪,不停地与郑钰瑶说着笑话,这样能减轻她的疼痛和恐惧，对生产十分有利。

"庭芝，你去把亲家接来。"杨太太不知所措，又吩咐上官庭芝去请岳父大人郑崇素。

"母亲，钰瑶她怎么了？"上官庭芝的心一下子提到了喉口。

"没事，算了还是天亮一些再去接吧，省得他们也担心！"杨太太突然又改了主意。

"不行，我要进去看看，钰儿一定有事！"上官庭芝说着就要冲进去，但被杨太太一把拉住。

"女人生孩子，男人不能进去。"杨太太说。

"那你告诉孩儿，钰瑶她到底怎么了？是不是她有危险啊！"上官庭芝急得哭丧着脸。

"她现在还平安，只是青凤说，孩子像是坐生儿，娘怕有闪失。"杨太太只得把事情告诉儿子。

"母亲，让儿子进去看一下钰瑶吧。"上官庭芝恳请杨太太。

"说过了，女人生孩子，男人不能进去，还没怎么着，不要哭丧着脸。"杨太太压低声音呵斥。

"走，和娘去祠堂烧香，求祖先神灵保佑，相信钰儿吉人天相，她一定不会有事的！"杨太太硬是把上官庭芝拉去祠堂烧香，求祖先神灵保佑。

三

话说上官仪主仆去请妙手香。

上官仪骑着马跑在前面，丁贵和栓福抬着木轿跟在后面跑，主仆三人一路急速前往西门街的妙手香府邸。

主仆三人很快就来到目的地。丁贵放下木轿上前敲门，出来开门的还是先前那老者。

"老人家，这是我家老爷，同东西台大人，他亲自来请你们家奶奶妙手香……"丁贵对开门老人说。

"哪个同东西台大人？是写诗的上官大人吗？"老人问。

"正是在下，老人家好，深夜多有打搅，实属无奈，很是抱歉啊！"上官仪上前作揖。

老人一听是上官仪大人，"扑通"一声就跪下说："给大人请安。"

"不必行礼，老人家快快请起。"上官仪赶紧将老人扶起。

"我这就去通报。"老人站起立刻去敲妙手香的门。

"大奶奶，宰相上官仪大人亲自来请奶奶了。"

妙手香听说宰相大人亲自来了，亦是一分钟不敢耽搁，赶忙穿戴起床来到客厅。

"夫人，深夜打扰深感不安，只是实属无奈，我家儿媳临盆恐有危难，还请夫人万万出手相助。"上官仪上前深深一鞠躬而后道出原委。

"既是如此，我就破例一回，待我拿了东西就去。"

妙手香说着转身进屋拿了一个漆红色的木箱，随同上官仪一行出了大门，上官仪亲自为妙手香掀开轿帘，妙手香受宠若惊，带着几分感动和几分骄傲忙钻进木轿，不等上官仪喊"起轿"，丁贵和栓福已抬起并一路小跑起来。

只是行了不多远，在巷子里迎面来了一顶轿，行在轿前的是一个中年男子，骑在马上引路。由于巷子只能行过一顶轿，于是双方都停下希望对方能退回去给让个路。

骑在马上的中年男子一见对方没退回的意思立刻说："我们有急事，请你们让个道。"

"我们有十万火急的事，还是烦请你们退回去让我们先行吧。"走在前面的丁贵说。

骑在马上的中年男子一听便冒着火气嚷道："你知道我们家老爷是谁吗？在洛阳城里，只有让道我们，从没我们让道他人！"

"放肆！你知道站在你面前的人是谁吗？"丁贵喝道。

但上官仪立刻制止丁贵说出自己的身份。上官仪一向不喜欢在市井街头报自己的尊姓大名，他希望自己走在街上就是一个小老百姓。

上官仪看看双方僵持在这里也不是个办法，与其这样不如自己退回让道为好。

"我们退吧。"上官仪说。

"老爷……"丁贵和栓福异口同声，他们都不服气。

"退!"上官仪态度坚决。

栓福和丁贵只得把轿杠抛起来，头往轿杠下钻过去，两个人调换了一个前后，本来丁贵是走在前面的，现在变成栓福走在前面，丁贵走在后面。

"慢，请问来的可是蔡老爷家的?"在轿里一直没有吱声的妙手香，已对来者是谁猜到七八分。

"正是，我们家的少太太有动静了，老爷让我们来请妙手香。"骑在马上的人说。

坐在轿里的妙手香一听便掀开轿帘跳下木轿，然后走到上官仪面前"扑通"一声跪下说:

"上官大人，蔡老爷五天前就给民女送了预约金的，现在请大人做主，民女该何去何从，谨遵大人发话。"妙手香其实是要随蔡老爷家的去，但是碍于上官仪的地位，所以把话说得十分委婉。

面对这样的情况，上官仪长叹一声，无奈地说:"夫人乃信用之人，一个女子有如此之德，乃国家之幸，老夫钦佩，你去吧。"

妙手香听上官仪如此通情达理，一颗心落进了肚子里，她起身朝前面那顶木轿走去。

那个骑在马上的中年人一听对方是同东西台上官仪宰相大人，吓得慌忙滚鞍下马，没敢上前，脚一触着地就"扑通"一声跪下匍匐在地，口中颤巍巍道:

"小人有眼无珠，冲撞了宰相大人，犯下了死罪，小人恳求大人开恩饶恕啊!"他说着把头磕在地上磕得"砰砰"响。

这也难怪他会如此惊慌。依大唐律法，凡小民骑马者，遇见九品以上的官员，得在十步开外下马过之，以示尊敬，冲撞者死罪。

"不知者不为罪，起来快去吧。"上官仪说。

"谢同东西台大人不杀之恩!"中年男人没想到上官仪如此宽容，他战战兢兢地从地上爬起，稍稍定了定神，拱手再次谢过不杀之恩，而后骑上马，一路回府。

眼看他们把妙手香抬走，且渐行渐远。巷子里剩下上官仪主仆三人，和空空的木轿，上官仪的心中充满无奈。

"老爷，我们现在去哪?"丁贵问。

"去梁府，看看金指借春回来没有。"上官仪当机立断。

于是主仆三人又一路小跑去往南街金指借春府。

四

杨太太在祠堂烧香求神灵保佑，上官庭芝坐立不安，许青凤隔一会时间就拿听筒在郑钰瑶的肚皮上听，她要从孩子的心跳速度和力度来判断婴儿是否有危险。别看许青凤年纪轻轻又是小门小户的接生婆，但凭她与生俱来的接生天赋，和她对这份职业的热爱与执着，她的接生技术不亚于金指借春和妙手香。

郑钰瑶疼得死去活来，膀胱一阵一阵像电击一般连着脊背，又像被人揪住筋往外抽拉。她已顾不得斯文，只管惨烈地嘶喊。

"吸气，使劲……吸气，使劲……"青凤在一边喊。

"夫人使劲……使劲……"吴妈也在一边喊。

……

由于孩子是坐生，无论郑钰瑶如何使劲，孩子就是生不出来。

临盆是体力高消耗的过程，只一炷香的时间，郑钰瑶的体力如溃堤一般，她全身瘫软无力，目光开始散乱，这是不祥之兆。许青凤的心咯噔一下发了慌。

郑钰瑶喘着细气，她不由得想起那个梦，自己掉进了黑洞，洞里漆黑一片，叫天天不应，叫地地不灵，不就是此时此刻的情景吗？她想到这心下一惊，便晕了过去。

"吴妈，快叫大太太来……"青凤说。

"她们怎么还不来，怕是等不及了！"青凤指的是金指借春和妙手香两位喜婆。

"这个……唉！"杨太太无语只能叹气落泪。

"钰儿你可要挺住啊，她们一会儿就来……"杨太太一边鼓励郑钰瑶一边抹泪。

"别管我，保孩子，一定要保住庭芝的孩子……你们听见了没有！"幽幽缓过来的郑钰瑶流着泪请求道。

"别胡思乱想，休息一下别说话！"青凤说。

"我想见见庭芝。"郑钰瑶想最后看一眼夫君。

"少夫人，女人生孩子，男人不能进来，否则……"吴妈劝道。

"叫庭芝进来吧！"杨太太流着泪，她不想让郑钰瑶死不瞑目。

"太太，还没到那个节骨眼儿上，只要太太同意，青凤想一试……"青凤不得不大胆提出一个方案。她曾经用过，并顺利接生了坐生儿。

"都这个时候了，你就大胆拿出你的看家本领来，若是她们母子平安，从今往后你许青凤就是我们家的大恩人！"杨太太说。

"吴妈你去磨些高丽参来给夫人喝下。"青凤吩咐吴妈。

"少夫人，你要吃些苦头了，但凤儿保管你们母子平安！"

许青凤先是给了郑钰瑶心灵上的强心剂，继而拿剪子将她的下身剪开一道口，再伸手进去将孩子的脚轻轻扯直，再轻轻往外拉，一边喊着："夫人用力，用力，孩子就要出来了……"

"少夫人，使劲，再使一把劲就生出来了……"吴妈和杨太太也在一旁喊。

郑钰瑶听见说孩子就要生出来了，浑身一震，也不知哪里来的力气，仿佛打了鹿血一样，深吸一口气，然后拼尽全身的力气……

第四章 一溪婉婉如柳月
诗情画意名婉儿

一

黎明，一声啼哭划破长空，一个女婴呱呱坠地！这是麟德元年（664），十月廿九卯时。

"生了，生了……"孩子一落地，吴妈激动得疯了一样地喊。

青凤抱起孩子，剪去脐带，用艾叶粉匀上包好，再用温水擦干净孩子的身子和头发，然后用备好的小棉被把孩子裹好。

上官庭芝冲进卧室，见妻子累得好像只剩一口气，但脸上却挂着笑，不觉重重嘘了一口气，刚才悬到喉口的心落下了。

"是个千金，漂亮着呢。"杨太太对儿子庭芝说。

"女孩好，我就想要个孙女。"杨太太接着说。

杨太太嘴上说想要个孙女，其实她还是希望是个男孩，虽然已经有了三个孙子，长孙上官经野、次孙上官经国、老三上官经纬，但他们都是上官庭璋的儿子。上官庭芝是长子，与郑钰瑶婚后多年未有生育，这丫头是庭芝的第一个孩子，所以杨太太还是希望长子第一胎是男孩。

庭芝只顾紧紧握住妻子的手，心有余悸，妻子刚刚经历了一场生死劫难。

"以后不生了！"庭芝心疼地说。

"我以为再也见不到夫君了。"郑钰瑶闪着泪花，但脸上挂着笑。

"以后不生了，吓死我了！"庭芝一边说一边把妻子蓬乱的发丝一缕一缕地捋顺。

"以后我还要为你生儿子呢！"郑钰瑶的嘴角又漾出笑，这是一个母亲拥有的幸福感。

"来，让你的母亲、父亲看看，像谁。"杨太太把孩子送到郑钰瑶和上官庭芝面前。

上官庭芝接过孩子看了看，笑着说："你这丫头，可苦了你母亲了，来，让你娘好好看看，像不像你娘。"

郑钰瑶深情地在孩子的脸上亲吻着，不觉滚出一串泪水，泪水中有喜悦有苦涩有甜蜜有期待！

"做母亲原来是这样的幸福！"郑钰瑶说着不禁百感交集，又滚落两行热泪。

郑钰瑶虽然刚刚经历了生死劫难，但此刻，母亲的幸福感盖过了一切，她幸福地把脸微微靠着孩子。

"像谁都漂亮。"吴妈端来了热鸡汤说。

上官庭芝把孩子递给母亲，自己接过吴妈手中的鸡汤，一口一口地喂给妻子喝。

"恭喜老太太。"青凤把收拾好的胎盘交给杨太太。杨太太让递给吴妈。

"这是大户人家的，得交由主人处理，若是小户人家的，像少夫人这样年轻体健的，就会被喜婆拿去卖个好价钱。"青凤一边说一边递给吴妈去处理。

"同喜，同喜，你今天功劳最大，庭芝，去拿个大红包来。"

杨太太才想起要好好犒劳这个名不见经传的许青凤，若是没有她的果断，后果不堪设想。

"大太太，这是说哪里话哟，都是自家人，我做这点小事，哪里就敢要太太的红包，以后我还要仰仗太太、老爷还有大少爷、少夫人的福气呢。"许青凤这话说得乖巧到极致，让杨太太真是刮目相看了。

二

上官仪主仆三人，离开西门街后又匆匆赶到金指借春喜婆家，见上官庭璋在客厅等着，知是金指借春仍未回府，大家只得继续等，直到天边发亮也不见金指借春回府。

天色放亮，上官仪想该发生的不该发生的想必都发生了，他重重地仰天长叹一声，只能打道回府。

回去的路上，上官仪脑子很乱，不时地走神，飘飘忽忽地想着各种心事。一会儿想到儿媳郑钰瑶，这孩子还这么年轻，唉！万一……他不敢往下想。

他的心绪又映出另一个女人——武则天。武则天是他钦佩欣赏的女人，同时又是他愤恨的女人。

武则天过人的智慧、超人的胆识和才华都令他不得不钦佩，然，武则天事事凌驾于皇帝之上，与皇帝争权，结党营私，心狠手辣铲除异己等，这些都为上官仪所不容。

令上官仪心绪不宁的还不是这些，而是武则天近来频频向自己示好，不但不恶自己参奏她后宫干政，反而连连赐封。前日赐绸缎，昨日当着圣上的面赞许一番诗后又赐美酒。这不是武则天的做派，她向来是快意恩仇，有恩必报，有仇也必报。上官仪看不透武则天葫芦里卖的什么药，他更担心的是怕陛下误解。

上官仪想着心事，不觉就行至上官巷口。

"老爷，少夫人生了。"婢女香芸早候着笑了迎上去。

"哦？母子都平安？"上官仪旋即揪起心，眼睛盯着香芸，生怕香芸霎时变了苦瓜脸说出不幸的事。

"平安，都平安！"香芸咧着嘴笑得欢。

"那就好！那就好！嘘——"上官仪吁的一声，重重舒一口气，一下子人也变得精神气爽，仿佛卸下了千斤重担。

杨太太闻声迎了出去，并把孩子抱到客厅给上官仪看。

"老爷，是个千金！"杨太太乐呵呵的。

"平安就好！"上官仪脸上挂着笑。

"今天还真是多亏了青凤，我都吓傻了……"杨太太说。

"得好好谢谢人家！"上官仪说。

"我就想要个孙女，来，让爷爷抱抱！好好瞧瞧！"上官仪接过孩子，一个劲地仔仔细细地瞧。

"爹，给起个名吧。"上官庭芝凑上前说。

"这丫头长得一个俏，惹人爱，老夫可得给这宝贝孙女好好想个名字！"上官仪仔细瞧了一番说。

"我瞧着这丫头长得像老爷的诗！不如就用老爷的诗给起个名?"杨太太半玩笑半当真。

"哦？夫人亦觉着长得像诗？只是不知像哪句诗?"上官仪诧异杨太太与自己不谋而合。

"难不成老爷也觉着这丫头长得像诗？"杨太太高兴与自己的夫君居然不谋而合。

"不是长得像诗，而是诗如她！"上官仪笑道。

"那就定了，用老爷的诗起名，我想想……"杨太太说。

杨太太略略沉思后脱口道："'洛滨春雪回'，就叫春雪可好?"

"这是《八咏》中的诗句，难得夫人记得。"上官仪笑着说。

"春雪二字，简单，也押韵，寓意也不错，但过于普通的名字一是容易重名，二是俗！"上官仪摇着头给否定了。

"嗯，是有些俗气，听起来像乡间人家的名字。"杨太太想了想自己也给否定了。

"'长啸披烟霞，高步寻兰若'，兰若如何?"上官庭芝冷不丁背了一句父亲的诗。

"亦不妥，诗意虽然强，但尾字是重音，过于阳刚和生硬，不适合女娃的名字。"上官仪想了想又摇头不赞成。

"'雨霁虹桥晚，花落凤台春'，雨霁可好?"杨太太又背诵了一句上官仪的诗。

上官仪沉思片刻，勉强说："尚可！"

"记不得这是哪首了。"杨太太说。

"好像是《安德山池宴集》。"吴妈出来冷不丁插了一句。

"对，是《安德山池宴集》，莫非吴妈也能背老夫的诗？"上官仪很惊讶，连佣人吴妈都记得自己的诗。

"吴妈哪里会，只是这府里府外的到处都是诗，只怕连老爷家的老鼠都能背上几句老爷的诗呢！"吴妈这番话，把大家逗得好一番笑，尤其是杨太太，笑出了泪水。

"一直以为吴妈笨嘴笨舌，想不到却是如此会说话！"杨太太止住笑说。

"太太，哪里是我会说话，是大实话咧！"吴妈乐呵呵解释。

吴妈说的的确是大实话，上官仪是初唐最负盛名的诗人，诗词婉约绮丽，人们纷纷效仿，被称之为上官体诗。上官府邸除了随处可见上官仪的诗稿外，杨太太还每天教她的孙子们背诵上官仪的诗，再加上郑钰瑶又是个诗歌狂，终日不是吟诗就是作诗，整个府邸日日都熏陶在诗海中，这也就是连佣人吴妈都能背诗的缘故。

"想想也是，我每天教孙儿们背诵，吴妈听也听会了，俗话说'吟诗三百首，不会作诗也会吟'。"杨太太笑着说。

三

上官仪依旧目不转睛地盯着这个刚出生的孙女，只见她眉清目秀，天平开阔，脸如祥月，唇如樱桃，轮廓分明的小嘴微微抿着，若隐若现透出一股迷人的神韵，惹人爱得挠心般，再看那整体气韵，仿佛要飞出流水清泉般的歌声，又如曼妙的山风吹动轻纱薄雾，自己的心头亦涌动着波涛汹涌的诗，可就是抓不着。

"怪了，瞧着这丫头，婉婉如溪仿佛有许多的诗朝老夫扑面而来，可老夫就是抓不着！"上官仪惊诧道。

"婉婉如溪！这不就是诗吗？"杨太太说。

"婉婉如溪……婉婉如溪！"上官仪似有思，重复吟诵，继而目露喜色。

"对呀，就叫婉儿可好？女子婉婉如溪！"上官仪欣喜道。

"婉儿，嗯，这名字好听，好记，亦好写，又有诗意，我喜欢!"杨太太第一个附和。

"庭芝你觉得呢?"上官仪问儿子。

"女子婉婉如溪，甚好! 儿子亦喜欢!"上官庭芝说。

"去问问你媳妇，若是也喜欢，那就定了，叫婉儿。"上官仪对儿子庭芝说。

庭芝立马去问妻子郑钰瑶，郑钰瑶反复咀嚼着诗句"女子婉婉如溪，婉儿……"郑钰瑶越咀嚼越喜欢。

"那就定了就叫婉儿!"上官仪说。

"婉儿，知道吗，爷爷给你起名婉儿，丫头，你喜不喜欢? 喏，喜欢你就笑一个，不喜欢呢，你就哭，好不好?"上官仪逗着婉儿。

"来，爷爷开始问了，你叫婉儿，喜欢吗?"上官仪笑着用手指轻轻拨婉儿的脸。

婉儿没笑也没哭，她睁开眼，静静地看，她的世界此刻是什么样的，谁也不知道。

"呵，你不笑也不哭，那爷爷就做主了，就叫婉儿了!"上官仪又用手指轻轻拨婉儿的脸。

"就叫婉儿，奶奶也给做主了!"杨太太乐呵呵地说。

杨太太话音落下，就见婉儿的嘴角一扬一扯露了一丝笑意。

"看，她笑了，她笑了……"上官仪欢呼起来。

"看来，丫头你也是喜欢婉儿这个名字了，是不是?"杨太太也用手指轻轻拨婉儿的脸逗乐。

"女子婉婉如溪，诗意，温婉，好! 就叫婉儿!"

上官仪做了最后的拍板。

第五章　魏国夫人不量力
一哭二闹殃池鱼

夜幕降临，李治开始魂不守舍，他的心早被魏国夫人贺兰敏月挠了去，武则天看在眼里，但不动声色。

魏国夫人是韩国夫人武则天的同胞姐姐武顺的女儿。武顺早年丧夫，武则天做了皇后后，武顺被接进宫中封为韩国夫人，后与李治有染，武则天醋意大发令亲信勒死弃于枯井。

韩国夫人的女儿贺兰敏月决心为母报仇，在母亲死后很快就勾搭上李治皇帝，并把李治迷得乐不思蜀，一到天黑李治就找各种理由离开武则天去陪贺兰敏月。

"陛下，媚娘好久未与陛下饮合欢酒了。"这天武则天强留李治，且早备好合欢酒。

这是吐蕃送来的以牛奶配制罗漫山雪莲以及千年灵芝制成的酒，此酒活血通络，延年益寿。在贺兰敏月没有出现前，李治与武则天睡前都会在榻前对饮一杯，故唤作合欢酒。

"是吗？都怪朕身体老抱恙！"李治又想搪塞过关，可是今天武则天是有备而来的。

"听说仪爱卿亦身体抱恙！"武则天有意扯出宰相上官仪。

"哦？媚娘是怎知道的？"李治心想，上官仪是朕的心腹，朕都不知道，媚娘怎就知道了。

"陛下难道没发现，仪爱卿近来好像变了一个人？"武则天进一步吊李治胃口，但李治一点没察觉。

李治心一惊，"难不成上官仪也成了媚娘的人？如果是这样朕就真成了寡人了！以后媚娘岂不更加要骑在朕的头上？不行，这样的话，小鲜肉贺兰敏月怎么办？不为朕自己也得为她！"

想到这儿的李治便笑道："朕怎么觉得还是从前的仪爱卿呢？"

"非也，如果把从前的上官仪比作烧铁板，那么现在的上官仪就是铁板烧。"武则天说。

李治听武则天把上官仪比作烧铁板又比作铁板烧，忍不住笑了说："这烧铁板作何解？铁板烧又作何解？"

"烧铁板就是他用火烧别人，有时连媚娘也烧；铁板烧就是他被别人烧烤着。"武则天解释道。

"呵呵，朕以为不过是媚娘对仪爱卿观察得仔细罢了，朕看他还是从前的他，什么也没变。"李治说着有些酸溜溜的味。

"非也，仪爱卿绝对在改变自己，至于因何而变，媚娘尚不得知。"武则天甩出这句，目的是再挖一个坑让李治跳。

"是为了媚娘吧！"李治果然上当，心里很不爽。

当然，也是李治早看出来武媚娘喜欢上官仪，也忍了好久，今天醋劲爆发索性挑明了。

李治又一次被武则天牵着鼻子走。武则天平时表现出对上官仪亲近，都是故意做给皇帝看的，目的是为了离间他们的君臣关系。

武则天在心里暗自发笑，心想你也就剩上官仪这颗牙了，待本宫拔了他，你就成了没牙的老虎真正的寡人，那时就是我武曌的天下了！

"不会吧？陛下为何有如此想法？"武则天佯作吃惊。

"媚娘你敢不敢承认，你爱上官仪！"李治说完一仰脖将面前的酒一饮而尽，接着使劲干咽一口，仿佛那酒下不去似的。

"媚娘冤枉啊！他上官仪不过是陛下的一个臣子，媚娘怎能看上他呢？媚娘一生就只爱陛下一人！"武则天说着滚进李治怀里撒哕。

"媚娘你不敢承认，你爱仪爱卿，朕早看出来了，不过朕不吃醋，说实话，如果朕是媚娘，也会爱上仪爱卿的。"

李治忽然说出这番话。这出乎武则天所料，同时又深深刺伤武则天的自尊心。

"哦？是吗，那陛下说说他哪里可爱了？居然能令一个男人也爱了?！"

武媚娘摁住内心的痛继续与李治扯。

"他好像哪里都可爱，又好像哪里都不可爱，他有时像雾，有时像温暖的太阳，还有的时候像媚娘说的铁板烧和烧铁板，使女人闻得到看得到就是抓不到，只有这样的男人，最是能迷女人。"

李治说着眼里流露出淡淡的忧伤，心想不是自己这样由着你武媚娘揉面团一样，要圆便圆，要扁便扁，吃腻了玩腻了冷一边还不准朕找其他女人热热被窝，寡人的三宫六院形同虚设！

武则天听完"扑哧"一声大笑，直把肚子笑得发疼，笑出了泪，而后说："媚娘看呀，陛下真爱上了上官仪了！"

"媚娘瞎说，仪爱卿又没有像媚娘一样美……"李治说到这里武则天已经笑得不行。

武则天的开怀大笑使李治想起第一次在荷花池相遇武则天。

那天，武则天穿一件火红的石榴裙，手臂上搭着一条蓝白相间的彩带，划一条小舟，唱着歌谣在田田的荷叶中穿行，那裙摆和彩带偶尔被风儿轻轻撩起，露出藕一样的白腿，那飘飘欲仙的样子如仙女下凡，使得少年的李治只顾了追着喊她神仙姐姐，一脚踩空掉进了河里，成了个落汤鸡。武则天见了也是这般开怀大笑。

"媚娘，朕就喜欢看你浪笑的样子。"李治说着一把抱紧武则天，可没多一会儿他又松开手。

因为如今的媚娘已不是他初识的神仙姐姐，现在的媚娘少了女性的妩媚和温柔，更多的是猎人对猎物的狠和贪欲。

李治想起韩国夫人的死，想起魏国夫人期盼的眼神以及她的温柔梦乡。

武则天洞察着一切，但她不动声色。她笑着猛一拉便把李治拉进自己的怀里，然后用手去摩挲他敏感的部位，待把李治挑逗得性急，她又大笑了猛然抽身躲开。这时候的李治哪里肯让她躲开，他一个探身，把武则天死死抱住，然后扯了她的衣带，把她压在龙榻上……

"媚娘永远都只是陛下一个人的媚娘……"此刻的武媚娘嗲声四起，娇柔欲滴，声音比水柔，目光比月色美。

此刻，她的风情万种，可以杀死奔腾的千军万马，又何况是一个本就风流的李治呢？李治就是这样一次一次地掉进武则天的温柔乡，一次一次地妥协忍让，以致大权旁落。

李治嘴里喃喃地叫着"媚娘，媚娘……"

可就在此刻，窗户突然蹿进一只猫，猫撕心裂胆地叫着，像是被人追打一样地凄厉地叫着，接着远处传来一个女子的哭声。

"母亲……你死得好惨啊……啊……呜啊……你死得好惨啊……"

李治从武媚娘的身上滚落，发出一声哀叹。

这个在夜里哀哀哭泣的女子不是别人正是魏国夫人贺兰敏月。

自从贺兰敏月勾搭上李治皇帝后，李治每在武则天那下榻，贺兰敏月就哭夜，搅得宫里不得安宁。

武则天明白，贺兰敏月是存心的，意在破坏自己和皇帝的关系。这几年武则天因与皇帝政见不合，关系紧张，杀了韩国夫人后，李治与武则天的关系更加恶化，但武则天在努力修补，毕竟李治是天子。

听见小心肝在哭泣，李治的心早飞过去了，武则天看在眼里，但没有发作，因为武则天明白，如果发作大闹就正中贺兰敏月下怀。

"去吧，她是本宫的外甥女，本宫也心疼！"武则天咽下愤怒，装得很大度，这使得李治很意外，不觉升腾起几分感激。

李治得了武则天的准许，不待整齐衣冠，套起鞋就跑，比脚底抹油还跑得快，武则天看着恨得咬断牙根，但她历来不是忍气吞声的角。她迟疑片刻发出阵阵冷笑，想出了一条报复毒计。

第六章 醋劲大发武媚娘
夜访仪府殃无辜

一

李治走后，武则天的情绪瞬间跌落到谷底，她披衣起床，推开窗。

窗台上一盆寒兰正盛开着，一阵风过，浓郁的兰香馨入心扉，武则天嗅着兰香突然一把将花盆打翻，怒吼道：

"是你们逼本宫的！"

花盆坠地发出刺耳的响声，赵公公立马趋前，守夜的宫女都吓得直打哆嗦。

"下去，没你们的事。"武则天喝退宫女和公公。

此夜武则天无法排解郁闷，转身坐在铜镜前，一动不动地盯着镜中的自己，那眼角的鱼尾纹，已经星星点点像爬山虎一样抓在眼角，而另一张明艳动人的脸庞却时不时地浮出镜面，在她的眼前得意嚣张，那便是贺兰敏月的脸。"我娘是怎么死的，害死我娘的人也应该怎么死！"武则天每当想起贺兰敏月放出的狠话就不寒而栗。

"是你们逼本宫的！"武则天流着泪。

"是你们逼本宫的！！是你们逼的！！！本宫也不想杀你们……"武则天一脸的泪水，捶胸痛哭，但声音是被压在嗓子里的。

"我娘是怎么死的，就让害死我娘的人也怎么死！"贺兰敏月的声音又一次响起……"不，你娘不是本宫杀死的，是她自己杀死了自己，她不自量力，她恩将仇报……"武则天从痛哭到愤怒。

"贺兰敏月，你和你娘一样，都是恩将仇报的东西！白吃着桃却还要毁树！！本宫岂能容忍！！！"武则天怒吼，但声音一样是压在嗓子里的，只是目光升腾着阵阵杀气。

武则天盛怒之下手中的玉簪不知怎的"吧嗒"一声脆响给折断了。

除掉贺兰敏月已经刻不容缓！但武则天明白贺兰敏月死之时就是皇帝陛下与自己彻底决裂之日，说不定李治一怒之下会废了自己的后位，所以在灭贺兰敏月之前必须先拔掉李治最为坚固又最有力的一颗牙，那便是上官仪宰相！除掉了上官仪，李治就好比一只没了牙的虎，老虎没了牙就好对付了。

武则天想到这不禁露出了笑容。

"赵公公，备马车，本宫要出宫。"武则天精心把自己修饰一番后，吩咐赵公公备马车。

"不要惊动任何人。"武则天补充道。

赵公公答应着转身立刻出去，又很快转了回来。

"娘娘，马车已备好。"赵公公来到武则天面前弯着腰小声说。

武则天站起，随赵公公走出登上马车没入夜色。

上官仪还在书房，他双手反卷在后背，心事重重毫无睡意，那个"空"字到底何意？

原来，那日他陪夫人杨太太去慈恩寺还愿，临别一个小和尚追上给了他一张纸头，纸头上只写着一个字"空"。上官仪认得恩师的笔迹，这是恩师写的，肯定也是恩师让人给递的。恩师一别三十多年如泥牛入海杳无音信，为什么突然出现？又为什么要送自己一个"空"字？师傅定有深意！可上官仪一时猜不透。是告诫自己要急流勇退万物终归空吗？或是要自己复遁空门？无论是哪一种，对上官仪个人来说，都好接受。自己是在寺院长大的，心灵的初苗早被"四大皆空"洗涤过，繁华只是一时的过眼云烟，只是现在不是走的时候，他放不下一个人，那就是皇帝陛下李治。眼下朝中大臣三省六院一半是武则天的人，以致李义府敢公然鄙视顶撞皇帝。

李义府升任右相后利用职权改葬祖父，征调了七个县的民工，昼夜运土修坟，极尽奢华，其子女婿均嚣张跋扈肆意敛财。那日李治对他稍有告诫，没想到李义府居然勃然变色质问皇帝是怎么知道的，且不谢罪扭头便走。

再这样任由事态发展下去，大唐将要陷入万劫不复之地。

"恩师一别三十多年，这是第一次出现，必定有大事发生……夫君就听一句劝，辞官好吗！"杨太太也一直未睡，她起身来到书房。

从寺庙回来后杨太太就不停地劝上官仪辞官。

"眼下武后弄权，大臣要么是武后的人，要么中立不敢言，眼看陛下大权旁落，老夫怎能弃陛下而去！非为臣之道啊！"上官仪说。

杨太太叹一声不再劝，她知道劝不了。

"要不明天秘密把庭璋的三个孩子送走？"杨太太想着是不是把三个孙子秘密送到乡下陕县去，以防万一也好给老爷留个香火。

"眼下武后还没杀老夫的心，就别弄巧成拙了！"上官仪说。

"睡去吧，天寒着呢！老夫还有些折子要看。"上官仪安慰杨太太去睡觉，自己也索性安下心来阅各地呈上来的五花八门的折子。

二

这是隆冬腊月，洛阳城的夜晚笼罩在冰一样的寒冷中，一辆皇家马车碾着冰凉的石板路，顶着簌簌北风朝着上官仪府邸"嘎吱嘎吱"地前行。

只听得"吁"一声，一辆马车停在了上官仪府邸的大门前。赵公公先行跳下马车，把门叫开，然后把武则天扶下马车……

"皇后娘娘驾到，请上官仪接驾！"赵公公扯开嗓门高声喊道。

上官仪听了先是有些蒙，以为自己是不是在梦中，接着又听见一声高喊："皇后娘娘驾到，请上官仪接驾！"

上官仪从书房滚球一样快步跑出，眼前的情景更令他仿佛在梦中。武则天熠熠生辉脉脉含情地立在他面前。

上官仪轰一下就冒出一身冷汗，皇后娘娘深夜登门，这是哪儿跟哪儿？一时间人也傻愣了。

"还不快接驾！"赵公公提醒着。

"皇后娘娘，千岁千岁千千岁！"上官仪慌忙跪下接驾。

"免礼！平身！"武则天不客气地自己坐到了大堂的上位。

"夫人，快，你们都快起来，皇后娘娘驾到……"上官仪喊。

仪府一下子就鸡犬不宁，杨太太以及家人纷纷起床跪地接驾。

"免礼！平身！"武则天倒是跟没事人一样。

"听说仪爱卿喜添孙女，本宫来讨羹喜豆，想沾沾新生儿的旺气！"武则天落落大方地说。

"谢皇后娘娘！深夜劳烦娘娘挂心，臣惶恐至极！"上官仪忙再次拜谢。

"爱卿，这不是朝堂，也不是宫中，不必这般繁文缛节，随意些！"武则天表现得十分温和，与朝堂上那个争权夺利的武则天判若两人。

"回娘娘，君君臣臣，何时何地臣都不敢违礼制！"上官仪道。

武则天听后有半秒钟不语，而后起身靠近上官仪，细声细语地说："本宫偏要汝违背呢？"

"臣只有一死以明心志！"上官仪慌忙跪下。

武则天看那情形，知是强摁牛喝水行不通，可话已出口怎么才能挽回面子呢？

"看来本宫赌输了！"武则天思索片刻爽爽朗朗地笑，接着抛出这么一句没头没脑的话。

"赌输了？何意？"上官仪一头雾水。

"陛下说仪爱卿是头犟驴，刀架在脖子上都不管用的那种，本宫不信和陛下一赌，现在本宫不仅信了还服了！"武则天轻轻松松化解了刚才的难堪挽回了面子，而且不留痕迹。

"回娘娘，这不能怨臣，谁让臣出生在驴的故乡呢！"上官仪随口调侃了一句，没想到却惹得武则天憋不住"扑哧"一声大笑了起来，而且是真心的笑。

"仪爱卿，其实你还是能言笑的嘛！"武则天笑毕说。

"下官愚笨，偶尔瞎猫碰死老鼠而已！"上官仪小心翼翼地答着话。

"实话告诉爱卿，本宫就喜欢你那股子驴劲，够味，带劲！想必陛下喜欢的也是这点吧！"武则天又是好一番夸赞。

"谢娘娘谬赞，下官惭愧！"上官仪说。

"好了，说了半天，本宫还没见着真正要见的人呢，还不快把婉儿抱出来本宫瞧瞧？"武则天忽然转了话题。

上官仪倒是乐意武则天转了话题，解了尴尬之围。但没等上官仪喊儿媳郑钰瑶出来，就见郑钰瑶抱着婉儿出来叩拜武则天。

"瞧瞧这小模样，呀呀，一看就是个美人坯子，将来呀你爷爷的门槛可是要被人给踏破咯……"

武则天用手指轻轻捏着婉儿的小脸蛋，这一刻她回到了她最初的世界，没有争权夺利，没有尔虞我诈，也没有亲人的反目为仇，她沉浸在瞬间的天伦之乐中。

"来，给本宫笑一个。"武则天也就随口一说，可没想到，武则天话音落下，不谙世事的婉儿居然咧开小嘴给武则天来了个满满的笑。

武则天可是乐坏了，喊道："笑了，笑了，婉儿对本宫笑了……"

"赵公公，快拿凤冠来……"武则天沉浸在兴奋中。

凤冠是武则天来时就备好的，但她要见机行事。

"本宫与这丫头有缘，出生才月余就会对本宫笑，本宫喜欢这丫头，赐凤冠！"武则天乐得合不拢嘴的样子。

赐凤冠是公主的殊荣，武则天可谓大手笔，一是婉儿博得她喜欢，二是为了拉拢上官仪。

上官仪一家免不了千恩万谢，跪地叩恩，甚至不知该怎么好。

"都平身吧！汝还在月子中，地上凉着呢……"武则天亲自扶起郑钰瑶。

"本宫听说汝喜欢兰花，还听说汝的兰花圃囊括了所有名贵品种是吗？"武则天忽然对郑钰瑶提及兰花。

"回禀娘娘，兴许是讹传，奴家的兰花怕是难入娘娘的慧眼！要让娘娘贻笑大方了！"郑钰瑶低声细语地回道。

"耳听为虚眼见为实，仪爱卿可否领本宫一饱眼福？"武则天提及兰花原来等在这儿。

上官仪只感头皮发麻，刚才与武则天单独相处几分钟已是有违礼制，现在还要领着武则天在月光下赏花，这成何体统！

上官仪面有难色。

杨太太、上官庭芝以及郑钰瑶都看在眼里急在心头，生怕上官仪这头犟驴要说出个"不"字。

武则天同样担心得心提到嗓子眼上，这头犟驴万一说出个"不"字，那皇后的架子便瞬间坍塌。如果是这样，武则天在盛怒下极有可能会当场捅他一刀。

"儿媳身子不便，恳请公公代钰儿挑些个娘娘稍微能上眼的，包好了算是钰儿今儿的一点心意，日后定当再谢娘娘赐凤冠恩典！"

郑钰瑶也不知哪来的胆量和智慧，居然灵机扯出根软绳子轻轻松松绑架了自己的公爹上官仪，使得上官仪没了退路只得陪武则天去兰花圃。

"臣遵命！"上官仪没了选择，杨太太和庭芝都嘘了一口气。

好险啊！杨太太在心里说，目光投向媳妇表示赞赏。

武则天对郑钰瑶亦是投去一瞥满意的目光。

三

"有请娘娘！"上官仪给武则天引路，但心里一直打着鼓。

上官仪引武则天来到兰花圃。兰花圃里的确有着不少奇珍兰花，其中寒兰正开放着，在月光下散发出忽浓忽淡的兰香，但武则天并不赏兰，而是醉翁之意不在酒。

"仪爱卿，来贺喜的应该不少吧？"武则天突然来了一句没头没脑的话。

来贺喜的？上官仪心里咯噔一下，难不成皇后娘娘是听了小人蛊惑来问罪的？

"回娘娘，下官不敢假公济私，都一一谢绝了！请皇后娘娘明察！"上官仪坦坦荡荡道。

"仪爱卿，这就是你的不是了！家中添喜朋友亲戚乘机走动走动，那也是人之常情，哪里就谈得上假公济私呢！瞧，本宫不也来了吗？"武则天一番话又把投出的石子收了回来。

"臣何德何能，臣惶恐！"上官仪说。

"仪爱卿忠肝义胆，没得说，只是本宫不明白一件事……"武则天终于把话绕到主题上。

"何事请娘娘明示！"上官仪依然恭恭敬敬。

"爱卿的眼里从来都容不得本宫，这是为何？是本宫无德无能还是本宫误国?"武则天单刀直入。

武则天如此直言,上官仪感到窘迫,亦措手不及,真不知该如何回答是好。

"本宫要听实话!"武则天直逼上官仪。

"好!恕臣直言!"上官仪想了想决定豁出去说出自己的心里话。

"娘娘大智大慧,非常人能比!即使臣亦甘拜下风,只是《尚书》言'牝鸡司晨,惟家之索'!臣不敢有违!"

"放屁!没有牝鸡哪有鸡蛋,没有鸡蛋哪有小鸡?就好比没有你母亲,哪有你?这对我们女人不公!本宫不服,这就是本宫为什么要洛阳工匠雕刻凤在上龙在下的原因!"武则天怒气冲冲愤愤不平。

"娘娘,臣想说一个故事。"上官仪心平气和道。

"讲。"武则天说。

"据说,女娲娘娘造人的时候,是先捏了一个男人,再捏女人,捏女人的时候,泥土不够了,所以女人捏得比男人矮小,后来王母娘娘不服气,找女娲理论,女娲说,天意已定……"

"可本宫偏不认命!"武则天还是不服。

"龙在上凤在下,亦是天意已定!娘娘向来大智大慧,何必为一幅图案与陛下再生嫌隙搞得鸡犬不宁呢?"上官仪倾肺腑之言规劝武则天,至于话后面的话没有说出来,上官仪相信武则天能领悟。

果然,武则天的气消了一半。她想,是啊,陛下为韩国夫人的死没少和自己磕,现在又有魏国夫人不停地在枕边兴风作浪,自己还是先悠着点,惹恼了皇上,不会有好果子吃。

想到这儿的武则天气便全消了。她"扑哧"笑道:

"仪爱卿说得有理,谁让女娲娘娘先捏了男人呢?"

话谈到这里,武则天心里掠过一丝暖,她想上官仪其实还是向着自己的,不然不会有刚才的肺腑之言。

"仪爱卿,难道汝要辜负了这大好的月色吗?不想为本宫来首诗?"武则天这是一出又一出。

"回娘娘,这天寒地冻的,若是冻坏了娘娘,臣在陛下那无法交代呀!"上官仪话里有话。

武则天当然听出来了。

"爱卿不必给陛下交代什么，陛下也未必在意，陛下如今是只见新人笑不见旧人啼！"武则天同样话里有话。

上官仪自然也心知肚明。武则天算是对上官仪诉苦了，上官仪暗暗叹了一气。一个霸气十足的女人，亦免不了为情字所伤！可又一想，李治是皇帝，他天经地义宠爱三千，如今陛下的三宫六院形同虚设，武媚娘你还要陛下如何？自古除了隋朝杨坚皇帝外，就没一个帝王的三宫六院形同虚设，真正可怜可悲的不是你武则天而是皇帝陛下呀！

想到这儿的上官仪直言道："身为陛下即使宠爱三千亦是天经地义！"

"仪爱卿，这话媚娘不爱听，凭什么皇帝可以三宫六院，男人可以三妻四妾？而女人却要三从四德？"武则天不服气道。

"臣还是那句话，天意已定！"上官仪始终维护着皇帝，连一句中庸的话也没有。

武则天很是不快。心想天意已定！可媚娘偏不服！总有一天我武曌要日月当空为我照，江河湖泊为我驱！武则天心里使着这股子劲，但她努力克制着没敢说出来。小不忍则乱大谋，这是她母亲从小就教导她的。

"罢了，连王母娘娘都认了，本宫又有何委屈呢！"武则天装着想通的样子。

此时天空忽然左一朵又一朵地飘起了雪花。

"娘娘，下雪了，请回吧！"上官仪抓住机会恳请武则天回宫。

武则天望望天空，雪花越来越密集地飘落。白色的月光，飘飘而下的鹅毛雪花，与月光烛光交相辉映，这场景好烂漫，好诗意，武则天哪里肯走。

"本宫命爱卿即兴一首！"武则天虽说是下令强制，但柔和的语气和期盼的目光却出卖了她的内心。

她的内心在说："犟驴，算本宫求你还不成！"

上官仪头皮麻得厉害，与娘娘私地里在月光下吟诗，成何体统！传扬出去，还不知要生出多少幺蛾子，老夫在陛下面前也将百口难辩。

想到这儿的上官仪"扑通"跪下道："娘娘，臣老朽腐枝，恕臣无能即兴！"

上官仪再次婉言谢绝。

武则天一听，道："没关系，本宫等，本宫有的是耐性，三更不成等四更，四更不成等五更，还吟不出，本宫还等，等到翌日日出，再不成再等，等到晌午再到夜黑……"

武则天不怒不恼，拎了把木凳坐着，摆出持久战的架势。

上官仪哀叹一声，心想都说老夫是犟驴，可这个女人比老夫还犟！也罢！

上官仪犟不过武则天，只得清清嗓子吟了一首旧作。

> 禁园凝朔气，瑞雪掩晨曦。
> 花明栖凤阁，珠散影娥池。
> 飘素迎歌上，翻光向舞移。
> 辛因千里映，还绕万年枝。

诗中除了有雪景外，没有兰花，没有仪府，更没有武则天与上官仪在一处的场景，这是上官仪在刻意回避这些场景，免得多生是非。

武则天当然明白上官仪的用意，想想也够难为这头犟驴了，也算是强摁牛喝了一回水，不禁心里暗笑。

武则天离开仪府，在上马车时，突然朗诵起上官仪的诗来：

> 步辇出披香，清歌临太液。
> 晓树流莺满，春堤芳草积。
> 风光翻露文，雪华上空碧。
> 花蝶来未已，山光暖将夕。

这是去年春，李治在桂林殿庆贺武则天生日时上官仪应诏写的。武则天吟罢又银铃般"咯咯"地一路洒笑而去。

马车缓缓驶去，武则天的声音在夜空中显得尤为清亮刺耳。上官仪不禁打了一个寒战。

"这个女人到底要置老夫于何境地！"上官仪无奈地吼。

"来者不善啊！"杨太太长长地叹着气。

"我们家她了如指掌，连婉儿的名字她都知道……"杨太太接着说。

"老爷，您可以犟自己的命，妾的命也愿意陪着，只是您不能不考虑孩子们……婉儿才来到这个世上，她多可爱……"杨太太不停地叨劝。

"老爷，您就忍心？为了这个家，老爷您辞官吧！"

武则天走后，杨太太左一沓右一沓不停地苦苦哀求上官仪辞官。

"也罢，待老夫递交辞呈就是！"上官仪架不住杨太太的苦苦相求，只得暂且答应。

第七章 祸起萧墙殃池鱼
可怜宰相苦难言

"陛下，奴才有话不知当讲不当讲。"深夜，太监王伏胜慌慌张张跑进甘露殿，他吞吞吐吐欲言又止。

"明日再说吧！"李治正与魏国夫人热火朝天地蜜着，他恼着人来打扰呢。

"等等。"魏国夫人贺兰敏月喊住了王公公。

"陛下切不可因妾荒废国事。"魏国夫人似乎嗅到了什么，而且于武则天不利。

"何事，快说，你可真会挑时候！"李治白了一眼王公公，心想越老越糊涂，不该来的时候你来。

"此事事关重大，不然奴才也不敢这个时候来……"王公公解释。

"别一惊一乍的，快说，说完走人。"李治不耐烦。

王公公觍着笑脸挨近李治的耳根说了六个字，"娘娘夜访仪府"。

"什么？此事当真？"李治从座位上跳起来。

"千真万确！还……"

"还什么？"

"还月下吟诗，临了娘娘一路背诵上官仪的诗，高兴得跟醉酒一样。"王公公低声如实地反馈武则天夜访仪府的一五一十。

"这个女人朕看她是疯了！"李治怒道。

"那仪爱卿呢？他什么态度？"李治开始担心上官仪也被武则天笼络了去，想想自己就这一个大臣敢直挺挺地站出来为自己挡枪挡箭，若是……

"人心隔肚皮。"王公公呵呵一笑说。

李治好半天不语，最后爽朗笑道："仪爱卿是头犟驴，只怕媚娘那一套他不吃。"

"自古英雄难过美人关，呵呵。"王公公有些不识趣。

"朕信得过仪爱卿，他乃真君子。君子又岂会为美色所动。"李治对上官仪还是有一定的信任度。

"陛下所言极是，奴才小心眼了。我抽……"王公公说着就抽自己的嘴巴子，一边抽还一边叨叨"瞧你这小心毛病，老改不了，我抽……"

王公公表面上一个劲地抽着自己，却有意把小心眼的"眼"字说漏，就变成"小心"，王公公是在变相提醒皇帝小心点好。

"别抽了，小心行得万年船，公公担心的也不是没道理。自古英雄难过美人关，谁没个七情六欲？仪爱卿也是人，而且是个七尺男人，还是个风流倜傥的诗人……而媚娘呢……漂亮，有手段……"李治坐不住了，说到后面他起身在屋子里乱踱起来。

"要不宣上官大人来问问？"王公公提议。

"不可！这明明白白地问了，以后君臣相处尴尬，也平添了猜忌……可是这要是不问，朕心里又堵得慌……"李治左右为难没个辙。

"那由奴才去敲打敲打？"王公公又出了个主意。

李治想了想又否了。

"不妥。仪爱卿是什么人？他能不明白，没寡人的旨意，你一个太监怎敢去敲打宰相？不妥不妥啊！仪爱卿性子烈，脸皮薄，他脸上挂不住，说不定一甩手走人，那寡人在朝中就成了真正的寡人了！"

李治举棋不定连连叹气。

"早知陛下为难，奴才就不该说，就当什么事也没发生过。"王公公说。

这是王公公说话的艺术，他不敢直接劝李治当缩头乌龟，打落牙齿往肚里咽心里疼着脸上笑着。

"那怎么成！朕是天子！后宫发生了这样的事，朕如何咽得下去，这以后朕还是朕吗？"李治忽然拍着桌子大怒。

一旁的王公公也感到束手无策，不能问不能敲更不能说破，咽又咽不下，如何有个中立的法子呢？王公公捶打着自个的脑门在挖空心思想办法，希望能为皇帝分忧。

"有了，明天夜里寡人邀仪爱卿上兰园赏雪，一样的情景，他自是明白寡人的用意。"李治踱了几圈突然想出两全其美的法子。

"陛下英明！他若是主动说，则说明他君子坦荡荡，他若是闭口不提，就说明他心中有愧。"

"若是他避而不提，就别怪朕……"李治目露凶光。

"陛下英明！奴才告退！"王伏胜退下没入黑夜中。

第八章　深夜传诏妃子笑
小鸟依人非善辈

王伏胜退去后，魏国夫人从屏风后幽灵一样出来。

"恭喜陛下！"魏国夫人怪腔怪调没头没脑来了一句恭喜。

"爱妃都听见了吧！"李治说。

"听见了，所以恭喜陛下呀！"魏国夫人幸灾乐祸。

"都听见了还恭喜，何喜之有？爱妃是幸灾乐祸还是故意寒碜朕！"李治佯怒。

"恭喜陛下多了一顶王冠，不过是绿色的，而且是皇后娘娘亲赐的……"魏国夫人又是讥讽又是挑拨，她这是逮住机会非把武则天往死里砸。

"朕知道爱妃恨她，但她毕竟是你的姨，而且事情还没有搞清楚，所以不可妄下结论。"

李治说这番话，一方面是维护自己的尊严，另一方面是不自觉地维护武则天，毕竟他们曾经海枯石烂过，毕竟他们曾经并肩战斗过，毕竟他们有过太多的恩恩怨怨。

"难不成还是妾的错？是妾妄下结论？是妾嫉贤妒能？是妾小肚鸡肠，是妾……呜……"魏国夫人掩面哭将开来。

"呜——陛下口口声声说有多爱妾，原来都是诓妾的，呜……"

"娘啊，你死得好惨啊——呜——亲娘，你快来把女儿带走吧，呜……"魏国夫人不理会李治的又哄又劝，只管哭。

"朕答应爱妃，只要她做了有损母仪天下的事，朕绝不姑息养奸！"李治被逼急了不得不拿出态度来。

"怎么个不姑息养奸？是禁足还是废了打入冷宫？"魏国夫人立刻停止了

哭闹，紧逼上去。

李治不过是随口一说，没承想贺兰敏月一口气不给喘就逼上来。

"这——这，朕还没想好。"

李治话音一落，贺兰敏月又"呜"的一声哭将开来。

"呜——臣妾就知道陛下又是诓臣妾的，就像当年诓臣妾娘一样，娘被诓进枯井了，臣妾也不知将来要被诓进哪口枯井，呜……"

贺兰敏月这番话，让李治既感到万分内疚，又心疼得紧。韩国夫人死在枯井里的惨状他永远忘不了，他绝不能允许这样的事情再次发生，而且是发生在贺兰敏月身上。

"她敢！她若敢动爱妃……"李治话没说完，王公公又慌慌张张地闯了进来。

王公公吓得浑身哆哆嗦嗦。

"狗奴才，何事如此惊慌！"李治正没处撒气，见王伏胜语无伦次地一头撞进来，便怒骂道。

"奴才，奴才死罪！"王伏胜说着"扑通"一声跪下。

"到底发生了什么快说！"李治气得踹了他一脚。

"奴才看了不该看见的……"王伏胜哆哆嗦嗦说道。

"不该看的也已经看了，朕恕你无罪，快说！"李治忽然反倒庆幸王伏胜闯进来搅了局，不然贺兰敏月还不知要闹成怎样呢。

"老奴看见……"王伏胜忽然又打住。

他忽然想到可怕的后果，自己要告发的人可是当今的皇后娘娘武则天！这个女人不是当年的王皇后好欺负，她是一只豺狼，不但凶残还擅长群攻，被她盯上的猎物没一个逃得过。"王伏胜啊王伏胜你可得想清楚了，弄不好捕猎不成反被猎物伤。"

刹那间王伏胜仿佛看见武则天凶残的目光正恶狠狠地盯着自己，不觉就打了一个寒战。

"怎么啦，药哑了不成！"李治瞪一眼颤抖得更厉害的王伏胜。

"陛下，老奴实在不敢说呀！"王伏胜哭丧着脸一个劲地磕头。

"是有关媚娘的吧？"李治一点不傻，除了武则天没谁能把已混到太监总管的王伏胜吓成这样。

"陛下英明！"

"媚娘她怎么了？难不成又夜访仪府？"李治脸色大变，怒气油然而生。

"是，是厌胜！"王伏胜终于射出这颗可能击倒武则天的子弹。

"什么？堂堂皇后居然行厌胜！反了，反了，疯了，疯了，朕看她是疯了……"李治像一只被激怒的困兽，拍案腾起，在屋子里来回胡乱地走，可又不知如何处置好。

"如此无行无德无法的皇后，不废鬼神难容！"魏国夫人贺兰敏月见机会来了便跳起来一声大喝。

这一声喝，让整个屋子瞬间静下来，李治定定地看着贺兰敏月。这个往日小鸟依人的美人儿，让他刮目相看。

王伏胜定定地看着李治，他要从李治的脸上找风向。

好半天李治缓过神，理智恢复正常。

"王伏胜，此事当真？"李治一脸严肃。

"回陛下，千真万确！"

王伏胜便把武则天行厌胜的前前后后，还有自己手下小太监以及今晚自己亲自盯梢的过程细细陈述于李治。

"王公公，当年王皇后是怎么被打入冷宫的？"贺兰敏月心下狂喜，她必须抓住这个机会，她有目的地提及王皇后。

"回魏国夫人，因行厌胜被打入冷宫，后被赐死。"

王公公明白贺兰敏月的用意，也有意拖泥带水带出"赐死"二字。这一刻起王伏胜与贺兰敏月就是一条船上的人，什么都不用表明，他们自然而然地并肩战斗。

"行厌胜按法该当何罪？"贺兰敏月再问。

"回魏国夫人，宫女行厌胜杖杀，妃子打入冷宫永不见天日，皇后重则废……"王伏胜说着偷眼看李治的态度。

李治当然明白贺兰敏月在引导自己做决定废武则天，但他却又一次犹豫不决。他也说不清，为什么一次次到了关键时候就犹豫，甚至内心有一种莫名的恐惧感。完全不似当年废王皇后那样，说废就废。

李治不语，久久沉默。

"陛下……"贺兰敏月嗲嗲地唤一声便滚进李治怀里，她要使美人计。

"陛下不会徇私枉法吧?"她嗲着声一边伸手摩挲着李治。

"朕,当然不会,国法面前人人平等。"李治嘴上逞强道。

"好!王公公还愣着做什么?没听见陛下的话,国法面前人人平等,还不速速将武媚娘打入冷宫!"贺兰敏月从李治怀里一跃而起命令王伏胜。

"遵命!"王伏胜应声转身欲去。

"等等……"李治忽又阻止道。

"陛下!"贺兰敏月吃惊。

"陛下可不能食言,方才还答应过臣妾,如若武媚娘再犯绝不姑息养奸!"贺兰敏月使出撒手锏给李治上顶杠。

李治不语,他想着怎么才能搪塞过去。

"呜——陛下又诓臣妾了,原来臣妾的真心换来的都是陛下的虚情假意,臣妾活着还有什么意思,不如早早地随亲娘去了干净……"贺兰敏月哭着佯装一头就往柱子上撞去。

李治一把拽住。

贺兰敏月这一闹,李治被顶到墙上,再无法拖泥带水蒙混过关了。

"爱妃别急,皇后乃一国之母,废后不是朕说废就废得了的,得启诏,过三省六院……"李治为自己找了个堂堂正正的理由。

"臣妾不管,反正今天不是臣妾死就是她亡!"贺兰敏月下定决心必须在今夜搞定武则天,否则过了这个村就没这个店。

"陛下,不如传上官仪来拟诏……"一旁的王伏胜提议。

王伏胜当年帮助过武则天击败了王皇后,可事后并未遂王公公意,武则天并未把后宫大权全部交给他,相反武则天还起用了自己的心腹赵公公来制衡他,这使得王公公一直怀恨在心。

李治想,这是个不错的主意,一来可以延缓,二来可以试探上官仪的态度,是一举两得的好办法。

"传朕旨意,宣上官仪!"李治道。

王公公欢天喜地遵旨而去,贺兰敏月破涕为笑。

第九章　大祸临头却不晓
启诏案前两相难

夜深，上官仪辗转难眠，天明就是朝日。见了陛下该如何对陛下言明武则天夜访之事呢？有些事情怕是越解释越解释不清，正所谓越描越黑。摁下不说？更不妥，陛下终归会知道，到那时更是跳进黄河也洗不清了。唉！上官仪对着长夜不住地叹气。

"唯有辞官，别无他法。"杨太太三句不离辞官。

"即使辞官也得对陛下有个交代！"上官仪说。

"交代什么，你交代得清楚吗？她是皇后娘娘，陛下能信你吗？陛下为了面子只能信皇后知道吗！"杨太太不愧为相门之女，看问题看得透彻。

"老夫当如实相告，至于陛下信不信，那是陛下的事。"上官仪又犟上了。

"老爷，妾再说一次，您可以拿自个的命犟去，妾也不怕死，可您不能把这个家犟进去，您要心疼心疼孩子们……"杨太太流着泪。

"妇人之见！亏你还出自宰相之门，知书达理！儒家曰国盛家兴，国强民富。眼下皇后专恣，奸臣当道，陛下大权旁落，边关战事不断，老夫怎能在这多事之秋存私心弃国家而去！贪生怕死不忠不仁不义这有违我上官氏祖训！"

上官仪只顾了慷慨激昂，却没顾着杨太太受不了。

杨太太是前朝宰相杨恭仁之女，金枝玉叶，从小就没受过委屈。嫁了上官仪做了太太，勤俭持家，行善积德，与上官仪恩爱有加，上官仪对她从没有过一句高声的话，今天是第一次对她如此不敬。

杨太太的身子越来越抖，她想控制都控制不住，最后像筛糠一样地打着抖。

"夫人?"上官仪感觉到了杨太太在打抖,也意识到自己言重了,伤着夫人了。

"夫人……老夫……"上官仪心疼地搂过杨太太,想道歉却又说不出口。

"老夫言重了,别往心里去,也不必过于担心老夫,是福不是祸,是祸躲不过。"上官仪帮夫人压了压被头,算是给夫人赔不是。

……

四更鼓,一只犬吠带动几十只犬吠,接着王公公敲开了上官府邸的大门……

李治见到上官仪,连寒暄的话都没说,就直截了当让上官仪拟诏废皇后。

"陛下要废谁?"上官仪不敢相信自己的耳朵。

"她身为皇后,不能母仪天下,居然在宫中行厌胜,朕已经到了忍无可忍的地步。"李治咆哮着,一边观察上官仪的脸色。

"皇后行厌胜?"上官仪不相信武则天会做这样的蠢事。

武则天就是用厌胜这一招扳倒王皇后和萧肃妃的。她是个大智大慧的女人,怎会明知不可为而为之?再说了她已是要风得风要雨得雨的皇后,甚至做得半个皇帝的主,她需要行哪门子厌胜?这不合常理。

"老奴亲眼所见。"王公公说。

王公公又把如何发现武则天行压胜的经过叙述一遍,李治在一旁仔细观察上官仪的表情。

"你听听,这还了得,皇后带头,今日行厌胜,明朝行蛊,无须多日,这后宫就要被她搞得乌烟瘴气了!王伏胜,笔墨伺候,朕,非废她不可!"李治这会儿也不知怎么想的,忽然果断而绝情。

"废后乃朝廷大事,非儿戏,不如明日朝堂上商议后再定夺?"上官仪想缓和一下。

此时上官仪考虑更多的是全局。武则天经营朝政已达十三年之久,如今她已是羽翼丰满的狼,仓促贸然废之,恐引发国内动乱,从而引发边境战火,处理不好还恐危及江山社稷。

"仪爱卿记得汝曾建议废之,今咋心软了?"李治沉下脸。

"陛下，此一时彼一时啊！"上官仪说。

上官仪心下想，如今的武则天已不是一个后宫皇后那么简单了，朝廷上下她党羽遍布，不可轻易言废。可在李治听来却不是那么回事，他听出来的是酸溜溜的醋，是上官仪被武则天腐蚀了，上官仪爱上了武则天。

"何谓此一时？何谓彼一时？此一时是不是'瑞雪掩晨曦'"李治拍案怒道。

"瑞雪掩晨曦？"这不是自己被武则天逼着吟诵的诗吗？陛下怎就知道了？

"陛下，臣罪该万死！"上官仪"扑通"一声就跪下请罪。

"仪爱卿何罪之有？"李治沉声问。

这分明是明知故问，可上官仪却无言可答，正如夫人杨太太所说你能说皇后非礼吗？不能啊！

上官仪仰天长叹，但经过一番思考，上官仪依然决定言明利害。

"臣以为不可仓促废后……"可上官仪话未说完就被不耐烦的贺兰敏月给打断。

"大胆逆臣，竟敢违抗圣旨！"贺兰敏月朝上官仪怒目一声喝。

上官仪一看，嘿，就是霸道十足的武则天也不曾训教过自己，从唐太宗到李治，自己侍候过两朝皇帝，皇帝都视自己为上宾，何时受过此等侮辱？上官仪霎时羞愧难当，满脸憋得发紫。

"陛下在此，何人敢在此撒野？"上官仪高声喝道，且目光转向李治皇帝。这架势分明是向李治抗议，请求李治给个公道。

李治暗想，"好你个上官仪，你已经夹枪带棒地骂了她，还要朕给你公道，明明知道她是贺兰敏月，却说是何人撒野，这分明是骂她不是个东西！可又一想，呵，也只有你上官仪有这股子血性"。

"爱妃，不可对仪爱卿无礼！"李治还是给了上官仪一个薄面。

"仪爱卿迟迟不肯下笔不会是英雄难过美人关吧？朕听说媚娘深夜驾临府上？"李治突然赤裸裸地问。

李治这么做分明是要以此来压一压上官仪，也是要为贺兰敏月刚才吃了哑巴亏出口恶气。

"陛下！切莫听信谗言，臣对陛下的忠心，天地可鉴！"上官仪慌忙表白，但神色难免有些慌乱，毕竟自己说不清啊！

"朕若是信了谣言，爱卿的人头早搬家了，汝还能跪在这里吗？"李治的目光望住屋顶说，以此表现出皇帝的至高无上。

"臣谢陛下信任！"

"别谢早了，常言道无风不起浪，爱卿又如何证明给寡人看呢？"

上官仪心一咯噔，"陛下要我证明，无非是要逼我写废后诏书，看来今天不写是不行了！我上官仪可以轰轰烈烈地死，但绝不能担下鸡鸣狗盗之骂名"。想到这的上官仪上前一步跪下道：

"臣遵旨！"

上官仪站起，走到案桌前。王伏胜早铺好了纸，磨好了墨，上官仪拿起笔，蘸了墨，唰唰几笔下去，列了武则天十大罪状。专横跋扈、结党营私、反天之刚、挠阳之明，武后专横，海内失望，应废黜以顺人心！

诏书写好，李治看了，暗暗叹服上官仪的文采，不假思索如同宿构。贺兰敏月看着废后诏书，小心脏突突突地猛跳，幸福来得太快太突然，简直不敢相信她处心积虑的废后梦就在今夜就在此刻实现了。

她偷偷掐了一把自己，疼着，说明不是梦，她禁不住"扑哧"一声笑，接着又"扑哧"几声笑，再接着"咯咯咯"地大声笑。

贺兰敏月只顾了高兴一个劲地笑，不曾想一声断喝从天而降。

武则天虎威一般地立在门口，目光逼视着李治……

原来王伏胜出宫早被赵公公门下的小太监顺子盯上。王公公的一举一动小太监顺子一溜烟报告到武则天那儿。

上官仪掌管诏书，非军国大事不会深夜召见，但武则天判断绝非军国大事，若是，李治必然把这麻头的事扔给她。"何事值得皇帝深夜召见上官仪？而且还要瞒着本宫"，武则天做着各种推测，但有一点可以肯定，一定于自己不利。

"不行，本宫得亲自去看看。"武则天决定亲自去甘露殿探个究竟，就在此时，武则天安插在皇帝身边的宫女跌跌撞撞地跑来报告了甘露殿发生的一切。

第十章　忠君保皇舍头颅
挺身而出护君王

武则天看着废后诏书，肝肠寸断，怒火中烧，百感交集……她怒视着上官仪悲愤交加，这是她心仪爱护的臣子，却列了她十大不可饶恕的罪状。

她泪水涟涟，又含情脉脉走近李治。她开始倾诉他们之间走过的坎坎坷坷，倾诉他们之间难忘的岁月，倾诉他们相爱的点点滴滴，倾诉她的劳苦功高……

李治蜷缩着，内心被一点一点感动着，可一旁的小心肝贺兰敏月正拿眼神盯着，李治瞟一眼贺兰敏月，腰板一下子又挺直了，脖子扭一边不理会武则天，但武则天依然满面泪水倾诉着……

突然外面传来风动的声音，声音越来越近，越来越清晰，直到在场的人都辨清这不是风吹树叶作响的声音，而是禁卫军跑动盔甲摩擦发出的声音。

李治惊得瞠目结舌，难道媚娘要兵变？上官仪亦是瞪大眼睛，难道武则天真敢发动兵变？李治的目光扫向上官仪，上官仪的目光望向李治，君臣俩不约而同对视了一眼，上官仪看见李治求救的眼神……

这一切都没能逃过武则天的洞察，她知道她的疑兵计奏效了。

原来武则天在来时已假传圣旨，说有刺客入宫，让禁卫军保护皇帝，将甘露殿团团围住，以此给李治造成兵变的假象。李治和上官仪果然上当，武则天暗暗庆幸。

还得加一把火，假戏才能做得真。武则天心里这样想着，便走到案桌前拿起废诏书一把撕碎用脚踩，而后一声怒问：

"废后何人所为？"

屋内鸦雀无声，贺兰敏月是废后的主谋，可是李治不愿意把小心肝推出去，这一推贺兰敏月就是个死字，他不忍心也舍不得啊！

"说，何人所为？"武则天又一声怒吼。

此时的武则天完全不是刚才那个哭哭啼啼悲悲切切的小女子了，而是怒目圆睁，威风八面，像一头捍卫山头的母狮，雄立于山巅发出威霸四方的吼声。

李治的身体不自觉地抽搐了一下，身子蜷缩得更小。他想到父亲唐太宗的玄武门之变，父亲杀死兄长李建成太子而后登帝；他想起舅舅长孙无忌的再三教导，帝王之家最是无情。"难道朕要死在这吗？"

"仪爱卿快救救朕！"李治又一次把目光扫向上官仪。

唉！陛下落到如此狼狈的境地！上官仪看不下去了，君亡臣死，君辱臣亡！罢！活一百年终归也是要死的，只要死得其所，死又何惧！想到这儿的上官仪只能将自己的生死置之度外。

"是罪臣所为！"上官仪挺胸担下了。

李治一看有人担下了，为了撇清自己立马火上添油说：

"媚娘，是上官仪言皇后专恣海内所不与废之！朕糊涂啊！"

李治说完还捶打自己的头表示后悔，搞得好像真是那么回事。

武则天哪里会信，她知道一定是小妖精贺兰敏月作祟的结果，上官仪是临时应诏进宫的，他就是个替死鬼。可上官仪担下了，这对武则天来说也是最好的结果，有人替皇帝担下，自己做个糊涂人，从今往后与陛下和好如初，至于那个小妖精就让她再多活几日，武则天想到这又一声大喝：

"来人，将逆臣上官仪拿下！"

……

上官仪立刻被冲进来的几个彪形大汉反卷了臂膀，押着出了甘露殿下进大牢。

第十一章　蒙冤抄家不忘忠
一条白绫话悲壮

一

　　杨太太见上官仪一夜未归预感不祥，忙把两个儿子上官庭芝、上官庭璋唤醒。

　　"你父亲走时目光忧郁，我们家怕是大祸临头了。"杨太太说。

　　"陛下夜诏父亲也不是第一次，别对着镜子挥拳头，自己吓自己。"上官庭芝不以为然。

　　"可这一次为娘的心摇得慌，冥冥中总有不祥之感。"杨太太说。

　　杨太太的直觉并非空穴来风，一是韩国夫人死后唐高宗与武则天的矛盾白热化，上官仪夹在中间，而上官仪又最不擅长在夹缝中求生存，二是恩师的突然出现，三是武则天的夜访，四是儿媳梦中的黑洞，种种迹象都让杨太太大感不安。

　　"太太许是没睡好，我没睡好时心也摇得慌。听大少爷的，别自个儿吓自个儿，也吓着孩子们！"吴妈说。

　　"吴妈，你不懂老爷他有多难……"杨太太说着喉管发硬，她停顿了一下继续说。

　　"武后深夜驾临已是不妥，又逼着老爷吟诗，武后这样做的目的，就是要老爷横竖都摊着事，让老爷在陛下面前百口难辩啊！"杨太太抹着泪。

　　杨太太一针见血。她虽为妇道人家不涉政治，但她毕竟出自宰相之门，从小就耳濡目染政治斗争。

"要不我进宫去打听打听?"上官庭芝说。

"也好,快去快回。"杨太太说。

杨太太话音落下,管家丁贵跌跌撞撞地回来了。

"不好了,太太,老爷他……"丁贵带着哭腔。

杨太太惊得"咯噔"一下,手中的念珠掉落在地,但她努力镇定住。

"老爷他怎么了?别急,慢慢说……"杨太太说。

"我在宫外等了老爷一宿不见老爷出来,天亮见宫里有太监出来,我上前一打听,才知老爷下大监了……"丁贵哭着一口气说完。

"下大监?知道为何由?"上官庭芝问。

"他们说老爷谋反,深夜行刺皇上!"丁贵回答。

"胡扯淡!岂有此理!说全天下的人谋反我都信,但说父亲谋反还行刺皇上简直是无稽之谈!这一定是有人栽赃!娘,儿子进宫见陛下去!"上官庭芝毕竟年轻,他还没看懂眼前发生的一切。

"别去!"杨太太缓过气说。

"娘,为什么?要不儿子去找周王,请周王出面去把事情说清楚。"上官庭芝又提议道。

"不必了,扣上谋反的罪名,安能逃生?"杨太太表现得越来越镇定。

"吴妈,扶我进屋,你们都别离开,在客厅等我。"杨太太需要冷静一下,她要想想如何应对眼前的突发事件。

杨太太进屋不久就出来了,她把收拾的细软一一分发给下人,要他们远走高飞。

"吴妈,你也走吧,你是我娘家带过来的陪嫁丫鬟,伺候我大半辈子了,本来想,你老了给你个好的归宿,现在……"杨太太鼻子一酸说不下去了,她停顿了一下,擦去眼泪继续说。

"现在是不行了,我这只镯子是我娘家的压箱嫁妆,还算值钱,你拿去算是我给你的养老钱。"杨太太一边说一边把手腕上碧绿碧绿的玉镯脱下来要给吴妈,吓得吴妈赶紧拦着。

"太太,使不得!我从小孤苦伶仃,如果没有老爷和太太我都不知死几回了,这么多年来,太太没拿我当下人看,和我姐妹相称,我在这个家就像在自己的家一样，我心里还老想着没机会报答太太呢，现在太太有难，我吴妈怎么能拿太太那样金贵的玉镯，又怎么能走呢!"吴妈啜泣着说。

"我们也不走，老爷平时从不拿我们当下人看，现在老爷不明不白下大牢，我们怎能甩手走人呢!"

管家丁贵第一个表态，接着香芸以及栓福都纷纷表示不走。

"你们的心意我替老爷领了，可是你们必须走，老爷的罪名是谋反，估计很快就要来抄家，你们不走也是白白的受连累，这样反叫老爷不安的!"杨太太说。

"吴妈，你不收着一会儿来抄家，八成要被糟蹋了!"杨太太再一次把玉镯塞给吴妈。

"太太这么说，我先替太太收着。"吴妈说。

还剩下丁贵一个人没有领细软，杨太太看了一眼丁贵，而后拉着他的手问：

"丁贵，老爷平时对你怎样?"

"好着呢!"丁贵说。

"家里的佣人就数你最机灵，我想求你帮老爷办件事你可愿意?"杨太太说。

"说吧太太，老爷的事就是我丁贵的事，别说一件，就是十件百件也不敢推辞!"丁贵拍着胸脯说。

"那好，这些是我和老爷的全部家当，我交给你，你现在就带着庭璋的三个孩子往南逃，能逃多远逃多远，给老爷留下一门香火，老爷在九泉之下也会感激你的!我老太婆先给你跪下磕头谢恩!"杨太太说完对着丁贵真就跪下磕头谢恩，丁贵连忙阻止。

"太太使不得，使不得啊!"丁贵连忙扶起杨太太。

"庭璋，快把孩子们抱上马车，不要耽搁，越快越好!"杨太太担心迟了就走不了了。

丁贵迅速套上马车，带着上官庭璋的三个儿子上官经野、上官经国、上官经纬匆匆消失在黎明中。

其余的佣人在丁贵走后都纷纷离去，只有吴妈和香芸说什么也不走，杨太太也拿她们没办法。

打发走下人，天已经大亮，杨太太想，抄家的该在来的路上了，该对孩子们说的话也该说了。

她把庭芝和庭璋拉在怀里，像儿时那样抚摸他们，而后问："孩子，你们不想死对吧？"

庭芝和庭璋对视一眼，但没敢说出来他们不想死。

"娘理解，你们还这样年轻，有谁想死呢……"杨太太叹气。

"娘，别一口一个死字，我们还是快想办法救爹吧！"庭芝说。

"孩子，但凡救得了，你娘可以豁出这张老脸，扛了老妇父亲的灵位去求陛下，只是孩子，你还没看懂呀，栽赃你父亲的正是陛下和武后啊！"杨太太说出问题的所在。

"这么说，我们是死定了？娘，我不想死，您救救我们吧！"庭璋扑进母亲怀里哭泣起来。

"不许哭，你爹平时是怎么教导你们的？"杨太太扬起手就打了庭璋一巴掌，并一把将庭璋推出去。

"庭芝，你是哥哥，你先说你父亲平时是怎么教导你们的？"杨太太严厉问道。

"居官者清白持身，读书者着实用功，农耕者及时播种，工贾者业术精专，治家者勤俭守己，将者卫国，臣者尽忠！"上官庭芝在母亲严厉的目光下完整地背诵了一遍祖训。

"庭璋，过来。"

杨太太又慈祥地把小儿子拉进怀里抚摸着他被扇的脸颊轻声问道："疼吗？是娘急脾气，娘不好！"

杨太太抚摸着继续说："儿呀，即使活一百岁人终归是要死的，所以死不可怕，只要死得其所！"

杨太太语重心长。

"若真能死得其所，儿也心甘了，可我们现在是冤大鬼啊！"庭璋争辩道。

"是啊，娘也为你们遗憾，没能为国而死！但是，能为你们的父亲而死也不冤，你们的父亲是堂堂的汉子，是下凡的文曲星，他的英名和他的诗都将千秋万代！"杨太太说着眉宇间便舒展了许多，仿佛也是劝慰着自己。

"娘，儿子明白了！"庭芝仰起头说。

"庭璋，你明白了吗？"杨太太问。

"儿子就是不想死得这样冤！"庭璋抹一把泪说。

"唉！"杨太太叹气。

二

日出三竿，抄家的羽林军已将上官府邸团团围住，其中一股人冲进府里，再立刻分成两行队列，笔直整齐地排列在客厅的两边。杨太太是前朝宰相杨恭仁的女儿，她见过这阵势，这是要宣读皇帝圣旨。

列队完毕，许敬宗从马车上由赵公公扶着下车。

许敬宗，永徽五年（654）因"废王立武"有功，成为武则天的心腹，随后政治扶摇直上，先后擢礼部尚书、中书令，拜尚书右仆射、太子少师，加光禄大夫衔，封高阳郡公，位极人臣到极致。

许敬宗从马车上下来踱着方步走进大厅，他把胸挺的快没法呼吸，头仰到脖子无法再拉长，俨然一副小人得志样。

他立在客厅的中央，接过赵公公展开的圣旨，扫视一遍喝声道：

"反贼家眷接旨！"

许敬宗话音落下，杨太太不紧不慢不卑不亢领着家人跪下接旨。

接着就听许敬宗宣道："奉天承运，皇帝诏曰，上官仪勾结已废太子李忠谋反，深夜入宫企图行刺皇上，现已打入死牢，其子上官庭芝、上官庭璋一并押解下狱，待斩不赦，家产如数籍没，家眷充宫为奴，家奴遣散。"

这是麟德元年（664）腊月十五。

许敬宗宣读完毕，刚才列队的羽林军迅速扑上去反卷了庭芝和庭璋的手臂，接着就要押解上囚车。

"慢，老妇还有几句话要说！"杨太太突然一声喝，阻止羽林军立刻把庭芝和庭璋押解上囚车。

杨太太先是走向长子庭芝，帮他整了整衣领，完了又走向幼子庭璋，也帮他整了整衣领，擦去他的泪水，然后语重心长道：

"孩子，记住，做上官氏的男儿，只能流血不能流泪！要像你们的父亲，死也要堂堂正正站着死知道吗？见到父亲告诉他，娘不后悔嫁他！娘在另一个世界等着他！"

杨太太说完，最后一次帮两个儿子整了整仪容。

"好了去吧！"杨太太推开两个儿子迅速转过身子，她不想让儿子看见她的泪水。

"娘——保重啊！儿子走了！"庭芝和庭璋一边被推着往外走一边关切着母亲。

"记住娘的话！别让你娘和你爹遗憾！"杨太太追上去喊道。

"娘，我和弟弟不会给爹丢人的，我们上官氏一门世代忠烈，死而无惧！"上官庭芝冲母亲喊。

"好，像你爹，娘放心了！"杨太太追出去，想最后再看看两个儿子，却被羽林军拦在府门内。

"我的眼睛，我的眼睛……吴妈……"就在此时杨太太突然失明，她什么也看不见了。

"娘，你咋了？娘……"庭芝和庭璋发现母亲不对劲便拼命地喊。

"娘没事，告诉你爹，娘不后悔，娘喜欢他倔驴！"

杨太太被吴妈扶着坐下。

"钰儿，你过来。"杨太太把满面泪水的郑钰瑶叫到跟前。

"钰儿，以后你就是长嫂如母。到了掖庭，无论多难，都要活下去，要把婉儿抚养长大，你能做到吗？"杨太太抚摸着儿媳郑氏。

"娘，您的眼睛咋啦？"郑钰瑶哭着问。

"太太她准是伤心过度，眼睛突然失明了！"吴妈哭着说。

"不要哭，答应娘，把婉儿抚养长大，教她吟老爷的诗，好吗？"杨太太恳求道。

"娘，儿媳一定做到！"郑钰瑶说。

"慧儿，你也过来……"杨太太又把庭璋的妻子李慧叫到跟前。

"你毕竟与皇室沾亲带故，金枝玉叶，想必多少有些照顾，婉儿还在襁褓中，娘求你照顾着她们可以吗？"杨太太握紧庭璋妻子李慧的手说。

李慧是唐太宗李世民长子李承乾的女儿，毕竟与皇家沾亲带故，所以杨太太希望李慧能照顾着婉儿娘俩。

"娘，儿媳一定听娘的！"李慧答应道。

"那娘就放心了！吴妈，扶我进屋帮我拾掇拾掇。"杨太太交代完一切，变得更加镇定自若，好像什么事也没发生一样。

吴妈把杨太太扶进里屋，先是帮着梳了头，挽了一个她年轻时候最喜欢的高发髻，再按杨太太的吩咐拿出杨太太结婚时候穿的衣裳，杨太太让吴妈给她换上，然后叫吴妈为她找条白绫！

"太太？你这是要干什么?！"吴妈吓得一把抱住杨太太哭。

"太太，您别这样啊，这万一老爷生还了，太太您却走了老爷该有多伤心啊！"吴妈哭着劝。

"老爷他是回不来了！那头犟驴没人比我更了解他，他宁愿站着死绝不会跪着活！"杨太太提起上官仪是犟驴免不了露了一丝笑意。

"太太，那就带我一起走吧，让我在那边继续照顾太太和老爷……"吴妈跪下泣不成声。

"起来吧，好妹妹，你不能跟我走，如果你真念着这个家，我想再对你自私一回，婉儿她还在襁褓中，我放心不下……只是，只是这个要求对你太不公，我，我说不出口……"杨太太摆摆手欲言又止。

杨太太希望吴妈跟郑钰瑶一起进掖庭为奴，这样对婉儿也好有个照顾，可是这个要求实在是太过分了，她实在说不出口。

"姐姐要我做什么都可以，但妹妹就求太太一件事，活下去！"吴妈哭着说。

"我的好妹妹，我要去另一个世界陪老爷，没有老爷我活不下去的！再说了，我好歹是相门之女，金枝玉叶，如何去得宫里为奴？与其苟活着不如悲壮地死！"杨太太对吴妈交了底，吴妈知道再劝也无用，只得抱住杨太太狠哭一场，而后退下把房门带上。

三

杨太太用一条白绫结束了生命！郑钰瑶和妯娌李慧以及吴妈一起将杨太

太的尸体放平，吴妈哭得死去活来，婉儿在香芸手中抱着亦哇哇大哭，仿佛她知道奶奶去世一般。

郑钰瑶咬紧牙关不让自己哭，杨太太死了，她就是长嫂。长嫂如母，她现在是这个家的主心骨，她必须坚强。她向许敬宗提出要装殓杨太太但遭到拒绝。

许敬宗不仅拒绝装殓还要以抗旨罪名抛尸荒野。许敬宗一声令下，立刻有几个羽林军冲上去抢夺杨太太的尸体，吴妈死死趴在杨太太的身上不让，李慧也拼死拦着羽林军。

"武后赐恩的凤冠在此，见凤冠如见武后，忤者死！"

郑钰瑶突然拿出武则天赐的凤冠，许敬宗不敢违抗连忙派人报告给武则天，武则天一来赏识杨太太的刚烈，二来自己不好食言便准了。

这是武则天夜访仪府时赏赐给婉儿的凤冠，且承诺可以拿这顶凤冠求武则天三件事。

郑钰瑶忍着悲痛将杨太太的尸体装殓，而后登上囚车准备入宫为奴，可许敬宗却突然一声喝：

"慢！"原来许敬宗清点人头发现少了三个人。

"反贼的三个孙子哪去了？"许敬宗盯着郑钰瑶问。

"不知道！"郑钰瑶说。

"你是孩子的母亲，你说，他们哪去了？"许敬宗又恶狠狠地问李慧。

"呸！"李慧啐了许敬宗一口，可回敬李慧的是左右开弓的耳光，李慧的脸上立刻凸起几道红肿的手指印。

"呸……"李慧缓过气又是一口啐过去。

"给我吊起来抽！你以为你还是金枝玉叶的公主吗？你以为你还是宰相的儿媳吗？"许敬宗恼羞成怒。

许敬宗一声令下，立刻上来几个羽林军将李慧五花大绑吊起来，许敬宗拿着从箩筐上卸下来的棕绳把李慧往死里抽打。

"你狂，老夫叫你狂！落毛的凤凰不如鸡！你现在是罪臣的家属知道吗？"许敬宗抽累了一边歇气一边不停地骂道。

"呸……"李慧缓过气慢慢睁开眼，见许敬宗小人得志的嘴脸在自己眼前晃，她全然忘记婆婆的嘱咐凡事要克制，她对着许敬宗的脸又是一口啐过去。许敬宗气得夺过羽林军的剑就要一剑刺死她，在这千钧一发之际郑钰瑶又是一声喝：

"凤冠在此，谁敢造次？"郑钰瑶举着凤冠一步一步走过去，用自己的身体护住李慧。

许敬宗恨得咬牙切齿。

"他们一定逃不远，杨都尉你带一队人马追。"许敬宗立刻部署抓捕上官仪的三个孙子。

"赵公公，你回宫请旨，加派人马追，另外，全城张贴告示，尤其要通报陕县，陕县是反贼的老家……"许敬宗迅速张开了一张缜密的追捕大网。

"许敬宗你不得好死……"李慧恨得一口鲜血喷出，昏厥过去。

许敬宗看着得意，此时此刻他不知有多解恨，心想等把那三个兔崽子逮回来了，更有你好看的。

四

话说管家丁贵赶着马车匆匆出了城，一口气跑了二十里地，马车进了山，来到一个岔路口，管家丁贵忽然停下车不走了。

丁贵掂了掂包裹还算有些沉，他打开看，大多是杨太太陪嫁的首饰，还有一本上官氏家谱，丁贵不觉骂了一声晦气，一把将家谱抛下山坳，然后跳下车掀开帘子看了看车上的孩子。

三个孩子，大的只有五岁，小的还不满一岁，这往后的日子可难了。再想想自己带着三个叛贼的孙子逃，搞不好是要掉脑袋的，虽说上官仪对自己有恩，但我也不能拿命还吧？脑袋只有一颗掉了不会再长，我丁贵还要延续丁家的香火，我爹还等着我光宗耀祖抱孙子呢。不如把他们弃在山里喂野狼？或者把他们交给朝廷？可是，这样做往后自己还能做人吗？还有，宫里的事情很复杂，咸鱼翻身的故事比比皆是，万一……那我丁贵就要吃不了兜着走咯。

丁贵放下帘子，反复思考着是继续带着他们逃还是撇下他们卷了财宝跑人。丁贵拿不定主意，最后他想了个折中的办法。

他决定隐在林子里等候消息，若上官仪无事，不多时必定派人来追，若天黑还无人来追，说明老爷是真出事了，那时再做打算不迟。

丁贵想到这不觉露了一个笑，且暗暗佩服着自己。

这边杨都尉带着一队人马一路追赶，不到晌午就追到丁贵他们躲藏的地界。

丁贵听见远远传来马蹄声。他屏息静听，马蹄声由远至近。丁贵的心跳得厉害，他拨开树叶偷偷往路上张望，这不看则已一看吓出了冷汗。

杨都尉领着一队羽林军，个个杀气腾腾。羽林军？杨都尉？难不成是追捕我等？如果是这样就糟了，自己也逃不脱干系了，怎么办？

丁贵想了想，杨都尉杨嘉本与上官仪是裙带亲戚，也是上官仪一路提携的，不如出去与他打个招呼，看看他的反应再做打算。

想到这的丁贵从灌木林跳了出去。

"哟，杨都尉，这是执行公务？"丁贵冷不丁出现在杨都尉面前。

杨都尉当然一眼就认出了丁贵。"你怎么在这？"杨都尉问。

"我……我想给杨都尉打听个事，我家老爷……"

"下大狱了，我们奉旨追捕……"

"不用追，我知道他们在哪。"丁贵没等杨都尉说完便出卖了三个孩子。

杨都尉不觉对丁贵投去一瞥鄙视的目光。

临走时，杨都尉道："卖主求荣的东西，上官仪真是瞎了眼，有你这样的奴才！"

"大难临头各自飞，杨都尉不也一样明哲保身吗？记得你这个都尉还是老爷提携的呢！"丁贵反唇相讥。

"不错，上官仪是提携过杨某，但今天的事，一码归一码，我杨某人不是个忘恩负义之人，但也不是一个不讲原则的人，他提携杨某是私情，杨某定会用自己的方式去报答，他叛逆朝廷，那是国家社稷之事，恕杨某铁面无私！"杨都尉杨嘉本铿锵有力地回道。

"我呸，过不了多久他就人头落地了，你还怎么报答？这话连你自己都骗不了吧？"丁贵再次反唇相讥。

杨都尉一时无语，但心中有一股莫名的怒气。

"滚！"杨都尉把所有的鄙视和怒气都倾注在了这个滚字里。

第十二章 一夜楼塌变宫奴
鬼门关前唤婉儿

御史中丞郑崇素一早来到掖庭探望女儿郑钰瑶。

郑钰瑶正发着高烧，她已经三天三夜粒米未进，婉儿躺在她的身旁已经哭哑了嗓子。

郑崇素环顾四周，一间简陋的木屋不到六平方米，发着黑的木板墙歪歪倒倒，有的木板已经部分脱出榫卯，给人的感觉是只要手指轻轻一戳木屋就能倒；木块与木块之间也多有缝隙，有的木块底部已经腐烂。窗户由于年代的久远而歪斜着关不拢，寒冷的风呼呼地肆无忌惮地钻进去。再看她睡的床，几块木板架在两把长条木凳上，上面铺了些稻草，被子又旧又单薄。这样的环境，就是一个壮年汉子也会被折磨病倒，何况是一个身心正遭受了重创，又还在月子中的娇弱女子，怎能经受得了啊。

唉！真是世态炎凉啊！郑崇素重重地发出一声感叹！想他上官仪为相时，多少人苦于亲近无门，一朝有难，连只狗的待遇都不如，这宫里的猫猫狗狗的窝都比这强啊。

"这哪是人住的地方！"郑崇素由感慨到愤怒。

"父亲，你来了，我，我怕是，挺不过去了……"郑钰瑶断断续续地说着，不觉哗啦啦就滚出两行泪。

"只是，只是婉儿，她，太可怜了，她还在襁褓中……"郑钰瑶哽咽，每吐一个字都得歇上一会儿。

"女儿呀，你一定要挺住，你若是不挺住，那婉儿……"郑崇素说不下去了，他的喉管硬邦邦的。

"我，倒是想，为婉儿，活下去，可是，可是，就怕愿不由人，你看，才几天，我就，病成这样子……"郑钰瑶一边说一边流泪。

她伸手抚摸婉儿。

"婉儿，你才来这个世界，你让，为娘的，怎么丢得下你呀……"郑钰瑶忍不住簌簌地哭。

"女儿，听爹说，为了婉儿，为了你娘，也为了老父，你一定要打起精神挺住，你等着，爹去想办法。"郑崇素说着转身就要走，可被郑钰瑶喊住。

"父亲，你救救庭芝好吗？女儿求你了！我不能没有庭芝，婉儿也不能没有爹！"郑钰瑶强打起精神流着泪求父亲。

"女儿呀，若是爹能救，那还要女儿开口吗？若是爹的性命能换回他们，爹爹都愿意换，只是这被扣上了谋反的罪名！……"郑崇素抚摸着女儿说。

"快，快拿凤冠去求武后，武后说过可以求她三件事，女儿求了两件，还可求一件！"郑钰瑶说着把凤冠塞给父亲。

郑崇素不知该怎么对女儿说，其实他来，除了来看望她外，还是来告诉她腊月廿五是行刑的日子，只是看见郑钰瑶病成那样，没敢告诉她。

良久，郑崇素拿着女儿塞给他的凤冠默默地走了。但并不是去找武则天求情，因为他清楚，那是徒劳的，求些小事还可以，求赦免是不可能的，武则天的脾气郑崇素非常清楚，不为所用必除之而后快。

其实郑钰瑶也是明白的，不然她早拿着凤冠去求武则天了，不必等到今天。

郑崇素出了掖庭直奔赵公公府上。他想凭自己御史中丞的老脸求赵公公给个照顾，请掖庭溪官给郑钰瑶看个病再挪个好一点的住处。

赵公公一边挖着耳朵，嘴里哼啊嗯啊的就是没个准话，郑崇素知道这是没带礼物的缘故。他摸摸怀里揣着的凤冠，可是不行啊，这是武后的赏赐，损了半根毫毛都是死罪，更不可以赠人。

"赵公公，老夫今天来得匆忙，改日一定补上孝敬！"郑崇素说。

"哎哟，郑大人看你说的，您是御史中丞，谁还敢要大人的孝敬，那不是虎口拔牙找死吗？"赵公公一边说一边瞟了一眼郑崇素拇指上的那枚玉扳指。

郑崇素心想，好你个狗太监，想要老夫这枚扳指呀，这可是老夫的传家之宝！好几代人传下来的啊！！但又一想，宝贝再金贵还能金贵过女儿和婉儿的命吗？罢了，财宝不过是身外之物，为了女儿……

郑崇素心一横，牙一咬，将扳指脱下递给赵公公。

郑钰瑶果然得到特殊待遇，看了掖庭医挪了屋子。

然而，几帖药下去不见好转，因为郑钰瑶的病根在心。一夜间家破人亡，恩爱夫妻就要阴阳两隔，她从做母亲的大喜中瞬间坠落到大悲中，这一喜一悲有如热寒交织在她的体内逆转。

郑钰瑶的病情越来越重，时不时神志不清，奶水已经断给。婉儿饿得"哇哇"啼哭，直到哭哑了嗓子无力啼哭。

这可如何是好？郑崇素急得嘴唇冒了一排的水泡。还有一个严峻的问题摆在他面前，自己不能老往掖庭跑，跑一趟是管事的给足了面子，跑两趟是卖尽了人情，三趟四趟还可觍着老脸，可再往后呢？面子和人情终归有个尽，这往后怎么办啊！郑崇素束手无策连连叹气。

"嫂子，你要挺住……为了婉儿你也得挺住啊！"妯娌李慧夜里过来，见一个病得昏迷不醒，一个饿得奄奄一息便直掉眼泪。

"婉儿……婉儿……"昏迷中郑钰瑶喃喃地呼唤着婉儿。这是她意志中牢牢抓住的东西，才使得她终没有坠落生命的悬崖。

李慧抱起婉儿，婉儿"哇"的一声又哭开了，可声音比新出生的小猫还弱，小脸蛋儿亦小了几圈，皮肤皱巴巴的，活像个木乃伊。李慧心疼得眼泪簌簌直掉。她试着把馍放嘴里咀嚼后吐出喂进婉儿嘴里，没想到饿了几天的婉儿居然"吧唧吧唧"地吃起来，只是才吃了几口便噎得半死。

郑崇素不忍心看，他转身急匆匆出了宫，他得去想办法。

第十三章　腊月廿五冤魂陨
婉儿啼哭似送别

麟德元年，即公元 664 年腊月廿五，婉儿一早啼哭不停！

巳时，街上突然人群拥挤，远远地传来鸣锣声，这是鸣锣开道。

冥冥中郑钰瑶的心刺的一下刀绞一般地疼痛。她幽幽醒来，看着啼哭的婉儿，不禁流下泪。她无力地抱起婉儿喂奶，她哪里还有奶水！

她不知自己昏睡了几天，也不知这几天都发生了什么，但她记得很清楚她把凤冠给了父亲，要父亲去求武则天赦免上官仪。

不知父亲跑动得怎样了。她望着窗外发黄的树叶和光秃秃的树干想着。她对武则天还存有一丝幻想，她哪里知道今天是她夫君父子上官仪、上官庭芝赴难行刑的日子。

鸣锣的队伍穿过洛阳街，许敬宗骑在马上走在队伍的最前面，后面是八个羽林军，羽林军后面是三辆囚车，囚车后面是两排整齐的羽林军队伍。前面一辆囚车上站着上官仪，后面两辆站着上官仪的两个儿子上官庭芝和上官庭璋。

队伍走着走着，突然有人喊"砸"，便有人用菜叶鸡蛋飞掷过去，一颗鸡蛋正好不偏不斜地砸中上官仪的额头，一股黄色的液体顿时顺着他的额头往下流，挤在人群中的吴妈和香芸见了心摇刺儿一样疼。

但上官仪却依然神态自若。他笑着喊道："感谢洛阳的父老乡亲以这样的方式来送别仪某！这将使你们终生难忘！"

到了刑场，许敬宗解开他的绳索，这是武则天答应的特赦。武则天昨夜探牢，她依然希望上官仪服个软，但上官仪矢志不渝，只提了一个在别人看来是微不足道的要求，就是让他以挺拔潇洒的诗人形象走上断头台，而不是被捆着绳索推上断头台。

上官仪揩干净脸，弹了弹身上的尘土，然后走到两个儿子身旁，用衣袖揩拭干净他们的脸，而后说：

"是父亲连累了你们，你们还这么年轻!"上官仪突然哽咽。

"爹，别说了，我们父子仨能同年同月同日死，这又何尝不是人生一大快事呢?"上官庭芝反安慰着父亲。

"你们不怨爹就好，爹欠你们的，更欠下婉儿的，她还在襁褓中……"上官仪心中最大的遗憾就是不能看到婉儿长大、写诗、出嫁，甚至担心婉儿活不下去。

"你们都是我的好儿子!"上官仪拍拍两个儿子的肩头而后目光扫视围观的人群，他看见亲家御史中丞郑崇素，还有学生裴炎以及忘年之交的张柬之都来了，再一看人群中居然有人把他的诗藏头藏尾做成横幅举着，上官仪的心中甚是欣慰。

"今天无论是来送仪某的还是来看热闹的，甚至是幸灾乐祸的，仪某都表示感谢! 感谢你们来见证今天! 仪某的冤屈将载入史册! 仪某的忠魂天地可鉴，日月可表……"上官仪慷慨激昂，许敬宗立刻命刀斧手上前堵住他的口。

"放开! 老夫要站着死!"上官仪想挣脱刀斧手，但是没有成功，他被几名彪形大汉反卷了手臂摁在虎头铡刀下，只见刽子手手起刀落，鲜血立刻喷涌飞溅到四处。

这一刻，是麟德元年（664）腊月廿五午时一刻，离午时三刻行刑还差两刻时辰。

婉儿凄厉地啼哭着，怎么哄也不行，仿佛她知道爷爷和父亲这一刻赴难了。

天空暗了下来，北风吹着口哨一样狂刮着大地，好像连风儿都在陪同婉儿哭泣!

刑场上的落叶被大风卷得高高的在空中飞舞，仿佛是招魂的幡。

风越刮越急，落叶狂舞不止，接着大朵大朵的雪花飘落了下来，许敬宗看着不自觉地打了个寒战，而后匆忙撤走。

雪在继续下着，郑崇素和吴妈还有香芸给收的尸，但也只能将他们父子仁草草地埋在乱魂岗。

"亲家老爷，婉儿她还好吗?"吴妈问郑崇素。

"别提了……"郑崇素摇头抹泪。

"老爷，您想想办法把我给弄进宫，我答应过太太要照顾好她们的。"吴妈恳求。

"老爷，香芸也想进去照顾小姐!"香芸说。

"不成啊!"郑崇素始终摇着头。

"像你这个年纪的宫里不收啊!"郑崇素对吴妈说。

"老爷，我年轻，宫里会要的。"香芸说。

"香芸这个年纪宫里是要的，可我不能那么自私，这是要毁你一辈子的啊!"郑崇素说。

"香芸不怕，老爷就把香芸弄进去吧，小姐她一个人照顾不了婉儿的。"香芸苦苦恳求。

"不成不成，万万不成，我不能把好端端的一个姑娘就这么给祸害了，你也是老夫看着长大的，老夫心里一直把你当闺女看，老夫不可以这样自私!"郑崇素坚决不同意。

"老爷，不如拿这个镯子去求赵公公，我早就听说了宫里没有他办不了的事。"吴妈低头想了一会儿，而后把杨太太送她的玉镯拿出来。

郑崇素看着玉镯，绿如碧，质如油，光如镜，柔如水，轻轻用指甲一弹便能发出清脆悦耳的金属声，价值连城啊!

"这是杨太太给你的?"郑崇素吃惊地问。

"是杨太太给的，香芸可以作证。"吴妈说。

"老爷，这是太太手腕上脱下来给吴妈养老的。"香芸说。

郑崇素又反复地仔仔细细地翻来覆去地瞧那只手镯。

"吴妈，你可知此镯价值几何?"郑崇素问。

吴妈摇摇头。

"价可抵邑。"郑崇素说。

郑崇素亦有所耳闻，武德二年（619）杨恭仁归顺李渊拜为凉州总管时，抚慰西北，使得葱岭以东的各部落倾心归附唐朝，为巩固如出生婴儿的唐朝立下汗马功劳，唐高祖李渊便拜杨恭仁为宰相，授为纳言;武德五年

（622），杨恭仁又击退来犯的突厥颉利可汗，为巩固唐朝再立大功，这玉镯就是唐高祖李渊赐给杨恭仁太太的生日礼物，后来成了其女儿上官仪夫人杨太太的嫁妆。

"使不得，此乃世间稀有宝物，是太太给你的手尾，也是你的养老依靠！"郑崇素把玉镯还给吴妈。

"老爷，太太把如此宝物给我，吴妈我无以为报！请让我去照顾大少夫人和婉儿吧！"吴妈得知杨太太给的手镯价值连城更是感动得要以命报恩。

"唉！使不得的！"郑崇素的使不得是一语双关。一方面亏欠吴妈，一方面糟蹋了如此宝物不忍心！

"有什么使不得的，我吴妈的命都是太太给的，宝物再好也不及人命！"吴妈把玉镯硬是塞回去。

"容老夫再想想。"

"老爷，您是不知道……"吴妈开始塞塞窣窣地讲述自己的过去。

她幼年丧父，母亲改嫁抛弃了她，她孤苦伶仃流落街头有一顿没一顿，是杨太太家收养了她。杨太太待她如姐妹，才使得她有个人样。

"我本该随太太去的，只是太太要我活下来照顾婉儿和大少夫人，如果老爷不帮这个忙，吴妈没办法，那吴妈只会到黄泉路上去追大太太！"吴妈说得满脸泪水。

郑崇素被深深感动了。"既如此，请先受老夫一拜！"郑崇素说着就要给吴妈跪下磕头。

吴妈吓得急忙拦住，但郑崇素坚决要吴妈受之，否则不接受玉镯，吴妈无奈只得接受。

郑崇素硬是对着吴妈磕了三个响头。

"有了这只玉镯，还可以为婉儿讨到一口奶吃！你们也都可以得到或多或少的关照。"郑崇素磕完头站起来还久久握着吴妈的手。

"那就好！那就好！大太太您在天有灵听见了吗？您的玉镯可以为婉儿换来奶吃呢！"吴妈流着泪笑。

第十四章　缺衣短粮掖庭苦
幼儿寡母备受欺

一

一阵秋风刮过，窗外的树叶纷纷飘落。这一年婉儿四岁，她已经能背诵上官仪所有的诗，以及《诗经》。

一个夜晚，郑钰瑶站在窗前，望着在月光下背诗的婉儿，由于营养不良，婉儿身子单薄如枯叶，郑钰瑶心疼得落下泪。假如不是家庭发生变故，那么婉儿该有多幸福啊！她会缠住爷爷读诗，在雪地里和爸爸一起堆雪人，偷偷钻进奶奶的被窝听奶奶讲故事，自己教她抚琴，吴妈会做各种好吃的给她吃。

可是，这一切都在一夜间烟消云散了。如今的婉儿缺吃少穿，一件棉袄还是出生时候的，去年已经穿到了腰上。想到这些，郑钰瑶不禁抹了一把泪，而后转身从床底下拉出一个粗糙的木箱。

她在木箱里翻找了一阵，啥也没有，最后把自己的棉袄翻了出来。

"夫人是想改了给婉儿穿吧！"走进来的吴妈看见说。

"是啊，今年又长高了，去年她的棉袄就过腰上了。"郑钰瑶说。

"要不，给亲家老爷捎个信，给婉儿做件袄来？"吴妈说。

"算了，母亲突然过世后，父亲的身体一直不好，而且他也有难处，我不想这个时刻还给他老人家添麻烦。"郑钰瑶说。

吴妈听了便去打开自己的包裹，翻了老半天，也实在翻不出什么，于是把自己的棉袄拿出来。

"那就改我的袄吧,我这身子骨还扛得住,夫人的身子骨可是经不起冻的。"吴妈说。

按理郑钰瑶比吴妈年轻,可吴妈为什么说郑钰瑶的身子骨经不起冻?原来郑钰瑶刚进掖庭那会由于身心备受打击,病倒了,虽然死里逃生捡得一条命回来,但落下了月子病根,怕寒怕冷怕水,冬季一来她浑身不是这痛就是那疼,尤其是她的头,怕风怕得紧。

"你年纪也大了,我不忍心再让你受寒受冻。"郑钰瑶把吴妈的棉袄抢过去塞进吴妈的包裹重新扎好口再放回原处。

"可夫人这身子骨没了棉袄,是万万不行的。"吴妈把郑钰瑶的棉袄抢下塞回去。

郑钰瑶也没有坚持,因为她心里清楚,自己这身子骨没了棉袄会熬不过冬天。

"吴奶奶、娘亲,你们都不用改棉袄,婉儿不冷!"

原来背完诗回屋的婉儿什么都听见了,她幼小的心灵在这一刻又一次被催化迅速长大。

郑钰瑶搂过婉儿无语,只有无声的泪。

"来,该睡觉了。"吴妈说。

"吴奶奶,婉儿真的不怕冷!和那树上的小鸟一样不怕冷。"婉儿跑过去偎依在吴妈的怀里说。

"是是是,我们的婉儿像树上的小鸟不怕冷,冬天还能在雪地里飞来飞去……"吴妈逗趣着婉儿。

"吴奶奶,婉儿飞咯,飞咯……"婉儿展开双臂做小鸟飞状在屋子里飞跑着。

可郑钰瑶和吴妈都笑不起来,她们反而更加心酸。

"冬季若还分不到袄,也只能麻烦老父亲了!"郑钰瑶想来想去也只能想到父亲。

"嗯,只能是这个办法!"吴妈说。

"娘,吴奶奶,婉儿真的不怕冷,你们都别为婉儿难过了!"婉儿停下来说。

"我们的婉儿真懂事！像个小大人。"

吴妈蹲下去抱婉儿，可是，却没能抱起来，只听吴妈轻轻地"啊"了一声，然后脸上的表情不自禁地痛苦地扭曲着。

"吴奶奶……"婉儿立刻伸手去扶吴妈。

"吴妈，小心闪了腰！"郑钰瑶也连忙过去搀扶吴妈。

吴妈毕竟上了年纪，再者这几年在掖庭一天到晚弯腰刷马桶，而且吃不饱穿不暖，她的健康早大打了折扣。去年冬天过来，她就常常犯腰病，但吴妈从来都忍着不让郑钰瑶知道，她不想让郑钰瑶担心。

"吴妈，你坐下，我瞧瞧是不是闪了腰。"郑钰瑶把吴妈扶到床边坐下。

"夫人放心，吴妈啥时候那样娇贵了？"吴妈笑呵呵地拍了拍自己的腰，表示没事，又一次瞒过了郑钰瑶。

但吴妈骗不了自己，她开始担心自己不知还能挺多久。

吴妈不由得想起郑钰瑶的陪嫁丫鬟香芸，如果香芸在，自己无论什么时候倒下都没关系，可香芸自从那天走后就杳无音信。

"四年多了，香芸那丫头怎么就音信全无，说实话还怪想她的。"吴妈嘟噜着说。

"准是嫁人了，希望她过得好！"郑钰瑶说。

"那该为人母了，孩子也许像婉儿一样正满屋子跑呢。"吴妈话里有话，言下之意是在埋怨香芸忘恩忘主。

"应该的，只要她好就好！"郑钰瑶完全没有察觉吴妈的心思。

"应该是应该，吴妈也盼望她好，只是不该连个音信都没，走的时候还哭着喊着让我告诉小姐等着她，她一定会回来呢。"吴妈忍不住明晃晃地埋怨起来。

"吴妈，香芸非薄情寡义之人，我想她准是有难处。"郑钰瑶说。

"人心难测，谁又能想到丁贵转身就背叛了老爷太太呢？亏得老爷太太待他那样好！"吴妈不以为然。

"吴妈，您怎么啦？我们不想那些不开心的事儿好吗？"郑钰瑶不明白吴妈此刻的心情，吴妈担心自己挺不了多久，以后谁来帮忙照顾着婉儿。

可吴妈哪里知道香芸走后的遭遇！更没想到香芸在两年前已含恨离世。

二

那天，御史中丞郑崇素把卖身契还给香芸，又为她雇了一辆马车，叫她回乡下看望母亲，想以此来阻止香芸进宫为奴毁了她一生。可没想到马夫把他们三人离别时的话全听了去，便明白了在主仆身上发生了什么，也就大胆起了歹心。

马夫年过四十，尚未成家，家中有老母双目失明，家住大山。原本靠狩猎为生，后因一次狩猎摔瘸了腿就改行为马夫在洛阳城谋生。马夫一贯老实巴交，在洛阳城谋生几十年亦有不少人认得瘸子马夫，郑崇素以为把香芸交给他放心，没想到却是害了香芸。

那日马夫赶着车出了城就一路朝自己的家中赶，香芸八岁卖给郑崇素家为奴，一晃十几年过去她哪里会记得回家的路，等被马夫带到他家中时才知道自己遇上麻烦了，可一切都晚了。马夫将她捆起来锁在屋子里，又五花大绑摁着拜了堂进了洞房合了亲。

马夫本以为生米煮成熟饭，香芸哭闹几天也就过去了，可他哪里知道香芸从小跟着郑钰瑶读书作画吟诗抚琴，那心气不知不觉就高了，她哪里能受这般屈辱？可逃是逃不了的，马夫日夜守着，香芸只有一死洗耻。

香芸绝食，滴水不进，绝食到第七日已是奄奄一息，这时马夫的母亲颤巍巍地跪在床前对香芸忏悔。

"姑娘，我的儿造了孽，我老太婆没阻止也算是造了孽，我们现在都后悔了，可后悔又有什么用呢？即使死也无法弥补对姑娘的伤害……"马夫娘说到这，马夫突然把头磕在地上，磕得砰砰响，嘴里还不停地骂着自己。

"我是畜生，我不该，我不该呀，娘，现在该如何是好啊……"

"儿呀，你先出去，让娘与香芸说说话。"

马夫娘把儿子支走后告诉香芸一个关于马夫的故事。

原来，马夫在三十岁那年经媒婆介绍娶了一房亲，可三天后新娘子跑了，找媒婆说理，媒婆说人到了你家就是你的事，她只是个牵线搭桥的，管不了以后的事。这件事马夫吃了哑巴亏，不仅耗费了他们家所有的积蓄，马夫爹想不开服断肠草死了，马夫也在这一年狩猎摔断了腿，母亲本来就有眼疾，这事后便彻底失明了。

之后马夫对娶亲谈虎色变，当然，也没姑娘愿意嫁他。母子俩相依为命，日子就这样一年一年地过下去，可随着马夫渐渐老去他开始担心没个后人，万一自己走在母亲前面，谁来照顾母亲呢？那日他得知香芸离家几十年了，他想这是天赐良机，便对香芸起了歹心。马夫娘心疼儿子，一时间也以为生米煮成熟饭后这事就能过去，现在看着香芸奄奄一息已经走在鬼门关了，母子俩都开始后悔。

"姑娘，你死了倒是一了百了，可等着你的小姐怎么办？她会以为你薄情寡义，忘主求荣呢！"马夫娘试着用最敏感的话去刺激香芸。

"小姐，香芸只能去阴曹地府向姑爷解释了！"香芸滚落两行泪。

"要不，我把命赔给你谢罪，只求你活下去，好不好？"马夫母亲哀求道。

"娘，孽是儿造的，让儿把命赔给她。来，你一刀捅死我……"马夫闯进去，把匕首塞在香芸手里，然后用自己的手握紧香芸的手往他腹部一刀捅进去。

香芸吓得"啊"一声尖叫，且用尽全部的力气想把手缩回去，可是她根本没力气，只感到"扑哧"一声刀子捅了进去，好在冬天穿的厚只捅破了棉絮没伤着人。

"你不忍心是吗？那我彭生这条命先向你借着，你不高兴了可随时拿走，高兴了可任意使唤，我彭生从今往后就是你的奴隶。"马夫跪着发誓道。

"你——说的——可——算数？"香芸断断续续终于开口了。

"算数，一定算，不然天打五雷劈不得好死！"马夫连忙发毒誓。

"不算数叫我老太婆下辈子还做瞎眼人！"马夫娘也跟着发毒誓。

"好！你听着，第一，不得靠近我，要离我三丈远说话……"香芸停顿下来歇息一会儿继续说。

"第二，送我回洛阳，我要——要去找小姐……"香芸没有气力说第三。

"成，都成，只要你不寻死！"马夫连连应着。

"只是姑娘这身子骨，怕是经不起路上颠簸……"马夫娘说。

"死不了，拿……"香芸让拿吃的来，可没说完便晕过去了。

"姑娘，你看这样行不，让彭生先去洛阳打探消息，姑娘养好了身子再去不晚？"香芸苏醒后，马夫娘提议。

香芸不语，心想他一个马夫能打听到什么？不过是想诓我留下来罢了。

"我以前猎到的珍奇走兽都卖到宫里，宫里不少太监我都认识，那个赵公公，十年前也只是御膳房的一个小太监……"马夫看出了香芸的心思便把自己如何认得赵公公和盘托出。

如果是这样那倒有几分谱，香芸心想。赵公公如今可是大总管，呼得风唤得雨，若能搭上这条线，兴许还能帮上小姐。香芸想到这便把身上的玉佩解下交给马夫。

"有机会把这个交给小姐，告诉她我一定会去找她！"

香芸这就算是答应了，马夫和他娘都深深吐了一口气。

可马夫一去如泥牛入海，杳无音信。香芸等不了了，她决定自己冒险下山，只是没走多远就被一头熊瞎子给吓了回来。再后来香芸发现自己怀孕了，香芸想一定不能要这个孩子，可是如何才能把孩子打下来呢？香芸夜里捶打自己的肚子，白天胡乱采草药煎了吃，可孩子就是不下来，而且还一天天地长大。香芸没了法子，一天夜里想不开便悬梁自尽，可当她幽幽醒来时，她看见的依然是马夫的母亲坐在她的面前。

"姑娘，您就可怜可怜我这瞎婆子好吗！求您把孩子生下来好不好？我瞎婆子今生无法报答您，来生当牛做马报答您，我给您叩头啦！求您，求您……"马夫娘号啕大哭，把头磕在地上磕得鲜血喷流。

香芸看不下去只得先答应，心想再做打算。可后来发生的事情桩桩件件都邪门得匪夷所思。香芸每回下山路上总有熊瞎子拦路，每回寻死都会莫名其妙地被人救下，仿佛瞎婆子不但一点不瞎，还能神机妙算，对香芸的行踪了如指掌。

难道是天意？或者自己上辈子欠下他们的债？香芸哪里知道这一切都是马夫的诡计，每一次的熊瞎子都是马夫披着熊瞎子的皮伪装的。

香芸在忧思与困惑中一天天熬过，不知不觉肚子里的孩子能与她共鸣，每当她痛苦难眠时，孩子就踢腾得厉害，仿佛孩子懂得心疼娘。

香芸终于放弃了打掉孩子，决定生下孩子再去找小姐。谁料祸不单行，由于她日夜忧思，再加上悲愤，身子骨早气血两亏，临盆难产造成血崩，在生下孩子后便含恨离世。

三

冬渐渐入深，婉儿还没有分到棉袄，郑钰瑶望眼欲穿，但等来的是父亲去世的噩耗。

噩耗传来的当晚，掖庭监黄姑姑就幽灵一般地闪进郑钰瑶的屋子。

"我终于熬到这一天了，以后看你们还拿什么来压老娘！哼！"黄姑姑丢下狠话扬长而去。

郑钰瑶和吴妈不寒而栗，尤其是吴妈，她想起刚进宫那天就忤逆了这个女人。

那天吴妈正给婉儿喂羊奶，黄姑姑突然闯进来一把夺了羊奶并恶狠狠骂道：

"老娘还没羊奶喝呢，想不到一个罪臣的孙女还有羊奶喝，看来真是应验了那句古话，百足之虫死而不僵呀！"

"黄姑姑，这是赵公公怜惜孩子，孩子还小呢。"吴妈解释。

吴妈有意抬出赵公公，以为可以压住这个女人，可没想到，黄姑姑反倒将羊奶泼了，还破口大骂道：

"少拿赵公公压老娘，这里是老娘说了算，老娘让你三更死，你活不到四更，你听明白了吗？"

"以后每天把羊奶送到老娘那去，否则有你们好受的！"黄姑姑说完扬长而去。

"这是孩子的吊命奶！谁抢我与谁拼命！"吴妈冲她的背影吼道。

第二天吴妈并未按黄姑姑的要求把羊奶送过去，黄姑姑也没敢再来要。估计是赵公公起了作用，她嘴虽硬不怕赵公公，其实是怕的。

郑氏父亲去世后，吴妈和郑钰瑶都小心翼翼地度过每一天，尽最大努力去把事情做到最好，尽可能不让黄姑姑逮到惩罚的机会，即使这样还是提心吊胆，她们最担心的是婉儿的安危。

这样担惊受怕的日子一过就是大半年，可是，大半年过去了，奇怪的是什么事情也没发生，黄姑姑自始至终没找她们的麻烦，大家相安无事。

"也许黄姑姑是刀子嘴豆腐心。"这是郑钰瑶和吴妈的一次对话。

可她们哪里知道这是黄姑姑在跟她们玩猫抓老鼠的游戏，黄姑姑天天看着她们担惊受怕的样子，甭提多开心了。

冬至这一天，吴妈起得早。说实话，睡在冰冷的床上，还不如起床去劳动，把身子运动得热乎乎的，要比睡冷床舒服。再者，她希望表现好些，不要让黄姑姑逮到把柄，于是，吴妈起了个大早去刷马桶。

谁也不承想，吴妈这一去就再也没有回来。吴妈溺死在刷马桶的水塘里，尸体被打捞上来，用草席裹了弄出宫，不知道抛到哪座荒山或者河里去了。

郑钰瑶知道吴妈死得蹊跷，可是吴妈是宫里的奴隶，宫里死个奴隶，就好比死一只蚂蚁，没人管是怎么死的，死了就死了。

郑钰瑶无证据不敢替吴妈申冤，心里十分内疚，觉得对不起吴妈，亏欠吴妈的太多。吴妈本来可以回乡下安度晚年，至少不要沦为奴隶起早贪黑地刷马桶，为了婉儿吴妈自愿进宫为奴，如今还落得凄惨的死，郑钰瑶伤心得一天下来粒米难进。

那晚没有月亮，郑钰瑶乘夜黑，寻到假山后，偷偷为吴妈烧些冥钱。小时候听大人说过到了阴曹地府，没有钱贿赂小鬼，少不了要受烈火焚烧之苦。这些故事，郑钰瑶从来不信，可是今天，她怕吴妈没钱要受烈火焚烧之苦，所以冒宫规之龀，偷偷去给吴妈烧纸钱。

才烧了没多时，一个声音令郑钰瑶毛骨悚然。

这个声音不是别人，正是掖庭监黄姑姑的声音。

"哪个狗奴才，大胆！居然敢违抗宫规，在宫里烧冥钱……"黄姑姑一声大喝，郑钰瑶吓得急忙用脚去踩踏火焰。

郑钰瑶想跑，可早被黄姑姑揪住了头发。

"原来是你呀……"黄姑姑狞笑着，从她的声音可以感觉到黄姑姑发自歇斯底里的快意。

其实这一切都在黄姑姑的预料中。宫里虽然规定不得在宫里烧冥钱，但这样的事情还是屡有发生，甚至是法不责众。所以黄姑姑料定郑钰瑶一定会乘夜黑给吴妈烧冥钱，所以她早派了线人盯梢。

"是给吴妈烧的吧?"黄姑姑把狰狞的面目凑近郑钰瑶的脸问。

郑钰瑶没有回答,且渐渐地从惊慌中平静下来。如今的郑钰瑶已经不是那么不堪一击了,她经历了一夜间家破人亡,经历了从阔太太到奴隶,掖庭这些年的磨砺,使她变得更加泰山崩于前而不乱。

"既然落在你的手里,要杀要剐悉听尊便!"郑钰瑶平平静静道。

她的镇定自若恰恰是黄姑姑所不能容忍的。

"好,你有种!"黄姑姑仿佛被郑钰瑶的平静击伤,她一把推开郑钰瑶,暴跳如雷起来,可旋即又狞笑道:

"如果你跪下来求我,我就放你一马!"

"不就是个死吗,活一百岁也终归是要死的。"郑钰瑶依旧平平静静。

"你想死?没那么便宜!老娘要让你痛不欲生,生不如死……"黄姑姑咬牙切齿吼道。

郑钰瑶依然平静,表现了她骨子里的那份高傲和高贵,她立在那里不再搭理黄姑姑。

黄姑姑被彻底击伤了,这个已经完全变态的女人,只见她露出狰狞面目,而后狞笑着对郑钰瑶说:

"你知道吴妈是怎么死的吗?"

黄姑姑知道郑钰瑶对吴妈的感情,她想吴妈的死一定能击碎她的高贵和平静。

"她是怎么死的?"郑钰瑶的平静果然被打破。

"告诉你,是我杀的!"黄姑姑狞笑着。

"我把她推下水塘,然后在岸上看着她在水里扑腾,直到溺死……"黄姑姑说得慢悠悠的,像聊家常般。

郑钰瑶再也无法控制住自己的情绪,她冲过去抓扯黄姑姑,可却被脚下的石头绊了一跤摔倒在地。黄姑姑看着郑钰瑶狼狈的样子,开心地大笑离去。

"我要去告发你,你杀了吴妈!"郑钰瑶冲她的背影哭喊。

"去呀,若是告不倒老娘,那下一个被溺死的就是你的心肝宝贝上官婉儿了!哈哈哈……"黄姑姑一路狂笑而去。

这次事件,郑钰瑶被黄姑姑拿了把柄,挨了二十大板不说,还被驱逐出尚服局，接了吴妈的工作刷马桶。

郑钰瑶知道，这是黄姑姑在兑现她当年的狠话，要让郑钰瑶痛不欲生，生不如死。郑钰瑶在月子里留下了病根，怕风怕水怕冷，黄姑姑当然是知道的，她把刷马桶的活儿派给郑钰瑶，会是最好的报复。

第十五章　穷苦孩子早当家
幼小心灵誓救母

一

月光从歪斜的木窗照进木屋，洒在地上，像大大方方来木屋造访的客人，而另一些月光似有不甘，想着法子从木板的缝隙间挤进木屋，它们像是抢着来偷觑木屋秘密的顽童。

郑氏刷了一天的马桶太累，头一挨枕便睡着了。

婉儿借着月光审视着母亲的脸。这哪里是一张不到三十岁女人的脸。面色焦黄，颧骨高凸，眼眶凹陷，发丝如枯草，鱼尾纹仿佛也是势利小人，过早地印在她曾经美丽的眼角。这张脸已经无处可寻曾经轰动过长安城的才女佳丽的影子！

郑氏熟睡的脸突然微微扭曲，婉儿明白是母亲的关节又疼了。母亲生自己时还在月子中就家遭横祸，夫君随父赴难冤死，婆婆自缢身亡，自己抱着襁褓中的婉儿充宫为奴。身心备受打击的她才入宫就大病一场，虽然死里逃生但却落下怕风忌水害寒的月子病，一到阴雨天她浑身关节就如魔鬼般地折磨着她，使她夜不能寐，昼不能安。自从被黄姑姑报复罚去刷马桶后，月子病越发严重，雨水季节疼起来简直生不如死，若不是有婉儿她早就一根绳子把自己给结果了。

婉儿看着母亲疼得眉头紧皱，心酸地落下泪。这一年婉儿虽然只有六岁，但苦难催化了她，她的内心俨然是个小大人了。

90

"不行，这样下去母亲会死的。我要救母亲！"婉儿幼小的心灵第一次跳动着救母亲的音符。

婉儿悄悄起床，穿上衣服出门一路奔倪妃住处去。

至于倪妃能不能帮她愿不愿意帮她，她没想，也没条件想，在她的生命中倪妃是她认识的唯一一个有能力帮她的人。

她哪里知道倪妃是泥菩萨过河自身都难保。

倪妃原本是一个刷马桶的宫女，而且长相奇丑无比，这样的女子如何就乌鸦变凤凰了呢？这得从武则天说起。

武则天做了皇后后，独霸后宫集三千宠爱于一身，皇帝的选秀制度形同虚设，原有的嫔妃但凡有姿色、有竞争条件或胆敢有非分之想的，便一个接一个地离奇死去，包括武则天的同胞姐姐韩国夫人以及韩国夫人的女儿魏国夫人贺兰敏月也未能幸免。这样一来皇帝的后宫成为虚设，嫔妃寥寥无几，宫苑一片废墟。即使这样武则天还不放心，她又对所剩无几的嫔妃实行改革，给她们安上各种官职，从名义上把她们踢出妃子圈，让李治成为名副其实的寡人。

这样的局面一直维持到麟德二年（665）发生了一次改变。

麟德二年封禅泰山，武则天欲率领后宫参加封禅的提议遭到大臣们的反对，后宫参与封禅史无前例有违皇规，但没想到李治却爽快地答应。原来李治有自己的小九九，他看准了这是个选秀机会。

"朕的后宫早就形同虚设，只剩几个色衰病老的嫔妃，即使朕答应媚娘，又哪来的后宫三千佳丽供媚娘率领呢？"李治话里有话。

武则天一听便明白，且爽快地答应为皇帝开选佳丽。李治为此没少偷着乐，可没高兴几天，就连死的心都有。原来武则天只在宫女中为皇帝选了一批妃子，倪妃就是这次入选的，还堂而皇之曰其为第二媒母。这显然是武则天的一个恶作剧，也是她昭示权利的又一次上演。

婉儿认识倪妃是一次偶然的机会。

那日婉儿又去帮母亲刷马桶，路过荷塘，看着一望无垠的荷叶田田依依，粉色的荷花高低不一地从荷叶的缝隙间钻出来亭亭玉立，有的完全盛开，有的含苞待放，有的正当怒放，有的才露尖尖角，一片嫣然生机的景象，又听得远处传来琴声，不觉心萌诗性便脱口吟道：

> 琴瑟相知音，花蝶共舞滨。
> 绿肥催红瘦，更爱养莲人。

婉儿吟罢，又见那些田田依依的荷叶随风一字移动，且叶叶相扣，仿佛彼此约定不离不弃，不由得想到母亲无依无靠。自从外公去世后，母亲只得每日拖着病体刷马桶没人管她的死活。顷刻间她羡慕起那些互相偎依的荷叶，多么温暖多么美好，不觉哀哀吟道：

> 小屋更漏雨夜长，谁人问她几许寒。
> 不如清月照泥塘，田田依依总相关。

婉儿话音落下就听得有人叫好，回头看，见一女子正朝她走来。此人正是倪妃。倪妃听见婉儿吟诗，先是诧异一个女娃居然会作诗，旋即一笑对婉儿动起了心思。

倪妃要拜婉儿为师。

倪妃想学诗并不是心血来潮，而是势在逼人。武则天好诗，宫里动不动就举办这样那样的诗会，而倪妃原本是刷马桶的宫女，别说吟诗，能听懂就不错了，所以每次活动她都丢尽了脸，都是做狗爬一圈代替作诗，引得大家捧腹大笑算完事。眼见一年一度的赏荷咏诗会又要到来，倪妃早就愁死了。今年武则天已发话必须每人一首，不可以狗爬学动物叫抵数过关。这不是要难为死她吗？所以那日她听见婉儿吟诗好兴奋，她认为是老天爷可怜她天赐良师来着。

婉儿见倪妃恳切，没多推辞便答应了。这之后，婉儿隔三岔五去倪妃那，把母亲教的原原本本传授给倪妃，就这样，一来二往，婉儿对倪妃建立了信任感，这才有了深夜去求助倪妃那一出。

二

婉儿来到倪妃住处。倪妃尚未歇息，她的身影映在窗纸上，她正在诵上官仪的诗，这是她每天的功课。她相信诵诗三百首不会作诗也会吟的真理。

"倪妃，我是婉儿！"婉儿轻敲着门喊。

倪妃起身开门，婉儿见了倪妃二话没说"扑通"一声就跪下。

"恳求娘娘救救我娘吧，我娘太可怜了！"婉儿一边说一边抽泣。

"婉儿，快起来，进屋说，你娘怎么了？"倪妃扶起婉儿拉进屋。

"我娘坐月子受了风寒，落下怕水害寒的毛病，可是我娘天天要刷马桶，一时一刻都离不开水，她每天关节疼得连觉都睡不好，我怕我娘支撑不住……"婉儿越说越伤心，直到流了一脸的泪水。

"我……我……唉！"倪妃想说她自身难保，但她说不出口，一来很没面子，二来不忍心再给婉儿一击。

"倪妃娘娘，婉儿求求您，要了我娘来伺候您，这样我娘就可以摆脱黄姑姑的折磨！婉儿给您磕头了……"婉儿说着"扑通"一声又跪下，且"砰"的一声响就把头磕在了地上。

倪妃连忙把婉儿拉起。"婉儿，你听我说……"

"不是我不愿意帮这个忙……唉！"她叹一声。

"不怕婉儿见笑，名义上我是妃子，实际上我还不如那些管事的姑姑，就怕人没要来反受其害，以后黄姑姑要更恨你们娘俩啊！"

倪妃不得不说出实情。婉儿一听"哇"一声就号啕大哭起来。

"呜哇……娘，女儿该怎么办啊……怎样才能救娘啊……"婉儿"哇哇"哭得倪妃也一把一把抹着泪。

"倒是有个法子，就不知你敢不敢！"沉默后的倪妃说。

"只要能救娘，婉儿什么都敢！"婉儿说。

"见天后娘娘你敢吗？"倪妃问。

"我敢！"婉儿不假思索。

"若是成功，你娘有救，若是失败，你小命不保，你还敢吗？"倪妃再问。

"敢!"婉儿依然不假思索。

倪妃再无话,并把武则天不日要来昆明池赏荷赛诗活动说与婉儿听,要婉儿到时见机行事。

婉儿觉得这是个机会,不管结果如何都要试试,总比等死强。

婉儿抱着一线希望叩谢离去。

三

郑钰瑶在睡梦中翻一个身,冥冥中也是习惯,她将手一探,空空如也的床。她惊得醒过来,果然不见婉儿。她喊了两声没听见回应后便彻底醒了。她起床开门冲树林里又喊了几声,依然没听见回声,她的心"咯噔"一下就慌了。

她朝林子中走去,一边走一边喊,回应她的始终是夜的寂静。婉儿能去哪呢?平时除了在林子中背诗也不去哪呀!不好!那个恶毒女人!郑钰瑶想到了掖庭监黄姑姑。八成是被她掳走了!她害死了吴妈现在又要祸害婉儿!郑钰瑶拔腿就奔黄姑姑住处奔去。

黄姑姑屋子里静悄悄的,除了黄姑姑时起时落的鼾声外再无别的动静,郑钰瑶从情形判断婉儿不像是被黄姑姑掳去,这样想着心便立刻安下许多。

可婉儿又能去哪呢?难道是肚子饿得慌,去……她想到了偷藕。掖庭的宫女口粮分量本来就少,再加上被管事的姑姑们层层剥扣,大多数都只能维持半饱状态,所以,夏季来临,掖庭的宫女大多会在夜深人静的时候去荷塘偷藕充饥。而管事的姑姑们倒也睁一眼闭一眼,也许是荷塘的藕多了去,又不值什么钱,再也许是她们克扣了宫女的口粮心虚有意放她们一马,所以掖庭宫女偷藕充饥是人人皆知的秘密,即使互相撞见了,谁也不会耻笑谁,谁也不会举报谁。

她还是孩子,也难怪她,肚子饿的滋味不好受。郑钰瑶这样想着便朝荷塘方向寻去。

郑钰瑶来到荷塘,借着月光,只见荷叶黑压压的一片覆盖着水面,月光照着滚落在荷叶上的露珠晶莹剔透，探出水面的荷花，在月光下更是多了几分妩媚，若郑钰瑶不是这般光景，此刻她必然要作诗的，但如今的她，尤其是此时此刻，她心系婉儿的安危，她不仅没有诗兴，甚至顾不上欣赏一下眼前的美景。

她向四周望去，一片寂静，除了蛙鸣和虫鸣外，没别的特异的声音，不像有人偷藕。

"有人吗？"她压低声音问。

无人回答，随即她就骂了自己一句傻，即使有人谁会回答呢？

"唉，这孩子怎么还这样不懂事！一会儿回来了我非揍她不可！"郑钰瑶立于空旷的夜色中不知所从。

"娘！你怎么跑这来了？"婉儿冷不丁从夜色中冒了出来。

"婉儿！"郑钰瑶惊喜交加，一把抱住女儿。

"你这孩子，三更半夜地跑这来做什么？"郑钰瑶扬起手就要打，但却打不下去。她听见婉儿的肚子滚过一声雷响，这是饥饿声。

"娘，是女儿不好，害母亲担心了！"婉儿说。

婉儿的肚子又咕咕地滚过几声响。

"婉儿，你等着，娘给你掏藕去！"郑钰瑶已经顾不得礼义廉耻，她只想让女儿饱餐一顿，哪怕是粗食涩藕。

"娘！"婉儿一把拉住母亲，"婉儿不饿！"

"肚子饿得都直打雷响还说不饿！"郑氏撩了一下婉儿有些蓬乱的刘海。

"你等着……"郑钰瑶说着又挽起袖子和裤腿要去掏藕。

"娘，你不是常教导女儿，这个世界有一件东西是永远洗不干净的，那就是一个人的污点，今日我们若是偷了，从此就无法洗刷掉了！"婉儿把母亲教导自己的话搬出来阻止母亲偷藕。

郑钰瑶听了既吃惊又欣慰。

"娘心疼你……娘已经不在乎有污点了！"郑钰瑶心想自己是快死的人了，就为婉儿的肚子牺牲一回吧。

"可婉儿在乎娘！"婉儿抱紧母亲。

"婉儿，难道你不是肚子饿了来掏藕的？就让娘为你掏吧，娘不怪你，娘知道饿的滋味不好受！"郑钰瑶自始至终都以为婉儿是饿慌了来偷藕的，她哪里想到婉儿是去求倪妃救她呢。

"娘，我们快回去吧。"婉儿明白母亲误解她了，但她不能解释，更不能泄露救母计划，否则母亲一定会阻止自己去冒险。

母女俩回到小木屋已是四更，郑钰瑶紧紧搂住婉儿，好像生怕女儿再溜走一样。

"婉儿，要是有一天娘不在了，你要好好照顾自己……"郑钰瑶忍不住冒出这句她早该叮咛的话。她感到自己随时都有倒下去的可能。

"娘，一切都会好起来的！"婉儿使劲搂了一下母亲。

"你这丫头，又拿娘的话来将娘的军！"郑钰瑶说着亲了一下婉儿。

"可娘……"郑钰瑶突然又打住话，她只在心里说，娘只怕熬不过秋天了！

郑钰瑶一想到自己不久将撒手人寰弃婉儿而去，不觉泪水奔涌。

"娘，你别哭，婉儿说会好起来就一定会好起来的！"婉儿帮母亲揩去泪水。

"好，娘不哭，娘高兴。"郑钰瑶抹去泪水强装笑颜。只是泪水更汹涌地奔涌出来。

"娘，婉儿做了一个梦，梦见娘的病一下子全好了！"

"哦？是吗？"郑钰瑶说着转而就叹气。

"果真这样该多好！娘舍不得婉儿呀……"郑钰瑶又是话里有话。

"婉儿还梦见娘每天都穿得漂漂亮亮的，也不用刷马桶了，天天还有馍吃，肚子也不饿了！"这其实不是婉儿的梦，而是婉儿幼小心灵的憧憬，更是目标。

郑氏不语，只把婉儿搂得更紧，她想婉儿的梦只能下辈子实现了。

"娘，你不相信是吗？"

"娘信，有梦就好！可娘已经没梦了！"郑钰瑶哀哀地说。想当年她与婉儿一样有着许多美好的梦，可谁承想是今天这般光景！如今只等着熬掉最后一口气无奈含恨地死去！

"睡吧，有梦就好！再做一个吃白馍的梦！"郑钰瑶仿佛是对婉儿说又仿佛是喃喃自语。

"不，我要做一个见皇后娘娘的梦，让母亲不刷马桶……"婉儿话未说完，立刻被郑氏捂住嘴。

"小祖宗！小心祸从口出！！要杀头的！！！"

"嘻嘻，娘，婉儿不怕，婉儿就要……"婉儿前一分钟还念叨着梦，可一眨眼工夫就睡着了。

"有梦就好……娘已没梦了……"

郑钰瑶喃喃自语已没了睡意，看看天色也该去刷马桶了。

第十六章　凤凰涅槃枯木春
　　　　　　浴火重生见天日

一

　　一年一度的赏荷赋诗会终于来临。

　　那日，日上三竿，武则天和李治率领后宫及三品以上大臣浩浩荡荡朝荷塘走去。每年的赏荷会武则天的心情都格外的好。虽然她曾经在这里遭受过打击，但这里给她的却远比打击多得多，可以说这里是她的发迹隆兴地。

　　她就是在这里遇见了生命中最最重要的贵人——李治，当今的皇帝。

　　武则天还是唐太宗的才人时，常和与她一同进宫的徐才人来这里赏荷采莲作诗。后来徐慧得宠当了婕妤，再加上徐慧天天忙于抄长孙皇后的《女则》，无暇顾及荷花开与不开，更顾不上陪武则天玩。

　　依然还是才人的武则天，那日郁郁寡欢只身来到这片荷塘，谁也不曾想到，她的人生由此埋下了变数！她遇上了来这里抓蝈蝈的李治，也就是当今的皇帝陛下。

　　李治，唐太宗李世民的第九个儿子，长孙皇后的第三子，即嫡三子。他上有同胞兄长太子李承乾，二哥魏王李泰。李治与他两位哥哥比，似乎胸无大志，生性怯懦，脾性温和，但却顽劣风流。

　　那日武则天穿一条石榴裙，划一叶小舟，在田田的荷叶中穿行采莲。毕竟还是个小姑娘，来之前的忧愁很快被这里的美景和好空气驱散。她划着小船儿在荷塘中转悠，不觉想起家乡的荷塘，想起家乡的采莲歌。她轻轻地哼了起来，先是轻轻地哼，而后就学着家乡的人放声地吆喝着唱。这一唱便惊动了伏在草丛中抓蝈蝈的李治。

李治爬上高处朝歌声方向望去，只见一叶小舟在挨挨挤挤的荷叶中穿行，小舟上立着一位衣袂飘飘的女子，宛若仙女下凡，李治见了便朝武则天大喊：

"神仙姐姐，你从哪里来？"

武则天听见有人喊她神仙姐姐，便"咯咯咯"地笑。

"你的歌真好听！"李治接着喊。

"是吗？"武则天说着又"咯咯咯"地笑。

"你笑起来比荷花还好看！"李治有些阿谀奉承。

武则天一听"咯咯咯"地笑得更欢，心想好一个甜心饼，你我隔得老远你怎看见我笑起来比荷花好看？

"你笑什么，难道我说错了吗？"李治说。

"没错，一点都没错！"武则天又一串银铃般的笑。

"神仙姐姐就是比荷花美！而且好看很多很多！"李治追过去对上岸的武则天说。

"是吗？"武则天还是只顾了笑，好像她只会笑一样。

"神仙姐姐，你明天还来吗？我会在这里等你的！"李治像是不舍，冲武则天的背影喊道。

武则天一个回眸，又"咯咯咯"地一串笑，搞得李治也莫名其妙地跟着笑了。这一年李治十四岁，这个年龄正值青春萌动，他的身心第一次对女人有了莫名的冲动，夜里，他第一次梦见女人跑马了。也许正是这样的奇遇，才有了李治后来不顾一切地把武则天从感业寺接回宫中，不顾伦理地去爱。

武则天和李治走在队伍的最前面，后面依次跟着太子李弘、王子李贤、李显、李旦，以及妃嫔和大臣们，太平公主是特例，由李治牵着走在队伍的前列。

赵公公微微弯着腰，服侍在皇帝的左右，到了荷亭，赵公公快步上前，只见他"噌噌噌"三步并作两步登上荷亭瞭望台，然后又"噌噌噌"地下来，再微微弯着腰闪在一边伺候武则天和皇帝登上九层高的瞭望台。

二

荷亭是唐太宗贞观时期专门为赏荷作赋建的。荷亭建设在水中央，高199尺，呈菱形建筑，内分九宫阁，每阁分别以无涓、美人、充容等命名，顺常、无涓、御女、采女、才人、美人便在无涓阁。那时的武则天一直只是个才人，只能待在无涓阁，当她望着徐慧走进充容阁时，心里就想自己什么时候也能走进充容阁该有多好。

武则天登上最高层的瞭望台，放眼望去，往事历历在目。

"记得吗，当年陛下就是在那，媚娘就在那，陛下一个劲地喊媚娘神仙姐姐……"武则天站在瞭望台上指划着当年的地理位置。

这是武则天百聊不厌的话题，也是每年必提的话题。

"媚娘年年提，朕的耳朵都起老茧了，还能不记得吗！"李治明显兴致不高。

这也难怪，今天的武媚娘已不是他最初认识的神仙姐姐。她结党营私，弄权跋扈，对异己心狠手辣，连自己的同胞姐姐韩国夫人乃至韩国夫人的女儿贺兰敏月以及韩国夫人的儿子贺兰敏之都不放过，如今自己是大权旁落，一国之君连个爱妃都不敢有，平常的王公侯爵还有个三妻四妾，当年的神仙姐姐已变成令他麻头的母夜叉，叫他还如何有兴致提当年呢！

武则天被当头泼了一盆凉水，她把脸缓缓移开，心一层一层地寒。

她回到自己的座位坐下，一言不发，脸扬得高高的，内心徐徐升腾起怒气。

李治一看就知道自己又捅马蜂窝了，但却装傻。

"媚娘，怎么了？"李治问。

武则天不语，继续板着脸。李治暗暗叹一声起身走到武则天身后，又一次示弱：

"虽说是打了胜仗，可吐蕃还占据着安西四镇，又赶上灾年，朕的心情不好媚娘都不能理解吗？"李治找了个理由，而且是绝对说得过去的理由。

武则天心里明白李治刚才冷落自己绝不是这个原因，自建唐以来边关战事不绝，胜败乃兵家常事，安西四镇也是得而失失而得，不至于令他耿耿于怀。但武则天依然破涕为笑，这就是武则天的聪明之处，见好就收，该傻时傻，该精明时精明。

"陛下，媚娘无论做什么都是为陛下好，为李唐江山好，为我们的孩子们好！"武则天话里有话。

"朕知道，媚娘劳苦功高！"李治陪笑道。

"媚娘不求有功，但求无过！"

"好了，不说这些了，大家还等媚娘第一个赋诗呢！"李治急于把火掐灭，他烦着没完没了的纠缠。

李治的不耐烦彻底扫了武则天的赋诗雅兴。她看了看李治，而后口气生硬道：

"赵公公，传鼓，叫她们一一作上诗来！"

李治一听大感诧异。因为每年都是皇后娘娘首献赋诗，再按地位高低依次排序下去，而且就在刚才，武则天还说诗一定有，怎么突然改了主意？想必武则天还计较着呢！

"媚娘为何不作诗了？"李治只好再装糊涂。

"不作了，以后连赏荷会也不搞了。"武则天呛了李治一句。李治听了呵呵一笑了之。

于是赵公公按惯例，按地位高低排序，一一叫唤上瞭望台赋诗。

倪妃名义上已晋级为贤妃，按理要排在第二，但谁都知道她不过是个笑料而已，再加上年年以狗爬代诗，所以她年年反倒排在最后。

时近中午，轮到倪妃了。轮到倪妃也就意味着活动就要结束了。

但婉儿还没有出现。

倪妃左顾右盼，不见婉儿的踪影，她想婉儿一定是被禁卫军拦住了，这样也好，她小命可保。倪妃为婉儿放下心，但却为自己愁上了。

武则天有令，今年的荷花赋诗必须人人一首，不得以狗爬狗叫抵数过关，可倪妃斗大的字不识一筐，别说作诗，连名字都写不清楚，武则天开出这个条件分明是难为她。

倪妃越来越紧张，正焦急中忽听得鼓声传来，接着便听见赵公公高声喊："倪妃，该你了！"

倪妃战战兢兢地走上瞭望台，紧张的两手不知往哪儿搁，浑身哆嗦得如筛糠，双脚不自觉地"扑通"一声就跪下了。

"陛下万岁万岁万万岁！皇后娘娘千岁千岁千千岁！"倪妃山呼般，但声音却抖得厉害。

李治转过去身子，背对着倪妃一语不发。这是他的耻辱，是武媚娘的杰作。武则天瞟一眼李治直想发笑。

"免礼，起来吧。"武则天说。

"倪妃，往年你是特例不须作诗，本宫今年可是有令，不管作得好与不好，每人都得作一首，你可是作了？"武则天忍着笑问。

"回皇后娘娘，贱婢……"倪妃吞吞吐吐。

"只管说作了吗？别啰啰唆唆。"武则天似乎也不耐烦面对如此丑女。大蒜鼻子够丑了，还带上鼻孔朝天翻。

"媚娘，还是让她爬一圈赶紧走人！"李治始终背对着倪妃。

"可本宫有言在先，不管好与歹，只管作来。"武则天坚持，她想看看自己的高压政策，能压出什么怪物来。

倪妃怯怯地站起，本来要念自己写得狗屁不通的所谓的诗，可是她扫了一眼皇帝，见皇帝始终背对着她，她下意识地想，"我不能总给皇帝丢脸"，再一想反正婉儿没来，不如……这一刻的她仿佛鬼迷心窍，也许是自尊心作怪的结果，她心一横，脱口吟了婉儿的诗：

> 琴瑟相知音，花蝶共舞滨。
> 绿肥催红瘦，更爱养莲人。

倪妃话音落下，武则天吃惊地瞪大眼睛审视着倪妃，李治也吃惊地转过身。很快武则天做出反应：剽窃！一个没有文化底蕴的人绝对写不出这样的诗。此诗虽然押韵上尚有瑕疵，但不失为一首好诗。

还没等武则天喝问，倪妃已吓得"扑通"一声跪下求饶。倪妃逞一时之能，可一念完就后怕了，欺君之罪是要掉脑袋的。

"娘娘饶命，贱婢一时糊涂罪该万死！求娘娘饶命！"倪妃磕头如捣蒜。

"此诗何人所作？"武则天看上去并不恼。

"欺君之罪，杀无赦！"李治想借这个机会杀了倪妃以雪耻辱。

"陛下饶命啊！……"倪妃哆嗦成一团。

"陛下！……"武则天没把话说出来，但她的眼神在求情。

"算了，杀你也无意思！"李治一方面为了依武则天，另一方面看她哆嗦成那样，心肠软了。再想想她不过是个无法选择自己命运的倒霉鬼。

"还不快谢恩！"武则天一声喝。

倪妃屁滚尿流地谢恩，但没敢站起依然匍匐在地。

"说吧，何人所作？"武则天再问。

"回娘娘，是一个六岁的小女孩所作。"倪妃不敢说出婉儿的名字，她害怕婉儿的身世会再次触怒天威，那样的话，今天就死定了。

"你说什么？诗是一个只有六岁的小姑娘所作？"武则天简直不敢相信自己的耳朵。

"她叫什么名字，又是谁家的孩子？"武则天接连着问，

"回娘娘，她，她……"倪妃又吞吞吐吐起来，她害怕一说出婉儿的名字，自己脑袋立刻就搬家。

"再吞吞吐吐立斩不饶！"武则天被倪妃的吞吞吐吐惹恼了。

"回娘娘，她叫婉儿，是郑钰瑶的女儿。"倪妃还是没敢提上官仪的孙女。

郑钰瑶？武则天乍一听郑钰瑶这个名字，仿佛特别熟悉，又仿佛有些遥远。武则天略略理了一下记忆，似乎想起了什么。

"是掖庭的？"

"回娘娘，是。奴才该死！"倪妃又磕头如捣蒜。

"也只有他了！"武则天意味深长。她想起了上官仪，也只有上官仪的孙女才能写出这样的诗。

"媚娘说谁呢？"李治还没有反应过来。

"赵公公，去，把婉儿给本宫叫来，本宫要看看他上官仪的孙女会不会是曹植。"武则天淡淡一笑，大大方方说出上官仪这个别人不敢提及的名字。

三

婉儿从假山下来便坚定地朝赏荷亭走去。在她幼小的心里似乎更多的不是害怕武则天会不会杀了她，而是害怕母亲很快会死去，所以她满心想的都是救母亲。

走向荷亭的路，她再熟悉不过，这里离掖庭刷马桶的地方近。不到半炷香的时间，婉儿便靠近了荷亭。

把守的禁卫军个个身体立得笔杆一样直，显得更加威风凛凛。婉儿稍稍犹豫了一下，便继续朝前走去……

她朝前走，再朝前走……突然，两道白光自上而下在她面前一闪，随即就听见金属碰撞的声音，继而就见两把闪着光芒的剑交叉拦在了她面前。

这是把守在荷亭入口的左右禁卫军的剑。

拦在她面前的剑，在日光照耀下，发出白煞煞的光，散发出杀气腾腾的气氛。婉儿没有后退，连眼睛也没眨一下。

婉儿抬头看持剑的人，高大威武，身子挺得像林子里的树，目光直视前方，表情严肃的如泥塑人。他们甚至没有看一眼婉儿，因为一个瘦骨嶙峋的小丫头，不会有任何威胁，不值他们大惊小怪，也不需要有别的动作，两把挡在她面前的剑足够把她吓跑。可是他们没有想到接下来发生的事。

婉儿"扑通"一声跪下恳求。

"叔叔，求求你们让我进去吧！"

"这里今天不能进去，去别的地方玩吧。"左禁卫冷冰冰地说。

"叔叔，我要进去，我要见皇后娘娘。"婉儿说。

婉儿的话使两个禁卫军大感诧异，目光不约而同地齐刷刷地落在婉儿身上。

他们细细地打量着婉儿，只见婉儿衣衫破旧，面色蜡黄，身子骨瘦得真就一把骨头，他们一看便猜到一定是掖庭里的孩子，换了谁家的孩子也不可能寒碜成这样。

"皇后娘娘也是你能见的？走，快滚一边去。"左禁卫一边推开婉儿一边呵斥。

婉儿被推出十几步开外后并没有离去，她站在原地，两眼巴巴地朝荷亭望，完全没有离开的意思。

"再不走我抽你！"左禁卫见婉儿还不走便举起剑凶巴巴地吼。

"你抽我也不走，我今天一定要见到皇后娘娘。"婉儿倔强道。

左禁卫一听便冲上去像老鹰抓小鸡一样拎起婉儿扔出去，婉儿轻飘飘的身子被扔出数丈远，然后"砰"的一声响被重重地摔在地上，且额头磕着地面，鲜血立马涌了出来。

右禁卫见婉儿流了一脸的血有些于心不忍，他上前和颜悦色问："小姑娘，能告诉叔叔你为什么要见皇后娘娘吗？"

"只有皇后娘娘能救我娘，我娘她病得很厉害！"婉儿哭着说出原委。一想起母亲会死，婉儿就控制不住落泪。

"好一个孝顺的孩子！"右禁卫深深被感动，不禁闪出泪花！

"皇后娘娘是不能随便见的，没有皇后娘娘传诏，擅自闯，是要杀头的，听叔叔的话，赶快回去吧。"右禁卫好心劝婉儿。

"婉儿不怕死！婉儿不见到皇后娘娘是不会走的。"婉儿目光坚毅。

两位禁卫军面面相觑，继而都莫名其妙地叹了一声。

"小小年纪居然有如此胆量和孝心，薛某惭愧！"左禁卫为自己刚才的粗暴行为感到羞愧。

"要不，我们帮帮她？"右禁卫与左禁卫居然商量着。

"算了，还是少管闲事的好。"左禁卫思索了一下说。

"让她伏在草丛里，我们就当没看见如何？"右禁卫提议道。

"不成！一个大活人伏在那都看不见，那我们还配当禁卫吗？轻者卷铺盖走人，重者掉脑袋！"左禁卫立刻回绝道。

"还是轰走她吧！这样她也能保住一条小命！"左禁卫接着说。

"也是。"右禁军说着去驱赶婉儿，但婉儿"哇哇"地哭起来，且抱着一棵树干死活不松手，搞得右禁卫有些无奈。

"出什么事了？"这时杨嘉本杨都尉正好巡查到此。左禁卫忙把婉儿要见皇后娘娘的事和盘托出。

"这么说，你是为了救你娘才要见皇后娘娘的？"杨都尉问。

"是。"婉儿说。

"你娘是谁？你应该是掖庭的吧！"杨都尉再问。

"我娘叫郑钰瑶，我们是掖庭的。"婉儿回道。

郑钰瑶？这个名字杨都尉当然记得，她是上官仪的长媳，上官庭芝的妻子，自己的表嫂。六年前自己和许敬宗一起去抄过上官仪的家，不过当时年轻还以为自己是大义灭亲，事后才慢慢知道上官仪死得冤。为那事他一直内疚着。

杨都尉，名嘉本，前朝宰相杨恭仁之孙，左屯卫将军杨思训之子，上官仪太太的亲侄子。杨恭仁去世后，杨家可依靠的政治势力就是上官仪，杨嘉本父子俩没少沾上官仪的光，杨嘉本能子承父业擢为左卫将军，上官仪功不可没。

算下来杨都尉是婉儿的表叔，杨都尉不禁心中掠过一阵酸楚。

"无诏擅闯，是要杀头的，你不怕吗？"杨嘉本蹲下身子问。

"不怕！为救我娘婉儿什么都不怕！"婉儿说。

"好孩子！……"杨都尉心下又一酸差点落下泪。

他站起略略沉思后，对两位禁卫军说："就让她在这待着。"

"这……"左禁卫有顾虑。

"一切责任由本官担着。"杨嘉本说。

四

太阳已升到中天，杨都尉估摸着诗会差不多要收场了，他心里盘算着该怎样帮婉儿。可就在这时，见赵公公行色匆匆走来。

"赵公公，快收场了吗？"杨都尉迎上去问。

"收什么场啊，要出事咯。"赵公公有些神秘地说。

"哦？出什么事了？"杨都尉心一惊，心想难不成婉儿的事情武则天知道了？

"嘻，有道是丑人偏作怪，那个丑倪妃，知道吗？"赵公公依然神神秘秘的样子。

"知道，她怎么了？"

"她完了，弄不好吃饭的家伙要搬家了！"赵公公笑了说。

"哦？她能惹出什么祸来？"杨都尉不解。

"老奴现在没空说，得赶去掖庭找一个叫婉儿的小姑娘……"赵公公边说边走。

"找婉儿？这与婉儿又有何关？"杨都尉越发丈二和尚摸不着头脑，同时又为婉儿捏把汗。

"赵公公，那有个叫婉儿的，就不知是不是您要找的人。"左禁卫指着不远处的婉儿说。

"你叫婉儿？"赵公公忙上前问。

"回公公，我叫婉儿。"

"是上官婉儿吗？"

"回公公，我是上官婉儿。"

"你爷爷叫上官仪？"赵公公再问。

"回公公，是的！"

"那就跟我走吧，皇后娘娘要见你。"赵公公说着转身迈开了步，婉儿应一声就跟在赵公公的身后。

"赵公公，到底出什么事了？"杨都尉追上前问，他担心着婉儿。

赵公公摆了摆手没有回答。

赵公公领着婉儿，一老一小三转两拐，不一会儿就来到荷亭，那里早停了小船，把赵公公和婉儿送到荷亭。赵公公又领着婉儿下了船，而后拾级而登。忽然赵公公回头审视着婉儿，接着咕哝了一句：

"可惜了，可惜呀！"说完没有再回头，领着婉儿径直登上荷亭瞭望台，来到武则天面前。

"天后娘娘，她就是上官婉儿！"赵公公说。

"快给娘娘跪下！"赵公公紧接着一声喝。

婉儿"扑通"一声跪下，双掌贴地，额头也叩在地面上。

"陛下万岁万岁万万岁！天后娘娘千岁千岁千千岁！"婉儿按倪妃教的礼节给皇帝和武则天行礼。

武则天一看这姑娘，虽然骨瘦如柴，但那模样与神韵，都活脱脱的是个美人胚子。武则天不由得想起夜访仪府的那个雪夜，想起出生才三天的婉儿就咧开嘴对自己笑的模样，如今长这么大了，不禁顿时心生怜意。

"抬起头来。"武则天说。

婉儿微微仰起脸。

武则天细细端详，不觉倒吸一口气。武则天在婉儿的眉宇间仿佛看到了当年的上官仪，那深邃的目光，尤其是眉宇间闪现出的气宇、神态，都活脱脱地像了上官仪。上官仪是令自己爱令自己头疼，又令自己难以释怀的男人，杀他又解恨又痛心又惋惜！

武则天发现自己依然没有忘记上官仪，但武则天毕竟是武则天，她不动声色，毕竟皇帝在呢。

"你会作诗？"武则天压抑着澎湃的心情淡淡问道。

"回娘娘的话，婉儿会一点！"婉儿说。

"不错，小小年纪还懂得谦虚！"武则天对婉儿的回答很满意。

"'更爱养莲人'这诗是你作的吗？"武则天再问。

"回娘娘，是。"婉儿回道。

武则天停顿了一下又问："何人教你作诗？"

"回娘娘，我娘教的。"婉儿一说到母亲便闪烁出犹豫的目光和悲伤的神情。

"你娘，她还好吗？"武则天想起了郑钰瑶，想起那个飘雪的夜晚，郑钰瑶送自己一盆名贵兰花，自己赐婉儿凤冠。

"我娘，她不好，她病得很厉害，婉儿求娘娘救救我娘吧！"婉儿忙把头叩在地上。

"大胆罪奴！娘娘也是你能求的！"赵公公听了立刻呵斥。

武则天摆摆手示意赵公公退下。

"听说你嚷嚷着要见本宫，就是为救你娘？"

"是，求天后娘娘救救我娘吧！婉儿长大后一定报答天后娘娘！"婉儿说。

"呵，人不大口气可不小，本宫问你，你怎么报答本宫呢？"武则天既感动又好笑。

"我会刷马桶……"婉儿想了一下说，可话音落下招来一阵哄笑。

"我还会扫地洗衣服……"婉儿继续说。

"我长大后像赵公公一样侍候娘娘!"婉儿的话令在场的人哄堂大笑,连皇帝都忍不住笑了。

"童言无忌!朕算是领教了。"李治忍俊不禁。

"本宫要你七步成诗,你能吗?"武则天笑毕问。

"能救我娘吗?"婉儿问。

"能,还能救你自己!"武则天说。

"婉儿能!"婉儿没犹豫爽快地答道。

"如果你七步不能成诗,那就是欺君之罪,不但救不了你娘,还要砍你的头,你敢吗?"武则天再问。

"婉儿敢!"婉儿依然丝毫没有犹豫。

"媚娘,得先问问她知不知道七步成诗的意思,毕竟是小孩子!"李治怕婉儿不知深浅,所以有心保护。

"婉儿知道,曹植的'煮豆燃豆萁,豆在釜中泣。本自同根生,相煎何太急',就是七步成诗。"婉儿一口气背出了曹植的七步诗。

"看来你娘教了你不少东西。好,一言为定。本宫走七步,你若成诗,本宫赦免你和你娘,若不能就推出去砍了。"武则天说。

"小丫头,这可不是闹着玩的,还是想清楚了再回答!"李治不忍心看上官仪的孙女又死在他手上,他想阻止这场赌局。

"谢陛下隆恩!婉儿想清楚了!"婉儿叩谢皇帝的好意。

"媚娘,她只是个六岁的娃……"李治见婉儿不知进退,只得转过去求武则天,希望武则天放弃。

"正因为她只是六岁的娃,本宫才有兴趣。"武则天不管皇帝反对,令赵公公准备鸣锣。

"上官婉儿,你可听好了,击完三声鼓,本宫开始走,以七步为限作一首诗,若成,准你所求,若不成,人头落地,若是后悔还来得及!"武则天最后一次问。

整个荷亭鸦雀无声,每个人的心都提到嗓子眼上,目光全落在了婉儿身上。

"婉儿不后悔!"婉儿抬起头对武则天说,那目光中的无畏与刚毅令武则天又倒吸一口气。

这丫头太像上官仪了！那日在牢里，武则天劝上官仪服个软认个错，给她个台阶下，就能饶他不死，谁知上官仪双手反卷，仰首挺胸说"大丈夫死何惧，我上官仪宁为青誉万古留，不为苟且富贵生"，当时他的目光也是这般的无畏和刚毅。

"好！都说初生牛犊不怕虎，后生可畏，本宫今天算是开了眼界，赵公公，击鼓！"

武则天一声令下，就见赵公公高高扬起鼓槌，然后落下，随即听到咚咚咚三声响，接着武则天迈出了第一步。

"一步，二步，三步……"武则天一边迈步，一边高声数步。当迈到第四步时，武则天略略地犹豫了几秒，她看了一眼婉儿，目光中流露出复杂的情绪。其实她一眼就爱上了眼前这位小姑娘，只是她不知道自己为什么要给婉儿出这样的难题，是把她当上官仪来征服？还是想验证什么，她搞不明白，但是，她真的后悔了，万一……还真砍她的脑袋？

武则天在犹豫中不得不迈出了第五步……

婉儿凭栏眺望，只见碧荷连天，一望无垠，与她平时站在荷塘边看到的景色截然不同，站在高高的荷亭往下望，那些从密密的荷叶中钻出来的粉红花朵更显娇媚，仿佛亭亭玉立的美人儿，又见一只蜻蜓不经意泊在花蕾上，灵感顿袭心头，在一片鸦雀无声中只听得莺莺童声吟道：

> 初夏新梳洗，青萝密密移。
> 佳人水中立，红粉泊蜻伊。

吟声落下，在场的人都长长地嘘了一口气，武则天好一会儿木讷在那，接着长长地吐了一口气，而后面露惊喜。

"好诗！徐徐而动的一幅清新画面感，本宫喜欢！"武则天第一个叫好。

"'初夏新梳洗''红粉泊蜻伊'这两句清新脱俗，朕也喜欢！"李治接着说。

"谢陛下！谢天后娘娘！我娘可以不刷马桶了吗？"婉儿最关心的是这个问题。

"当然可以！"武则天盯着婉儿，满眼都是喜欢。

"你若能再作一首，本宫破例准你入弘文馆！"武则天心想，这丫头是百年难得的天才，得给她一个机会，可不能埋没了。

"罪奴婉儿……不敢！"婉儿似乎有顾虑。

"怎么就不敢了？刚才的勇气哪里去了？"武则天有些失望。

"我娘说，做人不可以得陇望蜀，能救亲娘足够了！婉儿再次谢陛下，谢天后娘娘！"婉儿再一次跪下匍匐在地千恩万谢。

"原来婉儿是怕失去刚才得到的'陇'？"武则天笑了问。

"回天后，是的，能救我娘比什么都好！"婉儿毫不隐讳。

"好一个孝顺的孩子！"李治深深地感叹，不觉闪出泪花。

"这样，你输了不丢'陇'，赢了可得'蜀'，如何？"武则天说。

"当真？不骗人？"婉儿两眼发亮。

"放肆，有你这么对娘娘说话的吗？"赵公公又立刻呵斥。

"童言无忌，别吓着孩子！"武则天说。

"谢天后娘娘！婉儿这就献丑了。"婉儿说着就要吟诗，可是被武则天拦住。

"且慢，这回要加大难度，第一，诗中要有当今圣上和本宫，第二，本宫要赐韵令。"

武则天说着略微停顿了一下，接着说，"就以香字为令吧。"

武则天加大难度倒不是有意要难为婉儿，她想试探婉儿的潜质。

"婉儿，知道韵令的意思吗？"李治问。

"回陛下，婉儿知道。"婉儿说。

"好，和刚才一样，七步成诗，赵公公你来走步，本宫击鼓。"武则天兴致高涨，她期待婉儿再出惊奇。

武则天将鼓槌举得高高的然后落下，就听得"咚咚咚"三声响后，赵公公不慌不忙迈开第一步……

一，二……这回赵公公才迈出第二步，就听得婉儿吟道：

燕肥亭短绿茵长，蛙鼓星明碧水汪。

銮驾天恩荷幸遇，日辉月照满池香。

未待赵公公走完七步，婉儿已成诗，武则天惊喜得像傻了一样，半天说不上话。

"媚娘"，李治喊一声武则天，意在告诉武则天你输了。

"好，不愧为上官仪的孙女！好一个'銮驾天恩荷幸遇'本宫输得心服口服！"武则天爽朗地哈哈笑道。

"赵公公，传旨，赦郑钰瑶和上官婉儿罪奴身，免其母苦役，赐上官婉儿入弘文馆！"武则天当场宣布。

李治暗暗吐了一口气，心想总算给上官仪有个交代。武则天同样暗暗吐了一口气，她在心里默默说，"上官仪，算媚娘补偿你的，你上天有知可以安心了，你的诗歌后继有人了。"

"来，让本宫看看你的伤口，是谁连个孩子也下手这么重！"这一刻武则天的内心是柔暖的，她像母亲一样帮婉儿清理伤口。

婉儿鼻子一酸便落下两行泪，在掖庭除了母亲和死去的吴奶奶，再无人对她这样好过，她承受的除了欺辱还是欺辱。

"赵公公，去拿最好的药，别留下伤疤！"武则天说。

武则天说着不禁叹了一气，她在心里骂道，"上官仪你看见了吗，这就是你与本宫斗的代价，你是何苦啊！"

李治鼻子一酸也差点落下泪。他同样在心里对上官仪说，"仪爱卿，朕有负于你，以后朕尽力补偿你的孙女婉儿吧"。

第十七章　天降大喜不是梦
置之死地而后生

　　婉儿离开荷亭便一路狂奔去找母亲，她要早一分钟告诉母亲这天大的喜讯。

　　她一边跑一边喊："娘亲，娘亲……我见到皇后娘娘了，以后我们不要刷马桶了……"

　　郑钰瑶正忙着刷马桶，隐约听见好像是婉儿的声音。她停下活儿，寻声望去，远远见一个小身影正朝这边跑来。

　　身影越来越近，她揉了一下眼，没错是婉儿。这孩子，风风火火的，不会是出什么事了吧？郑钰瑶的心"咯噔"就惊一下。

　　"娘亲，娘亲……我见到皇后娘娘了，我见到皇后娘娘了……"婉儿跑得上气不接下气，但还一个劲地喊她见到皇后娘娘了。

　　"娘亲，娘亲……婉儿太高兴了……婉儿见到皇后娘娘了……"

　　待郑钰瑶彻底听清婉儿喊什么时，吓得丢了手中的马桶，迎着婉儿跑过去将其一把拽过，同时以迅雷不及掩耳的速度捂住婉儿的嘴。

　　"我的小祖宗，你不想活了！！！"郑氏压低声音训道。

　　"娘亲，娘亲……"婉儿被母亲捂得说不了话。

　　婉儿使劲掰母亲的手，这时郑氏发现婉儿的额头受伤了，发髻里的血迹尚未干，还飘着血腥味，便突然松开手。

　　"婉儿，你额头怎么伤的？疼吗？"郑氏心疼得要落泪。

　　婉儿大口大口地喘气，但一边喘一边笑着说："不疼！婉儿见到皇后娘娘了，以后娘亲不用刷马桶了！"

　　"你这孩子，今天是疯了不成？小心被黄姑姑听见，又要一顿打！"郑钰瑶气得顺手就打了婉儿一嘴巴。

黄姑姑何许人？掖庭一个管事的姑姑，此人心狠手辣。郑氏与婉儿才到掖庭就与她结下了梁子。那日她想夺襁褓中的婉儿的那口羊奶未果心生怨恨，婉儿外公御史中丞郑崇素去世后，她便开启了一系列的报复。先是杀害了吴妈，又将刷马桶的工种派给郑氏，以此来兑现她当年的毒誓，要让郑氏生不如死。

"娘亲！女儿说的是真话！我们以后不要怕黄姑姑了！真的！皇后娘娘赦免了我们，婉儿还要进弘文馆读书呢！"婉儿一脸的认真。

郑钰瑶见婉儿那样认真的神情，不觉有几分信，可又一想，这怎么可能？再一想婉儿常爱说些不可能实现的梦话，莫不是这孩子精神失常了？

"婉儿，娘求你醒醒，看，那是水潭，那有一码一码的马桶等着娘刷，你别添乱了，大白天说胡话，若是传进黄姑姑的耳里，连娘也保不了你知道吗？"郑钰瑶哀哀地求着婉儿。

"娘啊！你为什么不信婉儿呢？皇后娘娘真的赦免了我们，以后我们真的不要怕那个黄姑姑老妖怪了！"婉儿急得跺脚。

"傻孩子，不是娘不信你，若真是皇后娘娘赦免了我们，那是有圣旨的，可你的圣旨在哪呢？"郑氏说。

郑钰瑶话音落下，婉儿还未来得及将事情原委细细道来，就结结实实地挨了一棍。原来婉儿只顾了兴奋，郑氏只想劝下婉儿好赶快去刷马桶，谁都没发现黄姑姑什么时候来到她们身后。

"圣旨在这！棍棒就是你们的圣旨！老娘叫你做青天白日梦！打死你，打死你……"

黄姑姑说着手中的棍棒雨点般地朝婉儿身上落下，郑钰瑶尖叫一声扑上去护住婉儿，让自己的背完全暴露给黄姑姑。黄姑姑的棍棒雨点般地一下接一下地结结实实地打在郑氏的背上肩上手臂上，郑氏一边像母鸡护小鸡一样护住婉儿，一边尽力躲闪黄姑姑的毒打。

突然婉儿奋力从母亲身下钻出来，一把抓住黄姑姑的棍棒，厉声喝道："住手！你已犯下了死罪，你刚才说什么来着？"

黄姑姑一时间被婉儿的气势给威慑住，她怔怔地愣了一下。就在黄姑姑还没有完全反应过来时，又听得婉儿一声喝：

"大胆妖婆，居然敢说你的棍棒就是圣旨，亵渎圣旨是死罪！"

黄姑姑一惊，吓出了一身冷汗，但立刻否认。

"你胡说！我没说！"黄姑姑说这话时，气焰明显降了许多，仿佛突然被雨水浇了一样，甚至感到恐惧。

"你说了，刚才你明明说了！"婉儿的目光逼视着黄姑姑。

"你哪只耳朵听见我说了？"黄姑姑缓过神狞笑道。

"我两只耳朵都听见了，还有她们也都听见了！"婉儿指了指水池边其他几个刷马桶的掖庭宫女。

"是吗？那好，老娘问问，看谁听见了。喂，刚才你们谁听见老娘说了？"黄姑姑问其他几个刷马桶的宫女。

但目光中显然写着：你们谁敢对老娘不利，就要谁的好看！

那几个刷马桶的宫女吓得连忙低头"唰唰唰"地刷马桶，不做任何回答，她们用沉默表示了怕黄姑姑，也表示了无声的抗议。

"瞧，她们都没听见。"黄姑姑急于撇清，把她们的沉默当成对自己的有力证词。

"她们都怕你，哪里敢说。你明明说了却不敢承认！"郑钰瑶说。

"王大嫂、徐姨、秦奶奶……她刚才明明说了，只要你们站出来说句实话，她就是死罪，以后你们就不会再受她的欺负。"婉儿上前鼓励那几个宫女勇敢地站出来作证。

但回答婉儿的也是只有刷马桶的声音。她们不敢冒险，她们不敢相信一个六岁丫头的话。可这种格局只维系了不到一分钟，那个被婉儿唤着徐姨的女人突然扔掉手中的马桶，她站起来表示有话要说。婉儿眼睛一亮，心想终于有人敢站出来指证，不觉露出一丝笑容，但笑容瞬间便凋落，接着是愤怒。

徐姨看了一眼黄姑姑，而后坚定地说："我没听见！"

原来徐姨经过一番内心搏斗，最终决定利用这次机会讨好黄姑姑，日后图个好，至少可以换个舒服一些的工种。

"人不为己天诛地灭，婉儿，对不起了！"徐姨在心里对婉儿说。并投去一瞥悲哀和无奈的目光。

"瞧，老娘有人证，老娘没说过！哈哈哈，哈哈哈……"黄姑姑狂笑起来。

"小兔崽子，你这是诬陷！"黄姑姑笑够了便像老鹰抓蛇一样，一把掐住婉儿的脖子，掐得婉儿喘不过气。

郑钰瑶见状扑上去疯一样地撕咬黄姑姑，黄姑姑疼得嗷嗷叫，不得不放开婉儿。

"反了，反了，来人呀，把她们全都给老娘捆起来，再架上柴堆，老娘要活活烧死她们！"黄姑姑暴跳如雷，自她接管掖庭还没一个人敢与她对抗过。

黄姑姑一声令下，她的爪牙包括刚才的徐姨立刻跳出来，将婉儿母女擒拿了捆起来，然后抱柴成堆，再把婉儿母女扔到柴堆上准备引火活活烧死。

"婉儿妹妹……"闻声赶来的婉儿的堂哥上官经野、上官经国、上官经纬，一看吓得都哭起来。

"黄姑姑，我妹妹还小不懂事，您大人有大量求您饶她这一次吧！"上官经野对着黄姑姑跪下求情。

"求姑姑饶了我妹妹吧！"上官经国和上官经纬也跟着哥哥跪下求情。

闻讯赶来的妯娌李慧也一个劲地把好话说尽，求黄姑姑饶过婉儿，可被绑在柴堆上的婉儿一点也不怕，她依然大声地斥责。

"老妖婆，你敢烧死婉儿，你又犯下一条死罪，婉儿是皇后娘娘钦点的弘文馆生员，到时候看你怎么交代！"婉儿小小年纪却始终正气凛然。

"老娘看你是疯得不行了！点火！"黄姑姑歇斯底里地叫喊。

"慢，既然我妹妹是皇后娘娘钦点的弘文馆生员，谁敢烧死她？"十一岁的上官经野看求情无效，便只能权当婉儿妹妹说的是实情。

"难不成你们上官氏都疯了不成？弘文馆那是什么地方？是皇亲国戚高官功臣子弟进的地方，你，上官婉儿，一个罪奴，皇后娘娘凭什么钦点？"黄姑姑一边骂一边夺过徐姨手中的火把，一挥手把火把抛向了柴堆。

"凭我妹妹的才华，皇后娘娘爱才如命也是有可能的。"上官经野说着一个跳跃飞起想踢飞火把，但没有成功，毕竟他年龄太小，才十一岁。

火把将干柴一点一点地点燃……上官经野和李慧都不顾个人安危，爬上柴堆去救婉儿母女。

"给我统统烧死他们，上官氏反了……"黄姑姑气急败坏歇斯底里地叫嚣着。

眼见火苗越来越大，黄姑姑歇斯底里地狂笑，就在这时，空中突然炸响一个声音，仿佛平地惊雷，惊得火爆的场面刹那戛然而止。

"圣旨到——"这是打个喷嚏就能令后宫颤抖的总管赵公公。

赵公公二话没说，先让人把婉儿母女救下，然后宣读赦免诏书。

圣旨还附带了一个令人没想到的天大喜事，一并赦免婉儿的三位堂哥，发陕西故居。

这是多大的喜讯！！！上官经野今年整十一，按宫规，男奴满十一就要被阉割为太监，等到秋天上官经野是板上钉钉要被去势的。为这事李慧已不知偷哭了几回。郑氏也是偷偷抹泪，不承想喜讯就这样毫无预兆地降临，李慧与郑氏抱头泣不成声。

这又是武则天的高明之处，她在布一盘大棋，婉儿是这盘棋的第一枚棋子。她预料到婉儿将会是她最得力的助手，她要提前施恩，让婉儿感激，感激到可以抹去杀父之仇。

郑钰瑶依然不敢相信眼前发生的一切是真的，她悄悄拧了一把自己，立刻生疼得紧。疼痛证明不是梦，可她还是不敢相信幸福来得如此突然。

"赵公公，真不是梦？"郑钰瑶泪眼婆娑望向赵公公，她怎么都不敢相信幸运就这样降临。

"快接旨吧！你生了一个好闺女，了不起啊！"赵公公说。

"叩谢隆恩！皇帝陛下万岁万岁万万岁！皇后娘娘千岁千岁千千岁！"婉儿与郑氏伏地接旨叩谢。

"真不是梦？"赵公公走后郑氏依然不敢相信自己不是在梦中。

第十八章 弘文学馆感悟深 慈母话儿记心间

一

今天是婉儿第一天上学。

郑钰瑶用几块旧碎布为婉儿拼制了一个书包，婉儿连着几天把书包抱在怀里睡觉。她曾经不止一次梦见过自己背着书包去上学，也不止一次爬到假山上遥望学堂的方向，今天终于实现了！

天才蒙蒙亮，婉儿已背着书包坐在门口等，真希望时光能快些过去，好早一分钟去上学。

"傻丫头，还早着呢！"郑钰瑶笑着说。

其实郑钰瑶何尝不是希望时光快些过去，冥冥中害怕这得来不易的美好，会瞬间飞走一样。

"娘给婉儿梳头，把书包先搁着吧！"郑钰瑶说。

"不嘛，婉儿时刻都要背着，婉儿喜欢。"婉儿推开母亲的手。

"都背几天几夜了，不嫌累呀！"郑钰瑶笑。

"不累，背一辈子都不累！"婉儿大声嚷着。

"好，不累，就背着吃饭背着睡觉，再背着梳头……"郑钰瑶笑。

"娘，婉儿想梳个特别好看的发型。"婉儿突然要求母亲为她梳个特别好看的发型。

"特别好看的?"郑钰瑶想了想，没想出来。

"婉儿以为怎样才是特别好看的呢?"郑钰瑶问。

"婉儿也不知道。"婉儿想了想也摇头。

"反正不要再梳掖庭发型。"婉儿嘟哝道。

所谓掖庭发型就是把全部的头发捆成一把再扭成螺形以黑布条固住,这其实是有利于干活儿不碍事儿,久而久之就形成了罪奴发型。

"好,娘给你扎个特别好看的。"郑钰瑶想了想把婉儿的头发拢成一股扎在头顶,再分出数股编成数条小辫,中心的小辫子像马尾一样垂下,周围的小辫子或环或盘,有的弯成拱桥状,发尾扎成蝴蝶结,完毕后,郑钰瑶左看右看,着实为自己的创意满意。

"去照照!"郑钰瑶说。婉儿便一溜烟跑去照水缸。

水缸里的倒影映出婉儿的面容,虽然清瘦,但掩饰不住骨子里的清秀与明艳。

"娘好厉害!"婉儿欢呼雀跃跑回郑钰瑶怀里,且吧嗒一下亲了母亲一口。

郑钰瑶又将几朵小黄花插在蝴蝶结上,再次叫婉儿去照水缸。

可当婉儿再次兴高采烈地跑回到母亲身边时,郑钰瑶却抹起了泪,而后将婉儿头上的小花取下扔掉,又将婉儿的发型拆掉重新梳了一个宫女发型双平髻。只是当双平髻才梳好又拆了,最后梳成掖庭发型。

"婉儿不要这样的,婉儿讨厌这样的……"婉儿一把将头发扯散了恳求母亲梳回第一次的发型。

郑钰瑶叹一声将婉儿搂进怀里。"孩子,太招摇了娘担心会惹祸啊!"

"不会的娘,皇后娘娘喜欢婉儿,谁还敢欺负婉儿?"婉儿仰起脸,一副谁都不怕的样子。

"得意忘形谁教你的?"郑钰瑶立刻沉下脸并厉声呵斥。

"娘平时是怎样教你的?"郑钰瑶说着抓起竹板扬起手就要打。

婉儿吓得缩紧脖子闭紧眼,"娘,婉儿知错了……"

郑钰瑶扬起的竹板举在空中却迟迟没有落下。

"看在你今天要上学的份儿上娘先不罚你!但要谨记娘的话,到了那里,一要学会忍,二要只管读好你的书。孟子语'得志与民由之,不得志独行其道'知道吗?"郑钰瑶垂下举在空中的手,语重心长教导女儿。

婉儿似懂非懂，但婉儿明白一点，无非是要夹起尾巴做人的意思。"婉儿记住了！可是娘，婉儿实在不想梳这个发型，娘可不可以就梳婉儿喜欢的那个发型？"婉儿哀哀地恳求母亲。

"那个发型太招摇了，其实婉儿梳什么发型都一样漂亮的。"郑钰瑶安慰道。

"可这个发型会让婉儿想起许多不愉快的事。"婉儿流下泪。

"好吧，那就梳双平髻。"郑钰瑶终究是心疼女儿退让了一步。

二

弘文馆坐落于长安宫城之西，为公元 621 年李世民首创。当时的李世民以弘文馆为阵地招贤纳士，也是他登基前的政治中心，杜如晦、房玄龄、于志宁、陆德明、孔颖达、虞世南等名流都出自这里，故有"十八学士"之称。李世民去世后，这里成为皇亲国戚、一品官员、宰相和功臣子弟的读书之地，也就是皇族学校。这里的学生教授、考试，如同国子监。

婉儿来到弘文馆，这里还是一片静悄悄的。她立在正门前久久仰望"弘文馆"三个斗大的金字，百感交集。这里是多少高官子弟梦寐以求的学堂，自己的爷爷上官仪曾在这里任过直学士，自己的父亲也曾在这里就读过，想不到打入掖庭的自己，还会有今天！

爷爷、父亲，如果你们都还活着该多好啊！婉儿不由得闪出几滴泪花。

日上二竿，学生们陆续来到，他们个个大摇大摆地拾级而上走进学堂，婉儿连忙闪在一旁不知所措。

弘文馆馆长刘仁轨见状已然猜到这就是上官仪的孙女婉儿了。他紧走几步。

"你就是上官婉儿吧。"刘仁轨问。

"回大人，小女正是婉儿。"婉儿连忙深深一个鞠躬。

"怎么？不敢进去？"刘仁轨说。

"是，婉儿……"婉儿怯怯地低下头。

"来，随老夫进去。"刘仁轨牵起婉儿拾级而上走进弘文馆。

"这里分诗赋、书法、经典、律法、儒学、道学、礼仪、乐以及夷文，不知婉儿想学哪科呢？"刘仁轨一边走一边与婉儿介绍。

"婉儿可不可以都学呢？"婉儿脱口而出。

"都学？"刘仁轨吓一跳，这个小丫头人小心却不小，不过他的脸上却露出欣慰的笑。

"是的，婉儿都想学，可以吗？"婉儿仰起脸再次问。

"当然可以，老夫为婉儿高兴呢！只是学夷文律法是最苦的，很多人都不愿意学，婉儿若吃得苦中苦，学好夷文律法，将来必有大用处！"刘仁轨有意要引导婉儿先学好最管用的科目。

夷文包括吐蕃、突厥、契丹、高句丽等唐朝附属邻国的语言文字。大凡皇亲国戚以及高官子弟们都吃不了苦，学夷文或半途而废，或天资愚钝学不会，所以国家非常缺乏这方面的人才，婉儿要是学好了，可以改变她未来的命运。

刘仁轨这么做也是在报答上官仪当年的救命之恩。

显庆五年（660），唐高宗发兵征讨百济，刘仁轨奉命督海运。李义府在明知有风险的情况下，强行督促刘仁轨出海。结果，船队在途中遇风沉没，死伤严重。李义府便趁机落井下石，奏请唐高宗"不斩刘仁轨，何以对百姓谢罪"。唐高宗犹豫问上官仪，上官仪说"自然灾难非人力所能"。于是唐高宗仅免去刘仁轨的职务，以白身随军。李义府不甘心又示意郎将刘仁愿暗杀刘仁轨，上官仪得知后找到刘仁愿晓之以理，刘仁愿亦不忍而作罢。同年，唐高宗看刘仁轨是个人才，重新提拔授刘仁轨检校带方州刺史，代替王文度统军，镇守百济熊津都督府。公元663年，与倭寇白江口战役，刘仁轨显示出超强的军事能力，以少胜多大获全胜。高宗大为赞赏，特别嘉奖刘仁轨六阶，正式授代方州刺史，并赐京城宅府一座。后又因治理百济平定高句丽屡屡建功，乾封元年（666）六月，刘仁轨迁右相，兼检校太子左中护，封乐城县男。

"婉儿明白了，婉儿一定学好夷文！"

别看婉儿小小年纪，她对刘仁轨一番话是心有灵犀一点通。她意识到"夷文"将是她的第二生命。她不由得深深望了一眼刘仁轨，目光中充满感激！

"好！吃得苦中苦方为人上人！去吧，后面有个空位，你就坐那！"刘仁轨与婉儿说着话已来到课堂，他指着最后一排一个空位说。

"拜谢先生！"婉儿深深鞠一个躬，满心欢喜朝那个空位走去，同时心想，这里并不像母亲说的那样可怕，处处遭人白眼，恰恰相反这里很温暖。

"同学们，今天弘文馆来了一位很特别的新学员，她叫上官婉儿，是这个班级年纪最小的一位，以后希望大家多多关照！"刘仁轨话音落下立刻有人交头接耳。

突然许敬宗的曾孙许望站起来。

"她是罪臣上官仪的孙女，许望不与她同堂共读。"许望站起来公然挑拨大家。

"为臣者止于忠，这是先生教我们的，我也不与逆贼的孙女同一室读书。"紧接着又一个站起来闹事。

"近朱者赤近墨者黑，同学们你们愿意与逆贼的孙女同窗共读吗？"许望还来了劲，居然鼓动起全班来。

"我们不愿意……我们不愿意……"其中唯恐世界不乱的学员在许望的鼓动下纷纷抗议。

"肃静！"随着刘仁轨"砰"一声惊堂木落下，所有的声音戛然而止。

"不错，她是罪臣的孙女，但是，连皇后娘娘都赦免了她，难道你们要抗旨吗？"刘仁轨怒目堂下，随之又是一声惊堂木。

"谁敢抗旨？"刘仁轨再一声惊堂木。满座哑然。

刘仁轨看了一眼婉儿，见她低着头，心想，"孩子你要吃苦了！这里是狗眼看人低的地方，可你一定要挺住！"

刘仁轨把目光投向太平公主，刚才他发现太平公主未掺和起哄，他要为婉儿找一个最大的靠山。

太平公主是武则天与唐高宗的小女，是武则天唯一的女儿。武则天与唐高宗都视其为掌上明珠，尤其是武则天，把对襁褓中就死去的大女儿的爱都集于她一身，宠爱到她要太阳都想办法去摘。

"公主，能给老朽一个薄面吗？"刘仁轨对太平公主低声说。

太平公主比婉儿大一岁，但也是天资聪慧，小人精儿一个。她明白刘仁轨是在为婉儿找靠山，要她保护婉儿。

太平公主第一次见到婉儿是在前几日的荷亭诗会上，那天见婉儿在七步内成诗很是羡慕，甚至崇拜。但今天见婉儿走进学堂，却忽然生出莫名的妒忌，可被许望这么一闹，她又转为同情婉儿了，现在又有刘仁轨低三下四的求，呵，落得做个顺水人情！

"来，和本公主一起坐，以后就没人敢欺负你了！"太平公主站起来招呼着婉儿。

"谢公主隆恩！"婉儿也是个小人精儿，她立刻离座给公主行跪拜之礼。

"公主是金枝玉叶，婉儿怕晦气了公主，所以婉儿不敢！"婉儿声音很细很低。

刘仁轨见婉儿有分寸便松了一口气。

"本公主叫你过来你就过来！"太平公主霸气道。

"公主，婉儿罪孽深重，万万不敢与公主同坐啊！"婉儿双手伏地把头磕在地上。

"本公主喜欢你，本公主要了你当书童！这样你就可以坐在本公主身边了。"太平公主跑过去强拉起婉儿往她的座位走。

婉儿无奈望一眼刘仁轨，似在征求刘仁轨的意见。

"恭敬不如从命！你就好好拜谢公主吧！"刘仁轨说。他暗自为婉儿庆幸。

"婉儿再谢公主鸿恩！"婉儿再次跪地深深叩谢。

"平身，以后你好生报答本公主就是！"太平公主说。

"是，婉儿记住了！"

婉儿说着朝许望投去一瞥胜利者的目光。刘仁轨见状不觉微微皱了眉头。心想，"孩子你以后的路还很长，切不可喜形于色、小肚鸡肠，你要懂得隐忍和包容啊！"

"海纳百川，有容乃大，壁立千仞，无欲则刚……"刘仁轨觉得这堂课有必要给孩子们上这方面的内容。

"'有容乃大'源自《尚书》。尔无忿疾于顽，无求备于一夫。必有忍，其乃有济，有容，德乃大……"刘仁轨滔滔不绝，并且列举了孔子、老子等圣人博大胸襟的故事。

"婉儿，你明白其真意吗？"刘仁轨解读完突然提问婉儿，这分明是一语双关。

"先生，婉儿惭愧！婉儿明白了！"婉儿站起来回答，亦是一语双关。

"先生，小生亦惭愧！"第一个附和许望闹事的亦站起来认错。

"小生亦惭愧！"……

接着所有闹事的纷纷站起认错，只剩许望一人低着头尚未认错。

刘仁轨和全班学生的目光都投向了许望。许望在众目睽睽下把头低得更低而后缓缓站起。

"先生，许望错了，许望自罚面壁！"许望说完便下桌自罚面壁。

婉儿见状亦自罚面壁，接着所有起哄闹事的都自罚面壁，一场风波就这样朝着好的方向结束，刘仁轨不免露出欣慰之色。

"古之欲明明德于天下者，先治其国，欲治其国者，先齐其家；欲齐其家者，先修其身；欲修其身者，先正其心；欲正其心者，先诚其意；欲诚其意者，先致其知，致知在格物。物格而后知至，知至而后意诚，意诚而后心正，心正而后身修，身修而后家齐，家齐而后国治，国治而后天下平。"

刘仁轨苍劲而雄浑的声音继续传遍上空，给婉儿留下人生极其深远的第一课！

第十九章 阴魂不散掖庭令
死里逃生幸李贤

一

上元元年（674）十月廿九，是婉儿十岁生日。

天空飘着大朵大朵的鹅毛雪，郑钰瑶一宿没睡，她在为婉儿赶制新衣。昨天她托外出公公扯了一块花布，还买了长寿面和两个鸡蛋，怎么说也是十岁生日嘛。

郑钰瑶落下最后一针，咬断线头，提起衣裳自我欣赏了一番后放下，可忽然哀哀地叹了一声。要不是家遭横祸，十岁生日是个大生日，要摆上几桌宴席热热闹闹地宴请亲朋好友的。

"夫君，我们的女儿婉儿十岁了，她很懂事，是弘文馆最吃苦最优秀的学员，她的诗比你我都好，像她爷爷，她还会好几国的夷文，你在九泉下放心吧。"郑钰瑶注视着熟睡的婉儿默默与天堂的夫君心语。

"看，娘给婉儿做的新祆，喜欢吗？"婉儿醒来郑钰瑶第一时间拎着新衣裳立在婉儿面前。

"喜欢，好看！娘，快给婉儿穿上……"婉儿一骨碌钻出被窝。

"嗯，真好看！不过娘的婉儿穿什么都好看！"郑钰瑶瞅着穿戴整齐的婉儿满眼都是笑。

可婉儿却笑不起来。她发现母亲的眼黑了一圈，眼角一夜就多了许多皱纹。因一夜没睡，手背的筋条也像青藤一样高高地隆起。

"娘，你一夜没睡……"婉儿轻轻抚摸母亲的眼睛。

"没事，娘不困。快去洗漱，娘给婉儿下面去。"郑钰瑶装得一点不累，她拍拍婉儿的小脑瓜，转身去下面。

"娘，你也吃。"婉儿见一大碗面，上面还搁着两个难得一见的鸡蛋，便拿起另一只碗要夹一半给母亲吃，但立刻被母亲摁住了手。

"今天是你十岁生日，婉儿吃。"郑钰瑶的目光比春晖还温暖。

"不嘛，婉儿要娘一起吃，不然婉儿也不吃。"婉儿放下筷子一副坚决不吃的态势。

"好，娘与婉儿一起吃。又是一头倔驴！"郑钰瑶用手指轻轻戳了一下婉儿的额头，哭笑不得，只得拿起筷子做做样子。可婉儿坚决要母亲吃一个鸡蛋，郑钰瑶拗不过又只得吃了一个鸡蛋。

吃过长寿面，婉儿欢欢喜喜去弘文馆上学，郑钰瑶与往日一样去尚服局做针线。

二

婉儿背着书包，穿过门前的白桦林进入一片梅园，出了梅园进入槐树园，挨着槐树园就是弘文馆了。

雪下得越来越大，婉儿穿着单薄的棉袄，只觉四周寒气直逼，风像刀一般割着她的脸，婉儿不自觉地抬起手用双肘捂住脸。

婉儿继续前行，可走着走着突然"砰"一下与什么东西撞了个满怀，抬眼一看，婉儿吓得拔腿就跑，可她哪里跑得掉！

"小兔崽子，老娘终于逮着你了！"那人咬牙切齿，一把揪住了婉儿的辫子。

原来婉儿撞到的不是树，也不是雪地里的大灰狼，而是天天都想着怎么弄死婉儿母女的原掖庭监黄姑姑。

黄姑姑那日歇斯底里欲烧死婉儿母女未果，反倒落了亵渎圣旨的罪名，罚了三十大板丢了九品芝麻官。黄姑姑把这笔账全算在婉儿母女头上，她发誓今生一定要弄死她们母女。

黄姑姑对婉儿的行踪了如指掌，婉儿为了节省时间习惯抄近路，也就是从梅园穿到槐树林。

黄姑姑早就选好杀婉儿的地点，山丘后面的废墟地。在梅园的山丘后面是一片废墟，隋朝时是居民区，后因战争这里成为废墟，武德六年（623）唐高祖李渊把它圈入宫廷，计划在那建造传说中的明堂，但因为国家建立不久，国库吃紧尚未动工，到了唐太宗李世民手上倒是多次议题过，只是谁也不知道古代所说的明堂是什么个样子，后人只知"天子坐明堂"这句话，却无从考究明堂的建造、规模、式样，所以议题一次一次被搁浅，直到这块地成了废墟。

这块废墟地有好几口枯井，黄姑姑早就瞄准了这里是匿尸的好地方。她曾经不止一次干过，把杀死的人弃以枯井，无踪无迹。今天她计划故伎重演，到时把婉儿的尸体往枯井一扔，神不知鬼不觉，活不见人死不见尸，自己躲一旁偷着看郑钰瑶急得发疯吐血而死，那时别提多解恨了！

"救命……救命啊……"婉儿吓得本能地大声呼救。

婉儿的呼救仿佛被四周的冷气吞没，没有任何回应。

"你喊啊，这里距宫殿至少有二里地，距弘文馆也有半里地，你喊破嗓子也没人来救你！……"黄姑姑狞笑。

婉儿何尝不知这里除了赏梅时节会有人来，其余时间怕是连鬼都不来，但求生欲望本能驱使，她还是拼命地呼喊。

"救命——救命啊……"

"我现在就掐死你！"黄姑姑还是害怕喊的，她一把掐住婉儿的咽喉。

婉儿立刻喘不过气，双手本能地去掰黄姑姑的手，黄姑姑却掐得更紧由原来的单手换成双手，婉儿一阵窒息，双手朝黄姑姑乱抓。

黄姑姑为了避开脸被抓，脸和身子使劲向后仰，但双手死掐着不放。婉儿渐感无力，她想到了母亲，不觉两行泪水滚了出来，黄姑姑一看开心得要大笑，可没等她笑出声，一口冷气呛进，她咳嗽的老毛病犯了。

她阵阵直咳，手上的劲便松了，婉儿推开她喘着粗气跌跌撞撞地拔腿就跑。

黄姑姑咳着紧追在后，只是婉儿双腿发软没跑多远便一脚踏空栽倒在一个雪坑里。

"天助我也！……"黄姑姑紧跑几步，身子一扑，右手一探便拽住了婉儿的衣角。

婉儿才爬起，脚跟尚未站稳被黄姑姑那么一拽一拉便又"扑通"一声栽倒在地。

"我叫你跑……"黄姑姑把婉儿骑在身下，接着一掌打去，可自己的手立刻痛得哇哇叫。

"黄姑姑杀人啦——黄姑姑杀人啦……"婉儿使命地喊。

黄姑姑又怕又气，她左右瞧了一眼没她要的棍棒或树枝什么的，便脱下婉儿的鞋子然后用鞋子雨点般地抽打婉儿的脸和头部。

"叫你喊，叫你喊，你喊……你喊……"黄姑姑直把婉儿抽得昏死过去才罢手。

黄姑姑喘了好一会儿粗气，见婉儿依然没动静，便伸手去试婉儿的鼻息，果然没了气息，吓得她倒退一步，但很快就镇定了。这不是自己要的结果吗？但黄姑姑没有笑，不知为什么她笑不起来。

黄姑姑反倒叹了一声，她发现并没有想象中的解恨和开心，甚至害怕后悔，直到一脸的颓废。

她突然窸窸窣窣地抽噎起来。

"是，你和你娘都与我无冤无仇，但我和我娘又何尝与人有冤有仇？我娘才生下我时我爹就去世了，我娘的奶水硬是被大娘的猫仔喝了，我这咳嗽的毛病是襁褓中吃窝窝给呛的，可是大娘却说我是肺痨病，把我们娘俩赶出黄家。我娘带着我投奔娘家过着寄人篱下的日子，我九岁那年，娘郁郁而死，舅妈把我卖进宫里，这一进宫就是三十年，我好不容易熬到一个掌监，那日见你有羊奶喝，我想夺了你襁褓中那口奶……可你命比我好，宰相爷爷倒台了，可还有个有权有势的外公护着罩着，外公死了居然有武后护着，害得老娘挨了板子丢了官。这笔账老娘不找你算又找谁算去?!"黄姑姑不但没有快意恩仇的快乐，反而对以为死去的婉儿倾诉内心痛苦。

"别怨我，深宫就是你死我活，不狠不歹毒死的就是自己，老娘今天不弄死你，他日你必定杀老娘。要怨就怨……"黄姑姑话没说完突然听到一声踩断枝丫的声响。

有人来？黄姑姑警觉起来，她竖起耳朵听，可又什么声音也没有，她松了一口气。可她才松下气时，寂静清冷的梅园忽然传来一声地动山摇般的喊声。

"啊……"声音悠远震撼，这一声才落下那一声又起"啊……"再接着就是笑声，那种发自肺腑的、舒心透顶的、松懈到泛滥的笑。

黄姑姑立刻慌张起来。她看了一眼一动不动的婉儿，怎么办？扛走？可刚才又追又打的老腰子闪着了根本扛不动，再加上自己万一咳嗽起来，岂不糟糕？

三十六计走为上计，黄姑姑迅速抱起周围的雪往婉儿身上堆，把婉儿堆成个雪人儿，然后逃走。

三

弘文馆依旧书声琅琅，但有两个人的心里在犯嘀咕。一个是太平公主，另一个是十分看好婉儿的刘仁轨大人。婉儿有语言天赋，入学四年就已经掌握了吐蕃、东西突厥、百济、高句丽、党项等十六个国家的文字和语言。

刘仁轨走进教室，第一眼就看见婉儿的座位空空无人。这可是婉儿入学以来第一次缺课，而且是旷课。但刘仁轨装着没看见，他翻开课本上他的课，只是上了一会儿还不见婉儿来，便忍不住问。

"婉儿今天怎么没来？"

"今天是她十岁生日。"太平公主答道。但看得出太平公主老大不高兴。

唉！刘仁轨暗暗叹气，心想"郑钰瑶啊，婉儿少不更事情有可原，可你不该啊！才刚有起色就开始招摇了，都这般光景还缺着课过什么生日，即使要过也得告个假，不应该旷课呀！"

"先生，子曰'弟子入则孝，出则弟'弟则礼，上官婉儿不告假是否是对先生的无礼？"许望突然站起来给刘仁轨出了个难题。

许望唯恐不乱，但又在理。刘仁轨干咳两声，而后说：

"有子曰'礼之用和为贵'，她入学以来第一次缺课过个生日亦是人之常情。"刘仁轨显然在偏袒婉儿。

"可她失信于本公主，本公主要治她的罪！"

刘仁轨话音落下，没想到太平公主愤怒地拍案而起。

公主一声怒，满桌皆惊，刘仁轨更是吃惊不小。

"说好的本公主要送她书包，她居然不来，敢不给本公主面子！"没等刘仁轨发话太平公主已道出原委。

"哦？你们昨天说好的？"刘仁轨更加费解。

"该不会是出什么事了吧？"刘仁轨觉得事有蹊跷。

"出事？能出什么事？"太平公主想不出来能出什么事情。

"婉儿可是个命可不要，学不可不上的人，何况公主要送她书包呢！"刘仁轨说。

"对呀，昨天她还说要把本公主送的书包珍藏一辈子呢！"太平公主经刘仁轨点拨，顿感事有蹊跷，且气消了一半。

"准是出什么事了。"刘仁轨肯定道。

可婉儿能出什么事呢？太平公主想不出来，刘仁轨也想不到。谁也不承想，此时此刻婉儿正走在鬼门关。

"继续上课吧。"刘仁轨说。

"事君，能致其身；与朋友交，言而有信；虽曰未学，吾必谓之学矣……"刘仁轨带着狐疑继续上课。

可没上多久，章怀王李贤的贴身奴仆赵道生闯进课堂，他紧张得上句不接下句，但大家还是听懂了，婉儿在梅园遭歹人暗算险些丢命。

原来，章怀王李贤那日读书读得困了，心血来潮拉上赵道生一头钻进梅园子踏雪，说是要寻得第一枝梅花，看看第一枝在雪中怒放的梅花是怎样的惊艳，没想到无意中却救了婉儿。

章怀太子见雪堆里露出衣角，又见地面散落一只鞋，忙扒开雪……

"这不是婉儿吗？"李贤撩开婉儿蓬乱的发丝，看清了面容，大吃一惊。

"何人所为？如此歹毒！"李贤说着让赵道生去附近找找，看有什么蛛丝马迹。

"有脚印……"赵道生立马跟着脚印追。脚印朝废墟地去，赵道生害怕便返回，可眼前的一幕令他呆了。

原来李贤为了救人，解开外衣把婉儿捂在胸口。

"你愣什么，快过来帮忙捂热她！"李贤把婉儿送进赵道生的怀里，两人就这么轮流用心口捂着婉儿。

婉儿在章怀王李贤的怀里幽幽醒来。

"谁干的？本太子为你做主！"

这是李贤对婉儿平生说的第一句话。

婉儿沉默，须臾婉儿微微摇头。

"不知是谁？是男是女总该看清楚了吧？"李贤再问。

"没看清，他从后面打晕我。"婉儿虚弱地编着谎。

婉儿不想说出是黄姑姑，只因黄姑姑的那番倾诉，婉儿很是同情。

李贤把婉儿送回家，又叫太医送去冻伤膏。郑钰瑶心疼得泪水一串一串地滚落在地。

"娘，婉儿要去上学，公主还要送书包给婉儿呢。"

"都这样了，等好了再去吧。"

"那娘替婉儿告个假，也告诉公主一声，明天婉儿就上学去。"

郑钰瑶在屋里生起火，用被子裹住婉儿，然后抱在怀里取暖。

第二十章 翠莲遭遇起波澜
露浓香冷吟彩书

一

今夜，婉儿无法不去想那个叫翠莲的女子。

翠莲是吴妈的内侄女，翠莲的夫君进京赶考，之后便如泥牛入海一去不返。如今她千里寻夫到长安，可已是高官厚禄的夫君却矢口否认这门婚事，此人正是李迥秀。

原来李迥秀高中进士后便与家中断了书信，凭借着他的青年才俊，加上攀附圆滑的性格，他很快受到武则天的青睐，几经改任，现已是武后麾下的大红人——考功员外郎、凤阁舍人。

翠莲来到长安从包打听那里打听到夫君不仅中了进士而且官高禄厚。翠莲满心欢喜回到客栈，心想苦日子熬到头了就要夫贵妻荣了。

翌日大早，翠莲守在宫门口，看见一个出宫的太监便尾随上去，待到无人的拐角处翠莲紧走几步上前拦下，然后和盘托出自己的身份，希望太监给李迥秀捎封信，自己在来福客栈。

本以为那太监会很乐意接受这个差，可出乎她的意料，那太监一口拒绝。翠莲以为是银子给得少了，可后来发现好像不是，无论翠莲给多少，个个太监都一口回绝，且有些避之不及的样子。

翠莲百思不解，她哪里知道李迥秀入仕以来一直以未娶自居，近日又传言武则天欲将武三思的长女下嫁于他，更有，李迥秀离宰相位只一步之遥了，有谁敢去坏未来宰相乘龙快婿的好事呢？又有谁敢去捅未来宰相的篓子呢？活腻了不成！

信递不进宫，人见不着面，日子一天一天过去，不觉就一月有余，这样一来盘缠经不起折腾，翠莲望着所剩无几的盘缠直发愁！

"还租不租？租就快交上房钱来！"掌柜的一声声催得急。

怎么办？就这么空手打道回去？不甘心！留下等机会，可没盘缠。唉！若能找到长安的大姨就好了，起码有个落脚的地方。

翠莲又一次想起在上官仪府上的吴妈，她的大姨。自上官仪出事后吴妈就杳无音信，这次来长安母亲特地交代要顺便打听吴妈的下落，她哪里知道吴妈七年前就被掖庭监给祸害死了。

"爷，我想再打听个人。"翠莲又一次去找包打听。

"是官还是侯，打听的人不一样这价钱就不一样。"包打听合着眼皮子说话跟睡着似的，也未见他一开一合地动嘴皮说话，声音是从喉管里混混沌沌跟滚雷一样滚出来的。

"不是官也不是侯，是一个佣人。"翠莲说。

"三两。"包打听依然合着眼，但却准确地把接钱的手伸到翠莲面前。

"佣人也要三两？"翠莲几乎是惊叫，显然这个价离翠莲心里的价位太远。

"这你就不懂了，地位越低，打听的难度越大，普天之下皇帝只有一个，宰相不过十个，侯不过百个，而平民百姓却有四千万，你说打听哪个更易些？"包打听始终合着眼皮说话，但这次声音不是从喉管里含糊地滚出来的，而是从一开一合的嘴唇吐出来的。

翠莲心里骂道，跑江湖的就是跑江湖的，嘴巴翻云覆雨横竖都占理。

"上次你说奴家夫君身份尊贵，要了我三两，今天又说打听佣人难度更大，横竖你都占理。"翠莲很愤怒，好像被触动了火山口。

包打听迅速抬了一下眼皮，不觉倒吸一口气，这女人不过月余时光，怎的就憔悴到如此？看来果真被抛弃了，唔！可怜啊！

"当然，熟客就不一样了。"包打听立刻改口。

"可是，我……我，都在这。"翠莲掏出五文钱，声音极其的低，低到仿佛自己的鼻子都听不见。

包打听又一次抬了一下眼皮，唔，才五文钱。

"大兄弟，您行行好……"翠莲鼻子一酸，泪水吧嗒吧嗒地滚落下来。

这个城里，她举目无亲，与包打听毕竟有过两个回合的交道，此时仿佛包打听是她最亲近的人了。

"等我见到夫君，一定双倍奉还可以吗？"翠莲哀哀的。

唔，可怜的女人！还在做你的春秋大梦啊！这不摆明了你被抛弃了，但包打听没好说出来。

"别，爷最见不得眼泪！也罢，就当行善积德，本次免费。"包打听破天荒突发善心。

翠莲从包打听那虽然没打听到大姨的下落，但却意外打听到上官仪孙女婉儿就在宫里。她想也许大姨也在宫中呢，于是她变卖了首饰，买通一个小太监，托他带了信给婉儿母女。

就这样，给李迥秀的信物和信瞒天过海落到了郑氏的手里。当晚郑氏辗转难眠，不知该如何帮翠莲。郑氏很清楚，李迥秀多年隐瞒已婚事实，必是有所图，如今突然冒出个泥土味的媳妇，他能认下吗？估计打死也不会认。可翠莲又是吴妈的内侄女，自己欠吴妈的太多，不帮这个忙良心过不去，可帮又无能。唉……郑氏整夜地哀叹！

万般无奈郑氏把翠莲的事情告诉了婉儿，婉儿一听，当即拿了信物与书信去找李迥秀，郑氏拦都拦不住。

结果一切在郑氏的预料中，李迥秀不仅矢口否认，还反咬一口说这是别有用心者的毁誉讹诈。婉儿碰了一鼻子灰，只差没把肺气炸。

"睡去吧。明天娘托人给她送些盘缠，劝她先回去，这事得从长计议，急不来。"郑氏只能出此下策。

"娘，婉儿现在担心的不是李迥秀认不认翠莲，而是翠莲恐有杀身之祸！"婉儿说。

"难不成李迥秀还要杀人灭口？"郑氏惊。

"都怪女儿太冲动，把事情想得太简单了！"婉儿很是自责。

"应该不至于吧？毕竟夫妻一场，而且这么些年翠莲替他侍奉老娘，没功劳也有苦劳，能如此绝情？"郑氏不愿相信。

"娘是没有看见他撕翠莲信的表情，那眼光中流露出的恨，恨不得翠莲立刻从这个世界消失!"婉儿说。

"如是说,得赶紧想办法通知翠莲。"郑氏说。

"如何通知?戌时已过,没有特赦太监也出不了宫。"婉儿叹一声,感到一筹莫展。

"这该如何是好!苦命的孩子!吴妈,你若泉下有知,就保佑她平安度过今夜吧!"郑氏更加一筹莫展,她绝望地双手合十在胸口,口中念念有词求死去的吴妈保佑。

"有一个人可救她!"婉儿在绝望中突然想到一个人。

"谁?"

"太子!"婉儿重重地吐出太子两个字。

"使不得!使不得!惊动太子,娘害怕!"郑氏吓得一把抓住婉儿的手臂,仿佛怕婉儿飞走一样。

"娘,现在顾不了那许多,去晚了,翠莲恐怕凶多吉少!"

"可是,娘怕事情闹大了,你小命不保!"郑氏毕竟更心疼自己的女儿。

"娘,放心,婉儿保证毫发无损地回到娘亲身边!"婉儿故作轻松一笑,其实心里也没底,无论是太子还是自己的安危。

虽然与太子走得有些近,但毕竟他是高高在上的太子,自己是谁?是罪奴!婉儿没把握李贤太子一定会帮这个忙,只是死马当活马医,赌一把而已。

郑氏叹一声松开手,但未必是相信了婉儿,只是正如婉儿所说,那是一条人命,不能眼睁睁看着她死,总得试一试。

二

李贤太子知是婉儿有求,二话没说骑上马亲自连夜出宫奔来福客栈去。

可还是晚了一步,翠莲被一驾马车接走了。

"一定是李迥秀。"婉儿说。

"可我们没证据,掌柜的说,那人头戴斗篷,面遮黑纱,看不清他的面目。"李贤说。

"不敢光明正大，更说明是他。婉儿不能眼睁睁看他杀害翠莲。"婉儿说着夺门而出，但被太子一把拽住。

"你要去哪？李迥秀那里我已派人盯着。"

"婉儿不找他，婉儿去求天后，天后说过，她会为全天下的女人做主。"婉儿说。

"你傻呀，我母后的话你也信？就算信，你现在没凭没据，怎么告李迥秀？别忘了李迥秀可是我母后的心腹。"李贤说。

"是啊，到时他再反咬一口说你诬蔑大臣，你跳进黄河洗不清。"郑氏说。

"别看我母后平时喜欢你，她翻脸比翻书快，在她心里只有权力，连亲情都没有，何况你一个外人。你与李迥秀二选一的话，本太子敢肯定，母后八成选李迥秀，那时不但救不了翠莲还要搭上一个你。"李贤说出肺腑之言。

"太子，怎可如此说您的母后？"婉儿第一次听人如此抨击武则天，而且是她的亲生儿子，不但感到吃惊而且愤怒。

"本太子说的是事实，她是本太子的母后，难道本太子愿意如此诋毁自己的母亲吗？"李贤不悦，心想真是好心当成驴肝肺。

"婉儿，相信太子不会错。天后非平常人，她所思、所为亦不可以常理而论。"郑氏跟着说。

"可是，不去试试，难道就这样眼睁睁看翠莲遇害吗？"婉儿依旧对武则天抱有希望。

"我有个主意，我们把事情闹大，闹得宫中人人皆知，最好惊动我母后，这样一来，李迥秀就不敢贸然杀害翠莲。"李贤沉思后说。

"可我们不是无凭无据吗？怎么闹？"婉儿说。

"不能堂而皇之告，还不能敲山震虎闹吗？"太子冲婉儿神秘一笑，心中已然有了主意。

"敲山震虎？婉儿愚钝，请太子……"婉儿正要说请太子明示，可突然脑洞大开，心有灵犀。

"写诗，用诗来传递，让人人都知道这件事，他李迥秀就不敢轻举妄动，太子，是这样吗？"婉儿两眼放光。

"知我者婉儿也！"李贤对婉儿投去一瞥深情的目光。

其实李贤深爱着婉儿，除了婉儿冰清玉洁般的美貌及共同的爱好吟诗作画外，更重要的原因是，婉儿总能走进李贤心里，李贤不需要太多的语言，婉儿便能抵达他的心灵。正是这种默契，把两个完全不同命运的人越拉越近。

"写诗是婉儿的拿手好戏，写成诗让宫人一夜传开。"太子说。

"遵命！太子英明！"婉儿对太子投去一瞥深情的目光。

婉儿进入沉思，须臾便吟道：

"叶下洞庭初，思君万里余。"

"好诗！出手不凡啊！"婉儿才吟第一句李贤就迫不及待地叫好。

"露浓香被冷，月落锦屏虚。"婉儿踱了两步吟出第二句，李贤又是一声叫好。

"欲奏江南曲，贪封蓟北书。书中无别意，唯怅久离居。"婉儿接着吟第三第四句。

太子只一个劲地喝彩叫好。"好！情绵似海，哀而不怨，看似细雨情绵，却是大气磅礴，读之无不感人泪下，更有对仗工整，千古绝唱也！"太子又一次由衷地叹服婉儿的文采。

"太子谬赞！婉儿汗颜，还请太子给赐个诗题吧！"婉儿谦虚道。

"就用'彩书怨'可好？"李贤说。

"甚好！正合吾意！"婉儿抿嘴一笑表示满意。

"那就定了，赵道生，你也拿笔来帮忙抄，连夜散发到各处去，李迥秀看了必定心虚，不敢轻举妄动！"李贤一边吩咐他的贴身奴仆，一边提笔抄写。

婉儿望一眼李贤，内心充满温暖，不觉脸颊飞上两朵红晕。

三

《彩书怨》果然一夜轰动整个长安宫，后宫妃子无不传阅。那些常年见不到皇帝的妃子们读了无不落泪，一个叫景频的妃子，来宫中已十八年，从未被临幸过，眼见日益老去的容颜，本就终日郁郁寡欢，觉着生不如死，那日读了《彩书怨》夜里便跳了井。

后宫发生了跳井事件，是婉儿和李贤都始料不及的。武则天一方面命赵公公追查，一方面对《彩书怨》爱不释手。

"查到没有，此诗何人所作。"武则天问。

"回天后，尚未查明。奴才该死！"赵公公说。

"蠢！"武则天骂道。

"是，奴才这就亲自去查。"

"别查了，这宫里只有一人能写出如此境界的诗！"武则天说。

上官婉儿？赵公公话到嘴边却突然变了，他想到养父的教诲：奴才不能太傻但也不能太聪明，于是立即装傻说道：

"贤妃？"

"她？算了吧！她顶多也就花花草草的小手笔。此诗句句美得挠人心，诗中女子情切切思纷纷，真叫一个好字，本宫欣赏！"武则天感叹，她又一次想起了上官仪，这个令她爱之深又恨之切的男人。

"那……德妃？"赵公公故意越猜越离谱。

"她？只配研墨。"武则天说着话但眼睛一刻也未离开诗稿。

"那……"

"得了，别瞎猜了，去，传上官婉儿来。"武则天放下诗稿，呷一口茶，表情立刻变得连赵公公也猜不透看不懂。

"遵命，奴才这就去。"赵公公嘴上说这就去，但却未动身。

"老奴亦读了一晚上，可就是没觉出来这诗好在哪？娘娘赐教一二可否？"赵公公伺候武则天多年，从未见她服过人，他很想知道此诗到底好在哪，能令武则天如此啧啧称赞。

"你不懂，本宫都自叹不如！此诗对仗工整，意境高远，新意层出。瞧，这第一句'叶下洞庭初'指向的是时间初秋。这是借用了屈子的《九歌·湘夫人》中的'袅袅兮秋风，洞庭波兮木叶下'，能把诗写成这样，了不得！"武则天感叹不已。

"不就是绕肠子吗，奴才觉着还是'江上一笼统，井上黑窟窿。黄狗变白狗，白狗身上肿'来得简单易懂。"赵公公说。

"唉，对牛弹琴！不过你念的这个打油诗也是上品，但无法与《彩书怨》

相提并论。"武则天笑了说。

"得，天后还是省点精神头，别对牛弹琴了！老奴忙去嘞……"赵公公说着退下转身要去传上官婉儿，这时宫女珠儿来报说上官婉儿负荆请罪正跪在殿外。

"哦？有胆识敢作敢当，像他！"武则天仿佛是自言自语，上官仪刚正不阿的音容笑貌又一次划过她的脑海。

突然，武则天产生了要让婉儿吃些苦头的想法。

"让她先跪着，本宫累了要去歇息一会儿，什么时候醒来什么时候让她进来。"武则天说着并没有去休息，而是去了后院弄她的花鸟。

赵公公想这是要让婉儿吃点苦头，只是赵公公想不通，明明欣赏得要命，可为何又要她吃苦头呢？

"咱家真是老了，越来越看不懂天后了！今后要更加小心伺候着。"赵公公自言自语忙他的事去。

婉儿一跪就是几个时辰，武则天就像是忘记此事一样，只管玩她的花鸟，阅她的奏章，吃她的午饭睡她的午觉。

"天后，她又晕过去了。"赵公公来报。

"谁又晕过去了？"午休起来的武则天漫不经心问。

"上官婉儿。"

"哦，你不提本宫都忘记这档子事了，传吧。等等，让她跪着进来！"武则天轻描淡写。

"婉儿罪该万死，请天后息怒！"婉儿匍匐在地谢罪。

"你也知自己罪该万死？"武则天冷笑一声。

"你了不起啊，我的大才女，下一首是不是就该写武曌霸君上，满宫花色哀？"武则天呷一口茶一副漫不经心的神态。

"婉儿不敢，请天后息怒，容婉儿细禀！"婉儿喘着细气，虚弱得随时都会晕厥过去的样子。

"还没吃饭吧，珠儿，拿些吃的给她。"武则天就是这样令人琢磨不透，眼看要置人于死地，却又突然恩重如山，令婉儿感激涕零。

接下来婉儿详详细细把翠莲的事情道了个一五一十，可是，当武则天问起传信的小太监时，婉儿说不出名字，因为那天小太监扔下信就走了根本没留下姓名。武则天本就生性多疑，又岂会只相信一面之词，她让赵公公传唤李迥秀，李迥秀一见武则天就呼天抢地地喊冤，并且说翠莲是他们家买来的丫鬟，没想到这丫头人大了心也大了，见他考上进士又得天后爱惜，翠莲便起了歹心，想讹他当夫君，若不是那日上官婉儿拿着信物去找他，他至今还被蒙在鼓里，等等。

"不信，天后可传翠莲问问便知。"没想到李迥秀居然主动提出传翠莲对质。

武则天看一眼李迥秀，心想，"小子，做好扣了吧"，又看一眼婉儿，心想，"婉儿你还嫩着，要吃亏了，不过这是你自找的怨不得别人"。

"好，传翠莲，听听翠莲怎么说。"武则天有心救李迥秀，便顺着李迥秀的话做。

"翠莲昨夜已不知去向，恐已遭人毒手！"婉儿的目光逼视着李迥秀，那言外之意无人不懂。

李迥秀一看便勃然大怒："上官婉儿，你何意？天后面前你亦敢撒弥天大谎，污蔑大臣该当何罪？"

"天后明鉴，婉儿不敢撒谎！"婉儿镇定驳道。

"难道你昨夜出过宫？去过来福客栈？"李迥秀狠狠将了婉儿一军。心想，"看你怎么撒招，你出宫是犯宫规，未出宫就是撒谎欺君。"

"我……"婉儿果然作声不得，她不想把太子牵扯进来。

"如何？说呀！"李迥秀更加得意。

"未出宫，亦未去过来福客栈。"婉儿硬着头皮说。

"既如此，你又怎知翠莲不在来福客栈？"武则天问。

"回天后，婉儿听人说的。"婉儿声音极其的低。

"听何人说，从实招来！"武则天沉下脸喝道。

"婉儿不能说，愿请罪！"婉儿打定主意不牵连太子。

"不说？拖出去杖责！打到说为止！"武则天一声怒喝，几个太监上来就把婉儿往外拖。

"慢，是孩儿告诉她的。"一直隐在屏风后的太子李贤见情况不妙连忙出来阻止，且把昨夜经过一一陈述。

"哦？太子亦知此事，李迥秀，你抛弃糟糠之妻该当何罪？"武则天惺惺作态慢声细语地责备。

"下官冤枉,求天后明鉴!"李迥秀"扑通"一声跪下大声喊冤。

"孰是孰非,待传翠莲定分晓!"武则天说。

被传进宫的翠莲,一直哆嗦着,战战兢兢始终没敢抬头,但却一口咬定是自己讹李迥秀,弄得婉儿和太子都吃了哑巴亏,浑身是嘴说不清。

原来昨夜李迥秀把翠莲接走藏匿起来,本想找个地方把她弄死,弃于乱坟岗。没想到这事闹大了他害怕,一大早又把翠莲送回来福客栈并且对翠莲编了一套自己可怜巴巴的故事,骗得翠莲一把眼泪一把鼻涕,这才有了翠莲的揽罪。

第二十一章　一纸珠玑锒铛狱
太子求情死罪免

　　翠莲反水，婉儿入狱，这个结果是婉儿和李贤始料不及的。

　　"母后，请允许孩儿去李迥秀的家乡查个水落石出！"李贤恳求武则天。

　　"案子已了结，还查什么？难不成要为鸡毛蒜皮的事情而贻误国家大事吗？"武则天训斥李贤。

　　"皇爷爷说过，百姓如水，水能载舟亦能覆舟！母后怎可把人命关天的事说成是鸡毛蒜皮的事！"李贤反驳。

　　武则天愣一下，想发火，可又一想，毕竟他占理，而且是自己偏袒李迥秀，婉儿和翠莲都是无辜的，这事不宜扩大。再说了，自己没打算杀婉儿，只是想给她吃点苦头历练历练她，也让她知道别给点颜色就想开染房。

　　"你想救上官婉儿直说嘛，娘给你这个面子，但死罪可免，活罪不可饶！罚坐一百天水牢，让她好好反思。"武则天心想该教训的也教训了就借他这把梯下吧。

　　"母后！一百天水牢她还能活得了吗？"李贤压抑住愤怒，心想受折磨慢慢而死还不如一刀杀了她！

　　"那就看她的造化了！母后爱莫能助！"武则天绝情道。

　　"母后，明明是你偏袒，有罪的是李迥秀，他欺上瞒下，抛妻弃母，道德败坏……"李贤为了救婉儿不管不顾直言顶撞武则天。

　　"大胆！逆子！你就是这样为人子的吗？为了一个外人不惜顶撞你的亲娘！"武则天气得砸了手中的茶。

　　"好，你要讲法是吗？赵公公，按宫规上官婉儿该如何处置？"武则天似乎是要公事公办。

"回娘娘，杖毙！"赵公公明白武则天的用意，是要借他的嘴来告诉李贤，这已经是法外开恩了。

"贤儿，听见了吗？"武则天态度突然一百八十度转弯，语气变得柔和。

"何况还闹出了人命！母后若不手下留情够她死几回了！"武则天走近太子，不仅和声细语还整了整李贤的衣领。

"母后，儿臣知错了！请母后息怒！"李贤意识到再与母亲硬碰硬下去，婉儿会更惨。

"儿臣错怪母后，儿臣不孝！"李贤也一百八十度转弯，而且笑着上前帮母亲又是捶背又是拿捏。

"母后，舒服吗？"李贤问。

"行了，黄鼠狼给鸡拜年！"武则天轻轻戳了李贤一指头。

"不过还真舒服，要是真心这样孝顺本宫，本宫就烧高香咯！"武则天叹一气。

"只要母后喜欢，儿臣以后天天来为母后捶背！"李贤讨好道。

"能做好你的太子，本宫也烧高香咯。忙你的去吧。"武则天又叹一气。

"母后，儿臣求您了，就饶恕……"李贤话没说完就被武则天打断。

"还是那句话，死罪可免，活罪不可饶！去吧，母后累了！"武则天沉下脸下逐客令。

"母后！儿臣给您跪下……"李贤说着真就"扑通"一声跪下。

武则天一愣，而后怒喝："起来，你是太子怎么可以随便下跪？男儿还膝下有黄金，何况你是太子！"

"赵公公，撵他走！本宫不想再见到他！"武则天好像是真动怒了。

"太子，走吧！"赵公公一边冲李贤使眼色，李贤这才退出。

"太子先回吧，有情况咱家派人通知太子成不？"出了寝宫赵公公劝依然不肯离去的李贤。

"那好，有事一定要第一时间通知本太子！"李贤无奈，只得离去，但并未回太子殿，而是去找妹妹太平公主帮忙。李贤知道太平公主与婉儿的关系非同一般，太平公主一定不会坐视不理。

太平公主得知婉儿蒙冤，立刻出观去求武则天，只是很遗憾，太平公主一样没能说动武则天。李贤又去央求父亲李治，其结果是一样的。

"母后，难道你连一个十三岁的小女孩也怕吗？也要借题发挥杀了吗？母后这样做就不怕后人耻笑？"李贤四处奔波无果，忍无可忍，愤然质问武则天。

"放肆！她犯的是死罪，本宫念她有才，才从宽处置，你若再无理取闹，就按宫规杖毙她！"武则天勃然大怒。

"一百天水牢，那也叫从宽？只怕她十天都熬不过去！母后！"李贤语气中带有恳求。

"未试过，太子又怎知她熬不过十天？"武则天冷笑。

"就算熬得过，儿臣也不服，有罪的逍遥法外，无罪的却要承受牢狱之灾！这是我大唐之法还是别的什么法？"李贤把目光望向父皇李治，那神情分明是要挑动李治，这是大唐的江山不是母后武氏的江山。

"父皇！"李贤见李治无动于衷便哀怨地喊了一声，心想，"父皇你别太窝囊了，站出来管管母后吧！"

武则天把一切都看在眼里，她气得发抖，用手中的奏折朝李贤砸过去。"逆子！给本宫滚！滚……"

李贤没有躲避，被奏折砸中了额角，不一会儿一条殷红的血由细变粗由弯变直，流过眉毛，又顺着脸颊、下颌一滴一滴地滴，然后渗透进衣襟。

"儿臣不孝，请母后恕罪！"李贤反倒不怒，而是跪下给武则天请罪。

武则天一看，呵，这小子在跟老娘玩阴的，这是在用苦肉计要跟本宫抢皇帝了。得，玩阴，老娘是你师傅的师傅！

武则天眼睛一滴溜，便哭腔开来跑过去抱住李贤，用舌头舔着替他止血。

"你是娘怀胎十月掉下来的心头肉，娘这是老糊涂了……来，你也把娘的额头砸个窟窿……要不然娘这心里头不好受！"武则天捡起奏折塞给李贤，要李贤往她头上砸。

李贤一看，心中叫苦，"母亲啊母亲，算你狠，儿臣自愧不如"。

李贤见靠不了父皇李治，叹一声内心感伤道，"婉儿，本太子无能，但本太子愿意陪你一起坐水牢，本太子这就去……"只是太子还未来得及站起，赵公公匆匆来报，郑氏求见武则天。

武则天只去了一会儿就转回来了。只见她手里拿着一顶纯金打制的小凤冠回来，面露微笑，全然没了刚才的怒气。

李贤顿感事情有转机，只是很好奇郑氏使了魔法这么快搞定武则天。李贤哪里知道婉儿还在襁褓中就与武则天发生过故事。这顶凤冠就是婉儿襁褓中武则天恩赐的，并许诺此凤冠可以求武则天三件事。在抄家那天，郑氏已经用了两次，这是最后一次了，用完凤冠物归原主。

李贤又瞟了一眼凤冠，好精致好漂亮，难不成是郑氏用来贿赂母后的？早知母后好这一口……李贤还来不及多想就见武则天一脸笑意走到自己身边把自己拉起来。

"贤儿，娘跟你说，你从娘肚子里生下来的时候，才这么点小。"武则天扔下凤冠用手比画了一个表示小的尺度。

"那天天下着大雪，你父皇要赶去昭陵祭拜，没有人在娘的身边，娘就在一间到处漏风的茅屋里生下了你……"武则天一边帮李贤擦脸上的血迹一边说。

"那天，娘真的好害怕，害怕生不出来……"武则天擦一把眼泪继续说。

"娘就对接生婆说，一定要保住孩子，别管我的生死……"武则天说到这喉管已经哽得说不下去。

"媚娘，别说了，这不都过去了，瞧，贤儿都当太子了，而且文武双全，也不辜负当年你为生他吃的苦。"李治终于开口了。

"是啊，转眼都比你父皇还高了。"武则天说完抚了抚李贤的衣领，而后转向李治。

"陛下，这样可好？一百天水牢改饲马一百天。"武则天装得很真诚的样子征求李治。

"朕依媚娘，贤儿，还不快谢过母后！"李治惊喜万分，立刻让李贤谢恩，生怕武则天反悔了。

武则天突然的一百八十度转弯，李贤更是喜出望外，他高兴得忘记刚才发生过火拼，上去抱住武则天好一个猛亲。

第二十二章　两情相悦情意绵
暗许心扉比翼飞

天边才一丝丝擦亮，婉儿便悄悄起床，又蹑手蹑脚出了门，而后奔马厩去。

还未到马厩，就见马厩那边亮着火把，近前又见已经有人在打扫冲洗马厩，婉儿见了只以为自己来晚了，吓得慌忙紧跑几步，拿了扫帚就要冲进马棚打扫，可却被人一把夺了去。

"这等脏活儿，哪能让一个才女来干？你就一边歇着呗。"夺她扫帚的人说。

"婉儿是罪人，快把扫帚给我。"婉儿说。

"说了，这等脏活儿不用你做的，你候一边就行。"那人说着又搬把木凳要婉儿坐。

"这怎么可以！大人的好意婉儿领了，可婉儿不敢抗旨！"婉儿说着硬是抢着活儿干。

"嘘，你不说，我不说，没人知道的。"那人又一把夺了婉儿手中的棕刷。

"没有不透风的墙，大人的好意婉儿感激不尽！可婉儿不敢抗旨！"婉儿说着又跑去提水。

"我可不是什么大人，小的只是受人之托。"那人又过去帮助婉儿提水。

"哦？何人之托？"婉儿问。

"你猜！"那人说。

"是太平公主吗？"婉儿心里多半猜是太子李贤，可没敢说出口。

"还有，再猜。"那人冲完一桶水擦一把汗要婉儿再猜。

再猜就要说出太子了，婉儿不想说，这是她心底的一方秘密。

"婉儿猜不着，不猜了。"

"是太子，还有周王殷王。你好大的面子我们可怠慢不起！"那人说完再次抢过婉儿手中的活儿。

"哦？婉儿何德何能！"婉儿似自言自语，接着叹了一声。

这一刻多少往事涌入她的心头。她想到为大唐冤死的爷爷、父亲，想到武则天的残忍，想到武则天对自己的呵护，想到太平公主以及太子李贤一路上对自己明里暗里的保护，没有他们的保护，无论是母亲还是自己恐怕都活不到今天，如今又多了周王李显和殷王李旦。

"李唐！婉儿是该恨你还是该爱你！"婉儿仰天叹问。

"婉儿想什么呢？"突然一个熟悉的声音在婉儿耳边响起。

婉儿一惊，果然是太子李贤。

"参见太子！"婉儿连忙施礼。

"免礼，说过，见本太子不必拘束。"李贤显得比以往更温和。

"婉儿何德何能，受太子如此大恩和庇护！婉儿感动且更加惶恐！不知何以为报！"婉儿双手交叠深深施礼。

"婉儿，别这样！真要究其因果，是我们李唐对不起你们上官氏。"李贤安抚婉儿。

李贤说这话并不是空穴来风讨好婉儿的，而是事实。婉儿的爷爷上官仪两朝元老，忠君爱国，却落得冤死的下场。婉儿的外祖父郑氏一脉更是为大唐立下汗马功劳，尤其是郑泰大将军，他跟随唐太宗李世民南征北战，守疆拓土，战功无数，却从不居功自傲。还有婉儿奶奶杨氏，是开国宰相杨恭仁的千金。杨恭仁曾使得葱岭以东的各部落倾心归附唐朝，为李唐立下半壁江山的功劳，而他老人家的女儿婉儿的奶奶却落得自缢的下场，说起来李家实在是欠他们的太多！

"天下归顺大唐，民心所向，任何一个做臣子的为国尽忠都是应尽的本分，所以太子切莫有愧疚之感！"坐过一天大牢的婉儿仿佛瞬间成长了，说出来的话滴水不漏。

"难得婉儿能如此深明大义！吾大唐之幸也！"李贤说。

"婉儿惭愧，也是才大彻大悟的！"婉儿说。

"你看那天上的星星，为什么要众星捧月？"婉儿抬头望空。

"因为，如果没有月亮，星星焉能灿烂天空？"婉儿说。

"大唐就好比日月，而星星将因日月而生辉！"婉儿继续说。

"请受李贤一拜！"李贤感动得双手一揖对婉儿施礼。

"太子，折煞婉儿了！"婉儿连忙回礼，再次双掌交叠举过眉头施礼。

"不折煞，受之无愧！"李贤控制不住上前去拉婉儿的手。

"瞧，怎么把手弄脏了。赵道生，本太子是怎么交代你们的？婉儿的手是写诗的，不是冲洗马粪的！"李贤大声呵斥。

"别怪他们，是婉儿说不能抗旨。"婉儿说。

"那好，本太子帮你，我提水，你刷鬃毛。"李贤说着就去提水。

他两手各提起一桶水"噜噜噜"就来到婉儿面前，婉儿望着那矫健的身影，少女的爱慕之情油然而生，但随之是一声叹！"婉儿呀婉儿，你以为你是谁呀，太子不过是同情你，你就不知天高地厚想入非非了？现实一点吧，你不仅是宫奴，而且还是罪奴。什么诗童才女，在权力与地位面前什么都不是，正如母亲所说，今生别做太子妃的梦，你的命运不在自己手里，自己的命运就如一片落叶，风吹向何方，完全无法把控。"

"婉儿，你又怎么啦？"一直在暗中留意婉儿的太子见婉儿情绪低落便关切地问。

"没怎么。"婉儿赶忙避开太子的目光。

"还没怎么，看，都哭了……"李贤掏出丝巾要帮婉儿擦泪，婉儿慌忙挡开。

"我知道你在想什么……"李贤压低声音说。

"你不必有顾虑，你是本太子心中圣洁的玉簪花，本太子一定要你为妃！"李贤一把握住婉儿的手。

"太子！"婉儿慌忙躲闪，且吓得环顾四周。

"太子何故要取笑婉儿！"婉儿抽出手再次躲开。

"谁说是取笑了？"太子追上去。

"告诉你，在你窗下种玉簪花的人就是我！"李贤终于说出心底的秘密。

原来，自从那日李贤偶遇婉儿在玉簪花园吟诗，远远望见婉儿长发飘飘宛若仙子下凡，太子的心怦然而动，之后太子一日不见婉儿如隔三秋，而见到了又心慌得不知说什么，想对她表白又担心被拒绝，不表白又怕她不知道，那真叫一个折磨！不过又莫名其妙地幸福！这才有了悄悄在婉儿窗下种玉簪花的花事。

"是太子?!"婉儿吃惊不小。

"婉儿叩谢太子！婉儿无以为报！"婉儿连忙跪下行大礼谢恩。

"爱我！本太子要你爱我，本太子不要谢恩！"李贤一把将婉儿扶起，两人四目相望：一个情深似火无所顾忌，一个紧锁眉头爱而不敢爱。

"婉儿不配！婉儿不仅是……"婉儿的眼眶已经溢满泪水。其实在婉儿的内心是多么渴望爱太子，可是能吗？婉儿知道不能！

"婉儿配！而且只有婉儿配！婉儿就是传说中仙界遗落的玉簪花！本太子就是那个下仙界寻找的花童。"李贤撩开婉儿的发丝，目光一丝不移地盯着婉儿清秀动人的脸庞。

"太子又取笑了，如此要将婉儿置于何等难堪之地？"婉儿使劲挣脱。

"你也是爱本太子的对吧！"李贤不松手，咄咄逼问。

"婉儿不敢！"婉儿用力推开太子。

"如何不敢？若不是你爷爷含冤，你如今是宰相家的千金，两朝元老的孙女，与本太子是天作之合！"李贤的脸就要贴上婉儿的鼻翼。

"世上没有如果！"婉儿在强迫自己抗拒。

"本太子登基的第一件事就是为你爷爷平反！"李贤不顾一切地把热辣辣的嘴唇朝婉儿的嘴唇压过去。

"太子！不可以……"少女的羞怯感使婉儿本能地使劲推开太子。

"太子……"此时赵道生恰巧走来。

"去，哪里来滚哪里去。"李贤狠狠瞪一眼赵道生。赵道生冲太子扮一个鬼脸笑，心想"你什么事我没见过？"

"幸好是赵道生，若是他人，把刚才那话听了去，后果不堪设想！"婉儿吐一口气说。婉儿指的是李贤要替上官仪平反的那句。

"是，本太子一时糊涂！"李贤也意识到自己刚才失口。

"太子，今天还练剑吗？不练奴才这就去通知师傅，让他别等。"赵道生又回转来。

原来李贤为了进一步提高剑术，最近又从江湖招来一等一的高手指导他的剑术。此人姓秦，名山，字南山剑客。

"今天不练。"李贤不假思索说。

"太子，你走吧，耽误了练剑，婉儿担待不起！"婉儿连忙劝说。

"谁要你担待了？练与不练都是本太子自己决定的，又何来婉儿担待？"李贤放开婉儿又去提水毫无离开的意思。

"那，那如果是婉儿喜欢太子舞剑呢？"婉儿见太子没走的意思，只得低眉飞红着脸颊说出一桩女儿家的秘密。

原来婉儿不止一次地爬到假山上偷望过李贤太子练剑。

"太子剑术精湛，有川流击浪之势，雄鹰翱翔之冷峻，天马行空之洒脱。"婉儿说着深情地望一眼太子。

李贤不是第一次听人夸赞他的剑术，但第一次听心爱的姑娘如此夸赞他的剑术，不觉心花怒放。

"走，本太子带你去个地方！"

李贤一把将婉儿抱上马背，然后自己一个跃身飞身上马，接着两腿朝马肚子一夹，再就听得太子一声"驾"，马儿扬起四蹄，风声呼呼地刮过耳边。

婉儿第一次领略了爱情，爱情原是如此的幸福美好！

"太子，你要带婉儿去哪里？婉儿可是戴罪之身。"清醒过后的婉儿说。

"快放下婉儿……求你了太子……天后要是知道了可不得了。"婉儿求太子放她下马。

"婉儿是烂命一条死不足惜，可太子您不一样……"婉儿不停地哀求太子把她放下来。

可李贤哪里肯听，他任性地只管打马朝练剑场奔去。

"上官婉儿，你听好了，本太子爱你……本太子要娶你为妃……本太子还要亲手为你种下连绵千里的玉簪花，在月光的夜晚，聆听你吟诗，欣赏你踏歌起舞……"太子高声嚷着一路欢快飞驰。

"太子，你知道此刻你在做什么吗？"婉儿好无奈。

"知道，我要娶你为妃，我要母后赦你爷爷无罪。父皇说了，我毕竟是太子，母后不看僧面要看佛面。以后本太子不让任何人再欺负我的太子妃！"李贤反倒一个劲地安慰婉儿。

如果是几天前的婉儿，也许会相信太子的话，甚至会与太子一起疯一把，因为她与太子一样相信武则天的慈爱，高估武则天的母爱。而经历了"翠莲"风波后的婉儿，似乎一夜成长了，她看清了许多人和事，更明白了自己在武则天天平上的位置。什么诗童、才女、义女，这些就像是武则天可以随心所欲丢弃的玩具，作为玩具有用的时候，你就是壹，可与她权力相冲突了，你就是零，一句话就能像捏死蚂蚁一样捏死你。

宫中险恶，步步是陷阱，一步不慎就有可能死无葬身之地。婉儿想起母亲郑氏的再三叮嘱。为了太子，为了母亲……

婉儿心一横，一个纵身把自己滚落跌下马背……

"你为什么要这样虐待自己！连命都不要!!"太子抱起受伤的婉儿心痛到碎。

"两情相悦何必争一朝一夕？请送婉儿回马厩！求你了!"婉儿含泪恳求。

"你这样我怎么忍心，又怎么放心?"

"回马厩才是最放心的，太子不明白吗?"婉儿含情脉脉。

太子叹一声，只得送婉儿回马厩。

第二十三章　棒打鸳鸯媚娘计
　　　　　　　　有缘无分天地憾

　　那日，李治倍感百无聊赖，他想到后宫走走，可脑瓜搜一遍过去，却找不到一个能提起他精神的女人。郑贵妃有事没事就泡在佛堂里，贤妃见了自己跟见了鬼一样，不是躲就是装病，许才人、意美人也都忙于自己的爱好，一个收藏字画，一个把玩玉器。当然，李治也心知肚明，这些其实都是她们的表象，她们不是不喜欢君王宠幸，而是怕了武则天，自从魏国夫人死于非命后，后宫就再无人敢飞蛾扑火。

　　后宫没有能提起李治精神的女人，李治帝只得独自去逛御花园了。李治在御花园逛了一圈，更感百无聊赖，昔日里的花圃、假山、兰亭，如今都显得毫无生趣，可又实在无地方可去，李治还得继续漫无目的地朝前走，他不自觉地就逛到了后宫。

　　他先来到徐婕好宫，但没进去。徐婕好住的是原来萧淑妃住的琼瑶宫，武则天把她安排在萧淑妃住的琼瑶宫，用意一切尽在不言中。

　　李治来到琼瑶宫更多的是想起萧淑妃，这里有他与萧淑妃的许多美好记忆。李治是真心爱过萧淑妃的，但非常戏剧性，居然是自己借武则天的手杀了她，而且让她死得很惨。李治想到这禁不住叹了一声。

　　李治叹着气退了出来，继续漫无目的地瞎逛。如今的后宫，早已今非昔比，没有弥漫的脂粉，没有花红绿柳，没有曼妙的琴声，没有婀娜妖娆的宫女，有的是匆忙的素衣宫女，和躲着皇帝的妃子，一片荒芜景象令人唏嘘。

　　后宫这般光景，更加促使李治想起生命中的两个重要女人，一个是韩国夫人，另一个是韩国夫人的女儿魏国夫人贺兰敏月，也是武则天的内侄女。魏国夫人李治最是思念，她花季的年华，娇艳动人的美貌，以及多少个摄魂的夜晚，都使他无限怀念。

李治来到魏国夫人的寝宫，这里曾经歌舞升平，如今是杂草丛生，院墙倒塌，李治看着不禁哑然落泪。李治走进西苑，更令他触景生情。

尤其是墙角的那株三角梅，枝干碗口粗，顶端横枝拼力地探出墙外，如伸出的手臂，权枝往下垂，像张开的伞，整个形态十分优雅。

这株三角梅其实最先是武则天的最爱，魏国夫人出于向武则天示威，硬逼着李治夺了来。李治谎称自己喜爱，好说歹说向武则天要了来，可转身就送了魏国夫人。整个院子好像只剩了那株三角梅不甘心死去一样，它依旧迎着秋风顽强地开放。

李治目光移开三角梅，苑中央的白玉桌勾起他多少眷恋。白玉桌上还歪着两只酒樽，破了一角的茶壶里落满枯叶。李治本就是个多情的人，目睹眼前这般情景他哪里受得了，不觉一下子失声痛哭起来。

李治正痛哭着，不承想身后突然传来一个声音："何人在此哭泣！"

李治吓了一跳，一看是武则天，顿感尴尬。

"参见陛下！陛下万安！"武则天随即行礼道。

李治忙擦去泪水然后转过身。他十分惊讶武则天怎么会在这里？接着很快就明白了，这是武则天设的又一个局，自己又着套了。

武则天这几日夜夜说梦话，总是喊一个人的名字，这人不是别人正是魏国夫人贺兰敏月。武则天分明是有意勾起李治对贺兰敏月的思念，只是李治想不明白武则天这样做的用意，魏国夫人已经死了十二年了，难道她要吃一个死了十几年的人的醋吗？这没有意义，一定另有目的，但李治猜不透。

"媚娘，你好好的来这里做甚？"李治不冷不热地问。

"近日总是梦见她，所以来这给她烧些纸钱，不想却遇上皇上。"武则天说得一脸的真切。

"原来是这样。"李治淡淡的懒懒的，心想，"媚娘啊你又在玩什么花样呢！朕都已经这样了，你还不肯放过吗？"

"只是不知皇上好好地上这来哭什么？难道皇上还思念魏国夫人不成？"武则天阴下脸。

"都死了十几年了，还有什么好思念的？只是瞎转，一不留神就转到这里来了。"李治装着若无其事，还勉强挤出一丝笑。

"是吗？"武则天诡异一笑走到李治身旁，而后附着他耳朵轻声说："陛下眼睛都哭红了，还嘴硬不思念她！"

"唉，都是媚娘的错，媚娘只顾忙于朝政，疏远了陛下，媚娘自罚给万岁磕头下跪。"武则天说着撩起裙摆真就下跪了。

李治与武则天相处了几十年，已经非常了解她了，她从来不做无聊的事和折本的事。李治知道武则天一定有目的，她先是设局引自己来这里，后是撞个正着，按正常是要借题发挥数落一番，可不但没数落还反下跪请罪，她到底要干什么？李治实在猜不着。

"媚娘为国事操劳，朕感激还来不及呢，怎么还忍心罚媚娘呢？快快起来吧！"李治扶起武则天，还替她拍去粘在衣裙上的枯草。

"陛下此话当真？"武则天内心流过一丝感动。

"君王岂有戏言？再说了朕又岂敢戏媚娘？"李治一语双关。

"既是这般，今日阳光好，媚娘又得了空闲，不如万岁陪媚娘去赏牡丹？听说今年的牡丹不同寻常，都开了一百日还不凋谢呢。"武则天说。

"哦？竟有如此神奇之事！走，看看去。"李治一是好奇，二是想快快离开这个是非之地，便随武则天移驾牡丹园。

牡丹园在东南的向阳坡，面积千亩，果然各色牡丹争相斗艳，一片繁华景象。李治的心情也一下子从谷底拔了上来，但武则天看得出李治的心不在牡丹上，他想要的东西武则天明白但又不能给。

李治强打精神陪武则天看牡丹花，当立定在一株特大的牡丹花前时，武则天突然转过身问李治：

"陛下看是媚娘美还是花更美？"

李治看了看，回道："永远是媚娘更美！"

"唉！"李治话音落下就听得武则天叹气。

"媚娘怎么了？"李治忙问。

武则天没有回答，而是又叹了一声，然后弯下身子摘了两朵牡丹花，一朵是刚刚绽放的，另一朵是步入凋谢的。

武则天举着这两朵牡丹花而后自言自语："媚娘是这朵即将凋谢的牡丹，哪里能怪陛下至今还思念人家呢，谁让人家年轻貌美呢！"

"媚娘这又是哪里来的醋嘛，寡人已经是名副其实的寡人了，媚娘还抱怨什么呢？"李治不耐烦这没完没了的醋意。

"陛下冤枉媚娘了，媚娘不是吃醋，是媚娘经过反思，之前媚娘错了，使陛下失之东隅，现在媚娘想明白了，决定让陛下收之桑榆。"武则天说完诡异一笑，笑得李治心里打寒战。

"媚娘你到底玩什么把戏，是考验朕吗？朕才不会相信你有那么好心。"李治在心里骂道。

"朕一生有媚娘足也。"李治说着违心的话。

武则天听了也在心里骂道，"你李治有那专一，我媚娘死都值了！"

"陛下不可，这样的话，知道的说是陛下疼媚娘，不知道的还说是媚娘不知疼陛下，只管一个人霸占了。"

李治听了苦笑，心想本来就是嘛，还装什么好人。

"以前媚娘年轻是醋罐子，可现在媚娘已是半老徐娘，已经没那大醋劲了。现在只想陛下开心龙体安康，才是媚娘最大的好！所以……"

武则天这番话说得李治一度活蹦过来，心想我李治还会有后宫佳丽三千的春天？

"难不成媚娘要为朕纳妃吗？"李治惨淡一笑。

"正是，媚娘不但要为陛下纳妃，而且是一等一的美人绝世佳品。"武则天说着神秘一笑。

"哦，是哪位女子，不会又是扫地刷马桶的宫女吧。"

李治无精打采，他不会再相信武则天的好心，之前封禅泰山纳妃上过当的，尽是些宫女丑女，奇丑无比的倪妃就是教训。

"绝对不是，绝对是绝世佳人旷世才女！"武则天又诡异一笑。

"绝世佳人旷世才女？长安可有这样的女子？朕怎么从来没听说过，是哪位大臣家的？"李治追问。

"瞧，急了吧？还说不是厌烦媚娘老了。"武则天立刻装着生气的样子。

"媚娘这是哪里话，朕不过是好奇问问而已，若是媚娘生气，朕不问便是。"李治立刻表现得若无其事，心想"你抛出诱饵一定是有大事求朕，朕就坐等着"。

"媚娘哪里就生气了？媚娘当然要告诉陛下了，只是在告诉前想叫陛下猜猜嘛！"武则天撒娇道。

"朕头疼还是不猜得好，再说了朕这把年纪，对什么佳人美人的已无兴趣了！"李治忽然不按武则天的套路走，反而拿大屁股坐她。

武则天暗骂道，"哼，要你们男人对美人儿没兴趣除非是死了的僵尸"。

"陛下果真不需要了？那太可惜了，堪称貌比夏姬才过班婕好的绝代佳人哦。"武则天不断用话语撩拨李治。

李治不语，心里却翻腾着。

"陛下以为媚娘真不吃醋啊，只是没办法谁让你是皇帝呢，"武则天继续挑逗。

李治依然不语，但在思考怎么挽回泼出去的水。

"看来媚娘是剃头挑子一头热……罢了……以后不提了。"武则天甩出一把猛火烧李治。

"这不都是怕伤了媚娘吗！"李治果然坐不住了。

"媚娘说过从今往后要以陛之乐而乐，以陛下之忧而忧！"武则天说。

"是媚娘的真心话吗？"李治心有余悸。但内心倒是希望是武则天的真心话。

"媚娘什么时候骗过陛下？"武则天心里却说，"你就美吧，有我武曌一天，你就别想再染指别的女人。"

李治沉默了一会儿终于又一次掉进武则天的陷阱。

"是谁家的姑娘，能让媚娘如此钟情？"李治主动聊起。

武则天没有立刻回答，而是酝酿了许久，她仿佛是在蓄积下一场战斗的力量。

"媚娘是不是后悔了？"李治冷笑。

"不，媚娘不后悔，普天之下，皆是王土，四海之内最好的东西都是陛下的！"

"好不好，得朕说了算，媚娘绕来绕去始终不揭谜底，不会是丑媳妇不敢见公婆吧！"李治用激将法。

"远在天边近在眼前，陛下本是见过的。"武则天诡异一笑。

远在天边近在眼前？那不又是宫女吗？李治怒。

"朕就知道媚娘黄鼠狼给鸡拜年没安好心。哼！"李治欲甩袖而去，但被武则天拦住。

"陛下息怒！媚娘请赐上官婉儿为才人！"武则天话一出口，仿佛天上炸出一个霹雳雷，惊得李治瞠目结舌。

"媚娘，你这闹的是哪出？你没病吧？"好半天李治说。

"媚娘没闹，媚娘是真心要把世上最美好的东西献给天皇陛下的。"武则天说。

"别，打住！媚娘，你不是不知道贤儿和婉儿的关系，你这样做，不是成心吗！"李治生气。

"做儿子的怎能抢父亲的东西呢？这是不孝！"武则天说。

"媚娘别闹了好不好！朕是糟老头一个，何必糟蹋了人家，婉儿才多大！"李治说什么也不能接受。

一来婉儿是上官仪的孙女，上官仪是被自己的无能害死的，他无法面对婉儿；二来，婉儿是太子贤深爱的女人，他无法面对太子。

"婉儿十三了，后宫女子入宫时不都是十三四岁嘛！"武则天极力劝道。

"别闹了，朕终身不再纳妃还不行吗？"李治满肚子的火。

"媚娘哪里闹了？明明是陛下把媚娘的好心当成驴肝肺！"武则天道。

"贤儿喜欢婉儿，媚娘就不能成全吗？这样也可以修合你们母子的缝隙嘛。"李治一再抬出李贤，希望这个原因可以阻住武则天。

"喜欢婉儿的何止贤儿？显儿、旦儿哪个王子不喜欢婉儿？媚娘不能厚此薄彼，手心手背都是肉，偏颇了哪个都无法交代。"武则天反倒有理了。

"那就让婉儿选一个吧。"李治说。

"陛下怎能说出这等话来？婉儿说到底还是罪奴，任她挑选王子？这要是传扬出去，我们皇家的威信何在？脸面何在？"武则天越来越占上风。

"是朕头疼糊涂了。"李治也觉得自己失言。

"陛下执意不要婉儿媚娘亦不强求，但媚娘就只能把婉儿赐给功臣为婢了，绝不能让本宫的几个王子为她争风吃醋打得头破血流。但真的是太可惜了，多好的一朵花啊……"武则天说着将手中的牡丹花揉碎然后掷于地上。

李治见了心中叫苦，心想，"媚娘啊，仪爱卿当年忤逆你，你已经把他杀了，还杀了他的两个儿子，女眷举家没入掖庭为奴，够出气解恨了，如今何必还要赶尽杀绝呢？"

李治哪里知道武则天棒打鸳鸯，根本不是为了报谁的仇，而是为自己成为第二吕雉未雨绸缪。眼看李治的身子骨每况愈下，李贤文武双全，再加上婉儿，势必如虎添翼，一旦李贤登基那么自己的吕雉梦就只能是个梦，所以武则天决不能让李贤继续涨势，棒打鸳鸯是武则天打击李贤的第一步。但，武则天还有另一个目的，婉儿是不可多得的才女，必须为己所用，把起诏交给任何一个宰相武则天都不放心，只有婉儿是最放心的。

"媚娘这样做其实都是为了你们李唐的江山，陛下的身子骨劳累不起，媚娘近来也渐感体力不如从前，媚娘想来想去，婉儿通典律，熟夷文，是帮助陛下的最好人选……"武则天说到这停了一下。

"陛下如果怕愧对太子，这好办，媚娘会和太子说清楚，只是担个虚名，等太子登基，再完璧归赵，他爱怎么封赐都是他的事。"武则天对李治是连哄带骗。

李治已经分不清武则天哪句话是真哪句话是假，但有一点，的确需要一个人来帮助自己，这样还可以分一部分武则天的权力。

"仪爱卿，朕无能，朕对不起你！贤儿，希望你能理解！"李治仰天长叹，又一次决定屈服于武则天。

第二十四章　身不由己斩真情
含泪十三入才人

一

婉儿与母亲郑氏久久沉默地对坐。一帮太监在门外候着，赵公公在屋里催促婉儿早些动身。

虽然婉儿对自己无把握的命运有思想准备，但事到临头还是难以接受。"太子你在哪呢？我们今生有缘无分，就此别过了！从今往后婉儿就是你父皇的才人，你的庶母，造化弄人啊！"婉儿在心底长叹后缓缓站起，可就在这时太子李贤闻讯赶到。

"都给本太子闪开。"李贤太子一声喝。

拥挤的人群立刻闪出一条道，太子火急火燎地冲进木屋。

"太子！"

"婉儿！"

婉儿与太子情不自禁地扑向对方，但只一瞬，婉儿就推开太子抽身后退。

"婉儿，你甘心就这样毁了自己吗？"李贤上前抓住婉儿的手说。

"不甘心又能怎样？"婉儿低声说。

"和我一起抗争啊！"李贤说。

"太子抗争了，结果怎样？"婉儿望住太子。

李贤一时语塞。是啊，自己抗争了，结果如何呢？

"逆子！你身为太子，置国家利害而不顾，竟然为一个女人，一己私欲而大闹，这成何体统！"这是武则天振振有词的训斥。"贤儿，身为太子当有取舍，江山社稷为第一，汝不该为一个女人失去理智与你母后闹啊！"这是李贤去求父皇李治的结果。

明明是武则天设下的局，可到头来他们都成为顾大局的圣人明君，而自己反倒成为置国家利益而不顾的逆子，这就是抗争的结果！但尽管如此，李贤还是不肯放手，他无法眼睁睁看着自己心爱的女人一夜间成为父皇的才人，自己的庶母。

"婉儿，你和我一起抗争好不好？……我可以不要这个太子的！"李贤抓住婉儿的手不放。

"如果你真心爱太子，就按本宫的去做，不然他太子位不保！本宫说得出做得到！"婉儿耳畔又一次响起武则天的话语。其实婉儿也是抗争过的，她跪下来求武则天，她把头磕在地上磕得鲜血淋漓，她以死明志对太子的爱，可结果是武则天捏着婉儿的两个死穴，一是废太子，二是杀死婉儿的亲人。婉儿母亲和三个堂哥上官经野、上官经国和上官经纬是这个世界唯一的亲人。无论是废太子还是杀死婉儿的亲人，婉儿都无法接受，武则天就这样轻轻松松地一招制胜。

"老奴给太子跪安！"赵公公见状有意提高嗓门，目的是要提醒婉儿，他是太子，你从现在起是太子的庶母，得有分寸礼数。

"太子，婉儿已为才人……"婉儿果然连忙抽身推开太子。

"婉儿，你！"李贤有些生气。

"赵公公，我们走吧！"婉儿决定快刀斩乱麻。

"遵命！"赵公公巴不得，可他话音未落就听得太子一声断喝。

"慢！本太子在此谁敢造次！"李贤"哗"一声拔出剑，吓得赵公公连连后退了数步。

"太子！"婉儿也吓得愣了。

"婉儿，难道你就那么迫不及待吗？"太子盯着婉儿说，目光中有怨有恨有爱。

婉儿仿佛被太子的目光灼痛，身子摇晃了一下，她想扑进太子的怀抱哭一顿，倾诉她的委屈，但她不能，为了亲人的安危，她得狠心斩断这份情缘。

"鸟往高处飞，藤攀苍天木！婉儿不想再做人人可践踏的罪奴！希望太子理解！"婉儿逼迫自己把冷冰冰的刀子话语扔向太子。

"不！这不是你的真心话！我知道，是母后逼的！"李贤吼道。

"不！是太子眼拙，高看婉儿了！婉儿本是罪奴，一朝蒙圣恩，乌鸦变凤凰，试问有谁还能矜持得住？而今婉儿唯有叩谢圣恩感恩天后！"婉儿为了演得逼真还真就跪下朝天膜拜谢恩。

"你就演吧，你骗得了别人，骗不了本太子！"李贤觉得婉儿表演得越真离事实真相就越远。

"婉儿，你别这样好不好？你给我争取一点时间总可以吧？本太子再去求父皇成全我们！"李贤又一次上前抓住婉儿的双臂，哀求的目光再一次震撼着婉儿。

"你在发抖，这才是你真实的内心！对吧？"李贤发现婉儿的身子在微微颤抖着。

面对如此炙热的情感，婉儿的身子又摇晃了一下，她不知道自己该不该再演下去，能不能再撑下去，她下意识地把目光投向母亲。

郑氏早已满脸泪水，她和婉儿一样何尝不被太子的真情感动，可是横亘在他们面前的是一条逾越不了的银河！武则天就是那有通天本领的王母娘娘。

"婉儿……"郑氏缓缓朝女儿走过去，把婉儿拉进自己怀里，她怕婉儿临阵崩塌，这样不仅要连累太子还要死好多人。

"时候不早了，该走了！"郑氏态度坚决。

她了解武则天，知道一切抗争都是徒劳，与其这样不如选择给上官经野三兄弟一条生路。武则天答应只要婉儿妥协，上官庭璋的三个儿子、经野、经国、经纬不但免宫奴还可科考入仕。

经野、经国、经纬三兄弟是上官仪唯一幸存的香火。委屈婉儿一人，可了却杨老太太临终前的嘱托，给老爷留下一脉香火，又可保住李贤太子之位，这是最好的结局。

郑氏想到这转身给太子下跪，道："太子，老妇给您跪下！愿来生做牛做马报答您的恩情！"

"太子！您要什么样的女人没有？这又何苦呢？"赵公公趁机上前劝说。

"三千粉黛易得，知音可遇不可求！"李贤油盐不进一把将赵公公推开。

"赵公公，你先候着，本太子再去求父皇。记住，本太子不回，你们谁也不许走！否则这就是下场！"李贤说着一剑挥去，一把椅子"咔嗒"一声响被劈成了两半，随后骑上马奔养心殿去。

婉儿望着太子的背影心如刀绞，但又是那样的万般无奈！

"咱家有天后手谕！起轿！"太子一走，赵公公手中的拂尘一扬，接着一声令下，婉儿便被抬进了一个别苑。

二

太子匆匆赶到养心殿，可是扑了个空。

武则天早料到太子会来这一招，知子莫如母，不仅如此，武则天还料定李治皇帝心软会禁不住儿子的恳求，所以，武则天一早就把皇帝拽去游龙门石窟去了。

李贤终于打听到父皇去了龙门石窟，可当他赶到时，又扑了一个空。武则天又拉着皇帝泡温泉去了。龙门石窟与温泉宫一个在北一个在南，相去二十余里，待李贤来赶到温泉宫时，已是深夜。

"求父皇成全！"李贤在夜色中久久跪在温泉宫外。

"逆子！逆子！子不像子，臣不像臣，反了他不成！"武则天气的口中连连骂着逆子。

"要不就依了他吧？"李治果然心软了。

"不可！圣意岂能随意更改？若是这般，天皇陛下的威严何在！"武则天振振有词，态度坚决。

"唉！"李治左右为难只能叹气。

"儿臣给父皇母后磕头……"

夜深，万籁俱寂，李贤一声一声把头磕在地上，直到磕破流出血也不停止。

"媚娘！这不是个办法呀！还是依了贤儿吧！"李治心底的父爱，被李贤的执着不断地打动着。

"小顺子,把那不争气的东西给本宫拖走。"武则天似乎也没辙了。

"是。"小顺子应一声便出去拖李贤,可却被李贤一挥手推出数十步远。

小顺子踉踉跄跄站稳后没敢再上前,他知道自己根本不是李贤的对手,再者也没必要拼死去得罪太子,于是急忙去回复武则天了事。

"反了你不成!"武则天气得亲自出来拖李贤,可是怎么也拖不动,李贤是练武之人,他纹丝不动地跪着。

天空下起了雨,李贤跪在雨中,雨水和着他额头的鲜血顺着眉毛脸颊往下流,武则天看着难免有几分心痛,可是为了一个更大的目标,武则天不能心软。

"左右千备,给本宫把太子架回太子宫去!"武则天冲左右带刀护卫喊。

左右带刀护卫闻令,立马上前就要把李贤架回太子宫去,可不料李贤一把夺过护卫的剑,架在自己的脖颈上。

"谁敢?我就立刻自刎!"

一时间无论是护卫还是武则天,都怔住了。

"媚娘,就依了太子吧!算朕求你了!"李治一看那架势吓得哀求武则天。

武则天一看皇帝心软了,心想得换一个方法,不然李治退阵,自己会没了退路。想到这,武则天改换一副笑脸说。

"想不到太子是个情种,连母后也感动了。好,母后成全你,但情这个东西得两情相悦,不能剃头挑子一头热,陛下说对吧?"武则天把脸转向李治。

"媚娘言之有理。"李治说。

"这样吧,让婉儿自己决定,她若选择太子,母后与你父皇绝不干涉,但是,她若选择才人,太子亦不得再闹!可否?"武则天说。

"好,这可是母后说的,到时可别不算话!"李贤说。

武则天一听李贤那话,气得真想踹他一脚,但她没有,而是把自己打扮成弱者。

"怎么,母后在贤儿的眼里难道是个背信弃义之人?"武则天委屈地抹起泪来。

"贤儿,不可如此说你母后!"李治立刻批评太子。

"儿臣失言,望母后恕罪!"李贤知道武则天是装的,但也只得道歉。

"儿臣把话放在这里!婉儿若选择才人,儿臣从此与她陌路相逢老死不相往来!"李贤似乎很有把握。

"好,笔墨侍候!"太子话音落下,武则天令宫女立刻取来笔墨。

武则天不假思索在绢纸上提笔写下一行字:才人与太子妃,婉儿可自行选其一,天后懿旨!写完交由太子亲自送去。

"谢母后!"李贤收好绢纸,把一颗心放进肚子里,骑上快马飞奔去找婉儿。

他先是去了婉儿先前住的小木屋,婉儿不在,又匆忙赶往才人苑。

"婉儿,你开门,母后已经答应我们了,只要婉儿不愿为才人,父皇立刻收回圣意。"李贤在门外叫喊。

尚未歇下的郑氏与婉儿一听,先是吃惊而后面面相觑。

"母亲,听清楚太子说什么了吗?"婉儿眼睛顿时发亮,死了的心也蓦然活蹦了。

"听清楚了,只是……"郑氏叹气。

"娘不信是不?毕竟太子是他们的亲骨肉……"婉儿热切地望着母亲,她希望母亲能给她走向太子的力量。

"不可!女儿啊!"郑氏叹气。

"为何不可?太子说了,天后有旨,任由婉儿自行选择。婉儿选择太子,哪怕只做太子的婢女……"婉儿说着去开门。

"婉儿!你忍心看到你的三位堂哥横尸在你面前吗?"郑氏立刻厉声道。

婉儿被怔得止步不前。"娘,天后不是答应了吗?"

"你还小,你不了解天后,这个宫里没有人可以违背她的意愿!更没有人可以改变她的初衷,连皇帝陛下都不行,又何况太子!"郑氏既振振有词又声声如泣,其实她的心比婉儿更痛。

"娘的意思,太子是假传懿旨?"

"那倒未必,懿旨是真,但意非本意。"

"解铃还须系铃人,天后这是要婉儿亲手解下太子这个铃,还要太子恨婉儿。"郑氏一语道破天机。

婉儿听后颓然跌坐，如刚从井底爬上来还未来得及喘口气，却又被一脚踹下井底。

"这往后，太子可就要恨透你了!"郑氏把女儿拥入怀里。

"那就让他恨吧，只要他好，婉儿便好!"婉儿擦去泪水，忽然一身轻，她落落大方地开门。

"见过太子……"婉儿说，但话没说完已被太子打断。

"婉儿，我没骗你，你看，这是母后的亲笔懿旨……"李贤迫不及待地把武则天的懿旨给婉儿看。

婉儿缓缓接过，眼神轻描淡写，面部没有表情，更不是太子想象的那样，激动兴奋得热泪盈眶，甚至高兴过头以至语无伦次。

"婉儿，你怎么了? 你不高兴?"李贤一脸的茫然。

"请太子稍后……"婉儿不理会太子的茫然，她走进书屋拿起笔蘸上墨，在武则天那行字的下方落下八个字：尘埃落定，水无复流!

李贤看了婉儿落下的八个字，呆若木鸡，瞠目结舌，好半天都缓不过神。

"婉儿，你——这是?"太子瞪大眼睛，不敢相信眼前的事实。

"意思已经很清楚了，太子请回天后去吧，婉儿要歇息了!"婉儿强装一脸冰霜地下逐客令。

这个结果太出乎李贤的预料，他仿佛在噩梦中，这不是真的，这不是真的……李贤跟跟跄跄，喃喃自语淹没在雨夜……

"婉儿，本太子恨你——恨你!! 恨你!!!"

夜空中充斥着李贤无限的悲愤……

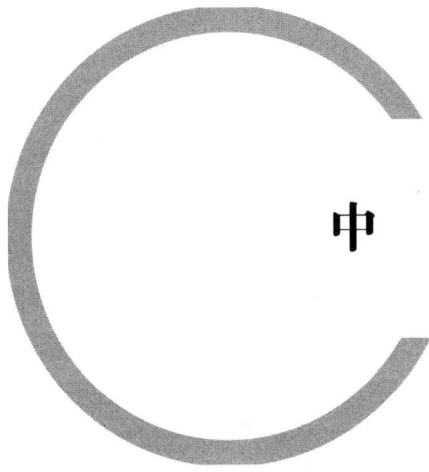

中　篇

第二十五章　梅花仙子红胎记
出水芙蓉红梅妆

婉儿担心的事情没有发生，夜里李治帝没有来，谢天谢地！不然婉儿无法想象，自己如何接受一个可以做自己爷爷的男人。

天色拂晓，婉儿和母亲郑氏都深深地吐了一口气，接下来该是整装去早朝皇后了。

婉儿坐在梳妆台前，安静地由母亲为她挽发。

郑氏为女儿挽了一个高高的发髻，如一朵菊花开放在头顶，这不仅是女儿家与出嫁女子的区别，也是宫里有品级女子的发髻。

铜镜里清晰地映照出婉儿的面容，那高盘的发髻与少女稚嫩的脸庞是那样的不协调，尤其是额头有块豆粒般的梅花胎记，便凸显了出来。虽说不大，但在印堂比较显眼，所谓居中为大。

郑氏同样看到了，也注意到婉儿的情绪。

为了遮掩这小小的瑕疵，郑钰瑶早做了准备，她准备了十几支不同款式的发钗步摇。步摇的最大优点是替代刘海。

郑钰瑶挑了一支玉珠子步摇插进婉儿的头发，果然整个额头被珠帘子遮挡，瑕疵逃逸得无影无踪。

"可好?"郑氏问。

婉儿没有吱声，说不好怕伤母亲的心，这是母亲精心为她准备的，说好又有违自己的内心，因为在所有的头饰中婉儿最不喜欢的就是步摇。首先是步摇搭在额前不舒服，干活儿看书都不利索；其次婉儿觉得佩戴步摇既招摇又累赘，婉儿喜欢清爽明亮干净的装扮。

郑钰瑶见婉儿不吱声，知是女儿不喜欢便随即取下换了一支插上。这是一支串着银色弯月的步摇，由于月亮面积大，几乎把额头遮得严严实实，瑕疵没了任何市场。

"娘觉得这款好，婉儿说呢？"郑钰瑶嘴上的"好"，其实指的是能把额头的瑕疵完全遮住。

婉儿没有赞同，只是嘴角拉动了一下肌肉，机械般地露了一个笑，婉儿的表情很清晰地传递了不喜欢的信号。

"那就再换一个……"郑钰瑶挑着，也不知到底哪支婉儿会喜欢。

"娘，别挑了，步摇是婉儿最不喜欢的头饰，太招摇又俗气，就这么着，不遮掩了。"婉儿抿嘴一笑安慰母亲。

"要不，娘学你奶奶，在你额头上描一朵梅？"郑钰瑶忽然想起婉儿出生后，杨老太太天天要在婉儿眉宇间描一朵梅花。

"描一朵梅？"婉儿立刻兴奋起来。

"你奶奶说这红胎记是梅花仙子转世，所以天天在你眉宇间描一朵艳丽的红梅，好看着呢！"郑钰瑶说。

原来郑氏才怀上婉儿时，杨老太太做过一个梦，梦见雪地里盛开着一园子的红梅，一群女子在雪地嬉戏，都管她喊奶奶，后来又从空中飘飘而落一个绝顶标致的女孩，也管杨老太太喊奶奶，婉儿降临后，杨老太太又见婉儿印堂有一点红痣，便信了婉儿是梅花仙子下凡，所以每天都要在婉儿的印堂描绘一朵红梅，她老人家看着特开心。

"咱从未听娘说起过呢？奶奶真聪明！"婉儿露出笑容。

"你奶奶何止是聪明，她还懂易经五行呢。"郑钰瑶说。

"自古相门多才俊！奶奶算一个。"婉儿说。

"可这个世界对我们女人太不公！世人只知将门无犬子，不知将门有烈女！"郑钰瑶叹息，同时也为自己怀才无用武之地而叹息。

"其实也不完全是，殷商王武丁的妃子妇好（古音同子），她也是女流，她征战沙场开疆拓土，日理万机治理国家。今有天后，也是女流。她们做到了许多男人都做不到的事！"婉儿说着流露出充满崇拜的神情。

郑钰瑶一惊，她左右环顾，而后悄声问："婉儿，你该不会想做第二武曌吧？若是这样你爷爷的在天之灵会不安的！"

"娘，你想哪去了，婉儿愿望只做一个对江山社稷有用的人，其余的一概不会去奢望!"

"这就好,娘只希望你平平安安!世间繁华不过是过眼云烟!"

"描好了,娘觉得好看。"说话间郑钰瑶已在婉儿的眉宇间描绘好一朵艳艳生辉的红梅。

婉儿对着铜镜,一朵栩栩如生的梅花印在眉宇间,仿佛有芳香扑鼻,整个人的精气神瞬间被烘托。

婉儿看着镜中的自己,嘴角漾出了笑容。

"关键时候,娘总是有办法。"婉儿满意地啵一口亲了一下母亲。

"喜欢就好!"郑钰瑶也长长地舒了一口气。

"伴君如伴虎,从今往后凡事都要谨慎再谨慎小心再小心!不该说的不说,不该问的不问,知道吗?"临出门郑钰瑶再三叮嘱。

"娘放心,婉儿一把自己当哑巴,二把自己当聋人……"婉儿笑道。

"就怕不是一家人不进一家门啊!你爷爷……"郑钰瑶说。

"娘,又来了,这话都说快一千回了,瞧,耳朵茧子都老厚了!"

婉儿哭笑不得,自从入才人,郑钰瑶就见缝插针不厌其烦地说着这类话,婉儿明白,母亲是在引导自己不要走爷爷的路,可婉儿心中有自己的准则。

只怕说一万遍都派不上用场,江山易改本性难移!郑钰瑶叹一声目送女儿钻进木轿一路朝武则天的紫宸殿去。

自此,郑钰瑶的心就时刻为婉儿的安危悬着。

第二十六章　紫宸殿上风浪高
文采横溢震群芳

一

婉儿下了木轿，穿过北面的蓬莱殿、宣政殿，就望见了紫宸门，向前约二百米就到了紫宸殿。

紫宸殿是长安城大明宫的三大殿之一，仅次于外朝正衙含元殿和常朝宣政殿。婉儿早有耳闻紫宸殿的恢宏，今日一见果不其然。东有浴堂殿、温室殿，西有延英殿、含象殿，紫宸殿居中，比其他殿高出九个台阶，清晨的第一缕阳光首先照耀在巍峨的紫宸殿，大有居高临下之势。

大殿正门三扇而开，两侧各为边门，三品以上大臣从左侧门而入，三品以下大臣及三品以下嫔妃从右侧门而入，皇帝和武则天以及太子从正门而入。

婉儿被小太监引入右侧门走进大殿。一进殿，眼前一片霍亮金光，由正门铺开一条宽大的红毯，直铺到武则天的宝座，给人以气派威严之感。殿中景象令人恍惚置身仙境。清脆的流泉声，若隐若现的飞雾，阵阵花香，处处流出诗的韵律。连灯盏都特别的别致，或女娲飞天，或宫女托灯，或一枝荷花平地起，乍一看以为是荷花，只有点燃的时候，才发现原来是灯盏。

最令婉儿惊诧的是满屋子的四季鲜花。有寒冬的梅，三月的杜鹃，七月的玉簪花，还有秋天的菊，这些花不可能同时开放在同一个季节里，难道天后可以逆四季令花开？

婉儿诧异又纳闷，仔细瞧着才知这些都是假花，但剪彩工艺达到了登峰造极，可以以假乱真。

二

辰时，所剩无几的嫔妃，徐婕好、宫人杨氏、郑氏、张氏、倪妃等，以及尚服局膳食局的掌扇陆续到齐，且按品位依次排列坐好；婉儿按品级该坐在宫人杨氏、郑氏之前，但婉儿却挑了最后的角落坐下。

"天后驾到……"静静的紫宸殿终于传来公公的一声唱喝。

嫔妃们立刻站起，微微弯着身子恭迎。武则天披一件拖着长长孔雀尾的披风，被一群宫女和太监簇拥着，她满面春风一步一步地走向她的宝座。

"参见天后！天后千岁千岁千千岁！"待武则天坐定，排在最前面的徐婕好领头说。

"参见天后！天后千岁千岁千千岁！"徐婕好话音落下，众嫔妃齐齐地喊。

"众爱卿平身！"自武则天将后宫嫔妃改为女官后，武则天就一直这么称呼她们。

武则天话音落下，众嫔妃都回到自己的位置坐下等待武则天训话或者是别的什么。

"上官婉儿来了吗？"武则天明知故问，眼睛并没有望向婉儿。

"婉儿参见天后！天后千岁千岁千千岁！"婉儿立刻离席而后跪地行大礼。

武则天没有立刻说平身赐座，而是久久地盯着婉儿。

"把头抬起来。"武则天忽然一声喝。婉儿惊了一跳，而后微微抬起头。

武则天盯着婉儿看了好一会儿，忽然感慨道："乍一恍惚，本宫还以为时光逆流了，看到三十年前的自己。当年本宫进宫比你长一岁，也是这般光彩照人，不过本宫比你多了些光艳，少了些愁绪。"

婉儿一听急忙说："天后折煞婉儿了，婉儿乃罪奴之身，天后是人中凤，哪里能比！"

"当然不能比，若一定要比，那便是麻雀比金乌！草珠比龙珠。"婉儿话音落下徐婕妤便明火执仗地奚落婉儿。

徐婕妤，乃唐太宗李世民妃徐慧之妹。虽说姐妹同根生，但性情却大相径庭，徐慧是个安安静静读书写字冷眼看繁华的女子，而她妹妹却贪慕虚荣说话尖酸刻薄。这不，一上来就莫名其妙吃婉儿的醋，话里话外字字如刀剑伤人。

徐婕妤话音落下，立刻引来一阵窃笑，且窃窃私语。婉儿扫视一眼徐婕妤，而后不慌不忙朝徐婕妤欠身施了一个礼，再不卑不亢回道：

"谢徐婕妤教诲！但此草珠非彼草珠，多少人梦寐以求，婉儿前世修来的福，得天后怜爱成全此草珠，婉儿万分荣幸！"

婉儿话一出，满座皆惊，尤其是徐婕妤，本想欺她年少，不曾想她轻轻松松几句话为自己解了围不说，还把来势汹汹的自己给打趴。

"上官婉儿，你！"徐婕妤恼羞成怒，但立刻转怒为笑，也许是武则天在场的缘故。

"佩服佩服，臣妾就说了那么一句，这草珠子就耀眼发光得叫臣妾招架不住，假以时日今日的草珠也不知会不会变成明日的龙珠？到那时……"徐婕妤话未说完被武则天呵斥下去。

"徐婕妤，你越说越离谱了！龙珠乃是天命，岂能由人愿。"武则天这话其实更多的是说给徐婕妤听的，因为徐婕妤想掌管起诏的心由来已久，曾经对皇后冠亦是想入非非。

"是，天后！请恕在下失言冒昧！不过在下还是要说，千里马会跑也会踢人，何况还是她！"徐婕妤话里有话，暗示的当然是武则天与婉儿的杀父之仇。

徐婕妤公然挑动武则天与婉儿之间最敏感的那根神经。

婉儿听了不觉哀哀叹气，心想我不惹尘埃，尘埃偏自来，这才第一天，今后真不知徐婕妤要弄出多少么蛾子来。

"本宫自有分寸，不劳徐爱卿挂心！退下。"武则天没好气道。

"今天是新人行觐见礼的日子，按规矩婉儿要给众姐妹递茶，众姐妹得以物相赠，是这样的吧？本宫都记不清了！"武则天接着说。

"天后，是这样的。不过许多规矩都改了，这项是不是也得改改？"徐婕好又跳出来建议。

武则天心想这徐婕好又憋什么臭屁，但又一想，既然憋了屁阻是阻挡不了的，这里不让放，出去了也准要放，那好，今天就让你表演个够，想到这武则天笑笑说：

"也是，那么徐爱卿想怎么改呢？"

"都说婉儿行文如同宿构，可否把敬茶改成吟诗？"徐婕好说。

"这个建议不错。"武则天说。

"我们每人出一韵，婉儿以韵对一句诗，不过……"徐婕好说到这突然有意打住，嘴角飘过一丝难以察觉的阴毒的笑。

"有话就快说，别藏着掖着！"武则天有些不耐烦。

"是。那下官就说了。"徐婕好再次飘过一丝阴笑接着说。

"对于婉儿得加一点难度，否则埋没了人家的才气就不好了，不过也不会太难，就是所对诗句连起来必须是一首诗，当然，也许婉儿并不觉得难，对吧婉儿？"

徐婕好这番话把婉儿的退路也给堵上了，她处心积虑早想好了这招等在这，目的是要看婉儿怎么跌下才女的神坛！

徐婕好话音落下，满座表情各异，有幸灾乐祸等看笑话的，有替婉儿捏着汗的。说实话，吟诗对句对婉儿来说如同走菜地般容易，可每人出一个不同的韵，连起来必须是一首完整的诗，这比七步诗还难。

"连起来必须是一首，难度很大，从古至今皆未有先例，徐爱卿是不是降低一些？"武则天担心婉儿招架不住，婉儿是自己力荐的人，与自己是一根绳上的蚂蚱，一荣俱荣一损俱损。

"天后，若也是平平常常地对诗，又怎能彰显我大唐才人辈出呢？"徐婕好坚持。

"婉儿，汝看呢？"武则天把目光投向婉儿。

"一切全凭天后做主！"婉儿心想，今天伸头是一刀，缩头也是一刀，不如拼一把，说不准还能赢。

"好，本宫准了。"武则天略一沉思，做出和婉儿同样的选择，不如赌一把，未必就输。

"婉儿遵命！请天后出韵。"婉儿行至武则天面前深深行礼道。

"本宫出'舒'韵"武则天略略酝酿出了一个常见的"舒"韵。

武则天话音落下，婉儿来到徐婕妤面前恭恭敬敬道："请徐婕妤出韵。"

"本宫出'谬'"徐婕妤酝酿了好一会儿，出了一个与舒韵八竿子打不着的"谬"韵。

接着尚服局齐姑姑，膳食局张膳令，郑宫人杨宫人倪妃分别出韵："虚""桃""乱""如""梳"。

众人出完韵，武则天为婉儿捏把汗，这都是什么乱七八糟的韵，除了倪妃，其他人摆明了是包藏祸心。武则天有些后悔不该答应徐婕妤。再一看徐婕妤正抿着嘴偷乐，武则天差点临阵叫停，但看见婉儿镇定自若也就打消了阻止的念头。

婉儿第一个来到武则天面前，略略沉思便吟道："密叶因裁吐，新花逐翦舒。"

吟罢第一句来到徐婕妤面前吟道："攀条虽不谬"接着来到尚服局齐姑姑面前吟道："摘蕊讵知虚。"

婉儿顿了顿，来到倪妃面前吟道："春至由来发，秋还未肯疏。"吟罢来到张膳令面前吟道："借问桃将李。"

接着最后来到郑宫人和杨宫人面前。婉儿扫视一眼大殿，微微笑了笑吟道："相乱欲何如。"

婉儿吟罢整首诗，回到武则天面前深深一鞠躬行礼道："请天后定夺！"

武则天惊喜得一时回不过神，就这样乱七八糟的韵，居然被组成一首绝妙的诗！武则天仿佛还沉浸在诗中，她喃喃吟道：

> 密叶因裁吐，新花逐翦舒。
>
> 攀条虽不谬，摘蕊讵知虚。
>
> 春至由来发，秋还未肯疏。
>
> 借问桃将李，相乱欲何如。

"好诗！"武则天拍案叫好。

"婉儿写的可是这些剪彩花？"武则天指了指那些假花。

"正是，让天后见笑了。"婉儿说。

"不愧是上官仪的孙女！"武则天既兴奋又高兴，拔下头上的金钗亲手为婉儿插上。

"徐婕妤，婉儿可称得上一代才女呼？"武则天回身问徐婕妤。

徐婕妤脸色青一阵紫一阵，难堪到极点。

"天后向来是慧眼识君，天后看中的人自然错不了！"徐婕妤尴尬地笑着。

武则天暗笑道，"你输得没裤衩了吧"。

第二十七章　小试牛刀露峰峦
不辱使命败戎节

一

李治帝和武则天并排高坐在金銮殿上，面色严峻且怒而不敢言。

吐蕃使者叉开腿立于大殿趾高气扬，文武百官个个屏息垂头，连大气也不敢出，整个大殿的神经绷紧到仿佛指尖轻轻一触就能断。

日益强大起来的吐蕃，此番并非来进贡，而是来滋事挑衅的。他们弄了一纸无人看得懂的文字公文，使整个大殿气氛变得凝重尴尬。

"传婉儿。"武则天想到婉儿有语言天赋，在弘文馆又专攻夷文，不到十岁便攻下了六国夷文。或许婉儿能救火解围，武则天心想。

婉儿很快被传唤到大殿，这是婉儿第一次上朝殿。满朝的文武百官，个个衣冠楚楚，表情严肃。正前方大大咧咧地立着吐蕃使者。

婉儿向唐高宗和武则天行朝礼，武则天把吐蕃文书递给婉儿。

"婉儿，可认得这些字？"武则天低声问。

整个大殿屏住呼吸，目光齐刷刷地落在婉儿身上。婉儿接过文书一看也傻眼，从未见过此类文字。字字似方块形，有汉字的影子，乍一看似汉字的小篆体，仔细辨认却一个都不认识，文书的中间部分还突然变了国文，字的笔画如鸡爪刨食的痕迹一般，笔力细长又错综复杂，文尾又变换了一种国文，这摆明了是恶作剧。

"此非吐蕃文，应该是早就失传了的文字。"婉儿说。

"这就是吐蕃文字，你们大唐可笑至极，难道堂堂帝国连个看懂我们吐蕃国文书的人都没有吗？"吐蕃使者更加傲慢无礼。

"放肆！"武则天怒喝道。

大殿上又是一阵寂静，文武百官，尤其是皇帝和武则天都在眼巴巴地盼望婉儿的奇迹。

"依婉儿看，这文书至少用了三国文字行文，其中一种是前吐蕃文字，另外两种估计是遗失了的古国文字，你们这么做虽然不地道，但我泱泱帝国岂能被雕虫小技难倒，翻译此文只是时间问题。"婉儿大胆地说出自己的判断。

婉儿话音落下，吐蕃使者立刻面面相觑，且嚣张气焰大打折扣。

"那好，三天后我们来索答复，若还是不能答复，我王赞普视同大唐帝国同意书中内容！"吐蕃使者交换意见后丢下话扬长而去。

"醉翁之意不在酒，摆明了是挑衅！"武则天拍案大骂。

"陛下，天后，臣愿领兵攻打吐蕃。"司农卿扶余隆立刻请战。

"不可，大唐才刚刚安抚了高丽余众，这个时候与吐蕃开战，只怕高丽余众会再兴风浪，突厥也会趁火打劫，我们不仅要腹背受敌，关键是我们的'怀柔'决策会前功尽弃。"宰相张大安立刻反对。

"臣以为张大人多虑了，高丽余众已是群龙无首，他们如丧家犬寄居于突厥各部落已久，思乡心切，今陛下皇恩浩大遣其归故土，他们唯有心存感念，定无再反之心。"司农卿扶余隆立刻反驳。

"此言差也！高藏二月遣辽东，且赐高官厚禄，结果呢？一到辽东就欲谋反，司大人不会如此健忘吧？"宰相张大安冷笑道。

"高藏是高藏，不能因一个高藏就一棍子打死一片。"司农卿与张大安针锋相对。

"都别争了，刘爱卿，汝向来稳重，做事明察秋毫，汝说说打还是不打。"李治帝看他们俩相持不下，自己又拿不定主意，便问一直不发言的尚书左仆射刘仁轨。

刘仁轨听到皇帝点他的名，连忙出列施礼，而后慢声低语道：

"能和则和，能不打则不打！尤其是眼下河南河北旱灾严重，又与高丽百济连年征战，国库空虚，再如张大人所言，高丽百济刚刚安抚，人心未稳，这时候与吐蕃开战，恐高丽余部贼心不死，不得不防。"

"可是，吐蕃人已经打上门来了，弄来这么一纸鸟文字，摆明了是欺我大唐无人！"武则天举起吐蕃文书一边抖动着一边愤怒道。

"是啊，若不打，三天后怎么回文牒？不回就视同大唐同意，同意什么？是割让安西四镇吗？"李治帝皱紧眉头，重重地叹了一气。

"吾等无能，不能替陛下解忧，吾等该死！"文武百官闻听陛下叹气吓得齐刷刷一片跪下。

"众爱卿平身！朕不怪你们，是吐蕃人太嚣张了！"李治说。

"老虎不发威就要被当成病猫！"武则天冷笑道。

"媚娘的意思是打？"

"若因看不懂他国文书而打，我泱泱帝国文明何在？大唐的脸面何在？岂不被后人贻笑大方！"武则天忽又支持和战派。

"媚娘，那到底是打还是不打？"李治更没了主意。

"就看婉儿的了，婉儿，汝三天有把握译出来吗？"武则天把目光投向婉儿。

"回天后，婉儿尽力。"

"是必须，事成本宫记你一功，否则按军法论处！"武则天态度强硬到蛮不讲理。

"是，婉儿领旨谢恩！"婉儿没有退路，一瞬间整个大殿的重梁全压在了一个小女子的肩上。

二

深冬的夜晚万籁俱寂，藏书阁却是紧锣密鼓灯火通明，二十多个文官正在协助婉儿查找吐蕃及古国历史文献。

"咚——咚——咚……"更夫敲响了五更声。

"五更了。"婉儿望着窗外玄色的天空喃喃自语。这是黎明前天空的黑，黑得透彻，但在举手投足间，黑色就退出了夜的舞台。

这是期限的最后一天。可吐蕃文书只翻译出两种文字，最后一种文字查遍书库文献也没找到。再过几个小时吐蕃使者就要上朝讨要回文，不解原文又如何写回文？先不说可能引起干戈，就中华文明而言丢不起这个脸！泱泱中华几千年文明史，却被一个蛮夷小国的一纸文书给难住，岂不贻笑千古！可是这看似汉字的文字，却又一个都不是汉字，整个书库也找不到译本，这可如何是好？

"天就要亮了。"一公公小声提醒。婉儿望一眼天空，一抹鱼肚白正在迅速扩大，婉儿心一急，痰火攻心，再加上鏖战了三天三夜未休未眠，她只觉眼前一黑，人一飘忽就栽倒在地不省人事。

藏书阁立刻慌乱一团，有人帮着掐人中，有人跑去传太医，有人商议要不要报告给皇帝。不报告怕担不起责任，报告嘛又怕闹了皇帝的好梦，黎明前往往是睡得最沉的时候，弄不好皇帝一怒小命就没了。

"她这是急火攻心，阴阳两股邪火逆流一时间封住任督脉，使心脏骤然停止。"太医把脉后说。

"通知她母亲来吧，我尽力死马当活马医，以往这种情况多半无救。"太医一边针灸一边说。

"事情重大我看得去报告天皇。"一小太监说。但小太监话音未落就被一年长的太监打了一个嘴巴。

"天皇也是你能去报告的？活腻了！"年长的太监说着又打了小太监一个嘴巴。

"快去报告赵公公。"年长的太监打完小太监说。

郑氏一路跌跌撞撞来到藏书阁，见婉儿笔直地躺在那不省人事，心疼得不觉两行泪水哗哗地流。

"婉儿，娘来了，婉儿，你听得见娘跟你说话吗？"郑氏抓起婉儿的手贴在自己满是泪水的脸颊。

"婉儿，你可不能做不孝之女，撇下娘不管自己走了，即使你一定要走也得带上娘一起走，不然到了那边你爹会怪你的知道吗？"

郑氏一边流泪一边絮絮叨叨不停地与女儿说话。这既是郑氏的心里话，也是太医的要求，要不停地对她说，而且要说刺激她的话。

"太医，拿针扎她的指头，她最怕针扎指头。"郑氏突然想起婉儿最怕针扎指头。

原来，婉儿小时候指头被蜜蜂蜇过，打那后一提起针扎指头她就吓得脸色发白，浑身颤抖。

"好，十指连心疼，十个指头全扎上，且要针针见血！"太医说。

"婉儿，你听见了吗，再不醒来，太医可就要把你十根指头都扎上针，往指甲里扎，你怕是不怕？"郑氏说。可婉儿依然没有反应。

"扎吧！"郑氏说。

于是太医真用银针扎婉儿的指头，没想到一针下去，婉儿果然幽幽醒来。

"婉儿，你醒了，你吓死……"郑氏话未说完就见婉儿一骨碌爬起往外冲去。

"婉儿，你要去哪？"郑氏追着喊。

"去慈恩寺。"婉儿顾不得解释。

原来婉儿想到佛经，佛经不仅文本多，而且保存完好。所以婉儿想慈恩寺的方丈见多识广，也许他懂。

可是，婉儿才走出殿外就见一方丈披着袈裟手持佛杖迎面而来。

"方丈？"婉儿不敢相信，她揉揉眼，怀疑自己是在梦中。

"阿弥陀佛！"方丈双手合十道。

"老衲法号无边。"原来他就是慈恩寺的方丈无边。

"您是无边方丈？"婉儿诧异地缓不过神。

"婉儿不是做梦吧？"婉儿悄悄掐一把自己，只感到疼。不是梦，是天助大唐也！婉儿在心里庆幸道。

"非梦，是有人想到施主前头了，所以老衲来了！"无边方丈说。

"谁？"婉儿问。

"老衲答应过他，永远替他保密。请快快拿吐蕃文书来老衲看看认不认得那些文字，阿弥陀佛！"无边方丈始终双手合十举在胸口。

此人是谁？能和婉儿想到一块去？婉儿没心情理会，但婉儿心里闪过一个人，李贤太子。

无边方丈接过吐蕃文书，一眼便认出此文书用的是前吐蕃文字和前党项文字，与婉儿判断无异。

党项人是以部落划分单位，以姓氏作为部落名称，故有著名的党项八部，其文字也各有差异。党项文字笔画多半繁杂，古文字发展一直处于弱势，归顺隋朝后，他们的文字彻底汉化，党项古文字消失。

"阿弥陀佛！这最后一句说的是吐蕃赞普要娶太平公主，还要割安西四镇作为嫁妆。阿弥陀佛……"无边方丈把最后一句翻译出来，在场的一听都被气得炸了肺，恨不得立刻去杀了吐蕃使者。

三

"岂有此理！是可忍孰不可忍！还要割让安西四镇做嫁妆，真以为朕怕了他们吗！"李治帝怒不可遏。

"老虎不发威还以为病猫呢，婉儿拟诏，任司农卿为大将军，领兵十万明日就开拔。"李治拍着案桌说着气头上的话。

"陛下，军国大事非同儿戏！匆忙出兵，会正中人下怀！当年楚国受张仪所欺一气之下仓促出兵，结果大败。"武则天连忙劝阻。

"那媚娘说怎么办？朕总不能把太平公主嫁到西戎去吧！"李治掀掉披在肩头的风衣情绪显得咆哮。

"当然不能，即使陛下舍得媚娘也不舍得，太平可是本宫唯一的小棉袄。"武则天说。

"媚娘是不是有主意了？朕知道媚娘什么时候都是有办法的！"李治露出笑意凑近武则天问。

"暂时还没有，但一定会有的。"武则天说。

"可时间不等人啊，这天已亮了，马上就要上朝了，朕如何应对吐蕃使者！"李治又咆哮起来。

"陛下，娘娘，婉儿有一计，或许可当权宜之计。"婉儿突然说。

"快讲！"李治眼睛一亮。

"道观。"婉儿犹豫了一下说出道观二字。

婉儿话音落下，李治和武则天面面相觑，而后相视一笑。

"对呀，本宫咋把这茬事情给忘了！这个理由再好不过了！"武则天兴奋得拍案而起。

"起驾，上朝！"李治帝龙颜大展。

原来婉儿是要太平公主借道姑身份来拒绝吐蕃。这还得从咸亨元年（670）说起，这年太平公主八岁。武则天母亲杨氏去世，武则天为了尽孝道，便令太平公主替自己入道观为其母杨氏诵经祈冥福，婉儿作为太平公主的书童，自然常陪伴太平公主在道观诵经祈冥福，这才有了婉儿这一提。没想到这一提却派上了大用场。

第二十八章　百口难辩陷囹圄
生死关头谋自救

一

"咚——咚——咚"寂静的夜传来三声夜更声。

"就三更了，恨不能拽住时光啊！"武则天望着面前一大堆来不及批阅的奏折发出感叹。

婉儿抬头露一个笑，算是回应武则天的感叹。

自上元二年（761）太子李弘突然离世后，李治帝的风眩症就越发严重，身体每况愈下，以至提出让武则天摄政。提议虽遭到大臣及宰相郝处俊的强烈反对最终未果，但实际上李治还是把朝政大小事务，乃至批阅奏折，一股脑儿甩给了武则天，自己当起了甩手掌柜。而武则天却恰恰相反，她干这些事情几乎是乐此不疲，她每每看到各地呈上来的一叠一叠的奏折，眼睛便焕发出光芒，整个人如打了鹿血般，浑身都是劲。

武则天头也不抬，一本接一本批阅，有时面露喜色，有时拍案怒骂，有时一笑弃之……

夜更再次响起，四更了。

武则天忽然扭了扭脖颈，虽然是很小的一个动作，但没有逃过婉儿的细微，武则天的颈椎酸了，毕竟不是铁打的。

"天后，歇息一下吧，让婉儿揉揉。"

武则天抬起头，看了看婉儿，而后嗯了一声表示同意。婉儿便用她纤细的手指给武则天按摩。

"这写诗的手，用来按摩，是不是太奢侈了?"武则天打趣道。

其实武则天在闲暇时是很爱开玩笑的，为了调节宫人胆战心惊的情绪，她曾经命令每个下人每天要说个笑话或者奇异的故事。

"天后觉得是奢侈，那就每天奢侈一回。"婉儿笑了说。

"你这死丫头，怎么一点也不谦虚?"武则天笑道。

"是，奴才该死，该罚。"婉儿又笑道。

"那罚你什么好呢?"武则天与婉儿继续说说笑笑。忽然武则天的肚子咕噜滚过一声响。

"天后饿了? 就罚婉儿去给天后熬一碗八珍羹吧。"婉儿笑说。

"还真有些饿了，让珠儿去吧，你的任务还重着呢，这一堆折子够你忙乎到天明。"武则天收起笑，严肃起来，继续批阅奏折。

"是，听天后的。"

婉儿去到前殿吩咐珠儿熬八珍羹，珠儿答应着却一手按住肚子，眉头皱成一团，一副十分痛苦的样子。

"怎么啦?"婉儿问。

"疼得厉害。"珠儿说着扶住墙体困难地站起。

"叫溪官瞧瞧?"婉儿说。

"别，老毛病了，是来那个，过一会儿就好了。"珠儿说着眉头皱得更紧仿佛连站都站不起来。

"那你休息着，我去熬。"婉儿看珠儿抽搐成一团，每挪一步都十分的痛苦，实在不忍心再让她去熬八珍羹，便自己去了。

婉儿生好炭火，严格按御医开的八珍羹方子，莲子二十钱，糯米二十钱，红枣五颗，黄芪五钱，党参五钱，茯苓五钱，附子一钱，白蔻二钱，大火开后文火慢慢熬。

婉儿做好这一切，只让珠儿看着火，然后回去继续抄录誊写奏折。

时间朝夜的深处划去，武则天又一阵感到身子酸胀不适，她顺手在自己的脖颈上捶打了两下。

婉儿见了立刻放下手中的活儿去帮武则天揉捏。

"婉儿，是不是我老了? 以前都不会这样。"武则天说。

"天后哪里老，只是天后不爱惜自己，总是没日没夜的操劳，哪能没点磕磕碰碰的!"婉儿一边揉捏一边说。

"瞧你这张嘴，什么话从你那一过，就都成了蜜心枣，若是太子有你一半懂事就好了!"武则天忽然提到太子，这是要试探婉儿态度。

"是婉儿上辈子烧了天后的高香，天后横竖听着都顺耳。"婉儿绕开太子话题。

"听听，这话有谁不顺耳那才怪了。"武则天心里头顺溜溜的。

"好了，忙你的去吧。"武则天感到舒服了一些。

"婉儿去看看八珍羹熬好没。"婉儿说。

"这些粗活儿有珠儿她们，不是和你说过吗。"武则天再次强调。

"珠儿刚才肚子疼得厉害，我让她休息着。"婉儿说。

"那就让桂儿去。"武则天说。

"桂儿粗心，又一直是外侍，我怕她做不好。"婉儿说。

"那琴儿呢，不会巧到一块也病了吧?"武则天说。

"琴儿还真生病了，咳嗽得厉害，我怕她传染，所以放了她的假。"婉儿说。

"你呀，照顾这个，照顾那个，就是不懂得照顾照顾自己。"武则天心疼地说。

"婉儿有天后眷顾足矣!"婉儿说。

"嗯，去吧。"武则天说。

婉儿把八珍羹取来，用娟丝扇轻轻扇了一小会儿，再端到武则天面前。武则天接过用兰花指捏着银勺轻轻搅了一下，然后舀起一瓢凑近嘴轻轻吹了吹，接着送进嘴里。

武则天吃着，婉儿一头埋进她的工作。

"还有多少没誊完?"武则天问。

"快了，只剩十余宗了。"婉儿翻着奏折点着数回道。

"年轻就是不一样，本宫羡慕啊。"武则天感叹。

婉儿抬头冲武则天露一个笑，算是回应。

"本宫像你这年纪时，在太宗身边做侍女，也是没日没夜地熬，从来都不觉得累。"武则天忽然提及她为才女侍奉李世民的时光。

婉儿再次抬头冲武则天笑了笑，想说点什么，可是却看见武则天皱着眉头而且脸色不对。

"天后，怎么了，哪不舒服吗？"婉儿旋即丢下手中的活儿。

"这羹有问题！"武则天没说完便呕吐起来。

"快，传太医……"婉儿顾不上多问。

"怎么会呢？羹是我亲手熬的！"婉儿大惊失色。

武则天恨恨地瞪着婉儿。"你走开！"武则天一把推开婉儿。

"天后，婉儿冤枉！请天后明察！"婉儿跪下，满腹委屈欲诉无门。

二

经太医诊断，是八珍羹里的附子剂量超标，而且少了白蔹，这才导致轻微中毒。附子是乌头的侧根，乌头是来自西域的剧毒草，别名一剑封喉。当年关羽刮骨疗伤，疗的就是乌头毒。但同时乌头又是大良药，可温中散寒，祛风止痛，回阳救逆，补火助阳，只是要掌握一个度。武则天当年在感业寺落下了腿风湿毛病，所以太医在武则天的八珍羹里多了一味附子。0.1钱附子构不成对身体的伤害反而有利，而且为了保险起见，太医加了0.2钱白蔹。白蔹克乌头毒素。说白了只要按照太医的方子煎熬是百分之百没有问题的。但去了白蔹又加大附子的剂量，那情况就大不相同了。好在武则天没有狼吞虎咽一口气喝了，否则恐有性命之害。

婉儿大惊，自己确实是按方子熬的，怎么会是这样的结果呢？定是有人嫁祸陷害！珠儿！珠儿反常，珠儿一定有问题，可自己一时又百口难辩。

"说不清是吧？那就到刑部说去，来人，把婉儿打入死牢。"武则天一声断喝，左右护卫立刻把婉儿扭了。

"天后，婉儿要与珠儿对质，婉儿死不足惜，只是让歹人逍遥法外，恐日后不利天后！"婉儿一边被推出去一边冲武则天喊。

"好，本宫给你这个机会，传珠儿。"武则天说。

"珠儿，你因何离开？"武则天问。

"回天后，是婉儿要奴婢走的。"珠儿说。

"你可是来红？"武则天再问。

"回天后，珠儿月头刚来过，现在还不到月底，怎可能又来？"珠儿镇定自若。

"珠儿你说谎！"婉儿急得大喊。

"婉儿说你因来月红，肚子疼得厉害，所以让你去休息，是与不是？"武则天又问。

"回天后，奴婢即使来了也没那么金贵，绝无此事。婉儿才人只说今夜由她值班，珠儿不敢不从。"珠儿完全推翻了先前对婉儿说过的那番话，而且从容淡定。

婉儿与珠儿对质的结果，是反而坐实了婉儿的罪名。更不利婉儿的是经太医检验，珠儿确实没来红。

"真是知人知面不知心，天后对婉儿那样好，好得我们下人都妒忌羡慕死了，想不到她还是忘不了杀父之仇。"珠儿趁势煽风点火。

"大胆奴才，你凭什么说婉儿忘不了杀父之仇？"武则天瞟一眼珠儿，似乎洞察到什么。

"奴才该死，奴才有罪，其实……"珠儿有意留下一半话来撩拨武则天。

"其实什么？快说。"武则天瞪一眼珠儿。

"奴才有件事一直不敢与天后说，现在也不知当讲不当讲。"珠儿继续吊武则天的胃口。

"珠儿，你卖什么关子，是要气死本宫吗？"武则天沉下脸。

"珠儿不敢，只是珠儿先前怕了婉儿才人未敢说，现在又怕落下个落井下石的骂名又怕了说……"珠儿说着跪下请罪。

"你真是个狗奴才，为了天后的安危，你顾忌个什么？"赵公公一旁教训道。

"是，是奴才糊涂了！"珠儿装得顿悟的样子，接着娓娓道出一个鲜为人知的秘密。

珠儿话音落下，武则天大怒，令赵公公亲自上婉儿的采微苑搜查。

原来珠儿说，上个月的一天晚上，她经过婉儿寝苑，看见院子里冒出烟来，当时她怕发生火灾，就想进去瞧瞧，正好院门虚掩着，所以她径直走了进去，结果她看见郑氏在为亡夫烧冥钱。她一边烧一边哭，完了好像还说，

"你们安息吧，婉儿会为你们报仇的，我们一家人很快就会团聚的"。当时奴才也隔得有些远，一怕没听清楚错怪了人，二怕天后护着婉儿，到时候珠儿里外不是人，所以就掖着没敢说。

赵公公很快就从婉儿的采微苑搜出了上官仪父子的灵牌，最要命的是搜出了附子。

珠儿非常得意，拿着搜到的证据递给武则天。武则天见了大怒道："将郑氏一并打入死牢。"

婉儿身陷囹圄，又见连累了母亲，心中万分不安。她抚摸着母亲的白发说："女儿又连累母亲了。"

"有婉儿陪在母亲身边，在哪都是幸福的，又何来连累呢?"郑氏微笑着对女儿说。

"娘，女儿与珠儿无冤无仇，她为什么要设计陷害我?"婉儿十分不解地问母亲。

"你觉得珠儿有那么大的胆吗? 即使有她的动机又何在?"郑氏幽幽说。

"难不成珠儿受人指使? 如果是这样，徐婕妤嫌疑最大，她一直视女儿为眼中钉。"婉儿说。

"也许，再或是天后贼喊捉贼。"郑氏有种预感，是武则天自己编排的一场好戏。

"不会吧? 天后为何要这么做?"婉儿惊诧更无法相信。

"答案在她心里，这便是武则天，是宫闱的可怕。"郑氏哀叹道。

"不，婉儿不信是天后。"婉儿不赞成母亲的分析，更不愿相信。

"明日提审一试便知。"许久后郑氏说。

"如何试?"婉儿问。

郑氏正欲说，一狱卒走来。

狱卒径直停在关押婉儿母女那间，然后从身上取下一大串铜质钥匙。铜质钥匙彼此碰撞发出金属声音，狱卒从中挑了一把塞进锁孔，只听得吧嗒一声响锁开了，紧接着狱卒喊道。

"上官婉儿出来。"

婉儿站起，与母亲对视，而后朝牢门走去。郑氏拉着婉儿的手追到牢门口，直到被狱卒推了回去。

"婉儿……"郑氏又扑过去，狱卒正锁门。

"娘，放心吧！"婉儿一边被狱卒推搡着，一边扭头安慰母亲。

"婉儿……"郑氏哭着，心揪成一团。

婉儿的身影越走越远，郑氏突然歇斯底里地喊："婉儿是冤枉的，婉儿是冤枉的……"直到嗓子喊出了血也无人理会。

三

婉儿被押进后宫审讯室。

赵公公脸色幽暗，目光狠毒，完全不是往日里那副憨态。

后宫的审讯室不亚于公堂，其实就是后宫的刑部。大堂设有案台，大堂两边各排列五名太监，各人手执一条木棒，他们面部均无表情，活像执行命令的木偶人。

"赵公公，婉儿冤枉！请公公明察！"婉儿一见赵公公就喊冤。

而赵公公却把惊堂木一拍，而后厉声喝道："人证物证俱在，冤从何来？"

"赵公公，您是了解婉儿的，天后待婉儿恩重如山，婉儿感激不尽，又怎会谋害天后呢？"婉儿向赵公公陈述。

"咱家只知你聪明，其他的一概不知，若识相就早早地招了，免受皮肉之苦！"赵公公仿佛从来不认识婉儿一样，完全变了一副面孔。

"即使受刑，婉儿亦无招，婉儿受恩于天后，只想报答，绝无谋害之心！恳请赵公公明察！"婉儿坚持道。

"你有谋害的理由，天后与你有杀父之仇！你是在报杀父之仇，是也不是？"赵公公又一下惊堂木拍在案桌上。

"不是，婉儿从未想过要报仇。"婉儿说。

"那么这是什么？"赵公公把上官仪上官庭芝的灵位砸在地上。

"证据确凿！你还怎么抵赖？就凭你们私藏罪犯灵位就是死罪！"赵公公大声呵斥。

"这是有人栽赃，我和我娘也从未弄过这些东西！请公公明察！"婉儿依然镇定道。

"你一口一个明察，当咱家是瞎子傻子吗？你仔细瞧好了，你的笔迹出卖了你，什么叫百密一疏知道吗？"赵公公把两块灵位牌递到婉儿眼珠子底下让婉儿辨认笔迹。

婉儿仔细看了，不觉倒吸一口冷气，这字迹还真是极像自己的。

"无话可说了吧？"赵公公有些得意。

"公公又怎知不是处心积虑的人模仿的呢？"婉儿恢复镇定反问道。

"哼！果然是煮熟的鸭子嘴硬，不用刑你是不会认罪的。"赵公公似乎失去了耐心。

赵公公重新回到案台，然后拿起惊堂木猛地一拍喝道："用刑。"

两边候着的公公立刻拿了刑具将婉儿的双手套住准备上枷刑，待两个太监把婉儿的双手套进枷时，赵公公再问：

"招与不招？"

"婉儿冤枉，请赵公公明察！"婉儿依然喊冤道。

"好，看是你的嘴硬还是我的刑具硬！"赵公公说着举起惊堂木高高地拍下且大喝一声。

"用刑！"

赵公公一声喝，两名行刑太监便立刻对拉枷的两端绳子，婉儿的手指顷刻被坚硬的木夹夹得疼痛难忍。

"招不招？"赵公公又是一下惊堂木。

婉儿喘着粗气，额头豆大的汗珠滚落下来，才这么一回，婉儿就疼得头发湿透，面色铁青，说话的声音也没了亮度。

"婉儿冤枉！"婉儿盯着赵公公，眼里升腾了一丝愤怒。

"不招是吧？上刑！"赵公公又是一下惊堂木。两个施刑太监立刻在手上加了一把劲，婉儿旋即疼得连声惨叫直到晕过去。

"咱家再问你一次，招不招？"赵公公见奄奄一息的婉儿再问道。

"回公公，婉儿冤枉！誓死难招！"婉儿流着泪，但抱定一死也不能认下这莫须有的罪名。

"这就怪不得咱家了……"

赵公公摆摆手正要再动刑时，却被突然闯进来的人打断。

"天后口谕,不得用刑。"来人是杨都尉杨嘉本,婉儿的表叔。

"是,遵命。娘娘千岁千岁千千岁!"赵公公慌忙跪拜接旨,且立刻变了一副嘴脸。

杨都尉杨嘉本看了一眼从头发到身子仿佛被水淋湿了一样的婉儿,心痛得差点掉泪。

"赵公公,酷刑逼供,逼死了人就不怕吃不了兜着走?"杨都尉狠狠地瞪一眼赵公公,而后离去。

杨都尉走后,赵公公犯难了。且不说自己下不来台,只是这不用刑,婉儿不肯招,审不出案子天后那儿又无法交差,咋办?

赵公公左右为难,一个瘦猴脸的太监见赵公公为难眼珠子便滴溜溜地转,像是在斟酌衡量什么,而后上前献策。

赵公公一听嘴角露出了笑。

"小时候我爹一出门,我后娘就用这个法子折磨我,身子不留半点伤痕,我告状爹也不信。"瘦猴脸太监见赵公公笑了很是得意。

原来瘦猴脸太监建议给婉儿上烤刑,大热天的让婉儿烤火,既不是酷刑又不留痕迹。

"大胆,公公这是要抗旨吗?"婉儿见取来铜烙便大声怒斥。

"老奴不敢,就是借十个脑袋给老奴,老奴也不敢抗旨!老奴只是怕婉儿才人给冻着了,给生个炭盆暖和暖和。"赵公公阴阳怪气道。

这大热天的,生炭盆绝不是为了取暖,可婉儿一点办法也没有。很快,在一个不到三平方米的屋子里生起了炭火,婉儿被带进去,太监们轮班在里边看守,每班次不过十分钟,可每个人出来都大汗淋漓浑身湿透。

婉儿浑身湿透跟水里捞出来一般,头发尾端滴着汗水。

第四个轮到瘦猴脸太监,他看着婉儿的嘴唇干得裂成一道道干皮,随便触一下就能流出血来。

"渴吧!招了就不用受这份罪。瞧瞧,水就在你身边。"瘦猴脸太监说着把屋子里的一桶清水提到婉儿眼皮子底下。

婉儿喘着微弱的气息,连看也没看他提过来的水。那瘦猴脸太监似乎不甘心,又拿起勺舀了满满一勺然后自己咕嘟咕嘟大口大口地喝起来,还有意放大吞咽水发出来的声音。

婉儿没有看，但她的喉管蠕动着咽了一口唾液，可哪里还有唾液咽？浑身的水分早已被蒸发，她只感喉管干干的被东西扯住一样生疼得要冒火。

"就不信你能挺过渴！"瘦猴脸太监换班时狠狠地瞪婉儿。

第六个轮到陈公公。

婉儿依然没有睁眼，她打定以死洗冤。

"哎呀这水真甜呀……"陈公公把水舀起来又高高地倒进桶里，水便发出哗啦啦的声响，又不停地说着诱惑的话。

婉儿依然一动不动，连看都不看一眼。陈公公也不知是心善，还是别有目的，他突然舀一瓢水递到婉儿嘴边，压低声音说"快喝"。一边又高声劝招供。婉儿张开嘴贪婪地咕嘟咕嘟就喝，可喝到第三口，由于喝得太急又太大口，给呛了。

婉儿呛得直咳嗽，这可把陈公公给害苦了。

赵公公进去一看，婉儿嘴边滴着水痕，脚尖处湿了一小块，他立马明白发生了什么。

"把他捆了乱棍打死！"赵公公大怒。

"饶命啊，奴才这都是为大人好啊！奴才看她快不行了，怕她万一死了您老要担下抗旨的罪名呀。"陈公公连滚带爬哭着求饶。

"不能相信他的诡辩，此人留不得。"瘦猴脸太监立刻跳出来说。

"你出的烂招，现在骑虎难下，岂不是害了赵大人？"陈公公反唇相讥，他要把火烧向瘦猴脸。

赵公公想想也对，他不由得怒目看向瘦猴脸太监。

"胡说，若不是你从中作梗，恐怕此时她已招了。我看是你心怀鬼胎，企图更换门庭吧？"瘦猴脸太监也不是吃素的，他一针见血戳破陈公公的小九九。

陈公公确实有这点小九九，不觉心神慌乱，但很快就镇定了。

"你血口喷人！我是为赵大人着想，你明明知道天后有旨不得用刑，你还撺掇大人变着法用刑，我看是你别有用心，害人不露痕迹！"陈公公再次反击。

"都别吵了！容咱家想想。"赵公公好像一时间分不清谁是谁非。

"大人，此人巧舌如簧，心机深重，留不得。"瘦猴脸太监附着赵公公耳根说。

赵公公喝退他，眼珠子在每个太监的脸上溜了一圈，最后决定把陈公公交由瘦猴脸太监处置。

瘦猴脸太监很是得意，他吩咐把陈公公捆绑到铜柱上去，婉儿一看这陈公公还能活命吗？"不行，我不能让他因我而死，我得救他。"

"放开他，是我愿意招他才给水喝的。"婉儿突然说。

"你愿意招了？"赵公公两眼发亮。

"本来是骗他的，可现在想想他与我无冤无仇，何必拖他垫棺材。"婉儿叹口气说，说得像是真的一样。

"可我要当着天后的面招，不然即使招了也要反悔。"婉儿说。

赵公公心想这个条件对自己有利无害，一来省的得罪陛下，毕竟是陛下的才人，二来不用担心婉儿悔供，于是不假思索满口答应。

第二十九章　生死面前不屈节
狄公断案洗冤屈

一

婉儿与母亲郑氏不谋而合，在百口难辩时想到同一个人，那便是狄仁杰。

狄仁杰，字怀英，并州晋阳人，明经及第，初出任汴州判佐并州法曹。仪凤初年（676）升大理寺丞。任大理丞一年中判决了大量的积压案件，涉及1.7万人，却无一冤诉者，一时声名大振，成为朝野百姓推崇的断案如神的好官。

婉儿冷静思考一番后，把昭雪鸣冤的一线希望寄托于狄仁杰。可没有陛下或武则天的旨意，谁也不敢擅自做主把自己交由大理寺狄仁杰审，这才有了婉儿诈招求见武则天之举。

"婉儿，听说你要当本宫的面才肯招？"武则天见了婉儿说。

"婉儿无招，婉儿只是想在死前见一面天后。"婉儿从容道。

"大胆，你这是欺君之罪！"武则天怒。

"对一个将死之人来说，多一宗罪名又如何！"婉儿抬起头，嘴角露出一丝冷笑，目光中对武则天充满蔑视。

武则天倒吸一口气，迅速避开她直视的目光。

须臾，武则天走下案台，缓缓来到婉儿面前，见她嘴唇干裂，面色苍白，一夜间就憔悴得没有了人样，瞬间心底的那块柔软被触动。

武则天潮湿了眼眶，亲手解开她的镣铐，而后用手梳理着她凌乱的发丝。

"说吧，本宫能为你做什么？"武则天轻声说。

婉儿仰起脸，良久地注视着武则天，婉儿从武则天的眼里看到了歉意。

"移交大理寺可以吗？"婉儿轻轻嚅动嘴唇，眼眶潮湿。

武则天轻轻擦去婉儿脸颊的泪水，心底的柔软被彻底激发。

"行！移交大理寺！"武则天满口答应。

"传本宫口谕，不得用刑，不得虐待！"武则天丢下话起驾回宫。

二

狄仁杰连夜仔细阅读了卷宗，他认定婉儿和珠儿，必定有一个说谎，说谎的那个就是下毒之人。但是她们俩谁都振振有词，而且又都无旁证。这样一来对婉儿十分不利，因为羹是婉儿亲手熬的，又是婉儿亲手端给武则天喝的。

案件的难处是没有第三人在场，所以取证这条路走不通，于是狄仁杰把视线放在毒药的来源上。

狄仁杰把所有太医叫去询问，看看最近谁开过附子。查下来的结果有三人抓过附子药方，倪妃、徐婕妤，还有张尚宫。其中徐婕妤和张尚宫有痼疾常年喝附子汤，倪妃是最近才喝的附子汤。

这样一来案情的线索又指向了婉儿，因为倪妃与婉儿走得近而且是忘年之交，她完全有理由成为婉儿的帮凶。可经验和直觉告诉狄仁杰，明晃晃的嫌疑最有可能不是嫌疑。

狄仁杰重新提审婉儿和珠儿，希望通过提审抓住一些蛛丝马迹。

婉儿的口供与之前的一样，珠儿的口供也与之前的一字不差。狄仁杰感到犯难，自己破案无数，成年积案难案冤案也不知破了多少，却没想到被一个看似简单的小案子给难住了。

三天过去了，一点新线索也没有，案子仿佛进入一个死局。而武则天又逼得紧，没有婉儿的日子武则天已经不习惯，她要狄仁杰尽快破案。

早朝，众大臣纷纷散去了，武则天唤住狄仁杰。

"狄爱卿，案子进展得如何？"

"回天后，还没有进展，惭愧至极！"狄仁杰说。

"不至于吧？婉儿和珠儿之间必定有一个，不过朕相信婉儿！"一旁的李治皇帝说。

"陛下言之有理，婉儿要谋害天后不会用这么笨拙的手法，她与天后朝夕相处，有的是机会。"狄仁杰说。

"可如果是珠儿，她动机何在？即使除掉婉儿，她也坐不了婉儿那把交椅。"狄仁杰接着说。

"这样说来两个人都不可能，尤其是珠儿，她人本分乖巧，又有过人的听力，原本是徐婕好的宫婢，本宫喜欢她，所以夺人所爱要过来的！"武则天仿佛是漫不经心说出珠儿的老主子。

然皇帝和狄仁杰都听出了弦外之音，尤其是李治，他甚至嗅到了又一个妃子的死亡气息。

狄仁杰略有所思，武则天是在提醒自己漏了一个重要环节，那便是珠儿的前主子徐婕好。武则天若被毒死，徐婕好最有可能成为皇后，而且还是一箭双雕。经验告诉狄仁杰，得利者嫌疑也！

从利益最大来推断，徐婕好很可能是幕后真凶，也是破案的关键。狄仁杰一路梳理案情脉络不觉就回到了大理寺。

现在所有的疑点都指向了徐婕好，然徐婕好不是你想提审就可以提审的，没有确凿证据和皇帝的旨意谁也不敢提审。

狄仁杰再一次感到棘手犯难。

三

李治用过晚膳依旧留在武则天寝宫。李治已好一段时间不陪在武则天身边了，自从他把朝廷大小事务都交由武则天打理后，他就开始了风花雪月歌舞升平的生活，他迷恋徐婕好的歌舞，有时候几天都不回武则天寝宫，甚至不上朝。

"怎么，本宫今天身上有糖？黏着陛下了？"武则天有些嘲讽道。

"是啊，媚娘的糖甜着，以后朕都不走了。"李治一语双关。

"那怎么行，辜负了逍遥宫的美人，岂不是本宫的罪过！"武则天明晃晃指向了徐婕好。

逍遥宫是徐婕好歌舞赏乐的地方，李治亲笔赐的逍遥宫。

"媚娘，放过她吧，朕不过是无聊，到她那透透气而已。"李治干脆挑明了说。

"放过她，可她能放过本宫吗？她指使珠儿下毒……"武则天突然打住话，仿佛突然没了底气。

"朕保证，如果她敢对媚娘下毒，朕就让她万箭穿心而死！"李治无奈地发誓，希望能让武则天放心。

可武则天不这么想，她已经有过一次教训，别看现在自己朝里朝外大权独揽，可只要皇帝一旨废后，瞬间就可以把自己打入十八层地狱，她不能掉以轻心。

"有道是王子犯法与庶民同罪，陛下不应该袒护真凶。"武则天不肯罢手。

"那就让朕万箭穿心，这样媚娘总可以放心了吧！"李治恼怒但又很无奈。

武则天难得看李治发这么大的火，她怔了一会儿，态度软了下来。

"陛下，媚娘是怕啊！媚娘整天忙于朝政，无暇顾及小人，保不准哪天媚娘就死于小人之手……"武则天一边翻晒自己的贡献一边泪水吧嗒吧嗒地落。

李治已经看惯了武则天的伎俩，知道她这是鳄鱼的眼泪，心想，谁能杀得了她武媚娘，只有她杀别人，包括韩国夫人和魏国夫人。

想到韩国夫人尤其是魏国夫人，李治不觉哀哀地叹气。

"媚娘别说了，都是朕不好，是朕欠媚娘的，这不争气的身子骨连累了媚娘，早知会连累媚娘，就不该千辛万苦把媚娘从感业寺接回宫，省得有今日之埋怨！"

李治有意提及感业寺，毫无疑问是在告诉武则天你该知足了，不该抱怨，没我李治你就得老死感业寺。

武则天一听，这不是在骂我武则天忘恩负义吗？她想反唇相讥，但看皇帝怒色极盛，心想还是服个软，可不知怎的却心口不一。

"这么说是我武媚娘人心不足蛇吞象了，媚娘向陛下请罪，媚娘罪该万死！媚娘从明天起把一切还给陛下再回感业寺面壁思过就是！"武则天说着还"扑通"一声跪下，把个李治气得当即患风旋病。

李治只觉一阵邪气从丹田眨眼工夫就旋到头顶，接着就像有一千枚钉子在锥他的头，他只感头痛欲裂，一个跟跄栽倒不省人事。

"快传太医……"武则天惊呼。

数十枚银针扎下，李治幽幽醒来，但他不说一句话，甚至不愿意睁眼。武则天明白皇帝这是不愿意看到自己，他还在生自己的气。

"陛下，媚娘知错了……"夜里武则天握着李治的手说。

李治依然一语不发，只管闭着眼。

"陛下，你别这样好吗？媚娘真心知错了！"武则天把李治的手贴着自己的脸颊。

李治还是一语不发，只管闭着眼。他无法判断武则天的话是真是假，他更无力去对抗，他能做的就是沉默。

"如果可以，媚娘愿意减十年寿给陛下，只要陛下开开心心健健康康媚娘就知足了！"武则天忽然一把鼻涕一把泪起来。

"媚娘知道陛下的好，是媚娘欠陛下的……"武则天泣不成声。

李治睁开眼，但依然没说话，只是伸出手臂挽了一把武则天。

"陛下，原谅媚娘好吗？"武则天趁势偎依着李治。

李治叹一声又闭紧眼，不言不语。

"对了，珠儿畏罪自杀了，原来这一切都是珠儿妒忌婉儿弄出来的……"武则天说。

且瞟了一眼李治，心想你该满意了，本宫牺牲珠儿放过徐婕妤还不行么。

李治又叹了一声，这一声包含多少意味，他知道珠儿是无辜的，但毕竟武则天放了徐婕妤，说明她真心悔过也就算了。

"知人知面不知心，想不到珠儿却是如此歹毒！"李治终于说话了，但却是一句违心的话。

"那婉儿呢?"李治问。

"她受了委屈,明日本宫亲自去接她。"武则天说。

"不追究私设灵位的事了?"李治再问。

"据查也是奸人陷害,字迹是模仿的。"武则天说,但看到李治如此关心婉儿,难免又泛着醋意,

"从今往后,朕一步也不离开媚娘!"良久,李治说。

李治不想更多的无辜因武则天吃醋而死,尤其是婉儿,自己已经对不起她的爷爷上官仪,绝不能再让婉儿遭不测。

翌日,武则天来到大理寺接婉儿,狄仁杰不提案子,更不提珠儿,武则天看狄仁杰神色,知他定是破了案子。

婉儿亦不提案子,珠儿的死已经揭了谜底,是武则天为了除掉徐婕好精心设的一个局,只是婉儿不明白为什么武则天会突然罢手放过徐婕好,她哪里知道是皇帝的力保,徐婕好才逃过一劫。

第三十章 雪上加霜鬼门关
恶病缠身获溪儿

一

婉儿母女回到采微苑，相视无言，虽说是昭雪平反但却高兴不起来。郑氏高兴不起来，是因为她无法预测婉儿今后还要遭什么罪，婉儿高兴不起来，是她看清了武则天。武则天半点容不下异己，且心狠手辣，活生生的一个珠儿被利用完了就这么死了，而且死后还背着畏罪自杀的罪名。想到这，婉儿突然为李贤太子捏把汗，武则天完全不看好李贤，李贤与武则天的关系越来越僵，她会不会……婉儿打了个寒战，不敢再往下想。

"早些歇息吧。"郑氏说。

"嗯，母亲您先睡吧，我看一会儿书。"婉儿说。

婉儿心情平静不下来，她试图通过看书来平复心情，可没看几行，就感精力不支，接着迷迷糊糊做了个梦，梦见自己站在水塘中央看母亲刷马桶，塘水越来越冰，天空又飘起了大雪，婉儿冷得直哆嗦，忽然河流全结冰了，婉儿的双腿被冻住不能动弹……

"娘，救我，娘，娘……"婉儿使劲地挣扎。

"做噩梦了吧?"郑氏迷迷糊糊听见婉儿呼喊，醒来一听果然是女儿在喊什么。

"娘，我冷，我梦见自己被冰河冻住了。"醒来的婉儿对母亲和盘托出梦境。

郑氏听婉儿说冷便拿了一床被子给婉儿盖上，可是婉儿还是叫冷。郑氏觉得不正常，这大热天的哪里会冷呢？便往婉儿的额头摸去，这一摸，郑氏吓了一跳。

额头跟火烧一样烫！

郑氏连忙拿来湿毛巾搁在婉儿额头，可婉儿又喊冷，冷得浑身筛糠一样。

郑氏惊！莫不是染上疟疾？这些日子宫里正闹疟疾，还死了人。郑氏打一个冷战，不敢往下想。

婉儿因受烤刑，身子在短时间里剧热剧冷，还真引发了疟疾。

"这可如何是好？"郑氏把所有的被子都盖在婉儿身上，婉儿还是冷得直筛糠。

这是典型的疟疾症状，郑氏颓然跌坐，禁不住泪如雨下。

"没事的，娘，天亮就好了。"婉儿安慰着母亲。

郑氏不语，偷偷地抹泪。郑氏很清楚得了疟疾是九死一生。民间流传着这样的顺口溜：天花半成生，疟疾凭天定。出天花尚且有五成生，而疟疾却无药可治，全凭天定。

郑氏已然没有了睡意，她面朝木窗，双手合掌，心中默念："庭芝，老爷，太太，你们若是泉下有知，救救苦命的婉儿吧，她太可怜了……"

折腾到天明，婉儿出了一身汗，烧也退了。只是第二天的同一时间段再次发作，同样是又热又冷，此后每天在固定的时间点反复发作。

婉儿无疑是得了疟疾。

武则天得知婉儿患疟疾便让自己的太医去为婉儿诊治，且多次亲自去探望婉儿。

"婉儿，给本宫听好了，本宫不让你死，你就不可以死，知道吗？"武则天看着枯瘦如柴的婉儿忽然大声喝道。

"婉儿遵旨！"这一刻，婉儿难免感动得热泪盈眶。

"站起来！"武则天再喝道。

"走，上紫宸殿去，那里有一堆的奏章等着你处理！"

武则天话音落下，在场的人都愣了，一时间搞不清楚是武则天病了还是自己的耳朵听错了。

婉儿怔怔地看了一会儿武则天，而后伏地泣道：

"疟疾染也！恕婉儿万死不能从命！天后亦不可再来，请求天后速速回宫吧！"

"赵公公，难道你老糊涂了吗？怎能让天后来此不祥之地！"婉儿呵斥赵公公。

婉儿话音落下，在场的公公太医宫女哗啦啦一片跪下请求武则天速速离开，但武则天就是不走。

"尔等平身吧！小小疟疾安敢欺身本宫！还是孩童时，袁天罡就给本宫相过，寿过八十有余，若过此坎便可与彭祖齐寿。"武则天十分自信，搞得大家都无话可说。

"上官婉儿，本宫令汝三日内疾去病休，否则就是欺君之罪，株连！"这是武则天走时丢下的话。

武则天话音落下，几乎所有人都认为武则天太不近人情，包括李治也埋怨武则天，唯有婉儿明白武则天是激将法，她要激发婉儿活下去的意志，希望婉儿以意志来战胜病魔。

二

天色慢慢暗下来，郑氏一边熬药一边垂泪，婉儿的病没有任何好转的迹象，武则天的三天期限已经过去两天。这个疯女人她真是疯到极点了，瘴疟焉能听命于她？不过郑氏倒是希望这回她是圣旨口。

婉儿撑起瘦弱的身子，随手翻开床头的一本医书《素问·疟论》。该书曰：疟气藏于皮肤之内，肠胃之外，此营气之所舍也。又曰外邪得以人而疟之，每伏藏于半表半里，人而与阴争则寒，出而与阳争则热，与卫气相集则引起发病，与卫气相离则病休。

与卫气相离则病休。那么卫气指的何物？婉儿想不明白便问母亲郑氏，郑氏也摇头表示不明白。

"明日等太医来了问问太医吧。"郑氏说。

婉儿轻轻叹了一下，心想太医若是明白，早就有办法对付了。

"喝了药汤早些歇息吧。"郑氏端来熬好的药汤。

婉儿看了看药汤，忽然推开。"不喝了，喝了这些天一点不见好。"

"有喝总比没喝好！也许药效需一些时间呢。"郑氏劝道。

"也许天后说得对，你越怕它它便越发嚣张。"婉儿说。

"拿琴来，女儿有好一段时间没抚琴了！今夜女儿要彻夜抚琴！"婉儿似心血来潮一样。

"先喝了这汤药吧。"郑氏命令的口吻。

"娘，就让女儿任性一回吧，从小到大女儿从不敢任性……"婉儿含着泪花恳求母亲。那眼中的泪仿佛在说反正我都要死了，在死前就让我任性一回吧。

郑氏无语只得默默取来琴，在院落里摆好。

婉儿一门心思在抚琴，月亮不经意从云朵里穿出来，像探头探脑偷听曲子的姑娘们，一会儿又四散开去，把月色撒落一地。婉儿沐浴着银色的月光，心潮澎湃，往事历历在目，尤其想起了李贤太子，想起与他在月光下幽会，想起与他赛马奔驰，想起与他在梅园寻第一枝怒放的梅花……

一股股从未有过的澎湃激情，如潮水般涌向婉儿心头，只听得琴声毫无章法，忽而高山流水，忽而高亢激扬，忽而溪水涓涓，忽而雨打竹叶……

婉儿正如痴如醉时，郑氏突然听到敲门声。

"何人?"郑氏小心翼翼地走到院门前。

"夫人，婉儿姐姐，快开门呀!"

一个稚嫩的女孩声音从门外传来。郑氏一把拉开门闩，眼前的情景令她目瞪口呆。

一个似曾相识的女孩黯然立在郑氏眼前。"香芸?"郑氏喃喃道。

"香芸是我娘，我叫溪儿。"姑娘怯生生说。

"姑娘您说什么? 香芸是你娘?"郑氏不敢相信自己的耳朵。

"是的，溪儿可找到夫人了，请受溪儿一拜!"溪儿说着就要跪下给郑氏行礼。

郑氏一把拉住，且把她拉进院子问长问短。

"快告诉我，你娘好吗? 她嫁了什么样人家，你又怎么会来到这里? ……"郑氏噙着泪花一股脑儿问了一连串的问题。

"我娘她生下我就死了，她临死前留下遗言，要我长大后进宫找到夫人，替她照顾夫人和婉儿姐姐……"溪儿低声细语说道。

溪儿接着和盘托出香芸那日离开长安后的遭遇。

香芸何许人？香芸乃郑钰瑶陪嫁丫鬟。香芸八岁就卖到郑氏家，但郑钰瑶从不把香芸当丫鬟看，她们形影相随，亲如姐妹。

原来，那天郑崇素把香芸送上马车，不想马夫起了歹心，将香芸绑上山逼婚，当晚遭到强暴后怀上溪儿。香芸几经伺机逃跑均未成功，无奈之下生下了溪儿。香芸由于日夜思念担心夫人，日日以泪洗面，造成临盆气血两亏血崩而亡。

"唉，当年我爹哄你娘回家就是要她嫁个好人家好好过日子，没想到反倒害了她……"郑氏泣不成声。

"那你爹呢？他怎肯让你进宫？"婉儿用柚子皮捂着口鼻问，生怕疟疾传染给溪儿。

"我娘死后我爹天天骂自己是畜生，还在我娘坟头挖了一个坑，说等我奶奶死了我也去宫里了，他就把自己活埋了以此来谢罪。"

"奶奶去世后爹爹就把我送进宫里，要我来找你们，我进宫已一年多了，我想爹爹多半是活埋了自己……"溪儿喉管哽哽地说不下去，眼眶的泪水大滴大滴地落在地上。

"你爹对你很好是吗？"郑氏看出来溪儿对父亲的感情很深。

"嗯，爹虽然做错了事，但他是世上最好的爹！"溪儿提及父亲几乎要哭出声来。

"孩子，以后我就是你的亲娘，婉婉是你的亲姐姐，我们是一家人。"郑氏紧紧搂住溪儿。

"溪儿妹妹，你如今在哪个宫，为何一年多到现在才来找我们？"婉儿待她们心情略略平复后问道。

"我在浣衣局，刚来的时候看皇宫实在太大，怕走丢了，再加上那里的姑姑管得严，我怕违反宫规不敢乱走也不敢随便打听。"溪儿解释道。

"你现在是偷跑出来的吗？"郑氏的心立刻悬了起来。

"是的，所有的人都害怕洗姐姐的衣服，说姐姐得了疟疾，我就顾不得那么多了。"

"好妹妹，姐姐这些日子的衣服都是你洗的？"婉儿投以深情的目光。

"是的，我还在姐姐衣袋里放了青蒿还有辣椒花茄子花。"

"是有这么回事，我还以为是哪个恶作剧呢。"郑氏说。

"溪儿，若你早些时候来找到姐姐该多好！"婉儿忧伤地望住溪儿。心想现在姐姐怕是照顾不了你了！

溪儿似乎明白婉儿的目光，她不慌不忙从兜里掏出一包东西说：

"姐姐不怕的，我小时候也得过疟疾，我爹爹访得民间偏方，用青蒿加七朵辣椒花七朵胡椒花和七朵茄子花，再以黑母鸡一只，文火煎，只需一帖就能好。"溪儿露着笑。

"原来妹妹冒死前来全是为了姐姐？！"婉儿感动不已，心中暗道，就是为了溪儿，也一定得好起来。

说来也奇怪，不知是喝了溪儿的偏方还是因为婉儿内心升腾起强烈的活下去的欲望，再或许是多日药效的作用，婉儿的疟疾在武则天规定的期限内奇迹般地好了。

婉儿痊愈的第一件事就是恳请武则天把溪儿赐给她。

第三十一章 崇俨遇刺玄机深
婉儿含泪吐真言

一

调露元年（679）五月初四，李治皇帝和武则天正在早膳，赵公公跌跌撞撞跑来报告，说明崇俨昨夜被杀。李治与武则天皆大惊而后便是大怒，武则天下令一定要查个水落石出。

明崇俨何许人？他的死又为何使李治和武则天大动肝火？

明崇俨，洛州偃师人。幼年甚喜召神驱鬼之术，随父任安喜令期间，拜父手下小吏偷偷学得几手邪术。乾封初，他授黄安县丞时，致刺史病笃女方殊物，其疾果然愈。之后他声名鹊起，且传到李治那。李治是个病秧子，听说有如此奇人，便召进宫，一番交谈下来李治大赏，擢冀王府文学。仪凤二年（677），累迁正谏大夫，特令入阁供奉。

明崇俨尝到邪术的甜头，每见帝，总借鬼神说事。也不知是他活腻了，还是另有其因，他居然总爱掺和皇家之事。他把矛头直指当今太子李贤，说李贤太子没有皇帝相，李显方额阔耳方为帝相。李贤太子本来就看明崇俨以鬼神蛊惑人不顺眼，现又得知他在父皇母后面前说自己没帝相，气得发誓一定要杀了他。

五月初三，东都洛阳虽然满城牡丹花香，多少游人陶醉，但东宫太子李贤却磨刀霍霍，他与近侍赵道生谋划好今夜动手行刺明崇俨。

这天，明崇俨陪皇帝皇后赏完牡丹花，散了晚宴，带着七分酒气八分醉意，一路飘飘然策马回到自己的官邸。

他的庭院亦是一番繁花似锦，牡丹花香、假山桥栏、水榭楼台；穿过拱门，是一条用金色石子铺就的路，在夜的灯光下闪着金色的光，仿佛一条金光大道。明崇俨不觉心神更加飘忽起来，他迷糊间见一雍容华贵的女子朝他走来，女子的面容有些模糊，似武则天又不似，女子不言不语，长久地凝视他，明崇俨正想膜拜时，忽听得那女子说：

"请君听我一曲。"

女子说完便犹抱琵琶半遮面地唱道：

> 卜得上峡日，秋天风浪多。
>
> 江陵一夜雨，肠断木兰歌。

肠断木兰歌？明崇俨记得师傅曾对他说过，他属金，木克金，这"肠断木兰歌"可是不祥。

不好也！明崇俨一声喊惊得酒醒了一半。他定睛看那女子，白白净净、婀娜多姿，还一个劲地朝他搔首弄姿，不由得又松了一口气，可立刻又觉着有些不对劲，院子里似乎太静了，静得出乎寻常，他正要喊家奴时，却听得那女子问道：

"酒醒了么！"

明崇俨没搭理，晃晃悠悠地傻笑。

可那女子接着又说："听说你能掐会算，通晓五百年前，预知五百年后，只是不知你可有算到明年的今日是你的祭日？"

明崇俨一听，一边打一个酒嗝一边大惊失色，酒也全醒了。他二话没说抓起什么东西就朝说话人砸过去，说时迟那时快，那人一个箭步上前，只见一道寒光一起一落，明崇俨没来得及哼一声便一命呜呼了。

明崇俨遇刺，皇帝和武则天既震惊又震怒。武则天下令挖地三尺揪出凶手，她要将凶手碎尸万段五马分尸。可十天过去了，一丁点凶手的蛛丝马迹都没有，倒是宫里开始传言，说明崇俨假借鬼神大肆敛财，冒犯了鬼神被恶鬼索去了，有的还绘声绘色如亲眼见了一般。

"婉儿，你信明崇俨是被恶鬼索去的吗？"那日武则天突然问婉儿。

"婉儿——有些信吧。"婉儿犹豫后说着违心的话。

"本宫不信！这不是婉儿的真心话。"武则天说。

"杀他的人定是恨他的人。"武则天又说。

婉儿一惊，这话指的不就是太子吗？明崇俨说太子没有帝相，最恨明崇俨的人莫过于太子。

"天后英明！"婉儿一时不知该怎么回答。

"婉儿，你说这宫里谁最恨明崇俨？"武则天步步紧逼。

"人命关天，奴婢不敢胡加揣测。"婉儿居然拒绝回答。

"这不是你的真心话，本宫看得出，其实你心里和本宫一样明白，谁最恨明崇俨，而且也只有他有这个胆量和魄力。"武则天就差没说出李贤两个字了。

婉儿有些措手不及，但自己绝不能捅破那层纸，婉儿只能装糊涂死扛到底。

"回天后，是婉儿的心里话，人命关天，婉儿断不敢凭表象而误谬！"婉儿一语双关，天平明显偏向了太子李贤。

武则天露了一个怪异的笑，而后说："好吧，本宫不逼你。"

武则天说完从案桌上拿起两本书要婉儿给太子送去，一本是《少阳正范》，另一本是《孝子传》。这两本书是北门学士在武则天的授意下特地为李贤太子编撰的。《少阳正范》讲的是如何做太子，《孝子传》顾名思义是教李贤如何做孝子的。

"最近太子越发地不像太子，北门学士刚刚编撰的《少阳正范》和《孝子传》很是适合他看，你送与他吧，就说是本宫说的，让他好好领会！"武则天把书递给婉儿，还特意补上这番话。

二

婉儿远远地就听见东宫传来乐声。

婉儿循声走去，眼前之景让她大惊。太子李贤酩酊大醉歪斜在座席，一手举着杯，一手搂着他的贴身侍奴赵道生，情形极其暧昧，厅中央有七八个歌女且舞且歌。

婉儿惊愕，眼前的这个太子还是从前那个自己深爱的太子吗？从前的李贤文韬武略，英姿勃发，一副十足的男儿英雄气概。他八岁便能领会"贤贤易色"，十六岁编撰了《后汉》书注解。诗词歌赋无所不能，深受大臣的好评，也颇得皇帝的喜爱。李治不止一次地在司空大人李勣面前夸李贤能文能武，像他爷爷唐太宗，比自己强。怎么转眼变成这样了？这是一个多么危险的信号！纵观历史，凡太子得劣名者无一幸免被废，远的不说，近的就有李承乾因恶名被废，前车之鉴就在眼前，何况武则天一直看他不顺眼，太子难道不明白？

"你们怎么可以让太子醉成这样？"婉儿上前呵斥赵道生。

已八分醉意的太子李贤，只觉朦胧中多了一个舞女，只是那舞女不舞也不歌，凶巴巴地站在自己面前一点不好玩。

"你不舞不歌，那就过来陪本太子喝酒！"李贤上前拉婉儿。

"太子，你醒醒吧！"婉儿一把夺了太子的酒泼了。

"大胆！你敢管教本太子？"李贤大怒，且一把抢过赵道生的酒杯朝婉儿砸过去，幸亏婉儿躲闪得快，才没砸中。

婉儿拾起酒樽，上前恭恭敬敬道："参见太子，天后命婉儿送书来，天后要太子好好领会。"

"婉儿？哪个婉儿？"太子卷着僵硬的舌头问赵道生。

"是婉儿才人。"赵道生回道。

"婉儿才人？哈哈，来得正好，本太子今高兴，明崇俨死了，死得好！来，陪本太子喝一盅。"李贤说着歪歪倒倒地朝婉儿走去。

婉儿气得转身就走，可刚出殿外忽又折了回去。婉儿想起曾经与太子的点点滴滴，想起太子多次救自己于水火之中，如今太子迷失了心智，必须拉他一把。

"你们都退下！"婉儿喝退在场的人。

"你是谁？你敢管教本太子？"李贤梗着红脖子吼道。

"你醒醒吧，都快大祸临头了！"婉儿拿酒泼李贤，李贤被泼得酒醒了一半。

"我问你，明崇俨是不是你杀的？"在只有婉儿和太子两人时婉儿单刀直入。

　　"是又如何，不是又如何？若婉儿想邀功领赏本太子可以成全你，明崇俨就是本太子杀的！"李贤蔑视道。

　　"若是，就重金收买替罪羊，若不是，就不要在这个节骨眼儿上幸灾乐祸，免得当了替罪羊！"婉儿压低声音严肃道。

　　"婉儿才人这是关心本太子吗？"李贤冷笑道。

　　"太子，婉儿连命都不属于自己，何况……婉儿的心从未离开过太子！你别再折磨婉儿了好吗？算婉儿求你了！"婉儿满眼泪水望着李贤。

　　"本太子折磨的是我自己！"李贤亦噙着泪花。

　　"太子，你折磨自己就是折腾婉儿呀！婉儿的心早就和你的心长在了一起！"婉儿含情脉脉又充满哀求的眼神，又一次温暖了李贤。

　　"好！有婉儿的心长在我身体里足矣！"

　　这一刻起，李贤再不恨婉儿。

　　"明崇俨不是我杀的，我是要杀他，可那夜有人先我一步杀了他。"李贤对婉儿和盘托出那夜实情。

　　"如是说，来者不善，太子要格外小心才好！"婉儿深深为太子捏着汗。

　　"婉儿的意思是有人要嫁祸本太子？"李贤倒吸一口凉气。

　　婉儿没有回答，只是忧伤地注视着李贤，而后默默离去。

第三十二章 望炉发愣乱方寸
恨铁难器无言泪

一

这天，天空下着细雨，养心殿那边传来坏消息，李治帝目不能视。武则天从养心殿回来脸色十分难看，且神色焦虑不安。婉儿只道是武则天为陛下的身子担忧。

武则天忽一会儿坐下，忽一会儿站起，再不就不停地在屋子里转圈踱步。

"天后！"婉儿给武则天端上一杯热茶。

"不喝！"武则天挥手打翻了茶，烫得婉儿钻心地疼也不敢叫，可武则天似乎没看见，只管长吁短叹。

"陛下会好起来的!!"婉儿忍着烫伤小声宽慰武则天。

武则天不语，她静静地看着窗外，仿佛在欣赏窗外的雨。好一会儿只听得她冷笑一声，而后转过身高声说："婉儿，笔墨伺候!"

婉儿连忙丢下手中的活儿，小心翼翼地为武则天铺好纸，可当婉儿的目光触及到武则天的目光时不觉打了一个寒颤。

武则天两眼眯成一条线，嘴角微微歪斜漾出一丝阴冷的似笑非笑。这又是哪颗脑袋要搬家了？婉儿心里"咯噔"一下。

婉儿已经谙熟武则天这样的表情，每当武则天这副表情时，必定有人要遭殃，轻者流放重者抄家人头落地。

武则天拿起笔不假思索如同宿构，一口气数落了太子数十条不是，归结起来就是不臣不孝不仁不忠，就差没写他十恶不赦。

婉儿的心揪到了喉口，太子什么都好，就是性情刚烈，受不得半点委屈，太子看了这些怕是又要闹出事来，婉儿深深为太子捏着汗。

"婉儿，你亲自送给太子。"武则天写好吩咐婉儿送去。

"遵命。"婉儿不敢怠慢，小心翼翼焙干墨汁卷起匆匆去到太子东宫。

二

东宫的太子却是另一番景象。他正冒着细雨在骑射场练习骑射，看得出他心情格外舒畅。

太子见婉儿来没有立刻下马，只在马背上给婉儿招呼了一声便继续练习骑射。

太子声音才落下一匹高头大马已经从婉儿身旁呼啸而过，紧接着就见太子拉弓搭箭，再就是嗖嗖嗖与嘭嘭嘭的声音，再接着是一片喝彩声，三支箭射在同一个眼孔里。

太子李贤一脸春风，跳下马鞍来到婉儿跟前。"是父王的圣旨吧？"李贤见婉儿手里拿着一卷圣旨模样的东西兴奋地问道。

"不是，是天后的……"婉儿低沉着声音。

"难道不是要本太子监国吗？"李贤从婉儿的表情判断出事情不妙。

"陛下要你监国？"婉儿惊讶。

"是的，父皇已目不能视，今早本王去请安，父皇亲口对我说的，不日就下旨让我监国，一年后他即退位做太上皇颐养天年。"李贤把今天早安时李治的原话学与婉儿。

难怪……婉儿终于明白了武则天从养心殿回来为什么焦虑不安。她怕太子监国，更怕太子登基，太子登基日就是她失去手中权力之日。

"岂有此理！简直是莫须有的罪名！"这当口太子已阅武则天数落他的罪状。

太子看到最后已被气得浑身发抖。"母后，您给儿臣捏造了这许多罪名，不就是怕儿臣监国夺了您至高无上的权力吗？好！儿臣成全你，从今往后儿臣就醉生梦死，这样你该满意了吧！！！"李贤仰天怒吼，而后一抬手"哗啦"一声把绢纸撕成两半弃于地，又用脚踏了两脚。

"太子不可！"婉儿冲上去阻止但没来得及。

"赵道生，走，陪本太子喝酒去。"李贤说着一把将赵道生抱上马背，自己再一跃上了马背，赵道生在前，太子在后，太子拥住赵道生，做出一副情侣的模样，狂笑而去。

婉儿有些呆若木鸡，这一切似乎都发生得太快，她来不及阻止、来不及暗示太子这是天后的激将陷阱。

婉儿回到紫宸殿，见武则天怒目而坐，婉儿明白武则天已然知道了刚才发生的一切。这宫里武则天的眼线无处不在，眼线是她屡屡取胜的法宝。当年她能打败王皇后，靠的就是对王皇后一举一动了如指掌的信息。麟德元年（664），李治废她不成反被她翻盘与皇帝并称二圣一道临朝，靠得更是情报及时。

"婉儿，你把亲眼见到的如实禀报陛下，不然他又得说我这个母后对贤儿有偏见。"武则天露了一丝窃笑。

婉儿明白，武则天要自己亲口禀报，是为了增强可信度。

婉儿默默无语，但对武则天的佩服又升了一级。直到此时婉儿才明白武则天为何要自己送信，原来等在这儿，婉儿的一句可顶十句，李治会信。婉儿暗暗叹气，自己不过是武则天玩在手心的棋子。

"哼，外强中干！遇事狂躁，此乃帝王大忌也！作为一个帝王得泰山崩于前而不惊，麋鹿兴于左而目不瞬……"武则天情绪亢奋，已没了之前的焦虑，伴随的是掩饰不住的暗喜。

第三十三章　陨星坠落泪洗面　孤灯寒夜怕他冷

一

一波未平一波又起，太子撕毁武则天懿旨的裂痕尚未修复，宫中忽然传出李贤是武则天的胞姐韩国夫人武顺与李治皇帝所生。

传言很快就传进东宫太子李贤的耳里。

"是谣言，而且是别有用心。"太子妃说。

"太子，我们切不可上当啊！"良娣张氏说。

太子依旧不语，他已一天未进食了。

"你们都别劝了，母后从小就不喜欢我，无风不起浪，以后怕是要连累你们受苦了！"李贤幽幽地叹着气说。

"太子说哪里话，我们生是太子的人死是太子的鬼，何来连累之说！"良娣握住李贤的手。

"我们是怕太子与天后鹬蚌相争渔翁得利。"太子妃劝道。

"住嘴，莫要挑唆我们兄弟关系。显弟成天嘻嘻哈哈不是斗蝈蝈就是斗鸡，且弟纯真无邪，天生长不大的顽童，他们俩谁是渔翁？"李贤呵斥道。

太子妃和良娣面面相觑，但她们交换了一下眼神后继续说。

"我们向来不喜欢拨弄，只是最近发生了太多的事，害人之心不可有，防人之心不可无。"太子妃接着说。

"是啊，自古皇家多无情，多个心眼总不会是坏事。"良娣说。

"再说了画虎画皮难画骨，当年孙膑没能看穿庞涓，后来庞涓又被孙膑的假疯癫给骗了……"

"三国的刘备若不是听到打雷假装吓得钻到案桌下，早被曹操杀了！太子又怎知他们心里只有蝈蝈呢？"良娣说。

太子妃和良娣已经明晃晃地指向了周王李显。

"我说你们今天是不是中邪了？平时你们可是从来不谈论这些话题的，说，受谁的指使来挑唆我们兄弟关系的？"太子李贤忽然想到一定是有人授意她俩。

太子妃和良娣又一次面面相觑无言以对。

"是汝的母亲？"太子把目光扫向良娣。

"不，不是。"良娣慌忙说不是。

"那就是汝的父亲了？"太子又把目光盯在太子妃的脸上。

"不，妾身已月余未曾见过父亲。"太子妃说。

"难不成是本太子看走眼你们了，以前你们的贤淑都是装出来的，实则是搅弄是非的角儿！"太子根本不相信她们的背后无人指使。

"太子，实话告诉你，是婉儿让我们劝你的。"太子妃在无奈之下和盘托出实情。

"婉儿！"太子一骨碌坐起。

"她还说什么了？"太子问。

"婉儿让太子好好想想最近发生的一切是不是都很蹊跷，尤其是明崇俨的死，还有……"太子妃突然低头打住话题。

"还有什么？"

"还有，如果太子失利，谁最有可能接替太子？"太子妃酝酿了一下鼓起勇气说。

"自然是显弟。"李贤说。

"不可能，显弟从小就没这念头，他有自知之明，他知道自己不是做皇帝那块料。"李贤一笑说。

"他没有不等于韦氏没有，她可不是省油的灯。"良娣顶上一句。

"难不成她想成为母后第二？"李贤略有所思。

"若是这样，那么所有发生的蹊跷也就都能解释得通了，包括明崇俨莫名其妙与本太子为敌，又死得蹊跷。"李贤有些恍然大悟。

"先买通明崇俨与太子为敌，再杀死明崇俨嫁祸太子，眼见嫁祸不成，又使出一招挑唆太子与母后的关系。"太子妃说。

"果不其然，最毒妇人心！本太子太疏忽大意了！"李贤道。

"现在看穿了还不晚。"太子妃接着说。

"我现在就向母后负荆请罪去！"李贤说着忽地站起，脱了衣服露出臂膀，而后吩咐赵道生取来荆条捆绑在背脊上，然后带上太子妃和良娣一道去紫宸殿向武则天负荆请罪。

二

李贤背着荆条来到紫宸殿，见了武则天和李治二话没说"扑通"跪下，先是泣诉母亲恩深似海爱高云天，再是痛骂自己一顿。

李治见这场景半天没缓过神，但武则天只略略愣了几秒就基本捋清了脉络。

武则天心想，小子，你会演本宫比你更会演。武则天"哇"的一声哭着跑过去扶起李贤。

"我的儿，这是咋的了，扎着没？"武则天亲手取下李贤背上的荆条扔得老远去。

"瞧瞧，都扎破了，快，请太医！"武则天顾不得自己的手被荆条扎破，只顾心疼李贤的背被荆条扎破。

"太子妃，你们是怎么搞的嘛，'身体发肤，受之父母'，何况他是太子，未来的天子，你们怎么可以由着他的性子！"武则天一边嗔怪太子妃，一边帮太子抹药穿好衣服。

一旁的李治见武则天与太子冰释前嫌显得特别高兴。一直以来李治都特别看好李贤，李贤有一副强健的体魄，又相貌堂堂一表人才，还文武双全，智慧超人。从小到大，无论是习文还是练武，他都比两个弟弟学得快学得好，八岁能悟"贤贤易色"之句。上元二年（675）六月五日被立为皇太子，不久李治就让他监国。五年间三次监国，朝野上下一致好评，什么留心政要，处决明审，治事勤敏，宽仁留心等赞美的词满天飞，李治大为赞赏，手敕褒之曰：

"皇太子贤自倾监国，留心政要，抚字之道，刑纲所施，务存于审察。加以听览余暇，专精坟典。往圣遗编，咸窥壶奥；先王策府，备讨菁华。好善载彰，作贞斯在，家国之寄，深副所怀，可赐物五百段。

"贤又召集当代学者，太子左庶子张大安、洗马刘讷言等一批有才学士，注《后汉书》，李治嘉奖赐物三万段。李贤还著有《君臣相起发事》三卷、《春宫（东宫）要录》十卷、《修身要览》十卷。"

李治打心眼里喜欢这个儿子，也一心要把皇位传承给他，只是令他感到麻头的是，武则天与李贤仿佛天生一对冤家。武则天对李贤横竖不顺眼，不是豆腐里挑刺，就是鸡蛋里挑骨头。李贤对武则天亦是冷若冰霜出言顶撞，直到发生撕毁懿旨事件。

本来李治正头疼如何缓解他们母子关系，没想到今天太子低姿态负荆请罪，主动与母后冰释前嫌，这使得李治落下一块心头石。

"知错就好，世上哪有母亲不心疼儿子的嘛！"李治呵呵笑着。

"媚娘，你呀就是刀子嘴豆腐心，看看，心疼了吧，自己的手也被扎破了，疼吗？"李治轻轻吹武则天被荆棘扎破的手指。

"都是孩儿不好，孩儿罪该万死，害得母后扎破了手。"李贤这时是真心感到惭愧内疚，恨不得痛打自己一顿。

"没事，不就扎了两个针眼嘛，过两天就好了。"武则天显得若无其事，反倒安慰着李治。

"今天是好日子，太子妃和良娣也来了，不如就留她们一起用膳吧。"李治提议。

"本宫亦有此意，把显儿旦儿他们也都接来吧，好久没热闹了。"武则天乐呵呵道。

"还有太平呢。"李治补充道。

"奴才这就去接小主子们。"赵公公立刻派出三路人马分头去接。

三

李旦带着刘王妃和窦王妃最先来到紫宸殿见过李治和武则天，而后与太子哥哥李贤下棋，才下得半盘，太平公主携驸马薛绍赶了来，唯李显与韦氏姗姗来迟。

兄弟姐妹各自成家后就很少聚在一起，难得今天大家聚在一起情绪都分外亢奋。一旁观棋的薛绍见李显来到便迫不及待要与李显下棋，李显推托自己不是对手便跑去逗蝈蝈，李治见驸马无趣自告奋勇陪驸马下六子棋。

正当大家玩得欢，一声"用膳"把武则天的一群儿女引入另一场欢欣雀跃，那便是一场美食盛宴。

山珍异兽海鲜奇味，天上的、地上的、海底的、湖泊的、山涧浅滩的，应有尽有，有的看似只一味美食，却要由五六位异地烹调师，分别扒炸炒熘烧炖焖……

武则天第一次让李贤坐在自己身旁，李贤既感动又有些不自在。

"多吃点，最近好像瘦了。"武则天不停地为李贤夹菜，把个李贤感动得热泪盈眶。

"母后，您今天忒偏心二哥，什么时候也偏心偏心太平嘛！"太平公主见武则天老夹菜给李贤，却不给自己和驸马夹一次菜便大声抗议道。

"女孩子吃多了发胖变成丑八怪，母后怕驸马不要你呢。"武则天打趣道，便也给太平和驸马夹菜。

"他敢！哼！"太平公主撒娇地瞪一眼驸马薛绍。

"无论公主变成什么样，薛绍都不离不弃！"驸马薛绍笑着一边为太平公主夹菜一边说。

"本公主也一样，无论夫君富贵贫穷，太平都会不离不弃！"太平公主也一边为薛绍夹菜。

武则天和李治见公主与夫君恩爱有加，都乐得合不拢嘴，可就在这时，赵公公匆忙闯进来且冲武则天使眼色。

武则天离席去到隔间，与赵公公嘀咕了两句重新回到席间。

"赵公公何事惊慌?"李治问回到席间的武则天。

"没事,一个小毛贼而已。"武则天轻描淡写道。

"抓到了吗?"李治再问。

"应该很快就会被抓到吧,禁卫军正在全力搜捕。"武则天说。

"父皇母后,儿臣去看看。"李贤听说有毛贼溜进宫里立刻请缨去抓贼,但被武则天按下。

"难得今天我们一家子高兴,别被小毛贼搅了兴致和这一桌的美味佳肴,说好不醉不归。来,干!"

武则天举起酒樽一仰脖干了,李贤李显李旦还有驸马以及太平公主见状纷纷斟满酒一仰脖喝个底朝天。

一炷香工夫,赵公公神色更加慌乱又闯了进来,武则天见状又立刻离席。待武则天再回到席间时,脸色大变,且怒气冲冲。

"媚娘,怎么了? 毛贼跑了?"李治问。

武则天不语,她只管重重地呼气吐气,那样子十分吓人。

"母后,气大伤身,来,喝一碗'万寿无疆'。"李贤不知发生了什么,他说着为武则天盛了一小碗龟蛇汤。

"恐怕是砒霜吧!"武则天看了一眼龟蛇汤,转而怒目瞪着李贤大声斥责。

"母后?"李贤一头雾水。

"媚娘,你怎么了?"李治也是一头雾水。

"逆子!"武则天扬起手就掴李贤。

"母后,到底怎么了???"李贤捂着脸无限委屈。

"媚娘,到底发生什么事了,可别冤枉了贤儿!"李治站起来把武则天拉开到一边。

"赵公公,你来说。"武则天怒气未消的样子。

"奴才遵命。回陛下,方才禁卫军追毛贼,追到太子的马厩,无意间搜出大量铠甲……"赵公公把在太子东宫的马厩里搜出五百套铠甲一五一十和盘托出。

"不可能! 一定是有人栽赃!"太子吼道。

"人赃俱获,你还怎么抵赖?"武则天说。

"哈哈哈，哈哈哈……"李贤突然狂笑起来。

笑毕道："欲加之罪何患无辞，栽赃几件铠甲又有何难?"

"媚娘，贤儿说的极是，这样的栽赃有何难!"李治替李贤说话。

"陛下以为媚娘愿意相信吗? 他可是媚娘身上掉下来的肉啊! 只是那赵道生已经招认了，还招认了那夜杀明崇俨的经过……"武则天一副痛心疾首的样子，使在场的人不信都不行。

"贤儿，你为什么就等不及呢? 你父皇都说了，你监国满一年就把皇位让给你，本宫和你父皇住到离宫去享受天伦之乐，可你为什么要这么急啊!!!!"武则天忽然含着泪抚摸李贤。

李贤暗骂道，黄鼠狼给鸡拜年，这一切不都是母后想要的吗! 既是母后想要的儿臣成全母后就是! 李贤突然发疯一样狂笑不止，直笑得房屋颤动，笑得武则天打了一个寒战。

"左右带刀护卫，还不拿下!"武则天一声令下，左右护卫立刻上前扭了李贤。

"放开，我自己会走!"李贤抖开护卫，整整衣角，哀哀地看了看太子妃和良娣，最后看了一眼武则天，仰头大踏步走去，且边走边吟道：

种瓜黄台下，瓜熟子离离。

一摘使瓜好，再摘令瓜稀。

三摘尚自可，摘绝抱蔓归。

婉儿闻讯赶来，与太子擦肩而过，太子报以一笑，婉儿泪如雨下。

调露二年（680）八月二十二日，李贤太子被废，立周王李显为太子，李显乃武则天与李治所生第三子。

李贤被关押于长安，婉儿夜夜以泪洗面。

第三十四章　随驾东都心忧虑
心系长安情难忘

永淳元年（682），李治帝病入膏肓，武则天却决定迁都洛阳封禅嵩山。

婉儿暗暗叹气，出了紫宸殿，脚步越行越慢。走到月见亭她停了下来，朝西面望去，那里曾经囚禁过萧淑妃的两个女儿，现如今正囚禁着废太子李贤。

太子，婉儿这一走不知何年能相见了！婉儿望着囚禁太子的方向泪流满面。夜里婉儿带上桂花糕，悄悄去探望废太子李贤。只是回来的路上婉儿更加忧心忡忡，因为李贤想见其父皇李治一面。

"婉儿，你帮帮我，走前让我见见父皇，我有不祥预感，怕是最后一面了！"

婉儿无法拒绝李贤这一请求。翌日下朝，婉儿避开武则天去到养心殿。婉儿悄声走近李治的病榻，李治正闭目养神，婉儿静静地望了一会儿，正要悄然退出时，却突然听得李治说：

"是婉儿吗？"

"陛下，您……"婉儿惊讶。

"目不明，可心还如明镜。你是不是去探望过贤儿？"李治问。

原来李治猜到迁都前，婉儿必定会去探望李贤，而婉儿又从不单独走进自己的寝室，今天破例来，那一定是为李贤。

"陛下英明！他想……"婉儿扑通跪下，但话才开口武则天突然走了进来。

"婉儿，汝跪在这做什么？"武则天暗怒。

"她来找媚娘，朕又正好不舒服，想让她揉揉，她倒好，像避瘟疫一样避着朕，朕罚她跪呢！"李治忙为婉儿解围。

是这样吗？武则天用眼神逼问婉儿，婉儿低着头没敢看武则天。

"陛下哪不舒服，媚娘来。"武则天挨着病榻坐下娇柔道。

"还不快滚！"李治趁机让婉儿出去。

婉儿匆忙离去，可心里七上八下的不踏实。一来无法向李贤交代，二来担心武则天不信要来打破砂锅问到底，而自己又不善说谎。

幸运的是连日来武则天似乎忙忘记了此事，她并没有问婉儿为什么去养心殿又为何而跪。

迁都封禅一经宣布朝堂就炸锅了。大臣们纷纷上书劝谏，婉儿暗暗庆幸，其中监察御史李善感的谏书措辞尤为激烈，婉儿挑了出来递给武则天。

武则天只略略看了一眼便搁置一旁，接着叹气道：

"国力不支，菽粟不稔，饿殍相望，四夷交侵，这些本宫何尝不知！可是……"武则天突然眼圈一红仿佛说不下去，她停顿一下重重地吐了一口气，而后继续说。

"陛下他多想活下去，他想遍封五岳，昭告上天，祈求上天给他添寿。"武则天说到这抹了一把泪。

"婉儿，你也不赞成迁都封禅是吗？"武则天突然问。

"婉儿——婉儿亦觉此时迁都不妥，陛下御体怕经不起路途颠簸。"婉儿思索片刻还是决定直言不讳。

"那日你跪在陛下榻前，是不是劝陛下放弃迁都？"武则天给婉儿来了个突然袭击。

"不，不是，陛下不是已经解释了吗？"婉儿有些紧张。

"陛下的解释鬼才信呢，你看着本宫的眼睛说，是与不是！"武则天感觉到婉儿的紧张。

婉儿缓缓转过身子，面对武则天，就在抬起头的刹那，婉儿不知哪来的力量，她呼吸匀称，面色镇定，语气平和地吐出"不是！"

这也许就是爱情的力量，婉儿清楚，若说出实情，李贤怕是活不了几天。

武则天仿佛信了，她微微露了个笑换话题道：

"婉儿呀，本宫的一切都是陛下给的，没有陛下就没有本宫！而今陛下病重，本宫要不惜一切代价帮陛下完成心愿，十月封嵩山，翌年再封西岳、华山……总之本宫一定要在陛下有生之年封遍五岳！"武则天拉住婉儿的手，像拉家常一样。

封遍五岳？婉儿不听则已，一听更加惊愕，陛下已经目不能视，立不能行，明年十月能顺利封嵩山就万幸了。但婉儿又一想，这么简单的问题三岁小孩都能看出来，武则天会不明白？不对，迁都封禅的背后肯定另有隐情。

"天后莫不是醉翁之意不在酒？"婉儿小声笑道。

"哦？那婉儿说说不在酒又在哪？"武则天诧异婉儿的敏锐。

婉儿想了想终究还是摇头表示不知。

"哼，他们都是鼠目寸光！"武则天突然奋力把谏书砸在案几上。

"他们的眼睛就盯着迁都要花费多少多少，就不知道关中四百万张嘴一年要吃多少，十年要吃多少，这其中从江南运粮到关中的花费是多少！"武则天说完依然愤怒道。

婉儿又一次惊愕，她为武则天的高瞻远瞩佩服。洛阳是鱼米之乡，政治中心迁都洛阳，人口中心自然也会偏移洛阳，从长远来看，迁都洛阳是一项利国利民的政策。

"婉儿懂了，天后用心良苦。"婉儿说。

武则天又露了一个笑，但似笑非笑，仿佛在蔑视什么，婉儿倒吸一口凉气，难道真如大臣们所忧，她真正的目的是挟天子以令诸侯？

婉儿倒是无所谓谁当皇帝谁令诸侯，但婉儿担心李贤，有李治帝在李贤可保平安，一旦李治帝驾崩，怕是武则天非杀贤不可。

想着心事的婉儿不觉把茶水给洒了，武则天看着微微皱着眉头。

这之后武则天寸步不离皇帝，非得离开时就拽上婉儿，绝不留给婉儿单独接触皇帝的机会，直到迁都，婉儿都没机会把李贤的话带到。

出发前一晚，婉儿再去探望李贤，却被禁卫军挡了回来。婉儿只能遥望他的方向弹奏《彩书怨》以告别离。

第三十五章　天崩地裂李治薨　一纸遗诏千斤重

十月秋高，洛阳的天气已是阵阵的凉意，嵩山脚下更添几许寒。

李治帝坐在奉天宫的大殿里，这是为封禅建造的。他披一件龙袍袄，不自觉地裹紧了一下身子。他的身子已经被病魔折腾得骨瘦如柴，宽大的龙袍显得是那样的不合体，几乎可以包裹下他两个身子。

他蜷缩在龙袍里，歪在龙椅一角，目光贪婪地盯着穿梭忙碌的宫人，此刻他多么羡慕从他面前迈过去的那些还穿着单薄衣衫的矫健的忙碌的身影。"如果，如果可以，朕愿意用半壁江山换取健康！"他喃喃自语，眼眶里早噙满泪水。

他抽出手去擦越来越模糊的泪眼，他擦着擦着突然惊慌失措：

"媚娘，媚娘！朕又什么都看不见了！媚娘……"李治急得大喊。

"陛下！媚娘在这！"武则天听到喊忙赶了来。

武则天举手在李治眼前摇晃，发现他毫无反应，也急得大喊：

"传太医！"

婉儿担心的事终于发生了，李治帝因路途劳顿，病情迅速恶化，造成完全失明。

无奈，李治不得不下诏停止封嵩山，命队伍打道回府，回到洛阳宫遍寻名医。

还真寻得一个大秦医生，叫秦鸣鹤。

"陛下，大秦的医生秦鸣鹤到了。"婉儿来报。

"快快有请！"武则天说。

于是婉儿忙将秦鸣鹤领到李治病榻前。

226

　　秦鸣鹤询问了病情，又看了李治的舌苔，最后把了好一会儿脉。把完脉就见他从布包里掏出一个裹了几层的布包，然后一层一层展开，全部展开了就见小布包里插着一排排长短不一的银色的细针。

　　秦鸣鹤取出其中一根，说："陛下，待我把针扎进您的头部，打通任督二脉，陛下的眼睛就又能看见了。"

　　秦鸣鹤话音落下，就听得武则天一声断喝："大胆，你敢在皇帝陛下头上扎针，拖出去斩了！"

　　"娘娘饶命……"秦鸣鹤吓得浑身直哆嗦。

　　"天后，黄帝内经倒是有记载，叫针灸，此医术是以打通人体的穴位而达到祛病的效果。"婉儿忙解释。

　　"媚娘，就让他试试吧，死马权当活马医，不得唬了人家！"李治听婉儿那么一解释便准许秦鸣鹤在他头上扎针。

　　秦鸣鹤战战兢兢地重新拿出那些银针，在李治皇帝的头上扎了十几根，待那些针全拔出来后，秦鸣鹤让皇帝睁开眼看看。李治皇帝试着慢慢睁眼，眼前的一切使他喜出望外。武则天、上官婉儿，还有那个大秦的医生秦鸣鹤，他都清清楚楚地看见了。

　　"真好，朕又能看见了！"李治感慨得"呜呜"地哭起来。

　　"别这样跟个小孩子似的！汝是皇上呀。"武则天悄声提醒。

　　"朕不管，朕只要活着，活着多好！"此时的李治求生的欲望达到了顶峰。

　　"朕要大赦天下！"李治突然决定大赦天下。

　　婉儿暗喜，之前皇帝和武则天都说过等大赦天下，就赦免李贤，让他去边关当个将军为国效力。

　　婉儿暗暗为李贤庆幸，心想李贤的苦日子熬到头了，起码不要过囚禁的生活。

　　永淳二年（683）十二月丁巳日，则天门楼张灯结彩，楼下黑压压一片，有等待减免税赋的洛阳城百姓，有等待赦免罪行的罪犯家属，他们翘首企盼李治皇帝的大赦。婉儿亦是翘首中的一名，因为赦免的名单里就有李贤。

　　李治病歪歪的被一群大臣簇拥着正往则天门楼去宣布大赦，可没等他登上则天门楼，忽感浑身无力，整个人刹那被抽了真气一样，那些曾经支撑他行走的骨骼，一瞬间都如绳索一般软不邋遢的，再也无力支撑他站立行走，连坐的力气似乎都没有。

他想咬牙挺一挺，挺到登上城楼宣布大赦诏书，可他却一刻也挺不了了，他感到胸口堵得慌，呼吸极度困难……

"唉！朕是去不了了！"李治发出一声长叹，被抬进宣政殿。

李治只能召百姓到殿前，由武则天替他宣读赦免书。婉儿心情澎湃竖起耳朵听，只等宣读到李贤那一刻，可直等到赦免诏书宣读完毕，婉儿也没能听到李贤这个名字。

明明有的，赦免书是自己亲手拟的，怎么就没了呢？是天后读漏了？婉儿忙去展开赦免诏书看，只见诏书上李贤的名字被涂抹了，婉儿颓然跌坐，心中陡增恐惧，武则天到底是怎样的人？

一整天，婉儿精神恍惚。夜里李治帝忽传诏婉儿，婉儿匆忙赶到紫微宫贞观殿，武则天候在病榻前。

"媚娘，汝也下去吧！"李治要武则天也避开，只留婉儿一人。

武则天悻悻离去，与婉儿擦肩时，她压低声音："你好自为之。"

"天后放心！"婉儿握一把武则天的手算是以肢体语言回应。

"参见陛下！"婉儿来到皇帝病榻前微微欠身。

"平身！"李治说。

"你坐！"李治喘着细气。

"谢陛下……"婉儿想安慰几句但什么也没说。

"婉儿，朕今天要把心里话都说出来，你别见怪，也别怕，朕就要死了……"李治有些哽咽。

"陛下吉人天相会好起来的。"婉儿亦有些哽咽。

"朕从未宠幸过你，不是朕不喜欢你……"李治说着停下来喘气，喘一会儿接着说。

"朕是很喜欢你的，你年轻漂亮又有才气，但朕不能害了你，贺兰敏月还有她娘韩国夫人都是朕……"李治说到这又喘不上气来，婉儿忙去抚他的胸口。这一刻婉儿感觉他是自己的爷爷。

"陛下别说了，婉儿都明白的！"婉儿说。

"让朕说，再不说就要带进坟墓了！"李治道。

"朕有一句话，没能对你爷爷说，现在对你说，朕对不起你爷爷！他是真正的男人，是真正的忠臣！"李治提到上官仪便满心内疚。

"陛下，婉儿求您了，别说了！"婉儿怕李治越说越伤心，这不利于一个病人。

"好吧，不说了，拟诏吧！"李治平复了情绪道。

"陛下……"婉儿没敢立刻答应。

"拟吧，朕的时间不多了！"李治道。

"是，婉儿遵命。"婉儿含泪展开金色的圣旨。

李治气喘吁吁一字一句念道："皇太子于枢前即位，其服纪轻重，宜依汉制，以日易月，于事为宜，园陵制度，务从节简。军国大事有不决者兼取天后进止！"

遗诏拟完李治已是一身大汗。婉儿第一次为李治擦汗喂水。

"婉儿，你与贤儿是天生的一对，但你们有缘无分……"李治说着叹了一气。

"朕要把显儿交给你，你要好好辅佐他！"李治郑重说道。

"陛下，婉儿何德何能！"婉儿哽咽想拒绝但又说不出口。

"朕知道，你的心是贤儿的，贤儿是个好孩子，可惜……唉！"李治忽然满眼是泪。

"陛下，贤很思念陛下，婉儿恳请陛下赦免他！"婉儿跪下恳求。

李治不语，只叹气。许久，他递给婉儿一个荷包，婉儿打开看是李贤的免死牌。

"藏好了，他能不能活下来就看你了！朕只能帮他到这了！"李治叹气。

"婉儿替贤叩谢陛下！"婉儿把头磕在地上发出"砰"的一声响。

"好了，叫媚娘裴炎进来吧！"李治已越来越虚弱。婉儿流着泪一步三回头……

就在这天夜里，李治带着对人世间的眷恋和牵挂走完了他的一生，驾崩于紫微宫贞观殿，时为弘道元年（683）十二月二十七日。

婉儿仿佛一夜间迅速成长，在她的脸上少了笑容，多了凝重，多了千斤重担压在心头。

第三十六章　废立已定糊涂宰
力挽狂澜恨无力

一

　　李治遗诏，立英王李显，即李治与武则天的第三个儿子，于李治灵柩前即位，时为公元 684 年 1 月 11 日，改弘道为嗣圣年。

　　李显继位，武则天退了下来。

　　退位后的武则天日日感到无所事事，便只能与婉儿日日吟诗抚琴观舞游玩赏花。但婉儿清楚，这只是武则天的表面，她时刻都在洞察朝廷的动向。

　　那日，裴炎又急匆匆来到后宫告了新皇李显一状。裴炎这已是第二次来告状，第一次是李显把其岳父韦玄贞从普州参军提拔为豫州刺史，裴炎反对无果，便去找武则天告状，但被武则天顶了回去。武则天说皇帝擢岳父个豫州刺史，又不是多大的官怎么就不可以！裴炎今天来还是因为皇帝要擢其岳父韦玄贞的事，这次是擢侍中，裴炎激烈反对无果。

　　这也不能怪裴炎反对，因为朝廷升职有规定，一是考取，二是立功。韦玄贞二者都不符合，却在短短不到两个月里连升五级，从八品的地方参军直线升为三品朝官宰相，这太不合乎律法。作为辅政大臣又是中书令的裴炎，感到自己的权力大大受到挑战，但又拗不过皇帝，只得又去搬武则天这尊佛了。

　　"婉儿，备茶，一会儿准有客人来！"武则天料定裴炎必来，朝堂上发生的事，早有眼线报告给了武则天。

230

"裴炎?"婉儿丢下弹了一半的曲子去煮茶。

"对,他对付不了皇帝,还得把哀家这尊佛请出去。"武则天两眼放光,她又一次看到了皇权的曙光。

婉儿倒吸一口气,她从武则天的目光中看到了可怕的信号,那是一只狼的目光。

裴炎如期而至,他一五一十汇报完新皇李显的行为后,满以为这下武则天该勃然大怒拍案而起了,不料武则天却哈哈一笑说:

"把天下给韦玄贞?不过是小孩子的戏言罢了,裴爱卿不必当真,不必当真!"武则天笑着吩咐给裴炎看座。

"太后,非也!君无戏言,怎可说是小孩子的戏言?太后莫不也糊涂了?"裴炎一看武则天这态度便急了。

"大胆!吾看是大人糊涂了!"婉儿一语双关道。

"老臣该死,是老臣急糊涂了!"裴炎话一出口就知自己失言,立刻跪下谢罪。

"裴爱卿何罪之有?快快起来,爱卿也是忧国心急切嘛,再说了,的确是哀家护犊子老糊涂了,公私不分。"武则天忙去搀扶裴炎,并亲自给裴炎斟茶。

"裴爱卿啊,显儿从小性格执拗,做事不过大脑,若由着他闹这大好江山必定要葬送在他手里,若哀家干预又怕朝臣不服,毕竟哀家是女流,且大唐律法明文规定太后不得干政,这该如何是好啊!"

武则天反向裴炎倒了一肚子的苦水,把个裴炎急出了汗。

"这可不像太后的风格,太后乃大智大慧之人,得当断则断啊!"裴炎道。

"这些年来因先帝身体抱恙,哀家协助朝政,所受的委屈诟病还少吗?哀家是怕了!婉儿,送客!"武则天突然对裴炎下逐客令。

"慢!太后,请听老朽说完!"裴炎的额头已渗出一片冷汗。

裴炎急啊,要是武则天真袖手旁观,恐怕自己很快不只是自己的权力不保,甚至人头落地,毕竟自己告了两次皇帝状了。

"关乎江山社稷存亡,先皇有遗诏,听取太后定夺!裴炎誓死效忠!"裴炎连想都没想这是武则天在讨价码,他"扑通"一声跪下双手匍匐在地对武则天表忠心。

"裴爱卿，平身！"武则天忍俊不禁去搀扶裴炎，目光中溢出掩饰不住的兴奋。

婉儿大惊，迅速思考着如何阻止裴炎。婉儿为裴炎斟上茶，希望他能冷静一下，可此时的裴炎就一根筋，血冲脑门，非告倒皇帝不可。

裴炎推开茶，反倒扑通跪下。"太后不答应，裴泣跪至死！"

原来，裴炎同样从武则天的目光中看到了不寻常信号，心中暗骂道，"你这是既要当婊子还要立贞洁牌，行，我裴炎给你。"这便有了裴炎的泣跪。

"裴爱卿，汝可难为哀家了！"武则天依然惺惺作态，在屋子里来回地转，故作为难，且声声叹气。

"就算哀家出面，保得了今天不赠予韦玄贞，但保不了明天不赠予韦皇后啊！韦后有野心，想必你们都看出来了吧！"武则天巧妙地开出价码，说出自己想要的东西。

"这……"裴炎似乎感到了问题的可怕性。武则天分明是要更大的权力。

到了这个份儿上，裴炎似乎已经没有回头箭，只能豁出去，于是他再次跪下，双手匍匐在地说："臣斗胆，请太后根治！"

裴炎一语双关，武则天听得明白，从根本上解决问题，无疑是指废帝。武则天想这才是我武曌要的。

裴炎话出，武则天激动得小心脏都快要跳出来了，可她得继续装。

婉儿同样听明白了，婉儿立刻借机为裴炎斟茶，而后道："请辅政大臣用茶，此茶来自高山昆仑之巅，夜饮泉露，日照初阳，饮一口回甘入肠，心明赤胆！"

婉儿的用意很明显，在提醒裴炎，你可是先帝遗诏的辅政大臣，你可是在陛下面前表过忠心的人，你不该出此下策！

"臣该死！可是为了大唐江山千秋万代，即使先帝在世臣亦直言不讳！"裴炎反而一不做二不休。

"裴爱卿，哀家知道你忠，这事容哀家再想想……"武则天这是捏着了裴炎的软肋，反倒不着急，其实是在继续逼裴炎。

裴炎其实也看出来武则天在演戏，心里不觉骂道："你个武婆娘这不是你梦寐以求的吗？还装什么装啊！好吧，为了共同的利益，我扮红脸吧，我替你提出废帝。"可话到嘴边，裴炎也似乎难出口。

"裴大人若不忠，先皇又如何会托予顾命大臣。"婉儿一旁趁机道。婉儿的话如刀子戳着裴炎，裴炎顿时满脸通红羞愧难当。

"臣，告退。"裴炎终是没说出废帝两个字。

"裴爱卿，你是顾命大臣，天皇信任你，哀家就信任你，你的决定哀家会鼎力配合！"裴炎临走武则天突然丢出这番话表明态度，这是明确支持裴炎废帝。

<h2 style="text-align:center">二</h2>

出了大明宫裴炎的心情很复杂，他本来是要武则天出来约束一下新皇，没想到武则天有心废帝。废皇帝可不是小事，闹不好全家都要赔进去，可是，今天的事又好像有点没有回头箭，话虽只说了一半，没有明说，但彼此都心明了。另外，武则天想做的事，自己不配合也会有他人配合，到时恐怕自己里外不是人。再说了，自己虽是顾命大臣，可新皇何时把自己放在眼里过？即使太后也得给自己三分薄面，而新皇……长此以往，保不准我不废他他必废我。

"与其坐以待毙不如主动出击！"这是好友程务挺的真理。

要是能辅佐李旦皇子登基，那自己便是功臣，再者李旦的性格要比李显温顺很多，局势不至于如此难控制。夜里裴炎反复思考权衡。

翌日，裴炎又求见武则天，武则天将所有人支开，包括婉儿。

"太后恕罪，下官有一言不知当讲不当讲！"裴炎扑通跪下。

"恕汝无罪！讲！"武则天说。

裴炎吞了一口唾液仿佛是要润嗓子，然后心一横道："下官以为唯有另立新君，方能治根。"

武则天的心倏一下子扑通扑通跳得厉害，仿佛要跳出嗓子眼，虽然这一情景她在心里不止一次地演习过，但当真的来临时，她还是难以抑制。

"大胆！"武则天努力控制住喜悦，反倒一声断喝。

"下官罪该万死！"裴炎吓得趴在地上不敢看武则天。

"唉，恐怕也只有如此了，即使先皇在世，只怕也别无他法！"武则天忽又来个一百八十度转弯。

裴炎长长地松了一口气，擦去额头的冷汗。

"裴爱卿，起来吧，这也是没办法的办法了！"武则天将裴炎搀扶起来，假惺惺地感叹一番，便与裴炎密谋如何废帝。

裴炎一颗定心丸吃下，离开武则天寝宫回到宣政殿。一班宰相和程务挺都还在宣政殿等裴炎的消息。裴炎对一班宰相只字未提废帝的事，让他们回去明天准时上朝，只留下程务挺密谈一番，而后志满意得地离去。

三

婉儿观裴炎脸色知是要出大事，而且一定与新皇有关。

婉儿等在南门，因为南门是宰相进出之门，裴炎必定经过。

裴炎哼着小曲嘚呀嘚呀地来到南门，婉儿冷不丁斜刺里蹿出。

"裴大人请留步。"

裴炎正欲上马，看是婉儿心下一惊，以为是武则天反悔了使婉儿来差他。

"莫非太后悔之？"裴炎惊问。

"何事悔之？"婉儿反问。

裴炎一笑，说："婉儿有何事？只要老夫办得到的……"

婉儿欠身施礼道："非婉儿私事，婉儿有话问裴大人，方才大人与太后密语，可是关乎新皇陛下？"婉儿直逼主题。

裴炎犹豫片刻，觉得此事非同小可，知道的人越少越好，于是呵呵两声干笑后说："此为绝密，恕本官不能奉告！"

裴炎说完骑上高头大马欲扬鞭而去。

婉儿急了喊道："裴大人三思啊！先皇托付裴大人辅政，莫非裴大人欲违之？"

裴炎听了旋即收紧马缰，转过头沉下脸说："非老夫违之，恰恰相反，陛下欲以天下赐韦玄贞，老夫遏制正是不辜负先皇重托！"

裴炎的话验证了婉儿的猜测，婉儿进一步确认他们是密谋废帝。

"裴大人难道不知玉不琢不成器的道理吗？昔日周公吐哺天下归心，伊尹成商……"婉儿希望能以周公伊尹劝说裴炎。

可裴炎却咆哮着打断婉儿的话。接着叹道："可惜器裂无琢！"

"裴大人！"婉儿一听大惊失色。

"裴大人三思啊！事情未必会朝着裴大人设想的轨迹发展！"婉儿意味深长。

可此时的裴炎哪里听得进，他一心想着废李显立李旦后他便可把仁弱的李旦皇帝捏在手里，那时自己权倾朝野，胜过当年的长孙无忌，好不快哉！

裴炎一阵大笑，笑毕说："婉儿极力维护新皇，莫非婉儿吝惜昭容娘娘呼？"

原来裴炎也知道李治皇帝临终口谕要新皇诏婉儿为昭容一事。所以裴炎误以为婉儿极力阻挠废帝是为了自己的利益便对婉儿冷嘲热讽起来。

婉儿一听裴炎说出如此话来，不觉七窍生烟，但很快便平复下来回道："清者自清，浊者自浊，婉儿心如止水！只是婉儿要劝大人一言，攻伐不如扶其正，先皇英明，遗诏自有玄机，大人可要好生揣摩才是，若是为己之私，一意孤行，定将追悔莫及！望大人好自为之！"婉儿愤然离去。

裴炎望着婉儿的背影，心想，"你个小丫头懂什么？不废新皇我裴炎不久人头落地也，废旧拥新，我裴炎功臣也！"

裴炎扬长而去。

婉儿望着远去的裴炎深深为他遗憾，因为他未真正看懂棋局。不废帝，裴炎是武则天手里有利用价值的棋子，有武则天保护着，即使新皇也奈何不得他！而一旦废帝立新，朝廷格局对武则天而言就别有洞天，裴炎就从有利用价值的棋子变成武则天称帝路上的拦路虎，那么结局只有一个，死！

裴炎骑着马出了南门，一路踢踏踢踏走去。那本来十分踏实的心，忽然被婉儿搅得七上八下，总也高兴不起了，甚至有些惴惴不安。不好，万一婉儿向新皇告密……

裴炎想到这，连忙拨马回走去寻婉儿。

裴炎来到南门，早不见了婉儿的踪影。裴炎思索片刻折回武则天寝宫，一五一十地报告了婉儿在南门拦截他的事。武则天听后，来回地踱步，而后长长地叹一声，在心里惋惜道，"婉儿，你这又是何苦呢？难道你稀罕那个昭容？若稀罕，哀家一样可以给你的！"

武则天叹完气忽然变了那温柔的脸色，两眼露出凶光，转过身对裴炎发号施令道：

"通知程务挺，从现在开始，越过御街亭者格杀勿论！"

"遵命！"裴炎领命匆匆而去。

四

御街亭是通往新皇李显宫殿的必经之路。

婉儿对即将要发生的宫廷政变束手无策。她穿过武成殿来到御街亭，御街亭往东走三百米就是新皇李显的寝宫。

婉儿突然停下脚步，她想，如果去通风报信，那么武则天裴炎恐要遭殃，这是她不愿看到的，目前形势国家离不开武则天和裴炎的辅佐，新皇昏庸无道，除武则天外，没人能够制约他。可如果不去告知，新皇李显被废成定局。李显被废，时局必然动荡，武则天必然乘机篡权，朝中大权一旦落在武则天手里，天皇唐高宗所担心的第二吕雉局面将迎来，这样不仅会死很多人，且死的会是大唐的忠臣。

时间一点一点地划过，婉儿依旧一筹莫展，左右不能，无论选择哪条路都是错误的。

婉儿朝东走了几步，想想新皇李显的荒唐昏庸又退了回来。把江山完全交给李显，只怕百姓很快就要过上流离失所的日子，若到了这一步，我婉儿岂不成了千古罪人？

婉儿就这样站在十字路口举棋不定，反复思考徘徊。

埋伏在去往新皇宫殿路上的刀斧手，个个替婉儿捏着汗。如果婉儿再朝前走10米，她的人头就得落地，一代才女顷刻便灰飞烟灭。这是程务挺极其不愿意看到的，虽然程务挺长年在边关征战，但早有耳闻婉儿的才华与豪情，担任羽林军总管后，多有接触，更加佩服婉儿的胸襟和冰清玉洁的品格。

"婉儿才人，这是要去哪里？"程务挺决定阻止悲剧的发生。

"程将军……"婉儿欠身施礼。

"请借一步说话。"程务挺压低声音说。

婉儿随程务挺来到一个僻静处。程务挺开门见山问："婉儿可是要去见陛下？"

婉儿先是吃惊，接着便猜到程务挺为什么会出现在这里。

"有此意，又无此意！"婉儿毫不隐瞒。

"此话怎讲？"

"新皇着实昏庸，可废之亦非上策，故徘徊！"婉儿直言不讳。

"程某何尝不纠结，可两权相害取其轻，摆在眼前的是一个活脱脱的周幽王，否则程某又怎会做出违背天皇遗诏之事呢？"程务挺也毫不隐瞒地吐露自己的心声。

"可废帝之举，非同儿戏，后果难料啊！"婉儿说。

"此事程某亦斟酌过，殷王李旦虽仁弱，但有裴大人和下官以等一大批忠臣的尽心辅佐，不失为上策。"程务挺说。

"程将军有所不知，先皇临终担忧武后专权成为第二吕雉，怕尔等忠臣不得善终，故遗诏仅军国大事有不决者听取太后进止。若是废立新君，没了先皇遗诏的约束，局面怕是不可控啊！"婉儿对程务挺的信任要超过对裴炎的信任，所以道出当年唐高宗遗诏玄机。

程务挺听婉儿一席话，才知婉儿并非如裴炎所说舍不得昭容娘娘那个名分，而是心系大唐。但程务挺依旧固执，他不认为武则天能翻天，毕竟是个女人，而且是个老女人。曾经她能呼风唤雨是因为有唐高宗撑腰，而今已没了这块王牌，她一个老婆子还能掀起什么样的风浪来？

"婉儿不必多虑，裴炎德高望重，程某虽不才，但也身经百战，还有李善感、刘仁轨等，太后毕竟是女流，而且年岁已高，有那份心都未必有那份力！"程务挺道。

"程将军所言差也，太后乃经世之才，切莫轻之。"婉儿道。

程务挺依然不以为然道："那又能如何？兵权在下官手里，朝中大小事物在裴大人控制下，纵有风浪何惧？"

婉儿眼看自己根本说服不了程务挺，一时急得只得对天长叹："天皇，婉儿无能，婉儿愧也！"

"婉儿不必如此，即使天皇在，恐也会做出同样的决定，江山非儿戏，岂容新皇如此儿戏般胡闹？"程务挺反劝婉儿。

这点婉儿信，即使天皇在，恐也会做出同样的决定。但婉儿心里总有说不出来的后怕，可又无力挽狂澜。

"罢了，连将军都赞同废立，新皇大势去也，也许是天意吧！"婉儿嘴里说的天意，程务挺无法明白，他只以为说的是李显，却不知婉儿说的是武则天的女皇梦。

唐高宗去世后，武则天时不时在婉儿面前露出女皇梦，但婉儿从不敢对任何人说，包括在母亲郑氏面前也未提一个字。

婉儿叹着气，一步三回头地回到采微苑。

程务挺松下一口气，但为了婉儿的安全，他暗中派羽林军看守住不得她再踏入御街亭半步。

公元684年农历二月初六，早朝。朝堂一片肃静，坐在金銮宝座上的新皇李显，正一边张大嘴打着哈欠，一边抱怨今日非朝时，忽见武则天从屏风后面走了出来，不待李显问，就听武则天一声断喝：

"如此昏君还不快拿下更待何时！"

埋伏在大殿左右的羽林军听到武则天一声喝，立刻冲进大殿，程务挺和张虔勖两员大将以迅雷不及掩耳的速度，把李显拖下宝座，反卷了手迫使他跪在武则天面前……

武则天看着，叹一声呼道"儿呀！"继而就变得不认识李显一样。她镇定自若地走上金銮殿，坐在皇帝的宝座上，目视堂下的文武百官。

裴炎掩饰住内心的喜悦，跨出队列上前拿出准备好的懿旨宣读："新帝无道，今奉太后令废……"

一场惊心动魄的废帝就这样轻轻松松搞定！才做了五十五天皇帝的李显被废为庐陵王，贬出长安。

嗣圣元年（684）二月七日，立武则天与唐高宗第四子，雍州牧殷王李旦为皇帝，改嗣圣为文明年。

第三十七章　杀气腾腾向李贤
命悬一线两不知

　　武则天才入睡，就梦见一长髯男子挺一杆方天画戟，驰一匹快马，从天而降，武则天正在赏牡丹。"你是吕布？"武则天问。长须男子不答，只怒目相视。"不对，汝是美髯将军关羽，将军来得正好，哀家正需要您这样忠肝义胆的好汉！"武则天说着就迎上去，可一眨眼美髯男子却变幻成韩国夫人，再一眨眼手中的牡丹突然发出魏国夫人的笑声。武则天惊愕之下扔了牡丹，可被弃于地上的牡丹风一样地长大，武则天吓得拔腿就跑。"哪里逃！看剑！"武则天定睛一看李贤手握利剑拦住了去路。"逆子！你想谋逆吗？"武则天断喝。"拿命来！"李贤说时迟那时快一剑刺向武则天……

　　武则天一个蹬腿惊醒。"婉儿，婉儿……"武则天醒后一个劲地喊婉儿。

　　"太后……"睡在厢间的婉儿一个弹跳翻身下床。

　　"太后，又做噩梦了？"婉儿挑亮了床头的灯。最近武则天老做噩梦。

　　武则天似乎还未缓过神，直愣愣的神情盯着帐顶。

　　"什么梦，看惊成这样！"婉儿看见武则天额头一片汗。

　　"他要杀哀家！"武则天答非所问。

　　"哀家先杀了他！"武则天喝了两口水重新睡下，嘴里恨恨道。

　　"杀谁？"正要离开的婉儿心一惊。

　　自从李治驾崩，婉儿时刻都在为李贤捏把汗。李治驾崩，李贤请求回京奔丧都遭到武则天拒绝，可见武则天对李贤有多绝情，这是一个极其不祥的信号。

　　"没你的事，你睡去吧。"武则天没好气道。

　　李贤是武则天与唐高宗的次子，生于去昭陵的途中。宫中多有传闻，李贤是李治与武则天姐姐武顺偷情所生。

李贤是唐高宗六个儿子中最出色的，文武双全德才兼备。唐高宗最喜欢他也最看好他，他为太子不久唐高宗就令他留守京都监国，监国期间好评如潮，唐高宗亲笔下诏嘉奖，言皇太子自留守监国以来时间不长，但留心政务抚爱百姓，对刑法所施也细审详察；政务之余，能专心精研圣人经典，领会深意；先王所藏书册都能研讨精华。好善正直，是国家的希望，深副我所怀。且赏赐绢帛五百段。

但武则天却十分不满李贤。调露二年（680）武则天以谋逆罪将李贤太子废为庶人囚禁于长安宫中，迁都洛阳不久就将李贤流放巴州。

回到床上的婉儿却再也睡不着，满脑子都是李贤。"贤，你过得还好吗？你知道此时此刻婉儿在想你吗？今生我们还有缘再相见吗？"婉儿想着想着不觉泪如雨下！

一墙之隔的武则天，同样辗转难眠，她的脑海里同样也都是李贤，但她想的是以什么理由杀他。

"贤儿虽有过，但看在朕的份儿上，赦免他好吗？"武则天的脑海再一次浮现出唐高宗哀求自己赦免李贤的画面。

"媚娘，朕就要死了，就这么一个要求你也不答应吗？"

"好吧，媚娘答应不杀他便是！"武则天在李治帝的哀求下不得不退让一步。

可武则天又非杀他不可，要想成就自己的女帝梦，李贤留不得！武则天想到杀李贤，就不得不想起宫里的一个流言，即唐高宗为李贤留下免死密诏。此密诏在哪里？肯定在婉儿手里，只有婉儿会冒死保护他，二来唐高宗弥留之际的确单独密诏过婉儿。

武则天想到这"噌"的一下坐起，她要开诚布公地问问婉儿，但立刻又打消了这一念头。

武则天重新躺下，但依旧睡不着。

婉儿静静地听着武则天的动静，只听到武则天起床又睡下，再起床，而后走出寝室去了中殿，婉儿随后起床来到中殿。

"哀家睡不着，汝也睡不着吗？"武则天看见婉儿说。

"婉儿睡得浅，听见太后起了也就起了。"婉儿说。

"那就煮壶茶我们唠嗑。"武则天丢下正想写点什么的绢纸说。

"婉儿，哀家问你，天皇可赦贤免死诏？"坐下后武则天突然发问。

婉儿惊得手一抖，差点洒了手中的茶。武则天突然问起这件事，婉儿有不祥之兆，刚才她喊杀的人是贤吗？

"太后方才说，一定先杀了他，不会是贤吧？"婉儿反问武则天。

"是又如何，不是又如何？"武则天仿佛在激将婉儿。

唉！婉儿深深叹气，什么也没说，只默默为武则天斟茶。

"婉儿，到底留没留？"武则天盯住婉儿的脸逼问。

婉儿抬起头，与武则天目光对视，而后点了点头。

"原来他根本信不过哀家！"武则天怒得一掌推了茶盏。

"贤就是个庶民！太后何必因他伤身？"婉儿低声道。

"难道哀家会舍得杀他吗？他可是哀家从这么小带大的！"武则天比画了一个表示小的动作。

婉儿不语，默默收拾打翻了的茶盏。

"都写了什么？"许久武则天再问。

"特赦免死！仅此而已！"婉儿镇定回道。

"能给哀家看看吗？"武则天语气忽然变得柔和。

婉儿又一次沉默，须臾，婉儿抬起头目光坚定道："请太后恕罪！只有贤有生命危险时，密诏才能见天日！"

武则天望着婉儿视死如归的目光，没有再逼问，她明白逼问也是徒劳的，反而要把问题搞僵。

"那就让它永无天日吧！"武则天忽然语气和蔼地笑道。

婉儿心头一热，心想毕竟是母子情。

"婉儿，茶不喝了，越喝越不会睡，取酒来，就取西夏进贡的西域贡酒吧，此酒有通经活血养颜之功效。"武则天忽然又要喝酒。

婉儿答应一声，转身去酒窖取酒。

可当婉儿取来酒时却不见了武则天，值夜的宫女说武则天上前殿了。婉儿随即上前殿去，一边想，太后就是不爱惜自己的身子，三更半夜还想着公务。但却被一个叫韦团儿的宫女拦下，说是武后有令，不得擅自打扰。

婉儿心一紧，又出什么幺蛾子了？才离开这一会儿。"是来了什么人吗?"婉儿问。

"无可奉告!"韦团儿冷冰冰道。

婉儿不好再打听也不敢去睡,打着哈欠直等到五更武则天从前殿回转来。

"婉儿,丘神勣在前殿等,这酒哀家赐他了,汝替哀家送去吧。"武则天对婉儿说,说完亦打着哈欠。

"太后,出什么事了吗?"婉儿问。

婉儿心想,太后深夜诏丘神勣,定有大事件发生。

"叫汝送就送,哪来那么多废话!"武则天瞬间就变了脸。

婉儿不敢再问,只得抱起酒朝前殿去。只在心里做各种揣测。

丘神勣,祖籍河南洛阳,后移居郿城,系左武侯大将军兼稷州刺史丘和之孙,右武侯大将军、冀陕二州刺史丘行恭之子,初受荫遮授从九品。但,他善钻营,很快得到武则天的赏识,平步青云,李治驾崩,武则天利用新皇帝李显守丧期间,提拔了一大批自己的亲信,其中丘神勣被擢为左金吾将军。

这不到半炷香的时间里到底发生了什么? 婉儿一边走一边想。婉儿把白天的奏章一一捋一遍,除两道边关战事的奏章外,其他的都是鸡毛蒜皮的小事,不至于三更半夜劳师动众。可边关战事的奏章武后已批阅,再说若为此事要诏见的人也是程务挺而不是丘神勣。

婉儿万万没想到,就在自己去取酒的工夫,武则天得了酒的灵感,想出了杀李贤的妙计。此计不仅可以不违背对唐高宗的承诺,还可以脱得一干二净,堪比当年吕雉杀韩信更高一筹。

原来,武则天想起李贤最怕死于毒酒,最怕七窍流血而死。李贤曾经戏言宁可死于自刎也不死于鸩酒。武则天料定李贤见御酒和诏书,必定以为赐鸩酒,一怒之下他自刎的可能性极大。

想到这的武则天不禁露出一丝阴笑,且深夜诏见丘神勣。

婉儿有意磨磨蹭蹭将赐酒递给丘神勣,是想从丘神勣这里打听点蛛丝马迹。

丘神勣一手拿一卷金色的圣旨,一手抱一坛西域贡酒,神情诡异地笑着盯着婉儿看。

"左金吾将军，夜黑路滑走好啊，别洒了美酒太可惜了！"婉儿有意拿话撩拨。

丘神勣听了回转身子怪怪地盯着婉儿笑，而后道："都说最毒妇人心，老夫今天算是见识了！"

"将军，何出此言？"婉儿抓住话题。

"随口说的，没什么，哈哈哈哈……"丘神勣笑着扬长而去。

婉儿望着他的背影，冥冥中有不祥之感。寻思间不禁回味着丘神勣的话，"最毒妇人心"。说谁呢？太后？他没那个胆，也绝不会。说的不是太后那又是谁呢？看他的眼神好像说的是自己，可自己何时无情了？又对谁无情了？自己一生只爱过李贤，他如今流放巴州，也不知今生是否还能相见！婉儿一想起李贤流放巴州不禁潸然泪下。

丘神勣不会是去巴州吧？婉儿重新躺下后脑海里忽然跳出这一推断，若是这样，李贤命休也！婉儿轰一下就惊出了一身冷汗。

第三十八章　最是无情帝王家
痛失挚爱恨难消

一

不，不，天皇的尸骨未寒，不至于，太后毕竟是李贤的母亲！婉儿很快又否认了自己的揣测。也许是自己想多了！可是，可是，她更是武则天！她曾经为了皇后之位，亲手杀死过自己襁褓中的女儿。

想到这婉儿"噌"的一下就从床上坐起。人命关天，吾要去问个清楚！婉儿打定主意。

婉儿走进武则天寝室，蹑手蹑脚地靠近武则天的床榻，武则天发出均匀的呼吸，听这气息想是睡得正香。

婉儿不敢叫醒，又蹑手蹑脚地退了出来。可冥冥中的不祥之感使婉儿坐立不安。

"婉儿，朕把贤儿托付给汝，汝要保护好他……朕对不起贤……"这是李治皇帝弥留前拉着婉儿的手流着泪说的一番肺腑之言。

我不能辜负先帝的嘱托，更不能辜负李贤对自己的那份情。

太后，为了李贤的安危，请原谅婉儿的忤逆吧！婉儿在心里说道。

婉儿看准窗台上睡着的一只猫，拿起木棒朝准猫一棒打去，猫受到突来的袭击，立刻发出凄厉的嘶叫。

武则天被惊醒，骂道："这该死的猫，给哀家统统杀光，一只也不留！"

"太后醒了！"婉儿连忙近前。

"能不醒吗!"武则天打着哈欠。

"该死的猫!"武则天骂着又欲躺下。

"你们没听见吗,一只也不留,还不快去把那猫碎尸万段!"婉儿立刻吩咐道。

"遵命!"几个宫女太监领命立刻去追打猫,也不管是哪只,见着猫就打,凄厉而恐怖的猫叫声立刻弥漫了整个大明宫。

"够了!婉儿,汝是存心的吧!"武则天双手捂住耳朵,再也没了睡意。

"请太后恕罪!婉儿该死!"婉儿扑通跪下。

"算了,看天色该寅时了,哀家也该起床了!"武则天心情似乎出奇的好。

"请太后恕婉儿死罪!"婉儿依然跪着。

"汝何意?别没事找事,起来吧。"武则天依旧不恼。

婉儿不语,只跪着。

"那好,说吧,汝犯何罪?"武则天微微叹一声,下意识地意识到婉儿有所察觉。

"婉儿做了一个梦,梦见大圣天皇说庶人李贤有难,要婉儿去一趟巴州。"婉儿这一招可是用得极妙。

武则天一听,心下佩服婉儿的聪慧,如此神不知鬼不觉的行动都逃不过她的洞察力,哀家无法不爱之!

"恕汝无罪,起来吧。"武则天不怒反和颜悦色道。

"吴尚宫……"武则天接着冲外殿喊道。

负责武则天起居洗漱的吴尚宫听见召唤立刻走进内殿。

"吾来吧,吾有好些日子没为太后挽发了。"婉儿支走吴尚宫。

"唉!汝这是何苦呢!古人云识时务者为俊杰,何必为一枝枯枝守一座荒园!"武则天一语双关。

"太后,丘神勣是去巴州对吧。"婉儿单刀直入。

武则天再次沉默,须臾说:"告诉哀家,汝是怎么把丘神勣与巴州联系起来的。"

"冥冥中的感应。"婉儿说。

"婉儿,汝太聪明了!不过别聪明反被聪明误就好。"武则天再次一语双关。

"太后，贤可是从您身上掉下来的骨肉啊!!!"话说到这婉儿已经没必要躲躲闪闪了，她直奔主题，揭穿武则天派丘神勣去巴州只为杀害李贤。

"正是如此哀家才连夜差人去探望，难不成还错了?"武则天说。

"太后，先帝的尸骨未寒，贤已是庶人，他活着不过是苟延残喘，何必相煎太急?"婉儿哀哀地恳求。

"大胆，哀家赐的是美酒，非鸩酒，汝可别狗咬吕洞宾不识好人心!"武则天佯装勃然大怒。

"太后，如此说来，贤命休也! 贤最怕死于毒酒，太后忽然千里赐美酒，贤会作何想? 他一定误会太后赐的是鸩酒，凭贤的性情，他定会自刎身亡，太后也是想到了这一点的是吧!"婉儿流着泪说。

武则天见诡计彻底被婉儿识破，立刻恼羞成怒道:"汝不是有大圣天皇的密诏吗，汝可以拿着去救他呀!"

"谢太后鸿恩，婉儿领旨!"武则天的一句气话却被婉儿抓了个正着。

"你!"武则天怒，可又一想，她现在去也晚了，何不做个顺水人情? 免得日后受众人唾骂，岂不是两全其美!

想到这武则天道:"你一个弱女子，路途遥远，带上杨都尉去吧!"

"贤，你不该出生在帝王家!"婉儿走后，武则天叹一声喃喃自语。

二

婉儿一刻也不敢耽搁，亲自挑选快马，与杨都尉马不停蹄一路飞奔巴州。

丘神勣出了宫殿回到家中草草收拾行囊连夜出发。

话说李贤被贬到四川巴州的仪陇天平山，此地穷乡僻壤，人烟稀少。李贤带着随贬的妃子房氏和良娣张氏，以及三个孩子共同筑茅搭舍以栖身，过着种地摘野果食山泉的日子。日子虽然苦不堪言，但李贤倒也觉得清闲悠哉。

那日，李贤正与幼子李守义下六子棋戏耍，忽闻马蹄声声急，待看时，一员黑脸汉子，一身官服，骑着高头大马，在他们的茅屋前打住缰绳，而后一个翻身飞下马。

此人正是丘神勣。

"庶人李贤接旨！"丘神勣下马高举着懿旨大声喊道。

李贤听有人喊接旨，心里咯噔一下，知道自己死期到了，他慢慢站起，说："草民叩谢隆恩！"

李贤话音落下，房氏以及张氏亦跌跌撞撞地跑出门跪下接旨。

丘神勣展开圣旨，干咳两声润了润嗓子，而后高声念道："大圣太后怜惜，特赐美酒一坛！钦此！"

李贤的心"咚"的一下落到了谷底。唐高宗驾崩，李贤请求回洛阳守孝被武则天拒绝后，李贤就预感到自己离死期不远了，但没想到来得这么快，父皇尸骨未寒呢。

"母后，您就如此容不下贤儿吗！父皇尸骨未寒呢！！相煎何太急啊！！！"李贤泪流满面冲着洛阳方向放声大号。

"父皇当年已赦免夫君死罪！这酒恕难从命！"张氏站出来拒绝道。

"当年是当年，时过境迁，如今是太后临朝，太后的话就是圣旨！"丘神勣说。

"皇天后土自有皇帝说了算，若是当今皇帝赐草民一死，草民绝不苟活到明天！"李贤受到张氏的提醒，亦高声驳斥道。

丘神勣一看这一家子非等闲之辈，尤其李贤，虎威不倒。不行，得采取特殊手段，不然回去交不了差，太后震怒自己的荣华富贵就要打水漂了。

于是丘神勣眼珠一转，"噌"的一步上前，出其不意如老鹰捉小鸡一样将李贤的幼子李守义一把掳去夹在腋下，说：

"你不喝我将以抗旨的罪名先杀了他，再杀光你们全家！"

丘神勣突然来这一招，李贤立刻被动了。凭单打独斗丘神勣不是自己的对手，可是小儿守义在他手里，若动起手来，守儿小命难保。自己受贬，连累一家人跟着受苦已是十分的内疚和惭愧，若是再因为自己怕死害他们丢了性命，我李贤还有何面目苟活？可就这样莫名其妙地被武则天赐死，李贤又一万个不甘心！

"丘神勣你敢！我乃大圣天皇血脉，岂容你撒野，就不怕当朝皇帝将你满门抄斩吗？"李贤抬出皇帝血脉这块王牌，本以为能震慑住丘神勣。

谁料，李贤不提皇帝还好，提了丘神勣反倒更加肆无忌惮。

他哈哈狂笑后，说："你指望皇帝救你？那就指望到戈壁滩上去了！告诉你吧，李显被贬房州，李旦只是登基那天露了一下脸，之后就再没冒过泡，如今，太后就是皇帝，皇帝就是太后！"

李贤一听，一个趔趄，头晕目眩差点栽倒。

"不妨再告诉你，这酒是婉儿亲手制作的，本官出宫时，她还再三叮嘱路滑小心千万别洒了美酒。她可是你的红颜知己呀，连她都抛弃了你，你活着还有啥意思呢？昨日王公今日败寇，活着比死还难受。依老夫说，不如来个干脆，二十年后又是一条好汉！"丘神勣看打击李贤奏效便得意地继续拿话打击李贤。

丘神勣的话果然给李贤以致命的打击，那字字句句都如寒冰，分分秒秒在熄灭李贤活下去的念头，尤其是婉儿的背弃。李贤只觉"嗡"的一下心口似被堵住，接着有团东西涌上来，再接着一口喷出……

殷红的咸乎乎的血喷了一地，李贤一个趔趄栽倒，幸亏被张氏一把扶住。

原来李贤被贬巴州，途中大病一场，因为没有得到及时的治疗，再加上多年的郁郁寡欢，身子骨早亏空了，又听到婉儿如此薄情寡义，实在是扛不过去，便一口鲜血喷了出来。

"婉儿……婉儿，汝果真如此无情吗？"李贤喃喃自语。

"你一个将死之人，本官骗你做甚？连这酒都是她亲手给的，她还说早早晚晚都得死呢！"丘神勣为了让李贤快点死他好回去交差，便又编了个谎。

"婉儿……婉儿……连你也这般趋炎附势，如此冰冷的世界，我还留恋什么？"李贤想到这，一把推开房氏和张氏。

"与我取剑来！我李贤就是死，也要死得壮烈！就是死，也不依着母后！"

"夫君……"房氏与张氏都冲上去抱住李贤哭。

"你们是要让他一个人死，还是要让这些孩子一起陪着死？"丘神勣见状大声喝道。

"你们不想看到守儿倒在血泊中，就快快取剑来！"李贤对两位夫人说。

张氏无奈，只得进屋取来剑递给李贤。

李贤接过剑，抚摸一番，又叮咛房氏张氏一番，而后仰天大笑吟道：

> 种瓜黄台下，瓜熟子离离。
>
> 一摘使瓜好，再摘令瓜稀。
>
> 三摘尚自可，摘绝抱蔓归。

"吾先去也……"

李贤吟完悲愤地一剑朝自己的脖颈抹去……

他带着恨与怨和不甘倒在了血泊中！

时，文明元年二月二十七（684 年 3 月 18 日），李贤 29 岁。

三

婉儿骑在马上，突然一阵莫名的心绞痛。婉儿下意识地意识到自己恐怕再也见不到李贤了，不觉泪水如泉奔涌。

"策，策……"婉儿快马加鞭。

马儿疯一样地奔驰。

"贤……婉儿来了……贤……婉儿来了……"婉儿一路奔一路呼喊。

倒在血泊中的李贤，依稀听到了婉儿的呼喊，他的嘴角露出一丝微笑。

婉儿来了，来了，可是……贤要走了，要走了……李贤挣扎着想说婉儿来了，但他已经说不了话。

他流下两行泪，抬起手指了指前方，死也没闭目。

"贤……婉儿来了，婉儿来了……"婉儿一个翻身下马。

"贤，汝为什么不等婉儿，婉儿答应过你，在你生死关头时婉儿一定会出现的！"婉儿抱住血泊中的李贤号啕痛哭。

李贤似乎还有一丝感觉，他面露微笑安静地闭上了眼。

"上官大人，庶人李贤抗旨拒饮毒酒，下官只好出此下策，逼其自刎。"丘神勣上前向婉儿复命，似乎想讨得封赏。

婉儿听完慢慢放下李贤，而后拿起李贤自刎的剑走到丘神勣身边，一剑便朝他刺去。

丘神勣看她手里拿着剑早有防备，便一个跳步躲闪了，说："上官大人，汝这是何意？莫非汝要杀老夫独夺功劳不成？"

"你！好大的胆子，逼死先帝的血脉太后的骨肉，皇帝陛下的亲哥哥，你犯下了滔天罪行，难道还不该杀吗？"婉儿怒目再一剑刺去。

"老夫奉太后之命，赐毒酒予叛逆之子，何罪之有？"丘神勣再次躲过，且振振有词丝毫不畏惧。

"一派胡言！太后赐的明明是西域美酒，何来毒酒？明明是你这狗奴才妄揣圣意，曲解太后的美意，草菅人命，还要赖到太后头上！"婉儿这一番话可是把丘神勣砸得云里雾里地说不出话。

须臾，丘神勣抱起那坛酒走到婉儿面前，说："上官大人的意思，此非毒酒？"

"非毒酒！"婉儿说。

"那好，上官大人敢饮呼？"丘神勣冷笑道。

婉儿二话没说，夺过酒，揭掉封盖，仰起脖，咕咚咕咚喝了好些口，而后问丘神勣："毒酒乎？"

"这……"丘神勣无言以对，也弄不明白到底怎么回事，只得回朝复命再说。

第三十九章　米仓青青米仓碧
残阳如诉亦如泣

　　丘神勣回朝复命去，婉儿亲手将李贤下葬。

　　是夜，婉儿入梦，见李贤骑一匹白马，奔驰于白云间，婉儿跨上马追赶在后，欢笑着一路追一路喊："贤，你要带婉儿去哪里？……贤，你等等婉儿……"可是无论婉儿怎么喊，李贤头也不回，只一个劲儿地云一样飘走。

　　终于飘到一块悬崖处按下云朵，他冲婉儿招手笑。婉儿也来到悬崖上，见四处的风景十分优美，山峰绮丽，青藤缠绕，古树参天，石崖间的泉水叮叮咚咚划过耳畔宛如敲击古乐。正当婉儿为美景如痴如醉时，耳边忽然传来李贤的声音说：

　　"婉儿，你看这崖下是什么？"婉儿低头看去，一片低洼地，仿佛被白雪覆盖，再定睛细看，原来是一片正盛开的白梅。婉儿惊讶不已时，又忽听得李贤说："是本王为思念婉儿所种，可惜，本王不能陪婉儿赏这里的风光了，我要先婉儿一步去也……"说完就不见了，婉儿拼命地喊呀喊……直喊到醒来。

　　婉儿再无睡意，待到天明，婉儿询问房氏附近可曾有此景，房妃说后山有条小路，一直朝前走，山上便是李贤的梅花庵。婉儿闻听果有此景，便知昨夜李贤果真入梦来。

　　婉儿三步并作两步朝后山小路跑去，登上山，果然见一片白梅正值盛开，四处之景相似梦境，又见高处一茅屋，居高临下，内有一石，题为"梅花庵"。婉儿立于茅屋，全数饱览雪花般的白梅，不禁往事历历在目。初识他时亦是梅花盛开时节，那时候的李贤，英姿勃发，才气横溢，而今，英年早逝，而且死得凄惨，婉儿想着不由得潸然泪下，且口中念念有词道：

　　米仓青青米仓碧，残阳如诉亦如泣。

　　瓜藤绵绵瓜潮落，不似从前在芳时。

安葬了李贤，婉儿携带房氏、张氏等回长安。途经木门寺晒经石，见李贤在晒经石上留下的诗句：

　　明允受谪庶巴州，身携大云梁潮洪。

　　晒经古刹顺母意，堪叹神龙云不逢。

吟罢诗句，婉儿泣不成声，为了怀念李贤，也为了向天下人宣告婉儿的心只属于李贤，婉儿请来工匠为李贤修建了一座亭子，把"米仓青青米仓碧"和李贤的"晒经诗"一并题于亭上，以此令世人怀念李贤。

第四十章 视死如归讨公道 不负初情王子贤

婉儿在木门寺滞留数日，为李贤建了一座纪念亭，而后带着李贤妻儿继续赶路回长安。

回到长安婉儿做的第一件事就是弹劾丘神勣逼死李贤。

可事情远比婉儿想象得艰难，武则天避而不见，还传令要婉儿在家休养身体，宫中所有人也如避瘟神一样避着婉儿，婉儿别说弹劾丘神勣，连弹劾的奏章都递不上去。

连日来婉儿心里别提多窝火，李贤就这么白白死了?! 杀死李贤的凶手不仅逍遥法外而且功臣一个，吃香喝辣大摇大摆。自己在李贤墓碑前发下的誓言，要将丘神勣绳之以法以告慰他亡灵，现在看来是无法兑现了。没保护好李贤已是愧对先帝唐高宗的嘱托，现在还要愧对李贤的冤魂，她还有何面目苟活? 活在一个没有天理和公道的世界又有何意义?

婉儿的内心时不时升腾起悲愤，即使抚琴也难抑制她心中的愤。那日原本弹的是《高山流水》，希望能让自己冷静下来，不想却把高山流水弹奏成波涛怒吼的《广陵止息》。

她不能失信于贤，否则贤的亡灵何以安息! 婉儿突然站起掷琴于地。

"婉儿! 你要去哪?"郑氏连忙拦住婉儿。

"去弹劾丘神勣!"婉儿目光坚定。

"太后不让见，就是不想你弹劾他，你若执意，那便是忤逆太后，忤逆太后会有什么下场你比为娘的清楚!"郑氏哀哀地说。

"女儿想清楚了! 生无公道，生何欢? 死得其所死何惧?"婉儿一脸的无畏。

"母亲，忠孝不能两全，请原谅女儿不孝！"婉儿说着对母亲郑氏"扑通"跪下请罪。

"罢了！罢了！母亲不拦你，拦也拦不住，从你祖父到你爷爷，再到你，哪一个不是犟驴？只要你们认定是对的，十头牛也拉不回！"郑氏抹着泪惨淡一笑算是释怀。

"苦了母亲了！"婉儿搂过母亲，泪水不由夺眶而出。

"没事，母亲从不觉得苦，为你骄傲呢，将来到了那边对老爷太太还有你父亲都可以交代了！母亲高兴呢！"郑氏一边说高兴一边抹泪。

"你就放心去做你想做的吧，不要考虑母亲！"郑氏抚摸着婉儿继续说。

"母亲！来世婉儿再做您的女儿！好好报答您的养育之恩！"婉儿再次跪下叩头三拜，而后坚定地朝着太极殿走去。

朝堂肃静，文武大臣按职位高低依次排列，金銮殿上高高坐着的不是皇帝李旦，而是趾高气扬的武则天。她挽一朵高菊发型，左右各插一支金钗，金钗微微上翘，穗垂过耳，如帝冕。

武则天居高临下，目光如鹰，扫视堂下。

婉儿着一身素衣，手捧奏折，满面泪水，目光直视前方，不卑不亢一步一步地走进朝堂……

朝堂肃静得可以听到彼此的心跳，目光一致随着婉儿转，包括首席宰相裴炎。

婉儿一步一步朝前走，武则天不惊不慌静静地看着婉儿一步一步朝自己走来。

"太后！婉儿有本要奏……"走到最前一排的婉儿"扑通"跪下，身子匍匐，双手托举奏章。

武则天早有了心理准备，她轻描淡写地露一个笑，说："婉儿可是要参奏丘神勣逼死李贤？"

"回太后，正是。"婉儿说。

"那么婉儿想怎样呢？"武则天淡淡问道，却不叫人传奏章。

"杀人偿命，何况丘神勣杀的是太后与大圣天皇的骨肉，按律当诛！"婉儿句句铿锵有力。

"可他也是无心之过，并非有意。"武则天明晃晃地包庇。

"做臣子的乱揣圣意，按律亦当诛！"婉儿针锋相对。

"丘神勣无心，罪不当死，众爱卿何意？"武则天知道自己理亏不想与婉儿辩论下去，便把球踢给大臣们。

武则天话音落下，文武百官面面相觑，而后目光一字扫向裴炎。裴炎微闭双目噤若寒蝉，完全没有要发表意见的意思。

原来，裴炎的心里正憋屈得慌，他巴不得有人来搅搅武则天的局。自从李旦登基，武则天与裴炎的矛盾就日益尖锐，首先是武则天软禁李旦皇帝自己临朝称制，为此裴炎十分不满。

其次，武则天独揽大权，破坏三省六院制度，大肆提拔自己的亲信，尤其是把两位同父异母的哥哥的儿子武承嗣和武三思分别擢为侍中和左金吾将军。这兄弟俩皆无功无德无能，却一步登天擢为三品官员，实在令人难服。

更甚者，武则天居然要为武家祖先设立宗庙。自古只有帝王才有资格建立宗庙，武则天的所作所为完全把自己凌驾于皇帝的地位。这是裴炎所不能容忍的底线，在裴炎的强力反对下，设立武氏宗庙虽说没达到目的，但武则天还是把武家的祖先都封为王。

裴炎已感觉到武则天有称帝的野心，但敢怒不敢言。现在好不容易有人来砸她的场子，我裴炎何故要解围？所以裴炎一言不发，甚至唯恐不乱。

裴炎不发声，程务挺就不发声，一文一武的最高长官不发声，其余的文武百官就更不愿意出声了，落得喝两杯茶谁也不得罪，毕竟眼下武则天与裴炎势均力敌，各占优势。武则天挟天子令诸侯，裴炎有程务挺，程务挺掌握着国家兵权。虽说武则天稍占上风，但是武则天毕竟是风烛残年的老太婆，他们之间鹿死谁手还真难一眼看穿。

武则天见大臣们冷场，也不介意，因为她本来就是随意问问没指望他们什么，所以又淡淡一笑，说：

"诸位爱卿都不表态是何意啊？"

堂下依然鸦雀无声。武则天的目光不觉望向了刚刚提拔为侍中的武承嗣，姑侄目光相碰武承嗣立刻领会。

"臣有本要奏。"武承嗣立刻跳了出来。

"准奏。"武则天说。

"上官婉儿擅闯朝堂按律当斩！"武承嗣奏道。

武承嗣话音落下，武则天微微皱起眉头，因为这个结果不是武则天想要的，现在正是用人之际，婉儿是她不可或缺和不可替代的人才。

"哀家是问如何处置丘神勣。"武则天摆摆手让武承嗣退下。

"臣以为无心之过，杀伐太重，可降级以示惩戒。"武承嗣看懂了武则天的心思立马再奏。

"众爱卿，尔等可有异议？"武则天立刻露出满意的笑容。

裴炎依然不语，程务挺亦不语，满朝文武也低头不语。

"好，众爱卿不语就是无异议了，那就将丘神勣贬为叠州刺史！"武则天带着笑容说。

贬叠州刺史，不过是降了两级官阶而已，与人命相比，实在是太微不足道的惩罚，婉儿哪里肯善罢甘休！

"太后，法度不严，国威不震，有法不依，民风不纯，王子犯法乃与庶民同罪，丘神勣犯的是杀人的死罪，按律当斩才可以服天下！"婉儿丝毫不给武则天面子，字字句句铿锵有力。

"无心之过，得饶人处且饶人！"武则天面色不快。

"太后……"婉儿欲再反驳，可却被一声断喝打断。

"大胆！贬为叠州刺史这也是陛下的旨意，婉儿，你要抗旨吗？"武则天勃然大怒。

婉儿比谁都清楚，这绝对不是陛下的旨意，所以婉儿拔下发簪对准自己的咽喉说：

"婉儿以死相谏，恳请陛下依照律法斩丘神勣人头以祭先帝骨肉亡灵！"婉儿匍匐在地。

婉儿这一招令在场的人都心惊肉跳。武则天进退两难，她知道婉儿是个烈性女子，若不依，她必血溅朝堂，若依了，那以后自己的威信何在？再者丘神勣正是自己新培植的党羽，将来大有用处，现在还不能杀他，可是又更不能让婉儿死。

"婉儿，汝当给太后宽些时日才好！"裴炎看事情闹到这地步，再不吭声也说不过去，便说了句不痛不痒的话。

"婉儿，切莫冲动！"程务挺担心婉儿的安危也赶忙凑上话。

武承嗣一看武则天处于如此尴尬局面，便跳将出来喝声道："朝堂之上，岂容撒泼？太后，臣奏请推出去立斩！否则君王威严何在？"

婉儿鄙视地看一眼武承嗣，从容淡定一笑说："哼，若不斩丘神勣，婉儿自行了断！焉须尔等劳神？"

婉儿说着举起发簪就要刺向自己的咽喉。

"不要……"武则天惊得大喊。

与此同时程务挺以迅雷不及掩耳之势扑上去，将婉儿撞倒再夺下发簪，羽林军见势立刻冲上去将婉儿反卷了手摁住。

"尔等别伤着她！"武则天见状喊道。

"太后，如此逆臣，当杀一儆百！"武三思奏道。

"退下！"武则天喝退武三思。

"婉儿重情重义，令人钦佩，她与哀家的贤儿情投意合，贤儿又多次救她于危难中，今，贤死于非命，婉儿伤心过度，才有如此激烈举动，此乃人之常情！程务挺，护送婉儿回采微苑，不得伤了她。"没想到武则天不但不动怒，反倒钦佩不已。

"太后英明！"裴炎被武则天的胸怀感动得驱前跪拜。

"太后英明！"文武百官见裴炎跪下立马呼啦啦跪了一片。

武则天目光扫过堂下的文武百官，而后提高嗓门高声问："文官谏死，武将战死，尔等谁能如此忠烈？"

见堂下无一人应答，便笑了再说："唯婉儿也！哀家就喜欢这样有心有胆有肝的人。"

武则天蔑视地看堂下那些个衣冠楚楚的男人，心里骂道，你们个个道貌岸然，满嘴礼义道德，关键时候却只会明哲保身，高正就是最典型的例子。

说起高正，的确令人看不起世间的男人！高正是李贤当太子时府邸的一员杂工，李贤出事后，牵连了一批人，高正是其中的一个。但因为他还年轻，又只是在李贤府上打杂工而已，所以唐高宗赦免了他让他回家去。谁知高正从牢房出来高高兴兴回到家，还没来得及喊一声爹，他的父亲因怕受牵连，一刀就朝他捅去，他的堂弟接着又一刀捅去，他的叔叔见状一刀将他的头颅割下扔到大街上去。为了明哲保身，他们个个不惜牺牲亲情，而且手段极其残忍。

"退朝！"武则天一声喝拂袖而去。

朝堂上的裴炎额头渗出一片汗。心想这个女人实在不简单，本以为可以看她的笑话，没想到她三言两语就化解了，还夹枪带棒占了上风，倒是自己有些无地自容。

"姑母，侄儿不明白，何故不杀婉儿？以后人人效仿，当如何？"散朝后武承嗣再次劝武则天杀婉儿杀一儆百。

"汝懂什么？杀了婉儿，那些来朝圣的各国的番文你能处理吗？"武则天说。

"侄儿无能。"武承嗣说。

"汝不能，哀家也不能，那就得交给裴炎那帮大臣，裴炎的势力汝已看见了，再把启诏权交与他，哀家还有立足之地吗？"

武则天的一番分析，武承嗣恍然大悟，也从心里更加佩服武则天的高瞻远瞩。

"婉儿她无势无派，一个小女子哭啼打闹两声又何妨？而裴炎就不同了，他的身后不仅有程务挺，还有皇帝！"武则天继续说明不杀婉儿的原因。

"侄儿懂了，姑母教诲的极是！"武承嗣退下。

心想难怪自己的父亲和叔叔都不是姑母的对手，姑母果然非同凡响，以后自己得好生伺候不可有半点歪念，否则会落得与父亲一样的下场。

第四十一章　圣旨点醒痴情女
忍辱负重为大局

回到采微苑的婉儿，依然坚持严惩丘神勣，血溅朝堂不成就绝食。

"婉儿真的绝食？"武则天问负责采微苑事务的陈公公。

"已经三天滴水未进。"陈公公说。

"她闹够了没有！"武则天面有怒色。

一旁的赵公公早看出了武则天的难处。她既不想杀丘神勣，更不想杀婉儿，婉儿是不可再造的奇才，对武则天大有用处。

"太后若不想婉儿死，奴才有一计……"赵公公说。

"讲！"武则天说。

"太后何不令太平公主去劝婉儿？"赵公公提醒道。

武则天一听觉得是个好主意，婉儿与太平公主情同姐妹，太平公主一定不会看婉儿活活饿死，她一定有办法拿下婉儿。

"宫里就数你鬼点子多，你若不是个公公，哀家定擢汝为宰相。"武则天笑说。

"谢太后夸奖，那奴才就去办了！"赵公公欣喜而去。

太平公主闻听婉儿绝食，又得知二哥李贤已死，房氏和张氏以及侄儿们都回到长安，暂住四哥李旦宫里，便连夜赶了过去。

太平公主先去了四哥李旦那看望嫂嫂和侄儿，再赶到婉儿的采微苑。只见婉儿两眼凹陷，面色苍白，嘴唇干裂，肚子扁平到与背相贴，躺在那儿，看上去只比木乃伊多了一口气息而已。

"公主驾到！婉儿有失远迎……"婉儿想强撑起身子。

"你躺下，你我私下不必拘礼。"太平公主立刻摁婉儿躺下。

"看看，都把自己折腾成啥样了，让人看着心疼碎了！"太平公主拂开婉儿额前凌乱的发丝说。

婉儿淡淡一笑，说："公主，汝不知道，贤，他死不瞑目，婉儿就想为他讨个公道！不然吾一辈子不会原谅自己的！"

"本公主懂你的心，只是你这样有用吗？你若真死了岂不让亲者痛仇者快？"太平公主说。

婉儿长叹后说："唉，婉儿除了用命搏，还有什么呢？"

"本公主也是个烈性子，但要看死了更值还是活着更值！"太平公主说着环顾左右，不见旁人便抖开一块绢帕。

婉儿一看，绢帕上赫然写着四个字：生难死易！这字好眼熟。

"是陛下？"婉儿一眼辨出这是当今皇帝李旦的字迹。

"是的，四哥让我带给你！"太平公主说。

"婉儿你好糊涂啊！二哥已死，三哥被流放，四哥说得好听是皇帝，说得不好听是母后的囚犯，眼下李唐江山大有大厦将倾之势，你再死了，还有谁能帮四哥？若二哥还活着，他亦绝不会赞同婉儿此举！"太平公握住婉儿的手语重心长。

"吾糊涂也！"婉儿顿然大悟。

"吾差点辜负了先帝的重托！真是糊涂啊！"婉儿哽咽着。

"眼下只有你能贴近母后，以后只怕我们李家都要多多仰仗婉儿，尤其是四哥，本公主令你保护好他！"太平公主继续说。

"婉儿遵命！婉儿欠远虑，愧也！"

婉儿经公主点拨茅塞顿开，眼下大唐江山的确岌岌可危。武则天一连串的动作，软禁皇帝，提拔武家，发展亲信，设立武家宗庙，这桩桩件件都是司马懿之心昭然若揭。

"只是便宜了那畜生！"婉儿还有些过不去那个坎。

"君子报仇十年不晚，他杀的是本公主的哥哥，本公主又岂能饶他？为了大局，先让他的狗头记着账。"太平公主恨恨道。

"有公主这句话婉儿就放心了！婉儿这就去向太后负荆请罪！"婉儿说着就下床，可腿软得跟棉花腿一样站立不住。

"看把自己折腾的！快先吃点东西，本公主先一步去母后那，好为汝美言。"

太平公主告辞，婉儿洗漱，郑氏热泪盈眶端上热粥。

第四十二章 扬州突变烽火起
乾坤逆转拒裴炎

一

天色擦亮，扬州一匹快马飞进京城……

婉儿神色凝重，她手持扬州快报急走。

"快传太后！"婉儿对赵公公说。

"太后一宿未眠，五更才睡下，这不，命奴才把门呢！"赵公公说。

"扬州有急奏！"婉儿说。

"哪天没急奏？"赵公公说。

"这可不一般，李敬业在扬州起事，一夜间聚集了十万兵马……"婉儿解释，希望赵公公放她进去。

赵公公一听亦觉此事非同小可，担待不起，正要去唤醒武则天时，却听得武则天说：

"难怪哀家眼皮子跳……"武则天走了出来，接过急奏。

李敬业何许人？敢挑起反唐的大旗？李敬业乃李勣之孙。

李勣，原名徐世勣，字懋功。唐高祖李渊赐其姓李，后避唐太宗李世民名讳故改李勣。唐初名将，与李靖并称，封英国公，凌烟阁二十四功臣之一。永徽六年（655）为废王立武起到中流砥柱的作用，公元669年十二月初三卒，享年76岁，唐高宗辍朝七日，赠李勣太尉、扬州大都督，谥号贞武，陪葬昭陵。李勣的公爵本应世袭儿子李震，可惜李震英年早逝，只能由长孙李敬业承袭。

李敬业从小受爷爷李勣的熏陶,善骑射好兵书,也颇有一腔抱负,希望长大后能如爷爷那样驰骋沙场生荣死哀。但人生十有八九不如意,李勣死后,他的人生轨迹一路下坡,从眉州刺史贬柳州司马。

他的胞弟李敬猷亦同时被贬。兄弟俩那日怀着满腔的怨与愤来到扬州最著名的蓬莱客栈。也真是无巧不成书,不想在这里却遇上同批被贬的原监察御史魏思温、长安主簿骆宾王、詹事司直杜求仁、给事中唐之奇等人。

"同是天涯沦落人,来来来,坐一桌,今朝有酒今朝醉,莫管明日路途难!"李敬业招呼大家坐一起他请客。

就这样,这一帮子人聚在了一个包厢喝酒。起初每个人都是借酒浇愁。殊不知,借酒浇愁愁更愁,酒过三巡,这一帮人便没了遮拦,个个如竹筒倒豆一样,倾诉着心中积压的怨与恨。

"羞煞也!羞煞也!吾等皆空为七尺男儿,屈驱石榴裙下,羞煞死也……"骆宾王举着酒杯连连说着羞煞!

俗话曰,说者无意听者有心。李敬业是一个搭弓射箭的习武之人,他原本就对武则天窝了一肚子的火,又被骆宾王这么一挑,那根男儿血性的筋吧嗒一下就被挑得暴跳起来,只见李敬业"噌"的一下跳起,一只脚踏在了桌上,接着大手掌往桌上一劈吼道:

"不如尔等反了她!"

这一声吼可是吓坏了在座的所有人,包括见多识广的魏思温。

一群人的目光齐刷刷地定格在了李敬业的身上。但,当他们惊恐的目光逐渐平复下来后,李敬业的话反而如发酵剂,在他们的心中迅速酿造出渴望的美酒。

"我不入地狱谁入地狱?七尺男儿报效无门,今日碌碌无为为残羹剩饭,他日白骨凄凄惨惨埋他乡,还不如今天轰轰烈烈一场,死亦为鬼雄快哉呼!"骆宾王第一个发出响应的呼声。

骆宾王号称初唐四杰,他的一席话,在这一刻像一把火,把李敬业一帮人心中的干柴迅速引燃的如火如荼。

"魏兄,汝意下如何?"李敬业瞪着血红的眼问一直在沉思中的魏思温。

魏思温又沉思片刻,而后徐徐站起,他举起碗,目光坚定,语气沉着,道："唯此一计，反！"

魏思温话音落下，满座一片欢呼，举杯碰盏。

唯有唐之奇冷笑一声道："反，这事想想也就罢了，兵在哪里，粮在哪里，钱又在哪里？"

唐之奇的话如一盆冰水哗啦一声就把他们的热脑袋泼凉下去，满桌笑声戛然而止，个个垂头丧气，骆宾王还呜呜痛哭起来。

"哭什么？办法都是人想出来的嘛，若是没有困难那还要吾等英雄作甚？"关键时候李敬业一声喝。

"老夫倒是有条妙计，若成，可兵不血刃，兵、粮、钱就都有了。"魏思温兴奋地说。

魏思温的妙计就是给同僚监察御史薛仲璋去信，要他向裴炎讨个差，来扬州老朋友一聚。等他到了扬州再唆使韦超告扬州长史陈敬之阴谋造反，这样，薛仲璋必将陈敬之逮捕入狱。陈敬之一旦入狱，李敬业等就冒充新任扬州司马，再伪诏奉太后密旨，发兵讨伐高州酋长冯子猷谋反。要打仗，当然就要开府库……

"如此不就兵马粮饷全有了吗！"魏思温捻着不太浓密的胡须得意道。

魏思温的计谋让大家喜得半天缓不过神。待缓过神个个又生龙活虎跃跃欲试，喜笑颜开。

一切都向着魏思温的设计发展，薛仲璋在舅舅裴炎那轻松讨到巡视扬州的钦差，扬州长史陈敬之下狱被斩，李敬业冒充新任扬州司马，开府库发钱粮，招兵买马一路顺当。

待一切完成后，李敬业摇身一变举起反武大旗，统领十万兵马南渡长江，来势汹汹，势如破竹，一举攻占扬、润、楚三州，且由骆宾王起草向天下发布讨武檄文。

武则天一字一句看着把自己骂得体无完肤的檄文，一旁的婉儿胆战心惊暗示侍女太监离开，免得武则天发怒殃及池鱼。

武则天的脸色越来越难看，牙齿咬得咯吱咯吱响，恨不能咬断李敬业等人的脖子喝他们的血吃他们的肉。

"太后，别看了，不过是泼妇骂街的词汇。"婉儿想抽走武则天手里的檄文。

"为何不看？多好的文章！从哀家的发根骂到脚丫子，寸寸为恶，比魔鬼还胜一筹，堪比当年陈琳讨曹操檄文，有了这篇檄文哀家不名流千史是难啰！哀家感谢他呢！"武则天突然哈哈笑了说，仿佛被骂的人不是自己一样，婉儿既吃惊又佩服。

"走，通知上朝。"武则天说。

二

今日本是休朝，接到临时上朝的通知个个不敢怠慢，知是有大事。

朝堂上，武则天要婉儿当殿念骆宾王的讨武檄文。

"太后……"婉儿想劝阻。因为檄文内容实在不堪入耳。

"哀家都不怕，你怕什么？念！"武则天说。

婉儿无奈只得继续念，但声音放的很低。

"声音太小了，大点声。"武则天说。

婉儿不得不提高声音继续念道："弑姊屠兄，弑君鸩母……"婉儿戛然而止实在念不下去了。

"怎么不念了？"武则天抬起头问。

"太后，不念也罢！"婉儿说。

"念！"武则天面色泰然。

"太后……"婉儿皱紧眉头，示意武则天下文不堪入耳。

"这么好的文章，别扫哀家的雅兴，快念！而且要一字不漏地念！"武则天呷一口茶，那神情真像是在赏一篇佳作，哪里看得出是在听淋自己狗血的檄文。

婉儿暗暗佩服，只得往下念。"犹复包藏祸心，窥窃神器。君之爱子，幽之于别宫；贼之宗盟……"

堂下一片哗然，有人交头接耳，有人窃笑，有人愤然……

裴炎偷觑一眼武则天，心想看你能扛到几时！

武则天看一眼裴炎，心想，想看哀家的笑话？哼！鹿死谁手还不知道呢！

"若其眷恋穷城，徘徊歧路，坐昧先几之兆，必贻后至之诛。请看今日之域中，竟是谁家之天下！移檄州郡，咸使知闻。"婉儿终于念完檄文，发现自己已是一身的汗。

再看武则天却两眼发光。她叹一气站起来，而后释然道：

"可惜了，如此才子却英雄无用武之地，这不是骆宾王的错，而是你们失察不善举荐的错！裴爱卿，汝是中书令，是不是该好好反思一下？"武则天面带笑容，仿佛檄文骂的是他人与自己没一毛钱关系。

武则天再看堂下，个个面面相觑，噤若寒蝉，武则天明白他们此刻的心情，得罪裴炎怕李敬业胜，毕竟他的外孙薛仲璋是叛乱集团的核心人。可得罪哀家怕李敬业败走麦城，到时吃不了得兜着走。既然看不清前方的路，与其不如免开金口，坐下来管他东家茶西家水两杯都喝，谁也不得罪，这是明哲保身的法器。

得，和这帮人商量不如省点气力，还是退朝自个拿主意吧。于是武则天宣布退朝。

退朝后，大多数闲官都回家遛弯去，只有少数重要官员，会留下到政务殿继续办公务，这已是不成文的惯例。

所以郭正一、魏元同、王德真、郭待举、刘齐贤等一帮宰相都未离去，他们随裴炎一同去往政务殿商议大事。

今天商议的大事自然是关于李敬业起反的事。但他们商议来商议去，都离不开裴炎的意思，那就是请武则天还政。他们认为只要武则天归政李敬业自然收兵，可要武则天还政又比登天还难。

"何不走废庐陵王的老路？"程务挺大胆提议。

"这条路行得通是最好，但需要婉儿配合。"王德真说。

王德真话音落下，几位目光都齐刷刷地落在裴炎身上。裴炎思虑片刻，决定诓婉儿到政务殿来。

"裴大人差婉儿来所为何事？"婉儿来到政务殿见到裴炎问。

"坐，坐！亦无他事，只是方才大家聊起你的爷爷，在下忽然想为他出本诗集，不知婉儿意下如何，所以特请婉儿来问问。"裴炎似乎在说着不相干的话，其实是在挑拨婉儿恨武则天。

"眼下叛军来势汹汹，裴大人怕是醉翁之意不在酒吧，说吧，要婉儿做什么？"凭婉儿的冰雪聪慧，哪里猜不到裴炎的动机。

"和聪明人打交道就是好，不费力。那好，老夫就不拐弯了！王大人你来说吧。"裴炎吩咐王德真把他们刚才的决定告诉婉儿。

"太后把持朝政，如今已是官逼民反，这也是没办法的办法！"裴炎补充道。

可裴炎的话使婉儿气不打一处来。"裴大人可还记得婉儿与大人南门一叙？"

婉儿几个月前在南门拦住裴炎，晓之以利害，劝裴炎不可轻易废立，反被裴炎讥讽一番。

裴炎立刻涨红了脸，"老夫惭愧！所以现在来弥补"。

"一切都晚了！现在是兵临城下，金陵一旦失守，李敬业很可能占立为王，那时国将分裂，国裂则民不聊生，外寇也将纷沓而来！"婉儿怒视裴炎。

"亡羊补牢为时不晚，只要明日太后还政，叛军将不攻自破。"裴炎说。

"裴大人差也！拟道诏书容易，让太后还政亦不难，可是，太后还政后，谁能堪当辅佐大任？尤其是眼下时局！"婉儿提出最尖锐最敏感的问题。

裴炎听了哈哈一笑说："婉儿多虑了，有老夫等一帮大臣的辅佐，何惧？"裴炎话音落下顿觉有失，且立马补道。

"士别三日当刮目相看，自古英雄出少年，想当年秦始皇平定嫪毐叛乱还比陛下小一春秋呢，怎知陛下不能管好江山呢？"

裴炎话是补上了，但是方才不小心露出的尾巴婉儿已经看得一清二楚，武则天退位，无非是换一个人来操纵皇帝罢了，相比之下，婉儿更愿意相信武则天。一则武则天是陛下的母亲，二则武则天管理国家有着二十多年的丰富经验，尤其是武则天的"建言十二事"，不仅令婉儿臣服，而且影响婉儿一生的选择。

上元元年（674），武则天审时度势地提出治理国家的十二条建议，称之为"建言十二事"，即发展农桑；以德感化天下；免除京畿地区徭役；禁浮华；崇尚俭朴；广开言路；杜绝谗言；学习老子的《道德经》；为母服孝三年；五年以上有功官员不再考核；八品以上京官增加年俸；任事已久又有才德官员可晋升。

"建言十二事"不仅是治国之本，更显示了武则天的治国才能，其中第九条"为母服孝三年"婉儿最是欣慰。几千年来终于有人敢违天下之不道为女人哪喊出心声！那年婉儿十岁，小小年纪的她发自内心地崇拜武则天。

"战事吃紧还政可缓，平叛乃当务之急！"婉儿不假思索拒绝道。

"差也！还政乃当务之急！叛军可不攻自破！此乃上上策！"裴炎一听猴急起来，不顾失去平日里的稳重。

"裴大人又怎知叛军会不攻自破？若不破当如何？"婉儿不紧不慢反问道。心里暗笑你不过是想做第二武则天罢了。

"不破，裴某亲自前往劝降！"裴炎拍着胸脯保证。

婉儿听了静默地看了几秒裴炎，而后极其轻微地叹着气说："裴大人怎越说越糊涂了？难不成裴大人能够左右叛军？"

裴炎一听轰一下就冒出一身冷汗，刚才的话再往深处想，不就等于说自己与叛军有勾结吗？幸亏这话不是在武则天面前说的，否则自己跳进黄河也洗不清。

"多谢婉儿才人提醒！老朽糊涂也！幸亏这里都是自己人你们就当没带耳朵！"裴炎一边擦着汗一边暗示此话就烂在这里，当然更多的是暗示婉儿不要报告给武则天。

"放心，裴大人什么也没说。"婉儿安慰裴炎。

"老夫谢过婉儿才人！"裴炎立刻给婉儿鞠躬施礼。

"大敌当前上下一心方为上策！"婉儿见裴炎一头汗，便再暗示道自己不会告发他们。

裴炎眼巴巴地目送婉儿离去，一点办法也没有。他本以为拉拢婉儿是木板钉钉的事。其一，婉儿是捍卫李家王朝的，其二，婉儿与李旦皇帝的关系历来要好，其三，婉儿与武则天有杀父之仇，其四，武则天杀李贤有夺爱之恨，还有其五是最重要的，许予婉儿西太后。有如此多的利益还怕婉儿不与我裴炎站队？却不承想，婉儿想都不想就拒绝了。

唉，明日朝堂上就只能自己赤膊上阵了！裴炎暗暗叹气，显得无奈和有些沮丧。

第四十三章　江山社稷应为上
黎民百姓大如天

武则天回到迎仙宫迅速与婉儿研究作战方案。武则天决定大胆起用没有作战经验的李孝逸为讨伐叛军总管，率兵三十万讨伐叛军。

婉儿明白武则天之所以起用李孝逸，是因为李孝逸的特殊身份。

李孝逸乃唐高祖李渊的堂侄，是当时唐宗室中辈分最高的，唐高宗李治活着时得管他叫叔爷。李孝逸除了辈分高别无他技。可辈分高此时却能派上大用场，李敬业他们正打着讨武匡复李唐的旗号，用李孝逸挂帅就等于撕下叛军的假面具，在政治上给予叛军重击，又无形中向天下人宣示李家王朝还是李家的王朝。这是武则天的高明之处。

但让李孝逸统领三十万大军，武则天也犯难。万一他与叛军联手倒戈，万一他兵败……无论哪个结果都会满盘皆输，所以武则天才做出决定却又立刻摇摆不定。

武则天盯着拟好的诏书发愣，玉玺迟迟不敢落下。婉儿同样清楚起用李孝逸是招险棋，但婉儿更多的是担心李孝逸的能力，他不仅缺乏军事才能，还优柔寡断。

"为稳妥起见最好召程务挺回京。"婉儿建议道。

"绝对不可，此时边关的稳定更重要。"武则天一口回绝。

其实武则天更多的是担心程务挺与裴炎串通一气，不但叛军没讨，反来一场宫变，那时悔青了肠子也枉然。

婉儿当然明白武则天的心思，自从李显被废，她就时刻提防着裴炎与程务挺，她调程务挺去镇守边关就是为了瓦解裴炎的力量。

"那就令魏元忠为副将，黑齿常之为后备军。"婉儿又提议。

"倒不失为好主意。魏元忠虽为文官，但脑子灵光，二来他忠。"武则天露出笑容。

"有黑齿常之垫后可保万无一失。"武则天继续说。

黑齿常之，百济人，降唐后的数十年里为大唐屡立战功，纵横青藏一带，数破突厥，威震天下，晋爵燕国公。嗣圣元年（684），黑齿常之调任左武卫大将军，仍兼任检校左羽林军。

"李孝逸胜，黑齿常之则按兵不动，败，则援之。"婉儿说。

"此计甚妙！那就命黑齿常之为讨贼江南道大总管，随时待命。"武则天说着目光越发地亮起来。

"太后英明！"婉儿说。

"是婉儿英明吧！"武则天淡淡一笑神色诡异。

"婉儿不过是又充当了一回太后的口舌而已，是太后英明早就胸有成竹！"婉儿从武则天诡异的神态中断定武则天早有此计。

"应该是又一次不谋而合！好在婉儿不是哀家的敌人，否则鹿死谁手还真难说。"武则天仿佛如释重负。

原来，裴炎请婉儿去政务殿谈事，早有眼线报告给武则天，武则天不动声色，只暗暗观察婉儿，直到婉儿献计令黑齿常之带领一支军队垫后，武则天这才放心婉儿没有背叛自己。

"太后过誉，婉儿惶恐。婉儿充其量是写诗的小器，而太后是能令天下男子均失色的治国大器！"婉儿连忙自贬。

"差也，婉儿亦是巾帼不让须眉！有婉儿哀家无惧也！"武则天说完爽朗而笑。

"谢太后信任！"婉儿说着将拟好的诏书递给武则天过目，武则天接过盖上了玉玺。

翌日，即十月初六，一道诏书颁下，李孝逸为左玉钤卫大将军、扬州道行军大总管；李知十、马敬臣和魏元忠为副将，率领大军三十万浩浩荡荡开拔讨伐叛军李敬业。

李敬业探得李孝逸为讨伐大总管，自然明白武则天的用意，无非是要李敬业师出无名。师出无名就是逆贼，逆贼就不得人心。李敬业连忙召集魏思温、薛仲璋、骆宾王等商讨对策。他们一致通过一项计策，以假乱真，找人冒充李贤，然后向天下人宣告，李贤没死，现逃难在扬州，就在军队里，是李贤命令他们讨武勤王，拯救被幽禁的李旦皇帝的。

听说皇帝被幽禁，又有李贤王子坐镇，扬州城李敬业的军队情形激愤三战三捷。

李孝逸连连吃败仗，以及李贤未死的消息传到都城，武则天立刻就坐不住了。李贤还活着那麻烦就大了！一则李贤文武双全，二则他是名正言顺的皇子，是当今皇帝的亲哥哥，他具备振臂一呼江山倾的威力。

"婉儿，贤到底死没死？"武则天阴沉着脸问。

"回太后，贤死于剑下，婉儿亲眼所见，且亲手埋葬的！"婉儿回道。

武则天听后不语，她担心婉儿为救李贤，与自己玩金蝉脱壳的游戏。婉儿也看出来武则天不相信李贤确实死了。

"太后，让婉儿亲赴扬州，真假李贤一试便知！"婉儿提出亲自跑一趟扬州。

武则天迟迟不语，她担心婉儿会是第二个薛仲璋，肉包子打狗有去无回，成为自己的敌人。这是武则天非常害怕的局面，没有婉儿，许多政务就得依靠裴炎，依靠裴炎的结局就是归政。

"刀枪不长眼，哀家不能没有婉儿！"武则天说死不同意。

坏消息接连传来，先失扬州，后失润州，今又失楚州。再这样下去洛阳难保。

难道贤真的还活着？那仗剑自刎的又是谁？难不成贤预料到自己终将有那一天，所以事先找好替身？凭贤的智慧是有可能这样做的，只是他已被贬庶人，就是有那个心也没那个能力。俗话说落毛的凤凰不如鸡，听二位夫人说他们一家在巴州温饱都顾不上呢，哪里来的钱顾替身？可前方奏折又一封接一封，连李孝逸都确定李贤还活着。

"果真是贤，婉儿当如何？"武则天又一次猝然问婉儿。

"太后亦没睡？"婉儿连忙拿来披风为武则天披上。

"前方战事吃紧，每天都在死人，婉儿睡不着，哀家又岂能睡得安？"武则天说着重重地叹一气。

"不能迅速平定，只怕吐蕃突厥要趁火打劫。"婉儿亦深深叹了一气。

"婉儿还未回答哀家呢，果真是贤，婉儿当如何？"武则天再逼问。

"不可能，婉儿亲手葬的贤。"婉儿神情有些木讷。

"哀家只问，果真是，婉儿当如何？"武则天的目光逼视着婉儿。

婉儿犹豫片刻，叹一气沉重说道："江山社稷为上！黎民百姓为大！"

"好！哀家没有看错人！"武则天说完转身去睡觉。

"太后，这是准婉儿去扬州了吗？"婉儿追了过去。

"谁说准了？妄揣圣意该当何罪？"武则天佯怒道。

"婉儿不去，真假贤如何分辨？"婉儿着急。

"真的假不了假的真不了，真假终究要大白天下。"武则天还是不松口。

"唉，婉儿就看不懂了，三十万大军太后敢赌李孝逸，区区一个婉儿太后却不敢赌！"

"千军易得一将难求，婉儿胜过千军万马啊！"武则天似玩笑又非玩笑道。

"谢太后过奖！千金易得知己难求，太后与婉儿如此知遇之恩，婉儿今生何求？"婉儿说完朝武则天跪下行匍匐大礼。

黎明时分，婉儿听见武则天发出熟睡后的均匀的呼吸声便悄然起身出发欲奔扬州去。

第四十四章　真假李贤起风浪
单刀赴会辨真伪

一

婉儿蹑手蹑脚正要出宫，却被守卫杨都尉拦住。

"婉儿，天色未亮欲何往？"杨都尉斜刺里蹿出来问道。

杨都尉乃前朝开国元老宰相杨恭仁之孙，婉儿乃杨恭仁重外孙女，论辈分婉儿管杨嘉本叫表叔。

"嘘"，婉儿做一个手势，示意他别出声，而后小声回道："去扬州平叛！"

婉儿话音才落，就见杨都尉仗剑横挺，说："太后有令，不得放你去扬州！"

婉儿心里"咯噔"一下傻眼了，武则天早有防备。

"表叔，现下叛军打着李贤的旗号正士气高涨，唐军连连失利，揭穿假李贤迫在眉睫，还望仁叔以国为重通融一二！"婉儿恳切道。

"对不起，下官只管奉命行事，其他的一概不管！"杨都尉挺着笔直的身子冷冰冰地说。

"要不这样，婉儿给表叔留个字条，一切责任由婉儿承担，绝不连累表叔。"婉儿继续做工作。

"抱歉，表叔只管奉命行事！"杨都尉像是不食人间烟火的石头人，无论婉儿说什么他除了一句冷冰冰的奉命行事外再无他话。

婉儿无奈，想退回去，可又一想不行啊！突厥已派人联络吐蕃，欲意反唐，扬州平叛刻不容缓。

"表叔，你信不过婉儿？一旦揭穿了假李贤平定了扬州，表叔不但无过还有功！"婉儿还是试图说服他。

"下官不求有功只求无过！"杨都尉依然冷冰冰地丢过一句。

真是石头人！婉儿好无奈，心想只能硬闯了。

婉儿心急之下决定硬闯。

"让开，要么表叔杀了婉儿，否则……"婉儿突然来这一招，把个杨都尉惊得不知所措。

"放肆！"就在这时背后突然一声断喝。

"太后……"婉儿惊诧。

"太后，婉儿……"婉儿想解释，可又觉一切解释都是多余的，于是又把话咽了回去。

"还不给哀家跪下！"武则天沉下脸再一声断喝。

婉儿叹气，缓缓跪下。

"汝与贤早就做好扣了吧？他假死，汝假闹公堂，现在急着赶去合谋天下是也不是?!"武则天怒气冲天。

婉儿沉默不答，只有叹气。婉儿能说什么呢？说什么武则天都不信。她的心态已经被扭曲，她怀疑一切，此时的她感觉全世界的人都在欺骗她，都要夺她至高无上的皇权。

"汝说呀，心虚了是吗？"武则天咆哮起来，夺过杨都尉的剑就朝婉儿刺去。

婉儿愣愣地傻眼了，看着亮晃晃的剑朝自己刺来，不觉"啊"一声叫便闭上眼……

电闪雷鸣之间，剑尖就逼近婉儿……说时迟那时快，杨都尉没多想探手一把抓住剑，可还是慢了一瞬，婉儿的锁骨被剑锋挨着一下，不一会儿就见鲜血直流了下来。

"太后，奴才可用性命担保，婉儿是真心想去平叛的！"杨都尉立刻跪下替婉儿求情。

"太后，婉儿姐姐是真心去平叛的！"溪儿也连忙跪下说。

"你又如何知道她是真心的?"武则天问溪儿,但此时的武则天看到婉儿在流血,火气便降了许多。

"婉儿姐姐嘱咐过奴婢,说她不在的日子,要好生照顾太后,夜里别睡死了,说太后是千古不遇的奇才,还说当今国家不能没有太后,否则国家要动乱,黎民百姓要受苦!"溪儿将婉儿嘱咐的话一一和盘托出。

"你娘是她娘的婢女,而你又是她的婢女,你的话让哀家如何信?"武则天把剑指着溪儿的脑袋。

"婉儿姐姐不只对奴婢一人说,还有韦团儿、木儿。"溪儿匍匐在地头也不敢抬一下。

"太后,溪儿说得没错。"木儿没等武则天问便跪下作证。

"韦团儿,你怎么不吭声?"武则天见韦团儿不吭声便问道。

"说是说过……只是……"韦团儿吞吞吐吐,她思虑着是不是可以借这个机会踩婉儿一脚,最好武则天一怒之下一剑杀了她。

"只是奴婢当时正忙着,也没听清楚说的什么。"韦团儿这番话相当于否认。

"韦团儿,你不能昧着良心!"溪儿一听便急得指责韦团儿。

"放肆,韦团儿也是你直呼的吗?掌嘴!"武则天一声喝,韦团儿心里乐开了花,她冲上去就对溪儿左右开弓扇耳光。

"住手!"婉儿冲韦团儿一声怒喝。

"太后,婉儿拿命证明总可以吧!"婉儿说完一个起身再一个跨步夺过杨都尉的剑,然后朝脖颈抹去。

"别,婉儿……"武则天惊呼。

说时迟那时快,杨都尉朝婉儿撞去,婉儿一个踉跄跌倒在地,手中的剑也被甩出几步开外。

"哀家信!"武则天冲过去抱住婉儿。

"疼吧!看,哀家又把火气撒在了你身上,哀家……唉!"武则天搂着婉儿忽然鼻子一酸滚出了两行泪。

"快传御医!传哀家的御医沈南璆!"武则天大声喊。

"要他拿最好的金疮药,不能留疤痕,否则哀家拿他试问!"

"你还跪着干什么,快去拿盆清水来。"武则天见溪儿还傻跪着又好气又

275

满足。

"都起来吧，该忙啥忙啥去。"武则天释然。

"太后，扬州之事刻不容缓啊！"婉儿顾不了自己的伤痛。

"你还伤着呢，天塌不下来的！"武则天亲自为婉儿上药。

"突厥和吐蕃已经蠢蠢欲动，到时就怕我们会腹背受敌呀！"婉儿焦虑道。

"哀家知道，知道，汝先包扎了伤口，等天亮了让杨都尉护送汝去。"武则天终于同意了。

"你这傻丫头，怎不闪？"武则天一边为婉儿包扎伤口一边心疼得紧。

"婉儿若是闪了，只怕太后的气会更大。"婉儿半玩笑说。

"哀家对不起婉儿！婉儿生哀家的气了吗？"武则天说。

"有些，可是想想太后的难！也就生不起来了！"婉儿说。

"就婉儿心疼哀家的难，而哀家却把婉儿伤成这样，哀家……"武则天说着忽然像小孩子一样鼻子一抽一抽落下泪来。

"其实哀家也不想这样，只是不知怎么回事，心里头总有团火往上冲，压都压不住，每次发完火就后悔，可是过不了几天，老毛病又犯。唉，有时想想，真是难为婉儿了！"武则天不停地自责。

"没事了，婉儿能理解，太后压力太大。别抹泪了，哭肿了眼天明上朝让臣子们笑话呢！"婉儿倒一个劲地安慰武则天，并扶她去床上休息。

武则天才躺下又突然拽住婉儿，"婉儿，哀家不是有意的，哀家以为汝会躲闪的，这要是留下疤痕来……唉！都是李敬业搞的，来人，掘他祖父李勣的坟！"武则天盛怒下掘了英国公李勣的坟。

"下回婉儿躲闪便是，省得打的是婉儿，疼的是太后！"婉儿再次安抚武则天躺下。

二

没等天大亮，婉儿和杨都尉骑上快马一路奔扬州去。

婉儿到达扬州正赶上李孝逸在临淮又吃了败仗，全军将士精神萎靡不振,李孝逸愁眉苦脸不知如何是好,甚至因极度恐惧,以至产生了退兵的念头。

婉儿的到来,李孝逸像抓到了救命稻草,军师魏元忠立刻抓住机会对李孝逸献策,李孝逸采纳了魏元忠先打更弱的李敬业的弟弟李敬猷的军队。

翌日,双方在梁山各排开阵势,李敬猷骑在马上喊话:

"李孝逸,汝听好了,武氏杀儿戮女,杀姐戮哥,毒先帝,废李显,囚李旦,她欲图窃帝已是狼子野心路人皆知。今,李贤太子逃难在扬州,太子令我们伐武匡扶,尔身为皇族,本当伐武匡扶,不想,尔却反助纣为虐,将来何以面对列祖列宗!"

李敬猷一通话落下,就见"李贤"穿一身素衣,腰配长剑,骑着高头白马从阵中走了出来,与李敬猷一起站在阵营前。

婉儿远远望去,这人玉树临风,还真酷似李贤,但是婉儿知道他绝对不是李贤。单凭他骑马的样子就露出破绽。李贤骑在马上姿势放纵,神态飘逸,而他有些拘谨,生怕一不小心会从马背上摔下的样子,显然他不擅长骑马,至少是不经常骑马。

假李贤来到阵前,他干咳两声后亦朝唐军喊起话来:

"李孝逸,论辈分我得喊你祖叔爷。叔爷,我是李贤,我被母后的毒酒所杀,幸亏被高人救下,现在逃难在李敬业的军营中,希望叔爷举大义伐武匡唐,切不可助纣为虐,否则将来九泉之下,列祖列宗不肯饶恕!"

刚才李敬猷一阵喊话,李孝逸的军营中已经开始骚动,再加"李贤"这么一喊,连李孝逸的目光都开始踌躇不前,军队开始哗然。婉儿想,幸亏来得及时,不然这仗不打已经败了。

"怎么办?"李孝逸问道。

"不急,看婉儿的。"婉儿说完,两腿往马肚子一夹,伴随一声"驾",马儿就朝前跑去。

婉儿骑一匹雪白色的马,身披天空蓝色的斗风,吹一管玉笛,款款朝李贤走去。虽然隔着一些距离,但对方已经看出马上的是位女子,且肌肤如雪,眉清目秀,身形婀娜,更有笛声悠扬,余音绕梁,李敬猷立刻判断出是婉儿来了。

"不好,此女定是婉儿。"李敬猷大喊不好,可一切都晚了。

婉儿打住马，收起笛，而后放开嗓门喊道："李贤，你能说出我吹的是什么曲子吗？"

假李贤一下就蒙了，不知如何回答，接着就见他与李敬猷嘀咕商量着什么。

"答不上来了吧？我再问你，这管玉笛是你什么时候送我的？"婉儿再次发问。

假李贤和李敬猷嘀咕完便哈哈笑道说："婉儿，你生日时送的呀，难道你忘了不成？"

婉儿笑了笑继续发问："李贤，还记得你我初次相识的地方吗？"

假李贤又蒙了，但很快回答道："婉儿，你这是不相信我还活着是吗？我可是想死你了，不如你过来，亲眼辨认我的真伪吧？"

他话音落下，就见敌营中一支冷箭"嗖"的一声朝婉儿飞来，杨都尉急得大喊一声"不好"便冲上前护卫，但他的速度再快也快不过箭速，只见离弦的箭从婉儿的头顶飞过去，斗篷被射落在地。

"婉儿大人，这里危险，快快退后。"马敬臣将军也立刻赶上前来保护婉儿。

"将军的好意婉儿领了，但婉儿绝不能后退，一支箭就吓退了，会大涨敌人之威，灭我军之气，这对我军十分不利。"婉儿婉言谢绝马敬臣的好意，不但没退，反而前进了几步。

"对面的将士们，你们都受骗了！婉儿问了三个问题，他两个未答，一个答错，他是否真李贤，已经是秃子头上的虱子，一清二楚了。真正的李贤几个月前被丘神勣逼死，是婉儿亲手下的葬，婉儿思念他还在石门寺建亭提诗……"婉儿话未说完敌军中又一支箭朝婉儿射来。

但杨都尉和马敬臣早有防备，只见他们珠联璧合将射来的箭矢打落在地。

李敬猷眼见事情要败露，便决定来个混淆视听死无对证，他大声道："将士们别听这个妖女妖言惑众，她如何证明李贤答错了呢？又岂知她不是伪婉儿？"

这一招果然有效，敌军中刚刚沉默下来的将士立刻又兴奋起来，且有人带头喊话：

"你如何证明他答错了？又如何证明你就是婉儿！"

那人话音落下，军中一片高喊："你又如何证明你是真婉儿！"

李孝逸、马敬臣以及全军将士一见这情形都为婉儿捏着汗。是啊，李贤死了，死无对证，谁能证明他答错了？

"婉儿大人，他们耍赖，以下官看，不必纠缠了让下官的大刀来证明吧！"马敬臣将军道。

婉儿摆摆手道"不急，我能证明。不战而屈人之兵方为上策。"

婉儿说着不慌不忙冲敌军喊道："且听婉儿道来，婉儿吹的曲子叫《宝庆乐》，是李贤仪凤四年（679）亲自所谱，如果他是李贤怎么可能连自己谱的曲子都不记得呢？"

敌营瞬间鸦雀无声。婉儿接着喊道："其实真假李贤你们一看便知。李贤是习武之人，他的剑术和马术都非同凡响，而你们眼前的这个李贤，骑在马上怕摔下来的样子已经足够证明他是冒牌货……"

婉儿这番话可是击中对方要害，使得假李贤再无辩辞。李敬猷听罢也觉理屈词穷再无别说，只恨事先想得不够周到，只以为有个相貌酷似的就可以欺上瞒下万事大吉，这下好了，穿帮露马脚了，搬起石头砸了自己的脚。

"既然这样那就只能来硬的，打！"尉迟昭对李敬猷说。

"好，打他个措手不及。"李敬猷也只能同意打。

"假的如何，真的又如何？你爷爷尉迟昭在此谁敢迎战？"

尉迟昭话音一落，就见马敬臣打马挺枪上前喝道："哪来的无名小辈，敢在此撒野！看爷爷的刀！"

马敬臣话音未落大刀已和尉迟昭的戟交上火，只听兵器"砰"的一声相撞发出铿锵的金属声，接着两人各退后了几十步远。这第一回合双方都是拼了全力，为的是试探对方的实力。这小子还有些真本事，老夫可不能轻敌，马敬臣心想。尉迟昭暗暗高兴，心想我们势均力敌就好办了，我比你年轻，只要与你战上三百回合，他必定因年老气衰，我将斩他于马下。

马敬臣与尉迟昭果然大战三百回合，但姜毕竟是老的辣，尉迟昭的心思马敬臣早已看透，待大战三百回合后，马敬臣假装体力不支，伺机败走，不知是计的尉迟昭哪里肯放过，他大喝一声：

"老匹夫往哪里逃，拿命来！"

就在尉迟昭拍马狂追毫无防备之时，马敬臣突一个回马枪，将停不下来的尉迟昭斩于马下。

李敬猷见状立即鸣金收兵，命副将韦超死守都梁山。李孝逸领兵进击韦超，韦超乘黑夜逃走，李敬猷孤身奋战亦只身逃走。

都梁山一战首次告捷，大大鼓舞了士气。

十一月辛亥，武则天按原计划任命左鹰扬大将军黑齿常之为江南道大总管与李孝逸两路大军夹击叛军。

乙丑（十八日），李敬业兵败逃到海陵地界，被大风所阻，他的部将王那相见大势已去，夜里乘李敬业睡熟之时砍下他兄弟俩的脑袋向唐军投降。余党唐之奇、魏思温亦纷纷被捕获斩首，首级被送往神都，一场浩浩荡荡来势凶猛的扬州叛乱迅猛被平定。

第四十五章 庆功宴上杀气起
杯酒一笑救忠良

扬州终于传来捷报大败叛军李敬业。武则天亲自出宫迎接婉儿胜利归来，并大摆筵席为婉儿洗尘。

晚宴上，武则天令大小官员尽情饮，一醉方休，不醉不归。武则天这是要痛快淋漓地吐吐这几个月来的压抑。自扬州叛乱，武则天表面镇定，而内心却压着几座大山，内有宰相裴炎步步紧逼，外有叛军气焰嚣张，尤其是前方传来李孝逸连连吃败仗消息的那晚，她整夜整夜地失眠。

终于雨过天晴了，老天又一次不负我媚娘啊！裴炎老匹夫，你输了！老天是站在我武媚娘这边的！武则天想到这忍不住大笑不止，全然不顾失态。

"太后！"婉儿悄悄拉了一把武则天的衣角，意在提醒她别失态文武大臣在呢。

"哀家说过，今夜一醉方休，不醉不归。众爱卿，只管大口喝酒大口吃肉放声大笑，别文绉绉的，哀家不喜欢！"武则天收住笑后举起酒樽说。

"婉儿，自古巾帼不让须眉，也包括酒量，哀家令你打通关。"武则天不但不收敛反要婉儿放开手脚。

"太后，婉儿不胜酒力！"婉儿再次拉了一把武则天的衣角。

"汝不敢是吗？那哀家来带个头，哀家打第一个通关。"武则天说着令斟酒官给每位大臣斟满酒，最后她自己给自己斟满。

武则天果然一个通关打过去。

"婉儿，轮到你了。"武则天打完通关笑望着婉儿说。

太后，汝疯了不成！婉儿以心语对武则天说。哀家没疯，哀家就是不服这些臭男人！武则天以心语回婉儿。

　　"婉儿遵命！"婉儿苦笑轻叹，只得服从命令打通关。

　　接着是徐慧的妹妹徐婕妤，张掌扇，王掌扇。提到徐婕妤，又看到武则天的另一面，武则天看在徐慧的份儿上，唐高宗驾崩后未让无子嗣的徐婕妤去感业寺。

　　"谁说女儿不如男？看看她们，个个好酒量。"武则天说这话摆明了醉翁之意不在酒。

　　可大臣们似乎没察觉，他们只管一边往肚子里灌酒一边把最好的词从肚子里掏出来献给今夜的女神们。

　　"众爱卿，有件事哀家一直想不明白，为什么这个世界要求我们女人要三从四德，而男人却可以三妻四妾五房六姑八姨九太呢？"武则天的音量一句比一句高。

　　大臣们正喝得欢，个个醉癫癫的，忽听武则天这么问，吓得酒菜都噎在喉管里。

　　整个场面立刻变得严肃而鸦雀无声，文武百官面面相觑，吓得放下酒樽正襟危坐。

　　"喝酒，喝酒，哀家也就随便一问，众爱卿不必紧张，尔等又不是裴炎。来，继续喝酒，喝酒，都怪哀家扫了大家的兴！"武则天又立刻换一副面孔，笑容可掬地招呼大臣们喝酒。

　　"裴炎就是一只养不熟的狼！他想集三省六院的权力于一身哀家给了，他与庐陵王一言不合就要废之哀家也允了，可还是满足不了他的狼子野心！"武则天又一次在大家喝得忘乎所以时突然炸一个雷。

　　"谁让他是天皇遗诏的辅政大臣呢，哀家不依怕他有反心，谁料，他还是反了！"武则天忽又唉唉道，还滴答滴答地掉了眼泪，一副十分楚楚可怜的样子。

　　"裴炎反，众爱卿说说，当不当杀！"武则天抹干眼泪接着说。

　　大殿静得可以听见彼此的心跳，文武百官鸦雀无声。谁的心里都清楚，武则天显然是在敲山震虎，她在告诫文武百官，顺我者昌逆我者亡，裴炎就是例子。

　　武则天朝酒宴望去，满桌的文武百官皆垂头不语，无一站出来替裴炎喊冤，连关系最铁的凤阁侍郎胡元范和纳言刘齐贤也噤若寒蝉，不禁心中暗喜。

于是再道："当然，哀家是明是非曲直的，裴炎反，尔等不反……"武则天话音未落，却被忽然闯进来的程务挺给打断。

程务挺声如洪钟，气韵淡定，目光炯炯。他扫视一眼满座的文武百官，心中不免有几分鄙夷。

"裴炎不反，下官可以脑袋担保裴炎对大唐的忠心！"程务挺一边上殿一边说。

武则天怔怔地看着程务挺，表情一愣，这事太突然。

程务挺何许人？为何敢闯皇宫大殿？

程务挺，洺州平恩人，出身广平程氏，东夷都护名将程名振之子。年少随父作战，以勇力闻名，累授右领军卫中郎将、检校丰州都督。调露二年（680），参与击破西突厥可汗阿史那伏念，迁右武卫将军，册封平原郡公。因平定绥州白铁余、突厥阿史那骨笃禄叛乱有功，迁左骁卫大将军、检校左羽林军，后统领整个禁卫军。

此人秉性忠，是个只认理不认情的人。光宅元年（684）废庐陵王后，裴炎与武则天的矛盾日益紧张化，武则天多次动了除掉裴炎的念头，但忌惮手握兵权的程务挺。于是，武则天趁光宅元年七月骨笃禄等率军攻掠雁门关的契机，一纸诏书，令程务挺率军击之。骨笃禄果然大败，但武则天不想让程务挺再回到朝廷，九月，武则天再下一道命令，命程务挺为单于道安抚大使镇守边关。

武则天就这样不费吹灰之力、又悄无声息，而且顺理成章地把程务挺政治边缘化，斩掉了裴炎最有力的臂膀。

"汝不镇守边关，私自回京，按律当斩！"武则天恍过神后怒喝。

"见过太后！臣既然来了就没想带着脑袋回去！"程务挺走到武则天面前，单腿跪地双掌环抱施礼道。

"好，左右羽林军，还不快拿下！"武则天一声断喝左右带刀护卫立刻冲上前将程务挺摁住。

"慢，太后，是婉儿误传圣意，要罚就罚婉儿吧。"婉儿见状连忙挺身解围。

"难不成他是来赴宴的？"武则天借机装糊涂，因为还不是杀程务挺的时候。

"是，圣旨写的不是五品以上官员均可参加宴会吗?"婉儿只能打擦边球钻圣旨的空子。

武则天怪异地看一眼婉儿，心想，好你个婉儿，反应比风还快。好，哀家今天给你这个面子，反正哀家也没打算现在动这只老虎，哀家牢房里还关着一只大老虎裴炎呢。老虎得一只一只杀，否则会打虎不成反被虎伤。

"既然是误会，又既然来了，那就多添只酒杯便是。"武则天转怒为笑装着大度。

但程务挺并不领情，更不谙婉儿深意。

"谢太后！只怕下官没那口福，下官有本要奏，裴炎冤!"程务挺说着掏出奏章举过头顶。

程务挺有梯不下，令在场的都屏息为他捏着汗，婉儿急得恨不得踹一脚这头倔驴。

武则天脸色越来越难看。

眼看一场暴风雨不可避免地要爆发，婉儿急得也不知如何是好，好在凤阁侍郎胡元范及时救火，他离席跪地叩奏。

"下官亦奏裴炎不反!"凤阁侍郎胡元范与程务挺跪在一处。

胡元范话音落下又见纳言刘齐贤起身离席走到武则天面前跪下，而后高声奏道：

"臣可以身家性命担保裴炎不反！裴炎若反吾等均反!"

刘齐贤话音落下，文武百官呼啦啦一大半跪下齐声说："请太后开恩，裴炎若反吾等均反!"

武则天一看，心想罚不责众，老虎得一只一只杀，不然会打虎不成反被虎伤。想到这儿的武则天怒气全消，她大大方方笑道：

"众爱卿，尔等不反，哀家知道。来来来，继续喝酒，说好的，今宵不谈国事只喝酒，不醉不归!"武则天热情地招呼着。

武则天说完又上前亲手挽起程务挺。

"都说程爱卿是个只认理不认情的铁面将军，哀家今天算是领教了！好，江山社稷就需要汝这样的忠勇之士，哀家准奏!"武则天来了个一百八十度转弯搞得在场的人都一愣一愣。

"谢太后，下官擅离职守，现在请太后治罪！"程务挺像是不嫌事多，一波未平一波又起。

婉儿一看又气又急，连忙大声呵斥："程务挺，太后惜汝英雄本色，还不快谢恩回边塞！若边塞有闪失你担待得起吗！"

程务挺愣了几秒似乎才反应过来。"谢太后不杀之恩！下官告辞这就回边塞！"

程务挺在婉儿的提醒下谢恩连夜赶回雁门关。

第四十六章 绝代红颜醉花卧
酒醉心明救裴炎

武则天与婉儿都醉得不轻。

散宴后，武则天拉着婉儿上她的床，要婉儿陪她一起睡。

"太后，这是龙榻，婉儿岂敢酣睡，要杀头的！"婉儿虽醉，可意识里还是清醒的。

婉儿说完咯咯地傻笑。

"谁敢杀婉儿，朕就杀他的头！"武则天说完也"咯咯"地傻笑。

忽然婉儿"呜呜"地哭起来，说："婉儿不要杀头，杀头不好玩，婉儿走了，不陪你玩了！"婉儿说着起身一脚深一脚浅地朝外走去。

武则天立马拽住婉儿的衣角。

"婉儿，汝别走，汝走了又剩哀家一个人，夜里好孤独，哀家好害怕！"武则天说完也"呜呜"地啜泣起来，像个小孩子。

"嘻，嘻嘻，太后不杀人，婉儿就陪你睡！"婉儿傻笑着往回走，可脚下一软便瘫软在地。

"汝醉了，汝跌倒了……"武则天见婉儿跌倒连忙去搀扶她，可不觉自己也脚下一软瘫软在地正好压着婉儿。

婉儿见武则天压着自己便笑个不停。

"是太后醉了……"婉儿笑罢说。

"太后？太后是谁？"武则天突然捶打自己的脑袋，可好像什么也想不起来。

"太后就是汝，汝就是太后……汝醉了！罚酒三杯……"婉儿说完脑袋一耷拉仿佛睡了。

武则天一听自己是太后便"呜呜"地哭:"婉儿,哀家不要做太后,哀家要做陛下,哀家要把那些瞧不起女人的男人全杀了,统统砍头……砍头……"武则天像小孩一样嚷着不依不饶。

"汝,又说砍头了,罚酒,罚酒……"婉儿抬起脑袋指着武则天傻笑。

"婉儿说罚就罚!拿酒来……"武则天又一个劲地嚷嚷要酒,可当酒来了她已然鼾声大起。

五更时分,武则天做了一个梦,梦见自己被绑缚感业寺,口干舌燥,求寺里的住持给口水喝,住持不但不给,还破口大骂,骂的全是骆宾王檄文里的话;寺里所有的人都讥笑她,笑她的父亲是卖豆腐和贩卖木材的市井小民。后来裴炎来了,裴炎的身后依次跟着李贤、李显还有李旦,几个儿子轮番数落她的狠心,裴炎在一旁先是不说话,最后举起一把大刀朝武则天砍下,嘴里还大声骂道,吕后也!只是裴炎的大刀向武则天砍下时,武则天不觉痛,只吓得又喊又踢。

武则天醒来发现原来是梦,她重重地嘘了一口气,自言自语,幸亏是梦。

"婉儿……婉儿……"武则天口干舌燥连连呼婉儿。

平日里婉儿睡得浅,只要武则天一有动静,婉儿就会醒来,可是昨夜酒醉,婉儿睡得沉了。

"婉儿……"武则天继续喊。

"太后……"宫女木儿连忙赶过来。

"哀家口渴。"武则天说。

武则天这时候想起昨夜自己和婉儿都喝醉了,想必婉儿比自己醉得还狠,便起身去厢房看婉儿。

婉儿的潜意识里,仿佛有人喊她,她使劲地挣扎,挣扎……

终于,婉儿醒了。她看见一个人坐在自己的床边,再一细看原来是武则天。

"太后……"婉儿惊得骨碌一下坐起来。

"哀家口渴。"武则天已经恢复了常态。

"婉儿这就去烧水。"婉儿说。

"哀家渴得急,先兑口凉水喝吧。"武则天说。

"凉水闹肚子,可不能喝。"婉儿说。

"哀家渴得紧,喝两口不打紧的,哀家肠胃好着呢。在感业寺那会儿,寒冬腊月喝的都是井水,一点事儿没有。"武则天说。

"那时候太后还年轻,现在不比当年。"婉儿说。

提起感业寺,武则天情不自禁就叹了一气。

"婉儿呀,感业寺那不是人待的地方啊,都过去这么多年了,哀家还老梦到感业寺,刚才又梦见自己被抓进感业寺了……"

武则天哀哀地选择性地说着梦境,把几个儿子数落她的部分一字未提,而对裴炎杀她一幕却夸大其词添枝加叶。

裴炎,字子隆,绛州闻喜(今山西闻喜)人,明经及第;历任濮州司仓参军、御史、起居舍人、黄门侍郎、侍中。嗣圣元年(684)正月,受高宗遗命擢中书令辅佐新皇中宗李显,同年与武则天联手废李显于庐陵王,立殷王李旦,十一月李敬业扬州起反,裴炎趁机逼迫武则天归政皇帝未果而下狱。

婉儿想,裴炎是有可恨之处,太好权,以至与李显一言不合就联手武则天废旧立新,这才有了今天武则天临朝称制的局面。但他罪不至死,他廉洁奉公,对大唐忠心耿耿,是大唐不可少的忠臣。武承嗣曾请求立武氏七庙,并追封武氏祖先为王,是裴炎力阻才未果。立宗氏七庙自古以来只有皇帝才可以,武则天此举显然是司马昭之心路人皆知。当时的情形,满朝文武都不敢出声,只有裴炎挺身而出谏道:"太后母仪天下,不应偏私于亲属。难道太后忘记吕氏的败亡吗?"

这样一番直指武则天鼻子的狠话,也只有大忠臣敢说。裴炎敢说,足以彰显他对大唐的忠。因为有裴炎,武则天不得不放弃立武氏七庙,只追尊了父亲和祖父为王。

另外,武承嗣奏请武则天诛杀韩王李元嘉和鲁王李灵夔,也是裴炎力谏才使韩王和鲁王免于灾祸。

眼下武则天狼子野心已经昭然若揭,而有能力又敢于对抗武则天的唯有裴炎,所以裴炎必须救。其实自裴炎入狱后,婉儿就一直在心里盘算着如何救裴炎。

"梦是反的,太后,裴炎是有私心,他好权,但绝无杀太后之心,更没那个胆。"婉儿连忙说。

"不然！裴炎不仅有那个心而且有那个胆，他结党营私，排除异己，不为谋反又为哪般？"武则天说。

"太后，裴炎若反，何必今天？圣皇驾崩不是最好的时机吗？"婉儿说。

"不然！那时反名不正言不顺，现在反正好拿哀家做文章，便是师出有名啊！"武则天针锋相对反驳。

"胜者王道也！若有心反，自有说辞，何愁名不正言不顺？"婉儿亦针锋相对。

"婉儿呀，哀家知道汝善良，又毕竟年轻，难识人心，哀家让汝看两样东西吧。"武则天说着先拿出一块绢帕。

婉儿接过，只见上面写道：一片火，两片火，绯衣小儿当殿坐。

两片"火"是"炎"字，"绯衣"是"裴"字，"小儿"是"子"字，"当殿坐"指向的当然就是皇帝老儿的宝座了。

婉儿大惊。"太后，此街边小巷流言蜚语不可信也！"婉儿说。

"再看看这个！"武则天又拿出一块绢帕递给婉儿。

此绢帕只写了两个字"青鹅"。

"此何意？"婉儿有些蒙。

"不懂了吧？哀家也是想了许久才明白的。'青'字可拆分为'十二月'，'鹅'字可拆为'我自与'，连起来就是裴炎与叛军的信号，十二月于城中为内应。"武则天煞有介事，婉儿却傻眼了。

"太后，这都是哪来的？"婉儿暗暗为裴炎叫屈。

"从裴炎家中抄出来的。"武则天说。

婉儿久久无语，欲加之罪何患无辞。栽赃陷害这是宫里的老把戏，更是武则天屡用屡胜的法宝！

"哀家承认裴炎于大唐有功，但功不掩过！当年韩信助刘邦夺得天下，此功大呼？可韩信终因反被诛杀。韩信尚且功不抵过，何况裴炎？！"武则天可是得了劲儿反倒一通大道理劝婉儿。

婉儿能说什么呢？把"谋反"二字扣在政敌的头上叫你无解，这是武则天惯用的手段，想当年自己的爷爷也是这样活生生被扣上谋反的罪名死于非命的。武则天啊！你这个女人！既令婉儿佩服得五体投地又令婉儿寒心到欲离你而去。

　　"婉儿，哀家也不是容不下谏臣，也不是不给婉儿情面，只是裴炎确反，王子犯法乃与庶民同罪啊。"完全占了上风的武则天假惺惺地安慰傻呆呆坐着一语不发的婉儿。

　　"一日为师终生为师，婉儿想送些酒去看看他！"婉儿唯有一声长叹。

　　"哀家准了！哀家就喜欢婉儿有情有义！"武则天说着又吩咐赵公公把西域贡酒拿来给婉儿。

　　"这酒就算哀家的心意吧！毕竟他对大唐是有功的。"武则天说着有意鼻子一酸挤出两滴泪。

第四十七章　肩比翼薄弱女流
担比泰山义为先

翌日，婉儿备了些酒菜去探监。一路上心情十分沉重，脑海里总是萦绕着武则天昨夜的醉话：我不要当太后，哀家是朕。俗话说酒醉心明，醉话才是压抑在心底的最真的意愿。

太后要称帝，这可如何是好？裴炎和程务挺是护卫大唐的一双翅膀，这是先帝天皇临终前的构架，可现在眼看一只翅膀就要夭折了，怎么办？

婉儿一路走一路想着心事，不觉就来到了丽景门。进了丽景门一路向西，走到底就是关押朝廷重犯的天牢。

来到天牢，婉儿拿出武则天的手谕，负责主审裴炎的骞味道看了手谕便领婉儿去探监。

骞味道走在前头，婉儿随在后头，七拐八弯好一会儿才拐到最深一处，裴炎就被关押在这里。

天牢四面为壁，且以石块砌墙，整座牢房没有后门，只有一个出入口，也就是婉儿他们进来的那个出入口。也没有窗户，每间牢房的顶部有一个四方形的透光天窗，犯人一旦进了这里，就插翅难飞，即使人不死，心也会死。

这里光线极差，氧气稀薄，空气中散发着一股霉味。昏暗的光线下裴炎蜷躺着，背朝外面朝里，似乎睡着了，对来人走动漠不关心。

"裴炎，上官大人来看你了。"骞味道大声道。

昏暗中只见裴炎的身子惊了一下，而后缓缓转过身，果然见婉儿立在木栏前，又见她手提着食盒，心下又一惊。

"来送断头酒的吧！"裴炎坐起来不卑不亢说。

"裴大人……"婉儿见裴炎蓬头垢面，一夜间老了十岁，不觉鼻子一酸泪水滚了出来。

"呵，老夫已不是什么大人了，瞧瞧这！"裴炎苦笑指了指自己脚上的镣铐。

"骞大人，可否去了这枷锁让老夫最后痛痛快快吃上一顿？"裴炎接过婉儿的酒菜突然望着骞味道提出要求。

"这个……"骞味道感到为难。

"算了！老夫知道汝是个老实人，不为难你了。"裴炎见骞味道为难立刻放弃要求。

"骞大人，有事婉儿担着，就让他好好吃顿饭吧。"婉儿说。

"行，既然婉儿大人开了口，本官落得做个人情。"骞味道略略思索了一下说。

"谢骞大人，婉儿还有一请，一日为师终身为师，婉儿想和师傅多聊几句……"婉儿话外有话，她希望能与裴炎单独谈谈。

"行，行！本官正好有事先走一步，告辞。"骞味道自然是听出来了，他忙托词告辞离去。

"丫头，你有什么话要对老夫说吗？"裴炎见骞味道一走立刻问。

婉儿未立刻回答，而是重重地叹气。

"出什么事了？"裴炎看婉儿叹气又是一惊。

"还有比大人入狱更大的事吗？汝入狱意味着什么相信大人比婉儿更清楚！"婉儿心情沉重道。

"唉，老夫何尝不知！这以后朝堂上就是武家的天下，恐怕再难有反对她的声音了！"裴炎亦心情沉重，他放下已经递到嘴边的酒。

"形势只怕要比裴大人想象得更糟糕啊！"婉儿想起昨夜武则天口口声声称自己是朕。

"哦？快说说怎样个糟法？"裴炎想不出还能糟糕到什么程度，在他看来武则天临朝已经是最糟的了。

婉儿迟疑，欲言又止，但却不停地叹气。

"废帝？可再行废立已无人可继……"裴炎只想到了废帝。

提及废立，裴炎想起自己犯下的错，自己不该因私心联手武则天废庐陵王，以致造成今天这个局面。

"老夫悔不该当初啊！天皇英明，而老夫却未能揣透，老夫一失足成千古恨，死都不能抵罪啊！"裴炎悔恨得捶胸顿足老泪纵横。

"事已至此已无悔药，还是想想如何亡羊补牢吧。"婉儿说。

"老夫何尝不是想亡羊补牢，才惹怒了她，老夫现在身陷囹圄纵有千般忠也无力可施呀！唉！"裴炎急得拿头撞墙壁，发出"砰砰"的响声。

"对了，婉儿，汝告诉程务挺让他千万别替老夫说情，还有胡元范、刘齐贤，让他们统统勿替老夫说情，文官有他们，武将有程务挺，大唐的天就塌不了！"裴炎似乎忽然有了主意。

"唉！晚矣！"婉儿把程务挺私自进京为裴炎奏冤，以及胡元范刘齐贤等人以脑袋担保裴炎不反的事一一和盘托出。

裴炎听完颓然跌坐。

"幸亏他回去了，让程务挺万万不能再回京！"裴炎有一丝庆幸。

"程务挺的脾性怕是没有大人的亲笔信，谁也说服不了啊！"婉儿说。

"老夫明白了，取笔墨。"裴炎说着伸手向婉儿要笔墨。

婉儿取出早就准备好的笔墨递给裴炎，裴炎挥笔写下：隆死不足惜，勿奏，上为重！江山为重！切勿回京！裴炎狱中！

裴炎写罢双手恭恭敬敬递给婉儿，"婉儿，陛下的安危以后就交给你了！"

"婉儿定当竭尽全力！"婉儿说。

"婉儿，你知道吗，你爷爷当年也拘押在这里，行刑前武则天要我来劝他服软，你爷爷却对老夫说，'陛下的安危以后就交给你了！'想不到二十年后，老夫却在同一个地方说着同样的话！悲呼壮呼！"裴炎说着狠狠饮了一大口酒。

婉儿默然无语，婉儿想，当年爷爷也是裴炎这个年纪，一定也和裴炎一样一夜间发白岁老。

"婉儿，老夫有句话，你肩上的担子比泰山重，可你的肩膀又比羽翼薄，所以你千万别硬碰硬，要学会斡旋，水柔更能克钢啊！"裴炎语重心长。

"谢大人赐教！可江山易改本性难移，婉儿怕也是头倔驴啊！"婉儿说。

"不可以，一定不可以！眼下你是唯一能够保护陛下的人！胡元范、刘齐贤怕是都要被老夫连累了！你要忍辱负重啊！"裴炎紧紧握住婉儿的手老泪纵横。

"婉儿谨遵师教，定当竭尽全力保护陛下护卫大唐！"婉儿恭恭敬敬向裴炎行礼。

"请受老夫一拜！陛下就拜托你了！老夫在九泉之下会保佑你的！"裴炎突然对婉儿跪下叩首行大礼。

"行不得，行不得！折煞婉儿了！"婉儿急得也跪下。

"婉儿受之无愧！你乃千古奇女子也！将来定与大唐载入千秋青史！"裴炎说着神情忽然轻松起来。

"大人若认错，太后可免大人一死。"婉儿忽然转了话题。

可婉儿话音落下，裴炎哈哈大笑，笑毕说："宰相入狱，再无生还之理。当年汝爷爷如此，今老夫亦当如此，为此方为大丈夫也！"

裴炎慷慨激昂，说完将喝酒的碗向身后一抛，双手反卷在背后，仰头昂胸，神情傲慢。

"学生无能救不了老师！惭愧至极！"婉儿叹气。

"怪不得汝，也算是老夫咎由自取，当年若是听婉儿一言，不行废立，何至有今天。罢了，罢了！"裴炎惨淡一笑。

"探监时间已到，婉儿大人该走了。"这时骞味道匆匆走来。

"这就走，多谢骞大人。"婉儿说。

"骞大人，婉儿还想求个情，裴大人年纪大了，可否免去那枷锁？"婉儿见骞味道又要给裴炎上那几十斤重的枷锁便请求道。

"这……"骞味道感到为难。

"戴上吧，别难为他，他是个循规蹈矩的人。"裴炎说。

"还是子隆兄了解老夫！"骞味道说。

"骞大人，你看这样行不行，回头婉儿给你送太后的手谕来，若是没送来，大人再给上枷锁也不迟。"婉儿说。

婉儿心想，别的我做不到，但让老师死前少受些罪还是可以的。

"如是说，那最好！"骞味道也落得做个顺水人情。

婉儿一路叹气，离开了天牢。

十月，武则天将裴炎及一家百口人斩杀于洛阳都亭驿。

第四十八章　兴风作浪韦团儿
　　　　　　可怜花季木儿死

一

中膳时分，武则天忽然想起一个上午都不见婉儿。

"婉儿呢？"武则天问内婢韦团儿。

"奴婢不知，就知她一个上午没影儿。"韦团儿说。

"溪儿呢，问问溪儿去。"武则天说。

"回禀太后，溪儿亦是一个上午没影儿。"韦团儿说。

"一问三不知，废物一个！"武则天怒斥。

"是，奴婢该死！只是溪儿是婉儿大人的贴身婢女，奴婢不敢随意打听。"韦团儿话里明显带着挑唆。

武则天当然听出了门道，也知道韦团儿是个有想法的奴婢，她一直都妒忌婉儿，更想取代婉儿，可她的才智与婉儿没得比，一个是天上，一个是地下，武则天从骨子里蔑视韦团儿这样命比纸薄心比天高的人。

武则天想到这不觉微微皱起眉头，但又一想，成大事者得有藏污纳垢的胸襟，蛇有蛇路鳖有鳖洞，乌龟王八各显神通。想当年孟尝君就是力排众议接纳了鸡鸣狗盗之门客，关键时候才得以化险为夷从秦昭襄王的刀下逃生回到齐国。韦团儿虽无能，但正是这样的人可以死心塌地充当自己的爪牙。婉儿是把好刀，但她心系大唐，对大唐忠心不二，和她爷爷一样，这对自己帝王梦不利。

武则天想到这，那皱紧的眉头便慢慢舒展了。

"哀家命你为内掌扇，从今起汝就是哀家后脑勺的那双眼睛。"武则天说。

"谢太后隆恩！"韦团儿"扑通"跪下，磕头如捣蒜地谢恩。这好事来得太快太突然，韦团儿高兴得语无伦次。

"奴婢从今往后就是太后后脑勺的眼睛，脚丫子的触须，谁要是对太后不利，哪怕他躲到阴曹地府，奴婢也要将他揪出来碎尸万段。"韦团儿跪在武则天脚下一股脑的发誓表忠心。

"好！哀家不会亏待你的。"武则天说着从头上拔下一根金钗赐给韦团儿作为奖励。

"以后若有不服者，见钗如见人！"武则天说。

韦团儿接过又一阵猛磕头谢恩。

"好了，起来吧，哀家知道你的忠心！随哀家用膳去吧。"武则天笑着说。

韦团儿战战兢兢地搀扶武则天去用膳。

张膳宫见武则天走进膳食殿立刻扯开嗓门喊："开膳……"

张膳宫一声喊，善食局的宫奴们立刻忙活起来，摆碗筷的摆碗筷，摆菜肴的摆菜肴。很快，菜肴便一碟一碟地呈上御桌。

按惯例，菜肴上齐了由亲信用银针验毒，唐高宗在世时这项工作一直由太监总管王伏胜做，废武失败王伏胜失利死于非命，这项工作就由得势的赵公公取代，但赵公公没做多久就由婉儿取代。原因是赵公公年纪大，一双老手跟树皮一样，武则天看着被他用银针验过的食物食欲全无。扬州李敬业叛乱后，武则天仿佛对谁也信不过，她亲自用银针验毒。

"太后！"木儿弯腰低头，双手捧着一个白瓷小碟，碟里搁着好几把银针。

武则天看了看，而后慢慢拿起一根银针，对着面前的百合清蒸鲈鱼刺下去再拔出来，在做这个动作的同时武则天问木儿婉儿哪去了。

"没见着。"木儿细声小心翼翼地答道。

"她去哪了？"武则天提高声音再问。

"奴婢不知。"木儿的声音变得更小，且声音有些颤抖。

"说，婉儿去哪了？"武则天突然拍案拔高音量怒道。

武则天确信木儿知道婉儿的行踪。一是婉儿救过木儿的母亲，她们走得近，平时以姐妹称呼，二是木儿的慌张露了馅。

"太后饶命，婉儿姐姐出宫了。"木儿吓得腿一软便跪下了。

武则天默然，继续用银针验毒。武则天心想，今天是裴炎行刑的日子，婉儿一定是去送刑了。

"出宫？莫不是替反贼裴炎送刑！"韦团儿见武则天默然立刻跳了出来。

韦团儿目光直逼木儿。木儿不答，她正庆幸武则天没往细里追，你韦团儿真是哪壶不开提哪壶。

"说，是不是！"韦团儿凶神恶煞。

木儿气得瞪一眼韦团儿，而后目光扫向武则天说："太后在呢，轮得着我们做奴才的咄咄逼人吗？"

木儿显然是要挑唆武则天，若换了平时韦团儿在武则天面前耀武扬威，不等人挑唆便要吃巴掌。可是今天武则天不但没呵斥，反倒替她扬威。

"从今起韦团儿就是内掌扇，尔等大小事情全凭她管制。"武则天一边拿银针插进最后一道菜一边慢悠悠说道。

"恭贺内掌扇！"

武则天话音落下，宫婢们纷纷向韦团儿道贺。韦团儿得意地有意晃动着插在头上的武则天赐予的金钗。

木儿暗暗叫苦，如此尖酸刻薄之人做了内掌扇以后有苦受了。

"不说掌嘴！"韦团儿更加嚣张，冲木儿吼着，接着目光落在一个老太监身上。

老太监都是会看菜下筷的人精儿，谁势力见涨谁就是他的爹妈。老太监如打了鸡血一样，一下子挺直了身板，目露凶光上前对着木儿的脸就左右开弓地扇。

木儿粉嫩的脸上立刻凸起一道道手指印，殷红的血从她的嘴角流了出来。

"说，婉儿是不是送刑去了？"韦团儿再次逼问。

木儿压着一股怒火瞪了韦团儿一眼，依然一语不发，毕竟太后没再追问婉儿去哪了。

"婉儿为反贼偷偷出宫，你却隐瞒不报，你们眼里还有太后吗?"韦团儿心里盘算着如何让事件升温扩大，如何借机扳倒婉儿。

"事情不是你想象的那样。"木儿没好气地顶了一句。

"事情已经明明白白地摆在眼前，你还狡辩!"韦团儿扬起手亲自扇了木儿一个耳光。

"太后，奴婢以为应该把木儿关起来审查，她们是一个团伙的，说不定有不可告人的阴谋。"韦团儿觍着脸挑唆武则天。

"你去办就是，以后这样的小事不必事事问哀家。"武则天说。

"太后，奴婢冤枉，婉儿姐姐是怕搅了太后的心情，奴婢是怕搅了太后的胃口，所以……"木儿连忙解释。

可武则天为了扬韦团儿的威也只能牺牲木儿。

木儿被关进北苑废弃了的屋子。这里曾经是武则天姐姐武顺住过的别院，她死后这里就荒芜了。院落里到处长着齐腰高的荒草，时不时会有野兔闯出来把人吓一大跳。

<h1 style="text-align:center">二</h1>

婉儿为裴炎送刑收尸，直折腾到午后才回到宫里。她先回了采微苑，母亲早为她烧好水沐浴更衣，可婉儿没来得及沐浴更衣。

婉儿听说了木儿的事拔腿就往武则天的寝宫赶。

"太后，婉儿负荆请罪来了!"婉儿一见武则天便跪下说。

武则天头也不抬，更没看一眼婉儿，她只管埋头批阅奏章。

"婉儿不该忤逆太后。"婉儿低声下气继续认错。

"你知道是忤逆哀家，可为什么还要去做?"

武则天气得用奏折朝婉儿砸去。婉儿不敢躲闪，让奏折结结实实地砸在自己身上。

"婉儿知罪，请太后息怒!"婉儿继续低声下气。

"哀家不知上辈子欠了你多少，哀家这没杀你的刀，不然你死十次一百次都不够!"武则天又恨又爱。

"婉儿上辈子烧了太后的高香，婉儿就知道……"婉儿想说就知道太后会原谅婉儿的，但话未说完被武则天打断了。

"别高兴得太早，从今往后你犯的错都由她们顶着。"武则天说着目光落在溪儿身上，且露一丝诡异的笑。

婉儿的心咯噔一下，不祥之感旋即袭上心头。看来木儿被拘押不是空穴来风。

"她们顶？她们是谁？"婉儿似乎要一个确切的答案。

"你说呢？当然是你身边最亲近的人。"武则天冷笑一声。

武则天的冷笑更令婉儿不安。如果不是刚刚从母亲那儿来的话，婉儿会以为武则天拘了自己的母亲。

"太后，一切都是婉儿的错，您就罚婉儿吧，木儿她是无辜的呀！"婉儿跪行到武则天跟前哀求。

"晚了，木儿怕是已经没命了！"武则天像是自言自语，而实际是给婉儿传递信息，让婉儿赶快去救人。

"木儿，木儿……"婉儿惊得爬起来满宫里喊着木儿，可问谁谁都不说，婉儿无奈只得再回来问武则天。

"太后，木儿她怎么了？都是婉儿的错，婉儿再也不敢了，太后就饶了木儿吧，她是无辜的呀！"婉儿再次跪下把头一下一下磕在地上发出"嘭嘭嘭"的响声。

"再也不敢了？当真？"武则天要的就是这个结果。

"当真，再也不敢了！"为了救木儿婉儿只能如此。

"唉，其实哀家也舍不得木儿，快去北苑看看吧！"武则天说。

武则天心里明白韦团儿是吃肉的狼，心狠手辣绝不亚于自己，木儿落到她手里不丢小命也得脱几层皮。

婉儿旋风一样朝北苑跑去，以至连谢恩都顾不上说。

韦团儿正在对木儿用刑。

"说，婉儿是不是裴炎的同谋？"

"不说是吧，把十个脚趾也给钉了！看是你的嘴硬还是本扇宫的竹签硬！"韦团儿咆哮道。

韦团儿已经在木儿身上用完多种酷刑。夹、挠、烫，当木儿还是不肯冤枉婉儿与裴炎同谋时，韦团儿亲手把一根一根的竹签钉进木儿的指甲，钉一根问一句，不诬告就再钉一根。十指连心疼，木儿一次一次地昏死过去又一次一次地被水泼醒。

"这样下去恐怕要出人命的！"行刑的李公公说。

"没那么娇贵，想当年戚夫人被制成人彘一时半会都死不了，这算什么，不招给我把十个脚趾也钉了！"韦团儿气急败坏。

李公公望着血肉模糊一动不动的木儿心里不住地发抖，他颤巍巍地拿起一根竹签摸着木儿的脚趾，冰凉冰凉，似乎已经没有了知觉。

"内掌扇，真不能再用刑了，会死人的……"李公公害怕人死在自己手里日后有麻烦。

"哪那么多废话！钉！"韦团儿一声呵斥，为了显摆威风，还把茶杯摔碎了来示威。

李公公无奈只得把竹签对准木儿的脚指甲，口里念念有词："别怪我，要怪就怪你命苦，下辈子投个富贵人家吧！"

李公公扬起锤，闭上眼……

正在这时门"砰"的一声被撞开，婉儿站在门口。

婉儿只见地上躺着一个血肉模糊的人，婉儿想这就是木儿了。婉儿顾不得说什么只管飞奔过去。

"木儿，木儿……"婉儿扶起木儿紧紧搂住。

"木儿，是姐姐害了你，是姐姐害了你呀……"婉儿搂着木儿，泪水如断线的珠子。

"快传本宫的太医——"婉儿发疯似的喊。

"见过婉儿大人，木儿现在是犯人，正在审讯中……"韦团儿对自己鼓了鼓勇气而后上前说道。

"你草菅人命！来人，把这蛇蝎心肠的奴才给我绑起来！"婉儿愤怒到极点。

"谁敢！本宫是太后刚刚赐封的内掌扇，这金钗是太后亲赐的，太后说了，见钗如见太后！"韦团儿一把拔下头上的金钗举得高高的。

在场的人立刻呼啦啦一片跪下同声喊："太后千岁千岁千千岁！"

婉儿认得那支金簪，的确是武则天的，韦团儿如今狐假虎威。

婉儿不得不放下木儿跪地道："太后千岁千岁千千岁！"

韦团儿见得势又跳起来喊："继续上刑！"

"谁敢！本宫刚刚奉太后口谕来救木儿！"婉儿高声喝道。

婉儿话音落下全场一片鸦雀无声，到底应该听谁的，大家一时面面相觑。听婉儿的怕韦团儿日后报复，她现在可是拿着鸡毛当令箭。可听韦团儿的，婉儿权高位重，是武则天的左膀右臂，可以说是一人之下万人之上的女宰相，得罪不起。

"溪儿，快来帮帮姐姐。"婉儿要溪儿帮忙把木儿抬走。

"慢，审讯木儿是太后的旨意，当时有许多证人。"韦团儿话外有话，言下之意婉儿是假传口谕。

"你的意思是本宫假传懿旨？"婉儿怒目韦团儿。

"那要不要把本宫也钉上竹签套上刑具审一审？"婉儿站起来走到韦团儿面前两眼怒视着她。

"下官不敢！下官是就事论事，如果婉儿大人拿不出信物，恕下官冒犯，人犯不得带走。"韦团儿微微行礼，但话里行间根本不把婉儿放在眼里。

"人，我一定要带走，本宫若是假传口谕不正称了你的心吗？不仅可以再拘她来，还可以把本宫的十个手指也钉了！"婉儿说着和溪儿一起挽住木儿往门外走。

"站住，没有太后的信物，人，我万万不能放！除非婉儿大人杀了下官！"

韦团儿见婉儿她们就要出审讯室门时，心里突然感到无比的惶恐。没掏着一点有价值的东西，却把人打成这样，太后怪罪不说，只是这婉儿能放过自己吗，打虎不成必被虎伤，而且这是一次扳倒婉儿的最好机会，过了这个村便无那个店。韦团儿想到这不顾一切地冲上去死死拦在门口。

婉儿用手推，韦团儿拼死不让。

"好，本宫给你拿去。"婉儿无奈只得退一步。

"溪儿，你看好木儿姐姐。"婉儿对溪儿说。

"木儿，别怕，姐姐很快就回来带你走。"婉儿只得放下木儿。

"本宫给你一句忠告，太后英明，你最好还是守好你的本分，否则先死的人一定是你！"婉儿临走怒视着韦团儿，说完匆匆赶去找武则天。

三

"太后，太后……"婉儿一路喊着冲进寝宫。

"太后休息了！怎么连规矩也不懂了，大呼小叫的。"赵公公变了脸色。

"婉儿一定要见到太后。"婉儿急得直往寝室冲。

"太后说了谁都不许打扰。"赵公公一把拦住说。

谁都不许打扰？婉儿心一惊，那木儿怎么办？木儿还等着太后救呢，拿不到太后的手谕木儿准没命了。婉儿想到这便哀求起赵公公来。

"赵公公，耽搁一会儿木儿就没命了，人命关天，让我进去见见太后吧！"婉儿几乎低三下四地哀求赵公公。

"太后搁下话，老奴担待不起。"赵公公语气生硬油盐不进。

这是一个极其不祥的信号。因为赵公公就是武则天的晴雨表，他说话的语气和脸色都传递着武则天的态度。婉儿不禁倒吸一口气，再看赵公公的表情，视眼前的婉儿如空气。

但婉儿顾不了那么多，救人刻不容缓，婉儿扯开嗓门大喊：

"太后，木儿就剩一口气了，求太后救救她吧！一切都是婉儿的错，要罚要杀都是婉儿的错，婉儿求太后了……"婉儿哭喊着把头磕在壁上嘭嘭作响，在场的无不唏嘘落泪。

"唉，别喊了，你难道不知只要太后关上那道密室门，外面就是电闪雷劈也听不见吗？"赵公公似乎也被感动了，他的语气缓和了下来。

婉儿何尝不知，武则天的寝室有间密室，当关上最后一道门时，就仿佛与世隔绝，什么声音也传不进去，可此刻的婉儿除了喊还能怎样。

"赵公公，木儿躺在地上就一个血人儿，十个指头都被钉了竹签，可韦团儿还要把她的十个脚趾也钉上竹签。赵公公，婉儿给您磕头了，让婉儿见见太后吧，求您了……"婉儿流着泪冲赵公公磕头。

"使不得使不得，折煞老奴了！"赵公公连忙制止。但，他似乎被彻底感动了。

赵公公冲婉儿使了使眼神，又把手放在自己的心口摁了摁。

婉儿略略思索立刻明白，赵公公是在暗示自己对太后表忠心。这就说明武则天不在密室休息，是能听见自己话的。

婉儿心中掠过一丝惊喜，沉思片刻便想到诗经里的一首诗《樛木》。

这原本是一个女子对男子表达忠贞不渝的爱情诗歌，后来被臣子们用于表达忠君。婉儿润了润嗓子，自顾自地吟了起来。

> 南有樛木，葛藟累之。
> 乐之君子，福履绥之。
>
> 南有樛木，葛藟荒之。
> 乐之君子，福履将之。
> ……

婉儿吟完第二段时，就见内侍婢女锦儿从内殿走来，手里拿着一张字条。婉儿的心"噔"一下霍亮，木儿有救了。

锦儿拿的果然是武则天的懿旨，她走到婉儿跟前递给婉儿："快去吧。"

"谢太后仁慈！"婉儿叩了一个响头爬起来就朝北苑跑。

婉儿跑得上气不接下气，一边跑还一边喊："太后懿旨放人，太后懿旨放人……"

可还是来晚了！

木儿躺在血泊中一动不动，竹签还钉在她的十个脚趾上，溪儿趴在木儿身上痛哭。

"木儿，木儿，婉儿姐姐来了，你看，这是太后的懿旨，你没事了，我们可以回家了……"婉儿抱住木儿一个劲地摇她。

"木儿，你别吓唬姐姐，睁开眼看看姐姐好不好？算姐姐求你了好吗……"婉儿急得又摇又掐木儿的人中。

"木儿姐姐死了！"溪儿一边哭泣一边说。

"不，木儿不会死的，木儿你醒醒，你别吓唬姐姐好吗？你快睁开眼睛看看，姐姐拿来了太后的懿旨，你没事了……"婉儿无法相信眼前的一切，她举着懿旨不停地摇着木儿，要木儿醒醒睁开眼看看。

"节哀吧，人死不能复生。"赶来的赵公公命人把木儿拖走。

"不，木儿没死，她只是太痛睁不开眼睛，我要带她回家。赵公公你行行好，让婉儿把木儿带回采微苑。"婉儿满眼泪水哀求赵公公。

"木儿她真死了，婉儿才人节哀吧！"赵公公叹着气说。

"即使死了，我也要把她埋葬在采微苑，我不能把她一个人丢弃在乱坟岗，这样我心会更不安的！"婉儿把木儿抱得更紧。

"唉！就依你吧。年纪大了，这心也越来越软了！"赵公公抹一把泪，而后命几个太监把木儿的尸体抬进婉儿的采微苑。

第四十九章　闻程务挺陷歹人 孤身白马雁门关

一

"婉儿，汝有些时间没陪你娘过夜了吧！"武则天忽然说。

婉儿一惊，这分明是撵我了！撵我无非是烦我唠叨程务挺的好。这段时间谁来弹劾程务挺，婉儿都针锋相对。

而武则天早有杀程务挺的心，只是时机不到，现在裴炎诛了，李敬业叛乱平了，是时候诛杀程务挺了。婉儿当然是看出来了，所以老在武则天面前提及程务挺的重要性。

程务挺，洺州平恩人，东夷都护名将程名振之子。他一生战功赫赫，威震突厥。调露元年（679）十月，单于都护府东突厥酋长阿史德温傅和阿史那伏念反唐，程务挺率部相随右卫大将军裴行俭出征并一举击败叛军。唐军回师后，突厥六万骑兵围攻云州，程务挺与代州都督窦怀愻率部将其击败。永隆二年（681）正月，突厥攻打原、庆等州。阿史那伏念趁机自立可汗，与阿史德温傅连兵进犯唐地。唐军李文暕等将领相继败下，朝廷又命程务挺为裴行俭的副将领兵讨伐，阿史那伏念抵抗不住归降。永淳二年（683），绥州城平县的步落稽白铁余率众盘踞在城平县叛唐，自称光明圣皇帝，率部进攻绥德、大斌二县，杀掉唐朝官吏，焚烧官府房屋。程务挺与夏州都督王方翼共同出兵讨伐。程务挺攻拔城栅，活捉白铁余平定叛乱，李治皇帝擢他任左骁卫大将军、检校左羽林军，统领整个禁卫军。光宅元年（684）武则天为了削弱裴炎的势力派他驻守边塞雁门关。

"我娘已经习惯了。"婉儿说。

武则天一愣，我还撵不走你了？于是笑笑道："婉儿何时变得如此不孝了？"

婉儿暗暗叹气，这是非撵不可了！于是婉儿强挤出一丝笑："谢太后，婉儿这就告辞。"

婉儿出了迎仙宫，一路想着如何救程务挺。

"不行，走，回去。"婉儿突然停下脚步，要往回走。

"这？不太好吧？"溪儿犹豫。

婉儿想想也是，杀回马枪分明是要逮武则天的什么，这样很可能激怒武则天，更不利营救程务挺。

"那就把灯火灭了，隐在一处看看会有谁来。"婉儿想了想说。

于是，婉儿和溪儿隐在一块大石头后，果然，不多时，赵公公驾着马车从寝宫骨碌碌地出来一路奔宫外而去。

"瞧，赵公公出马了，今夜宫里一定有事。"婉儿对溪儿说。

"溪儿愚钝。"溪儿说，其实溪儿是想说别管那么多。

"赵公公十有八九是去诏武承嗣。太后深夜急诏武承嗣，想是程将军命休也！"婉儿分析道。

"如若这般，姐姐守在这又有何用？"溪儿咕哝道。

"等赵公公回来看个究竟，若果然是，姐姐得拼死保程将军。"婉儿说。

溪儿听了沉默，须臾，低声嘟哝道："管他谁死，与姐姐何干！"

"溪儿，你怎么可以说出如此混账话来！"

婉儿又惊又怒，但又一想，溪儿来自山间，连自己的名字都不会写，又怎能要求她懂江山社稷之理呢！想到这婉儿立刻缓和了口气。

"你不明白！姐姐不应该责骂你！"

"溪儿就明白，能活着多好，假如我娘，我爹，还有我奶奶，他们都还活着该多好！"溪儿伤感道。

"溪儿，你怕死是吗？"婉儿握住溪儿的手，好凉。

"要不你先回采微苑，姐姐一个人在这守着。"婉儿接着说。

"溪儿不怕死，溪儿怕姐姐有个三长两短，娘怎么活！"溪儿说。

"自古忠孝不能两全啊！自天皇托付重任起，姐姐的命就不是自己的了！"婉儿叹道。

"何必听一个死人的安排。"溪儿脱口而出。

"住口！你越说越没规矩了，这话是要杀头的！以后不可再说！"婉儿立刻呵斥。

"是，溪儿错了，可这是溪儿的心里话！"溪儿嘟哝道。

"好了，你什么也没说，姐姐什么也没听见！走，估摸着赵公公还有一会儿，我们到亭子里去避避雪。"婉儿说着与溪儿朝不远处的亭子走去。

二

武则天果然深夜诏见武承嗣，不祥之感顿袭婉儿心头。

"大唐的天要变了！"婉儿对着夜空长叹。

婉儿一夜没睡。她叫醒母亲，要母亲深夜为武则天制作桂花糕。

早膳，武则天走进御膳房，一眼就看见了桂花糕，再看看一桌的各地风味早点，不仅色香俱全，摆食也别出心裁，令人赏心悦目更令人胃口大开。

"婉儿，难不成你一夜没睡？"武则天知道这准是婉儿的杰作。

"睡不着，但愿太后喜欢！"婉儿迎上去扶武则天坐下。

可武则天坐定后，并没有迫不及待地嘴馋，而是发着愣。

"太后，怎么啦？不合太后的胃口？"婉儿细声问。

"鸿门宴吧！"武则天冷笑一声，而后起身欲离开。

"我的好太后，这里既没项羽也没刘邦，哪来的鸿门宴？"婉儿笑着连拉带哄硬是把武则天哄回来。

"顶多是婉儿想求个假，赏个梅而已。"婉儿一边笑说，一边拿起银针验毒。

"哼，是鸿门宴又如何？"武则天扬起脸表现出她一贯的霸气。

婉儿与往常一样对桌上的佳肴一一验毒，武则天兴起一把夺了验毒的银针扔在银碟里。

"哀家早馋猫儿了！"武则天扑哧一声笑，而后狼吞虎咽起来。

"来，婉儿你多吃点，累了一宿，瞧，眼圈都黑了。"武则天为婉儿夹了满满一碟。

"谢太后，婉儿的确是鸿门宴呢！"婉儿笑了说。

"说吧，想讨个什么赏？"回到寝宫武则天主动问婉儿。

"婉儿想告个假去梅岭赏梅，望太后恩准！"婉儿说。

"梅岭？你说的不会是大庾岭的梅岭吧？"武则天诧异。

"正是。婉儿听闻大庾岭因气候差异，南北山像是两个季节，南山梅香一片时，北山梅却是雪皑皑。昨夜大雪，所以婉儿想亲眼一睹大庾岭的别样风光。"婉儿煞有介事地说。

"哼，醉翁之意不在酒吧！"武则天警觉地冷笑一声。

"你真正要去的地方恐怕是雁门关吧！"武则天看穿了婉儿，便单刀直问。

的确，婉儿真正要去的地方是程务挺镇守的边塞雁门关。

"你想去救程务挺！"武则天进一步直逼主题。

"太后，程务挺杀不得呀！"婉儿只能亮牌。

"死了张屠夫不吃混毛猪，区区一个程务挺有何杀不得？"武则天不屑一顾。

"太后，现今东突厥猖狂，正是用人之时，有程将军镇守，大唐无忧，太后无忧，何乐不为？杀之，亲者痛，仇者快，有百害而无一利啊！"婉儿劝道。

"哼，难不成少了程务挺大唐的天就不亮了？"武则天冷笑道。

"自古江山代有才人出，没有程务挺，自有后来人！远的不说，就从李靖说起，继李靖后有苏定方，苏定方之后有李勣，李勣之后有裴行俭……"武则天说到这便打住，因为裴行俭之后是程务挺。

"才人代出大唐之幸也！裴行俭之后是程务挺，目前还没有能替代程务挺的人，杀不得呀！"婉儿抓住机会将了武则天一军。

武则天不语，许久后叹了一声。"哀家承认他是个军事天才，可他反，哀家不得不杀之！"

"婉儿愿以身家性命担保，程务挺绝对不反！"婉儿说。

婉儿话音落下，武则天哈哈大笑，笑毕说："婉儿是千古奇女子，你的命虽值钱，但抵不过江山。"

"谢太后谬赞！婉儿惭愧，如婉儿这般的小器物，太后随手可抓一大把来！而程务挺则不然！"婉儿句句不离程务挺。

"汝谦虚了，别说一把，只要再有一个，哀家都早杀了你，省得老在耳边叨叨叨，叨得哀家不得安宁！"

武则天这话还真有八分真。婉儿是不可或缺的人才，通典律，尤其通十六国夷文，办事从无一分差错，武则天离不开婉儿。

"婉儿罪该万死，只是太后说过，要婉儿做太后的魏徵，婉儿不敢有私心，见碧玉有瑕理当死谏！"婉儿扑通一声跪下。

武则天半天不语。良久后说："不谈程务挺行不？咱赏雪去。"

"太后！婉儿不敢与魏徵大人比德才，但婉儿可以比以死相谏！"婉儿不依不饶。

"上官婉儿，你还让不让哀家活了，一大早跟乌鸦一样呱呱呱，吵得哀家头都疼！"武则天甩袖而去。

"太后英明！程务挺杀不得啊！"婉儿追上去。

"哼！哀家偏要杀！偏要证明给天下人看！没有程务挺大唐的天一样亮，太阳一样从东边升起来！"武则天愤愤道。

"太后……"婉儿望着武则天的背影束手无策。

"婉儿呀，哀家何尝想杀他！只是一封封弹劾他与叛军有染的奏折你也看到了，可哀家还是想保他的，毕竟是把好刀嘛！"武则天忽又折了回来，而且态度一百八十度转弯。

"太后英明，婉儿愿往雁门关探虚实，若反，再杀不迟！"婉儿想以退为进提出折中的办法。

"不必了，哀家已诏左鹰扬将军裴绍业去了，只要他真心向唐，以前的事一笔勾销。"武则天装得很大度。

"诏裴绍业去了？什么时候的事？"婉儿一惊，顿觉大事不好，裴绍业可是武承嗣的人。

"大胆，越来越不像话了！难不成哀家的决定要向你一一通报吗？"武则天呵斥道。

"婉儿不敢！请太后息怒！"婉儿连忙赔罪。

婉儿心中已然猜到武则天昨夜诏武承嗣的用意。裴绍业原本是长安街的一个不起眼的小吏，后来投到武承嗣门下，唐高宗驾崩后，武则天为了铲除异己大肆提拔亲信，裴绍业托了武承嗣的关系，擢为左鹰扬将军。

此人凶狠狡诈，程务挺怕是要成为第二个李贤！婉儿坐立不安，为程务挺捏着汗。

不行，程务挺死了无人能抵御突厥，到时边塞必定狼烟四起生灵涂炭。不，我不能看着大唐被推入战争的深渊而袖手旁观，现在赶去雁门关也许一切都还来得及……婉儿想到这，决定冒死走一趟雁门关。

三

婉儿骑上一匹快马箭一样飞奔出京门直奔雁门关去。

雪在继续下着，婉儿骑在马上，迎面扫过来的风雪像刀一样割过她的脸，她顾不得疼，她甚至忘记自己是个女子。她只管使劲地鞭打马儿快些跑，希望能早一刻见到程务挺，好提醒他防备裴绍业，另外说服程务挺上奏洗清表白自己。

"杨都尉，令你火速追回婉儿，绑也要给哀家绑回来！"武则天得知婉儿骑马出了京门，知道她一定是去雁门关阻止诛杀程务挺，便令带刀护卫杨都尉去追回婉儿。

杨都尉一路追赶，本以为很快就能追上婉儿，可没想到一口气跑了二十里地也不见婉儿的踪影。

杨都尉扬起马鞭在马屁股上使劲抽，马儿发出声声嘶鸣，扬起四蹄风驰电掣……

婉儿喂养过马，亦喜欢骑马，所以马术也是一流的。婉儿亦是一鞭紧一鞭地催马儿风驰电掣。

但毕竟是女子，比不过杨都尉一个习武之人，在到达雁门关分水岭地界时，婉儿听见杨都尉在后面大声喊"婉儿，太后口谕，快回宫去"。

"婉儿，可追上你了！"杨嘉本跑得上气不接下气，虽然下着雪可他却一身的汗。

"表叔，是来抓婉儿的吧。"婉儿问。

"奉太后令追婉儿回宫。"杨嘉本说。

"婉儿不能回去，程将军命在旦夕！"婉儿说。

"婉儿，你还是先救救你自己吧。"杨嘉本已经拦住了婉儿的去路。

"表叔，你可知程务挺死边关危？"婉儿问道。

"下官也十分敬仰程将军，可太后命令不可违，我等做臣子的又能如何？"杨嘉本说。

"非也，文臣谏死，武将战死，这才是做臣子的本分！"婉儿说。

"婉儿，论亲戚老夫是你的长辈，论资历老夫在宫里待了四十余年，希望你能听老夫一言，为臣者只需做好主子吩咐的事，其余的少管，当年你爷爷就是不听劝……"杨嘉本说出自己的为官之道。但杨嘉本说到这忽然打住，仿佛是想起了什么。

"唉，提及当年，老夫真是惭愧，当年还是老夫带羽林军去抄的你们家……"杨嘉本又停顿了一下，接着继续说。

"三个孩子也是我抓回去的，为这事老夫一直与自己过不去，可是……"杨嘉本想解释但被婉儿制止。

"即使你不去，也有别的人去，自己人去总是暗地里得个照顾。"婉儿说。

"不愧为上官仪的孙女，当年是太后要我去的，她当时就是这么说的，其实太后是真心不想杀你爷爷，若你爷爷肯服个软，唉……"杨嘉本想起当年，还是一声接一声地叹，他为上官仪的死惋惜。

"表叔，过去的不提了，爷爷为他的信仰而死，死得其所。"婉儿说。

"婉儿，你听表叔一言，快回去吧。"杨嘉本恳求的语气。

"表叔，恕不能从命，此事关乎江山社稷！请表叔破一次例放婉儿过去。"婉儿恳求杨嘉本。

"老夫说什么也不能看你去死，老夫一把年纪还在宫里当差，就是希望能照顾着你们，你爷爷在的时候没少照顾我呀。"杨嘉本说。

"若婉儿非去不可呢！"婉儿说。

"你是知道老夫的，老夫执行命令是六亲不认从不打折扣的。"杨嘉本严肃起来。

婉儿暗暗叫苦，要他违令除非他死，这是唐高宗乃至武则天都十分喜欢他的缘故，也是他屹立不倒的法宝。

怎么办？除非将他击倒，可这是不可能的，他虽年过半百，但是习武之人，即使不是习武之人，婉儿也不是一个男人的对手。

怎么办？婉儿低头思索。

"别想了，回宫吧。"杨都尉说。

"表叔，你就不能破一回例吗？"婉儿几乎是哀求。

"不能！再不回别怪老夫不客气了！"杨嘉本铁青起脸来。

"你敢！"婉儿说。

婉儿话音落下，就见杨嘉本两腿朝马肚子一夹，一个窜前探手去抓婉儿的马缰。

说时迟那时快，婉儿条件反射，只见她胳膊一收勒紧马缰，马的身子立刻立了起来，以致避开了杨嘉本但由于马的身子立得太高，婉儿在马背上失去重心，摔了下来。

杨嘉本立刻跳下马，将婉儿扶起来，"摔着了吗？"

婉儿爬起来，发现左脚点地生疼，想是脚崴了。

杨嘉本扶婉儿坐下。

"表叔，婉儿给你说个故事，从前有一座山，山那边是肥马牛羊，山下是一群狼，可山头上立着一位猎人，山下的饿狼怎么也翻不过山头到达那片肥马牛羊之地，有一天……"婉儿说到这被杨嘉本打断。

"别说了，老夫都懂，倒是要劝婉儿一言，无此猎人会有彼猎人，这世间少了谁都照样转动。"杨嘉本始终坚持自己的世界观。

"非也，千军易得一将难求啊！"婉儿说。

"婉儿呀，你们上官氏是不是天生倔驴？你爷爷是这样，婉儿又是这样！天是皇帝的天，地是皇帝的地，何必皇帝不急婉儿急！"杨嘉本说。

"非也！国是天下人的国，战火纷飞，真正受苦的是百姓啊！"婉儿说。

"真正受苦的是婉儿你！你爷爷忠君报国，结果怎样？含冤而死，还连累了一家人，诛的诛，奴的奴，你本来是金枝玉叶，却落得掖庭为奴，现今正值花季却不能如常人家那般谈婚论嫁相夫教子，被活活困在皇宫这座活坟墓里，你不心疼自己，表叔还心疼呢！"杨嘉本说出一番他从未表露过的话。

良久，婉儿意味深长道："表叔你不懂！假如让爷爷重来一次，我想他会做同样的选择！江山社稷高于一切！何须吝啬这不过多活几十年的皮囊！"婉儿意味深长。

"我是不懂，我就想一家人平平安安的，我父亲是这样，我也是这样，将来希望我的儿子也这样就足矣。"杨嘉本道。

"对了，老夫的小儿叫慎交，今年十一岁了，你有机会帮表叔试探一下太后的意思，在宫里给某个小差。"

婉儿望着眼前的表叔，真不知说什么好，堂堂七尺男儿，心里就那点小九九。

婉儿重重地叹一气，"表叔，放婉儿走吧！"婉儿似乎不死心，哀哀求道。

"表叔不是你爷爷，可以对一家人的生死不管不顾，表叔也希望婉儿平平安安的。"杨嘉本斩钉截铁，毫无商量。

婉儿仰天长叹，只能在心里为程务挺默默祷告，但愿天不亡将军，但愿是自己想多了，也许裴绍业去真是为了例行公事视察军队呢。

第五十章 奸佞得逞太后狠
忠魂一缕含冤去

那日，风尘仆仆的裴绍业把一份公文递给程务挺，程务挺接过公文展开，就见六个字"裴炎谋逆已诛"赫然跳入他眼帘，程务挺不觉脑袋嗡一下，身子也跟着摇晃了一下。

"岂有此理！"他一拳砸在案几上，只听得哗啦一声响，案几被砸得倾斜歪倒，断了一条木腿。

"裴炎不反！他廉政勤勉，忠君爱国！"程务挺咆哮着，双手卷在背后，来回快速地走。

"他忠君爱国？哈哈哈，哈哈哈……"裴绍业爆笑了起来，而且直笑到他岔气捂着肚子连连说自己不能再笑了。

"请问庐陵王有今天拜谁所赐？"裴绍业止住笑，近前程务挺，几乎是脸贴着脸问程务挺。

"忠君爱国四个字安在谁头上都行，就是不能安在裴炎头上，安在他头上活脱脱就是个讽刺！"裴绍业说。

程务挺一时语钝，这的确是裴炎一生不可饶恕的错。

"这也不能全怪他，若不是庐陵王要把江山赠予韦玄贞也不至于废之。"程务挺硬着头皮反驳，但声势明显不够底气。

"没底气了吧？他作为先帝天皇托付的辅佐大臣，怎不学习人家周公伊尹？一句不和就废之，这分明就是私欲，图谋不轨！"裴绍业倒是来了底气，他"噌"一下从座椅上跳起来，声音一浪高过一浪。

"废立乃太后恩准，怎是他一人之过？"程务挺反驳道。

"太后不恩准行吗？当时裴炎权倾朝野，揽三省六院权力于一身，若不依他怕是江山已易姓了!"裴绍业依然振振有词。

程务挺无语,他暗暗为裴炎叫屈。裴公啊,你为人种瓜,自己得了瓜蔓,而得瓜人不但不念你的好,还一个屎盆子往你头上扣,你呀,真是聪明一世糊涂一时啊!一失足成千古恨啊,当初若听上官婉儿的劝何至于有今天!

"欲加之罪何患无辞,本官要上奏为裴炎喊冤!"程务挺倔着脖子说。

"白纸黑字,证据确凿!冤什么?你自己看吧。"裴绍业抖出两块绢帕扔给程务挺。

程务挺抖开绢帕看,一块写着"一片火两片火,绯衣小儿当殿坐";另一块写着"青鹅"两字。关于这两桩所谓的证据,程务挺亦有所闻,他始终坚持这是栽赃陷害。

"这是栽赃陷害!"程务挺愤然。

"谁栽赃?谁陷害?太后?还是大臣?哼!"裴绍业得意道。

"哼!明眼人都看得出,谁栽赃谁心里有数!"程务挺嘟哝道。他显然指向的是武则天。

"明眼人都看得出……"裴绍业本想说,明眼人都看得出你程务挺与裴炎通,可话到嘴边又咽了回去。

"怎么不说了?"程务挺见他咽下半句话便追问道。

"得,秀才遇上兵,跟你说不清,裴某告辞!"裴绍业不打算再与程务挺辩论下去,怕话多误事,到时自己得吃不了兜着走。

夜里,天空大雪纷飞,程务挺抱了一坛子酒一个人来到野外,他举杯对天遥祭裴炎。俗话说借酒浇愁愁更愁,他喝了大半夜,也不知自己到底喝了多少,只是醒来时已被五花大绑在木柱上,裴绍业领着刀斧手齐齐地围了里三层外三层。

"裴绍业,你这是何故?"程务挺还被蒙在鼓里。

裴绍业坐在一张大靠背椅上,跷起二郎腿不急了回答。他在聚精会神地掏着耳朵,掏完耳朵又弹了弹衣服,仿佛是弹去飞落在身上的耳屎。

"哎呀,程将军,对不住!"裴绍业站起来走到程务挺身前,双手抱拳,低声细语不温不火地说。

"程务挺!大胆逆贼!你与裴炎通李敬业反,见叛贼败,你又勾结突厥蓄意谋反，现在本将军执行陛下密诏，要将你就地处决！"

裴绍业突然一个转身再一个跨步，跳上了他刚才坐的大椅子上，站得高高的，音量也放到了最大。

程务挺一听，气得七窍流血，骂道："裴绍业，你这个小人，诬陷忠良，居然还敢假传圣旨，左右张刘副将，你们还不快把他拿下？"

程务挺话音落下，裴绍业抖开一卷金色的圣旨，邪笑道："圣旨在此，谁敢造次？"

程务挺定睛一看，只见圣旨上清清楚楚地写道：程务挺勾结叛贼李敬业在先，后又勾结突厥，罪不可赦，就地斩！

程务挺看完，就觉一股东西直从心口涌出，旋即就涌到喉口，接着一口喷了出来，喷了裴绍业一脸的血。

"将军……"张刘二将见状情不自禁要上前，可立刻被裴绍业的刀斧手摁住。

裴绍业不温不火地擦去脸上的血迹，接着细声慢语道："想不到程将军也是这般输不起的俗人，脑袋没了也就碗口大的疤，至于这样喷血吗？"

"呸，奸佞小人！本将军一生戎马，出生入死，何曾怕过死？只是死在你这等小人的刀下，抹脏了爷爷的疤口，死不瞑目！"

"你！"裴绍业被激怒地举起刀，想一刀砍下他的脑袋，但立刻又止了这个念头，一改刚才的凶神恶煞。

"死鸭子嘴硬是吗？没关系，本官不会与一个将死之人计较，本官会秉公办事，等到午时三刻，连同你的家人一同斩首示众！"裴绍业有意低声慢语，但每个字都比刀子锋利。

"裴绍业！你……"程务挺一听要斩杀他全家不觉又喷了一口血。

"心疼了？想救他们吗？"裴绍业掏出一块绢帕擦去程务挺嘴角的血迹继续说。

"当爹的谁不心疼！他们有什么罪？凭什么跟着你上断头台？"裴绍业一边揩拭一边细声细语说。

"对了，程齐之可是你的独苗，他若是死了，你们程家这门香火可就断了，用民间的话说就是断子绝孙……"裴绍业继续慢悠悠说着比刀子还扎人的话来刺激程务挺。

程务挺真想一脚踹死他，可是浑身上下都被绑得严严实实，别说踹他，连脚麻了想挪动一下脚趾也是不能的。程务挺只剩一张嘴能自由呼吸说话。

"说吧，你到底想要什么？"程务挺看一眼儿子，瞬间萌生了救孩子的念头。

"只要按照这上面写，再签字画押，我保你家人不死。"裴绍业抖出一张绢纸给程务挺看。

程务挺一看，上面写的全是程务挺与裴炎、徐敬业等如何勾结谋反的经过，而且每件事都捏造得有手有脚，有鼻子有眼睛，跟真的一样，程务挺没等看完愤怒的说不出话，不觉又一口鲜血喷了出来。

"呸！你做梦！爷爷一个字也不会给你写！"程务挺铆足劲冲裴绍业一口啐去。

裴绍业被啐了一脸唾液恼羞成怒，大喊道："带上来！"

裴绍业话音落下，就见人群呼啦啦让开一条道，紧接着刀斧手将程务挺的家属押了上来。

程务挺的妻子李氏和独子程齐之以及程务挺的兄长程务忠押解在最前面。

"爹……"程齐之带着哭腔喊。

"儿子，是爹连累了你们！"程务挺刹那老泪纵横。

"儿子，你怕死吗？"程务挺平复一下心情后问道。

"有爹在，儿子不怕。"程齐之流着泪说。

程务挺又把目光转向兄长程务忠，"兄长，你呢？"

程务忠看了看身后百余口家眷，流了一脸老泪，而后说："怕死！可怕不了，欲加之罪何患无辞，既然怕不了，那就死得其所！"

程务挺又把目光转向妻子李氏，但没等他开口问，只见妻子李氏投以他微微的笑意，而后道："一家人能牵着手一起过奈何桥，何尝不是一桩美事！"

李氏的平静仿佛给了程务挺巨大的安慰，程务挺再无遗憾和牵挂，他仰天大笑道：

"武婆子，你听好了，你只能杀死我这身臭皮囊，我的忠魂是谁也杀不死的！来吧，不必等到午时三刻！哈哈哈……"

　　程务挺洪钟一样的笑声，震得屋子都嗡嗡作响，裴绍业不禁打了个寒战，额头渗出一片细汗。

　　"杀，杀无赦……"裴绍业一边后退一边喊杀。

　　光宅元年十二月二十六日（684 年 2 月 5 日），雁门关的军营里血流成河，一缕忠魂含恨飘飘离去！

第五十一章　雪夜杀手从天降
冥冥之中救侠胆

一

"太后，卑职已将婉儿带回。"杨嘉本押着婉儿向武则天交差。

"好。"武则天起身朝婉儿走去。

"太后，程务挺杀不得，请太后三思!"婉儿扑通跪下道。婉儿哪里知道，此时此刻程务挺已人头落地。

武则天走近婉儿，把脸凑近婉儿的脸，盯了好一会儿，而后咬牙切齿道:"你再说一遍，信不信哀家割了你的舌头!"

"你个白眼狼!"武则天扬起手就是一巴掌，婉儿粉嫩的脸上立刻印下几道手指印。

"哀家视你为亲闺女一样，你却恩将仇报，为了一个程务挺，不惜背叛哀家，甚至豁出自己的性命，你知道哀家这有多疼吗?"武则天捶着自己的心口说。

"婉儿救程务挺就是为太后着想!"婉儿低声说。

"放屁! 拉下去乱棍打死，哀家不想再看见她!"武则天吼道。

一直替婉儿捏着汗的杨嘉本，一听便吓得扑通跪下替婉儿请求。

"太后息怒，婉儿她是好心办坏事，其实婉儿心里最心疼的人是太后!"杨嘉本说。

"何以见得?"武则天果然火气消了许多。

"一路上，婉儿都念着太后的好。"杨嘉本说。

"是吗？恐怕是巴不得哀家早死吧！"武则天没好气道。

"太后千岁千岁千千岁！下官不敢说谎，千真万确，婉儿一路上念叨第一次见太后的情景……"杨嘉本匍匐在地说。

"那你说说她都念叨哀家哪些好了？"武则天平和了语气。

"婉儿说她六岁那年，在荷亭对诗，其实是太后有心相救，还说那年她差点被珠儿害死，也是太后相救。婉儿还说，不是太后怜惜，婉儿有十条命都不够死。"杨嘉本沉着应答。

武则天的怒气一点一点地被融化，终于她叹一声道：

"冤家！押到后院的柴房去面壁思过，不吃点苦头不长记性！"

"太后……"婉儿还想说程务挺杀不得，却被杨嘉本捂住了嘴。

"还不快谢不杀之恩！"杨嘉本害怕婉儿再惹怒武则天，一时情急粗暴地把婉儿的头用力摁下，像强摁牛喝水一样，紧接着拉起她就往外拽。

"太后……"婉儿一边被杨嘉本拽着走一边还想劝谏。

杨嘉本无奈只得更粗暴，一手捂住她的嘴一手拽她走。

二

武承嗣得知婉儿被关进了柴房，心想机会来了，这回定要劝姑母杀了上官婉儿，上官婉儿一死，姑母就只能靠自己和武三思了。

傍晚，武承嗣提着一篮子刚刚下树的冬枣来到武则天的寝宫。

"侄儿来看姑母，听说姑母最近又睡不好觉。"武承嗣见了武则天说。

"也许是老了，睡不好已是家常便饭。"武则天漫不经心地说。

"侄儿最近在潜心读《皇帝内经》，得了一点皮毛，这血亏能导致心慌失眠，所以侄儿给姑母弄了些鲜枣补血。"武承嗣说着把盖在篮子上的布掀开，一篮子红彤彤的鲜枣立刻耀眼在武则天眼前。

"呀，这冰天雪地的，你哪还留着这些鲜枣？"武则天惊讶。

"自家院子里树上刚刚摘下的。"武承嗣看武则天喜欢心下暗喜。

"哦？没鸟儿啄食吗？哀家宫里的，年年都要与鸟儿们抢着食，这会儿树上连一个枣核也找不着。"

武则天说着一边拿起一粒鲜枣嘎嘣咬一口，又嚼了嚼，一股甜汁立刻让武则天的神情愉悦起来。

"好甜，韦团儿，快拿些去洗洗。"武则天喊道。

"都洗好的，姑母喜欢，侄儿院子里的树上还有呢，明儿再打下给姑母送过来。"武承嗣说着在篮子里挑选了一颗特大的递给武则天。

"树上还有？"武则天更惊讶。

"是的，树上还有些。"武承嗣说。

"没鸟儿啄食？"武则天吃惊道。

"有的，只是侄儿知道姑母喜欢吃，就令人用麻绳编制了一个网将枣树给罩住，不过还是有鸟儿不怕死，为了食上一口硬是钻进去。"武承嗣说出原委。

"原来如此！侄儿费心了，还是娘家人好啊！"武则天很是感慨。

"侄儿无能，只能为姑母做些小事。"武承嗣一语双关。

武则天听得出，也明白这篮子红枣不是白吃的，他这是要官来了。

"承嗣啊，姑母心中有数，只是得让姑母缓缓气，要知道欲速则不达，现在的朝堂还不是姑母的一言堂，你和三思得先忍忍。"武则天语重心长劝着武承嗣。

"姑母误会了，侄儿不是要当多大的官，侄儿只是不放心姑母身边的人，若能让侄儿时刻贴着姑母照顾，帮衬着姑母完成大业，使武家的祖先荣耀，侄儿就是一个佣人也无怨无悔万死不辞！"武承嗣句句感人还挤出几滴泪花。

"侄儿是不放心上官婉儿吧。"武则天说。

"是的，上次咆哮公堂，这次又公然忤逆姑母，此人不杀怕是后患无穷啊！"武承嗣终于道出了此行目的。

武则天良久不语，她的心绪已经跳到另一件事。下一步该怎么铲除李唐宗室！这可是一个强大的盘根错节的王室！动他们得慎之又慎，不然，一招不慎满盘皆输。

擒贼先擒王，武则天第一个想到了韩王李元嘉。他是唐高祖第十一子，是李唐宗室中的"三高"，即辈分最高，才气最高，威望最高。排第二号的就数越王李贞，他是唐太宗李世民的第八子。

唐高宗驾崩时，武则天为了笼络李唐宗室，纷纷给李唐宗室加官晋爵，如韩王李元嘉转定州刺史加授太尉，李贞封豫州刺史，李贞的儿子封为博州刺史，等等。

李唐宗室各占一方土地，天高皇帝远，时间长了容易生变故，这是武则天称帝路上的最大障碍。武则天不可能允许这股势力发展壮大，她得赶在他们翅膀羽毛未丰满之前解决他们。

"姑母下不了手，就让侄儿去做吧。"武承嗣完全没有看懂武则天的心思。

"汝说什么？"武则天缓过神来。

"侄儿说杀上官婉儿。"武承嗣说。

"婉儿她的确闹得有些过分，但不足为患！"武则天说。

"让她时刻伴随姑母左右，侄儿实在不放心，毕竟姑母是她的杀父仇人。"武承嗣进一步挑唆道。

"这个放心，她想杀哀家，等不到今天。"武则天说。

"今日与昨日不可等同，让杀父仇人侍奉姑母左右侄儿寝食难安！侄儿请求姑母听侄儿一回。"武承嗣说着给武则天跪下。

"快起来，地上凉着呢。"武则天连忙拉武承嗣起来。

"给你说实话吧，姑母现在还离不开她，她对姑母有用，瞧瞧，那一大堆的奏折，没有她，姑母能看得过来吗？把这些折子交给哪个大臣姑母都不放心啊。"武则天对武承嗣掏心窝子。

"再说了，她是清水一潭，一看到底，比起那些什么事都藏在肚子里的大臣们让人放心多了。"武则天接着说。

"侄儿明白了……侄儿告退。"武承嗣一看说服不了武则天，便匆匆告辞离去。

三

武承嗣从武则天的寝宫出来便直奔武三思的府邸。

"杀鸡焉用宰牛刀，一个弱女子，还需要惊动杀手吗？我亲自去了结了。"武承嗣和武三思一番话后,武三思笑着说。

"非也,我们亲自出马,就怕万一,到时无法向姑母交代,再说了,杀手的成功率高,他们会做到万无一失。"武承嗣摇着头道。

"那行,愚弟刚好新认识了一个一等一的高手,杀人不眨眼,也从无闪失,愚弟这就飞鸽传书。"

武三思说着就起身要去飞鸽传书,可没走几步又折了回来,原来他有顾虑。他名曰三思,名如其人,凡事都要三思而后行。

"万一姑母知道是我干的,会不会像当年对待我们的爹那样杀了我?"武三思折回来的目的是要武承嗣给个准话承担责任。

"今非昔比,姑母不但不会杀我们,还会重用我们。上官婉儿一死,姑母就没信得过的人,启诏阅奏就十拿九稳落在我们兄弟俩的头上,到那时,咱兄弟俩想杀谁就杀谁!"武承嗣道。

"大哥说的可是真的?"武三思故意揣着明白装糊涂。

"贤弟难道没看明白?如今姑母正是用人之际,而李家的人她信不过,满朝的大臣她也信不过,婉儿一死,她除了信任我们还能信任谁?所以,贤弟只管大胆去做,倘若真出了事,哥我担着。"武承嗣拍着胸脯保证。

"可姑母说了让我们再忍忍,等她一一拔掉李家的刺,就擢你宰相,任我大将军,我怕坏了姑母的大事,不如再等等?"尽管武承嗣说得天花乱坠,武三思仍有顾虑。

"贤弟,你好糊涂呀!我们等得了,可姑母等得了吗?她可是土埋脖子的人,万一哪天她两脚丫子一翘,我们咋办?我们就是灭门之灾呀!"武承嗣情绪激动,食指连连敲着案几发出咚咚咚的响声。

"愚弟明白了,仁兄这是马尾系火,赶着姑母跑!高明!"武三思服了武承嗣再无二话。

四

雪还在下,夜空暗了下来。夜空的黑很快覆盖了白皑皑的雪光,柴房四周静得可以听见雪落在屋上的声音,屋子里没有灯光,黑的吓人,婉儿在柴房冻得直发抖。

一只耗子不知从哪个洞里蹿了出来，呼一下从婉儿的脚上跑过去，婉儿吓得"啊"一声尖叫起来。

"来人……来人啊……"婉儿摸索到门口，冲外面喊了起来。婉儿喊了好一阵，回答她的只有下雪的声音。

而此时，一个蒙面黑衣人正悄悄地朝柴房靠近。蒙面黑衣人来到柴房前，左顾右盼，见周围无人便朝柴门一脚踹去，伴随霹雳一声响，门被踹开。

"谁?"婉儿隐约看见一个黑衣人闯了进来，立刻警觉起来。

"可是上官婉儿?"蒙面黑衣人问道。

"不是。"婉儿感觉到来者不善，便灵机撒谎。

"上官婉儿，出来!"蒙面黑衣人的目光左右寻找。

"她刚被刑部提走。"婉儿断定此人是来杀自己的便继续编谎。

"那你是谁?"蒙面黑衣人问。

"我是她的侍女。"婉儿回道。

"她走多久了?"蒙面黑衣人再问。

"不久，就前你一脚，说不定能追上，只是你是何人? 又为何寻她?"婉儿试探地问。

"他们往哪边走的?"蒙面黑衣人不理会婉儿的问题，而是继续逼问他要的答案。

"往左边。"婉儿随口说道，但话音才落，蒙面黑衣人已风一样消失在夜色中。

婉儿长吁了一口气，把门重新掩好，可还没来得及上门闩，又被蒙面黑衣人一脚踹开。

"你蒙我，你就是上官婉儿!"蒙面黑衣人亮出白晃晃的剑步步逼近婉儿。

"我不是，我是她的侍女，你不信我也没办法。"婉儿说。

"你不是侍女，你的穿着，你的气度，你的镇定，都不是一个侍女所有的!"蒙面黑衣人说这话时已经把剑逼到婉儿的眼珠子前。

"说，你就是上官婉儿对不对。"蒙面黑衣人逼问。

婉儿迟疑片刻，心想瞒是瞒不过去了。

"是谁派你来杀我的，让我死个明白，等到了阴间也不会找错了仇家，这总可以吧！"婉儿想拖延时间，拖得一时是一时。

"要找仇家就找我吧，即使没人派我来，我也想杀你。"蒙面黑衣人冷笑道。

"哦？倒不失为一条汉子，只是不明白好汉为何要杀婉儿？婉儿与你有冤？有仇？"婉儿十分诧异。

"章怀太子的毒酒是不是你亲手给丘神勣的？"蒙面黑衣人迟疑片刻忽然提及废太子李贤。

"你是谁？为何问起这事？"婉儿的神情立刻忧伤起来。

"你只说是与不是？快说！"蒙面黑衣人怒喝道。

"酒是我给丘神勣的，但是……"婉儿话没说完就被蒙面黑衣人打断。

"你这个恶毒的女人，章怀太子对你一往情深，你为何要杀他？今天非杀了你不可！"蒙面黑衣人愤愤地把剑顶在婉儿的喉口，但却没有刺下去。

"我从不杀女人，你是第一个，说吧，你有什么未了的心愿。"蒙面黑衣人收回剑背对着婉儿。

"婉儿的心愿不是一个杀手能完成得了的，来吧，给我个痛快！"婉儿挺直了脖颈毫无畏惧，倒把蒙面黑衣人给怔住了。

"呵，好一个女中豪杰！难道是我错怪了她？或者是他想借刀杀人？"蒙面黑衣人思索着变得迟疑。

"我再问你一遍，章怀太子是不是你毒死的，只说是与不是。"蒙面黑衣人再次把剑抵住婉儿咽喉追问。

"不是！"婉儿说。可就在这时夜空中忽然传来一声断喝。

"什么人……"

来者不是别人，正是婉儿的表叔杨都尉杨嘉本。杨嘉本话音才落已和蒙面黑衣人交上了手。顷刻，两把飞速舞动的剑像两道闪电在黑夜中忽左忽右，忽上忽下地闪，同时伴随着密集的金属碰撞声。

他们打得难解难分，但杨嘉本很快就处于下风，蒙面黑衣人步步紧逼，杨嘉本节节后退只剩下招架的功夫。

蒙面黑衣人需要速战速决，便招招使狠。婉儿一看杨嘉本已被逼到死角，眼看表叔杨嘉本命悬一线，情急之下便大声疾呼：

"有刺客……有刺客……"

婉儿一边喊一边跑，婉儿心想蒙面黑衣人的目标是自己，只要自己跑了他定会来追，这样可以缓解杨嘉本的危机。

蒙面黑衣人见婉儿跑了，果然急了丢下杨嘉本去追。

婉儿由于白天脚崴了，跑起来不利索，没跑多远就被蒙面黑衣人追上。他追上婉儿一剑刺去，婉儿"啊"一声大叫跌倒在地又连滚了几滚。

杨嘉本一看忙赶了过去又与蒙面黑衣人厮打了起来。

"我没事，表叔小心。"婉儿喊道。

原来，婉儿被一根树枝绊倒，反而救了她一命。

婉儿知道杨嘉本不是蒙面黑衣人的对手，心想得想办法助力表叔，不然表叔非死即伤。

于是婉儿赶忙从地上爬起，拾起刚才绊倒自己的树枝，看准机会丢过去给蒙面黑衣人使了个绊，果然，蒙面黑衣人一个跟斗栽倒，杨嘉本趁势就砍了他一剑，接着刺出第二剑，第三剑……

蒙面黑衣人在地上滚来滚去地躲闪。

"饶他一命！"婉儿见状忙冲上前拦住杨嘉本。

"他可是要杀你的人？"杨嘉本不解。

"杀我的人是暗箭，不是他这把明剑。"婉儿说。

"说，是谁派你来的？"杨嘉本用剑逼着问。

"你休想我告诉你，要杀要剐悉听尊便。"蒙面黑衣人淡淡回道。

"你走吧。"婉儿说。

"不能放他走！"杨嘉本喝道。

"快走！"婉儿更大声喝道，并一把抱住杨嘉本不让他追。

说时迟那时快，蒙面黑衣人"噌"一下从地上跃起，又以闪电般的速度消失于夜空。

"婉儿，为何救他？"杨嘉本埋怨道。

"救人一命胜造七级浮屠。"婉儿说。

"可他是歹人！"杨嘉本气恼道。

"他若真心杀我不等表叔来救我。"婉儿温和道。

"也是。不过会是谁要杀你呢？不会是太后吧？"须臾杨嘉本问道。

"肯定不是，太后要杀我就像捏死一只蚂蚁那样简单，何必大费周章。"婉儿说。

"那就怪了，谁这么恨婉儿呢？"杨嘉本想不明白。

"也许是毛贼，碰巧而已。"婉儿不想说破杀她的人是武承嗣。

"就说是毛贼，被你打跑了。"婉儿见羽林军赶来便悄声叮嘱杨嘉本。

"知道了。"杨嘉本虽然很不情愿这么说，但还是按照婉儿的叮嘱支走了羽林军。

"明天若太后问起呢？"杨嘉本再问。

"不管谁问，只说是毛贼。"婉儿说。

杨嘉本纳闷，他哪里知道婉儿的心思。

有些事情看破不能说破。武承嗣是武则天的侄子，即使查出来又能怎样？再者，婉儿怀疑蒙面黑衣人十有八九是李贤过命的兄弟秦山剑侠。曾经听李贤说起他，剑术了得，一身轻功，来去无踪，时常进宫与李贤切磋剑技。这事若让武则天知道了，她定会全力追捕他。

"对了，有程务挺方面的消息吗？"羽林军走后婉儿问。

"婉儿，你都自身难保了还管他人瓦上霜！"杨嘉本责怪道。

"程务挺不是瓦上霜，他是屋脊栋梁啊。"婉儿叹着气。

"不和你说，我去生火，不然这一夜冻都冻死你，看你还怎么管天管地！"杨嘉本一肚子的埋怨。

"表叔不懂婉儿不怪你。先帝天皇临终托付婉儿要好好辅佐废帝庐陵王，可婉儿无能啊，将来我是无颜到那边见先帝天皇的，我死后就葬到爷爷的家乡陕州去，在那儿寻得一抔黄土安身吧。"婉儿伤感道。

"瞧你，一会儿又多愁善感了，才二十春秋，还是花季年龄怎么就说起死的事来。"

杨嘉本生起了一堆火，屋子里立刻亮堂暖和起来。

他找了块平稳的木料让婉儿坐下，自己又寻了一根木头坐下。

"还没吃晚饭吧？"杨嘉本坐下后问。

"我不饿。"婉儿说，

"饿也没辙了，饼给打丢了，是太后赏赐的我没舍得吃。这宫里头，个个都是狗眼看人低，我就知道那些太监一准不给婉儿送饭的。"杨嘉本说着拨了一下火，又添了两根柴。

"不还有表叔吗！这漫漫寒夜有表叔足矣！"婉儿说着肚子不禁滚过几声雷响。

杨嘉本加柴的手停在空中，他迟疑片刻，接着添上，而后站起。

"我去找找，兴许能找着。"杨嘉本起身打着火把去雪地找丢失的酥饼。

却不承想与溪儿撞了个满怀。溪儿"啊"的一声被撞得差点飞出去，幸亏杨嘉本一把拽住。

"溪儿！你终于来了！"杨嘉本惊喜。

"你带吃的没？"杨嘉本紧接着问。

溪儿掏出三块绿豆酥饼，脸上现出笑容，"是太后赏我的，我没舍得吃。"

"哦？太后也赏你饼？"杨嘉本有些诧异。据他所知除非中秋节，平时太后难得赏下人饼的。

"是啊，幸亏有这赏饼，不然婉儿姐姐就要挨饿了，韦团儿那贱人不许人给姐姐送饭呢。"溪儿提到韦团儿瞬间就要气炸了肺。

"溪儿，快快回去，今晚是你值夜班呢。"婉儿想到是溪儿值夜班，吓得来不及说谢，上来就推溪儿走。

"放心吧，是太后让溪儿来的。"溪儿一笑说。

"哦？我明白了太后为什么赏你们饼……"婉儿说。

只是太后打一巴掌又给个甜枣，这葫芦里到底卖的什么药？婉儿思索着，可越想越觉得要出大事，不觉呼啦一下站了起来。

"怎么啦？"杨嘉本问。

"我要见太后。"婉儿说。

杨嘉本与溪儿一听都面面相觑，没有太后的旨意，怎么见？抗旨是死罪呀。

溪儿低头不语，杨嘉本虽然不会放婉儿走，但一时不好回绝，便也默然不语。

"表叔，麻烦你跑一趟给太后通报一声好吗，我要见太后！"婉儿拉着杨嘉本的手恳求。

可没等杨嘉本劝婉儿打消这个念头时，门外响起了武则天的声音。

"不必了，哀家来了。"武则天推门而进。

"参见太后！"婉儿立刻施礼道。

"参见太后！"杨嘉本也立刻施礼道。

溪儿连忙退到十步开外，低头弓身，双手交叉下摆，静待主人命令的样子。

"找哀家何事？"武则天沉声问。

"太后，婉儿……"婉儿突然语顿，不知该从何说起。

"毛贼被你打跑了？"武则天转向问杨嘉本。

"是，下官无能，毛贼跑了。"杨嘉本说。

"能进宫的，敢进宫的都不是等闲之辈，杨爱卿不必自责！"武则天说。

说完她让韦团儿把灯笼举高些，韦团儿微微提高了一些，武则天要她再举高些，韦团儿又微微提高了一下，武则天说再高些，韦团儿似乎不太情愿，但又不敢违抗只得慢吞吞又提高了一些，直到烛光把婉儿的脸照个透亮。

"瞧瞧，都划破了，该不会留下疤痕吧。"武则天关切道。

"谢太后！只划破了点皮，不打紧。"婉儿说。

"你呀你！哀家该说你什么好呢？唉！上辈子的情债！"武则天掏出绢帕轻轻为婉儿揩拭伤口。

"真的不打紧的，太后，婉儿疼的地方不在这！"婉儿握住武则天的手一语双关。

武则天当然明白婉儿的弦外音，但没等武则天做出反应，一旁早就妒忌得牙根紧咬的韦团儿一条毒计袭上心头。

只见韦团儿啊一声尖叫"老鼠"，与此同时手中的灯笼呼一下朝婉儿的脸甩去，婉儿本能地躲闪，可怎么也躲不过韦团儿的精心设计。

韦团儿佯装跌倒，灯笼抛在婉儿身上。倾倒的灯笼迅速燃烧起来，且引燃婉儿带毛边的衣领。杨嘉本迅速抓起灯笼甩出去，再用手掌直扑婉儿身上的火苗，溪儿也冲上去用手扑打婉儿身上的火苗。

一场火灾瞬间被扑灭，韦团儿的阴谋没有得逞。

武则天看得惊心动魄，婉儿惊魂未定，韦团儿幸灾乐祸，但却假惺惺跪着声声求武则天罚她死罪。

"好了，只是个意外。"武则天明显在偏袒韦团儿。

"都回宫吧。"武则天看了看婉儿，脸上黑一道红一道，再看那两道柳叶眉也被烧焦了，那样子着实狼狈，不觉瞬间心软了。

第五十二章　忠魂血案天地泣
　　　　　　　先帝灵前诉迷茫

　　程务挺满门被诛的噩耗传来，婉儿眼前一黑差点栽倒。

　　她还是我崇拜的那个太后吗？婉儿开始动摇对武则天的信任与崇拜，开始重新审视武则天。

　　李唐江山危也！婉儿喃喃自语，心思乱如麻。

　　她出了宣政殿，不觉来到李唐宗庙。她望了望庄严肃穆的宗庙迟疑片刻迈了进去。

　　宗庙分上殿中殿，中殿依次摆放着王公皇室灵位。上殿为主店又称宗殿。宗殿的十一个神龛一字排开供奉着李氏八代先祖李耳、李暠、李歆、李重耳、李熙、李天锡、李虎、李昞，和三位帝王李渊、李世民、李治。

　　婉儿焚香一一顶礼膜拜，最后一位是李治高宗的灵位。婉儿跪在唐高宗灵位前，心中涌动着千言万语。

　　有自责有埋怨亦有欣赏。她自责未能完成唐高宗的遗愿，辅佐庐陵王保护李贤。她埋怨唐高宗一生懦弱，不该由着武则天，章怀太子李贤是最好的继承人，但却因为他的懦弱导致被废直到被杀。她欣赏唐高宗糊涂一世临了临了却无比英明，他起用裴炎和程务挺牵制武则天，只可惜，他的布局被一时糊涂的裴炎打破，以致今天的局面一发不可收拾。

　　事情发展到今天，已经完全脱离了唐高宗预设的轨道，婉儿隐隐感到恐慌，她不知道今后的路该怎么走，接下来还将发生什么。

　　婉儿该怎么做？请天皇告诉婉儿！婉儿匍匐在地，口中念念有词。可神龛的遗像始终缄默，唯神龛台上的烛灯时不时发出噗噗的炸响，婉儿长叹一声心中更加迷茫。

从先帝宗庙出来，婉儿想起好多天没去看望母亲了，于是拐进一条小路，朝采微苑去。

郑氏已经记不清是第几回到小院外张望，她终于远远地望见了婉儿的身影。郑氏欣喜，紧走几步上前就紧紧抱住婉儿，泪水止不住哗哗地流了下来。

"你知道娘多担心你吗？"郑氏泪花闪闪。

"女儿不孝，又让亲娘担心了！"婉儿擦去母亲的泪水说。

郑氏从得知程务挺被诛杀起，心就"怦怦"跳得厉害，每隔一会儿就到苑门外张望。她知道婉儿秉承了爷爷的秉性，心中唯有忠，出了这样的事情，她不会无动于衷，她会挺身而出为程务挺申冤，这是郑氏害怕的，这样不但无益，还会把自己白白搭进去。

"娘……"婉儿喊一声娘便哽咽起来。

"进屋说吧。"郑氏说。

"娘，程务挺将军……"婉儿说不下去，停顿了一下继续说。

"一家百来口人，累及兄弟一个不留！这是何等的惨无人道！"婉儿愤怒。

"娘都听说了！"郑氏不禁想起当年被抄家的情形，当年武则天算是手下留情了，只诛杀上官仪父子三人。

"你没和太后闹吧？"这是郑氏最关切的。

"人都死了，闹何用？"婉儿回道。

"这就对了，你终于长大了，娘就担心你闹啊！"郑氏一颗悬着的心放下了。

"太后独揽大权，铲除异己，文武百官明哲保身噤若寒蝉，不知往后……唉……"婉儿愁容满面。

"太后要称制已成定局，大臣们或明哲保身或同流合污，你当避其锋芒忍辱负重。"郑氏说道。

"娘，若是爷爷还在，他会明哲保身吗？"须臾婉儿问。

郑氏听出了婉儿的弦外音，她叹一声说：

"娘说一句大不敬的话，娘不赞成你爷爷的做法，拿鸡蛋碰石头，能得到什么？又能改变什么？除了白搭性命外，什么也改变不了！"

郑氏话里有话，她在暗示婉儿别走爷爷的路，白白搭上性命。

婉儿明白母亲的用意，但却不以为然，"鸡蛋碰石头好歹留下一身勇！总好过大象死无威啊。"

"女儿呀，听娘的，当魏徵也是有条件的，没有明君，何来魏徵？"郑氏抚摸着女儿继续劝道。

"道理我都懂，可女儿怕拴不住这天生的倔性啊！"婉儿说。

"拴不住也得拴，小不忍则乱大谋！为了大唐，为了陛下，你得有韩信忍胯下辱之勇！"郑氏一脸严肃道。

"韩信非常人也！"婉儿感叹。

"眼下无为便是有为，最好的办法就是熬，她终归是老了，终归要还权于陛下。"郑氏继续劝道。

"鸠占鹊巢，就怕遥遥无期！"婉儿说。

"虎毒还不食子，哪有不还之理。"郑氏说。

"以陛下的年龄优势来应对万变，女儿不是没想过，可是，就怕有人要捷足先登啊。"婉儿说。

"你担忧的可是武承嗣？"郑氏说。

"正是！他可是在绞尽脑汁讨好太后！"婉儿说。

"这就更不能闹，不然就等于把太后推给武承嗣。"郑氏说。

"婉儿观太后，似有亲侄疏上之兆啊！"婉儿哀叹。

"娘是母亲，没有人能逾越母子之情！相信娘的话，如不出所料，她对侄儿是利用，对儿子才是实诚的。"郑氏很笃定。

"娘真的那么有把握吗？"婉儿望住母亲问。

"相信娘！虎毒不食子！但你眼下要做的就是不惹太后怒，更别刺激她！"郑氏说。

"娘一席话，如拨云见日，娘真不愧为长安才女之称！"婉儿总算舒了一口气，露了一个浅浅的笑。

"都是老黄历了，还提作甚！"郑氏说。

"一抹红装展桂冠，多少男儿尽失颜！"婉儿脱口吟道。

"别调侃娘了！娘给你拿桂花香芋糕去。"郑氏说着进了厨房，不一会儿端出一盘香喷喷的桂花香芋糕。

"好香啊，馋死我了。"婉儿一见香芋糕便要动筷子吃，但立刻被郑氏打落筷子。

"不许馋猫儿，是给太后的。"郑氏严肃道。

婉儿何尝不知母亲是为武则天准备的，若是往日她拎了就走，可是今天婉儿一百个不情愿，她心里正埋怨着武则天呢。

"娘每次都舍不得尝上一口，就破一次例让婉儿陪娘吃好吗？"婉儿恳请母亲。

"你这是要陪娘饮鸩知道吗！敢情和你说了半天都白说了，你是存心要气死娘吗！"郑氏气得坐一边抹起泪来。

"娘好说歹说，你是一句也没听进去是不？"郑氏起身一把拉婉儿去后院的竹林，那里埋葬着木儿。

"你愿意看到溪儿也躺进去吗？"郑氏指着木儿的坟土堆问。

婉儿叹气，木儿被折磨成一个血人儿的惨状还历历在目，她怎忍溪儿也遭受同样的命运！

"娘，婉儿去就是！"婉儿不敢再拗，只能按母亲的吩咐去做。

"记住娘的话，忍胯下之辱！"郑氏再三叮咛。

婉儿一路闷闷不乐，但一路又叮嘱自己，忍，忍，忍……

第五十三章　恶婢得势韦团儿 杀机四伏步步惊

一

武则天正用着晚膳，见婉儿进来，脸一沉："哪去了？"

"看我娘去了。"婉儿低声说。

"你说谎！"韦团儿厉声说。

"住嘴，谁让你这么对婉儿才人的？"武则天喝道。

婉儿不语，低头站着，可武则天已瞥见婉儿手里的桂花香芋糕。

"手里拿的可是你娘做的桂花香芋糕？"武则天不冷不热地问。

"正是，还热乎着。"婉儿说。

"那还不快拿过来，傻啦？"武则天说。

"是。"婉儿忙上前，轻手轻脚把紫檀木盒小心翼翼地打开，再端出桂花香芋糕。

"慢。"一旁的韦团儿拿出验毒的银针，上前对准香芋糕一针刺下，接着拔起再刺下再拔起。

"退下，哀家信得过婉儿。"武则天挥挥手让韦团儿退下。

"还是按规矩验下好。"婉儿说。

"哀家说不用就不用！"武则天说着已夹起一小块放进嘴里。

只见她上下唇额骨一合，两片嘴唇一抿，一口的芳香顷刻在她的嘴里漫开四溢，她的味觉神经瞬间被激活且传遍整个身心，随之目光闪出愉悦的光芒。

"好香！你娘做的桂花香芋糕就是好吃！"武则天紧接着夹起第二块塞进嘴里。

一旁伺膳的人见武则天吃得那么香也都松了一口气，且脸上露出微微的笑容，唯有韦团儿恨得暗咬牙根。

这桂花香芋糕，是郑氏的独门手艺。它可不是用普通的原料和简单的工艺制作而成的。第一，要在桂花季节；第二，待太阳升起时刻，精选正在盛开的桂花摘下，此时的桂花最是香气扑鼻；第三，要用西域的香芋；第四，配以桂花冬蜜，桂花冬蜜最为稀罕；第五味材料便是鲜果酱。

制作工序更为讲究细腻，第一道工序埋芋，即把香芋洗净埋进装满桂花的器物里，让香芋熏陶桂花的香气；第二天换上新鲜的桂花继续埋芋，一连埋上十天，香芋便有了自然的桂香。用这样的香芋配上桂花冬蜜和多味果酱制作出的香芋糕，吃在口里不仅芳香四溢，且有百香之味。

"不对呀，这都过了桂花季节，你娘是怎么制作出的桂花香芋糕？"武则天突然想起已是寒冬腊月，早过了桂花期。

"娘把桂花制成干，把香芋长时间地埋在桂花里，这样一来，太后一年四季就都能吃上桂花香芋糕了。"婉儿说出原委。

武则天听完半天无语，之后感叹道："可怜天下父母心啊！"

武则天明白郑氏绞尽心机讨好自己，都是为了婉儿，她无非是希望关键时候我武媚娘能给她一个薄面，放婉儿一马。

是夜，韦团儿为武则天亲手熬了一碗银耳粥。

"怎么是你，晴儿呢？"武则天见是韦团儿便问道。

"晴儿说肚子吃坏了东西，我就放她假了。"韦团儿解释。

武则天不语，眼睛盯着韦团儿看。

"是你有话要说吧！"武则天冷笑道。

"太后英明！奴才这点小心思一分一毫也逃不过太后的法眼！"韦团儿"扑通"一声跪下。

"起来吧，想说什么就说吧。"武则天说。

"谢太后！婉儿她……"韦团儿话才出口就被武则天打断。

"她去过宗庙，哀家知道。"武则天说。

"太后英明!"韦团儿说。

"你还有要说的吗?"武则天忽然犯起困,打了个哈欠。

"奴婢告退!奴婢要说的其实都在太后心里搁着,婉儿今天态度反常得紧,像变了个人。"韦团儿嘴上说告退脚下却一步未移开。

"嗯,程务挺死,按她一贯的脾气是会和哀家闹腾的,不闹反倒安安静静的,确是反常。"武则天略有所思。

"这背后定有高人指点。"韦团儿继续挑唆。

"仔细想来也不奇怪,程务挺谋反证据确凿,人人避之唯恐不及,明哲保身是明智之举,婉儿也不例外。"武则天笑笑说。

"这正是她不正常之处,她可是不怕事的角!"韦团儿继续挑唆道。

"士别三日当刮目相看,她也会长大的嘛。"武则天不苟同。

"人长大了,心怕是也长大了。"韦团儿好像总能抓住机会挑拨。

武则天看一眼韦团儿,目光中有抑制不住的鄙夷。心里骂道,"搅屎棍!也不撒泡尿照照自己,不过哀家目前还真需要你这根棍棒"。

"谅她也大不过哀家的如来掌,你退下吧。"武则天不冷不热。

"是,奴婢告退。"韦团儿算是碰了一鼻子灰,悻悻退下。

韦团儿并不甘心就这样败下阵来,她一计不成再生一计。

她转悠着来到政事殿,谋划着去拿话激怒婉儿,哪怕激出一句半句的,她韦团儿都可以借题发挥做文章。可谁知婉儿一句不搭理,直接让羽林军撵她出去。

二计不成再生三计。韦团儿乘婉儿不注意顺手牵羊偷了两本奏章,心想将奏章毁掉,而后栽赃婉儿扣押奏章,扣押奏章是武则天的零容忍,轻者流放重者死。

韦团儿心跳得厉害,走到无人处打开奏章一看,傻眼了,这是一本武则天批阅过的,而且是副本。

真倒霉!韦团儿气得挥手将两本奏章扔进湖里,而后一屁股坐在一块大石头上生闷气。

"本官就不信你上官婉儿能有九条命!就算有,本官就砍你九次头!"韦团儿说着还以手掌为刀在屁股下的石头上连连砍着。

发泄了一通,她又想到了第四条毒计,她带上一月前从婉儿那偷来的一块绢帕直奔采微苑去。

二

采微苑的大门紧闭，透过缝隙，看见一间屋子里透出微弱的灯光，不用想，那便是郑氏的卧室。

韦团儿没有丝毫的踌躇，上前就拍门，不一会儿郑氏出来。

"是你?"郑氏吃惊不小，同时立刻警惕起来。

"内掌扇有事吗?"郑氏接着问。

"能不有事吗?"韦团儿一边模棱两可回道，一边掏出一块血迹斑斑的绢帕抖开给郑氏看。

郑氏认出绢帕是婉儿的，郑氏不觉脑袋轰一下，跟着身子也摇晃了一下差点栽倒。

"婉儿，你到底是不肯听娘的话!"郑氏暗暗叫苦，泪水哗啦啦就滚落下来。

"唉! 婉儿……她……唉!"韦团儿故意唉声叹气制造氛围引郑氏上当。

"婉儿怎么了?"郑氏拉住韦团儿的手，可怜巴巴地问。

"你瞧瞧这帕，就该明白她怎么了。夫人，怪就怪你们太不小心了，俗话说隔墙有耳，你们母女俩说程务挺是冤死的，被墙外的耳朵听了去又传到太后的耳里，婉儿怕您受苦把罪名一人给扛下了。"韦团儿说完把绢帕塞给郑氏。

郑氏一听，心想这话我和婉儿都没说过，再看韦团儿目光躲闪神态扭捏，顿觉韦团儿话有蹊跷，便更加警觉起来。

"诬陷! 我们何时说过? 我要见太后当面对质!"郑氏嚷嚷起来。

"嘘，小声点，我是好心来给你报个信儿的。"韦团儿见郑氏大声嚷嚷很是心虚。

韦团儿的慌张使郑氏更感蹊跷，她低头细辨绢帕，发现这是丢失月余的那块绢帕，于是立刻问道:

"这块绢帕丢失好久了，今是如何到内掌扇手里的?"郑氏目光咄咄逼人。

"哦，哦，是这样的，方才一阵风吹到本官脚下，本官还以为是树叶呢，仔细一瞧，发现好像是婉儿才人的绢帕，但不敢确定，再一看上面全是血，又不好直接问出了什么事，也就试着想套套夫人的口风，好奇心而已，好奇心而已，多有得罪！还请夫人见谅！"

韦团儿见被识破，立马换一副嘴脸，讪讪一笑，按照事先构思好的，再编一通假话来圆场，说完匆匆离去。

韦团儿的精心设计又一次失败，她沮丧地回到住处，这里全住着下人。她打量着屋子，十几平方米的屋子，却挤着三张床，她先是叹一声，接着咬牙切齿发誓道：

"总有一天本官要做人上人！"

要人上人，扳倒婉儿是关键，可有什么法子能扳倒婉儿呢？

她绞尽脑汁苦思冥想！突然，她"噌"的一下站起，怎把他给忘了?！原来，她脑海里跳出一个人，武承嗣。

"武承嗣利用本官传递了多少信息，本官也该利用他一回了！"韦团儿想到这便风一样出了门一路寻武承嗣去。

可没走多远，就看见婉儿低头想着心事迎面走来，韦团儿有意一头撞上去，直把瘦弱的婉儿撞得连退几步后一屁股跌坐在了地上，接着她又假装自己也跌倒在地。

"没长眼睛?"婉儿好半天爬起来没好气地训斥道。

"见过婉儿才人！奴婢突然想起忘事了，这不赶着去浣衣局，不想把才人给撞了。"韦团儿低声解释着却暗暗高兴。

"什么事走这样急？撞得我心口生疼。"婉儿捂着胸口皱紧眉头。

"也没什么大事，太后的一件衣裳漏拿了。"韦团儿随口撒谎道。

"这还不算大事？那什么才是内掌扇的大事？"婉儿说。

"是，奴婢失职！"韦团儿低头垂手表现出很自责的样子。

"去吧，丢三落四的事以后不要再发生。"婉儿说完自顾离去。

"是。"韦团儿嘴上答应是，却站在原地未动，她偷笑着直看婉儿走远了才挪开步子。

只是韦团儿走着走着忽然想到婉儿去的方向不是采微苑，而是李旦皇帝的宫殿。

她去见陛下？这可犯了太后的大忌！凡私会李旦陛下的大臣，非杀即流。婉儿虽不是大臣，但她手握启诏大权，堪比大臣，何况现在是非常时期，程务挺刚刚被诛，武则天的神经绷到极度，她连睡觉都竖起耳朵提着心密切关注着大臣与陛下的动静。

这个时候婉儿私会陛下，太后知道了当如何？韦团儿的心头闪过一阵狂喜，她立刻调转头悄悄尾随婉儿。

三

婉儿没防备，一路朝李旦宫殿走去。她是去看望从巴州回京后一直住在李旦宫中的已故李贤的妃子和孩子们，李贤的幼子李守义已经病了好久。

韦团儿兴奋不已悄然尾随在后。

太后当如何处置婉儿呢？打入死牢？杖毙？韦团儿美滋滋地做着各种揣测："总之是老天眷顾本官，至少太后对婉儿会有些许的疏远，只要武则天疏远婉儿，本官就一定用自己这根舌头借来武则天的刀，杀死上官婉儿，到那时再没人和本官抢启诏这个位置。"韦团儿想到这又一阵狂喜掠过心头，不觉差点笑出了声。

韦团儿终于看见婉儿进了李旦宫殿，她的心狂跳得厉害，啊！天佑本官也！她兴奋得仿佛太阳就抓在了她的手里。

韦团儿一路跑回武则天的寝宫迎仙宫报信。

"看得真切？"武则天问。

"千真万确，奴婢一路尾随，奴婢还看清了开门的是窦妃。"韦团儿添油加醋。

武则天听完半天不语，她最忌讳大臣暗地私会李旦，对私会李旦的大臣绝不手软，无一例外。

"天堂有路你不走，地狱无门你偏闯！这就怪不得哀家了！"武则天怒道。

韦团儿暗喜，领着武则天直奔皇帝李旦的宫殿，但却扑了个空。武则天又决定转到采微苑去，却在半路遇上回迎仙宫的婉儿。

"见过太后！"婉儿施礼道。

"太后这是要去哪？"婉儿接着问。

"哪也不去，随便走走。"韦团儿抢着答道。

"哟，你一个奴婢怎替太后给答了？"婉儿冷笑道。

"掌嘴！"武则天气不打一处来，暗暗骂道成事不足败事有余。

武则天话音落下，一个太监立刻上前对韦团儿左右开弓，直把韦团儿的嘴巴掌得跟猪八戒的嘴巴一样。婉儿暗暗庆幸，幸亏陛下多一个心眼。

原来，李旦得知来拜见他的大臣不是被杀就是被贬后，便设下暗哨，不想却发现韦团儿跟踪婉儿，婉儿这才前脚跨进后脚退出，使得韦团儿阴谋落空，不然又不知要生出什么幺蛾子来。

"婉儿陪太后走走？月下赏梅，不见梅花开却闻暗香来，亦是别样风雅。"婉儿说。

武则天看了看婉儿，说："还是浊水放明矾，看得见底好！"

武则天一语双关，说完掉头就回迎仙宫。

婉儿明白什么动静都瞒不过武则天，与其让她怀疑不如主动说清楚，也省得韦团儿拿捏着做文章，可又一想，怎么说得清楚呢？武则天生性多疑，只怕越解释越解释不清楚，不如一口咬定，也好让韦团儿搬起石头砸自己的脚，自食恶果。

夜深，武则天在等待婉儿来坦白，可却迟迟不见婉儿来。

"你不来哀家就不能找你吗？"武则天起身走进婉儿卧室，卧室漆黑一片，但武则天听见婉儿呼吸匀称，像是睡得很香。

心底无私气自匀，她睡得如此香，不像心中有鬼的人，毕竟韦团儿的话是不能全信的，她是有野心的女人。可又一想，婉儿是具备野心的女人。"宁可信其有，不可信其无！"这是武承嗣的话。想到这儿的武则天顺手便打翻博古架上的瓷器瓶，只听得咣当一声响，瓷瓶破碎，婉儿惊得跳起来。

"出什么事了？"婉儿赤着脚跳下床，第一时间冲进武则天寝室。

"太后……太后……"婉儿看见空空的御榻更是着急。

武则天依靠在外室的暖榻上，看着婉儿着急也不搭理。

"太后，没事吧？"婉儿发现了武则天。

武则天还是不搭理，这时候值夜班的韦团儿赶过来挑亮了油灯。

"没事，汝回采微苑去吧。"武则天忽然说。

"你娘年纪也大了，夜里该有个人陪在她身边，以后哀家这里就由韦团儿侍寝吧。"武则天接着说。

婉儿明白武则天这是疑心病又犯了。

"婉儿替母亲谢过太后！"婉儿深深一鞠躬披上外衣告辞而去。

韦团儿狂喜，一溜烟奔进婉儿寝室，将婉儿的衣物用品扔了出来。

婉儿默默不语，拾起衣物，出了迎仙宫。

外面正下着大雪，婉儿穿着单薄的衣裳，可她忘记了寒冷，她担心的是韦团儿得宠不知要生出多少么蛾子来。

第五十四章　边关吃紧见真心
君臣和睦释前嫌

婉儿手握一卷奏章，立在武则天面前欲言又止。

"又是边关的吧。"武则天略略抬了一下眼。

"边关加急。"婉儿低声说。

"加急加急又是加急，废物！"武则天盛怒下把奏章甩出几丈远。

这也难怪武则天大动肝火，程务挺被杀后，东突厥骨笃禄一路南下，在两个月的时间里攻并州占岚州掠定州，势如破竹，而唐军却节节败退。

婉儿叹一声，拾起奏章，拍掉尘土默然。

须臾，婉儿念道："东突厥攻掠代州，淳于处平将军率军前往救援，在忻州遭到东突厥骑兵袭击，唐军五千余人战死，代州陷。"

"陷就陷，丢一两个州怕什么？哀家就不信，他骨笃禄一个马背上的马夫能翻得了大唐的天！"武则天装得若无其事。

但婉儿知道这是气话。代州和忻州合称雁门关，是扼守东突厥南下的咽喉，也是大唐东北部的门户，这扇大门一开，大唐在东北部就失去拒守屏障，后果不堪设想。

"茶凉了，婉儿给太后换一盏。"婉儿放下奏章去给武则天沏茶。

"不必了，说吧，汝可是有良策？"武则天拉住婉儿的手，这才发现婉儿的手好凉。

"快坐下烤烤，手怎么比冰块还凉。"武则天瞬间换了一副面孔，她将婉儿的手拉至火盆的中心。

"眼下无论如何要阻挡东突厥继续南下，不然后果不堪设想。"婉儿细声说。

武则天不语，只轻轻叹了一声。

"还有，铁勒九姓同罗以及其他部落已背地里与东突厥频繁联络，吐蕃和西突厥更不是省油的灯，他们早就蠢蠢欲动频频侵扰西北，一旦……"婉儿说到这被武则天给打断。

"哀家要的是办法，眼下谁能拒敌？"武则天咆哮起来。

婉儿暗暗叹气，心想，现在知道程务挺的重要性了吧。可婉儿不能在这个时候挖苦武则天。

"天官尚书韦待价可拒敌。"婉儿道。

婉儿话音落下，武则天怔怔地看着婉儿，本以为婉儿要借机数落自己不该杀程务挺，没想到婉儿不但只字不提杀程务挺的事，反倒积极出谋划策，这不仅出乎武则天的意料，也令武则天感动。

"韦爱卿虽是武将出身，也立过一些战功，但恐不是骨笃禄的对手。"武则天略略思索后说。

"兵家言，避敌锋芒克敌之短方能制胜，眼下东突厥连拔数州，士气高涨，我军宜守不宜攻，而韦大人行事保守，是守城的最佳人选。"婉儿持不同意见。

"守得一时又如何？治标不治本下策也！"武则天叹气摆摆手不赞成。

"只要死守忻州数月，骨笃禄不能南下，粮草必匮，那时唐军再增兵发力形成几路夹击，骨笃禄焉有不败之理？"婉儿坚持己见。

武则天听完暗暗佩服婉儿，这的确是个不错的军事部署，但武则天还是连连摇头叹气。因为东北土地肥沃，代州和忻州多年未饱受战争之苦，城内百姓家家粮仓充盈，只怕一年半载骨笃禄不愁断粮问题。

"据哀家所知，代州有五年陈粮，怕是仅一个代州就够骨笃禄的军队吃上半年。酣榻前昼夜卧一猛虎，时间长了必然生变，此非良策！"武则天说出自己否决的理由。

婉儿听完半天不语，而后幽幽道："程务挺早料到天皇仙驾骨笃禄会乘机侵扰，所以，他早做了准备，让百姓把多余的粮食或换成银子，或藏好。所以，骨笃禄不会获得太多的粮食。"

"哦？有这事？"武则天眼睛一亮。

"婉儿是怎么知道的？"武则天转瞬又变了脸。

"上次他大闹酒宴后，他特地托书信与婉儿。"婉儿说。

"那么刚才的计谋可是他出的？"武则天再问。

"正是。"婉儿说。

"书信可在？"武则天再问。

"怕存着惹祸，早烧了。"婉儿如实相告。

"这么说他早料定哀家会杀他！"武则天像是问自己又似问婉儿。

婉儿默默无语。武则天默默无语。

良久，武则天问："哀家与汝有杀父之仇，汝为何还帮哀家？"

"婉儿与太后有杀父之仇，太后为何还器重婉儿？"婉儿反问。

武则天叹了一气，而后说："只怕连鬼神都难回答这个问题！"

"不，终有一天，会有人明白的！"婉儿说。

"哦？那是何方高人？"武则天好奇。

婉儿思索片刻回道："天地！"

"天地？妙！妙极！"武则天顿感释怀。

"拟诏！命天官尚书韦待价为燕然道行军大总管讨东突厥……"武则天终于拿定主意。

这是垂拱元年（685）农历十一月。数月后，武则天将威震西陲屡破吐蕃的名将左鹰扬卫大将军黑齿常之调回负责主持边务。垂拱二年（686）农历九月，阿史那·骨笃禄因粮草不济率军攻掠唐河东道（今山西）北部地区，被黑齿常之击败，后又在几路唐军的夹击下大败而逃，退到阿尔泰山一带。

第五十五章 效仿尧舜登闻鼓
铜匦出世喜忧半

武则天翘首等待的鼓声始终无人敲响。

"世人只知无明君，不知无魏徵啊！"武则天对婉儿感叹。

原来，武则天铲除程务挺后，自知在国人的心目中形象大损，她急于挽回民心便采取了一系列清明政策，其中一条就是学习古人依样画葫芦"立肺石登闻鼓"。

何为"立肺石登闻鼓"？这得从尧舜说起。据传尧在位时，在庭前设立"进善旌"，用于听取天下百姓的建议，后又设"诽谤之木"使天下得攻其过。到了舜，便发展为"置敢谏之鼓"，使天下得尽其言。这种制度发展到西周，就沿革成"路鼓和肺石"，即在衙门前设鼓和立一块如肺颜色的石头，喊冤者可击鼓或立石鸣冤，只因石头颜色为肺色，因此得名肺石。

武则天本以为此举会受到天下人的啧啧称赞，不承想，布告贴出几天，不但无人来立石鸣鼓，老百姓却还绕着道走，这让武则天无比失落，也大感丢面子。

"当面锣对面鼓的，难免有顾虑，太后可看看这个。"婉儿说着把侍御史鱼承晔的奏折递给武则天看。

"他的折子哀家不看，只说些不痛不痒的，谁也不得罪，谁也不弹劾，八面玲珑，比鱼头还滑溜着，真不愧为姓鱼。"武则天推开递过来的折子。

"这回是替他儿子鱼保宗上的，说是置铜匦可受四方书，柔八方才。婉儿觉着颇有新意。"婉儿重新递给武则天。

武则天不看则已一看大喜。

"好！这个鱼承晔总算给哀家上了一道美味菜！也算是养兵千日用兵一

时了。"武则天看完兴奋地拍案叫好。

"事不宜迟，传鱼承晔。"武则天连夜传诏，并令鱼保宗负责连夜监制打造。

鱼保宗接到命令，自是日夜不眠地监督铁匠打造，未出三日，一个铜制的铜器物件便打造完工。

这是一个方方正正的四方形的以铜浇铸的箱体形的器物。四方涂以四色，丹、青、白、黑，并以东南西北命名。青色曰青匦，在东，曰延恩，献赋颂，求官者投之；丹色曰丹匦，在南，曰招谏，言朝政，得失者投之；白色曰白匦，在西，曰申冤，有冤抑者投之；黑色曰黑匦，在北，曰通玄，言天象灾变及军机密计者投之。

武则天一边听鱼保宗讲解一边啧啧称赞。

武则天围着铜匦转了一圈又一圈，大有爱不释手之感。

"传诏，将铜匦置于洛阳街!"武则天决定。

"有了这东西，以后哀家就好比浑身上下都长了眼睛，不至于出现裴炎、李敬业这样的反贼!"武则天恨恨道。

婉儿不觉打了一个冷战，心想这东西要是让别有用心之人利用了后果不堪设想。

"婉儿，你说呢?"武则天见婉儿不语便问道。

"婉儿以为，裴居道大人言之有理，铜匦乃双刃剑，用得好，它使太后耳聪目明，用不好，就会成为别有用心者陷害忠良的工具。"婉儿思虑再三还是说出了武则天不爱听的话。

此话是裴居道昨天上朝时当殿提出的，当时武则天就拉了黑脸，但考虑到裴居道是亲家，又是两朝元老，便忍下没有发作。

婉儿话音落下，武则天冷笑一声道："心中有鬼之人皆恐惧铜匦，难道婉儿亦恐惧?"

"太后息怒，婉儿亦是实话实说。"婉儿说。

"但婉儿相信，正如刘大人所言，铜匦若由太后亲自把关，定能利大于弊。"婉儿一语双关补充道。

这是宰相刘祎之说的话。刘祎之是武则天培养的北门寒士，李旦的老师，也是废庐陵王李显的功臣之一，又是眼下武则天最欣赏和信任的大臣。

武则天倒是喜刘祎之的话，等于提出铜匦由武则天一人把控，这是武则天求之不得的，以后多少事情可以假借铜匦之口。

想到这武则天不觉扑哧一声笑，而后又哀叹道："不当家不知柴米油盐贵啊！要治理好江山还真不是一件易事。"

"哀家不敢自比贤君，但哀家求贤若渴是有目共睹的！置铜匦只为揽四方贤，柔八方才啊！"武则天侃侃而谈。

"不得不说铜匦是揽贤柔才的一个伟大创举，它优于古人的登闻鼓立肺石，婉儿恭喜贺喜太后！"婉儿说。

"哀家以为这是一件好事，大好事！当然，裴大人担心的也不无道理，所以，哀家考虑再三，暂不推广到各州，只在宫门和洛阳街闹市各置一铜匦，匦中书谏唯哀家所启，其他人不得擅自开启。"武则天经过仔细思量最终放弃了马上普遍推广的决定。

第五十六章　时运不济明珠暗
　　　　　　荐狄公立军令状

　　翌日傍晚，洛阳街的铜匦被八个大汉抬进了宣政殿，武则天屏去闲杂人等，而后掏出一把金灿灿的钥匙。

　　正当她弯腰欲开启时，却突然犹豫了。她直起身，绕着铜匦转圈瞅，仿佛不认识这东西一样。

　　婉儿屏息注目。

　　武则天忽然叹了一气。婉儿明白武则天在担心什么，她担心铜匦空空如也，那样的话她会架不住面子。

　　"奴才听说，昨晚代书先生可发财了，没准都是为写折子投铜匦呢。"一旁的赵公公同样揣透武则天的内心，便暗示道。

　　"哦？有这事？"武则天停下脚步，两眼蓦地发亮。

　　"婉儿，你来。"武则天把钥匙递给婉儿。

　　"先开哪一匦？"婉儿接过钥匙问。

　　"青匦，就先开青匦。"武则天说。

　　婉儿拿着钥匙，对准青匦的锁孔插进去，试着轻轻顺时针一旋，只听得"吧嗒"一声响，铜匦的第一道门开启了。紧接着哗啦啦滚出好些个谏帖，这是因为匦被塞满了的缘故。

　　武则天松了一口气，且不禁露了个笑。"看看推荐的都是何方高人。"武则天迫不及待地拿了两本翻开看。

　　第一本是推荐武承嗣当宰相的。武则天不用想，这是武承嗣自编自导的。武则天没吱声将它合上翻开第二本，这是一个叫侯思止的人毛遂自荐的。但折子里除落款侯思止三个字外，通篇无一文字，只有一幅图：一只似狗非狗的怪兽，趴在地上摇尾乞怜的样子，但头上却长着一对野牛似的猛角，角上还挂着一个血肉模糊的痛苦状的人。

武则天忍不住扑哧笑了。

"怎么了，太后？"婉儿问。

武则天将折子递给婉儿看，婉儿一看心中一惊，不觉毛骨悚然。

"有意思，这个侯思止他想表达什么呢？"武则天重新看折子。

这当儿婉儿重新蹲下，钥匙对准白瓯的锁孔插进去顺时针轻轻一扭，"吧嗒"一声锁开了……

白瓯中只歪斜着两份帖。婉儿取出递给武则天，武则天翻开看，却立刻阴沉了脸。她再翻开第二本，不承想又是为程务挺喊冤的。

"咋了？"婉儿见武则天脸色难看便轻声问道。

武则天不答，她抬起头用怪异的目光瞪着婉儿，而后将书帖对准火烛点燃直到化为灰烬。

"对了，看懂了那图吗？"武则天想起来问。

"婉儿愚钝。"婉儿哪里敢说出图中含义。

"赵公公，传侯思止！"武则天忽然严肃道。

婉儿心一惊，冥冥中预感到这个叫侯思止的人绝非善辈，画中的一对牛角，挂着一个人，鲜血滴了一地，可见他的内心有多么凶残。

赵公公走后，大殿只剩武则天和婉儿两个人。

丹瓯和黑瓯一一被打开，但都是空的。武则天回头去审阅青瓯中的帖子。有推荐鱼宗保的，有自荐猪官马官的，这些帖子武则天只是一阅而过，但有三本都是推荐狄仁杰的，这引起武则天的高度重视。

"这三本都是推荐狄仁杰的，汝看看。"武则天丢给婉儿看。

"瞧这一本，把狄仁杰比作姜子牙，说他有治国经天纬地之才，呵，夸大其词了吧。"武则天有点嗤之以鼻。

"婉儿以为是实至名归。"婉儿说。

"哦？这其中怕是有婉儿的吧？"武则天怪异地看着婉儿。

"正是。"婉儿说。

"怕是不止一本吧？"武则天冷笑道。

"婉儿仅此一本！"婉儿说。

"记得你和哀家推荐过他。他好像年纪不小了,哀家只记得他落了一辈子榜,其他的印象不深。"武则天明里暗里在瞧不起狄仁杰。

"是的,他屡科不中,以明经及第,但确有治国之才。"婉儿说。

"既有治国之才,为何制科亦不中?"武则天说。

何为制科?制科就是专门为有实际治国经验的考生量身定制的,有利于考不过理论知识,但却有实践检验治理国家能力的人。

"这也许就是一个人的时运吧!"婉儿叹气无言对答。

"不过,郭翰去岁巡察宁州回来倒是向哀家奏过,随后又专谏荐过,只是哀家总以为有些虚词。"武则天说。

"非虚词,婉儿查过卷宗,仪凤年间,狄仁杰任大理寺寺丞,一年内判决大量积压案件,涉一万七千人,却无一人冤诉。"婉儿说。

"老虎也有打盹的时候,一万七千人,却无一人冤诉,哀家不信!"武则天说。

"婉儿信!"婉儿说。

"何以信?"武则天问。

"太后又何以不信?"婉儿笑笑反问。

"这就奇了,婉儿向来爱慕文采,按理该推荐张说、宋璟才对。"武则天说。

"若是单纯地推荐文采之人,婉儿第一推荐宋之问第二推荐张说、沈佺期和宋璟,可眼下太后急需的是治国之才。"婉儿说。

"再者,宋之问和张说已在太后的眼皮底下,还用得着婉儿推荐吗?而狄仁杰就不一样了,他远在边城,太后自是难以方方面面都顾及,婉儿虽与他少交道,但阅过他大量的卷宗,尤其是郭翰的奏章。"婉儿说。

可武则天就是对狄仁杰有偏见,婉儿话音落下,武则天冷笑道:

"郭翰的奏章哀家亦阅过,以为言过其实。理由,其一,科举屡败,说明他非文才;其二,制科败,说明他非治理之才;其三,仪凤年间,宰相阎立本荐之,天皇也采纳用过,一晃二十多年过去,他还在小小的宁州当刺史。古人云,是珍珠总会发光,而他都七老八十了,尚未有光,这难道还不够说明他是个庸辈吗!"

婉儿一听,原来武则天对狄仁杰的偏见在这里。一是因为他没有一块过硬的敲门砖，进士，二是因为他一直没有晋升。

婉儿心想这个好办。于是笑道："太后，可是认可韩信？"

"奇才，天才！没有他刘邦何以有天下！"武则天不假思索道。

"若无萧何月下追韩信，那韩信的命运又当如何？"婉儿再问。

武则天怔怔地看婉儿。"你个死丫头，在这等哀家呀！"

"不过，说实话，没有萧何恐怕就没有韩信，韩信纵有一身的军事天才，也只能是胯下之夫！"武则天感叹。

"狄仁杰就是太后的韩信，只怕太后要相见恨晚！"婉儿笑说。

武则天不语，须臾道："好，哀家就给他一次机会，擢为冬官侍郎，以一年为期，一年后是升是贬全由他的能力决定！还有，若是无能之辈，婉儿你也脱不了干系！"

冬官侍郎是武则天执政后改的官名，其实就是工部侍郎，从四品。

武则天说完拂袖而去，在她的心里还是不认可狄仁杰，她甚至怀疑是婉儿与御史郭翰等人的联手戏，另外，武则天怀疑白甌中为程务挺喊冤的帖子，也是婉儿所为。

第五十七章 小人暗箭起疑端
怀义撒泼解困惑

一

一连几天武则天看婉儿的眼神都不对劲，且亲自阅南来北往的奏章。婉儿一夜间成了端茶倒水打下手的奴婢。

婉儿琢磨不透，到底发生了什么，或者是自己做错了什么。婉儿哪里知道是有人模仿她的笔迹，每天往铜匦投谏，为程务挺喊冤。这是武则天不可触及的底线。

"太后，都阅了几炷香的工夫了，喝盏茶歇会再阅吧。"婉儿端上茶，但明为端茶，暗则说让婉儿来吧。

"搁着，哀家怕承受不起。"武则天冷冷道。

"婉儿给太后揉揉。"婉儿见武则天扭了扭酸疼的肩膀连忙过去给她揉肩。

"哀家还没你想得那么不中用。"武则天推开婉儿。

婉儿站在一旁束手无策，她接过婢女的扇子给武则天打扇。

"太后，要是婉儿做错了什么，您尽管责罚！"婉儿犹豫再三决定主动出击。

"你翅膀硬了，哀家敢责罚你吗?"武则天讥讽道。

"婉儿不知错在哪！请太后明示！"婉儿跪下真诚地恳请道。

"你果真不知?"武则天放下正审阅的奏折转过身说。

"死了还得向太后讨明了才去投胎！"婉儿说。

武则天看着婉儿一脸的无辜，犹豫着是不是真冤枉她了？不如把事情挑明了有个水落石出，自己也省得受这份阅谏罪，天天都搞得腰酸背痛。

"哀家问你……"武则天话才出口却被赵公公一声喊给打断。

"薛怀义到！"

接着就听见薛怀义嚷嚷："咱家来了，太后，你在哪里？"

话音落下立刻有太监上前引路说："太后在中殿阅折子呢。"

"去，谁让你多嘴。"薛怀义呵斥走太监，一路大踏步朝中殿走去。

"婉儿告退。"婉儿立刻站起识趣地退出去。

婉儿与薛怀义擦肩而过，薛怀义打住脚步，鼻子使劲地嗅了几下，嘴里咕哝着"真香"。

薛怀义何许人？为何可以大摇大摆地直闯武则天的寝宫？

此人原名冯小宝，本是市井走街串巷的靠卖膏药为生的小贩儿。因长得粗犷健壮又不失几分英俊，最初被千金公主的婢女相中，后被千金公主发现又成了千金公主的宠男。

千金公主又是何许人？她乃高祖李渊的女儿，太宗李世民的妹妹，高宗李治的姑姑。千金公主闻听武则天得了失眠症，她揣摩着武则天定是阴阳失调，为了讨好武则天，她不惜把冯小宝献给武则天。

果然不出所料，武则天一见身强力壮又年轻英俊的冯小宝，非常喜欢，且笑纳。可武则天又一想，冯小宝毕竟是个粗人，太辱没自己的一世英名，再者他一个大男人大摇大摆地进出自己的寝宫成何体统，得想个法子找块遮羞布。于是武则天先让冯小宝随太平公主丈夫的薛姓，再让冯小宝剃度为僧，经过这一番操作，冯小宝一夜间就被包装成薛怀义方丈。

"咱家来了，太后也不大驾迎接咱家！"薛怀义撒娇道。

"好好好，等明堂建好了，哀家开乾坤门迎接你这位功臣。"武则天放下手中的折子站起，可突然眼前一黑差点栽倒。

"太后，怎么啦？"薛怀义说时迟那时快，一把扶住武则天。

"没什么，许是坐久了。"武则天笑笑装得没事一样。

薛怀义看看案儿上码了一堆的折子，很是诧异。

"平时不都是婉儿干的活儿吗？"薛怀义说。

"别提了，这蹄子越来越不让哀家省心。"武则天说。

"哦？要不要咱家去杀了她？"薛怀义玩笑道。

"那倒没那么严重，你来得正好，帮哀家断断。"

武则天一边说一边翻出婉儿写的鸟虫篆字体，而后又拿出为程务挺喊冤的折子，放在一起比较字迹。

"替哀家瞧瞧，这是否出自一人之手。"武则天说。

薛怀义不认得字，更不认得什么鸟虫篆，但不影响辨认。他一字一字一行一行对比，发现程务挺这三个字的字体明显不一样，婉儿的字体线条娴熟流畅，不似折子字体刻意扭捏。薛怀义心下暗喜，心想，这是为婉儿立功的好机会，日后好图婉儿。

于是道："这哪里会是一人之笔，乃二人三人之笔都有。"

"哦？可否细细评来。"武则天说。

"太后这不是难为咱家吗，咱家是个粗人，哪里细评得来，只是这一眼就能看出迥异，太后为何视而不见？"薛怀义说。

"正是些许的迥异，更令哀家怀疑。你想，婉儿又不傻，她能一个模子倒出来吗。"武则天说。

"婉儿不是还会好几种字体吗？她为何不用通用的小篆？这样嫌疑岂不更小些？"薛怀义说。

"这也是哀家之惑，有弄巧成拙之嫌疑。"武则天说。

"左右都有得说，不如这样，等会儿咱家假意向她通，看她的反应，她若千恩万谢咱家，说明她有鬼，她若淡然自若说明另有其人。"

薛怀义思索一番为武则天出了这么个主意，武则天欣然同意。

"来，快坐下让哀家好好瞧瞧。"武则天拉着薛怀义坐下。

"晒黑了，好像还瘦了。"武则天摩挲着薛怀义年轻俊俏的脸。

"那太后要怎么奖赏咱家呢？"薛怀义淫笑道。

"别一口一个咱家，是心肝宝贝！"武则天说。

"还说呢，什么心肝宝贝！人家为你办事，累死累活不说，却还碰一鼻子灰。"薛怀义突然逃离武则天的怀抱。

"谁？他吃豹子胆了？"武则天把薛怀义重新拉回怀里。

"今天我打发人去提银，第一关就被户部的人给挡了，说是国库一时凑不出十万两银子。这谁信哪，堂堂大唐国库，居然拿不出区区十万两银。"薛怀义愤愤不平。

"国库一时短银也是有的……"武则天想解释但被薛怀义打断。

"既然太后都这么说，明堂不建也罢，咱家乐得逍遥去。"薛怀义气恼地站起来就要走。

武则天一把拉住。

"哀家说的只是个理，哀家这就下旨，一切急明堂所需还不成吗！"武则天连忙示好。

薛怀义一听忍俊不禁，一把抱住武则天。

"臣，叩谢隆恩！"薛怀义一边说一边鸡啄米一样在武则天的脸上狂亲。

一阵狂亲后薛怀义突然放开武则天说："臣，告退。"

武则天一听哪里肯让他走，一把拽住他骂道："你这没良心的，好多天不来，好不容易来了还急着走，是不是在外头抱着年轻的嫌弃哀家老了！"武则天拉下脸真有些动气。

薛怀义一看，得罪不起，立刻赔笑道："看把我给忙昏头了，都忘记它的乐子了！"

薛怀义指了指自己勃起的生殖器，武则天破涕为笑。

二

夜深，婉儿刚刚入睡，却被一阵敲门声惊醒。

"谁？"婉儿拨亮油灯披上外衣。

"我。"薛怀义说。

"你是谁？"婉儿虽听出来是薛怀义的声音，但不敢相信。

"你哥哥薛怀义的声音都听不出来？"薛怀义调戏道。

"你这厮，三更半夜跑这来做甚？你又是如何进来的？"婉儿连忙全副武装穿戴好。

溪儿早跳了起来手里握着一根棍棒护在婉儿身前。

"我翻墙进来的。"薛怀义说。

"你这厮，怎么进来还怎么出去，不然我喊了！"婉儿吓得浑身直抖。

"别喊，我是给你递消息来的，太后疑你。"薛怀义说。

"疑我什么？"婉儿问。

"有人模仿你的笔迹，每日往铜匦投谏为程务挺喊冤。"薛怀义说出原委。

原来是这样！婉儿舒了一口气。

"美人，该怎么谢哥哥我呢？"薛怀义淫戏道。

"你这厮，怎么进来还怎么出去！婉儿没做亏心事不怕鬼敲门，婉儿相信太后英明，用不着你报什么信！"婉儿正色道。

"那是有人给你使绊子了，笔迹和你的一模一样。"薛怀义继续说。

"好了，你说完可以走了。"婉儿的口气缓和了许多，想想毕竟这厮是一番好意。

"怎么，咱家为你立了这么大个功，也不请哥我进去热热炕？"薛怀义嬉皮笑脸调戏道。

"你这泼皮，再不走本宫喊了。"婉儿骂道。

"你喊呀，咱家本就是个泼皮，只是你喊了你说得清吗？嘻嘻。"薛怀义耍起无赖来。

"你！果然是穿了袈裟也做不得僧。"婉儿怒。

"美人儿，就让哥我为你守窗吧，你身子真香。"薛怀义硬是赖着不走。

"快走吧，让太后知道了你会没命的。"郑氏冷不丁打开房门走了出来，手上提一个夜壶。

薛怀义一看，再赖着不走也捞不着好处，骂了一句真扫兴，而后翻墙悻悻而去。

薛怀义走后，婉儿才发现母亲的身子也在发抖。

"娘，刚才真是吓死了。"婉儿一头扑进母亲的怀里。

"嗯，别说你，娘都吓得直发抖。"郑氏说。

"对了，娘刚才怎么提一夜壶？"婉儿才想起郑氏的怪异。

"倒他胃口，他实在撒泼就淋他一头，看他还有什么兴趣！"郑氏说。

"还是娘厉害！"婉儿忍不住笑。

"这是没法子的法子。"郑氏说。

"还早，去睡吧。"郑氏接着说。

"被这厮搅得心惊胆战怕是睡不着了，不如娘与婉儿合睡，我们娘仨唠嗑。"婉儿提议。

"也好。"郑氏说。

"娘与姐姐唠，溪儿睡，敢情姐姐与娘给溪儿看夜。"溪儿调皮说道。

"好你个精细的丫头!"郑氏笑道。

溪儿果然很快进入梦乡，而婉儿与郑氏却怎么也睡不着，为了不吵溪儿，婉儿与郑氏悄悄起床睡到了郑氏的卧室。

郑氏与婉儿免不了谈及刚刚发生的事件。

"那厮倒是一番好意。"郑氏有意撩拨起话题。

"黄鼠狼给鸡拜年。"婉儿说。

"唉!"郑氏叹一气。

"以后你可得提防着这厮。"沉默一会儿后郑氏又说。

"母亲放心，婉儿早提防了。"婉儿说。

"那瓯谏之事，你打算如何应付?"郑氏忍不住问。

"以静制动，太后英明，她会弄明白的。"婉儿说。

"也只能这样，但你估计是谁干的?"郑氏问。

"不是韦团儿就是武承嗣，他们俩狼狈为奸，目的都是为了争夺启诏权。"婉儿说。

"韦团儿不可怕，武承嗣狼子野心，危及江山啊!"郑氏说。

"只要婉儿有一口气，就不会让他得逞。"婉儿说。

"唉! 你一个纤弱女子，又能如何?"郑氏哀叹。

"不，婉儿不是一个人，有陛下，有杀不尽的忠臣，还有李唐宗室。"婉儿说。

"多事之秋，为何就让我的婉儿赶上了!"郑氏鼻子一酸眼眶就涌出泪。

"若非多事之秋，婉儿顶多嫁个富贵人家，死了也就一抔黄土而已，而今，女儿巾帼不让须眉，与君坐论天下事，拯救黎民于水火，死后白骨忠魂永垂千古，娘当慰也!"婉儿说。

"可娘就是心疼……"郑氏脸上虽挂着泪但心是笑的。

母女俩仿佛许久未谋面，有说不完的话，几次说睡觉不说话了，可睡着睡着又唠上嗑了。

就在母女俩絮絮叨叨没完没了时，木窗忽然"嘭"的一声响，像是被什么东西砸了一下。

婉儿与郑氏旋即警觉起来。

"是那厮又来了？"婉儿的心怦然跳得厉害。

第五十八章 救帝心切欠思虑
智者千虑亦有失

郑氏壮着胆起床披衣，拨亮油灯，走到木窗处，把灯朝窗外照了照。只见一支箭头嵌在木窗上，再一看箭头上还钉着一张字条，郑氏将箭头拔起，取下字条。

婉儿接过字条，见上面写着一行字："帝疾！荷亭见！"

"娘，陛下有难……"婉儿看完字条立刻就要去荷亭。

"等等，怕有诈。"郑氏挡住女儿。

"娘，既是陛下有难，赴汤蹈火婉儿也得去！"婉儿说。

"此事蹊跷，帝如何约在荷亭？十有八九是陷阱。"郑氏说。

"女儿亦觉蹊跷，只是这字迹确是陛下的。"婉儿说。

"傻丫头，怎就见得不是仿的？"郑氏说。

"当今天下，能模仿到以假乱真者唯一人，韩王，可他远在定州，再者，他没理由这样做。所以，女儿必须冒这个险。"婉儿急得一时失去理智。

"那好，娘陪你去！"郑氏决定与女儿一起去。

深春的荷亭，阴草蓬生，河池里荷叶熙熙攘攘，荷花亭四周悄无声息，婉儿与母亲郑氏紧紧挨着，小心翼翼地洞察着四周的动静。

"有人吗？"婉儿轻声喊。

四周寂静，没人回答。

"有人吗？我是婉儿。"婉儿再喊道。

还是无人回应。

"娘，好像没人，兴许是恶作剧。"婉儿说。

"非恶作剧，本宫也！"

婉儿话音落下，忽然响起一个老女人的声音，她不是别人正是千金公主。

婉儿与郑氏瞬间找不着北，怎么也想不到会是千金公主，就是那个为了讨好武则天，忍痛割爱把冯小宝作为礼物送给武则天的千金公主。

朦胧的月光下，站着一个打扮与年龄很不相符的妖艳老女人，婉儿的思绪乱成一团，完全理不出头绪。

"没想到是本宫吧？"千金公主走上前说。

"此人非善辈，定无好意！"郑氏悄声提醒婉儿。

"的确很意外！敢问千金公主深夜诈婉儿来所为何事？"婉儿问。

"李唐江山大厦将倾，婉儿应该比本宫更清楚吧！"千金公主忽然谈及这个许多人都不敢触及的话题。

婉儿没想到千金公主会问这样敏感而危险的问题，婉儿迅速思索着，而后回道：

"千金公主什么时候也关心起社稷来了？"

"婉儿此言差也，本宫乃高祖之女，太宗之妹，岂有不关心我李唐江山的？"千金公主说得振振有词。

"是，所有人都唾弃我讨好武婆子，没骨气，可谁又知我心中的委屈？我作践自己不过是想麻痹她，希望有一天能接近她，好亲手杀了她！"千金公主说着一副情绪激愤的样子。

但立刻又叹气，说："谁知，那武婆子警惕得很，我根本没机会下手，如此我便跳进黄河洗不清了！"千金公主声情并茂，说到后面，还伤心悲痛地抹了几把泪。

"莫信她的鬼话。"郑氏又悄声提醒着。

"娘放心，婉儿不会信的。"婉儿悄声回道。

"千金公主所言差也，如今的陛下是李唐的子嗣，又风华正茂，怎说李唐江山大厦将倾呢？"婉儿说。

婉儿话音落下，千金公主哈哈大笑，笑毕说：

"当今陛下正受软禁之苦，太后挟天子以令诸侯，婉儿又何必自欺欺人呢！"

"婉儿，汝听清楚了，本公主今夜约你来是奉韩王之命，要汝伺机毒杀武则天拯救陛下拯救我大唐！"千金公主压低声音命令的口吻。

"住嘴，千金公主，你别闹了，毒杀太后这是谋逆，婉儿万万难从命！"婉儿立刻呵斥道。

"不报杀父之仇枉为人，本宫知道你不是不报是时候未到，现在机会来了，杀了她就是大唐的太后。"千金公主挑唆道。

"你疯了！婉儿告辞！娘，我们走！"婉儿不想再与她说下去。

"走？往哪里走？汝既知道了秘密还走得了吗？"千金公主说着连击三下掌。

亭子里呼啦一声就窜出几个蒙面汉来，并以迅雷不及掩耳之势欺近郑氏，紧接着一把闪着寒光的剑就架在了郑氏的脖子上。

"千金公主，你！"婉儿没想到她来这一手。

"带走。"千金公主命令蒙面汉。

"三天后，拿武婆子的命来换你娘的命，否则……"千金公主说完塞给婉儿一包东西。

"此药毒性胜砒霜，大功告成你就是我们李唐第一功臣。"千金公主说完手一挥，便与蒙面一伙人消失在黑夜中。

"娘……"婉儿急忙追上去，却被一个蒙面汉一掌击晕。

第五十九章　慈母受制命旦夕
自古忠孝难两全

一

婉儿从荷亭回到采微苑，目光呆滞，一言不发，人也昏昏沉沉的。

溪儿吓得哭了起来，"姐姐，出什么事了？娘呢？"

婉儿不语，只泪水滚滚而落。

"都是溪儿不好，溪儿不该睡死！"溪儿急得捶打自己的头。

"不关你的事，该发生的都会发生，娘被他们掳去了，他们要姐拿太后的命换娘的命。"婉儿不忍看溪儿急，只得和盘托出。

溪儿一听"哇"的一声哭将开来，但立刻被婉儿捂住嘴。

"越是这种时候越要冷静！"婉儿说。

"去给姐姐准备些水，姐姐冲个凉，姐姐需要冷静下来好好思考对策。"婉儿的确需要比水更加冷静的思维，这是她遇上的最棘手的一次斗争，稍有差池，死的不只是母亲，甚至牵连到陛下以及大唐江山！

唪，唪邦……夜空中传来五更声，该准备上朝了。

婉儿坐在梳妆镜前，溪儿与她挽发，婉儿的思绪跳回到荷池那一幕。她仔细回顾每一个细节，包括千金公主说话的神态，语气，手势，甚至手势比画的高度。婉儿不由得想起千金公主强行塞给她的那包毒药不见了，婉儿连忙起身去找，却没找着。

丢了正好，婉儿心想。

陈公公该来接了。婉儿拾掇清楚只等陈公公来接，只是左等右等不见陈公公来，婉儿的心越来越慌乱。

"走，我们走去。"婉儿决定走去，可才跨出院门又犯难了。

夜里发生的事对武则天说吗？如果说，无论真假，韩王一家几百口人就会人头落地。武承嗣曾三番五次上奏杀韩王，那时有裴炎力保，如今不一样了，如今是武则天的一言堂。如果这样，自己便是千古罪人！可不说，怕是武承嗣或是武则天布的局，那样自己浑身是嘴也洗脱不清。死不要紧，只是现在还不能死，先帝高宗嘱托的任务还没有完成，陛下又深陷危机。

婉儿退回院子，有些乱了方寸。

时间在一秒一秒地划过，可婉儿始终没有想出对策。

"走一步看一步！"婉儿咬咬牙跨出院门朝迎仙宫去。

二

迎仙宫里早已灯火辉煌，个个在紧张地为武则天上朝准备着。

"这黑灯瞎火的，怎不等公公接！"杨嘉本见了婉儿问道。

"表叔……"婉儿迟疑片刻，突然想告诉杨嘉本昨夜发生的事。

唉，算了吧！婉儿忽又放弃了。

婉儿觉得不应该连累杨嘉本，这是一场看不清对手的政治较量，表叔是无辜的，不要殃及池鱼。

"出什么事了？"杨嘉本问。

"没有。"婉儿想挤一丝笑，但没能做到。

"你对表叔还隐瞒？"杨嘉本把婉儿拉到一边。

"真没有，只是人有些不舒服，想让表叔给太后告个假。"婉儿莫名其妙撒着这样的谎。

"告假婉儿大可自己去，你骗不了表叔！"杨嘉本说。

婉儿低头不语，思虑片刻仰起头，正要把母亲被绑架之事和盘托出时，传来赵公公一声高喊：

"太后早朝，千岁千岁千千岁！"

婉儿等一干人立刻闪在一边，等武则天走到身边都齐齐地唱喏："太后千岁千岁千千岁！"

"婉儿？"武则天发现了婉儿。

"参见太后，太后早安！"婉儿说。

"来得正好，昨日幽州的折子，哀家一时记不得搁哪了，你找着了给送过去。"武则天吩咐道。

"遵命，婉儿这就找去。"婉儿说。

"不急，慢慢找。"武则天补充道。

"哎，知道了。"婉儿说。

武则天出了迎仙宫便上了步辇，一路朝宣政殿去。

婉儿在一堆的折子里一本一本地翻，突然一本折子令婉儿的心怦然跳得厉害。这是一本绢面宣纸折子，这是朝官才有的高级奏本，关键是上面的字迹与自己的字迹，乍一看还真是一模一样。

婉儿翻开，果然是薛怀义说的模仿自己的鸟虫篆，内容是为程务挺喊冤。

太后的用意原来在这！找折子是假，让婉儿看这本折子是真，醉翁之意不在酒啊！婉儿叹道。

婉儿思索一番，提笔写了四个字：太后英明！夹在折子里，而后拿起幽州折子朝宣政殿去。

"姐姐，刚才她们都在说韦团儿要取代姐姐了。"溪儿随后忍不住把听到的告诉婉儿。

"韦团儿一直想取代我，但她没那个能耐，你相信姐姐，更要相信太后！"婉儿说。

"嗯，我就说她是秋天的蚂蚱，活蹦不了几天的。"

"这些日子要小心再小心，宁可得罪君子不可得罪小人，韦团儿是小人得志。"婉儿嘱咐溪儿。

"溪儿明白。"溪儿说。

"好了不说了，怕隔墙有耳！"快到宣政殿时，婉儿暗示别出声。

婉儿来到宣政殿，赵公公见了慢吞吞向武则天传报。

"传"，武则天说。

"太后千岁千岁千千岁！"婉儿施罢礼微微低首跨进大殿。

大殿与往日一样，文官排左，武官排右，职位高的排前，职位低的排后，所不同的是，今日大殿中央明晃晃杵着一方石头。

此石高约三尺，宽二尺，通体白色。就石头本身来说无异样稀奇，但上面现出八个紫红色的字："圣母临人，永昌帝业"。

"婉儿，你来得正好，快瞧瞧这块石头，一个叫唐同泰的人从洛水里打捞上来的。"武则天指着石头叫婉儿看。

婉儿绕着石头转一圈，见上面刻有紫红色的八个字，心中大惊，太后在造势，皇权归位不仅没有希望，而且要朝着更糟糕的方向走。

"婉儿，你读的书多，这在《易经》里可有记载？"武则天有意暗示婉儿说出《易经》中记载的"河出图，洛出书"的典故。

"《易经》曰：河出图，洛出书，圣人则之。"韦团儿立刻抢了答。

"太后皇天高于补天，母德隆于配地，天降祥瑞！恭贺太后！"武承嗣立刻借了韦团儿的话扑通跪下匍匐在地，嘴里连连高喊天降祥瑞！恭贺太后。

众大臣一看，愣了，心想武则天怎可与女娲补天相提并论？可没等他们多想，武三思与韦团儿亦扑通跪下，双手伏地高呼天降祥瑞！恭贺太后！再接着群臣哗啦啦一片跪下山呼：天降祥瑞！恭贺太后！

"众爱卿平身！"武则天激动地从宝座上站起来。

"既然众爱卿皆以为祥，哀家就赐名'宝图'，择日往落水祭神！下至九品，上至一品诰命，及李唐宗室统统要到位，尤其是李唐宗室一个都不准落下！"武则天站在高高的金銮宝座上，目光鸟瞰群臣。

"太后，臣还有本要奏。"武承嗣似乎嫌火焰还不够高，他趋前弯腰说。

"准奏。"武则天说。

"太后当顺天意应民心，加尊号'圣母神皇'。"武承嗣奏道。

武则天听后笑笑道："哀家何德何能，怎敢封'圣母神皇'！"

"太后当之无愧！"武承嗣、武三思以及宰相杨再思等立刻附和。

"太后当之无愧！"群臣见状不得不连忙附和。

"众爱卿，哀家感谢你们，但哀家还是那句话，哀家何德何能，安敢与圣母自居。"武则天摆摆手，但眼神却不停地瞟向婉儿。

婉儿似乎没看懂武则天，只管低头默然无语。

"婉儿，陛下可安好？若安好，就该劝他来朝，总让哀家这个老婆子顶着，知道的能体恤一番，不知道的还要说哀家鸠占鹊巢！"武则天见婉儿不语只得点名道姓。

"回太后，婉儿前日见过陛下，陛下御体依旧欠安。"婉儿回道。

"唉！哀家真不知说什么好啊，年纪轻轻还不如我这个老婆子！"武则天故作感伤。

"太后为国操劳，陛下铭刻于心！"婉儿不得不敷衍。

"铭不铭刻就罢了，他毕竟是陛下，这朝堂上的事他总该知晓一二，婉儿说呢？"武则天话音落下，婉儿彻底看懂了，太后这是要婉儿去向陛下讨封呢。

也罢，大势已去，不如让陛下做个顺水人情，免得好处都让武承嗣兄弟给占去。婉儿想到这趋前奏道：

"陛下御体有恙，不如让婉儿前去禀临。"

"准奏。"武则天立刻准奏。

"婉儿告退！"婉儿说完转身奔李旦寝宫去。

三

婉儿神色匆忙地赶到李旦寝宫。李旦与刘妃窦妃正在后花园踏青赏花。婉儿又赶了去，果见李旦领着刘窦二妃在游园赏花。

"见过陛下！"婉儿上前拱手施礼。

"免礼！看汝神色匆忙，出什么事了？"李旦不觉心一惊。

"回禀陛下！武承嗣又使幺蛾子了……"婉儿靠近陛下，低声把朝堂上发生的事一一和盘托出。

"这分明是人力所为！也不怕笑死人！"窦德妃愤怒道。

"这冠上了'神皇'二字，往后她是不是就要堂而皇之地做皇帝了？"刘妃皱紧眉头。

"我的小祖宗，你们小心隔墙有耳！少说话会当你们哑巴吗？"李旦立刻呵斥道。

"事已如此，不如做个顺水人情，不然功劳全让武承嗣给占了去。"婉儿说出自己的想法。

"即便没有朕的圣旨，母后也一样如愿，这个顺水人情朕是白捡的，婉儿，汝做得对！"李旦说着吩咐笔墨伺候。

"朕不但要上表，而且还要恳切！"李旦说。

"陛下英明！"婉儿说。

临走，婉儿将昨夜荷亭发生的事和盘托出，李旦听后一身冷汗。

"汝不会做傻事吧？"李旦担心婉儿真会拿武则天的命去换自己亲娘的命，若是这样婉儿就上当了。

"陛下放心，婉儿不糊涂，自古忠孝难两全！"婉儿话里有话，宁愿牺牲母亲也不会按他们的意愿去做。

"汝能这样想，朕就放心了！请受朕一拜！"李旦说着拱手微微弯腰一拜。

把个婉儿惊得连连喊道："陛下使不得使不得！"

婉儿一步三回头，心中默念"陛下保重！"

此时的婉儿，无法预料接下来会发生什么，更不知自己能不能闯过这一关而活下来。

第六十章　剑走偏锋出奇招
　　　　别开生面艳阳天

一

　　今夜是撕票的期限，婉儿不得不去面对如何营救母亲这个问题。

　　婉儿玩味着石桌上的那包毒药，她知道她的身后一直有双眼睛盯着自己，这包毒药就是证明。那夜她回到屋里，明明找不到那包毒药了，可今却明晃晃地搁在院里的石桌上，说明他们不仅来过，而且对婉儿的行踪了如指掌。

　　望着越来越黑沉的夜，婉儿的身子不觉又颤抖了一下，她有些颤巍巍的手点燃一炷香，默默地祈祷父亲的在天之灵保佑母亲平安。

　　"姐，吃点东西吧。"溪儿一边说一边递上糕点。

　　"姐不饿。"婉儿说。

　　"你已经一天没吃东西了！"溪儿啜泣起来。

　　"不知道娘她还活着不！"婉儿的喉头突然哽咽。

　　"溪儿去求太后放了娘！"溪儿说着就往外走，但被婉儿拽住。

　　"这样只能让娘死得更快。"婉儿说。

　　"那怎么办？今夜是最后期限，娘……"溪儿"呜呜"地哭起来。

　　就在这时杨嘉本突然来到。

　　"表叔？你怎么来了！"婉儿擦去泪水问。

　　"我早看出了，你一定有事。"杨嘉本说。

"娘被绑架了。表叔，您快帮想个办法吧！"溪儿如见到救星般。

"出这么大的事，你还想一人扛，扛得动吗？"杨嘉本说。

"不想表叔卷进来，少连累一个是一个……"婉儿叹道。

"想不想，我们都已经卷进来了。"杨嘉本说。

"表叔快走吧，这事与你无关！"婉儿说。

"你叫吾表叔，岂能无关？当你表叔是冷血动物？"杨嘉本说。

"姐就别拿表叔当外人了快拣要紧的说。"溪儿急道。

"既是这般，婉儿就不顾及许多了！"婉儿思虑片刻道。

于是婉儿将那个夜晚的事——和盘托出。

"午夜是撕票的期限，可婉儿至今没个好主意。"婉儿落下泪。

"不如我们直接去千金公主府上要人。"溪儿说。

"不可，千金公主断然不会认账，又无证人，这样一来不但要不到人，还会逼他们撕票。"婉儿说。

"这事八成是个套，不如就告发了。"杨嘉本想了想说。

"更不可！韩王之事无论真假，只要有人告发，韩王必死。不仅如此，而且会撕开一条口子，越王等一干先帝宗室都难逃厄运！这样，大唐就万劫不复了！"婉儿说出这个局的厉害。

"一石三鸟，好歹毒的计谋！"杨嘉本怒道。

"眼下，有人正愁没钉子挂衣服，他们寻的就是一颗钉子，哪怕是个影子，先帝宗室都将血流成河啊！"婉儿哀叹道。

"如是说，娘死定了，娘……"溪儿"呜呜"地哭起来。

"哎呀，你别哭了，哭只能添乱，越是这种时刻越要冷静！"杨嘉本说。

"表叔说得对，越是这种时刻越要冷静！"婉儿说着果然冷静了许多。

"走，我们去荷亭再说。娘若活着，就请求宽限时日再伺机而动。"婉儿决定道。

可婉儿话音落下，就听赵公公来传，说是武则天不舒服，谁煎的药她都不肯喝，直闹着要婉儿煎药，说婉儿大人煎的药一点都不苦，所以赵公公只得来传婉儿。

婉儿一听，撂下杨嘉本和溪儿就走。

二

武则天像个孩子一样，又闹又骂，不仅将药打翻，还拿着鸡毛掸追着宫人打，但一见婉儿来，便乖顺起来。

"婉儿，汝来了，哀家的头疼得要裂了……"武则天说。

"让婉儿先给太后揉揉。"婉儿把武则天搀扶上榻。

"刚才还好好的，忽然就疼起来了……"武则天表现得很温顺。

"那为何把药打翻了，吃了药头就不疼了。"婉儿像哄小孩一样。

"他们都是废物，连煎药都不会，婉儿煎的药不苦，哀家一口就喝了……"武则天任性得俨然是个老孩子，一点没有太后的威严。

"婉儿这就给太后煎去。"婉儿安顿好武则天，立刻去煎药。

婉儿一边用绢扇给炉扇火，一边就走了神。她满脑子都是母亲的惨状，他们可能活活勒死母亲，也可能恼羞成怒一剑刺下去，母亲倒在血泊中喊着婉儿的名字……

"药煳了。"赵公公忽然喊着冲了进去。

婉儿这才发现自己已是满脸泪水，药也煎煳了。

"婉儿，今天是咋了？神不守舍，好像还神叨叨的。"赵公公说。

"哦？有这事？"婉儿极力掩饰。

"有！瞧，还哭了，出什么事了？"赵公公问。

"没有，只是，只是想起儿时的一些伤心事！"婉儿为了掩饰，勉强露了一丝笑。

"瞧瞧，老奴还以为出什么大事了，小时候的事早翻篇了，还想甚，这不是徒增悲伤吗？"赵公公一边说着走了。

婉儿强迫自己别分神，换上一服药重新煎。先以大火，沸腾后便放中火，出药色了改炭火慢慢温煎，药罐的底部还得敷上一层上好的燕窝泥，这样煎出的药既下火又添补。

两炷香过后，婉儿把煎好的药汤倒入一只白玉容器。褐色的滚烫的药汤，在白玉容器里直冒热气，婉儿看着，心跳突然加快，直至连手也颤抖起来……

婉儿左右环顾见无人，便迅速从衣袖中摸出一个纸包打开，把纸包里的白粉散进药汤里……

可这一切都被藏在窗户下的赵公公看得一清二楚。

原来赵公公早看出婉儿情绪不对劲，刚才试探性地打问，又见婉儿吞吞吐吐言语躲闪，便装着信了婉儿走了。可赵公公才走出门就悄悄寻到木窗下，找了个石礅垫脚伏在窗下监视着婉儿的一举一动。

婉儿做好那一切又深深吐了一口气，仿佛是为自己压惊，而后从容地把煎好的药汤端给武则天喝。

武则天的情绪已经恢复正常，她神情严肃，严肃到目光中时不时射出一股杀气。

武则天看了一眼药汤，又用异样的目光看了一眼婉儿。

"先搁着，凉会再喝。"武则天阴沉着脸说。

"太后，谚语道，热药慢喝性如金，汤药要热着喝效果才好。"婉儿劝道。

"太后，这药不能喝！"赵公公突然闯了进去。

"为何？"武则天惊讶。

"婉儿，是你自己说呢？还是老奴替你说？"赵公公一脸的阴阳怪气，且一把夺过药汤。

"公公何意，婉儿不知，请公公明示！"婉儿并没有因赵公公的突然出现而慌神，而是淡定从容。

"好，那就怪不得老奴了！刚才你撒进药里的可是毒药？"赵公公问。

"赵公公说笑了，许是眼花了吧？"婉儿不慌不忙回道。

"咱家是老了，但眼不花，咱家看得一清二楚，你从袖笼里摸出一个纸包，把纸包里的白粉撒进药汤，说，是不是毒药！"赵公公咄咄逼人。

"荒唐，婉儿与太后同寝食，要下毒早下了，何必等到今天？再说了，这样即使得手，婉儿也是死罪难逃，岂不得不偿失？"婉儿从容辩驳，几乎令赵公公怀疑是自己眼花看错了。

"太后，老奴看得一清二楚。"赵公公转头对武则天说。

"太后，若是不信，婉儿把药汤喝了便是。"婉儿说。

武则天不语，她思索片刻，笑了说："哀家信婉儿，哀家喝。"武则天说着从赵公公手里端过药汤就要喝。

赵公公见了一把又夺过，转身举到婉儿面前说："请婉儿才人试药！"

婉儿望向武则天，武则天背过身子，婉儿又看一眼赵公公，赵公公把药汤举得离婉儿更近，几乎要碰到婉儿的嘴唇了。

"你喝呀，怎么？怕了？"赵公公露出怪异的笑，且面目狰狞。

此时，赵公公想起多年前的一件往事。那是婉儿新入才人那年，武则天的内侍珠儿，因陷害婉儿败露，后服毒自杀。而珠儿是赵公公从宫墙外捡回的弃婴，赵公公把她收为义女。珠儿的事情败露后，赵公公为了撇清关系，亲手毒死了珠儿抛弃废井。

"当年珠儿就是这样服毒死在咱家面前的，珠儿，义父今天终于可以为你报仇了！"赵公公的内心跳动着复仇的狂喜。

婉儿叹一气，而后不慌不忙接过药汤，咕嘟咕嘟几口喝完。

武则天好像始料不及，突然跳过去抢药汤，可是婉儿已经喝完了。

"全喝了？"武则天瞪大眼睛怔怔地看着婉儿。

"全喝了……"婉儿笑笑，只是没等婉儿说下文，就见婉儿身子发软站立不住，继而栽倒在地。

"果然有毒！"赵公公跳起来嚷嚷道。

武则天什么也没说，她怔怔地，像受了惊吓一样。

"来人，拖出去扔到乱魂岗去。"赵公公说。

"放肆！哀家还没发话呢！"武则天冲赵公公发无名火。

"老奴该死！"赵公公立刻弯着腰等待武则天的发话。

"婉儿，你果然还是背叛了哀家！"武则天颓然跌坐喃喃自语。

"是哀家对你还不够好吗？"武则天流下泪。

"她死有余辜，太后何必为这不知好歹的奴才伤心！"赵公公说。

"是哀家逼死她的……"武则天忽然说。

"太后？"一旁的赵公公，忽然看不懂武则天了。

武则天这一生不知杀过多少人，从没见她心软怜悯过，而今却对一个欲毒死她的人表现出了如此的悲伤，看来是应验了古人的话，人老心亦慈。

"哀家算是白疼你了，你宁可自己死也要保护他们。"武则天看着婉儿用心语说。

"对外只说婉儿暴病身亡，丧事按妃子规格操办吧。"武则天吩咐赵公公。

赵公公立刻召集宫里的太监宫女训话，只说婉儿暴病身亡。训完话命人把婉儿抬进采微苑，又命人连夜寻来棺木漏夜入殓。

三

杨嘉本与溪儿都明白婉儿去了迎仙宫一时半会回不来，便商量着两人先去了荷亭。

荷亭四周寂静无声，唯有草丛里的虫鸣此起彼伏。

"杨大人，他们会来吗？怎没动静！"溪儿有些按捺不住。

"你看，掖庭那边好像有人过来。"杨都尉突然说。

溪儿立刻瞪大眼睛，只见夜色下几个黑影朝着废墟方向去，他们走走停停，好像是在寻找等待什么。

"走，我们悄悄从假山绕过去跟上看个究竟。"杨都尉说。

"等等，你看……"溪儿忽然拉住杨都尉。

杨都尉回头一看，大叫不好。

原来，几个黑影忽又拐了回去，他们朝水塘方向走，走着走着突然其中一人被推下了水塘。

"准是娘，快去救人。"溪儿一跃而起，但立刻被杨都尉摁下。

"慢，现在过去，他们发现了会一剑刺死她的。"杨都尉说。

"可去晚了，怕是没命了……"溪儿说。

"只能赌一把了，希望表嫂吉人天相！"杨都尉说。

几个黑影把人推下水塘后立刻消失在夜色中。杨都尉便箭一样奔跑去救人……

被推下水的果然是郑氏。溪儿与杨都尉手忙脚乱地将郑氏救上岸，解去绳索。

"娘，我是溪儿……"溪儿摇晃着郑氏。

"别晃了，得把夫人喝进去的水倒出来。"杨都尉说。

"你把夫人担到我背上来。"杨都尉说着便趴在了地上。

溪儿二话没说立刻把郑氏连拖带拽弄到杨都尉的背上，杨都尉立刻把背拱起，拱成一座拱桥，再上下颠。郑氏鼓囊囊的肚子被杨都尉一拱一颠，刚才喝进去的水"哗啦"一声从郑氏的口中倒了出来。

杨都尉又颠了几下，直到没水倒了，才把郑氏放下。

郑氏幽幽醒来。

"娘，你醒了！"溪儿抱住郑氏激动地哭。

"我这是在哪？是阴曹地府吗？"郑氏幽幽地问。

"娘，你得救了，你没死。"溪儿说。

"我真没死？"郑氏有些不敢相信。

"好在水不深，不然我又没个水性，后果不堪设想。"杨嘉本如释重负道。

"算是她做了一回好事。"郑氏突然来了一句没来由的话。溪儿和杨嘉本都愣了，都以为是郑氏说胡话，也就没问。

其实郑氏一点不糊涂，她说的是多年前的掖庭监黄姑姑。原来郑氏被绑架后就由黄姑姑看守，刚才推郑氏下水的也是她。那郑氏为何还要说算她做了一回好事呢？原来那一片水域黄姑姑比谁都清楚，哪里深哪里浅，她了如指掌。她选择一处较浅的水域推郑氏下去，摆明了是有心救郑氏。黄姑姑这样做也是在报答那年婉儿不杀她之恩。

"婉儿呢？她怎么没来？"郑氏突然问。

"娘，婉儿姐姐宫里有事走不开，等我们回了，估计姐姐也回了。"溪儿说。

"婉儿她怕是回不来了。"郑氏"呜呜"地哭泣起来。

"娘，你说什么呢？你如何知道婉儿姐姐回不来了？"溪儿以为郑氏糊涂了。

"他们本来是要押我去荷亭的，后来有人来报，说婉儿在太后的药汤里投毒未果自杀了，这才折回来随便把我推下水。"郑氏把听到的和盘托出。

"怎么会这样？！"杨都尉一听也慌了。

"孩子，你们快走吧，别牵连进来。"郑氏推开溪儿。

"死了就死了，省去多少担惊受怕！"郑氏忽然笑道。

"杨都尉你快走，我陪娘回去看看。"溪儿说。

"不，你们都走，我自己能回去，我回去和婉儿死在一块，黄泉路上也有个伴。"郑氏冷静下来说。

"如果姐姐真死了，那就再加上溪儿，到了那边，娘带溪儿去认亲娘，溪儿都不知亲娘长什么样。"溪儿对死一点也不畏惧。

"别说丧气话，一定是讹传，婉儿绝不会给太后下毒！我了解婉儿。"杨嘉本思考后说。

"可我听得真切，他们不像说谎。"郑氏说。

"按理婉儿是不会行此下策的！"郑氏想了想说。心里且升腾起一丝希望。

"表弟腿脚利索，要不你先赶回去看个究竟，我和溪儿慢慢走回去。"郑氏提议。

"也好，我先走一步。"杨嘉本说完一路奔回宫去。

四

两个入殓的公公一老一小，他们都是刚从被窝里被叫了来，一边打着哈欠一边骂骂咧咧。

"师傅，她身子还热乎着，要不要等等。"小太监发现婉儿的身子还有温度便提醒道。

"完事了好去歇息，等个球！"老太监骂道。

"可师傅说过，这行也有规矩，入殓者必须体如冰肢如木。"小太监冥冥中有些不忍便与师傅抬杠道。

"没错，师傅是说过，可赵公公交代过，说她是诡症，必须立刻入殓，不然大家要跟着遭殃。"老太监解释道。

"这话师傅信？"小太监倔强道。

"信不信与你何干？与我何干？别管了，快来帮师傅一把。"老太监斥道。

"这活脱脱就是一个睡美人，哪里像个死人。"小太监一边帮师傅把婉儿抬进棺木一边絮絮叨叨。

"红颜薄命啊！"老太监说。

"这也死得太蹊跷了，天擦黑时我还见着她赶去迎仙宫呢，怎说死就死了呢。"小太监不停地叨叨。

"我的小祖宗，你不要命啦？小心祸从口出！你只管入殓，其他的就是聋子瞎子哑巴知道吗？"老太监说。

"这儿也没第三人，也就和师傅唠嗑。"小太监说。

"俗话说隔墙有耳，还是提防你的小命。"老太监凑近小太监的耳根说。

"是，师傅教训的极是！"小太监说。

"好了，去洗个澡，歇息去吧。"老太监推上棺木盖，弹弹身上的衣服说。

"师傅，我这心里老不踏实。"小太监临走时还一步三回头。

"兴许是你才见过活鲜的她，换了谁也难接受转眼就死了。"老太监掩上院门。

"谁死了？你们说谁死了？"杨嘉本正好赶到听了半句去。

"见过杨都尉！"老太监忙施礼。

"唉，你还不知道呀，婉儿才人死了。"老太监说。

"胡说，不可能。"杨嘉本说。

"喏，我们刚刚入的殓，你自己去看看咯。"老太监说。

杨嘉本一脚踹开院门，借着烛光看见院子里摆着一口棺木，一下子就呆了。

"婉儿，你真死了？"杨嘉本冲棺木扑过去。

"她是怎么死的？"杨嘉本回头问老太监。

"说是暴病而死的。"老太监说。

"不可能！快打开我要亲眼瞧瞧。"杨嘉本说。

"那可不行，这样会不吉利的。"老太监说。

"你只管打开！"杨嘉本急得把剑逼着老太监的咽喉。

"我开，我开！"老太监吓得连忙把棺盖推开。

杨嘉本一看，棺木里果然躺着婉儿。

"快把她抱出来。"杨嘉本又喝道。

"这……"老太监感到为难。

"快,别磨叽!"杨嘉本大声命令道。

"杨都尉,人死不能复生,还是入棺为安吧。弄出来没个人守尸,让老鼠啃了尸体,来世投胎可就要肢体不全了。"老太监劝道。

"我不相信她死了,快把她弄出来,你听见没有!"杨嘉本急得大声命令。

"好,好好!"老太监一看那架势不把婉儿弄出来是不行了。

于是叫上小太监帮忙,硬是把婉儿从棺材里抬出来放到床上去。

杨嘉本发现婉儿的身子是热的,便立刻拿手指探她的鼻息,果然还有气息。

"婉儿,你快醒醒!"杨嘉本使劲掐她的人中。

婉儿果然被掐得醒来。

"醒了!醒了!"杨嘉本高兴地欢呼起来。

"不死也要被表叔掐死。"婉儿一边说一边揉搓人中。

"你才要把人急死呢!"杨嘉本怪道。

"几时了?"婉儿忽然问。

"快五更了。"

"我娘……"婉儿蹭一下要爬起来,可发软的身子不听使唤。

"你娘没事,她和溪儿一会儿就到,倒是你,出什么事了?"杨嘉本问。

"唉,一言难尽。"婉儿叹道。

"你就拣最要紧的说,你对太后投没投毒?"杨嘉本直逼主题。

"当然没投,对谁投毒都不会对太后投毒!"婉儿说。

"那就好!你休息着,我这就去接应她们。一切事情回来再说。"杨嘉本说完起身就走。

"我娘真没事?"婉儿问。

"真没事,一会儿就见着了。"

杨嘉本叫那两个入殓的太监赶紧把棺木弄走,而后赶去接郑氏。

第六十一章 雨过天晴天不灭
南珍艳福武媚娘

一

得知婉儿死讯的武承嗣兴奋不已，连夜赶去见武则天。

"姑母！这是从岭南弄来的早熟荔枝，侄儿不敢受用，拿来给姑母尝鲜。"武承嗣提了一篮子荔枝来孝敬武则天。

"你很聪明！脑子好用！"武则天尝了一颗鲜荔枝，一语双关道。

武承嗣当然明白武则天指的是"河出图"。

"全是姑母的造化，侄儿顶多是做了替姑母摘桃的人。"武承嗣谦虚道。

"汝好好干，姑母不会亏待汝。来，坐过来。"武则天让武承嗣坐在自己的身旁。

"姑母是侄儿的再造父母！侄儿愿为姑母赴汤蹈火，万死不辞！"武承嗣说着来劲儿还"扑通"一声跪下。

"快起来，地下凉着。"武则天把武承嗣搀扶起来。

"侄儿有话，不知当讲不当讲。"武承嗣起来后说。

"这里没外人，但说无妨。"武则天说。

"听说上官婉儿死了，可是讹传？"武承嗣装出一副茫然不知的表情。

"非讹传！"武则天叹气。

"死了也好，不然侄儿老担心！只是往后侄儿又心疼姑母要累坏了，每天南来北往的折子堆成山……"武承嗣话到这里不说了，他转到武则天背后

379

给武则天捶起背来。

"侄儿的心，姑母明白，只是一时半会还得委屈你，等庆典后，姑母擢汝为宰相。"武则天单刀直入。

"姑母，侄儿也不在乎宰相不宰相的，就让侄儿替了婉儿，为姑母鞍前马后排忧解难岂不好？"武承嗣见武则天似乎不明白自己的用意，便撕掉遮掩布明明白白地告诉武则天。

武则天听后只叹气，而后拉下脸说："汝来为的就是这个吧！"

"不，侄儿是专程来给姑母送荔枝的。"武承嗣急忙收敛。

"承嗣啊，姑母再三告诫汝，成大事者要沉得住气。现在李家势力还很强，他们还占据着定州、绛州、预州、金州、博州、通州等近二十多个州，一旦反，后果不堪设想啊！"武则天缓和了脸色语重心长道。

"所以侄儿才多次上奏杀韩王。"武承嗣说。

"时机未到如何杀得！"武则天说。

"没有利刀，要反被虎伤的，你怎么就不明白呢！"武则天斥道。

"侄儿愚钝，请姑母恕罪！"武承嗣吓得连忙跪下。

"婉儿死得蹊跷，你又在这个时候接替她，岂不把恶水往自个身上揽吗？!"武则天说。

武承嗣见武则天把话说到这份儿上，知道再多说亦无用，但他又实在不甘心，便以退为进道：

"侄儿愚钝，没考虑那么多，侄儿的心就想能早日帮着姑母，别让姑母累着，至于职位名分侄儿一概不求！"

武则天听完不语，武承嗣越是想要这个位置，她就越害怕。心想，说婉儿与哀家有杀父之仇，你武承嗣与哀家又何尝不是有杀父之仇？

"武大人，您有所不知，太后的精神好着呢，我们都赶不及，就那些个奏折累不着太后的。"韦团儿煮来茶听了些，便道。

韦团儿同样对启诏虎视眈眈，她表面上是为武则天解围，实际是与武承嗣抢夺启诏权。

"韦团儿，替哀家送送武大人，哀家困乏了！"武则天借着韦团儿的话下逐客令。

武承嗣迟疑着不想走，到嘴边的肥肉，姑母就是不松口给，可武则天已经转身进寝室了。

"走吧，武大人!"韦团儿说。

"哼!"武承嗣瞪了韦团儿一眼，而后甩袖离去。

"本大人警告你，守住你的内掌扇就好，别的不要癞蛤蟆想吃天鹅肉!"武承嗣走出几步突然又折回来对韦团儿撂下狠话。

"大人，此话从何说起?"韦团儿装得很无辜。

可心里却骂道，"我是癞蛤蟆你又是什么? 你不就仗着有太后这么个高枝吗? 哼! 说不定哪天我这只癞蛤蟆就做了你的主人!"韦团儿心里啐道。

韦团儿这番话虽是在心里骂的可也吓了自己一跳，但她心存这念头已不是一天两天了，她的脑海里再次浮现出一个人，那便是当今皇帝李旦。

二

婉儿死而复生的消息很快报告到武则天那。

"诈死乃欺君之罪，当斩!"韦团儿一听婉儿没死立刻跳出来。

"放肆! 别给你根针就当棒槌!"武则天恼道。

"婉儿当真没死?"武则天问赵公公。

"千真万确! 老奴才从采微苑那来。"赵公公说。

"可她明明喝了那碗毒药的。"武则天说。

"是的，这事老奴也纳闷了。"赵公公说。

"她使了一回金蝉脱壳，她是故意让你看到她投毒的。"武则天忽然明白了什么。

"奴才真是老了，当时心里还想这个上官婉儿也太粗心了，怎就对着窗户投毒，让老奴看得一清二楚。"赵公公说。

"怎知她投的不是毒? 也许是她命大没被毒死罢了。"韦团儿不顾一切地挑拨。

"昨天的药渣在哪。"武则天问。

"奴才让小顺子埋了。"赵公公说。

"取药渣来，再传沈南珍。"武则天说。

武则天决定验药，她要确定婉儿到底投没投毒，这对武则天十分重要。没投说明婉儿是忠于自己的，若投此人断不能留。

武则天发了话，赵公公立刻找到小顺子问他把药埋哪，小顺子立刻要领赵公公去，可赵公公却只要小顺子告诉他埋哪就行。

小顺子是个人精，他一听就知赵公公要做手脚，便依了他，只把埋药渣的地方告诉他，自己一溜烟跑了。

赵公公找到小顺子说的地方，挖出药渣。

他刨出药渣并没有马上离开，而是把药渣拿在手里翻来颠去地看，像把玩一件手玩一样，把玩一阵后又拿在手里来回地走动，仿佛情绪很不安，最终他还是拿着药渣朝迎仙宫去。

沈南珍早已等候在那，只等赵公公取来药渣验明了交差。

"沈爱卿，听说你有一手按摩绝活儿，怎从不见你露一露？"武则天对沈南珍又是看座又是上茶。

"下官手拙，若承蒙太后不弃，下官受宠若惊！"沈南珍说。

"好，那说定了，到时可别放哀家的鸽子。"武则天一语双关。

"太后说哪里话，下官求之不得。"沈南珍亦是一语双关。

武则天还想说什么，忽听得传报上官婉儿跪在殿外负荆请罪。

"哦？"武则天有些吃惊。"传！"武则天接着说。

"一个从棺材里爬出来的人晦气，还是让奴婢给太后传话吧。"韦团儿连忙上前说。

武则天看了看韦团儿，心想你准又要使坏，但还是同意了。

韦团儿很快转回来传话，说上官婉儿称自己无罪！

"既是无罪，她何来负荆请罪？"武则天有些怒。

"奴婢再去问，她何以负荆请罪。"韦团儿见武则天怒暗暗高兴。

这当口赵公公取回药渣，武则天让沈南珍仔细验，沈南珍仔仔细细翻看药渣，又闻又舔，再把每种药分离出来，一样一样放嘴里细嚼最后他断定药渣确无毒。

武则天长长地舒了一口气。她缓缓来到殿外，只见婉儿还跪在那。脸色苍白，嘴唇毫无血色，一夜间就脱了一个人。武则天的内心蓦然被刺痛，她快步上前想去挽起婉儿，可临了了突然又变了卦。

"汝既是无罪，又何来负荆请罪？"武则天拉下脸问。

"不，婉儿有罪！婉儿死而复生，惊吓了太后，为一罪；婉儿救母心切瞒天过海，自己先服下麻沸散，再诱赵公公上当，犯下欺君之罪，此罪当斩！"婉儿说。

武则天听后好半天作声不得。她明白婉儿识破了自己的一石三鸟计谋，可婉儿却不说破，此为高明。为了保护李家宗室，她拿自己的命做赌注，此为忠义，这样的人我武媚娘喜欢，何忍杀之？

"因救母心切出此下策，死罪可免活罪不可饶。"武则天听后说。

"罚三十大板扣三个月俸禄。"武则天说。

"不过，你才死里逃生，三十大板先记着。"武则天又接着说。

"谢太后不杀之恩！"婉儿匍匐谢恩。

"都散了吧，该干嘛干嘛去。"武则天喝退围观的人。

可婉儿依然跪着，她揣度着武则天的话"该干嘛干嘛去"，那么自己是不是可以去审阅奏折呢？就在这时又听得武则天说：

"婉儿，案几上的奏折已经堆成山了，还不快去！"武则天看婉儿还跪着不得不把话挑得更明白。

"遵命！"婉儿一骨碌爬起，满脸泪水，内心满是庆幸和感激！

第六十二章　中流砥柱定海针
磊砢相扶初心在

一

婉儿端茶的手不自觉地抖了一下。李蔼告密李元嘉和李贞等五王正密谋起兵造反，这太突然。

李蔼何许人？乃唐朝鲁王李灵夔次子，封范阳王，历右散骑常侍，是这次李唐宗室谋反的核心人物之一，所有细节他都了如指掌。

李元嘉何许人？唐高祖李渊第十一子，从武德到高宗，先后授宋王、徐王、潞州刺史、右领军大将军，贞观十年，进封韩王，授潞州都督。高宗时期，累转泽州刺史；高宗驾崩，武则天加授检校太尉，由定州刺史转绛州刺史。是李唐宗室中辈分最高的，也是威望最高的。

李贞，唐太宗第八子，善骑射，涉文史，历任徐、扬、安州都督，相州刺史。武则天临朝，迁太子太傅、豫州刺史。

事情还得从那块石头说起。垂拱四年（688）农历四月，武承嗣借唐同泰之手，献给武则天一块石头，声称是从弱水里打捞上来的，石头上刻着八个紫红色的大字，"圣母临人，永昌帝业"。武则天当即借这个机会给自己加尊号"圣母神皇"，接着铸造了三枚玉玺，又下令要举办落水祭拜大典，且要求各州刺史李唐宗室及外戚，必须在祭拜前十日赶到洛阳神都集合。

武则天这一系列操作，已是司马昭之心路人皆知，自然要引起李唐宗室的不满及高度紧张。于是，李元嘉率先联络李贞暗示起反，李贞立刻响应，

384

且李唐宗室一呼百应，其中李蔼表现得异常积极。他派使者对李贞说："如果四方诸王同时起事，一定能成功。"所以李元嘉和李贞啥都没瞒他，不曾料到他一转身成了告密人。

这突如其来的事情令婉儿措手不及。李元嘉和李贞是陛下李旦坐稳帝位的保障，一旦他俩倒下武则天势必称帝。

"事已至此当务之急别让陛下卷进去！"内史岑长倩与婉儿擦肩而过丢了一句。

岑长倩，早年父母双亡，由武德、贞观两朝宰相岑文本叔父抚养。仕途一帆风顺，累迁兵部侍郎、同中书门下平章事、内史。是继刘祎之后，最受武则天欣赏信任的老臣。今日朝堂，武则天诏岑长倩出任后军大总管，征讨越王李贞。

婉儿当然知道一定不能让李旦卷进去，只是苦于无法通知李旦外面发生的事。李蔼前脚走，武则天后脚就调动三千羽林军名曰保护，将李旦别殿封得水泄不通，连只蚊子也飞不进去。

"这未尝不是好事，这样李元嘉他们就无法靠近陛下。"岑老说。

虽说是这个理，但婉儿的心总扑通扑通跳得慌，李旦不知外面到底出了什么事，瞎子摸象容易出错，高手对决容不得半点疏忽，何况武承嗣不会放过这个机会，他会绞尽脑汁引诱李旦犯错，然后一网打尽。

婉儿转悠到御膳房，想看看这里是否有机会见缝插针，给李旦透个信儿。可御膳房也被封得水泄不通，外事一律由外面的一套人马办理，屋里屋外的两套人马不得私下交头接耳。

婉儿无奈又转到太医院，谎称自己胸口闷，找张太医把脉。

"才人脉象躁动，可是有心事？"张太医把了一会儿脉问。

"也许是明党参和虎杖这两味药给闹的。"婉儿以药名暗指武承嗣结党营私狐假虎威给闹得人心不安朝廷动荡。

张太医看了一眼婉儿，低头叹了一气。

"不知大人可知天南星何时生长何时开花何时枯萎？"婉儿见张太医明白自己的话便再试探道。

张太医一惊，天南星指的不就是皇帝吗？皇帝被软禁，估计是婉儿也见不到他。

"才人需要哪味药尽管吩咐，下官会尽力去寻。"张太医压低声音说。

"大人可是知道李蔼告密的事？"婉儿压低声音问。

"知道，好像满城的人都知道。"张太医低声说。

"我担心有一人不知。"婉儿说。

"明白！"张太医明白婉儿指向的人是被软禁的皇帝李旦。

"守义身体可好些？"婉儿担心张太医不明白又故意提李守义。

李守义是已诛章怀王李贤的幼子，李贤死后，他跟随母亲回到宫中，住在李旦的宫中。李守义由于那日被丘神勣挟持，又亲眼看见父亲一剑抹脖倒在血泊中。幼小的他惊吓过度，精神失常常年卧病，且一直由婉儿的主治太医张太医治疗。

"时好时坏，下官会尽心尽力，想尽一切办法！"张太医一语双关，说完又为婉儿开了一剂药方。

药方上只有三味药：信石，寒水石，紫英石。婉儿一看，三石乃磊，《楚辞》有"磊砢相扶"，《楚辞》屈原也，屈原忠臣也！这是张太医在表白他的忠。婉儿不禁露了一个舒心的笑意。

"请受婉儿一拜！"婉儿说着对张太医深深一鞠躬而后放心离去。

二

武则天下令封城，大街小巷都粘贴着捉拿反贼的告示。明令不准放一人出城，但城门关卡的守卫却心不在焉，盘查得并不是太严，说白了是雷声大雨点小。

婉儿琢磨着，武则天这是要继续打草惊蛇。但目的不同，之前利用石头造势是为引蛇出洞，李元嘉等果然上当，现在继续打草惊蛇，是让一部分胆小的人退出李元嘉阵营，这样有利于武则天各个击破。婉儿再一次对武则天佩服得五体投地，她知道李元嘉和李贞都不是武则天的对手，只能恨其不争哀其不幸。

李冲得知李蔼叛变的第二天，也就是垂拱四年（688）9月16日匆忙起兵。同时给韩王、鲁王、霍王、越王、纪王五位亲王发出号令，告知自己已先行起兵请求他们响应，但除他父亲越王李贞起兵响应外，无一人发兵响应。

李冲，乃越王李贞次子，博州刺史，封琅琊王。李冲起兵才七天便兵败身亡，李贞响应不过半月，亦兵败服毒自杀。

武则天将李贞案交由周兴审。

周兴何许人？周兴京兆长安人，外号牛头阿婆，即外表长得像慈眉善目的阿婆，而内心却是魔鬼。唐高宗时期周兴乃一小吏，虽善于官场，但因无科举，故终不得志。唐高宗驾崩后，周兴看到了机会，以打击李唐宗室来迎合武则天，曾上疏取消李唐宗室属籍，武则天悦，擢尚书左丞，先后累迁司农少卿、秋官侍郎，执掌刑狱。周兴最擅长的是网罗罪名罗织忠良，执掌刑狱期间，制造了千起冤案。

太后这是要借周兴之手将李唐宗嗣一网打尽了！婉儿对着茫茫黑夜不住地长叹。

周兴果然把武则天的心意揣摩得熟透。七扯八拉，轻轻松松就把李唐宗室及大唐忠臣都网进了李贞叛乱案中，共波及三百多号人，或斩首，或赐死，或流放，或逼迫自杀，一个异己也没放过。

"下一个怕要轮到陛下了！"婉儿彻夜难眠，

"难不成周兴还敢动陛下？"郑氏叹一气小声道。

"关键是他有太后撑腰。"婉儿又重重地叹一声。

"虎毒还不食子，难道她真要摘绝抱蔓归吗！"郑氏愤怒道。

摘绝抱蔓归！婉儿又一次想起李贤的《摘瓜歌》，"种瓜黄台下，瓜熟子离离。一摘使瓜好，再摘令瓜稀。三摘尚自可，摘绝抱蔓归"。

"摘绝抱蔓归"……婉儿喃喃自语，披衣起床立在窗口，望着茫茫黑夜思索着下一步……

第六十三章　李唐宗室被戮尽
　　　　　　　惶惶李旦诏婉儿

一

　　"别拦着朕，朕要喝酒！下一个就轮到朕了！朕喝一天就少一天了！"李旦已醉如泥，可还叫喊着要酒。

　　自李旦的老师刘祎之被赐死后，他就惶惶不可终日。为了驱赶恐惧，他疯狂地酗酒，发着高烧还叫喊着要酒。

　　刘祎之，高宗时期武则天培养的北门寒士，武则天临朝后备受信任，官至凤阁侍郎、同凤阁鸾台三品。只因不满武则天软禁皇帝，私议返政，垂拱三年（687）被武则天赐毒酒死。

　　刘祎之的死在李旦心里的阴影还未散去，韩王、越王等李唐宗室又一网被诛杀，李旦整个人彻底崩溃。

　　"连你们也管着朕，母后的刀已架在朕的脖子上了……"李旦已醉得不行，嘴里说着他清醒时从不敢说的话。

　　"虎毒不食子，母后应该不至于……"德妃与刘妃轮流着安慰。

　　"不要期待母后的仁慈！大哥二哥三哥，哪一个不是她的亲骨肉？还有驸马，驸马他，他……"

　　一提及驸马薛绍李旦立刻神情紧张，浑身筛糠一样地抖。

　　"疼，疼！朕头疼得厉害！"李旦突然双手抱头大叫疼。

　　驸马薛绍，是太平公主的结发丈夫，与太平公主育有二子，也被周兴扯进李贞案。

　　那日太平公主哭了一夜哀求母后武则天放驸马一条生路，哪怕贬其为庶民，可武则天就是不松口。无奈，太平公主只得去求皇帝哥哥李旦，他宅心仁厚，又毕竟是皇帝，母亲怎么也得给个面子。李旦耐不住太平公主又哭又求，便鼓起勇气去求武则天。武则天也只允诺留全尸，并安排李旦去探监，谁知却正赶上薛绍受完三百杖刑。

　　李旦看到的薛绍，就一个血人躺在地上，皮开肉绽不忍目睹，被打烂的衣服深嵌进肉里，墙上、木桩上，依稀飞溅着肉泥，李旦吓得当场呕吐昏厥过去。

　　回宫就大病了一场，这之后，性情大变，有时暴怒，有时忧伤，有时极度惊恐，好不好浑身就筛糠一样地抖，有时又莫名其妙地打骂嫔妃和宫女，有时又疯疯癫癫满嘴胡言。

　　"朕快死了，朕要写遗诏，传婉儿！快，快传婉儿！"李旦蜷缩在屋角，浑身抖得厉害。

　　"夜已深，明日再传吧？"刘妃道。

　　"朕不管，朕就要传婉儿。"李旦耍起小孩子脾气来。

　　"快拿披风来，陛下冷得厉害。"德妃看李旦浑身发抖便吩咐侍女拿披风。

　　"朕不是陛下，朕不要做陛下，不要，不要……"李旦突然爬起来往外跑，德妃、刘妃在后面追。

　　"你们别杀朕，朕不要做陛下，朕不要……不要……"李旦一边跑一边喊着疯话。

　　他跑进了梨园，躲到了戏台子下，谁劝也不肯出来。

　　"去传婉儿。"刘妃无奈道。可话音落下，大家都面面相觑。

　　自刘祎之私议还政坐罪赐死，宫殿就被禁卫军围得水泄不通，李贞案发后，又加了一道封锁。殿内太监及宫女谁也不能擅自出去。

　　"我去。"乐工安金藏突然挺身而出。

　　"我可以从后院翻墙出去。"安金藏接着说。

　　安金藏乃殿上一乐工，近来李旦多为苦中作乐，以酗酒听乐观舞来麻痹自己，所以与安金藏走得近，醉了就拿他当知己对其倾吐苦水，安金藏甚是同情。

"难为你了！"刘妃感激道。

"陛下比谁都难！"安金藏叹了一气。

刘妃不禁长叹，她何尝不知道陛下比谁都难，一边是江山社稷，一边是被权力吞噬了母爱的母后，他夹在缝隙中求生，不是装疯卖傻就是称病。今天一早他递交了第二份请辞，他急着要见婉儿，其实是想知道第二份请辞递上去的结果。武则天称帝已是万事俱备呼之欲出，没有任何悬念，有悬念的是嗣子，现在李旦最担心的是母亲立武承嗣为嗣子，那样的话，大唐就彻底完了。

二

安金藏化装成夜更，从后院翻墙而出，潜入婉儿的采微苑。

"开门，快开门。"安金藏警惕地环顾四周一边急促地叩门。

"谁！"郑氏听着是男人的声音吓得不敢开门。

"安金藏，陛下的乐工，陛下要见婉儿。"安金藏忙报上家门。

"婉儿未归。"郑氏回道。

"哦？三更已过还未归？"安金藏说。

"你到底何人？你又是怎么出宫的？"郑氏早从婉儿那得知，李旦陛下的宫殿被围得水泄不通。

"陛下要见婉儿，小人易容夜更，从后院翻墙而出。"安金藏和盘托出缘由。"小人有陛下的信物。"安金藏说着把信物抛进院内。

郑氏依然犹豫，有了上次被绑架的教训，她格外得小心谨慎。

远处传来打更声，听着打更声逐渐朝这边走来，安金藏心里犯急。

"夫人，我安金藏烂命一条不怕死，被他们逮着也就一个死，但我怕连累陛下。"安金藏恳求道。

哪，哪，哪……打更声更近了……

"夫人！有陛下的信物你为何还不信！"安金藏急切地拍着门。

安金藏听着院内无一丝动静，只得考虑离去，可四周都是光秃秃的，连棵大树也没有，安金藏心想完了，要连累陛下了！

可就在安金藏绝望时，门"吱呀"一声开了。

安金藏迅速挤进去。打更的太监走到采微苑敲了四下继续前行。

听夜更走远，安金藏赶忙冲郑氏行礼。

"免礼，陛下他怎么了?"郑氏问。

"唉！陛下难啊!"安金藏摇头叹气。

"不知道的以为陛下真犯疯了，其实是……"安金藏又突然打住。

"陛下什么也没说，但小人知道他担心嗣子之位，这关乎大唐的命运啊!"安金藏接着说。

"婉儿何尝不为此忧，武承嗣为了抢夺嗣子，手段用尽。"郑氏亦叹道。

的确，武承嗣为了讨武则天的欢心手段用尽。垂拱四年（688）炮制圣母灵石，"河出图，洛出书"，时隔一年，武承嗣又授意侍御史傅游艺，率关中百姓九百多人跪在万象神宫前上表请奏武则天称帝。

"这些日子，婉儿每天都忙得两眼冒金星，昨三更回，才歇下四更又起。"郑氏说。

"巾帼不让须眉，小人敬仰已久!"安金藏拱手作揖道。

"昨武承嗣又折腾一出千人请愿，婉儿担心太后一时激动许诺武承嗣嗣子位，所以一直守在太后身边直到天明，不给武承嗣有挑唆的机会。"郑氏继续说。

"听说请愿队伍中有不少是朝官，这些人首鼠两端真该下地狱!"安金藏愤愤骂道。

"明哲保身，大难临头各自飞，又有几人能舍身忠义二字呢!"郑氏感叹。

"是啊，刘祎之大人死后朝中再无人敢为陛下说话，幸亏还有婉儿大人!"安金藏说。

"她受先帝之托，唯尽忠死而后已!"郑氏感叹。

"婉儿乃为大唐而生！请受小人一拜!"安金藏说着跪下匍匐在地对郑氏行大礼。

"使不得，使不得!"郑氏连忙去拉安金藏。

"小人只恨是个奴才，不能为国家社稷分忧！每日只能以戏文里的歌词慰藉这七尺男儿身!"安金藏一边起身一边说，且把攥紧的拳头砸在石桌上。

"在唯利是图尔虞我诈的皇宫里，居然还有像你这样的人！陛下之幸也！请受妇人一拜！"郑氏说着侧身作揖一拜。

"夫人折杀小人了！"安金藏连忙还礼道。

"吴王阖闾的戏文里，专诸有一句唱词，窝窝囊囊活百岁，不如壮壮烈烈活一刻，安金藏志也！"安金藏无意吐露自己的志向。

"此为大志！匹夫不可比，陛下有汝万幸也！"郑氏由衷欣慰！

但郑氏说着就朝院门走去，原来她听见婉儿的脚步声了。

"婉儿回来了。"郑氏打开院门。

安金藏一看，百米外果然有个女子朝这边走来。

"夫人好耳力！小的只在戏文里听说过有千里耳，今天算是见识了！"安金藏惊讶郑氏的听力。

"过奖了，也许是我们母女心连心的缘故吧。"郑氏笑说。

"你可回来了！陛下差人诏你呢。"郑氏见了婉儿就说。

"见过婉儿大人！"安金藏连忙上前施礼。

"免礼！本宫刚从陛下那回来，陛下安睡了！"婉儿说。

"那就好，小人告辞！"安金藏连忙告辞湮没在黑夜中。

"路上小心。"婉儿望着安金藏的背影，心中升腾起一丝欣慰。

大唐婉儿

（下）

上官晓梅 著

中国文联出版社
http://www.clapnet.cn

目　录
CONTENTS

下 篇

第六十四章 大势已去易姓武
退一步海阔天空

这一天，武则天端坐在金銮殿宝座上，一脸春风。朝臣们黑压压跪了一片奏请武则天称帝，这是继傅游艺率关中百姓奏表的次月，即载初元年（690）9月。

"婉儿，陛下近日可好？"武则天突然问道。

婉儿心一惊，这样时刻武则天提及皇帝陛下，分明又是讨要什么。如垂拱四年（688）讨要"圣母神皇"尊号一样，但时过境迁，这次她讨要的不是一个尊号，而是帝位。

武则天称帝虽然是迟早的事，婉儿心里也有准备，与李旦也合计好了，与其让武则天强夺不如大方让位，退一步还可博得嗣子位，但真到了这一刻，婉儿还是有些迟疑。

"身体无大恙。"婉儿装傻回道。

"他这个皇帝是白当的，不是听歌观舞就是斗蛐蛐，朝不上社稷不理，哀家也不知还要替他撑到几时！"武则天拉下脸说。

"陛下无能，请太后登基！"武承嗣立刻抓住机会跪地山呼。

"请太后登基！请太后登基！"群臣们立刻跟着高呼。

"众爱卿平身，哀家感谢众爱卿的信任，只是哀家惶恐，千古无女帝，哀家何德何能敢位列帝帮？"武则天假惺惺推辞。

"太后乃尼嘞转世，顺应天意！理当称帝！"这时一个叫来俊臣的大臣，跨前一步单腿跪地奏道。

"尼嘞转世，理当称帝！"众朝臣一看来俊臣出声了，立刻一片附和。

来俊臣何许人？为何大臣都要看他的脸色？

来俊臣，雍州万年人，少年非偷即盗。长大后变本加厉，无恶不作。垂拱四年（688）因犯奸盗罪被捕入狱，可这年正赶上武则天制铜匦告密，来俊臣便天天捕风捉影专干告密的事儿，今天告张三明天告李四，可他告的均属子虚乌有，刺史东平王李续一怒之下将他痛打一百杖丢进死牢。可来俊臣仿佛是运气来了挡都挡不住。来年刺史李续受李冲父子起反牵连被诛，来俊臣的心思又活动开了。他立刻请人代写状书，说自己是因告密刺史李续谋反遭到报复被投进监狱的。武则天阅罢密信立刻召见了来俊臣。武则天一看，这人玉树临风一表人才，还口若悬河，是把好刀日后定能用上，便当即擢来俊臣侍御史加朝散大夫，不久升左台御史中丞，全权负责推事院。来俊臣就这样一夜间从流氓地痞死囚犯摇身一变跻身高官厚禄呼风唤雨草菅人命无所不为的朝官大臣。

"婉儿，汝去看看旦儿在忙什么，要不要请他来看看这个场面！哀家也不知该如何处理！"武则天见婉儿装傻便赤裸裸地吩咐。

"遵命！"婉儿没有退路只得前往李旦的乾清宫。

"终究来了！"李旦见了婉儿说。

"拿去吧，本王早准备好了！"李旦把请辞递给婉儿。

这是李旦的第三次请辞。前两次请辞武则天都拒绝了，那时还有韩王、越王等李唐宗室压阵，武则天不敢轻举妄动。现在的情形急转而下，武则天已经扫除了一切障碍，称帝已经迫不及待，所以李旦以及刘妃、德妃都清楚这次是肉包子打狗有去无回。

气氛在沉重中沉默。

"陛下，这关乎江山社稷……"刘妃和德妃忽然有些不情愿。

"你们让开，让婉儿拿去！"李旦吼道。

"婉儿，一旦递上去开弓没有回头箭！"刘妃把目光投向婉儿。

"是你们舍不得自己的身份吧？我何尝当过一天真正的皇帝？你们一口一个陛下，这是在为本王掘墓你们知道吗？"李旦咆哮起来。

"拿去！快去邀功！"李旦推开德妃把请辞表摔给婉儿。

婉儿愣了一下，接着连忙跪下道："婉儿无能，请陛下责罚！"

李旦没理会婉儿，拂袖而去。

"陛下心情不好，汝别往心里去。"刘妃见状忙解释安慰婉儿。

"无碍，只是这请辞表得改改，不然嗣子不保。嗣子势在必得。"婉儿顾不得委屈，看了看请辞，发现之前商量好的易姓武没写上。

"哦？得如何改？"刘妃问。

"易姓武！"婉儿说。

"放肆！易姓乃辱没先帝祖业的大罪！千金公主易姓，尚且遭国人唾骂，寡人易姓，何以面国人？九泉之下，又何以面对列祖列宗？"李旦返回来呵斥婉儿。

婉儿惊得目瞪口呆，这是李旦第一次冲婉儿发无名火。婉儿委屈得两行泪水哗啦啦就滚落下来，但婉儿更理解李旦此时此刻的心情。

"不易姓，何来嗣子之说？失去嗣子位岂不断了李唐最后的宗庙？"婉儿见李旦反悔不同意易姓心中甚是着急。

"退一步海阔天空，不失为上策，今日可易姓武他日就可再姓李！"婉儿继续劝说。

可李旦已拂袖而去。

"婉儿稍等，本宫去说服陛下。"刘妃明白这里面的利害关系。

"慢，给陛下留些面子吧，取笔墨来，婉儿自做主了，就让千古骂名留给婉儿吧！"婉儿忽然想到李旦是碍于面子，毕竟是皇帝，易姓这样奇耻大辱的事情他怎能亲手写。

"本宫与你一起担，快取笔墨来。"刘妃握住婉儿的手。

"加上妾一份。"德妃也上前握住婉儿的手。

请辞表写好，刘妃、窦妃都巴巴地望住婉儿，刘妃欲言又止。

"你们回吧，嗣子位势在必得！婉儿将拼死一战！"

婉儿丢下话匆匆离去。

第六十五章　明争暗斗武氏狂
四两拨千斤堪妙

一

一切都在预料中，武则天笑纳李旦皇帝的请辞。

是月，即载初元年（690）九月，武则天称帝。并为自己加尊号圣神皇帝，改国号周，年号天授。赐李旦武姓，降皇嗣，迁居东宫。

李旦以易姓夺得嗣子位，这一招出乎武承嗣的意料。他眼睁睁看着嗣子之位被李旦轻轻松松地夺走，气得七窍流血，下朝回到家，把一个不小心撞着他的家奴活活打死，而后暴饮大醉。

"嗣子是我的！是我的……李旦，你，去死吧！"这是酩酊大醉的武承嗣嘴里吐出的话。

"敢跟本王抢，本王，本王要你死，死无葬身之地……"武承嗣醉得不省人事。

"唉，竹篮打水一场空，本以为姑母称帝，武周的继承人自然是我们武家人，没想到……"第二天武承嗣酒醒对来探望他的堂弟武三思抱怨。

"贤弟，你不知道愚兄我费了多大的心思，掏肝掏心掏肺，真正的是呕心沥血啊！！！"武承嗣忽然情绪失控，捏紧的拳头连连捶在桌上，把杯盏震得当当响。

"愚弟明白，哥是猫打翻了饭盆替狗劳，而他们是四两拨千斤，我们都低估了上官婉儿。"武三思说。

"不杀上官婉儿誓不为人！"武承嗣又一拳猛砸在桌上，不觉把手砸得见了红。

"仁兄，来日方长嘛！这只是搏杀的开始。能把他拉下皇帝宝座，离整死他就不远了！哥何必着急上火让人看笑话呢！"武三思几乎有点瞧不起武承嗣的小家子气。

"这口恶气我憋得难受！"武承嗣恨恨道。

"姑母是怎么教诲我们的？成大事者，得具备静、谋、勇，三者不可缺一，哥怎么都忘记了呢。"武三思说。

"哥这方面不如贤弟，火暴性子，以后得好好向贤弟学习。"武承嗣拍拍武三思的肩膀说。

"哥笑话了，愚弟好多方面都不如哥，是贤弟得好好向哥学习讨教才是。"

"好了，咱兄弟之间就不客套了，我们还是想想下一步的棋该怎么下！"武承嗣一边说一边为武三思斟酒。

"愚弟来就为这事。"武三思神秘一笑。

"哦？贤弟有何良策快说来听听！"

武承嗣有点猴急，可武三思却还在吊他胃口，他慢悠悠地抿一口酒，放下酒樽又去夹菜。

"哎呀贤弟，你哥是急性子！你说完了再饮成不！"武承嗣一把夺了武三思的筷子。

"娶—太—平—公—主！"武三思嘿嘿一笑，一字一字地吐出。

武承嗣听完愣了好半会，接着拍案大叫妙！

"我怎没想到呢！这可是四两拨千斤啊！"武承嗣高兴得手舞足蹈，接着为武三思又是斟酒又是夹菜。

"对，我们也给他们来个四两拨千斤。"武三思说。

"来！哥敬你！"武承嗣兴奋得满面放红光。

太平公主何许人？她是武则天与唐高宗所生最小的一个孩子，也是他们唯一的公主。武则天曾经生育过一个公主，但夭折了。自从有了太平公主，武则天把所有的爱集于她一身，真可谓是掌上明珠。从小到大，除薛绍这件事情外，武则天对太平公主是百求百应，即使她要天上的月亮，武则天也想办法给她摘。

"哥哥娶了太平公主，嗣子之位哥不夺只怕公主都不答应。"武三思笑道。

"娶了她，就亲上加亲，我们兄弟的荣华富贵就又加了一把锁。"武承嗣的目光里满是美好的憧憬。

"就是不知太平公主相不相得上你哥。"武承嗣说着不自觉地摸了一把自己的三角脸，他为自己的其貌不扬犹豫起来。

"父母之命媒妁之言，她还不都得听姑母的。"武三思说。

"她是太平公主，怕是没那么好驾驭。"武承嗣对自己没有信心。

"她若是看不上你哥，贤弟一表人才，想必总看得上的。"武承嗣忽然说出这番话。

武三思心里倒是愿意，但却佯装发火。

"哥，你这是啥意思？愚弟可是好心好意来献策的。"

"贤弟莫急，我们兄弟俩无论谁娶她都一样，哥我不会吃醋的，若不是因为姑母，本王还未必看得上她呢。"武承嗣连忙表白。

"这可是哥你说的，愚弟可就当真了。"武三思抓住机会道。

"当真，这话就钉这了，哥绝不赖账！"武承嗣说着拿杯子往桌上一放，发誓道。

"小弟与哥说笑的，小弟不敢，哥先上，不成小弟再上，成不？"武三思觉得自己刚才暴露了，连忙纠正道。

"成！"武承嗣说。

"干！"武承嗣举起酒樽与武三思重重地碰了一下，而后双双一饮而尽。

"打铁要趁热，哥这就去找姑母。"武承嗣一饮而尽揩着嘴角说。

"那愚弟就等哥的好消息！告辞。"武三思说着起身告辞离去。

二

武承嗣来到紫微宫集仙殿见到武则天，先是恭贺一番，随后吞吞吐吐，别扭了老半天，才把要娶太平公主的意愿表达出来。本以为要挨武则天一顿训斥，毕竟太平公主才新死了丈夫，自己太过着急。可没想到，武则天只略做思考，便露出了笑容，且立刻让韦团儿去传太平公主来。

可武则天未料到，薛绍被杀后，太平公主不仅生活发生了重大变化，她的人生观也发生了重大改变。她不再是从前那个相夫教子小鸟依人的温柔女子，她变得生活奢靡，情感放荡不羁，甚至玩世不恭；她变得不再相信武则天是爱她的，她悟出一个道理最爱自己的人是自己，能爱自己的是权力。

这个时候的太平公主已在洛阳城的娱乐圈结识了一大帮狐朋狗友，其中一个叫张昌宗的英俊少年，人称六郎，十分得她欢心，成为她的男宠。

张昌宗，年十六，吹得一管好笛；前宰相张行成侄孙，年轻英俊，通音律，一口笛声悠扬如天籁，让人魂牵梦萦。而太平公主又正需要疗伤，张昌宗的出现，对于太平公主而言就如一剂美妙的良药。

韦团儿去了好些时候，也没能等到太平公主回府，于是只好留下话自顾打道回宫向武则天复命。

武则天等了一夜不见太平公主来，只好第二天再派韦团儿去。可太平公主府上的佣人说太平公主一夜未归。

韦团儿一听立刻训斥道："你们这些狗奴才，公主一夜未归，尔等还不快去找？若是公主有什么闪失，尔等担待得起吗？"

韦团儿话音落下，就听见一个声音接过话茬儿说："谁在本公主这吆三喝四撒野？"

此人不是别人，正是太平公主。

与太平公主一同回来的还有张昌宗。韦团儿见是太平公主，立刻低声下气给太平公主施礼。

"韦团儿不敢，韦团儿是担心公主……"

"汝来做什么？"太平公主的酒还没有完全醒，但她还是认得眼前的人是母后屋里的婢女。

"陛下昨儿就叫奴婢过来请公主……"韦团儿连忙解释。

"知道了，汝去吧，待本公主睡上一觉再过去见母后……"太平公主说完与张昌宗互相搀扶着走进寝室，而后一头倒下大睡。

韦团儿一看无奈，又只能打道回宫复命，但她的心却寻思开了。又空手回去，肯定要被武则天训责一番。训责事小，让武则天看轻自己无能事大。

武则天最不喜欢的两类人，一类是反对她的人，另一类是无能之辈。一直以来自己都在和婉儿比能力，武则天也一直拿自己比婉儿，如果连传唤个人都办不好，这岂不是逼着武则天重视婉儿吗？好不容易才有的机会，婉儿这几日生病在家休养，给了自己施展才华的机会。

不行，无论如何不能就这么回去，可不回去又能如何，太平公主这一觉恐怕要睡到下午去。

韦团儿想炸了脑袋也没能想出办法，只能灰溜溜回去复命。

"奴婢无能！"韦团儿见到武则天"扑通"一声就跪下。

"怎么回事？"武则天有些诧异，又有些不解。

"公主说要睡醒了再来，奴婢不敢造次。"

两次传唤太平公主不来，武则天面色立刻不快。

"你真是不及婉儿的万分之一，传个人都办不好！滚！"武则天把对公主的不满迁怒于韦团儿。

治国先治家，家无以治何以治国！这是武则天的一贯理念，自己才称帝，亲生女儿就与自己抬杠，若是传扬出去，自己的帝王威信岂不大失？武则天想到这，便再也容忍不下去。

"传婉儿去，就是抬也要把公主给朕抬来！"武则天气道。

"遵命！"溪儿丢下手中的活儿，转身就要去找婉儿。

"等等……"武则天忽又叫住溪儿。

"陛下还有何吩咐？"溪儿连忙回转身。

"婉儿这几日好像躲着朕，她不在朕眼皮子底下的时候都忙什么呢？"武则天问道。

"回陛下，多半在园子里采花。"溪儿毕恭毕敬回道。

"采花？何用？"武则天好奇。

"说是捣弄花泥，用来养皮肤什么的。"溪儿回道。

武则天听了心里骂道："这个死妮子，倔驴，寡人倒是离不开她了，她倒好，逍遥自在也不管朕。"

"陛下，奴婢可以去了吗？"溪儿见武则天木讷在那便问道。

"去吧！"武则天朝溪儿挥了挥手，便自顾去批阅奏折。

三

太平公主睡得正香，睡梦中忽然听得有人喊失火了，她努力挣扎，醒来听见院子里乱哄哄的一群人在喊"失火了，失火了……"

她一个翻身跳起，就往外跑。

"哪失火了？好好的怎么就失火了？"太平公主冲到院子里问。

"你后院失火了！"婉儿冷不丁回道。

太平公主揉揉眼，果然是婉儿。

"婉儿，你怎么在这？"太平公主有些蒙。

"武承嗣要娶你，算不算后院失火？"婉儿近前附着她耳根说。

"什么？你再说一遍！"太平公主不敢相信自己的耳朵。

"武承嗣要娶你，陛下已三诏公主，请公主即刻随婉儿去面见陛下。"婉儿一字一眼地说。

"他癞蛤蟆想吃天鹅肉，告诉母皇，要本公主嫁他，除非本公主死了！"太平公主一听气得眼珠子都暴跳出来。

"人家可是撂下话，要三千宠爱在一身，原配是杀是休公主说了算。"婉儿将武承嗣的话传与太平公主。

"去你的，人家火烧眉毛，你还一旁说风凉话，信不信我鼓动母后把你赐给他。"太平公主骂道。

"人家要娶的是公主，其他人怕是想嫁都不能啊。"婉儿再笑道。

"你不得好死上官婉儿！看本公主先修理了你！"太平公主说着跳过去抓打婉儿。

"我求饶，我求饶还不成。"婉儿连忙笑着讨饶。

"快说，有什么好法子对付过去。"太平公主放开婉儿问。

"公主怎知婉儿有法子？"婉儿说。

"没法子，你能有心思打趣本公主？"太平公主说。

"哇哇，不愧为女诸葛，什么都瞒不过公主！"婉儿佩服道。

"快说，有何妙计。"太平公主问。

"就三个字，悦陛下。"婉儿说道。

"母皇杀吾驸马，还让本公主如何取悦她！"太平公主一提起武则天就一脸怒气。

她恨武则天为一己之私杀死她的夫君薛绍，害她年纪轻轻就成为寡妇，两个孩子也失去父亲。

"唉，做不到就只有嫁武承嗣了！"婉儿叹道。

"嫁他还不如去死，贼眉鼠眼的看一眼够人死一百回！何况他是害死驸马的元凶，没有他弄什么破石头，本公主的驸马就不会死。"太平公主气不打一处来。

"不想嫁，就要顺着陛下的毛儿捋，否则纵有千般计谋也是枉然。"婉儿说。

"顺着捋？那岂不是要答应？婉儿，你这是什么混账计谋！"太平公主气恼道。

"非也！"婉儿说着上前与公主耳语一番，把武承嗣染有梅毒的秘史告诉太平公主，太平公主一听脸上浮出笑容，可旋即又更愁了。

"万一母皇非逼着嫁，本公主岂不死定了？"公主一脸愁容。

"所以说嘛，公主得好好取悦陛下！不能再与陛下怄气了！"婉儿说。

"明白了，本公主一定让母皇心花怒放！"太平公主说着冲张昌宗诡异一笑。

四

"母皇……母皇——"太平公主一路嚷着进迎仙宫。

"你还懂得有吾这个母皇呀！"武则天嗔怪道。

"冤枉呀！女儿心里时刻都想着母皇呢！"太平公主说着像乖巧的小猫滚进武则天怀里。

"是吗，那你说说都是怎么想的。"武则天笑说。

"女儿为母皇寻得一样天地间的灵物，这算不算？"太平公主说。

"哦？那快让朕瞧瞧。"武则天随口答道。

武则天话音落下，就见太平公主连击三掌，接着一辆彩车缓缓驶进宫殿，还没等武则天反应过来，悠扬的笛声响起。

优美的笛声如潺潺流水，时而高亢，时而山泉浅流，时而空旷悠远如天籁，武则天听着，那颗苍老的心旋即被激活，她瞬间觉得自己回到了年轻时代。

"好听，真好听！"武则天已忘却自己是帝王。

她朝着彩车走去却被太平公主拉住。

"母皇，别急！再看。"

太平公主话音落下，就见彩车布帘被风吹得飘飘而起，接着一个美妙少年横一管玉笛，从彩车中飘飘而落，仿佛天上降落的神仙。

他吹着玉笛慢移轻步来到武则天面前。

"草民拜见陛下！"美少年忽然收起笛子跪拜在武则天脚下。

"快起来，快起来。"武则天连忙搀扶起美少年。

"你叫什么名字？是谁家的孩子，怎么吹得这么好听！"武则天乐开了花，一连问了几个问题。

"回陛下，草民叫张昌宗，前朝宰相张行成侄孙，排行第六，人称六郎。"张昌宗小心翼翼地回答。

"难怪，难怪，名将门下无犬子。"武则天乐得合不拢嘴。

"六郎？奇怪了，朕忽然觉着六郎这个字眼咋就像诗一样的好听呢。"武则天笑着仿佛在细细品味着。

"同一件衣裳，穿的人不同，效果自然不同。"太平公主笑说。

"有道理，就好比一盆花，栽在不同的花盆里，摆放在不同的地方，那效果都是不一样的。"婉儿说。

"天下事物无不如此啊！"武则天感叹。

"婉儿，你带六郎领赏去，朕与太平有些话要说。"武则天还是不忘太平公主的终身大事。

"让朕瞧瞧，咋又瘦了！"武则天撩开太平公主额前的发丝说。

"母皇，儿臣过得好着呢。"太平公主说。

"好不好，为娘的最清楚。"武则天说着就叹了一气。

"朕欠太平的，朕还太平一个驸马好吗？"武则天适时抛出话题。

"儿臣不要，儿臣觉得现在挺好的。"太平公主说。

"女人终归是要有个守护你的男人。"武则天说。

"儿臣不要，即使要那也要太平自己选。"太平公主说。

"自古婚姻大事都是父母之命媒妁之言，何况你是帝王家的孩子。"武则天态度强硬起来。

"母皇若一定要太平嫁给武承嗣，太平还不如死了好。"太平公主不想与武则天兜圈圈，干脆自己挑明了。

"放肆！越来越不知轻重，武承嗣哪里不好？他聪明又有抱负，比你那个薛绍强，将来……"武则天还是把后一句话给打住了。

"将来怎么着？难不成将来他要继承我们李家的江山？"太平公主惊骇。

"那又未尝不可！"武则天停了停仰起头说。

"虎毒不食子，母皇！您身边就剩四哥了！"太平公主的眼眶立刻噙满泪水。

"放肆，有你这样与母皇说话的吗？"武则天喝道。

但武则天立刻又赔笑道："武承嗣虽说外貌丑了些，但还是很能干的，将来他若是继承了武周，汝不就是皇后吗？"

"谢母皇！儿臣自知命薄福浅，消受不起！恕儿臣不敢从命！"太平公主说着起身欲离去。

"站住，生在帝王家，婚姻从来都是政治交易，你嫁也得嫁，不嫁也得嫁！"武则天强硬起来。

"哼，他就是当了皇帝女儿也不嫁！驸马薛绍死了，儿臣的心亦死了，母皇一定要儿臣嫁就像打死薛绍一样打死儿臣吧！"太平公主撂下话甩袖而去，把个武则天气得发抖。

"你！你给朕回来！……"武则天追出去喊道。

可太平公主正在气头上，哪里肯回，哭着一溜烟跑出了宫。

武则天哪里受过这样的气，一口怒气涌上心头，她立刻感到胸口憋闷，锁骨堵得疼，气也喘不过来。

"陛下，陛下……快传太医。"婉儿见武则天脸色不好立刻叫传太医。

"不必，是给气的，帮寡人揉揉就好了。"武则天说。

"这孩子越来越不像话了，小时候她多乖顺！"武则天喘过气说。

"陛下，依婉儿看公主还是原来的公主……"婉儿斟酌着说。

"汝是说是朕变得不通情理了？"武则天立刻沉下脸。

"非也，陛下亦是原来的陛下，只是陛下过分担忧公主罢了。"婉儿说。

"可她就一点不理解朕这颗做母亲的心！"武则天叹气。

"陛下，公主正是因为理解才不从的。"婉儿一边为武则天揉一边说。

"此话怎讲？你都知道些什么？"武则天立刻面色不快。

婉儿又犹豫再三，而后只顾叹气。

"快说，恕你无罪。"武则天说。

"公主她还那么年轻，她希望找个健健康康的能陪她到老的驸马，不让陛下再为她忧心。"婉儿慢悠悠说道。

"难道承嗣有疾？"武则天惊骇。

"这已不是秘密。"婉儿说。

"胡说，朕不信，一定是你和太平串通好的！你六岁就做了公主的书童，你们两小无猜，无话不说，无事不谋，别以为寡人是睁眼瞎！"武则天斥道。

"婉儿不敢！陛下传沈太医问问不就水落石出了？"婉儿说。

"哼，估计沈南珍已被你们拉下水了！"武则天说。

"陛下高抬了，婉儿说到底充其量是陛下的一个上脸的女婢，哪里就能使唤动沈太医呢？"婉儿委屈道。

"也罢，此事重大，公主是寡人的心头肉，寡人自会查证，若有半点不实，寡人拿你是问。"武则天训道。

"婉儿可用性命担保！绝无半点不实！"婉儿扑通跪下说。

"去，传沈南珍。"武则天说。

"遵命！"婉儿说着转身而去。

"回来。"武则天忽又叫住婉儿。

"算了，朕已经伤过太平一次，不能再伤她了，为了太平的幸福，朕宁可信其有不可信其无！"武则天思虑再三，终于松口了。

婉儿舒了一口气，武则天的天平终归倾向了儿女情。

"但驸马必须是武姓，这是寡人的底线。"武则天说完起身，那架势不容商量。

"恭喜公主！"婉儿去向太平公主报喜。

"喜从何来？本公主的驸马必须姓张。"太平公主抱怨道。

"各退一步吧，闹僵了再冒出个武三思来，公主岂不没了退路？"婉儿劝道。

"好吧，那婉儿说选谁？"太平公主想想也是。

"还记得上次打马球，公主的马受惊，有一个青年男俊奋不顾身冲上去死死拽住马尾吗？"婉儿说。

"记得，飞出的球又正巧砸着了他，此人还有几分英俊，所以本公主多看了他一眼。"太平公主说。

"他叫武攸暨，人厚道，没有许多花花肠子，美中不足的是他已婚配，且夫妻恩爱，不然……"婉儿说。

"替本公主回母皇就他了！"太平公主说着已跳上套好的马车，又去找张昌宗疯去。

"不成啊，他有妻室，你当情何以堪？"婉儿喊道。

"哈哈，有妻室最好，看母皇如何处置，处置不了就不是本公主的事了，哈哈哈……"太平公主说完，驾一声抽动马鞭，马儿呼啸而去。

第六十六章　大厦将倾皇室尽
三顾茅庐请太平

一

待婉儿赶到，故太子李贤长子李光顺已被武承嗣活活鞭杀。婉儿望着李光顺的尸体失声痛哭。

武则天登基后，武承嗣权倾朝野，他勾结周兴、来俊臣、丘神勣、索元礼四大酷吏，罗织罪名大肆诛杀李唐宗室诸王子孙。短短半年时光，先后诛杀了唐高宗季子（随州刺史）李上金，唐高宗与萧淑妃子许王素节，及素节的九个儿子，接着又诛杀了南安郡王颖等宗室十二人。

今天又将已故太子李贤的长子李光顺活活鞭杀。

李唐宗室已殆尽，接下来就剩被贬的庐陵王李显和嗣子李旦了。

李旦绝对不能有事，否则江山铁定是武承嗣的了！可朝堂上已没有敢为李唐说话的大臣，忠于李唐的大臣非死即贬，如此下去，李旦嗣子必定不保！

婉儿愁得一夜长出了白发。唯有说服太平公主与自己联手对抗武承嗣方能保住李旦！

想到这，婉儿起床整装。

"又要去哪？三更半夜的！"郑氏叹着气问。

"娘，我睡不着，必须去说服太平公主，不然大唐万劫不复！"婉儿说。

"昨才找过她，不是吃了闭门羹吗？人家现在嫁的丈夫姓武，兴许早把李姓忘了。"郑氏说。

"正因为这样，就更要把她拉回来！"婉儿说。

太平公主，乃武则天与唐高宗李治之女，与已故驸马薛绍育有二子。垂拱四年李贞案改变了她的人生轨迹，薛绍受牵连被杖杀，她性情大变，即使嫁了武攸暨，情感依然放荡不羁，最近还与婉儿越来越疏远，昨日居然让婉儿吃了闭门羹。

"此太平公主非彼太平公主了！"郑氏接着说。

"听娘一句，管不了的就不管，放下吧，瞧你，又瘦了许多！"郑氏心疼道。

"眼下奸佞当道，太后英明蒙尘，庐陵王流放房州，嗣子危在旦夕，李唐宗庙不保，婉儿如何能放下！"婉儿哀哀说道。

"天要下雨娘要嫁人，李唐气数已尽，汝一个小女子又能奈何？娘不想你落得与你爷爷父亲一样，被抛尸荒野。"郑氏提高了声音，显然有怨气。

"娘，对不起，女儿总是让娘担惊受怕。"婉儿连忙对母亲赔不是，且从内心感到深深的愧疚。

母亲没有一日不担心自己的安危，可是自古忠孝难两全，忠大于孝，婉儿只能委屈母亲。

"江山姓李姓武都是他们的事，我们何必皇帝不急太监急！"郑氏继续劝道。

"娘，非也！武承嗣惨无人道，江山一旦落入他手，忠良残死，奸佞当道，国将不国，外寇必定乘虚而入，那时苦的是百姓啊！"婉儿说。

"可你一个小女子又能奈何？螳臂当车罢了！"郑氏说。

"就算是螳臂当车，但求无愧一生！不然死不瞑目！我想，当年爷爷亦是如此！"婉儿拉住母亲的手，话语意味深远。

郑氏无语，她还能说什么？再说了，又有哪一次能说服她呢！

"唉，娘不拦了，拦也拦不住。大道理娘懂，可你是娘身上掉下来的肉，娘心疼！瞧，才多大，白发都有了！"郑氏抹着泪为婉儿拿披风。

郑氏又抹着泪替婉儿拉开门闩，婉儿一步三回头出了院门上了马车，正要抽着马儿往前跑时，就见迎面来了一驾马车……

借着月光，婉儿辨认出是公主的马车。

　　难道是公主？婉儿心里正这样想着，就见马车上跳下一位男子，婉儿定睛细看，发现原来是女扮男装的公主。婉儿大喜。

　　公主做了一个别出声的手势，然后飘进院子……

二

　　"公主！"婉儿上前紧紧拥抱住公主。

　　"出大事了！武承嗣与周兴勾结，要动四哥了！"太平公主压低声音说。

　　"进内屋说。"婉儿道。

　　进到内屋，太平公主迫不及待地把眼线得到的情报一一和盘托出。

　　原来，武承嗣与周兴喝酒密谋离开后，周兴去了青楼。他为了博小红姑娘的青睐，吹嘘自己很快就要做宰相，小红姑娘是太平公主的眼线，她三下五除二诱周兴说出实情。

　　"吾正为此事要去找公主呢。"婉儿说。

　　"哦？难道你也知道了？"太平公主惊讶。

　　"有人用箭把字条射进我的院子。"婉儿说着把字条拿给公主看。

　　"此人已不止一次用这样的方式给我报过信。"婉儿说。

　　"好！看来我大唐气数未尽！"太平公主兴奋道。

　　"大唐根基深厚，贞观二十三年，天皇仁治三十四年，岂能说塌就塌！"婉儿说。

　　"只要民心向唐就不怕！皇爷爷说过，水为民，可利舟亦可覆舟。"太平公主说。

　　"原来公主是忍辱负重！请受婉儿一拜！"婉儿说着便要行大礼。

　　"不，该受此礼的人是婉儿，婉儿为了我们李家的江山，何止是忍辱负重，是把生死置之度外啊！"太平公主拉着婉儿的手很是感动。

　　"是婉儿应尽的本分，也是为了天下黎民百姓！"婉儿说。

　　"巾帼不让须眉，就这一点，令多少七尺男儿尽失颜。"公主说。

　　"公主过奖了，婉儿惭愧！公主才是巾帼不让须眉呢！"婉儿说。

　　婉儿话音落下，太平公主不觉为自己是女流叹了一声。

"婉儿可有良策救四哥？"太平公主问。

"已经被逼到墙角了，只能绝地反击烧烧他们的屁股。"婉儿果断道。

"与本公主不谋而合！是该烧烧他们的屁股了。"太平公主说。

"一直以来我们都是被动地疲于救火，结果是火越烧越旺，而他们呢，贪赃枉法无恶不作，反倒逍遥自在。"婉儿说。

"那就先告他们贪赃枉法。"太平公主说。

"贪赃枉法罪名太轻，怕是只能给他们瘙痒，要告就告他们谋反！"婉儿说。

"告他们谋反就怕母皇不信。"太平公主担心道。

"吾想过了，先拿丘神勣开刀，他手握重兵，陛下本就生疑手握重兵者，一旦有人告，陛下会宁可信其有。"婉儿分析道。

"可眼下火烧眉毛的是要救四哥，周兴必须先拿下。"公主说。

"周兴与丘神勣狼狈为奸，谁都知道他们好得如一个人。周兴所做坏事八成有丘神勣，丘神勣所做坏事八成有周兴，所以拿下丘神勣不愁拔出萝卜带不出泥。"婉儿说。

"此计虽好，就怕武承嗣不会给我们时间。"太平公主叹道。

"这倒是！"婉儿说着进入深思。

"我已收集了不少丘神勣的罪证，明天就联络大臣弹劾他。我们先走一步看一步。"婉儿接着说。

"若母皇庇护，又该如何？"太平公主提出疑虑。

"婉儿以为庇护的可能性偏小。"婉儿说。

"何以见得？"太平公主问。

"听说了徐有功的故事吗？"婉儿问。

"听说了，他为捍卫法度，公然顶撞母皇。"公主回道。

"可陛下不但没杀他，还大加赞赏，公主说这是为何？"婉儿问。

"为何？本公主一直纳闷呢，按母皇的脾气，徐有功死几回都不够。"太平公主说。

"陛下英明，陛下树立徐有功这样的标杆，绝非偶然而是有意图，吾观陛下已有除恶扬善之心！"婉儿说。

"如是就好！这才是英明的母皇！恶狗该烹了！"太平公主重重地舒了一

口气。

　　"既如此，本公主连夜飞鸽传书，令各路狐朋狗友一齐告发，先撕开丘神勣这个口子，其余的走一步看一步！"太平公主最终赞同了婉儿的方案。

　　"不成功则成仁！"婉儿目光坚毅，紧紧握住公主的手。

第六十七章　宝刀出鞘斩酷吏
不动声色揭恶行

那日，婉儿拿着一叠告密信，神色慌张。

"婉儿，何事慌张？"武则天见了问。

"回陛下，婉儿不好说！"

"何事不好说？快说！"武则天道。

"陛下还是自己看吧，婉儿怕担嫌隙。"婉儿将告密信和弹劾丘神勣谋反的奏折一股脑都呈给武则天。

丘神勣，以门荫入仕，武则天临朝他深受倚重，擢左金吾卫大将军，为周朝四大酷吏之一，构陷忠良、贪赃枉法无恶不作。垂拱四年（688），他任清平道大总管讨伐李冲，可李冲未等朝兵到已兵败身亡，丘神勣一看无功可获，便挥刀将迎接他的博州官吏全部斩杀，祸及千余家，且以此报功擢左金吾卫大将军，从此重兵在握。

"丘神勣谋反？！"武则天接过告密信，看着看着突然扑哧一声笑了起来。

"陛下为何发笑？"婉儿有些纳闷。

"丘神勣他就是朕养的一条会咬人的狗，说他贪赃枉法朕信，可谋反，他没那个胆！"武则天笑着说。

武则天说完怪异地看了一眼婉儿，心想，婉儿你该落井下石了吧。

可婉儿却淡淡一笑说道："婉儿亦以为丘神勣不反。"

"哦？为何？"武则天大为诧异。在武则天看来婉儿必报当年他逼杀废太子李贤一箭之仇。

光宅元年（684），丘神勣奉命前往巴州监视废太子李贤，到达巴州丘神勣妄揣太后懿旨逼杀李贤。为这事婉儿大闹公堂要求惩治丘神勣，武则天无

412

奈只得做个样子将丘神勣贬为叠州刺史，可不久就回京官复原职。婉儿对此明理没说，可心里恨毒了丘神勣，武则天是看在眼里的。

"他官拜左金吾卫大将军，手握重兵，陛下对他深信不疑宠爱有加，满朝文武无不畏之，他为何还要反？难不成他人心不足蛇吞象？"婉儿表面上是替丘神勣说话，可字里行间都在提醒武则天，他丘神勣手握重兵，人心不足蛇吞象等刺激的字眼。

"汝这是在讥讽寡人吗？"武则天沉色道。

"婉儿不敢！"婉儿说。

"还有你婉儿不敢的？说吧，你都知道些什么。"武则天冷冷道。

"陛下，婉儿还是回避的好，免得陛下说我公报私仇。"婉儿婉言拒绝道。

"再矫情，信不信，寡人……寡人掐死汝！"武则天急眼似的。

"婉儿不敢，那婉儿就实话实说了？"

"快说！"武则天道。

"大街小巷都在传，这厮府邸每天都门庭若市车水马龙，逢年过节买官送礼的，排着长龙队等他召唤。他母亲六十大寿，送礼的车马直排到了街市上，把道路都给堵了，有百姓笑曰，比秦始皇的排场还大。"婉儿如实地把丘神勣的贪赃枉法行径抖了出来。

"这些朕亦有所闻，那厮是张狂了些。"武则天说。

"陛下只道是张狂那么简单？"婉儿说。

武则天不答，她看一眼婉儿，须臾说："寡人还是那句话，他贪赃枉法是真，反未必实。"

"陛下！您曾经说过，反者必贪！"婉儿提醒道。

婉儿的话深深触动着武则天，欲望是罪恶的根源，为了欲望自己何尝不是用尽手段，不惜杀子灭亲，我武媚娘为了至高无上的皇权可以不惜代价不择手段，他丘神勣难道就不会吗？

武则天想到这，对丘神勣的信任难免有些动摇。

"他丘神勣还想要什么？该给的寡人给了，不该给的寡人也给了。"武则天说。

"人心不足蛇吞象，古人云害人之心不可有，防人之心不可无，他可是手握重兵的人。"婉儿说。

武则天无语。"他可是手握重兵的人"像一把重锤砸在武则天的心头。

"就怕哪天触及到他的利益,狗急跳墙……"婉儿看已经触动了武则天便继续劝谏。

"陛下,丘神勣手握重兵,宁可信其有不可信其无啊!"婉儿继续道。

"陛下实在不信,就把案子交由周兴审,周兴与他情同手足,肯定不会冤枉他,倘若是空穴来风,那也好还他一个清白。"婉儿见武则天犹豫不决便提出由周兴审。

武则天一听,不知是计,倒觉得建议不错。其一,周兴绝对忠于自己,不会因为丘神勣而背叛自己。其二,周兴是丘神勣的拜把兄弟,他也绝不会冤枉丘神勣,就让周兴审审无妨,也省得自己心里七上八下地放心不下。

"也好,案子就交由周兴审。"武则天思虑后说。

"陛下英明!"婉儿的心旋即跳得厉害,心中暗自庆幸武则天终于松口了。

可婉儿才转身武则天就反悔了。

"案子还是压一压吧,事关重大。"武则天说。

婉儿一听,暗暗叫苦,武则天祖护丘神勣到这种地步,婉儿始料不及。

"陛下,丘神勣买官卖官桩桩件件都铁证如山!"婉儿说。

武则天不语,须臾摆摆手让婉儿走,说让她清静一下。

"陛下可听过送礼歌?"婉儿不甘心功亏一篑。

"送礼还有歌?"武则天很是好奇。

"不仅有,而且妇孺皆知。"婉儿说。

"说来听听。"须臾武则天叹着气说。

"早上闭门做君子,下午瞅着门缝做探子,晚上赶着马车送金子。"婉儿把送礼歌学与武则天听。

"当真?不是你婉儿编出来的?"武则天道。

"百闻不如一见,是真是假今夜一探便知!"婉儿说。

"好!朕成日闷在宫里也闷得乏了,今夜寡人就亲自探探他的龙潭虎穴!"武则天略略思索便欣然同意。

"陛下英明!"婉儿再次松下一口气。

第六十八章 随驾乔装探虎穴
不负苦心擒国贼

是夜，武则天与婉儿乔装成一对布衣母女，悄然出发。

远远的武则天就听见丘神勣的府邸乐声不绝于耳。

"果然热闹非凡啊！"武则天叹一声说。

丘神勣的府邸，坐落于洛阳西门，坐地千亩，气派非凡不亚皇宫，戏台可容下百匹马奔跑。这是他的嗜好，他喜欢看美女骑在马上在戏台上奔跑，不停地呼喊救命，然后他就英雄救美，将女子救下纳入房中。

武则天与婉儿乔装悄悄来到府巷，婉儿给武则天介绍着。武则天一看，果然五百米长巷停满了马车。

"婉儿，这些人都是来买官的吗？"武则天问。

"不敢说都是，但其中一定有买官者。"婉儿回道。

"婉儿，带钱了吗？"武则天问。

"陛下可是要买官？"婉儿问。

"正是。"

"婉儿只带了些碎银，怕是门都进不了。"

"汝这只金钗可买到几品官？"武则天拔下婉儿头上的金钗。

"试一试便知。"婉儿说。

"去，把那个路人叫来，让他进去试试。"武则天指了指不远处正匆忙赶路的男子对婉儿说。

"遵命。"婉儿立刻把那男子叫了过来。

"朕……"武则天对路人说，可话一出口便想到不对，赶紧打住。

"我娘姓郑……"婉儿急忙打圆场。

"对，姓郑，吾叫郑夫人，想替儿子买个官，可你看，我等都是女流，不方便进去，驾车的又是个哑巴，所以想劳烦小哥拿这只祖传的金钗进去问问可买个几品官。"武则天和声对那男子说。

"不会让您白跑的，有酬劳。"婉儿忙掏出碎银塞给男子。

男子看了看金钗，又看了看酬银，摇头劝道：

"一只金钗想买官？只能去讨顿打，两位还是另找他人吧，小的可上有老母下有小儿，不想为了几个碎银被打断腿或胳膊什么的，告辞！"男子说完拂袖而去。

男子的一番话，武则天听得瞠目结舌。

"先生，汝未去又怎知结果呢？"婉儿追上去央求那男子。

"劝尔等回吧！这是全京城人都知道的事，估计尔等是外地来的吧！"男子说着头也不回地走了。

武则天立在那好半天说不出话。

"回宫，立刻拿下！"武则天大怒道。

婉儿重重地舒了一口气，这个恶贯满盈杀人不眨眼的恶魔终于有今天！光宅元年（684），他逼死章怀太子李贤；垂拱四年（688年），他任清平道大总管讨伐李冲，可李冲未等朝廷大兵到达已兵败身亡，丘神勣一看无功可获，便挥刀将穿着白色孝服来迎接他的博州官吏全部斩杀，祸及千余家，并因此报功擢升左金吾卫大将军。

第六十九章 暗流奔涌黑夜沉
死灰复燃不乐观

"本公主得到密报，周兴在为那厮四处奔走呢，可别煮熟的鸭子飞了。"太平公主借去看望武则天时寻机提醒婉儿。

"据报，那厮在狱中照样每日好酒好肉。"婉儿说。

"周兴果然怕丘神勣咬出他来。"公主说。

"那我们就来个釜底抽薪逼丘神勣咬。"婉儿说。

"如何个逼法，他可是牛头阿婆，狡猾着呢，不好对付。"太平公主皱起眉头。

"先敲打周兴，逼他自保，这样一来他们之间的同盟就会不攻自破。"婉儿说。

"就怕周兴不上当，他可是千年的狐狸。"太平公主说。

"他是千年的狐狸，我们就是千年的猎人。"婉儿一笑道。

"看来婉儿是胸有成竹了！"太平公主看婉儿那表情知道婉儿是有办法了。

"若有陛下的圣旨去敲打周兴，周兴必定上当。"婉儿说。

"这个难办，本公主不好直接插手。"公主感到为难。

"婉儿明白，公主只管把陛下哄开心了，我见机行事。"

"成，看本公主的。"太平公主说完朝武则天的御花园走去。

"母皇……母皇……"太平公主一路嚷着。

武则天正在御花园喂养她的鹰。

"瞧你，都是三个孩子的娘了，还跟没长大似的，大呼小叫地没个样。"武则天笑笑说。

"母皇，儿臣生来就是这个样子的嘛！"公主撒娇道。

"说吧，找母皇何事。"武则天一边说一边把一只活鸡扔进鹰笼。

"母皇这是变相骂儿臣不孝了，儿臣冤枉，儿臣是专门来看望母皇的。"太平公主说着接过婢女端来的水递给武则天洗手。

"是吗？"

"是的，不信问婉儿。"太平公主嬉皮笑脸指着跟过来的婉儿。

"问她还不如不问，她与你同穿一条裤子。"武则天笑说。

可武则天话音落下，婉儿立刻跪下双手伏地行大礼。口中山呼："谢陛下隆恩！"

武则天与太平公主面面相觑，有些丈二和尚摸不着头脑，"汝这是？"

"陛下说婉儿与公主同穿一条裤子，就是说婉儿也是您的女儿了！"婉儿解释道。

"这……这是哪跟哪？"武则天好气又好笑。

"君无戏言，从今往后婉儿就是本公主的妹妹，本公主就是婉儿的姐姐，谁敢欺负婉儿就是欺负本公主。"太平公主笑说。

"婉儿是寡人的左膀右臂，打狗还得看主人，谁敢欺负她，你这叫杞人忧天！"武则天戳了一下太平公主的额头。

"谁说没人欺负她？她是宰相肚里能撑船从来不与人计较而已……"太平公主说。

"哦？哪个狗胆包天的，告诉寡人。"武则天半玩笑道。

"谢陛下，说来也算不得欺负，只是公主心疼婉儿，看不得婉儿受半点委屈，其实人活着哪有不委屈的时候。"婉儿说。

武则天看看婉儿，心想你们俩一唱一和定有事。

"说吧，到底什么事。"武则天收起笑。

"真的没什么，只是昨日婉儿奉陛下口谕去监案，却被周兴挡了回来，他说他向来只信陛下手谕。"婉儿说。

"嗯，这个周兴倒是唯寡人马首是瞻，这的确算不上欺负。"武则天又乐了。

"可出来时，吾听到树下两个小吏在议论，说只要有周兴，丘神勣即使到了地狱也能大鱼大肉。"婉儿话锋一转。

武则天旋即收起笑容。"这么说，丘神勣在狱中是特殊待遇了?"武则天思索着。

"也只是听说，耳听为虚眼见为实。"婉儿说。

"你既听到了，为何不进去亲眼瞧瞧。"武则天说。

"没有陛下的圣旨，婉儿进不了。"婉儿说。

"走，寡人亲自去瞧瞧他丘神勣在狱中是不是还用金樽喝酒，比寡人还气派!"武则天说着就要起驾。

"母皇，儿臣才来，屁股还没坐下呢……"太平公主一边拉住武则天撒娇，一边给婉儿使眼色。

"朕有事，你就先回去吧。"武则天说。

"太平不回，太平要在这等母皇回来。"太平公主一屁股坐下摆出不走的样子。

"要不，换个时间去? 公主也难得来。"婉儿说。

婉儿其实也想到了，昨天很可能已经打草惊蛇，陛下这会儿去未必能看到真相。

"好，就依朕的宝贝女儿，换个时间去。"武则天心想公主一定有事。

"太平，跟母皇说实话，今天是怎么啦? 是不是和驸马闹别扭了?"武则天拉着太平公主的手问。

"他，三棍子打不出一个响屁，能闹什么别扭。"太平公主说。

"那就是被那个六郎气的?"武则天故意提及张昌宗。

"母皇还记得他?"太平公主说。

"他的笛子吹得真好听。"武则天说。

"母皇是喜欢了?"太平公主附在武则天耳边悄声问。

"朕老了，已经没什么喜欢不喜欢之说，不过倒是想再听他吹上一曲。"武则天笑道。

"儿臣知道了，母皇就等好消息吧!"太平公主说着一阵风似的跑走了。

武则天还没回过神，太平公主已一溜烟跑没影了。

"她就这么走了?"武则天问婉儿。

"估计已出宫门了。"婉儿笑说。

"这孩子! 刚才还说不走了呢。什么时候才能长大，来是一阵风，去也一阵风。"武则天乐呵呵地叨叨。

"对了，刚才寡人说要去哪?"武则天回过神问婉儿。

"陛下说要亲自去瞧瞧丘神勣在狱中是不是还用金樽喝酒。"婉儿说。

"对，这年纪大了真忘性，走。"武则天说去就要去。

可婉儿一想，不行，现在去不到饭点，怕逮不着反打草惊蛇。可又不好阻拦，正当婉儿为难之际，武承嗣求见，婉儿舒了一口气。

"瞧，又走不成了。"武则天说。

"断腿的螃蟹跑不了，晚上也许更能看到真相。"婉儿暗示武则天最好晚上去，这样还可能逮着与周兴共饮的场面。

但这是武则天最不愿意看到的，无论是丘神勣还是周兴，都是她要呵护的人。

武则天沉思片刻，最后决定传周兴来问问。婉儿心下惊，但也只得领命而去。

婉儿与武承嗣擦肩而过，彼此礼节性地点了点头，但心中各自思量开来。武承嗣心想丘神勣有今天拜你婉儿所赐。婉儿心想，是来为丘神勣当说客的吧，看来这事还真不容乐观。

第七十章 敲山震虎逼周兴
打草惊蛇自投网

一

夜长梦多，婉儿决定对周兴敲山震虎。

婉儿有意向周兴透露，武则天已知晓丘神勣在狱中大鱼大肉的事，周兴听了吓得腿一软差点跪下。

婉儿又把大臣们都在议论他怕丘神勣咬他的事透露给周兴。

"没影儿的事，我周兴怕那厮做甚？"周兴硬着头皮否认。

"有没有影儿不重要，重要的是陛下信不信。"婉儿怪怪地笑道。

周兴心虚害怕，突然给婉儿跪下道："请婉儿大人在陛下面前多多美言，周兴日后富贵定不忘婉儿大人的栽培！"

婉儿听罢故意哈哈哈大笑不止，笑罢说："周大人先过了自己眼前这关吧，给透个秘密，陛下倒是有心提携你替了那厮左金吾将军，但就怕东窗事发殃及池鱼啊！"

婉儿说完便扬长而去。周兴半喜半忧立在那，久久望住婉儿离去的背影。他完全明白婉儿话的含义，其实婉儿不敲打，他自己也是明白的。丘神勣是他的死穴，他处理不好就要跟着一起完蛋。

"请婉儿大人转告陛下，下官一定不辱使命！哪怕他是我亲爹，周兴也一定将他绳之以法！"周兴冲婉儿的背影发誓喊道。

此时的周兴其实是乱了方寸。毕竟那厮所做坏事一半有自己的份儿，那厮要挟自己日日顿顿好酒好菜伺候，不就是仗着自己与他是同一条绳子上的蚂蚱吗？不行，这厮得想办法了结他，而且越快越好。

只是，如何了结又能让自己全身而退呢？这是周兴当酷吏以来第一次遇上最麻头的事。

二

周兴成日惶惶不可终日，凭他的直觉，他越来越感觉到丘神勣是他的大限。

怎么办？"不行，我得去一趟监狱。"睡梦中惊醒的周兴，跳下床披上衣服就要走。

"爷，你最近神不守舍的，是腻味妾了？准又相上哪个年轻漂亮的吧！"四姨太埋怨道。

"你说什么呢！我们家就要大祸临头了，你他妈还吃哪门子醋啊！"周兴冲四姨太发无名火。

"大祸临头？出什么事了？"四姨太跟着跳下床。

"说呀，出什么事了？"四姨太拽住周兴逼问。

"报应！不是不报是时还不到！"周兴答非所问，一边捶打自己。

"爷，你是不是中邪了？你这样子可要吓着妾了。"四姨太紧紧搂住周兴。

"丘神勣那厮出事了。"半天周兴哭丧着脸说。

"他出事与爷何干？"四姨太不解道。

"唉，那厮知道我太多事了，我若救不下他，他必定咬死我。"周兴说。

"爷，你平日的杀伐决断都哪去了？这不像爷！"四姨太说。

"夫人的意思？"周兴望着四姨太。

"这还用妾教你？"

"夫人有所不知，若是从前，我直接灭口就是，可他不同，他是陛下直接过问的案子，如果他突然不明不白地死了，陛下怪罪下来我吃不了得兜着走。"周兴说。

"爷就不会变通一下？"四姨太冷笑道。

"变通？怎个变通法？"周兴不解。

"畏罪自杀，或者死无查据。"四姨太说。

"妙！夫人若是男人，比老夫还狠。"周兴怔怔地望住四姨太，心里难免几分发毛。

"去你的，妾为你排忧，夫君倒拿妾取笑。"四姨太佯装生气。

"老实告诉我，你夫君到底是怎么死的？"周兴突然想起六年前的一桩悬案。

"呸，你不快去擦屁，倒要算老娘的旧账是何道理？"四姨太这下可是真生气了。

"夫君哪里是要清算夫人，夫君是想依样画葫芦。"周兴解释道。

"这还差不多！不过不可依样画葫芦，妾有一计……"四姨太说完附着周兴的耳朵悄悄耳语一番。

"妙！老夫这就去办。"周兴两眼放光，他似乎看见了突破口。

"人都说天下最毒妇人心！老夫今天见识了！"周兴一边不慌不忙地穿戴整齐一边打趣道。

"呸，不是妇人毒，是你变得心慈手软了。"四姨太说。

"老夫有吗？唉！毕竟与他兄弟一场，好像多多少少是有那么一点不忍。"周兴感叹。

"夫君又糊涂了，这种事情能仁慈吗？夫君能走到今天，靠得不就是一个狠字吗？"四姨太送周兴出门说道。

"夫人提点的极是，老夫差点犯大错。妇人回吧，等老夫的好消息。"周兴说着亲了一口四姨太。

周兴深夜直奔关押丘神勣的大牢。

三

夜深人静，周兴独自到监狱提审丘神勣。这回周兴换了一副态度，他解开丘神勣的枷锁好酒好菜款待一番后，便述说自己是如何如何地为他奔走，如何如何地说服了武则天，现在皇帝陛下感念他曾经的功劳，只要他认罪态度好，可以饶他不死，像上次一样贬刺史。

周兴话音落下，丘神勣哇的一声感动得哭将开了。他丝毫不怀疑这是个局。因为嗣圣元年（684），丘神勣受命去巴州监视废太子李贤，他却自作主张逼死李贤，弑杀皇子本该诛灭九族，可武则天只将他降两级官职贬去叠州任刺史，一年后回京官复原职。

"呜呜……就知道陛下不会忘记臣的！臣虽然……"丘神勣话没说完被周兴打断。

"喂，你哭什么哭？这样的事情能搞得沸沸扬扬吗？你也不替陛下想想，她有多难！"周兴连忙制止。

"你这厮，还嫌事不够大吗？"周兴环顾左右，气得踹了他一脚。

"是，是，老朽又糊涂了！谢陛下不杀之恩！拿笔来罪臣这就写悔过书。"丘神勣感激涕零，他一丝也不怀疑周兴在给他下套。

周兴听了暗喜，立刻拿出早已准备好的笔墨。

丘神勣一边吧嗒吧嗒掉着眼泪，一边按照周兴的授意写，可当周兴要他写谋反一事时，他猛然抬起头。

"谋反？谋反乃是死罪，这个罪臣不能写！"丘神勣丢下笔。

"成，那就写未反。"周兴说。

丘神勣一听满心欢喜，心想算你周兴还有点人味，于是拾起笔继续写悔过书。

悔过书写完，周兴换了一瓶酒。

周兴先给自己斟满一碗，再给丘神勣斟满一碗。

"来，为你重获自由干。"

周兴把酒送到嘴边，但没有喝，却偷眼看丘神勣喝。

丘神勣正要喝时忽然瞟了一眼周兴，他们目光相撞，周兴邪笑的眼神，令丘神勣顿然大惊失色。

"这酒有毒，老夫上当了。"丘神勣这样想着便把递到嘴边的酒放下。

"怎么不喝了？"周兴假惺惺地问道，心里却在骂，老狐狸。

"周大人没喝，罪臣不敢喝。"丘神勣说。

"你是怕酒里有毒吧！"周兴笑道。

"杀人灭口老夫不得不防。"丘神勣冷冷道。

周兴不辩解，他一仰脖咕嘟咕嘟喝干了碗里的酒。

"你呀，太伤老夫这颗心了！亏我还帮你跑上跑下。"周兴指着丘神勣，一副哭笑不得的样子。

丘神勣看周兴饮下，便放心一仰脖饮干，且狼吞虎咽周兴带来的美味佳肴。

周兴看着丘神勣狼吞虎咽地把那些酒菜吃下肚子，那阴毒的笑容渐渐浮现在脸上。丘神勣抬头一看周兴笑得如朵花一样，蓦然倒吸一口气。周兴外号牛头阿婆，当他不笑的时候，看上去虽然像牛头，但你会是安全的，当他笑容可掬像个慈眉善目的阿婆时，你死定了。

"你？这酒……难道……"丘神勣才说了几个字，发现自己的嗓子沙哑了。

"你——好——歹毒！"丘神勣忍着嗓子火烧般的疼骂道。

"骂吧，老夫也是没法子了！明哲保身希望你能理解。"周兴说。

周兴笑着拿出丘神勣写的悔过书，当着他的面将"未"字左边加上了日字，经过这样一改，"未反"就变成了"昧反"。丘神勣看了一跃而起朝周兴扑过去，周兴一闪，脸颊不慎被抓了一下。

周兴却不恼，笑容可掬地叫来衙狱将丘神勣押进水牢。

翌日，周兴去面见武则天，呈上丘神勣的悔过书。丘神勣的笔迹武则天认得，武则天沉吟许久，重重叹一声问道：

"周爱卿，汝意下如何处置？"

"杀之痛，不杀怕人人效仿。恃功谋逆罪大恶极，臣不敢徇私，陛下英明！"周兴振振有词，又字字句句都在煽风点火。

"婉儿，汝以为呢？"武则天又问一旁的婉儿。

"江山社稷与私情孰重？陛下英明！"婉儿回道。

武则天又重重地叹了一气，似还有些割舍不下。

"陛下是吾等的再造父母，不承想那厮不思报答，却恩将仇报，还口出狂言……"周兴看武则天犹豫，不得不再加把火。

"他还说了什么？"

"他说，他说，唉，还是烂在小人肚子里得好，免得恼着陛下。"周兴故

425

作扭捏。

"大胆，陛下什么风浪没见识过，是一两句狂言就能伤着的吗?"婉儿一旁呵斥。

"汝当寡人是那纸糊的花? 中看不中用!"武则天笑道。

"那倒不是，是小人太爱惜陛下了!"周兴解释道。

"没事，说吧。"武则天说。

"遵命。也是小人不好，小人念及同朝一场，昨夜沽了些酒于他，没想到那厮一碗酒下肚，竟然胡言乱语，说什么陛下有今天他有一半的功劳，还说……"周兴说到这又卖起了关子。

"还说什么?"武则天问。

"小人没让他再说下去，小人怕那厮继续胡言乱语影响陛下的一世英名，当即就弄折了他的舌头，然后将他下到水牢。"

周兴这番话更是滴水不漏，既把自己装得有情有义，又洗白了自己灭口的罪行，还把丘神勣推上了断头台，更有甚者，讨好了武则天。一石三鸟，真不愧对他的外号，牛头阿婆。

"做得好! 他死有余辜! 立斩不赦!"武则天大怒。

天授二年（691）十月，丘神勣以谋反罪名被斩于太乙门前的菜市口示众。

第七十一章　易嗣风波卷土来
　　　　　　　　有惊无险忠良在

一

　　下朝后，婉儿惯例去了政务殿。

　　岑长倩、欧阳通、格辅元三位宰相以及三省六院的三品官员亦是惯例，下朝后都要聚在政务殿处理朝事。

　　"婉儿才人，随老夫来。"文昌右相岑长倩压低声音说。

　　岑长倩，荆州人氏，贞观宰相岑文本之侄。累迁兵部侍郎、同中书门下平章事、内史及中书令。天授元年（690），拜文昌右相，封邓国公。天授二年（691），加进特、辅国大将军。

　　婉儿随岑长倩来到僻处，岑长倩从衮里取出一份周兴写的易武承嗣为皇嗣子的奏表。

　　"终于动手了！"婉儿叹道。

　　"保住嗣子这是老夫的底线，所以老夫将奏折给扣下了。"岑长倩说。

　　"先帝英明！没有看错尔等忠臣！"婉儿感慨。

　　"可扣奏章只能是权宜之计，时间久了不上呈，反倒会落个欺上瞒下的罪名。"岑长倩说。

　　"还请婉儿拿个主意。"岑长倩接着说。

　　"也只有反其道而行之了！周兴奏请，我们反对。把水搅浑，事情就可拖一拖。"婉儿说。

"拖不是长久之计!"岑长倩叹道。

"依大人看,当如何?"婉儿问。

"除恶必去根!"岑长倩压低声音但坚决道。

"拿下周兴,岑大人以为如何?"婉儿略略思虑后,大胆试探道。

"好主意,只是陛下向来袒护周兴,怕打虎不成反被虎伤。"岑长倩说。

"周兴必除,不然嗣子不保。"婉儿坚定道。

"婉儿可是早有计谋?"岑长倩问。

"丘神勣反,他周兴岂能独善其身?"婉儿露了个笑。

"老夫明白了,婉儿不愧为巾帼不让须眉。"岑长倩感慨道。

"唉,就是怕老天不给婉儿时间去捉恶鬼呀!"婉儿突然叹气。

"老夫明白了,这样,由老夫与路老通老联名上奏请表,嗣子已在东宫不可更立,且奏请查办乱言易嗣者!以此为婉儿赢得时间捉恶鬼!"岑长倩思索后说。

"甚好!婉儿替嗣子多谢三老!"婉儿说。

"我等皆为前朝旧臣,受先帝高宗之托,嗣子是最后的底线万不可击穿,即使牺牲性命也在所不惜!"岑长倩表态道。

"尔等在,大唐在!请受婉儿一拜!"婉儿闪着泪花给岑长倩行大礼。

"使不得,此乃做臣子的本分!再说了,汝一个纤纤女子尚且巾帼不让须眉,吾等皆七尺男儿,岂能袖手旁观!"岑长倩对婉儿还礼道。

"先帝慰也!这边就拜托各位宰相大人了,婉儿还有事先告辞!"婉儿说完出了政务殿,直奔太平公主府。

太平公主还未起床,却被婉儿从被窝里拉了起来。

"我都下朝了你还在睡,快睡成一头大懒猪了。"婉儿一边拉一边嬉笑道。

"我还没睡醒呢,讨厌,一大早像只麻雀一样叽叽喳喳吵人。"公主一边揉眼睛一边嗔怪道。

"太阳都照半张床了,还没睡够呀。"婉儿说。

"你知道本公主昨晚几点才睡的?"公主说。

"我哪知道,反正不会是天亮了才睡吧。"婉儿一边帮公主梳理头发一边说。

"还真是天亮了才睡下的。"公主打着哈欠说。

"夜猫子,不怕他吃醋?"婉儿接过公主奶妈端来的洗漱水。

"呸,也不问问本公主干什么去了,倒无端瞎猜起来。"太平公主笑骂道。

"哦?难不成公主办正经事去了?"婉儿下意识地暗喜。

"本公主发现……"太平公主忽然打住。

"你们先下去。"

公主支开两个来伺候她的婢女,又让婉儿把耳朵贴近她。

原来太平公主的人发现周兴夜夜都潜入丘神勋的宅院东挖西掏,应该是找什么东西。

"昨夜那厮一进院就被本公主的人盯上了,据线人报告,周兴在宅院里又挖了一番,最后在一棵枯死的槐树下挖出一坛金子,足有几十万两……"太平公主说着突然咳嗽起来。

"来人,拿些温水来给公主喝。"婉儿看公主咳个不停,连忙吩咐婢女拿温水来。

"许是昨夜受了些凉。"公主喝完水说。

"公主辛苦了!"婉儿说。

"那是,你打算如何犒劳?"太平玩笑道。

"我画个美男子送你。"婉儿笑道。

"去你的,留给你自己吧。"

"好了,不说笑了,言归正传,你那边的情况怎么样?"太平公主问。

"武承嗣动手了,周兴表请易嗣……"婉儿把周兴表请易嗣,及宰相岑长倩扣压周兴奏表力挺李旦的事一一和盘托出。

"他都死到临头了,还有心情表请。"公主骂道。

"他鬼着呢。他心里清楚,丘神勋是他的死劫,迟早要爆发,能救他的人唯武承嗣,所以他在抢时间,希望在被人扳倒前力挺武承嗣上位。"婉儿分析道。

"如意算盘打得倒是叮当响,只是螳螂捕蝉黄雀在后。"公主说。

"这是一场输不起的斗争,我们得争分夺秒迅速拿下周兴。"婉儿面色凝重。

"甚合本公主意! 你且回, 久了引起母皇生疑, 本公主知道该怎么做。"太平公主目光坚定, 表情凝重。

"好, 婉儿静候公主佳音! 婉儿告辞。"

婉儿说完匆匆离去。

二

武则天正在阅岑长倩呈报上来的南来北往的奏章, 见婉儿迟迟未归, 心下生疑。

"婉儿哪去了?"武则天问韦团儿。

"上朝后至今未归, 奴婢不知婉儿大人去向。"韦团儿说。

韦团儿自从上回跑了三趟没把太平公主请来被武则天狗血一顿后嚣张气焰收敛了许多。

"谁上朝后至今未归?"正赶回来的婉儿接过话茬儿。

"见过陛下!"婉儿上前施礼。

"去哪了?"武则天用鹰一样的眼神盯住婉儿的脸问道。

"先去了政务殿, 后去了公主府, 她咳得厉害, 婉儿去看看她。"婉儿镇定自若地回答道。

"公主病了? 昨还好好的, 怎说病就病了呢? 看太医了吗?"武则天听说太平病了立刻关心道。

"她说不打紧睡一觉醒来就好了。"婉儿说。

"这孩子, 跟朕年轻时一样, 不爱看医吃药。"武则天说。

"陛下吉人天相, 哪都能和陛下比, 婉儿还是叫了太医过去。"婉儿说。

"汝做得好, 虽说是庸医, 可有病还得看。等忙完了朕再去看她。"武则天说完又一头埋进了那码成小山一样的奏折里。

"哦, 对了, 刚才武承嗣来过。"武则天忽然说。

"魏王很孝顺陛下。"婉儿心下一惊, 知道武承嗣一定是为被扣下的周兴的奏表而来的。

"他是为一份奏章来的, 他说他几天前上表过一份奏章, 可朕这没有啊,汝看见过吗？"武则天问。

"什么奏章？婉儿阅过的陛下亦都画过可。"婉儿斟酌着字眼回答。

"一份关于削减冗官的奏章。"武则天说。

"好像没有，没看过。"婉儿回道。

但婉儿明白，武承嗣在用这样的方式告诉武则天岑大人他们敢扣押奏章。

"那就是还在三省六院没呈报上来了。"武则天的脸色立刻难看起来。

"要不婉儿过去问问？"婉儿说。

"不必了，削减冗官不过是老生常谈的话题，谈来谈去最后又不了了之。"武则天叹道。

"不对呀……"武则天审了一会儿奏折忽又想起这事。

"什么不对？"婉儿一头雾水。

"承嗣向来不主张削减冗官，怎么忽然一百八十度转弯？"武则天思索着仿佛是自言自语。

"再说了，就算是他想通了，这是一个不痛不痒的奏章，三省六院都可以闭着眼睛过，没必要扣下几天不呈报。"武则天分析着说。

"陛下的意思是……"婉儿打住话。

"对，承嗣是在用这样的方式告诉朕，三省六院敢于欺上瞒下扣押奏章。"武则天终于想明白了。

"起驾，去政务殿。"武则天的脸上立刻升腾起一股怒气。

三

政务殿的一帮宰相个个正忙得焦头烂额，武则天忽然驾临。

"见过陛下！"武则天每走到一位大臣身边，大臣便行礼道。

岑长倩是领班宰相，他上前行礼并负责招呼武则天。

"陛下有什么事情吩咐一声老臣万死不辞，何必亲自辛劳。"岑长倩客气道。

"朕怕尔等年岁长了，还有什么奏折遗漏了。"武则天很不客气地说。

　　岑长倩与欧阳通等一听都心里有数，可他们却把目光望向婉儿，误以为是婉儿方才回去告的密。婉儿心急之下用唇语说了武承嗣三个字。

　　岑长倩立刻明白武承嗣果然跑武则天那告状了。

　　"臣不敢，请陛下恕罪！臣只是想周兴的表请是别有用心，置陛下于两难唯恐天下不乱，臣等又拿不定主意故而还在讨论中。"岑长倩跪下说。

　　"哦，什么奏折能令尔等如此为难？"武则天问。

　　"易嗣子。"岑长倩叹一气吐出三个如千斤重的字眼。

　　武则天听后久久不语。武则天心里更明白这是武承嗣的杰作，可当今嗣子毕竟是自己的亲生骨肉，虎毒不食子。自己已经气死一个杀死一个流放一个，只剩下旦儿了。武承嗣心狠手辣若易他旦儿命不保。

　　"陛下，嗣子已在东宫，不可更立，老臣奏请查办乱言易嗣者！"欧阳通立刻跪奏。

　　"臣奏请查办乱言易嗣者！"宰相格辅元见状也连忙跪奏道。

　　"都起来吧，朕什么也不知道，也没来过。"武则天思虑再三说出这番话，而后起驾回宫。

　　婉儿长长地吐了一口气，这时她才发现自己紧张得汗湿透了内衣。

第七十二章　弹劾周兴不余力 君王护短鬼迷心

一

　　一夜间弹劾周兴的奏折铺天盖地，但武则天居然扣下不画。

　　武则天扣下弹劾周兴的奏章五天过去了，婉儿有些坐不住。这是一场你死我活的较量，周兴不倒，太子不保，李唐江山不保。

　　婉儿决定与武则天短兵相接，直逼周兴问题。

　　"陛下，周兴作恶多端，百姓怨声载道，陛下何故怜惜？"婉儿把又一叠弹劾周兴的奏折递给武则天。

　　武则天不语，随手翻看了几本，而后嗡嗡道："既冤情如山，为何之前无一人申冤？亦无一大臣弹劾，婉儿不觉事有蹊跷吗？"

　　"周兴当道，人人自危，朝中大臣多求自保，略有微词者，下一个就轮到他了，哪个还敢言？"婉儿说。

　　武则天叹一气不说话。

　　"周兴犯下的罪，桩桩件件都证据确凿，他与丘神勣同谋亦是人赃俱获。"婉儿继续说。

　　武则天依然不语，起身立在窗口。

　　"陛下！您英明一世，为何……"婉儿话音未落被武则天打断。

　　"住口！"武则天接着又仰天长叹。

　　"他们都为大周帝国立下过汗马功劳。"武则天叹罢说。

"陛下，韩信功大乎？"婉儿已顾不了武则天高兴不高兴，喜欢听还是不喜欢听了。婉儿拿定主意无论如何要搞定武则天，不然又不知要死多少人。

"周兴不思皇恩，贪赃枉法残害忠良，已动摇大周根本，此大罪也！"婉儿说。

"周兴还是有些功劳的，先帝在时就很是赏识他！"武则天说道。

"退一步说，就算他有功劳，他的功劳能与韩信比吗？"婉儿问。

"不可同语，无韩信则无大汉王朝，寡人无周兴照样是寡人。"武则天说。

"陛下英明！陛下失周兴得民心，得民心者得天下！"婉儿说。

"让朕再想想吧，汝去忙你的。"武则天还是不忍杀周兴。

但毕竟有些松动，婉儿心想，不能放弃这个机会得趁热打铁。

"陛下，臣为君谋，君为国谋，国为民谋，除暴安良乃顺天应民也！"婉儿并未离去。

"住口！谁给你的胆。居然教训起寡人来了？"武则天怒。

"陛下息怒，婉儿不敢！"婉儿立刻跪下请罪道。

"平身吧！朕还是那句话，既冤情如山，为何之前无一人申冤？亦无一大臣弹劾！"

"陛下，周兴新发明的一种刑具叫'请君入瓮'，据说在此刑具下无一人不招供啊！"婉儿跪着说。

"那不都是据说吗？"武则天立刻钻了婉儿的空子。

"陛下，婉儿愿以身试刑！"婉儿跪下双手伏地奏请。

武则天不语，但在心底叹了一气。

"陛下，请将婉儿打入死牢交由周兴！"婉儿叩首请求道。

"上官婉儿！你！"武则天想发火，但似乎又怒不起来。

"算寡人怕了你行否？让寡人的耳根子清静一会儿可否？"武则天哭笑不得。

"不可！陛下的耳朵是天下人的耳朵，岂能闭目塞听？"婉儿振振有词。

"好！说得好！朕不能闭目塞听！赵德福备轿，起驾。"武则天忽然喊赵公公备轿。

"陛下要去哪？"婉儿问。

"兼听则明偏听则暗，寡人就亲自去丽景门看看他周兴是怎么严刑逼供的。"武则天说着已经朝殿外走去。

"陛下英明！"婉儿高声说。

可就在这时，外殿公公传报右相邓国公岑长倩求见陛下。

武则天听说岑长倩求见，猜到他八九不离十也是来弹劾周兴的，心中虽有不快，但念及他是劳苦功高的老臣，只得捏着鼻子喝酸醋，让赵公公传。

二

岑长倩果然是来弹劾周兴的，但岑长倩并没有直截了当地问武则天为何扣下周兴的折子，恰恰相反他却声称自己有罪。

"陛下，老臣是来请罪的！"岑长倩见了武则天说。

"哦？邓公何罪之有？"武则天一时间纳闷。

"老朽年过花甲本该告老还乡，可老朽却不知进退不服老，现在好了，把众大臣弹劾周兴谋反的奏折弄丢了，老臣罪该万死！"岑长倩说。

武则天听着心里骂道，好你个老狐狸，同时心里又佩服道，姜还是老的辣，这话滴水不漏进退有余！

但武则天转念一想，好啊，你会转着弯寡人就不会装糊涂？武则天想到这呵呵一笑说：

"岁月不饶人嘛，寡人也是彼此彼此，婉儿，找找，看看漏没漏寡人这里。"

武则天嘴上虽这么说，一边却对婉儿使眼色，示意婉儿别翻出来。

于是婉儿只得随意翻翻然后敷衍，但婉儿也不能让岑长倩白跑这一趟。

"许是婉儿弄丢了，不过，陛下对周兴一案还是有所闻的，这不，陛下正要亲自去丽景门视察呢。"婉儿一番话向岑长倩传递了武则天有松动的信息。

"既是如此，老朽来得不巧，老朽告退。"岑长倩忙识趣地离去。

武则天盯着他的背影，这是一个比自己还长五岁的老人的背影，直到看不见才收回视线，接着叹一声道：

"看来不审周兴是不行了！"

"陛下英明！"婉儿说。

"交由谁审合适呢？"武则天似问婉儿又似问自己。

"徐有功，他执法廉明，不问亲疏。"婉儿推荐道。

但武则天却完全不考虑让徐有功来办周兴案，武则天知道让徐有功来办，周兴死定了。周兴有罪这点武则天心里比谁都清楚，只是她不想杀他而已。

"交由来俊臣审吧！"武则天几番斗争下来还是决定为周兴徇私。

婉儿嚅动了一下嘴唇想反对但欲言又止，心想总是前进了一步，其余的再说吧。

第七十三章 女扮男装鸿鹤馆
周兴作茧尸荒山

一

鸿鹤馆是太平公主为张昌宗建造的。内设棋艺、仙鹤楼、解经问道、说词吟唱等。这里迎八方客，纳九州仕，每天人来人往络绎不绝，是藏污纳垢的地方，更是群英聚会出人头地的地方。

婉儿女扮男装来鸿鹤馆找太平公主下棋。公主知道婉儿一定有事，便支开张昌宗。

"来俊臣果然压着案子不审不问。"婉儿压低声音说。

"那就拿来俊臣开刀，挡路者死！"太平公主说。

"打虎得一只一只来，我想去会会来俊臣再做决定！"婉儿说。

"还是本公主去吧，这厮既恶又色，你去怕是羊入虎口要吃大亏的。"太平公主说。

"公主难道就不怕他色？"婉儿笑说。

"哈哈，本公主就怕他不色，他色就是本公主的菜！"公主笑说。

"再说了，你目标大，不宜抛头露面在明处，母皇身边更需要你。"太平公主接着说。

"可让你一个人去对付恶狼，婉儿又何尝放心。"婉儿说。

"本公主不还有张昌宗嘛，放心，你就静候佳音吧！"太平公主说着为婉儿递上一盏茶。

婉儿把茶递到鼻子下嗅，而后微微呷一口，瞬间一股惬意沁入肺腑。

"晚君侯。"婉儿立刻判断出茶的品种。

"高手！"太平公主赞道。

晚君侯，只生得三株在武夷山崖壁上，日有一滴清泉养育，是稀有中的稀有物。

"陛下赐的吧，陛下都省着喝呢。"婉儿说。

"母后哪舍得赐我，本公主也是沾了六郎的光！"太平公主诡异一笑。

婉儿亦诡异一笑。

"这晚君侯还真叫人着迷，一丝入鼻，靡靡魂牵，一丝入口，悠悠若仙，世间怎就造出如此圣物！"婉儿微微呷一口说。

"最近听了几堂《易经》，更觉天地之无穷，世间之奇妙，事物之不可测。"太平公主说着也呷了一口。

"哦？公主学《易经》了？那依公主看，眼下嗣子该是哪一卦？"婉儿抓住机会问。

"想听？"

"当然。"

"否极泰来！"太平公主打一个响指，乐观道。

"好一个否极泰来！让我们以茶代酒，干！"婉儿端起茶与太平公主碰盏。

"但我们的对手是虎狼，切不可大意，一步不慎怕满盘输，我们可是输不起的啊！"婉儿提醒道。

"婉儿是信不过本公主吗？"太平公主说。

"说哪里话呢！信不过公主我又何必三顾茅庐？对了，来俊臣有处死穴，公主可知晓？"婉儿说。

"哦？快说来听听。"

公主话音未落，婉儿已凑近公主的耳朵悄声耳语。

公主正听得心花怒放时，张昌宗又闯了进来。婉儿看得出，张昌宗是把她当俊俏的男生了，他正吃着醋呢。

"婉君告辞！"婉儿识趣地起身离去。

太平公主未挽留，送婉儿出门。

"他是何人？好生面熟。"张昌宗问转回来的太平公主。

"这馆里每天人来人往不下千人，难不成你都要过问？"太平公主嗔怪道。

"公主息怒，六郎哪里是要过问，只是怕公主不要我了嘛！"张昌宗委屈道。

"你这灵物，当是谁想要就要不想要就不要的？傻瓜！"太平公主说着一把拉过张昌宗。

"走，本公主带你去一个好玩的地方。"太平公主见天色暗了下来，她拉起张昌宗就走。

二

原来太平公主是带张昌宗去来俊臣府邸。

来俊臣有些措手不及连忙叫停歌舞。

"为何见本公主来了便要停？"太平公主哈哈笑着说。

"恭迎公主！不知公主驾到有失远迎！"来俊臣双手作揖说。

"无事，无事。只是听说来大人府上有名叫杏花儿的歌姬，不仅能歌善舞，还吹得一管好笛，本公主生性好笛，所以特来聆听！来大人该不会小气吧？"太平公主说着向来俊臣抛去一瞥媚眼。

来俊臣只觉身子一热，浑身便翩然起来，继而想入非非。

"公主说哪里话，公主驾到，令寒舍蓬荜生辉，下官恨不得有月宫的桂花酒与公主对饮三百觥，又怎会吝啬一个歌姬呢？来呀，把我最好的酒拿上来！在下要与公主通宵痛饮，不醉不休！"

来俊臣说这番话时已然有了计谋，他要把公主灌醉而后抱得美人归。

太平公主一眼识破，便故意推辞道："本公主今日来，非饮酒，只想赏笛。"

"公主难道不曾听说有歌无舞便无乐，有舞无歌便无趣，有笛无酒便无韵吗！"来俊臣笑道。

"只是本公主不胜酒力，而来大人却是海量，这不公平之酒如何饮？"太平公主说着又抛去一个媚眼。

来俊臣心下窃喜，脑袋一热说，"也罢，公主一爵，在下二爵可以吧?"

"本公主一爵，来大人三爵，否则本公主滴酒不沾!"

太平公主摆出无商量的架势。来俊臣心想，只要你答应饮酒就好办，于是便允了公主的条件。

就这样，台上歌舞不停，玉笛声声缭绕，台下酒气熏天，杯盏撞击。时间也在阵阵的喝彩声中流过，直到鸡鸣，太平公主见来俊臣已有七分醉，便瞒天过海，用自己准备的朱砂酒替换了他的酒。

来俊臣喝下朱砂酒后，开始出现幻觉。太平公主见时机已到，便向他提出借歌姬杏花儿，来俊臣满口答应。待第二天醒后去向太平公主讨要人时，太平公主以杏花儿有大案嫌疑为由拒绝还人。

这时的来俊臣才知自己掉坑了。他悄声问太平公主要来某做什么，公主先是笑而不答，接着哭诉驸马薛绍死得冤。来俊臣一听便明白了昨夜太平公主是冲周兴去的，来俊臣只道是太平公主要报当年杀夫之仇。当年薛绍的三百杖刑无人敢动手，是周兴亲自动的手。

周兴的案子来俊臣已经压了好多天，何去何从他似乎是没想好，现在看来箭在弦上不得不发了，否则自己要引火烧身，因为那杏花儿是自己当年陷害阿史那斛瑟罗的证据。

杏花儿，原本是西番酋长大将军阿史那斛瑟罗家的小婢，此婢不仅生得花容月貌，还能歌善舞，备受阿史那斛瑟罗喜爱。来俊臣为了夺人之爱，让党羽诬告阿史那斛瑟罗谋反。逼得各酋长当庭以割耳破面来替阿史那斛瑟罗诉冤，阿史那斛瑟罗这才豁免灭族罪，从此杏花儿被来俊臣改名换姓金屋藏娇。

翌日，来俊臣准备了一桌上好的酒菜请周兴入席，席间，来俊臣突然问周兴："囚多不服罪，奈何?"

周兴立马笑道："哈哈，这有何难，装囚入大瓮，四周烧炭炙之，必服。"周兴不知是套，呷一口酒，得意地道出自己新发明的酷刑。

来俊臣听了立刻派人找来一口大瓮，按周兴说的在瓮四周架起火，而后阴笑着说:

"来某奉陛下圣旨审查你，请君入瓮吧!"

周兴一听以为玩笑，哈哈大笑了说："仁兄可不能开这样的玩笑。"

"谁和你开玩笑？来人，把周兴给本大人扔进瓮去。"来俊臣一声怒喝拍案而起。

周兴一看来俊臣那架势非玩笑，当即吓得瘫软在地，连忙磕头求饶，见求饶无济于事，只得一一招认。

周兴如实招认罪行，包括构陷忠良药哑丘神勣。武则天再无回天之力，但她对周兴还是格外开恩，赦他死罪，改判流放岭南。

可是周兴作恶多端，出京城不到五里地便被仇家杀死，分尸弃于荒郊野外。

第七十四章　奸佞当道忠良残
知不可为心欲为

一

那天，宣政殿庄严肃穆，两旁的偏殿埋伏着羽林军刀斧手，武则天高高坐在金銮宝座上，她阴沉着脸俯视群臣。

右相岑长倩在去讨伐吐蕃的途中突然被诏回，心中忐忑不安，有不祥之感。

"宣旨！"武则天俯视一番后突然令赵公公宣读圣旨。

"宣旨？宣的哪门子旨？我怎么不知道？不好，要出大事。"婉儿心中咯噔一惊。

原来此旨未经三省六部程序。按程序走得先由中书省草拟，或直接由婉儿启诏，皇帝看过填上日期，此曰"画日"。画日完再由婉儿转抄一份给门下省，门下省审核完毕，签上名字，附上意见，再回到皇帝手中，皇帝若无异议便签"可"，此曰"画可"，完毕后再发还给门下省，门下省便送达执行机构尚书省，尚书省若无异议便负责传达或宣读圣旨。

而今天这道圣旨，直接由公公宣读，说明未经过三省六部，是武则天一人所为。这种情况往往是宰相层出事，这是武则天的一贯霸道做派，她称帝前就是这样霸道。之前的刘祎之宰相就因为反对她的霸道被赐毒酒而死。

岑长倩与欧阳通以及格辅元还有乐思晦等几位宰相同样心中一惊，知是要出大事了，而且一定与自己有关，否则武则天不需要绕过他们。

岑长倩、欧阳通、格辅元、乐思晦他们都是何许人也?

岑长倩乃贞观年间中书令岑文本之侄,早年曾任兵部侍郎,永淳元年(682)进同中书门下平章事,后迁内史,天授元年(690),拜文昌右相,封邓国公,权倾朝野与武承嗣形成抗衡;天授二年(691)加特进、辅国大将军。

欧阳通乃欧阳询第四子,初拜兰台郎,凤仪中迁中书舍人、怀州刺史、衡尉卿,累迁殿中丞、兵部尚书、太常卿、刑部侍郎、金紫光禄大夫,封渤海子,天授二年(691)八月擢同中书门下平章事,复转司礼卿、判纳言事,拜相才月余。

格辅元擢明经科,累迁殿中侍御史,历御史中丞、同凤阁鸾台平章事,即宰相班列。

乐思晦,雍州长安(今陕西西安)人,父乐彦玮,高宗时累迁西台侍郎、同东西台三品。乐思晦亦同凤阁鸾台三品,天授二年六月拜相。

"遵命!"赵公公向武则天行完叩拜礼,而后转过身子缓缓展开圣旨宣读。

"奉天承运 皇帝诏曰 罪臣岑长倩、欧阳通、格辅元、乐思晦、李安静等,不思皇恩浩荡报效国家,竟结党营私,挟势弄权,图谋不轨,蓄意谋反,经查证据确凿,其行可恶,其罪当诛,即刻打入死牢听后问斩!家产抄没,子连坐,女没掖庭为奴,皇帝,敕!"

这道圣旨犹如晴天霹雳,岑长倩和欧阳通等都猝不及防,婉儿也是一愣,简直就是噩梦一般。

没容婉儿多想,又听得武则天一声喝:

"左右羽林军,将反贼统统拿下打入死牢!"

话音落下,偏殿里埋伏的羽林军迅速冲上大殿将宰相岑长倩、欧阳通等十几位大臣扑倒反扭了手臂。

这突如其来的横祸,岑长倩与欧阳通恍惚在噩梦中,甚至感觉是在变戏法,顷刻间就成了反贼?先是一愣,继而慢慢反应过来,一定是因为反对易嗣而遭到武承嗣的报复。

岑长倩判断得一点不错。祸起克易。天授二年,武承嗣先是指使周兴构陷太子李旦上疏易太子,周兴死后武承嗣又唆使凤阁舍人张嘉福指使洛阳人王庆之率一百多人跪于宫殿外上表请立武承嗣为太子。

"神不欲歆类，氏不祀非族，朕以为有道理，朕欲更武承嗣为太子，各位爱卿意何？"那日武则天在政务殿征询宰相们的意见。

"陛下不可！皇嗣已在东宫不宜论也！"右相岑长倩立刻反对。

"皇嗣乃陛下之子，自古传天下于子孙万业，是天经地义，而无一传侄先例！况且太子已易姓武，何来传易姓之说呢？"同平章事格辅元一听也坚决反对。

岑长倩、欧阳通以及格辅元等一干宰相不仅坚决反对，且拒不在请愿书上签字。武则天觉得宰相们说得也有道理，权衡利弊最终采纳了右相岑长倩等老臣的建议。谁知王庆之却不依不饶，不仅屡次求见，还以死泣请，武则天一怒之下命凤阁侍郎李昭德杖惩王庆之，李昭德便趁机将王庆之杖毙。

王庆之请立不成反被杖毙，这使得武承嗣恼羞成怒。

"别以为扳倒了丘神勣和周兴，我武承嗣就成了没牙齿的老虎！你们等着，我要你们个个死无葬身之地！"那日，武承嗣望着岑长倩的背影心里咬牙切齿骂道。

当夜，武承嗣便把来俊臣请到家中喝酒，武承嗣知道来俊臣一直对自己的歌姬碧玉垂涎三尺。那夜武承嗣让碧玉侍寝来俊臣，事后指使来俊臣构陷岑长倩和欧阳通等一干忠于李唐的老臣谋反，并许诺事成后保举来俊臣当宰相。

构陷是来俊臣的拿手戏，他随便找了一个理由先将岑长倩的长子岑灵源下狱用刑，岑灵源扛不住酷刑，便按着来俊臣的要求写供词诬陷欧阳通、格辅元、乐思晦等一干宰相以及右卫将军李安静共同谋反。

李安静，唐观州蓨县人。唐初名相李纲之孙。武则天称帝登基改周，群臣跪拜，唯李安静不表态认可。

婉儿同样明白这是武承嗣的杰作，婉儿扫视一眼武承嗣，看他那得意的样子，只恨自己太大意，才弄得今天如此被动。

"请陛下明察！我等皆效忠陛下绝无反心，定是遭奸人陷害！"岑长倩高声喊。

"遭何人陷害？这大殿之上何人又是奸人呢？"武则天冷笑一声反问道。

"以我唐家老臣，须杀即杀！若问谋反，实无可对！"一直不满武则天称帝的、曾一度拒绝接受改大周的右卫将军李安静大笑了说。

"陛下，婉儿可以性命担保他们绝无反心！"婉儿冲武则天扑通跪下，匍匐在地替岑长倩等一帮老宰相求情。

"押下去！"武则天根本不理会婉儿的求情。

实际上武则天也明白岑长倩他们未必有谋反，但是她是个疑心极重的人，经过易太子事件她看出了这帮老臣的心还是向着李唐，尤其是那个李安静，居然拒绝接受改国号大周。这一帮人中，其中四个是宰相，一个是将军，不可小觑，更不可不防，最稳妥的防御就是先下手为强。何况有人替她做了这件事，武则天何乐而不为，便顺水推舟将他们一网打尽。

"陛下！婉儿恳请陛下明察，他们皆世代忠良之后，绝无反心！"婉儿大声疾呼。

"陛下，李敬业乃前车之鉴，谁说忠良之后就无反心？"武承嗣冷笑道。

"陛下，上官婉儿多次咆哮朝堂，当治罪以免效仿！"凤阁舍人张嘉福见武承嗣朝自己使眼神便立刻跳出来奏请惩罚婉儿。

"还不退下！"武则天立刻冲婉儿呵斥道。

"请陛下明察！婉儿愿以项上人头担保他们不反！"婉儿不但不退还继续求情。

"哼，汝的脑袋有多大？一颗脑袋担保得了十几颗脑袋吗？"武则天冷笑道。

"陛下，不惩上官婉儿无以彰显陛下威严！"武三思跪奏。

"请陛下严惩上官婉儿！"武承嗣领头跪下奏请，他的同党十余人一见呼啦啦一片跪下奏请惩罚上官婉儿。

"退下！别考验寡人的耐心！"武则天真心希望婉儿知难而退。

"请陛下明察！婉儿愿以项上人头担保！"婉儿纹丝不动。

"拖出去杖二十！"武则天勃然大怒。

武则天话音落下，满朝文武鸦雀无声，羽林军亦面面相觑不知所以。他们仿佛是被婉儿的气势给镇住，不敢上前去拖婉儿。

"还不动手！"武则天再次喝道，羽林军忙不迭上前扭了婉儿。

"陛下，婉儿死不足惜，陛下千古一帝，英明不可蒙尘啊！……"婉儿一边被羽林军拖出去受刑一边仍然大声相谏。

二

武承嗣一看婉儿要受刑，暗暗高兴，心想一报还一报，没想到来得这样快！你李昭德当年是怎么趁机杖毙王庆之的，我今天就怎么趁机杖毙上官婉儿。武承嗣想到这便冲武三思使眼色，武三思心领神会，立刻找个理由向武则天告辞。

武三思出了宣政殿便立刻去到杖责婉儿的偏殿将赵公公叫到一旁耳语。赵公公左右为难，他知道婉儿在武则天的心中有多重要，若打死了婉儿，怕吃不了兜着走，可另一方面又不敢得罪武三思，只能先答应下来，再见机行事。

"给我重重地打！"赵公公一边大声吩咐，让外面的武三思听见，一边冲行杖的太监使眼色，可那太监却没领会，还误以为赵公公是要他往死里打，所以一棒下去就用了十成的力气，婉儿只觉连着心彻骨撕裂般地疼，不到二十杖婉儿吐血晕厥了过去。

"再打就要死人了！"赵公公急得小声说，又狠狠瞪了一眼行杖的太监，使得他举起的棒停在空中没再落下去。

"禀皇帝陛下，婉儿昏死过去了……"赵公公连忙去禀明武则天。

武则天听了心虽有侧隐，可又一想，谁让她自己找死，怨不得朕。"二十杖可是打完？"武则天冷冷地问。

"还差三杖。"赵公公回道。

武则天迟疑片刻冷冷地说："继续！"

"陛下，皇恩浩大，剩下三杖老臣愿意代受！"新任宰相狄仁杰心中暗暗钦佩这个娇小的女子，禁不住跨出队列跪下求情。

"狄大人年岁已高，就由下官代受吧！"李昭德跨出队列跪下请求。

"尔等是不是都活糊涂了？或者是有意置陛下难堪？自古一人做事一人当，有替罚的先例吗？"武承嗣跨出列队呵斥。

这一番话显然具有挑唆的作用。

"尔等都起来吧，朕去看看！"武则天不想得罪狄仁杰尤其是李昭德。当然，她更怕婉儿真死了。

武则天走下金銮殿去到偏殿。

武则天远远见婉儿趴着一动不动，似乎没了气息，待走近看，浑身是血，板子上、地上、墙上到处都溅着血，看着甚是不忍。

"才十七杖，谁让你们往死里打？"武则天拉下脸问赵公公。

"是奴才办事不力，奴才该死！"赵公公只能把责任揽到自己身上。

"杖完让太医拿最好的药！"武则天虽然心疼，但她坚持要杖完，因为她至高无上的皇权不能打折扣。

"陛下，他们绝无反心！"婉儿幽幽醒来，游丝一般吐着细气依然为那一帮老宰相喊冤。

武则天叹一声，转身离去，心中不由得对婉儿又生几分钦佩。

"剩下三杖由老奴来吧！"赵公公说着又瞪一眼那个行杖的傻里吧唧的小太监。

赵公公接过棒，高高举起正要轻轻落下时，杖棒突然被武三思抢了过去。

"赵公公年岁已高，这等苦差事怎好劳驾您老人家？还是本官来吧！"

武三思把杖棒拿在手心左右翻转了看，脸上露出阴毒的邪笑。

"上官婉儿，没想到你会有今天吧！"武三思咬牙切齿说。

"怕有今天就不是上官婉儿！来吧，自天皇受命起，婉儿就把生死置之度外！"婉儿坦然笑道！

"好，那就到阴间去向天皇复命吧！"武三思说着把杖棒举到最有力度的点位，然后使劲全身气力打下，婉儿立刻昏死了过去。

"武大人，要死人的，老奴无法向陛下交代啊！"赵公公见状，吓得跪下求情。

可武三思哪里理会，只见他又高高举起杖棒，就在他使尽浑身力气往下打时，突然手臂被一只大手给托住。

"传陛下口谕，剩下三棒以柳条代棒！"武则天的贴身护卫杨嘉本杨都尉突然出现，且将武三思的杖棒夺了过去。

"快传太医……"赵公公见有杨都尉壮胆连忙喊传太医。

三

婉儿被抬进采微苑，郑氏一看一个血人儿被抬了进来，顷刻泪奔。

"这是在撕娘的心啊！"郑氏控制不住哇一声痛哭。

婉儿强行睁开沉重的眼皮，嘴角漾出一丝笑来安慰母亲。

"这样子还不如要了娘的命啊……"郑氏止不住号啕大哭。

"娘，对不起，婉儿又让娘亲伤心了！"婉儿吐着微弱的气息说。

"娘，原谅女儿不孝！自古忠孝难两全，女儿只有委屈亲娘了！"婉儿继续说。

"赵公公，麻烦抬我去见陛下！他们都是朝廷的栋梁、忠臣，婉儿唯有以死相谏才能慰天皇之灵！"婉儿才稍微缓过气，却嚷着要见武则天。

"都这样了，再说了汝去了又能如何？还不是白白搭上一条性命！"赵公公这一刻也感动地劝道。

虽说赵公公之前因养女珠儿恨过婉儿，可后来渐渐被婉儿的人格魅力感动，再者珠儿也是替罪羊，其实一点怨不得婉儿。所以，赵公公不知不觉从恨到暗暗钦佩起这个女子来。

"当下满朝文武人人自危，狄大人虽有一身正义，可毕竟新来乍到说不上话，现下唯婉儿能为他们喊冤求情！"婉儿喘着细气说。

"汝这是在杀你的亲娘，是不想让你的亲娘活呀！"郑氏见婉儿还要去劝谏，气得扬起手要打，可扬起的手却无处落下，每一处都是郑氏的心头肉，哪里打得下去。

"娘，这是婉儿的命！天皇遗旨婉儿须尽力！自古忠孝不能两全，恕女儿不孝，来生让婉儿再做您的女儿，好好报答亲娘的养育之恩！"

婉儿心疼母亲可又有什么办法呢？唐高宗临终嘱托婉儿要好好辅佐太子李显，可如今大唐岌岌可危，她又怎能顾及自己的性命！

"罢，罢了，汝今天不去，明天也是要去，明天不去后天也是要去，终归是要去的……大不了我们娘俩早些与你爹爹九泉下团聚！"郑氏一气之下摆摆手让赵公公抬婉儿去。

"慢，你们都退下吧！"闻讯赶来的太平公主阻止道。

公主一看婉儿双腿皮开肉绽，肿得跟冬瓜一样，不免愤怒道："一百杖也不过如此，是何人行杖？"

"与杖者无关，欲置我死地者公主心里明白就是。"婉儿说。

"汝不能再谏，好好养伤，由本公主去见母皇！"太平公主说。

"公主不可！惹恼陛下的事由婉儿来做，公主只管讨陛下欢心，关键时候有大用处。岑老他们进了丽景门想是无救，今后朝堂上恐怕会是武承嗣的一言堂，嗣子生死堪忧，公主担子重于泰山，公主切不可忤逆陛下啊！"婉儿十分虚弱地劝公主。

"汝又何必明知不可为而为之！"公主有些埋怨。

"心欲为之，无奈！我不能眼睁睁看着他们蒙冤而无动于衷啊！"婉儿叹道。

"我们李家欠你们上官家的太多了！"公主感动地紧紧握住婉儿的手。

"婉儿惭愧！只是眼下该如何是好？朝堂上失去了遏制武承嗣的力量，武承嗣会更加肆无忌惮，太子安危令人堪忧啊！"婉儿叹气。

"狄仁杰和李昭德如何？李昭德不是最敢言吗？"太平公主说。

"狄仁杰虽擢冬官侍郎，但新来乍到他能说什么？李昭德虽最敢言但毕竟权轻位低，如何能遏制得了武承嗣。"婉儿叹气。

"只要李昭德敢言，不出三月，本公主定叫他鱼跃龙门位列相首！"太平公主说。

"这是一招好棋，不过眼下相位空缺四人，光一个李昭德怕不足以抗衡武承嗣！"婉儿说。

"明白！汝就安心养伤吧，静候本公主佳音！"太平公主说完匆匆离去。

郑氏送至门外，公主再三叮咛。

"看好婉儿，她不可再谏，锁也要将她锁住，不然她必死！"

"谢公主大恩！"郑氏感激涕零，心想婉儿总算有救了。

第七十五章 禁足百日藏玄机
无为而治扳回局

一

棒刑后婉儿又遭禁足。

其实不禁足，婉儿也哪都去不了。棒刑的当天夜里婉儿发起了高烧，且高烧不退一连几天昏迷不醒，粒米未进。郑氏守在床边心疼到撕心裂肺。

"娘，婉儿姐姐好点了吗？"溪儿问。

"溪儿，娘不想活了，看不下去了。"郑氏忍不住呜呜地哭。

"姐姐，你快点醒过来吧，娘都要急疯了！"溪儿握住婉儿的手，也是满眼眶的泪水。

"娘，还是那么烫，这样下去不行啊！"溪儿急忙拉郑氏屋外说。

"连张太医都不肯来，娘能怎样？"郑氏流着泪。

"陛下对娘一直心存敬意，不如娘去求求陛下，给个太医。"溪儿想了想建议道。

"去了，门都进不了。"郑氏叹气。

"太平公主呢？她知道姐姐的情况吗？"溪儿再问。

"别说了，娘望穿秋水，天天巴望着她来，可就是不见身影，娘真是叫天天不应，叫地地不灵……"郑氏一把一把地抹泪。

"娘别急，溪儿这就去找公主，她准有办法的。"溪儿说完转身就去找太平公主。

可溪儿没走多远就被韦团儿的人给堵了回来。原来韦团儿料定溪儿必定会去找太平公主帮忙，所以派了人早早晚晚地盯着溪儿。

"这可如何是好？伤口已经发脓，再无药怕是腿要废了。"郑氏急得在院子里团团转。

"娘放心，溪儿去找杨都尉，让他去求陛下给个太医。"溪儿说完又欲出门却被郑氏拦了。

"他去求过陛下了，被陛下训了一顿。"郑氏抹着泪说。

"这……"溪儿亦觉束手无策。

"想必，陛下多是要我们母子等死吧。"郑氏哀哀道。

"若是这般，陛下为何要溪儿好好照看姐姐？"溪儿说。

"她是想知道都有哪些人来过，并非关心婉儿。"郑氏恨道。

"依溪儿看，并非完全这样，溪儿感觉陛下还是心疼姐姐的。"溪儿思索片刻说。

"把人打成这样，还不让看太医，这是哪门子的心疼？"郑氏越说越气愤，甚至恼了溪儿替武则天说话。

"溪儿也说不清，但溪儿就是感觉陛下心里有姐姐。"溪儿说。

"我看是你心里有陛下吧！"郑氏没好气，说完转身进屋。

"娘，你错怪溪儿妹妹了。"幽幽醒来的婉儿喘着细气对进屋的母亲说。

"你醒了？你终于醒了！你急死娘了！"郑氏快步走到床边。

"我渴。"婉儿的嘴角咧了一个意识性的笑，她太虚弱了。

"哎，娘这就给你倒水去。"郑氏闪着泪花，跑着去倒水。

"娘，溪儿来。"溪儿先一步跑去为婉儿倒水。

"溪儿，你受委屈了。"婉儿喝完水说。

"也许是溪儿错了，娘是对的。"溪儿望着郑氏说。

"不，陛下是想看看武承嗣的力量到底有多大，没一个太医敢来，连太平公主都来不了，这未必不是一件好事啊。"婉儿说。

"瞧，娘都急糊涂了，溪儿，娘委屈你了，你不恨娘吧？"郑氏拉着溪儿的手忙向溪儿道歉。

"看娘说的，溪儿就那么点心眼吗？"溪儿抿嘴笑道。

"我的好妹妹就是通情达理！"婉儿拉过溪儿的手很欣慰。

　　"是娘小心眼了，你们聊，娘给你弄粥去。"郑氏说着赶忙去厨房煮粥。

　　"溪儿，帮姐姐做件事好吗？"婉儿拉着溪儿的手说。

　　"姐姐还要管呀，姐不心疼自己，也该心疼心疼娘，娘真的好可怜，刚才她抱着我哭的样子……"溪儿喉咙哽哽的，哽咽得说不下去。

　　"自古忠孝难两全，这是姐的命，也是娘的命，恐怕还是妹妹的命，你怕吗？"婉儿说。

　　"妹妹是烂命一条，无爹无娘，活着无趣死了无声，妹妹怕什么？但妹妹不想姐姐这样活法。"溪儿说。

　　"姐姐明白妹妹的心，当姐姐做了才人那一刻起，姐姐的命就不是自己的，是大唐的，是天下百姓的！"婉儿握紧溪儿的手说。

　　"溪儿虽不明白姐姐，但姐姐要溪儿做的，溪儿去做就是。"溪儿叹气，拗不过婉儿。

　　"我的好妹妹，明日你见到公主逮机会告诉她，'无为而治'这四个字。"婉儿说。

　　"无为而治？啥意思？"溪儿微微皱了眉头。

　　"妹妹只管替姐姐传，公主会明白的。"婉儿说。

　　"万一不明白呢？"溪儿说。

　　"那你就说'静观'二字。"

　　"好吧，姐姐好好休养，溪儿来了好一会儿也该走了。"溪儿说。

　　溪儿说的走，是回迎仙宫。自从婉儿发现溪儿听力特好，睡眠又和婉儿一样特别浅，便把溪儿留在迎仙宫伺候武则天。

　　"妹妹可得记牢了，'无为而治'！"婉儿再三叮咛。

　　"放心，忘不了，'无为而治'这四个字！"溪儿重复一遍。

　　"对的，就这四个字。"婉儿说。

　　"唉，你不该把溪儿牵扯进来。"溪儿走后郑氏埋怨道。

　　"只传四个字，应该不碍事的。"婉儿说。

　　"你是担心宰相人选欲速则不达吧。"郑氏说。

　　"嗯，陛下英明，我们看到的陛下看到了，我们没看到的陛下也看到了，陛下不会让任何人一手遮天的，包括武承嗣，既如此我们不如静观其变。"婉儿说。

郑氏听了哀哀叹惜，"苍天为何要汝为女子？汝就该为七尺男儿！"

婉儿听了笑道："娘又何尝不是？"

"你还有心情贫嘴，唉！"郑氏哭笑不得。

二

整整十天没有一丝外面的消息，婉儿坐立不安。溪儿自那天走后就再没回来过。

也不知溪儿怎样了！她送没送出消息。"公主，你还好吗？无为而治你明白吗？"婉儿立在院子，面朝武则天的迎仙宫，心中默默问道。

"娘，溪儿多久没来了？"婉儿走进厨房问。

"整整十天了，娘都记着！"郑氏哀哀叹道。

婉儿不语，心中暗暗担心，该不会出事吧！韦团儿可不是省油的灯，她会趁自己失利对付溪儿的。

郑氏扫一眼婉儿，看见婉儿愁眉紧锁，便宽慰道："许是生娘的气了。"

"溪儿不会那样小肚鸡肠的。"婉儿说。

"那……不会出事吧？"郑氏忍不住了。

"希望老天保佑善良的她，都是我不好，我真不该把她牵扯进来。"婉儿自责道。

"现在后悔晚了！"郑氏说。

"我就说不是一家人不进一家门，比你爷爷还倔，让你别管，你非管，现在满意了，把溪儿也倔进去了。"郑氏左一句右一句地埋怨着婉儿。

婉儿默默不语，由着母亲埋怨，可就在这时突然传来敲门声。

"溪儿！"婉儿的心一阵狂喜。

"哎，来了……"郑氏应着小跑去开门。

门闩被猛地一下拉开，由于用力过猛，门闩吧啦一下飞出了手掉在了地上。

接着门被猛地踹开，郑氏没来得及躲闪，被踹开的门撞得连连后退了几步再一屁股跌坐在地上。

"娘……"婉儿一看忙一瘸一拐地跑过去扶母亲。

"你!"婉儿扶起母亲怒目而对不速之客。

此人不是溪儿却是韦团儿。

"以为溪儿来了吧?"韦团儿嘴角翘着得意的笑容。

"你来做什么?"婉儿怒目。

"我是好心来告诉你,溪儿再也回不来了,毕竟你们姐妹一场,不是吗?"韦团儿说完大笑着转身要走。

"你把溪儿怎么了?"郑氏上前一把揪住韦团儿。

"说,你把溪儿怎样了?"郑氏愤怒地吼着,情绪完全失控。

"放手,不然……"韦团儿一边说一边用力掰郑氏的手。

"不然怎样? 大不了我们同归于尽!"郑氏瞪着眼毫不示弱。

婉儿从未见过母亲如此愤怒过,不亚于一头愤怒的母狮。

"兔子急了也会咬人的,你把溪儿怎样了?"婉儿亦上前扯住韦团儿。

"哈哈哈,哈哈哈……"韦团儿见婉儿母女都急疯了,忍不住开怀大笑。

笑毕说:"你们真是太高看我韦团儿了,溪儿是陛下的奴婢,本宫也是陛下的奴婢,我能把溪儿如何? 又敢把溪儿如何呢?"

"算我求你,告诉我溪儿她还活着吗?"郑氏无奈只得示弱。

"求我? 这倒可以考虑一下,不过有你这么求人的吗?"韦团儿指指郑氏揪住她的手。

"行,你说要怎样才算求。"郑氏松开手。

"夫人说笑了,我不过是个奴才,怎受得起夫人的求字? 告辞!"韦团儿说完转身就走。

"我给内掌扇的跪下还不成吗?"郑氏说着扑通一声就跪下了。

"娘,不要啊,大不了婉儿去求陛下!"婉儿连忙去拉母亲起来。

郑氏推开婉儿,跪着呜呜地哭泣。

"她是死是活,只有天知道了!"韦团儿丢下话扬长而去。

"溪儿是我害的,我去便是。"婉儿说着就朝院子外走去。

就在婉儿要跨出院门时,郑氏突然顿悟,她大喊一声"不可",人已蹿到婉儿前面拦住去路。

"慢! 这很可能是圈套。韦团儿来得蹊跷,你一步跨出院子,就是抗旨的死罪！还记得她用血帕诓娘那事吗？"郑氏晓明利害关系，且将上次韦团儿用血手帕诓骗郑氏一事重说一遍。

那次韦团儿心生毒计，把偷得的婉儿的旧手帕沾上血去诓骗郑氏，说婉儿正在受刑，希望郑氏坦白交代以免减轻婉儿的痛苦，后被郑氏识破灰溜溜地跑了。

婉儿经母亲提醒，亦顿悟，这是韦团儿在诱自己抗旨。这个坑挖得漂亮，婉儿想到这便退了回来。

可退回屋里的婉儿又一想："自己一天不跳坑，韦团儿就会继续不择手段地折磨溪儿，我岂能熟视无睹？"想到这儿的婉儿，又毅然决然要去求武则天。

"娘去。"郑氏不由分说站起就往外走。

"娘，你别去，解铃还须系铃人……"婉儿追上去，但郑氏果断地拉上院门反锁了。

"娘——娘……"婉儿使劲擂门，郑氏仿佛没听见，反锁上门径直朝武则天的迎仙宫而去。

三

一盏茶工夫郑氏来到了迎仙门，这是去迎仙宫的必经之门。

韦团儿在这里设下了不止一道眼线。果然，郑氏又与上次一样，被韦团儿的眼线堵了去路。

"放我过去，我要见陛下！"郑氏闹了起来。

"放肆，陛下可是你想见就见的？"赶来的韦团儿冷笑道。

"见不见是陛下说了算，又岂是你一个奴才说了算！"郑氏一反往日的柔弱，反唇相讥道。

韦团儿被郑氏顶得满脸憋得通红，气得上前扬起手欲掴郑氏，但扬起的手终将没敢落下。

"你打呀，你不敢打是吗？那就让开，我要见陛下。"郑氏强行向前走去。

"夫人说哪里话，您是才人的母亲，我们做奴才的巴结还来不及呢怎敢打您？您要见陛下总该等我们做奴才的去通报一声吧？"韦团儿立马换了一副嘴脸，但话里话外却是冷嘲热讽。

"还不快将夫人请到屋里好生伺候着。"韦团儿冲两个太监使眼神。

两个太监立刻上前架起郑氏就往梅园方向拖。郑氏心想这要是被他们拖进梅园，必死无疑，自己死了不要紧，可婉儿怎么办？还有不知下落的溪儿。

郑氏使出浑身力气死死抱住亭阁柱子，韦团儿见了上前去助力，郑氏急得大喊：

"陛下，陛下……"

两个小太监听见喊陛下，误以为武则天真来了，吓得撒腿就跑。

此刻正传来一辆马车的咕隆咕隆声，韦团儿心虚放开郑氏，郑氏乘机朝迎仙宫集仙殿方向跑去。

韦团儿急忙在后头追。

迎面来的马车上跳下一个人，郑氏一看是太平公主，不由得朝她奔去。

"公主救命……"郑氏奔过去。

太平公主见郑氏脸上划了好几道伤，又见韦团儿紧追在后，便呵斥道：

"你个狗奴才，好大的胆子，连才人的娘你也敢欺？"太平公主上前就给了韦团儿一巴掌。

"公主息怒！夫人要见陛下，奴婢说要回禀陛下，夫人不依在此喧哗吵闹，奴婢怕吵了陛下……"韦团儿反倒恶人先告状。

"是婉儿出什么事了吗？"太平公主压低声音问郑氏。公主清楚若不是婉儿出事，郑氏向来稳重得体。

郑氏顾不得与韦团儿争辩，只管说出担心溪儿的原委。

"夫人且上车，本宫送夫人回苑。"太平公主请郑氏上了她的马车，而后将溪儿的事和盘托出。

原来，韦团儿为了逼婉儿抗旨走出这个院子，便打起了溪儿的主意，她派人掘了溪儿父母的坟，再让人通知溪儿。溪儿哭了一夜，后得到武则天的恩准告假回乡安葬父母。只是韦团儿派人盯得紧，溪儿无法去知会婉儿，只得托太平公主给婉儿捎口信，只是太平公主这几日忙得无暇顾及，没想到正中韦团儿下怀，差点出大事。

郑氏上了公主的马车一路回采微苑去。

韦团儿看着咬牙切齿骂道："才人才人，又是才人，一个挂名的才人压了姑奶奶半辈子，总有一天姑奶奶要当……"

韦团儿把皇后两字咽了回去，尽管咽了回去，可还是吓了一大跳，她环顾四周见空无一人，这才放心地离去。

太平公主把郑氏送回采微苑，且把溪儿的事和盘托出。

"韦团儿用心险恶！幸亏夫人果断，不然后果不堪设想。"太平公主说。

"溪儿这一去恐是凶多吉少，都是我连累了她！"婉儿说着喉头发哽，泪水在眼眶里打转。

郑氏一听也抹起了泪，她们都在为溪儿捏把汗。

"放心吧，本公主派了人暗中保护她。"太平公主说。

"多谢公主！"婉儿与郑氏一听，齐齐跪下向公主道谢。

"快起来，真正该说谢的人是本宫，婉儿为了我们李家大唐几番置生死度外！"太平公主忙把郑氏和婉儿搀扶起来。

"公主言重了，婉儿充其量是斗拱中的一小木块，做了自己应尽的事而已。"婉儿说。

"这就足够了，如果每个人都能这样，我李唐就不至于有今天！"公主叹息道。

"婉儿观大唐人心未散，复唐有望！"婉儿握住公主的手说。

"只可惜，岑老他们……"太平公主打住话不想往下说。

原来公主这些日子没来看望婉儿，一是为宰相新班子组阁操心，二是武承嗣盯梢得紧，三是为营救岑老他们，只可惜，来俊臣手段太恶劣，即使太平公主出手也未能挽救他们。

婉儿默然，婉儿想象得到，被扣上谋反就只有死路一条！自己的爷爷何尝不是这样！自己还在褓褓中，一夜间沦落掖庭罪奴。

许久，婉儿问："人事组阁有眉目了吗？"

"李昭德上位已成定局！"太平公主说。

"母皇英明，武承嗣想一手遮天的美梦又要落空了。"公主接着说。

"李昭德最敢言，又与武承嗣势不两立，陛下重用李昭德这对武承嗣简直就是当头一棒。"婉儿亦是松了一口气。

"太过锋芒，怕不能长久，武承嗣不是省油的灯，要有策略懂进退才好，"郑氏细声细语提醒道。

"夫人言之有理，李昭德的确还需时日磨砺。"太平公主说。

"要说老道，狄仁杰最合适。"婉儿道。

"那老头唯唯诺诺，八面玲珑，十有八九是个攀龙附凤之徒，断然挑不起大唐的大梁。"太平公主不以为然。

"非也，他是不在其位不谋其政，这正是他的老到，一个断案明决者必定智慧超群，绝非唯唯诺诺之小人。"婉儿说。

"断案明决怕是虚传，本公主只相信自己眼睛看到的。"太平公主道。

"很多时候眼睛看到的未必真，而心看到的远比眼睛真。"婉儿极力劝说公主。

"记得你已经不止一次向母皇推荐过他，还立了军令状，但愿你是对的。"公主想了想缓和道。

"如是说，公主愿意助他一臂之力了？"婉儿立刻现出喜色。

"已无须本公主出手，娄师德已力荐他任宰相。"

"哦！好！那陛下何意？"婉儿问道。

"母皇嫌他年纪太大，可娄师德说姜子牙八十有三，挂帅助西伯侯成就大业，百里奚七十有余成就秦穆公一段佳话，狄公才六十出个头，与之相比还是青年。后来母皇勉强答应了。"公主把事情原委和盘托出。

"天佑大唐，大唐复兴有望也！"婉儿长长地舒了一口气。

"本公主虽不看好他，但还是希望他能进宰相班，他只要保持中立，李昭德的势力就能与武承嗣抗衡。"公主说。

"我保证，狄仁杰会令公主刮目相看的。"婉儿信心满满道。

"那我们打个赌，你赢了本宫公主送你一方墨宝，你输了……先欠着吧。"公主想不出能问婉儿要什么礼物。

"好！只是婉儿要班婕妤的那块可行？"婉儿笑说。

"看来你早就盯上了！好，你赢它就是你的了。"公主爽快道。

"这可是公主说的，不许反悔哦！"婉儿笑道。

"本公主何时反悔过？"太平公主嗔道。

"公主历来一言九鼎，尤其是对婉儿。"婉儿笑道。

"那不就结了！你好好养伤吧，六郎还在等本公主呢。"太平公主说着已起身。

"都三个孩子的妈了，还是这么风风火火！"婉儿目送公主的背影笑着自言自语。

而一旁的郑氏随即蹙紧眉头，便在心底叹了一声。若不是家庭变故，婉儿又何尝不是几个孩子的妈呢？郑氏偷偷抹一把泪，退回院子关上院门。

院落又恢复了寂静，婉儿来到木儿的坟前久久默立，她在祈祷溪儿平安。

第七十六章　锒铛入狱狄仁杰
去大庾岭遇故人

一

新的宰相班子敲定，果然如婉儿预料，宰相班子由三股势力组成，他们互相牵制。一股以武承嗣为代表，一股以李昭德为代表，还有一股中间力量，也是新生力量，即狄仁杰。

圣旨一经宣布，婉儿大大松了一口气。那晚，婉儿从傍晚时分睡下，直睡到中午时分才醒来。

"太阳都要落山了，你居然还未起床！"公主话音一串铃声般地飘进采微苑。

"我还真希望就这样睡过去呢！真舒服！看来人死了也就这种感觉，没什么可怕的。"婉儿笑着说。

"想死？美得你！天降大任于婉儿也。"太平公主笑着轻戳了一下婉儿的脑门。

"瞧瞧这是什么？"太平公主接着掏出武则天提前解禁的圣旨。

"公主一定说了不少婉儿的好话吧！"婉儿接过圣旨说。

"母皇岂是一两句好话能糊弄的？是母皇离不开你！"太平公主说出心里话。

"公主过奖了，说实话，婉儿倒是希望继续禁足，难得享清福。"婉儿叹道。

"你没那个命，快起来洗漱，母皇等婉儿呢。"公主说着去拉婉儿起床。

"遵命，谢陛下隆恩！谢公主大恩！"婉儿起床洗漱。不一会儿来接婉儿的公公带来第二道赦免的圣旨。

"瞧，婉儿这是多大的面子！"太平公主见状放心地一路扬鞭而去。

接下来的几个月，日子似乎很平静，大臣们表面上都相安无事。武则天为大臣们能和睦相处感到欣慰。

一日休朝，一帮文人骚客又聚在太平公主的鸿鹤馆吟诗作画下棋读书。婉儿与张说对弈，席间说起赏梅，张说提议去大庾岭赏梅。

大庾岭又称梅岭，是南北交界之岭。此岭多生梅，又因气候温差大，南北岭梅花先后次第开放。自古有诗，南枝凋落北枝开，而且南岭多生红梅，北岭多生白梅，南岭的红梅争相怒放时，北岭却是白雪皑皑，此时南岭的红梅与北岭的雪天连成一片，构成奇异的景观。有诗云：南岭枝头春梅闹，北岭山上雪花飘。

张说的提议立刻得到文人骚客的全票附和，太平公主是最积极的。一时放松下来的婉儿也告了假，一同前往大庾岭赏梅。

一路上，婉儿根本赶不上公主。

"公主，慢点，我赶不上你呢。"疲于追赶太平公主的婉儿在后面喊。

可公主似没听见一样，反而使劲抽一鞭，随着一声"策"，马儿腾起四蹄飞了起来。

"这样骑马才过瘾，够刺激！"公主一边飞驰一边丢下一串笑声回荡在山谷。

一晃眼工夫公主就跑得没影儿。

"公主你坏……"婉儿只得加鞭奋力追赶。

公主痛快淋漓地奔了一程又一程，终于在一个叫大瀑湾的地方突然"吁"一声收紧马缰，而后下马。

婉儿气喘吁吁地赶到，还未来得及下马，就听见公主兴奋地大喊："你们听听，什么声音？"

婉儿侧耳静听，原来是一股水声，巨大的水声，从高处撞击而下的水声。

"瀑布！"婉儿惊喜道。再一看石碑，此地就叫大瀑湾。

"听水声，此瀑布一定十分壮观。"公主很兴奋道。

"公主可是想一睹奇观？"婉儿问。

"难道婉儿不想吗？"公主反问。

"想！水到绝境是飞瀑，人到绝境是重生。婉儿一生都崇尚大自然的美，若不是命运弄人，我要游遍锦绣山川，再全数写进我的诗里。"婉儿笑道。

"这有何难，本公主帮你实现这一夙愿！说吧，你想去游哪座名山。"太平公主哈哈笑道。

"婉儿今生哪敢奢求，只求死后能安葬在一个风景优美的地方。"婉儿笑道。

"好，如果你比本公主先走，本公主一定满足你的夙愿。"太平公主笑道。

"不说笑了，说正事。近来武承嗣与来俊臣走得特近，亲自与那厮牵马，不知又要出什么幺蛾子，我这心里总是不踏实。"婉儿忽然想起这事压低声音说。

"不至于就对李昭德下手吧？"公主说。

"很难说，排除异己是他的一贯手笔。我们还是不能掉以轻心。"婉儿说。

但这次出乎婉儿和太平公主的预料，武承嗣居然冲还没有坐稳宰相位的狄仁杰下手，他要将狄仁杰扼杀在摇篮中。

"公主，听水声，好壮观的瀑布啊！"张昌宗凑了过来兴奋道。

"大家想不想爬上去一睹为快？"太平公主喊道。

"当然想！不仅我想，他们也都想呢。"张昌宗指着正走过来的张说他们说。

"就怕没路上去。"张说道。

"有山就有路，有河就有人家住。"宋璟应道。

"小柿子，你去附近找个山人来领路。"太平公主吩咐着她的跟班。

小柿子不敢怠慢骑上马就去附近的村子找向导。

余下的人原地休息喂马。张昌宗拿出预先备好的垫子铺在地上给太平公主坐，婉儿见了识趣地以喂马为由避开。太平公主见张说在帮婉儿喂马，也就不挽留。她倒是另有盘算，希望婉儿和张说这对才子佳人有戏。太平公主还有意无意地制造机会撮合。

二

武承嗣那把刀悄无声息地伸向了狄仁杰。

原来，武承嗣想拉拢狄仁杰不成后，便心生恶意，决定把狄仁杰扼杀在摇篮中。但狄仁杰行事缜密，从政廉洁，武承嗣无从下手。派去幽州等地搜集狄仁杰罪证的爪牙，都一无所获空手而归，相反倒是收获了百姓对狄仁杰的一片赞誉声。

武承嗣断定像狄仁杰这样的人，将来会是比岑长倩更可怕的对手，智慧与声望以及倾唐思想与岑长倩比都有过之而无不及。

那日，武承嗣找堂弟武三思合谋，武三思给支了一招，诱狄仁杰得罪来俊臣。

"他来俊臣不是想当宰相吗？仁兄何不去狄仁杰面前提这事？"武三思说。

武承嗣一听，不觉眼睛发亮，"贤弟的意思？"

"狄仁杰他破案也许是个天才，可玩权术他还嫩着，大哥只需……"武三思附着武承嗣的耳朵低声授意一番。

武承嗣仿佛还沉浸在武三思的妙计里回不过神的样子。又听得武三思接着说：

"保管那老匹夫上当死得惨！"

武承嗣回过神拍案叫绝。

"妙！实在妙啊！这借刀杀人可是绝了，如果贤弟称第二，无人敢称第一！来，愚兄敬弟弟三杯！这次贤弟未列相位真是屈才，哥对不起你！"武承嗣离席双手捧樽给武三思敬酒。

"只怪弟无能不赖兄长，弟今后还得多多仰仗哥哥！"武三思亦离席敬武承嗣。

翌日，武承嗣按着武三思的计谋行事，他找到狄仁杰商议推荐来俊臣为宰相，当即遭到狄仁杰拒绝。武承嗣见狄仁杰上当，心中暗喜离去，且立刻报告给了来俊臣。

来俊臣得知狄仁杰反对他入相，恨得咬牙切齿，连夜飞鸽传书叫各地的爪牙在同一时间投铜匦，诬告狄仁杰结党营私，蓄意谋反。一同被诬告的有同平章事任知古、裴行本，司礼卿崔宣礼，前文昌左丞卢献，御史中丞魏元忠，潞州刺史李嗣真等一大帮老臣。

武则天本就不是很看好狄仁杰，只因为婉儿、娄师德等极力推荐才试着用，今一看这老家伙居然蓄意谋反，气不打一处来，没多想就下旨逮捕并把案子交给了来俊臣。

狄仁杰就这样戏曲般一觉醒来便锒铛入狱，算算为相时间不过四个月。

三

小柿子去了有两炷香的时间才转回来，他的身后跟着两个人，一个是向导采药王，另一个是驿站李驿尉。

小柿子跳下马就与公主耳语一番。公主听着渐渐皱紧了眉头。

"出什么事了？"婉儿见状立即向公主靠拢过去。

"此事当真？"公主把目光投向李驿尉。

"这是文牒。"李驿尉恭恭敬敬向公主呈上文牒。

"什么？狄仁杰谋反？怎么可能！"婉儿跳了起来。

"怎么不可能？白纸黑字写得清清楚楚，而且狄仁杰已认罪。"太平公主没好气道。

婉儿理解太平公主此刻的心情，她是恨铁不成钢，宰相屁股还没坐热就被人给撸下来。

"你不是说他有经天纬地之才吗？本公主看他就是个怂包，蠢蛋！"公主继续怒道。

"这之间一定有蹊跷！我不去梅岭了，公主你们去吧。"婉儿委屈得一肚子泪水无处诉，她跨上马调头就回宫。

"啥时是个头，这该死的武承嗣，一刻也不让人省心！"公主气得指名道姓地大骂。

在场的人都大气不敢出，一时间气氛进入了沉默。

"还去不去梅岭？"须臾张昌宗低声打破尴尬的沉默。

"扫兴，不去了。"公主没好气道。

"瞧着只差一天的路程，还以为可以站在岭顶美美地吹一曲呢！"张昌宗嘀嘀咕咕垂头丧气。

"下次吧。"太平公主说，但却望向梅岭的方向。

"近在咫尺尚且无缘，下次就不盼了。"张昌宗嘟起嘴说。

"公主是不放心婉儿一人回宫吧。"张说看出公主也是想去的。

"她一人回去，本公主不放心。"太平公主说。

"在下愿替公主护送婉儿平安回宫！"张说双手一拱请缨道。

太平公主一看这倒合了自己的心意，一直以来自己不是想促成这对才子佳人吗？现在就是最合适的机会，且可两全其美，张昌宗也可如愿以偿，想到这，太平公主便允了。

婉儿一路扬鞭打马，风驰电掣般往神都赶，可天很快就暗了下来。婉儿似乎没有发觉夜幕就要来临，她只管策马奔跑。

张说的马鞭一声紧过一声，只听得"策，策……"他在风驰电掣般地追赶婉儿。

天空突然飘起了雪花，夜色也彻底暗了下来，可距离神都还有三百里地。

婉儿看看前不着村后不着店，心里开始发毛，这要是马儿突然闪蹄，或者遇上歹人可如何是好？婉儿想到这不觉打了一个寒战，就在这时婉儿隐约听到后面有喊声，婉儿以为是公主便收了收马缰放慢速度。

"婉儿，我是张说。"张说一边追赶一边大声疾呼。

婉儿彻底听清楚了，是张说在喊自己。婉儿随即勒紧马缰，"吁"马儿便停下。

"终于追上你了。"张说勒住缰绳，气喘吁吁说。

"我不会跟你回转的，你请回吧。"婉儿以为张说是来追她回去赏梅的。

"公主令在下护送才人回都。"张说道。

"这岂不是要耽误你的好兴致！"婉儿说。

"来日方长，梅岭就在那，什么时候都可以去。"张说道。

婉儿没有拒绝，这黑灯瞎火的她的确需要一个男人护送。

"多谢！这前不着村后不着店，我还真是害怕了。"婉儿感激地望一眼张说说。

"来的时候我留心过，前面转过弯山边有户人家，我们不妨去那歇歇脚，天明再走。"张说建议道。

"不能连夜走吗？"婉儿说。

"天黑又赶上下雪，起码还有三百里地，人和马都会受不了的。"张说劝道。

"再说事情已经发生了，迟一时早一时都不能改变什么。"张说继续劝道。

"那好吧，就听你的歇歇脚，五更便出发。"婉儿说。

张说与婉儿商定好后又策马前行，转过山包果然看见山脚下有户人家，屋里闪出微弱的火光。

这是两间茅屋房。两人还未靠近，茅屋里的两只犬就此起彼伏汪汪汪地狂叫，像是要吃人。

婉儿有些害怕，在宫里哪里听过这样的狗叫声。张说跳下马先捡了根树枝握在手里。

张说正欲上前敲门，不想一个老人举着火把"吱呀"一声打开屋门走了出来。

"是过客吗？"老人说着举高火把正好照着张说的脸。

"是的，我们想借老人家的宝地歇歇脚一早就走。"张说道。

老人又把火把移向婉儿，照了照婉儿，而后自言自语嘀咕了一句，便呵斥狗们别叫，接着打开院子的柴门把婉儿和张说让了进去。

"你们是夫妻吗？"老人走在前面引路，边走边问。

"不，不是。"婉儿和张说异口同声。

"那可惜了！"老人似乎是莫名其妙的一句，而婉儿和张说心里都明白老人的意思，张说不禁就瞟了一眼婉儿。

"你们还没吃饭吧。"老人说着把火把插在一个石礅上，又朝火盆扔了两块炭。

婉儿和张说面面相觑，他们的确还没用晚餐，准备的食物干粮都在小柿子那，来时忘记拿了。可张说和婉儿都没好意思说没吃饭，因为他们感觉到了老人生活的窘迫。

老人进了屋子，听声音他在翻找什么，一会儿他翻出了一小碗谷子，可立刻追出一个姑娘把谷子抢夺了回去，而且像呵护生命一样抱在胸前呵护着。

"她叫雪儿，是个哑巴，你们别怪这孩子，这是明年的种子。"老人望着婉儿和张说尴尬道。

"爷爷，我们不饿，我们路上吃了些干粮。"婉儿急忙说。

"锅里倒是还有两根番薯，看你们这身穿着，非富即贵，怕是咽不下。"老人有些不知所措。

"我们也都是穷苦人家长大的孩子，小时候有番薯吃比什么都高兴呢。"婉儿说。

婉儿想起了在掖庭挨饿的日子，想起了那个夜晚，肚子饿得咕咕叫翻来覆去睡不着，母亲郑氏心疼地爬起来跑到荷池去，想偷挖根藕给婉儿充饥。

"是这般就好，忘忧，把锅里的番薯拿来。"老人对着卧室喊。

话音落下，另一个姑娘应声很快把番薯端上来。

婉儿一看惊得目瞪口呆。

四

眼前的忘忧明明就是溪儿！

"溪儿，你怎么在这里？"婉儿扑上去握住忘忧的手。

"让姐姐好找，姐姐担心死你了，是姐姐害了你，姐姐对不起你……"婉儿拥住忘忧连珠炮地说，眼里闪动着泪花。

"你是谁？我不认得你。"忘忧怔怔地看着婉儿，只感到好笑。

"你不认得姐姐？"婉儿诧异地退了两步。

"难道她真是忘忧？世界上真有长得如此一模一样的人？"婉儿惊讶地问老人。

"我也不知她是谁，从哪来，几个月前有人把她送到我家。那天晚上也下着雪，比今天下得还大，当时她受了重伤，只剩一口气，没想到这姑娘命不该绝，居然能活下来。"老人说到这笑了，看得出他为忘忧能活下来很是欣慰。

"只是她不记得先前的事了，连自己是谁都不记得，我就给她取了现在这个名字，忘忧。"老人把几个月前发生的事一一和盘托出。

婉儿听完确定忘忧就是溪儿，也基本明白在溪儿身上发生了什么。只是谁救了溪儿？据太平公主派去护送溪儿的人回来说，溪儿在一天夜里失踪了，他们找了几天也没找着，像人间蒸发了一样。

"爷爷，送溪儿来的人长什么模样？"婉儿问。

"他一身黑衣，蒙着脸，对了，他眉毛特别粗。"老人说。

眉毛特别粗？难道是他？婉儿的脑海里瞬间浮现出一个人，章怀太子，但立刻又否定了。不可能，贤死了，自己亲手给他下得葬。

"您是溪儿的救命恩人，请受婉儿三拜！"婉儿说着向老人深深三拜。

"婉儿？可是才人上官婉儿？"老人猛然抬起头。

"正是，爷爷您……"

婉儿话音才落，老人已泣不成声，"小主子，我总算见到你了。"

"您是？"

"我是栓福，是老爷当年收留了我这个孤老头。"老人擦着泪水说。

"栓福爷爷，我知道您的，小时候吴奶奶还有我娘都跟我提起过您。"婉儿说。

"您怎么在这里？您还好吗？"婉儿接着问。

"好，好，就是挺想你们……"老人欲言又止。

婉儿明白，他是想知道吴奶奶的情况，听母亲说过，他与吴奶奶无话不谈，如果不是家庭发生变故，奶奶是要撮合他与吴奶奶的。

"吴奶奶她……她是为我们而死的。"婉儿沉默了一会儿还是决定把吴妈去世的消息告诉他。

"我感觉到了，只是不死心，我梦见过她。"老人出乎意料得平静。

"她是好人！你们遇上她算是有福，她为你们而死算是报恩！当年听说她去了宫里，我也想去，只是进不去。"老人平静地说，但时不时擦一把眼泪。

"都过去了，我们不说伤心的事，刚才那位姑娘是您的孙女吧。"婉儿想起刚才抢谷子的雪儿。

"她是弃婴，我在山边捡来的，养大后才知道她是个哑巴。"老人说。

"看见她的时候，一群蚂蚁爬满她的脸，她哇哇大哭的声音把我吸引过去的，我不忍心就把她抱回茅屋，算是老天赐给我的孙女吧。"老人说着面露喜悦。

"虎毒不食子，居然有如此狠心的父母！"婉儿感到愤怒。

"唉，要是养得起谁愿意把自家的孩子扔了！"老人说。

"养不起？实行'建言十二事'已有些年头了，难道老百姓还那么苦吗？"婉儿感到诧异。

"层层收岁租，一年辛苦打下的粮食，一大半要上交。这不，又要交修明堂的官税，没有银子就只能拿谷子顶。"老人叹气。

"何人如此无法无天，朝廷修明堂并没有让老百姓摊派。"婉儿愤怒道。

"这个我就不知道了，反正家家户户都得交，有银交银，没银交粮！"老人说完跑进去找雪儿。

"雪儿，快把谷子拿出来碾了煮粥，家里来贵客了！"老人又想起婉儿还未用餐。

"栓福爷爷，我们真的路上吃过干粮的，这是种子千万不能碾了！"婉儿追上去拉住老人。

"即使您碾了我们也绝不会喝半口的！"张说跟着说。

"是啊，即使您碾了我们也绝不会吃的！"婉儿说。

雪儿看看婉儿又看看张说，忽然跑进屋子把一小袋谷种全都拿出来递给老人。

老人接过谷种抚摸了一会儿，又递给雪儿。"放起来吧，小主人和老爷一样都是菩萨心肠！若是碾了她会难受的。"

雪儿接过谷种同样像抚摸心爱的宝贝一样抚摸着，只是她抚摸了一会儿却突然递给婉儿。

"好妹妹，替爷爷把它收好！"婉儿捂住雪儿的手说。

"姐姐来的匆忙，没带礼物送给妹妹，这根发簪还请妹妹收下做个纪念。"婉儿说着拔下头上的发簪塞在雪儿手里。

"使不得，使不得。"老人连忙上前阻止，并要雪儿还给婉儿。

可雪儿一眼就爱上这支洁白的玉簪，她捏在手里爱不释手。

"傻孩子，你知道这发簪有多贵吗？"老人对雪儿说。

"别听爷爷的，这东西抵不上你手里的谷种，妹妹喜欢拿去就是，姐姐宫里多了去。"婉儿说。

雪儿开心地使劲点头，接着跑出屋子在院子里迎着风雪跳起了孔雀舞。

"她这是高兴呢，小时候我怕她孤独就养了只孔雀陪伴她，她就天天模仿孔雀的动作，十几年下来，就练成这个样子了。"老人道。

"好看，可惜没有乐。"婉儿说。

婉儿话音落下，就见溪儿拿了两节竹筒，对敲着为雪儿助兴配乐，婉儿看了一时开心得忘了宫中那些尔虞我诈的烦恼。

"此生若能过上这样的田园生活该多好！"婉儿喃喃自语。

"对了，栓福爷爷可知忘忧是谁的闺女？"婉儿突然想起栓福认识溪儿的娘，香芸。

"谁的？"老人似乎不太关心，他心里在为吴妈难过着呢。

"爷爷还记得香芸吗？她是香芸的闺女。"婉儿说。

"记得，我说呢第一次见她就觉得面熟呢。"老人说。

"少奶奶和香芸都好吗？"老人这才想起问。

"香芸她生溪儿时发生了难产……"婉儿神情凝重声音喑哑。

老人没说什么，只是叹了一气。

第七十七章　城门之下受侮辱
死马权当活马医

　　天刚蒙蒙亮，婉儿就向栓福老人辞呈。她看着甜睡的溪儿不忍心叫醒。

　　"不带溪儿回宫吗？"张说问。

　　"她已失忆，现在带她回宫等于再杀她一次。"婉儿说。

　　"若婉儿有不测的那一天，你能替婉儿照看她吗？"婉儿犹豫了一下，可还是这样问张说。

　　"不，在下不能答应，婉儿必须活下去！"张说不假思索答道。

　　婉儿叹了一气，"就怕天不遂人愿。"

　　"那么多的磨难都闯过来了，相信老天会眷顾好人的。"张说听得心酸，但却硬着头皮安慰婉儿。

　　婉儿最后看了一眼溪儿，并将耳环摘下放在溪儿的枕边，而后悄声离去。

　　"小姐，不能等天亮了再走吗？"老人抹着泪送别。

　　"改天我再来看望你们，溪儿还得拜托爷爷再照看些时日。"婉儿对牵来马的栓福老人说。

　　"我一个快入土的人，巴不得有两个娃陪我，小姐就放心吧。"老人说。

　　张说绕着马儿瞧，像是检查什么，老人明白他担心马饿着。

　　"马已喂饱了。"老人对张说笑笑道。

　　原来老人一夜未睡早把马喂饱了。张说和婉儿都投以感激的目光，并连声道谢。

　　张说助婉儿上了马，婉儿一步三回头，依依不舍。

　　"叫少奶奶多保重！如果……"老人欲言又止。

"栓福爷爷，有什么想要说的尽管说。"婉儿说。

"也没什么，算了……"老人有些害羞。

"是关于吴奶奶吧。"婉儿猜到了老人的心思。

"下次来，能给我带点她的念想物吗？"老人憋得老脸通红终于说了出来。

"能，爷爷当年送她的木梳我娘还保存着呢。"婉儿说。

"那就带她的木梳来吧，生不能与她同室，死能与她的木梳同穴也能唠嗑！"老人笑着说，但却流着泪。

婉儿看着老人如此思念吴奶奶更感心酸和愧疚。当年吴妈已经决定跟栓福爷爷走，去乡下过他们的田园生活，后来吴奶奶得知娘一人掖庭就病倒了，而且病得很厉害，她便毅然决然地入了掖庭。

如果没有吴妈，婉儿和娘说不定早死了。这是郑钰瑶郑氏常对婉儿叨念的话。

"吴奶奶是我们家的大恩人！"婉儿一边策马一边大声说。

"她是上天赐给你的，你是上天赐给大唐的。"张说道。

"非也，婉儿是形势所逼，从入才人那天起，到先帝天皇托遗诏，每一步都是逼上梁山啊。"婉儿说。

"非也，非也！若婉儿无怜悯苍生之心，又岂能被形势所逼？"张说道。

"如果能选择，我会游遍天下山川奇观，然后把大好江山全写进我的诗中，编成册子流芳百世，岂不美哉！"婉儿由衷地吐露心声。

"如果不怕小生辱没才人，小生愿跟随才人研墨牵马挑担，一同游遍天涯海角。"张说试探地笑道。

"可是没有如果，等待婉儿的是无尽的宫斗！"婉儿说完扬起马鞭在马的屁股上抽了一鞭子，随着一声"策"，马儿便扬起四蹄飞奔起来。

张说一声叹，亦扬起马鞭紧跟在后。

他们一路紧赶慢赶，赶到洛阳已是四更，城门早已关闭。

婉儿和张说站在城门下喊，可无人理会。守门的只顾调笑说些难堪入耳的粗话。张三说，一对狗男女出城玩得忘记时间了吧；李四说你若是上官婉儿，我他妈就是玉皇大帝；说得最难听的是最后一位，外号叫臭嘴的守卫。他叫唤着还算有姿色，若愿意上城楼来陪兄弟们玩耍，爷倒是可以给你破例开门……

几个守卫的粗俗话语引起阵阵哄笑。

"你听好了，我叫张说，你叫什么名字报上来，侮辱朝官罪当诛，何况你现在侮辱的是先帝天皇高宗的才人，你们将要承担什么后果不用我说了吧？"张说冲城楼喊道。

张说话音落下城楼旋即止了笑声。

"你真是婉儿大人？"一老者守卫想了想问。

"千真万确！我们有宫牌。"婉儿说。

"弄块假宫牌不是难事，再说了，三更半夜开城门得有关牒或宿卫长的命令，擅自开城门者亦是死罪！"老者守卫说明理由。

"请宿卫长李多祚出来一认便知。"婉儿说。

"不巧了，他老婆难产，前脚刚被管家接走。"一小年轻守卫抢了说。

可话音未落就被老者守卫扇了一嘴巴，且骂道："混账东西，你胡说什么！"

婉儿明白，老者守卫为什么扇年轻守卫耳光，按唐律法，擅离职守死罪。

"是这样的，宿卫长刚刚巡城防去了，如果您真是婉儿大人，相信您不会难为我们下人的，请大人再忍耐一时片刻，也许宿卫长就回来了。"老者守卫说的在情在理。

"行，您说的在情在理。刚才那位小守卫就当他什么也没说，婉儿我什么也没听见。"婉儿一语双关。

"多谢婉儿大人！小人一定转告宿卫长。"老者守卫亦一语双关。

"找个地方歇一歇，五更就开城门了。"婉儿下马说。

可就在他们找地方歇脚时，黑夜中闪出一人。

"小人叩见婉儿大人！"那人蹿到婉儿面前扑通就下跪。

"何人？"张说吓得跳过去挡在婉儿面前。

"小人乃狄仁杰幼子狄光远。"狄光远连忙自报家门。

"狄光远？你深更半夜在此何干？"婉儿诧异。

"小人欲替父喊冤，怎奈连宫门都进不去，后来听说婉儿大人去梅岭踏梅了，便日夜在这里蹲着。"狄光远说明原因。

"本宫正为此事赶回来，快说说到底发生了什么。"婉儿说。

"父亲是冤枉的，他是得罪了来俊臣……"狄光远便把武承嗣如何下套、来俊臣如何罗织等一一和盘托出。

原来，那天狄仁杰话一出口就发现自己上当了，回到家中便把狄光远叫进书房交代一番，说万一自己哪天回不来了就去找婉儿大人，想办法让小人去探监。

"狄大人还说什么了？"婉儿问。

"没有，就这些话。"狄光远摇摇头说。

"你再仔细想想，狄大人足智多谋，他既然已经料到将会发生的事，就一定会有对策，他的每一句话你都不能漏，要原原本本说与本宫听。"婉儿提醒道。

"对了，父亲说一旦他入狱，若有从狱中寄出的物件一定要仔细检查。"狄光远在婉儿的提醒下忽然想起了这事。

"本宫明白了，狄老这是将计就计深入虎穴。"婉儿有所悟。

"可是父亲承认谋反就是死罪啊！"狄光远着急。

"重要的是陛下信不信！"婉儿说。

"那陛下信还是不信呢？"狄光远问。

"裴炎入狱只三天，全家被斩。狄老虽入狱，而你们都安然无恙，你的哥哥还在汴州刺史任上，这还不够说明问题吗？"婉儿说。

"这么说陛下知道草民父亲是冤枉的？那父亲不会有事了？"狄光远的心立刻安了一半。

"那也未必，得看事态的发展。"婉儿说。

"小人已派管家去给大哥递信，要大哥务必赶回来救父亲，我们兄弟仨就数大哥像父亲有办法。"狄光远说。

"你说什么？糟了！你这样做反倒会害死他们的，陛下最怕最恨的就是拉帮结派，管家走多久了？"婉儿一听便急了。

狄光远说的大哥是狄仁杰的长子叫狄光嗣，现任汴州刺史。

"两天了，这可如何是好？"狄光远更是急得额头冒冷汗。

"去汴州可否有小路截住他。"婉儿问。

"没听说过有小路，除非……"狄光远欲言又止。

"除非什么？都这个时候了还吞吞吐吐做什么？"婉儿急道。

"除非他途中顺道探望父母耽搁路程，如此尚有一丝希望，不过这种可能性很小，出发前我再三叮嘱过要日夜兼程不得有误。"狄光远道。

"那就死马当活马医，你即刻赶去截住他。"婉儿当即决定道。

"对了，骑本宫的马，再带上张说的马，两匹马轮换昼夜兼程赶。"婉儿补充道。

"快走，什么也别说了！"婉儿催狄光远上马。

狄光远没有时间再考虑什么，他跨上马直奔汴州去。

张说在一旁赞叹，这哪里是娇柔的女子，分明就是难得的将才！张说感叹的同时，又为婉儿捏把汗，不知此场风浪有多高，这个柔弱的女子又将承担多重的担子！命运又会将她吹向何方！

第七十八章　红颜一袭不输男　宰相肚里能撑船

　　飘了一夜的雪，天越来越冷。婉儿拉紧披风把身子抱紧又向火堆挪近了一点。

　　张说看在眼里，解下自己的披风本想为婉儿披上，却突然犹豫，之后把披风递与婉儿。

　　"披上多一层暖和。"张说一边递过去一边说。

　　婉儿望了望，说"我多一层暖和，尔就少一层暖和"。婉儿推回去。

　　"我是男人扛得住。"张说道。

　　婉儿又一次望着张说，须臾，叹道："谁能扛起大唐的寒冷！"

　　张说无语，他默默为婉儿披衣，心中默道张说志向虽远，怎奈英雄无用武之地。

　　婉儿望向张说，似乎还想试探张说。而这时，城门吱呀吱呀地被打开，接着走出一人，而后城门又被关上。

　　此人骑着一匹高头大马，一手举火把，一手挺枪，英姿飒爽威风凛凛，他就是宿卫长李多祚。

　　原来，他被管家强行拉走紧赶慢赶，赶到家门口时早有家人报喜夫人生了一个闺女，李多祚一听调转头就回了城门，连家也没回。

　　果然是婉儿，李多祚连忙下马。

　　"参见婉儿大人！"李多祚下马行礼。

　　"开城门！"李多祚接着朝城门楼高声喊道。

　　话音落下就听得门轴摩擦发出吱呀吱呀的响声，一会儿工夫城门大开。

　　"婉儿大人请！"李多祚说。

婉儿与张说走在前头，李多祚在后，一行三人进得城门，可眼前一景令婉儿吓了一跳。

一个被捆成粽子样的人被推到了婉儿面前。

"就是他，人称臭嘴，刚才侮辱了婉儿大人，如何处罚请婉儿大人定夺。"说话的是刚才那位老者守卫。

"呜呜呜呜，小人上有八十老母，下有婴儿嗷嗷待哺，可怜啊全要被小人这张臭嘴给祸害了……呜呜……呜呜……"臭嘴依旧一张嘴没遮拦，且鼻涕一把眼泪一把地哀哀哭诉。

"这会儿知道怕了！"张说想起他刚才那些不堪入耳的污言淫语，气得上前踢了他一脚。

"好，这一脚就算是给他的惩罚吧。"婉儿灵机一动说。

"这也太便宜他了，想起那张臭嘴就想割了他的舌头！"张说恨恨骂道。

"古人云不知者不为罪！再说了一个守卫最重要的是忠于职守，他嘴虽臭，但碧玉掩瑕！"婉儿说。

"啊？小人不用死了？"臭嘴吃惊得不敢相信。

"还不快谢过大人！就你这张臭嘴早晚得把自己给祸害了！"李多祚嗔骂道。

"谢大人不杀之恩！谢大人不杀之恩！"臭嘴忙磕头如捣蒜。

"婉儿大人果然是女中豪杰宰相肚里能撑船！下官谢过！"李多祚亦抱拳深表谢意。

"李大人过誉！就此拜别！他日朝堂再见！"婉儿说。

这时李多祚才发现他们没有马匹。"你们不会是一路徒步走来的吧？"李多祚问。

"哦，刚才一个熟人有急事，我们的马便与了他。"婉儿回道。

"既如此，坐下官的马车回宫吧。"李多祚说。

"求李大人给小人将功赎罪的机会，护送婉儿大人回宫。"臭嘴立刻请缨道。

"去，别得寸进尺。"李多祚骂道。

"吾看行，就由他护送吧。"婉儿说。

臭嘴一听千恩万谢，架着马车，一路护送婉儿回宫。

婉儿下了马车进了宫，背影渐行渐远。臭嘴迟迟未离去，望着婉儿的背影突然喊道：

"婉儿大人，小人这条命算是你的了，以后婉儿大人就有两条命，后会有期！"

第七十九章 茫茫黑夜心无助
颓然而坐泪潸然

婉儿直奔宣政殿，可还是晚了一步。

婉儿拾级而上，散朝的大臣们正逐级而下。

"婉儿？汝不是踏梅去了吗？"李昭德猛然见到婉儿有些诧异。

"陛下呢？"婉儿压低声音问，此刻她没时间向李昭德解释。

李昭德朝大殿望了望，表示武则天尚未离开。

"李大人，告辞。"婉儿说完就走。

"慢，是为狄仁杰吧！"李昭德叫住婉儿。

"尘埃落定，秋后问斩。听下官一言，明哲保身。"李昭德压低声音丢下话转身离去。

武则天果然还端坐在金銮殿的宝座上，她气定神清，目光直视着前方，说得更确切一点是直视殿门外那些匆匆离去的大臣们。

武则天似有所思，又似追思往事。八年前裴炎咄咄逼人，要她退位还政的一幕历历在目，八年后的今天，她说一没人敢说二，狄仁杰的案子明明事有蹊跷，所谓谋逆的证据明明漏洞百出，可满朝文武却鸦雀无声，连李昭德都缄口不语，这样的局面是自己曾经多么期待的，可当真正实现了，她却高兴不起来，甚至怀疑未必是好事。

"参见陛下！"婉儿的突然出现打断了武则天的思绪。

"婉儿！"武则天诧异，"不是踏梅去了吗？"

"回陛下，婉儿半途而归。"婉儿说。

"为何？"武则天一听立刻沉下脸。

心想，"你一定是为狄仁杰赶回来的。是谁？谁如此之快把消息传递了？

难道婉儿你也在朕的背后拉帮结派?"

婉儿早看懂了武则天的心思忙跪下说:

"婉儿赶回来负荆请罪!狄仁杰是婉儿推荐给陛下的,如今他谋反婉儿难辞其咎!"

武则天不语,她还在想那个问题,是谁千里迢迢告诉婉儿的?

"本事不小嘛,人不在宫中却知宫中事,看来寡人得刮目相看婉儿大人了!"武则天冷笑道。

"陛下太高看婉儿了……"婉儿说。

于是婉儿把如何得知狄仁杰的事情一一和盘托出。武则天听了这才由阴转晴。

"平身吧,朕不怪汝,画虎画皮难画骨嘛。"武则天说着站起来准备离开宣政殿,可忽然感到双腿不利索。

只听得她"啊"一声,身子便弓着不动。婉儿见状连忙上前搀扶。

"许是坐久了。"婉儿连忙为武则天揉腰。

"沈南珍让寡人多动动,可寡人却越发懒怠。"武则天说。

"停雪了,不妨婉儿陪陛下一路赏雪景顺便走走?"婉儿趁机建议。

"也罢。"武则天说。

武则天望了望早候在宫殿外的步辇,又望了望极好的雪景,而后冲步辇挥了挥手,让他们离去。

"狄仁杰谋反,朕也是万万没想到的!"武则天一边走一边说。

"陛下岂止是没想到,其实是根本就不信。"婉儿单刀直入。

"大胆,妄揣圣意该当何罪!他自己都招认了,朕有何理由不信?"武则天大声斥责道。

"若信,何以未动狄光嗣一根毫毛?至今亦未抄家?又为何要等到秋后问斩?"婉儿再次单刀直入。

武则天听完默然无语,的确如婉儿所言。

"你呀,是朕肚子里的哪条蛔虫?"武则天叹。

"是前辈子烧了高香的那一条,令陛下哭不得笑不得,打不得骂不得,还舍不得的那一条!"婉儿笑说。

"还别说,还真是这么回事!像钻进朕的身体里,朕使劲捏嘛又连着疼,不然,你有十颗脑袋也被朕砍完了!"武则天笑说。

"谢陛下隆恩！"婉儿说。

"有时朕想，也许是亏欠汝爷爷的，朕想在汝身上补回来！但又好像不是。朕也说不清，也许更多的是看着汝长大，又相濡以沫十几个春秋，就是块木头也有了感情了。"武则天感慨道。

"谢陛下隆恩！婉儿受宠若惊！"婉儿慌忙跪下行大礼。

"平身！"武则天拉起婉儿。

婉儿感动得不知说什么好，而这时，武则天忽然看见几朵早开的桃花，她立刻驻足停留在了桃树下。

"芳晨丽日桃花浦，珠帘翠帐凤凰楼。"武则天凑近其中一朵桃花，一边嗅着桃花一边低吟上官仪的诗句。

"假如爷爷还活着，陛下还会杀他吗？"婉儿突然低声咕哝道。

武则天一听猛然扭头盯着婉儿看，好一会儿武则天才收回视线，直起腰继续朝前走。

"朕也不知道，他那个倔脾气……"半晌武则天回道。

"婉儿也是倔脾气……"婉儿又低声咕哝道。

武则天又沉默了好一会儿。婉儿亦沉默不语。

"朕知道，汝是为狄仁杰喊冤来的。"武则天打破沉默。

"可他自己都招认了。说实话，朕对他很失望！"武则天说。

"此事必有蹊跷。"婉儿说。

"无非是严刑逼供，可朕让御医检查过，他毫发未损，来俊臣一根指头也未碰他。都说来俊臣断案除了严刑逼供还是严刑逼供，看来他是白背了这黑锅。"武则天说着面露喜色。

"陛下！来俊臣严刑逼供可不是空穴来风。"婉儿说。

"朕只相信证据，狄仁杰毫发未损已是实锤，不是朕对来俊臣护犊子，而是你们对他有偏见，不就因为他蹲过牢吗？那都是被冤枉的，为何你们要揪住不放！"武则天反替来俊臣抱屈。

婉儿听得阵阵寒战。一个国君把魔鬼当成天使这该有多可怕！婉儿亦顿然明白，武则天明知狄公冤却不以昭雪，是为了来俊臣。

为了来俊臣武则天要牺牲狄仁杰，这可如何是好？

夜幕降临，婉儿依旧颓然而坐，心中如茫茫黑夜没有一点星光。

第八十章　单刀赴会英雄胆
勇闯地狱母甚忧

　　为了搞清楚狄仁杰为什么招供，婉儿决定去会一会来俊臣，看看能否从他那打开缺口，尽管是微乎其微，但婉儿还是决定一试。

　　"给娘站住！你哪都不能去！"郑氏把住院门。

　　"娘亲，怎么了？"婉儿暗惊，难道母亲知道？

　　"不准去！在家好好待着。"郑氏说。

　　"陛下还等着呢，欺君之罪当斩，娘不会这么糊涂吧？"婉儿摇晃着母亲的手臂撒娇道。

　　"别骗娘了，今日无朝，你是去见来俊臣。"郑氏说。

　　婉儿更加吃惊，这事对谁也没说过，娘怎会知道？

　　"答应娘，不去见来俊臣好吗？他对你一直都不怀好意，这会儿你去，不是羊入虎口吗！"郑氏哀哀地恳求。

　　"女儿说了去见来俊臣吗？"婉儿试探道。

　　"你是娘身上掉下来的肉，你的心思娘知道，救狄仁杰来俊臣是关键，你一定会去见他的。"郑氏说。

　　"知女莫若母啊！"婉儿不得不佩服母亲的敏锐。

　　"咱不管狄仁杰的事好吗？娘太担心了！"郑氏哀求着。

　　"娘！婉儿会保护好自己的。"婉儿说。

　　"保护什么？多少回九死一生？你是不想让娘活呀！"郑氏负气道。

　　"女儿不孝，总让娘担惊受怕！"婉儿轻轻撩开郑氏额前耷拉的一缕发丝，见母亲一夜间又憔悴了许多，心下暗疼。

　　"既知不孝何故要为！"郑氏说。

"自古忠孝不能两全，母亲比婉儿还清楚。"婉儿叹道，心想我只能委屈母亲了。

"你可以不孝，娘不怪你，但不可以总是拿自己的命不当一回事，娘年纪大了承受不了你知道吗！"郑氏苦口婆心地劝说。

"婉儿知道，只是这形势逼人，娘亲让婉儿如何是好！"婉儿没半点退让的意思。

郑氏见劝不动婉儿，只默默地流泪。婉儿为母亲擦泪，可越擦郑氏越流，直到婉儿亦一串一串的泪水流下来。

"行，婉儿听娘的，不去了。"婉儿实在不忍心再让母亲担心。

"走，婉儿陪娘回屋。"婉儿拥着母亲。

"真的不去了？"郑氏顿喜。

"真不去。"婉儿说。

郑氏扑哧露出一个笑，可笑容转瞬即逝，她望见婉儿一脸愁容。

"唉！"郑氏又叹一声。

"娘又怎么啦？"婉儿问。

"今日不去，明日还是要去，明日不去，后日还是要去……你终归是要去的！"郑氏哀哀道。

婉儿听了不语，只管紧紧搂住母亲，心中叹道：母亲啊，女儿欠你的太多，可是，可是……

"狄仁杰真那么重要吗？"须臾郑氏像是喃喃自语又似问婉儿。

"女儿不会看错的，他能挑起大唐的栋梁！"婉儿说。

"可现在是大周帝国。"郑氏说。

"大唐大周，在婉儿看来不过是同一杯茶换个杯盏而已，但如果这杯茶被人给泼了，那后果就严重了。"婉儿话里有话。

郑氏默然，她在掂量，大唐与个人生命孰轻孰重。

"道理娘都懂，只是，娘心疼我的婉儿！"郑氏眼泪吧嗒吧嗒地掉。

婉儿明白，郑氏又一次选择了大局。

"其实娘也一直心系大唐的，不然怎会有今天的婉儿？"婉儿偎依着母亲。

郑氏不语，谁说不是呢？他们郑氏家族几代侍唐，伯父郑泰随唐太宗一生戎马，功绩赫赫，父亲郑崇素一生侍三代唐君李渊、李世民、李治。一句话，郑氏家族与大唐风雨同舟荣辱与共，郑氏怎能不心系大唐！

"亲娘被婉儿说中了吧！"婉儿有些小调皮。

"唉！谁说不是呢！"郑氏叹了一声承认了。

"狄仁杰对大唐真那么重要吗？"郑氏再一次问。

"相信女儿，狄老有经天纬地之才，他能干大事，也只有他能镇住武承嗣。"婉儿说。

"你答应娘要安全回来！"郑氏把婉儿揽在怀里好一会儿含泪道。

"娘亲这是同意了?！婉儿就知道娘是深明大义的！"婉儿随即在母亲的额头上亲了一口。

"还有心情淘气，这日子啥时候是个头啊！"郑氏哀哀道。

"娘送送你吧。"郑氏说。

"别呀，送来送去的，搞得人心惶惶，女儿真不会有事的。"婉儿说。

"好吧，娘就不送。"郑氏嘴上说不送，但却久久站在院门口目送，直到婉儿的背影消失还久久张望不愿离去。

第八十一章　罗织构陷侯思止
巧计妙施告冤案

婉儿出了采微苑，径直朝丽景门去。

丽景门何地也？丽景门原本是东都洛阳皇宫的一处景观区，载初元年（690），武则天在丽景门内设置监狱，专司谋反，曰"推事院"，由头号酷吏来俊臣负责。后因凡入此狱者，非死不出，所以暗地里人们便称丽景门为"例竟门"，即人入此门，例尽其命。

来俊臣又是何许人？何以能令丽景门变成"例竟门"？

来俊臣，雍州万年人，少年为恶，非偷即盗。长大后变本加厉，无恶不作。垂拱四年因犯奸盗罪被捕入狱，可这年正赶上武则天制铜匦告密，来俊臣在狱中便天天捕风捉影专干告密，今天告这个明天告那个，可他告的均属子虚乌有，刺史东平王李续一怒之下将他痛打一百杖丢进死牢。可来俊臣仿佛是运气来了挡都挡不住。来年刺史李续受李冲父子起反牵连被诛，来俊臣的心思又活动开了。他立刻请人代写状书，说自己是因告密刺史李续谋反遭到报复被投进监狱的。武则天阅罢密信立刻诏见了来俊臣。武则天一看，这人玉树临风一表人才，还口若悬河，是个能干的胚子。便当即擢来俊臣侍御史加朝散大夫，不久升左台御史中丞，全权负责推事院。来俊臣就这样一夜间从流氓地痞死囚犯摇身一变跻身高官厚禄呼风唤雨草菅人命无所不为。

婉儿朝丽景门一路走去。一路上星星点点的梅花正怒放着，可婉儿连瞥一眼的心情也没有。她揣测着各种可能发生的一幕，但无非是两种结果，一是来俊臣心情好，婉儿轻轻松松见到了狄仁杰，二是无功而返被来俊臣拒之门外，至于郑氏担心的那厮劫色，婉儿做好了应对，她在头发中盘了一把小剪子，以备自刎。

婉儿拐过假山，穿过一片湿地花园，再绕过玄宁湖就是丽景门了，可就在这时，婉儿看见侯思止倒拖着魏元忠朝丽景门去。

侯思止何许人？魏元忠又是何许人？

侯思止原以卖饼为生，大字不识得一斗，后投恒州参军高元礼门下做马夫。在武则天大肆掀起告密运动时，他得裴贞大人的下人指点，诬告舒王与裴贞谋反得到武则天的诏见，并授以游击将军。他不满游击将军有名无实的闲官，便以"獬豸不识字却能用它的独角辨忠奸善恶"的荒谬理论说服了武则天，武则天当即擢他御史，他从此干起了罗织陷害忠良的勾当，不到两年时间便制造了大量冤案。

魏元忠乃宋州宋城人，历仕高宗武后；练达果敢智慧超群，脾性耿直，直言不讳。武则天非常赏识，在平定李敬业叛乱中立下汗马功劳深受武则天器重。曾被周兴诬陷下狱，赴刑场行刑时，武则天想起魏元忠的好特赦免死罪发配贵州，不久召回任侍御史。但今又遭侯思止的构陷，这不，一觉醒来祸从天降。

唉！婉儿叹气，侯思止构陷魏元忠的折子武则天终究是画可了。但婉儿故作不知上前询问。

魏元忠见婉儿问便抢道："老夫命薄，乘恶驴坠，脚为镫所挂，被拖曳。"

婉儿听后哭笑不得，但更加敬重魏元忠，即使这般田地亦能泰然！朝堂上如此铮铮铁骨的大臣已经少之又少了！不行，得赶在侯思止对他动刑前救下他。想到这儿的婉儿立刻改道奔迎仙宫去。

武则天刚起床，宫女正在为她梳洗盘发。

"我来吧。"婉儿支走宫女，自己亲自为武则天盘发。

"出什么事了？"武则天凭着直觉嗅到了什么。

"陛下何故出此言？"婉儿惊诧。

"你的气息不匀，像是赶了路。"武则天说。

"陛下英明，婉儿……"婉儿正要说出原委却又被武则天打断。

"别一大早就来给寡人添堵。"武则天沉下脸冷冷道。

婉儿心一惊，心想说晚了魏元忠怕就没命了。婉儿顿了一下，接着笑了笑说：

"遵命，婉儿还想当个乐子说与陛下听呢。"

"哦？既是乐子就快说来听听。"武则天面露喜色。

"遵命！"婉儿道。

于是婉儿把刚才看到的一幕一一和盘托出。武则天果然忍不住扑哧而笑。

"朕早说过，千里马常有，而魏元忠不多有，即使落到这般田地还能做到骂人不吐骨头，汉子也，才也！"武则天说着内心难免又升腾起对魏元忠的赏识。

想当年魏元忠被周兴诬陷下狱，赴刑场行刑时，亦是无所畏惧，武则天实在不舍，当即派快马奔赴刑场救人。监刑官远远听见有人喊"刀下留人"时，立马恭喜魏元忠且要他站起来；谁知魏元忠却说还不知赦令是真是假，岂可随便站起，直到宣读完赦令，魏元忠才站起跪拜致谢。这事传到武则天耳朵里，武则天暗暗赞叹。

"接下来就更好笑了……"婉儿接着把侯思止的一段话学给武则天听。

原来，侯思止一听魏元忠变着法骂自己是驴，便恼羞成怒吼道：

"汝拒捍制使，奏斩之！汝若招认白司马可少吃苦头，不然给汝吃孟青。"

婉儿话音落下，武则天一头雾水，接着不解地问：

"朕不明白，为何要魏元忠招认白司马，白司马何许人？又为何要他吃孟青？孟青又为何物？"

接着婉儿将侯思止审犯人时必说"招白司马，吃孟青"一事和盘托出。

原来，洛阳城外的北邙山有一块石碑，上面刻着'白司马版'四个字，只因为侯思止那厮不识几个字，结果自作聪明把'白司马版'理解成白司马反，白司马自然就是一个反贼的名字，而且罪大恶极所以被刻在石碑上遭千人唾之。这才有了侯思止逼犯人承认自己是白司马的笑话。

武则天听到这，忍不住爆笑起来。笑毕问：

"那吃孟青又是何道理？"

"回陛下，孟青乃孟青棒也……"婉儿话音未落武则天已然明白。

"朕明白了，那厮把孟青棒误为刑具了！"武则天一边说一边捧着肚子笑。

孟青乃是一个将军的名字，孟青棒是孟青将军使用过的棒。侯思止便把

"孟青棒"理解成刑具名称,所以他每审讯犯人必吼道,你招不招,不招叫你吃孟青。

武则天止住笑后问魏元忠怎么答的,婉儿又把魏元忠答的一番话一字不漏地说与武则天。

原来,魏元忠心想既然今天落在恶人手里,死也得好好教训他一顿,于是大骂道:

"侯思止,你今为国家御史,须识礼数轻重。你想要老夫的头,砍去就是,何必冤我承反!如今你也是佩服朱紫,亲衔天命,却不行正直之事,乃言白司马孟青,是何言也!非吾魏元忠无人抑教你!"

这回武则天没有笑,而是幽幽地问道:"再后来呢?"

于是婉儿又把侯思止立刻解下魏元忠,双手抱拳施礼求魏元忠告诉他为什么不能说白司马和孟青,还许诺要好酒好菜请魏元忠等一一说与武则天。

武则天听完再也笑不起来了,她想自己英明一世却糊涂一时,居然重用了侯思止这样的蠢材,闹出如此笑话,无疑要给自己的千秋抹黑!

"婉儿,汝是不是觉得魏元忠冤枉?"许久武则天幽幽问道。

"回陛下,婉儿只听魏元忠常言感陛下知遇之恩!从未忤逆之词!"婉儿说。

武则天又一次不语,仿佛深深陷入沉思。此时的武则天更多地想起魏元忠的好。弘道二年(682)高宗病重武则天提议封禅移驾洛阳遭到众臣极力反对,是魏元忠帮了自己个大忙才得以实现自己的目的。光宅元年(684)李敬业叛乱,李孝逸为扬州道大总管率兵三十万讨伐,屡战屡败畏缩不前时,又是魏元忠出谋划策扭转战局一举击溃叛军。这些年来魏元忠的确从未忤逆过自己,自己怎就信了半道上来的和尚呢?

"魏元忠人才也!"武则天沉默了许久突然来了这么一句。

"陛下英明!"婉儿忙说。

"这个侯思止也太粗暴了,朕让他审审不过是想还魏爱卿一个清白而已。"武则天突然拍桌而起。

"传朕的口谕,魏元忠案由朕亲自审!"武则天决定道。

"陛下英明!"婉儿道一声陛下英明便一溜烟出了紫微宫奔丽景门去救魏元忠。

第八十二章　踏破铁鞋无觅处
得来全不费功夫

一

婉儿赶到丽景门，没想到侯思止果然沽来酒请魏元忠。

"侯思止，汝知罪吗?"婉儿见了喝道。

"小人知罪，不该请犯人喝酒!"侯思止吓得连忙请罪。

"非也，是你不该用绳索倒拖魏公，魏公毕竟尚未问罪，陛下许你审，只是想还魏公一个清白而已。"婉儿大声斥责。

"陛下万岁万岁万万岁，小人罪该万死!"侯思止一听吓得匍匐在地山呼陛下万岁。

"草民谢陛下知遇之恩!"魏元忠一听也连忙跪地叩恩。

"魏公请起，汝的案子现由陛下亲自审理。"婉儿扶起魏元忠说。

"侯思止听旨，陛下口谕魏元忠案由陛下亲审，任何人不得擅自用刑逼供!"婉儿站直身子威严宣道。

"谢陛下隆恩! 陛下万岁万岁万万岁!"魏元忠感激涕零谢恩。

"遵命! 陛下万岁万岁万万岁!"侯思止匍匐在地久久不敢抬头。

"侯思止，你知罪就好，婉儿会告诉陛下，你的忠诚。平身吧!"婉儿对侯思止态度忽然180度转弯。

原来，婉儿这是要打侯思止的主意，希望通过他见到狄仁杰。

"谢婉儿大人，婉儿大人的恩典是小人再造父母之恩。"侯思止忙磕头如捣蒜。

"放心，婉儿一定替侯公美言。只是有件事想核实一下，外面传得很凶，说最近狱中犯人多有酷刑而死，有这事吗？"婉儿忽然变了话题，且对狱中犯人左顾右盼起来。

"没，没有，绝对没有的事！谣言，是谣言！"侯思止急忙否认但有些结巴。

"口说无凭眼见为实！陛下正调查呢。"婉儿抬出武则天，吓得侯思止额头直冒冷汗。

"不信去问狄仁杰，他的话婉儿大人总该信吧！"侯思止不知是计，倒主动提出带婉儿去见狄仁杰。

婉儿压抑住小心脏的加速跳动，但表面上却半推半就。

"本官倒是愿意相信，尔等都是陛下倚重的大臣岂能乱法，只是众口悠悠啊，陛下也有难处！"婉儿有意一边说一边朝监狱外走去。

"下官恳请婉儿大人视察，以正邪声，还吾等清白！"侯思止一见婉儿要走急得冲上去拦下婉儿，强烈要求婉儿去见狄仁杰。

婉儿皱紧眉头，故作难处。

侯思止一看婉儿无心去见狄仁杰更急，心想狄仁杰是唯一一个没有上过刑的，决不能放弃这次机会，这事办好了，说不定还能得到来俊臣的嘉奖呢。

"小人斗胆，请！"侯思止跪下摆出非要婉儿去不可的架势。

"也罢，若果然，回去也好在陛下面前为尔等讨个公道。"婉儿故意思索了一下说。

"谢婉儿大人！"侯思止抑制不住内心的激动，领着婉儿径直去见狄仁杰。

狄仁杰被单独关押在一间潮湿的密室里，他一动不动地正面壁打坐，对来人似乎漠不关心。婉儿看着心酸得差点落下泪来。

"狄仁杰。"侯思止见狄仁杰一动不动便大声喝道。

"罪臣不是都招认了吗？难不成也要用刑？"狄仁杰道，他没有转过身子，依然一动不动。

"谁说要给你用刑了？你过来，让婉儿大人看看你。"侯思止有些急道。

婉儿？狄仁杰心中一喜，心想自己有救了。于是狄仁杰慢悠悠地爬起，然后转过身子，再慢慢走上前去。

"见过婉儿大人。"狄仁杰说。

"狄仁杰，你告诉婉儿大人你受没受过刑？"侯思止又喝道。

狄仁杰正思索着该如何回答时就听见婉儿喝道：

"你这样喝三吆四的，犯人敢当着你的面说实话吗？"

"是，是，下官这就回避。"侯思止说。

"狄仁杰，你可要实话实说，不然……"侯思止临走没忘撂一句威胁的话。

婉儿见侯思止走远了，迫不及待地问狄仁杰为什么要承认莫须有的谋反，狄仁杰便把这些天在狱中的所见所闻一一告诉婉儿。

"不招认我这把老骨头还能活到今天吗？"狄仁杰说。

"可是，招认谋反同样是死，而且要连累全家。"婉儿说。

"不招认，他们同样可以栽赃，与其不如先保住命，再图他法尚且有一线生机。"狄仁杰说。

"如是说，狄公是对的，只是往后有何打算？"婉儿问。

"走一步看一步，毕竟离秋后还有些时间。也正好多了解些这里面的情况，不在其境不知其详啊！"狄仁杰说。

"明白了！需要婉儿做什么？"婉儿暗暗佩服道。

"让狄光远想办法给我弄些银子来吧，这里的牢头都是只认钱不认人，哪怕爹妈没钱也翻脸不认。"狄仁杰叹道。

"婉儿带了些狄公先对付着。"婉儿从袖笼里拿出一袋碎银塞给狄仁杰。

这是婉儿来时准备好的。

"看来婉儿对这里面的情况亦知晓一二。"狄仁杰说。

"好，老夫就不客气，若今生还不了……"狄仁杰话音未落就被婉儿打断。

"不，狄公必须出去！"婉儿压低声音，且迅速塞进一张纸条。

"婉儿不能久留，告辞！后会有期！"婉儿说完匆匆离去。

狄仁杰把字条攥在手心，警惕地环顾四周，见四下无人再迅速打开，只见上面写道：陛下不信公反，但欲牺牲公为来俊臣立口碑。

狄仁杰看完将字条吞食，而后与往常一样面朝墙壁盘腿而坐，但他心里却在盘算如何让陛下看清来俊臣的真面目。

二

接下来婉儿与狄仁杰仿佛事先约好一样，他们俩默契到珠联璧合。回到宫中，婉儿特意向武则天禀报了狄仁杰的确未受刑的情况，武则天很是高兴，在朝堂上好一番夸赞来俊臣。

来俊臣因狄仁杰案不仅受到武则天的夸赞，还堵了那些大臣的嘴，心里自是乐。由此对狄仁杰生好感，便对他格外开恩，吩咐狱卒少为难一个老人。有了来俊臣的关照，狄仁杰自是自由多了，甚至还可在牢廊走动走动。

狄仁杰深知机不可失，失不再来，他抓住机会，隔三岔五散些碎银托牢头买些不堪入耳的私物，这样既让牢头有机会捞一把，又进一步麻痹了他们。一个道貌岸然的垂暮老人能耍什么花招呢？牢头和来俊臣连想都没往这方面想。来俊臣只笑话狄仁杰是道貌岸然徒有虚名的伪君子，且放下话毕竟没几天活头了，由着他去吧。这样一来狱卒们对狄仁杰便全然没了防范。

狄仁杰一看时机来了。一天，狄仁杰忽然抱着棉袄痛哭流涕，他一边哭一边痛骂自己不是人，对不起夫人和孩子们。牢头见了过来劝，结果他哭得更伤心，说自己连和夫人道歉的机会都没有。牢头听了便许他给夫人写封信，狄仁杰又趁机塞给牢头一些碎银，提出把破袄寄回去洗洗补补，牢头没多想便同意了。

狄仁杰连夜写了两封书信，一封是写给武则天的，藏在棉絮里瞒天过海。另一封是写给夫人的，他在信中先是把自己狠狠骂一通，再天花乱坠地褒扬夫人一通，最后是千般悔恨。

狄仁杰摁住狂跳的心把旧袄递给牢头，牢头检查了他的书信，看看满纸不过是男人犯错后的三部曲，痛骂自己称赞夫人最后来一把鳄鱼的眼泪求得谅解，于是牢头嘲讽一番欣然受办。

话说那日狄光远与婉儿在郊外匆匆别离奔汴州追送信的管家，不承想只追了一日便与折回来的管家不期而遇。原来，在汴州任刺史的狄光嗣料定狄光远定会派家人来求救自己，这样只能坏事，坐实结党营私的罪名。狄光嗣不仅相信父亲是清白的，更相信父亲的智慧，父亲绝不是贪生怕死之人，他轻易认反一定有蹊跷，盲目施救不如静观待机。所以狄光嗣派线人在城门盯梢，不准狄家人入城，更不许去找他，这才有了狄光远途遇回洛阳的管家。

狄光远回到家中便按大哥的吩咐，成日蹲在家中，不找关系不串门，只等父亲早日从监狱里传递出信物来。果不出狄光嗣所料，就在所有人乃至来俊臣武承嗣都把狄仁杰当成一只煮熟的鸭子时，狄仁杰瞒天过海把申冤信藏在棉絮里寄回到家中。

狄光远摁住狂跳的心，揣了父亲的申冤信来到皇宫大门鸣冤撞鼓。武则天看了狄仁杰从狱中传出的信，亲自提审了狄仁杰。狄仁杰和盘托出自己承认谋反是万般无奈的权宜之计，并澄清自己并未写过《谢死表》，所谓的《谢死表》纯属伪造。

武则天暗暗佩服狄仁杰不是浪得虚名，果然有经天纬地之才。但武则天为了庇护来俊臣，还是治了狄仁杰的罪，免死贬彭泽县县令，魏元忠则流放岭表。

婉儿是半喜半忧，喜的是狄仁杰终于昭雪平反，魏元忠亦保住了性命，忧的是朝中又少了与武承嗣抗衡的力量。

第八十三章　夜有噩梦冥冥中
关乎生死灵位牌

"陛下……陛下……来人……快来人啊……"婉儿拼命呼喊。

原来婉儿是在梦中。婉儿梦见了唐高宗。高宗问她李显去了哪里，她说去了泸州，高宗又问李贤去了哪里，婉儿低头啜泣。当婉儿再抬头看唐高宗时，见他七窍流血，说自己是被人毒死的。婉儿还来不及问及谁毒死的，突然冒出几个浑身上下脏兮兮的无赖追着唐高宗砍杀，唐高宗逃进宗庙，宗庙四处漏雨，连个立身之处都没有……

"陛下……陛下……"婉儿一个劲地喊。可声音怎么也发不出去，想过去帮高宗一把，双腿又如千斤重一般，一步都迈不动。婉儿急得使劲地踢、蹬。突然，婉儿的身体如过坎般跳了一下，接着便醒了。

郑氏睡眠本来就浅，婉儿又哭又喊的，早把她给闹腾醒了。郑氏起床掌灯走进婉儿卧室。

"醒醒，又做噩梦了吧！"郑氏推醒婉儿。

婉儿醒来，喘着粗气，好半天才说："幸亏是梦！"

婉儿接着和盘托出梦境，可一边说一边挂了一脸泪水。

郑氏大惊，不祥之梦！周公解梦血为阳，先帝高宗九五之尊为九阳，世间万事万物都以阴阳相生为盛，阳阳相撞祸也。

不吉也！郑氏在心里暗暗道。但面上却不动声色安慰婉儿。

"日有所思夜有所梦，你是太担心太子了。"郑氏道。

谁说不是呢！近来武承嗣加紧步伐夺嗣，武则天越来越摇摆不定，易太子之心一天胜过一天。

"梦是反的，睡吧，才三更呢。"郑氏继续安慰婉儿。

为了安慰婉儿，郑氏还勉强挤出一丝笑，又帮婉儿掖了掖被头。

可回到自己卧室的郑氏，睡意全无。她想了很多，更多的是想起婉儿一路的九死一生，唉！我可怜的婉儿，又不知要遭什么磨难！

郑氏哀哀叹道从床上坐起，面朝内壁双手合十口中念念有词。原来她在暗壁偷供着夫君上官庭芝的灵牌，她在祈求丈夫的在天之灵保佑婉儿平安。

婉儿的担忧与郑氏的预感都不是空穴来风。武则天免了狄仁杰和魏元忠的死罪后，却对婉儿骨鲠在喉。她回忆起婉儿种种行为，什么说乐子，其实是变相营救魏元忠，狄仁杰能活着走出丽景门，也绝对是婉儿的杰作。武则天认为自己被婉儿玩了一把，心中是越想越不舒服。一直在等待机会的韦团儿又一次看到了机会，而偏偏这个时候武则天病了，韦团儿一看机不可失，失不再来！

那天，韦团儿跪在武则天病榻前，战战兢兢地从衣袖里掏出两个木人儿，声称是从太子李旦宫中挖出来的，武则天一看，小木人身上扎满了针，再一细看，这小木人的装扮分明就是自己嘛！武则天当即大怒，但又不动声色。

等转过年正月初二，李旦的两个妃子去给武则天叩安后，从此就杳无音信了。

说来也奇怪，武则天的病果然奇迹般地好了，自此武则天再度重用韦团儿，几乎形影不离。

郑氏口中念念有词，从祈祷到倾诉思念，到浑身颤抖啜泣。忽然，上官庭芝的灵牌"吧嗒"一声发出了声响。郑氏惊得一大跳，当发现是灵牌脱落出来时，她更惊得目瞪口呆。

有人动过，郑氏第一反应。谁动了灵牌？在宫中私设灵位是死罪，难道被人发现了？郑氏想到这已经一身冷汗。她迅速去问婉儿，发现婉儿一脸茫然，便确定动灵牌的另有其人。

溪儿？还是雪儿？郑氏想到被接回宫的溪儿和雪儿。

原来，婉儿回宫后一直在等待时机向武则天汇报溪儿的事，那天婉儿陪武则天赏牡丹，见武则天心情好便道出溪儿的事并请求接回溪儿，武则天满口答应。第二天婉儿派张说去接，结果连雪儿也给接了回来。原来他们走后的当天夜里栓福爷爷就去世了，张说不忍心丢下孤苦伶仃的雪儿。

495

　　溪儿? 还是雪儿? 郑氏的脑海里一遍遍地回放两个丫头的行为轨迹, 结果是依然无法锁定目标, 有时像是溪儿, 有时又像是雪儿。

　　天边露出了鱼肚白。郑氏悄声走进溪儿雪儿的卧室, 雪儿不见了, 溪儿睡得正香。

　　雪儿何时起的床? 又是何时出去的? 自己咋一点没察觉? 难道是她? 那么她又是谁的眼线? 武则天的还是韦团儿的, 再或者是武承嗣的? 不, 不, 郑氏又直摇头, 她不相信天真的雪儿会是眼线, 再者她是一个哑巴, 外人很难与她沟通, 还是溪儿的嫌疑大。

　　郑氏这样想着不禁望着溪儿熟睡的脸庞, 这是一张她多么熟悉的脸。眉宇、鼻翼、唇线, 都似她母亲香芸, 就是活脱脱剥下来一般。想起香芸, 郑氏的思绪瞬间飞回到那个与香芸形影相随的岁月。香芸八岁就卖到郑家做丫鬟, 虽说是自己的丫鬟, 但自己从来都把她当妹妹看, 两人两小无猜无话不说。出嫁后香芸做了随嫁丫鬟, 没想到被抄家那天与香芸一别竟成为永别。在掖庭自己一度埋怨过香芸好无情, 居然几十年都不带个信物给自己, 直到溪儿的出现才知香芸为了报答自己所遭受的罪。

　　郑氏回忆着往事却忘了自己是坐在溪儿的床沿, 她大滴大滴的眼泪连成线滴答滴答落了下来。

　　"娘, 你咋啦?" 溪儿睁开眼看见郑氏一脸的泪水。

　　"你醒啦, 没什么, 就是看着你就想起你娘, 你太像了!" 郑氏擦一把泪说。

　　"哦, 溪儿从没见过亲娘呢, 溪儿现在就知道娘对我好, 溪儿要报答娘。" 溪儿坐起来一边说一边帮郑氏揩泪。

　　郑氏的心咯噔一惊, 溪儿怎知自己从没见过亲娘? 难不成她恢复记忆了? 郑氏再看溪儿时, 溪儿似乎在躲避郑氏的目光。溪儿变了? 真的是溪儿动了灵牌? 这太可怕了, 郑氏不敢想。

　　"娘对你好是真心的, 因为你的亲娘是娘的姊妹!" 郑氏一语双关。

　　郑氏起身离去, 却又突然回头。

　　"如果你亲娘还活着, 她绝不会……" 郑氏把说到嘴边的背叛二字突然又咽了回去。一来她说不出口, 二来也的确没证据, 这样伤了孩子可不好。

　　"娘……" 溪儿欲言又止。

郑氏看出了溪儿有难言之隐。

"孩子，怎么不说了，无论发生什么事，说出来娘都不会怪你的。"郑氏鼓励溪儿主动说出来。

"娘，您别太紧张，不会有事的。"溪儿犹豫再三一语双关道。

可她的犹豫已经暴露了她的内心一定有事。

"没事就好。对了，你赶紧起床去把雪儿找回来，皇宫里比不得乡野，到处乱跑要吃大亏的。"郑氏决定支开溪儿，她必须处理掉灵牌，不然让韦团儿抓着就要连累孩子们了。

"雪妹妹又不见了？"已起床准备去上朝的婉儿问。

"是啊，八成又到花鸟园看孔雀去了。"郑氏说。

"我这就去找她。"溪儿说。

"她什么时候去的，咋都没听见。"婉儿皱紧眉头。

"娘也不知道呢。"郑氏亦皱紧眉头似有不祥之感。

第八十四章　痴心妄想韦团儿
卷土重来气焰凶

　　婉儿和溪儿走后，郑氏迅速把灵牌拿到厨房用刀劈成小块再迅速塞进灶里，直到熊熊烈火把灵牌烧成灰烬郑氏才舒了一口气。

　　许久郑氏才平静了下来，她坐在院子里静静地等溪儿和雪儿，可左等右等就是不见她们回来。

　　这丫头一早跑哪去了！郑氏叨叨着起身去院外张望，当来到院门前，正要伸手开门时，院门却突然被人一脚踹开，领头闯进来的不是别人正是韦团儿。

　　郑氏再一看，韦团儿的身后居然跟着溪儿。

　　"溪儿？"郑氏吃惊不小。

　　"没想到吧？有一句话叫什么来着？堡垒最容易从内部攻破！"韦团儿一副得意的样子。

　　"出去，老妇不欢迎你！"郑氏喝道。

　　"待本官拿了灵牌自然要走的，说，是你自己交出来呢还是本官亲自搜出来？"韦团儿狞笑道。

　　"你在说什么本夫人听不懂！"郑氏暗暗庆幸自己刚才的果断。

　　"溪儿，去，把那个好玩的木牌拿出来换酥饼吃，酥饼又甜又香对吗？"韦团儿笑着哄溪儿。

　　溪儿看着郑氏迟疑不前。

　　"还不快去，你还想不想见你的雪儿妹妹？"韦团儿见溪儿不动便朝溪儿大声吼。

　　"雪儿？你把雪儿怎样了？"郑氏立刻愤怒地质问。

"韦团儿,你还是不是人?连一个哑巴你也不放过,你会遭报应的!"郑氏气得发抖,恨不得冲上去开撕这个恶毒的女人。

"把上官庭芝的灵牌交出来,你就能见到雪儿了。"韦团儿说。

难道溪儿是为了雪儿才出卖自己的?若是这样可以理解,她毕竟是失去记忆的人,现在的溪儿只记得雪儿是她的亲人。

郑氏的目光扫向溪儿,溪儿正捂着嘴笑,最后居然忍不住大笑了起来。

"溪儿,你笑什么?"韦团儿怒。

"我笑你们比我们乡下人还小气,不就一块木头吗?改日我出宫去给你们拉一马车回来。"溪儿笑毕说。

"蠢货,滚一边去。"韦团儿怒骂。

可转而又像哄孩子一样哄着溪儿去把那块木牌找出来。

溪儿好像忘记了昨天的事,只管傻笑。韦团儿气急败坏,但又无奈,经黄公公提醒韦团儿掏出一块酥饼。

"乖,去把木牌拿出来,姐姐给你酥饼吃。"韦团儿把酥饼凑到溪儿的鼻孔下,接着又掏出一块在溪儿的眼前晃。

韦团儿左右手各举着一块酥饼在溪儿面前晃,诱得溪儿的眼球盯着酥饼转,口水吧唧吧唧地吞,引得公公等人忍不住地窃笑。

"我不吃,你骗人。"溪儿突然说出谁也没预料到的话。

"绝不骗人,不信你咬一口。"韦团儿把酥饼递到溪儿的嘴边。

"溪儿,小心有毒。"郑氏急得大喊。

"别听她的,没毒,昨天你吃过的,又香又甜是不?"韦团儿用酥饼磨蹭溪儿的嘴皮。

"娘,我昨天吃过没毒。"溪儿对郑氏说。

"你娘是想独吞酥饼才骗你有毒的,你娘不给你酥饼吃她是坏人知道吗?"韦团儿继续哄骗溪儿。

"我娘不是坏人,她对雪儿妹妹好,你才是坏人,你把雪妹妹关进鸟笼子,不给饭吃不给水喝。"溪儿冷不丁说出了雪儿的下落。

"韦团儿,你简直丧心病狂,你会遭到报应的!"郑氏怒不可遏道。

韦团儿气得一巴掌朝溪儿掴去,又把酥饼弃在地上用脚踩,接着气势汹汹直闯郑氏的卧室翻箱倒柜掘地三尺,可她什么也没找着。

"说，罗帐后的灵牌哪去了？"韦团儿没搜到灵牌暴跳如雷道。

郑氏气定神闲，不屑一顾回道："你捕风捉影，陷害才人，以下犯上，请问该当何罪？"

韦团儿被郑氏质问得哑口无言立刻像泄了气的气球没了威风。

"按唐朝律法以下犯上是死罪。"郑氏接着正色道。

"误会误会，郑夫人，不关小人的事……内掌扇，小人还有事得先走一步……"一同来的黄公公见势不妙立刻开溜。

"内掌扇，小人亦有事先走一步。"同来的还有太监一老一少，话音未落人已经开溜。

院子里只剩下郑氏溪儿和韦团儿三人。韦团儿开始感到害怕，但她又实在不甘心，明明是煮熟的鸭子怎就飞了？她不愿离去，仿佛坚持下去会出现奇迹。

"怎么，是不是还要搜一搜才人的屋子？"郑氏讥讽道。

"夫人说哪里话，这都怪溪儿诬告，本宫要带她回去好好审审，还夫人一个清白！"韦团儿不甘心就这样失败，她转念一想还得从溪儿身上找缺口。

"你敢！她现在是病人，再说了溪儿不归你管，你无权带她走！"郑氏立刻把溪儿护到身后，用身子护住。

"我看是夫人心虚了，前儿溪儿明明白白说夫人喜欢玩一块木牌，夜深人静的时候会对着木牌说话。"韦团儿终于兜底了。

韦团儿话音落下，郑氏大笑，笑罢说："我看你是想害婉儿想疯了，居然相信一个失忆人的话！"

"溪儿，给娘拿扫帚，娘今天就一命抵一命，省得以后她再害人！"郑氏摆开与韦团儿拼命的架势。

韦团儿见势头不妙，夺门就跑，还一路跑一路嚷杀人啦杀人啦。

"娘，溪儿从没见过娘这么厉害！"溪儿拍手称快。

"溪儿？"郑氏惊讶溪儿说话的神态以及眼神。

"溪儿，你是不是恢复记忆了？"郑氏拉着溪儿上上下下地瞧。

"嗯。"溪儿点点头。

"何时恢复的？怎还瞒着娘？"郑氏问。

"回到宫里见到娘后，我慢慢想起了很多事情。"溪儿说。

"娘明白了，木牌是你故意没放好提醒娘的是吗？"郑氏说。

"是，我知道娘每晚都会抱着木牌说话。"溪儿说。

"好险，若是娘没发现呢！后果不堪设想，以后有事跟娘吱一声好吗？"郑氏说。

"娘没发现溪儿就不会带她来的，再说了溪儿一定会让娘发现的！"溪儿调皮道。

"谢谢溪儿！对了，你刚才说雪儿被她关进鸟笼子是怎么回事？"郑氏问。

"娘不用担心，雪儿妹妹若想出来没人能关得住她。"溪儿说。

"既是这样快去叫她回来。"郑氏说。

"不急，溪儿和雪儿商量好的，要让陛下亲眼看看韦团儿的作恶。"溪儿说。

"可是，这样雪儿得多遭罪呀！"郑氏于心不忍。

"没事，只要和鸟儿们在一起雪儿妹妹快乐着呢。"溪儿说。

"那娘去给她送点吃的，再拿些水，别饿着渴着她。"郑氏说着就要去可一把被溪儿拉住。

"让溪儿去，娘等婉儿姐姐下朝商量着对付韦团儿。"溪儿说。

"那你多陪陪雪儿，如果挺不住就叫雪儿回来！"郑氏再三嘱咐。

"娘放心，溪儿死里逃生不是白活过来的！溪儿已经不是以前的溪儿了。"溪儿说着出了采微苑一路朝花鸟园去。

第八十五章 精心布局一场死
舍身救女慈母心

一

溪儿走后郑氏坐在院子里发愣，心中又一次想到死。为了阻止婉儿卷入越来越残酷的宫斗，郑氏不止一次地想过死。武则天的"建言十二事"规定，母亲去世儿女也得丁忧三年，郑氏想牺牲自己的性命来逼婉儿丁忧，从而跳出李家与武家的宫斗。

现在需要郑氏保护的还有溪儿和雪儿，她们都那么可爱那么善良。溪儿为婉儿已死过一次，雪儿为了保护婉儿正在鸟笼里受苦。自己作为婉儿的母亲，不能眼睁睁看着孩子们受苦，不能看着她们随时可能倒下而自己什么也不做。

"我必须为孩子们做点什么！"郑氏想到这更加坚定了死的决心。

只是怎么死呢？肯定不能自杀，这样会触怒武则天，反而对婉儿不利。不能自杀那就只有他杀，这好像更行不通，自己总不能递一把刀子让人捅死自己，就算能人家也不干呀。还有一种死法就是小剂量服毒慢性中毒而死，这很容易被太医发现，再说了也弄不到毒药。

每种死法都被否定，唉！连死都不容易这可如何是好？郑氏连连叹气。她来到婉儿的屋子，在婉儿屋子里转悠，可婉儿把屋子收拾得整整齐齐，郑氏拉开婉儿的梳妆盒，一把木梳赫然跳跃在眼前。

郑氏的心随之跳得厉害。这把桃木梳是婉儿父亲上官庭芝送给郑氏的爱情信物，也是上官庭芝留下的唯一信物。郑氏拿起木梳，端详着刻在木梳上的字"桃夭"！刹那，往事恍如昨日。

那是上官庭芝得知待字闺中的郑钰瑶喜欢《诗经》，便寻得上好的桃木亲手制作了这把桃木梳，且在上面刻有"桃夭"二字来暗指爱情。在元宵花灯节，上官庭芝悄悄塞给了郑钰瑶，婚后他们又共同为《桃夭》谱曲，共同在有月光的夜晚抚琴弹唱。

郑氏把木梳送给了婉儿，这是唯一能让婉儿感觉到父亲的信物。

郑氏不知不觉把木梳紧紧地贴在了脸颊，又不知不觉轻声地吟唱起来："桃之夭夭，灼灼其华。之子于归，宜其室家。桃之夭夭，有蕡其实。之子于归，宜其家室。桃之夭夭，其叶蓁蓁。之子于归，宜其家人……"她唱完一遍又一遍，就在郑氏完全沉浸在往事中时，韦团儿又突然闯了进来。

原来，韦团儿不甘心就这么空手而归。她决定铤而走险搜婉儿卧室。于是韦团儿半路折回来，且附在门缝偷窥，趁郑氏进婉儿卧室，她便闪进院子蹲在窗下细听，听见郑氏轻轻吟唱《桃夭》，韦团儿亦知这是爱情诗，她想象着此刻郑氏的怀里一定是抱着上官庭芝的灵牌，便兴奋地闯了进去。

突然闯进个人来，郑氏被惊得大跳，见是韦团儿便平复心情镇定下来不理会。韦团儿见不是自己想象的场景，尴尬地找个借口狼狈地匆匆退出。

韦团儿一走，郑氏顿时计上心头，既然韦团儿阴魂不散，那就给她个机会。郑氏在脑海里迅速酝酿了一个计划，且越想越觉得可行。

郑氏料到韦团儿必定还躲在某个暗处监视自己，于是她立刻起身走进自己的卧室拿了样东西用布包裹了一层又一层，而后匆匆出门朝掖泰湖方向去。

韦团儿果然隐在暗处，本想乘郑氏出门找雪儿时再进婉儿屋子搜，不承想却看见郑氏怀里揣了个方方正正的东西鬼鬼祟祟地往掖泰湖方向去。韦团儿心想郑氏怀里揣的一定是上官庭芝的灵牌，她这是要去毁证！韦团儿想到这便立刻悄悄尾随。

郑氏故意边走边抹泪，还担惊受怕的样子，诱得韦团儿深信不疑。

韦团儿兴奋的小心脏突突地跳得厉害，她摁住加快跳动的心，盯紧郑氏的一举一动。突然，郑氏立在掖泰湖发呆，且时不时抚摸着怀里的东西。这时的韦团儿更加确信郑氏怀里揣着的就是上官庭芝的灵牌。只见她三步并作两步，箭一样蹿到郑氏面前，一把夺过郑氏怀里的东西。

"想毁证？迟了！也不看看你是跟谁斗！我早料到你会来这一手。"韦团儿一边说一边一层一层地打开。

"你这个疯子。"郑氏故意上前抢夺。

韦团儿哪里肯，她奋力一推把郑氏推得连连后退直到掉进湖里。

韦团儿一看郑氏落水，先是一惊但立刻就想，死了正好是畏罪自杀，于是环顾四周见四下无人便匆匆离去。

可韦团儿不知自己早被陈公公盯梢上了。陈公公是负责给采微苑送饮食起居事物的。陈公公见出人命了，又见韦团儿溜了便立刻跳上湖边的小船奋力划向郑氏，且一边高呼：

"有人落水了，快救人啊……"

二

朝堂上，文官与武官还在唇枪舌剑，对吐蕃是战是和各持己见。

忽然，一个小太监行色匆匆闯进偏殿，向赵公公报告了郑氏落水一事，赵公公立刻猫着腰走上金銮殿小声禀报武则天。

武则天一听目光不禁就扫向婉儿，婉儿心下一惊，出什么事了？

"婉儿，汝随赵公公去。"接着武则天对婉儿说。

婉儿的心提得更紧，到底出什么事了？婉儿随赵公公出了偏殿，得知母亲落水，撒腿就朝掖泰湖跑。

郑氏被打捞上岸，湿漉漉地直挺挺地躺在湖岸，婉儿上气不接下气地赶到。

"娘，你怎么啦？你可别吓婉儿，可别吓婉儿呀！"婉儿抱住母亲"哇"一声号啕大哭。

"马来了，马来了……"忽然有人喊。

"快弄到马背上去倒水……"陈公公对婉儿说。

于是，郑氏被众人弄上马背，肚子横担在马背上，不一会儿，就见郑氏哇啦哇啦地往外倒水。

很快，郑氏呛进的湖水被倒个精光。一旁的人又七手八脚地把郑氏从马背上弄下来，只见郑氏依旧闭着眼跟没知觉人一般。

赶来的御医摸了摸脉象，叹了一气，让婉儿节哀准备后事。

事情发生得太突然，婉儿根本无法接受。婉儿不相信母亲就这样离开了她。婉儿坚持把母亲带回家放在床上，生起炉火，而后一遍又一遍地呼喊着母亲。

"人死不能复生……"夜里溪儿流着泪劝道。

"不，娘不会抛下我们不管的！"婉儿不相信母亲就这样离开了她，她一边为母亲取暖一边不停地给母亲说话。

溪儿亦默默地陪在一旁。

"溪儿，你摸摸，娘的身体暖和了！"婉儿惊奇地发现郑氏的身体居然有了温度。

溪儿以为婉儿说胡话，可伸手一摸，果然有温度。

"快，溪儿，传太医……娘她身体暖和了，她没有死……"婉儿悲喜交加，反而号啕大哭起来。

太医赶了来，把了一会儿脉，说是奇迹。

郑氏果然奇迹般地起死回生，但却始终处于昏迷状态。

"太医，我娘几时能醒转？"婉儿问。

"不好说，你娘这种情况过去有过，有醒过来的，亦有醒不过来的……还有醒过来后成了傻子的……"太医说。

"即使醒不过来，婉儿亦会照顾亲娘一辈子，娘不用怕……"婉儿对母亲说。

"娘，还有溪儿。"溪儿也紧紧握住郑氏的手说。

"对了雪儿呢？怎不见雪儿？"婉儿突然想起一直没见雪儿。

"雪儿妹妹不见了……"溪儿流着泪说。

第八十六章　别样生日起风波
采微月下结金兰

一

八月十五是郑氏的生日，婉儿决定为母亲好好过一次生日，作为弥补对母亲的亏欠。

婉儿为母亲准备了一桌的佳肴，只是望着一桌的佳肴，溪儿却忽然号啕大哭，因为郑氏什么也吃不了，她还跟木头人一样躺着，不会说话不能行动，除了有体温外其他的就像死人一样。

"好妹妹，别哭了，你哭娘会更伤心的。去，我们去请娘出来。"婉儿一边流泪一边强挤出笑容。

溪儿学着婉儿，压抑住情绪，强迫自己笑，可眼泪却止不住往外流。

两姊妹不是亲姊妹却胜似亲姊妹，她们强颜欢笑来到郑氏榻前。

"娘，今天是您的生日，女儿为娘准备了许多好吃的，已在院子里摆好了，现在我们请娘上桌。"

婉儿说完将母亲轻轻扶起来，溪儿搭手把郑氏抬到院子里的藤椅上。

"娘，你看月亮多美，娘就是在这样的夜晚来到人间的……"婉儿一边用桃木梳帮母亲梳理头发一边说。

"今夜我们一家人要一醉方休，娘，您可不能拖后腿哦……"婉儿继续说。

"娘，您还记得这把桃木梳吗？瞧瞧，它是谁送给娘的？"婉儿把桃木梳举到郑氏的眼前说。

"那次皇家梅园诗赛，娘还记得吗？娘的咏梅三题一举夺冠，就是这次诗赛爹爱上了娘，这把桃木梳是爹送给娘的定情物对吧？"婉儿拿最能刺激母亲的话题来刺激郑氏。

婉儿说完便轻轻吟唱起《诗经·桃夭》，只是郑氏依然毫无反应。

"溪儿，拿琴来。"婉儿决定弹奏父亲当年与母亲共奏的曲子《桃夭》。

毕竟这是母亲记忆最深最难忘的东西。

溪儿迅速搬来琴摆在月光下，婉儿调了调弦，又调整了一下自己的情绪，而后弹唱道：

"桃之夭夭，灼灼其华……"可就在这时墙外突然响起了玉笛和声："之子于归，宜其室家……"

婉儿朝外望去，只见一架花车徐徐推进小苑。

花车上立着太平公主和一位白衣少年。白衣少年衣袂飘飘，他便是人称六郎的张昌宗。只见他横一把玉笛，宛若仙人下凡，婉儿不禁又拨动起琴弦：

> 桃之夭夭，灼灼其华。之子于归，宜其室家。
> 桃之夭夭，有蕡其实。之子于归，宜其家室。
> 桃之夭夭，其叶蓁蓁。之子于归，宜其家人。

音乐落下，张说、宋之问、沈佺期等各吹奏着乐器款款走进采微苑。张说迎着月光吹箫，宋之问以低沉雄浑的埙和着音，沈佺期用他极富磁性的嗓音吟诵：

> 桃之夭夭，灼灼其华。之子于归，宜其室家……

婉儿这边还未反应过来，只见公主三击掌声，花车里立刻钻出四名妖艳西域女子，她们挥动长袖和着音乐翩然起舞。

一时间，采微苑火光通明，载歌载舞好不热闹，宛若天宫乐宴。可公主还嫌不够高潮，她亲自提剑上阵跳起了她的著名舞蹈《军魂》。

就在一曲终罢一曲又唱响时，一声"参见陛下"，令一切戛然而止。

二

原来武则天不知什么时候来了，她一声不响地站在紫藤花架下。

婉儿丢了琴连忙上前施礼，"参见陛下！"

"参见陛下，陛下万岁万岁万万岁。"院子里顷刻跪了一片。

"好大的排场！也好大的面子！连寡人的公主都披挂上阵！"武则天一席酸溜溜的话令婉儿不知所措。

"参见母皇！"太平公主上前给武则天行礼。

"母皇，吾等就是想借个契机帮婉儿娘催醒，她做的桂花糕儿臣可没吃够呢。"太平公主一边撒娇一边替婉儿说情，同时又在提醒武则天，郑氏死了你可就再也吃不上她做的桂花糕了！

"谁说不是呢！众爱卿免礼！"武则天果然一改怒容。

"众爱卿，继续，为什么要停下来？"武则天笑着让继续。

可有武则天压在这，谁还敢疯？

"这不是六郎吗？"武则天把目光移向张昌宗。

"回陛下，正是小人。"

"快起来，让朕看看，嗯，又长高了一些。上次一别，朕可是好想你这个娃娃哟，你的笛子吹得朕一下子都年轻起来。"武则天看着月光下的张昌宗玉树临风宛若仙人不觉两眼放光。

张昌宗虽说年纪不大，出道也不久，但毕竟是在风月场上混的人，他看出了武则天喜欢他，这个机会可不能错过。

于是他立刻上前道：

"回陛下，如蒙陛下垂爱，小人愿天天吹给陛下听。"

张昌宗那一张粉脸再搭上这一番蜜语，把个武则天挠得忘记自己的年龄也忘记自己是皇帝。

只见她心花怒放道："汝可不许诓朕！汝愿意天天吹给朕听，这可是汝自己说的！"武则天一边说，一边就拉起张昌宗朝步辇走去，直到钻进步辇扬长而去。

这一切都发生得太快太突然，太平公主眼巴巴地看着自己的小情人被母亲夺走，失落与扫兴顿时笼罩在心头。

众人见势不妙，便纷纷告辞离去。

院子一下子就静了下来，太平公主静静地站在原地，一言不发，目光呆滞，一脸痛苦。

"想哭就哭吧，这样会好些。"婉儿轻轻握住公主的手。

公主依然一动不动，任由婉儿搂她的肩头。

夜空下，两人就静静地站在月光下无言以对。

"做皇帝真好！"许久，太平公主惨淡一笑说。

婉儿一惊！难不成公主也想称帝？这可不是好兆头。

"高处不胜寒，皇帝有皇帝的苦。"婉儿一语双关。

"做皇帝就是好！"太平公主无名地怒道。

"隔墙有耳！此话不可言！"婉儿环顾四周警觉起来。

"把六郎送给陛下不是公主的原定计划吗？"婉儿压低声音说。

"是倒是，但本公主没想到心会这么痛！"太平公主说着居然闪出了泪花。

婉儿理解太平公主此刻的心情，她真正为之心痛的不是张昌宗，而是驸马薛绍。她与薛绍两小无猜情投意合，婚后生有两子，生活十分幸福美满。谁知武则天为了称帝对李唐宗室大开杀戒，驸马薛绍是李世民与长孙皇后之女城阳公主的幼子，也就不可避免地成了政治牺牲品。薛绍被杀后太平公主一度痛苦得不能自拔，直到张昌宗的出现，她好似又活了过来，可幸福又一次被武则天夺走。

"也许他还能回到公主身边。"婉儿轻声安慰道。

"你见过肉饼子打狗有回来的吗？不过放心，本公主没那么脆弱。"太平公主说。

"只是本公主不甘心啊！如果有一天……"公主忽然打住，但意思已经明了，婉儿顿然感到为难，婉儿真不希望再出一个与李旦竞争的人，而且是太平公主，这样婉儿真不知该怎么办。

"婉儿，若真有那一天，你会帮本宫吗？"太平公主的目光逼视着婉儿。

婉儿不敢看公主，婉儿并不希望太平公主成为第二个武则天。除了违背自己的初衷外，更多的是不想太平公主受那份苦，高处不胜寒，帝王有帝王的苦。

"公主只看到陛下光鲜的一面，其实陛下有时比谁……"婉儿试图劝导公主，趁早熄灭了帝王心，但被公主打断。

"本宫只问，若有那一天，婉儿帮不帮！"太平公主的目光更加逼视着婉儿。

婉儿缓缓抬起头，望住公主，两人四目相望。婉儿看见公主满眼眶的泪和被激怒的狂野，这一刻婉儿无法拒绝。

"只要公主用得着，婉儿肝脑涂地！"婉儿道。

"好！今夜就让月亮为证，本公主要与婉儿结金兰之好，从今往后有福同享，有难同当！"太平公主说着已拉住婉儿的手。

"谢公主鸿恩！"婉儿话音未落已被公主拉着双双跪下。

两人齐齐跪着，仰头望月，婉儿先举起手起誓道：

"苍穹月亮为证，婉儿与公主今夜结为金兰，从今往后婉儿唯公主知交知心，愿为公主赴汤蹈火万死不辞，若婉儿心口不一日后违背，遭五雷轰顶，万箭穿心！"婉儿言罢朝天空的圆月三拜，又朝公主三拜。

接着太平公主举手起誓："苍穹月亮为证，太平今夜与婉儿结为金兰之好，婉儿是妹妹，太平是姐姐，从今往后，我们姐妹情深，有难同当有福同享，如若太平心口不一——……"太平公主未说完，就被婉儿一把捂住嘴。

"公主是金枝玉叶，不可发毒誓，婉儿知道便可！"婉儿说。

"不行，本宫不发誓就不算数。"太平公主不依不饶，她执拗地重新举起手发誓："若太平心口不一，或日后违背，遭五雷轰顶，万箭穿心！"

月光静静地倾泻在地面，仿佛在聆听她们的誓言，而她俩面色凝重，手拉得更紧。

"来，今夜不醉不眠，干！"太平公主朝婉儿举起酒樽。

"喝闷酒伤身！公主可是天降大任于斯人！"几樽酒过后，婉儿夺了公主的酒。

"喝闷酒？谁说的！"公主夺回酒樽。

"婉儿以为本公主就那么点能耐？为一个六郎喝闷酒？如是这样，婉儿也太小看本公主了！"太平公主夺回酒樽一仰脖喝干。

"六郎本就是为母皇准备的菜，放心吧。"公主说着又斟满一樽酒，接着又替婉儿斟满一樽。

"公主想得开这便好！"婉儿松了一口气。

两人一同举樽朝对方的酒樽碰去，只听得清脆的一声金器响，而后两人一仰脖双双干了。

正在两人你一樽我一樽时，溪儿兴奋地嚷着跑出屋子：

"姐姐，快来看，娘她……"

"娘怎么了？"婉儿吓得丢了酒樽。

"娘动了……"溪儿说。

"娘，娘……"婉儿奔进屋子。

婉儿发现郑氏的眼角流出一串泪，她意识到母亲真醒了。

"娘……"婉儿扑在母亲身上，控制不住喜悦，"哇"一声大哭……

第八十七章 韦婢祸乱动根基
大厦将倾以命搏

一

韦团儿，武则天内婢。

她趁婉儿这段时间照顾母亲不常在武则天身边，百般讨好武则天，倒也得到武则天的信任，偶尔也让她帮着抄抄中书省呈上来的文书。但她很快发现，无论她怎么努力，武则天都不把她等同婉儿，始终把她当下等奴婢看待，自己与婉儿总好像相差十万八千里。但她从不想是自己的能力问题，而是把一切都归咎于身份。婉儿是唐高宗的才人，自己说到底是奴婢。

"总有一天……总有一天……"韦团儿常常到废墟地发泄呐喊。

韦团儿又一个彻夜难眠……一个大胆的想法再一次闯入她的脑海，做太子妃！

一辈子授柄于人，不如豪赌一把！想当年，武则天不赌嫁给唐高宗，她的命运就是老死感业寺，哪里会有今天的辉煌！想到这儿的韦团儿，更加坚定自己由来已久的信念，把筹码投在失宠太子李旦身上。

她想，无论太子怎么失宠，但武则天毕竟老了，皇位终归要传位给太子的。李旦继位，自己不就乌鸦变凤凰了吗？甚至可能成为第二个武则天！想到这儿的韦团儿不觉扑哧笑了，仿佛她的曙光就在眼前。

韦团儿起了个大早，她对着铜镜精心描眉施粉……

她估计着李旦太子正在来迎仙宫的路上。这是惯例，休朝日李旦都要来迎仙宫给母皇武则天请安。

韦团儿精心打扮好后来到殿外等候李旦。她远远看见李旦孤单单地走来，心下暗喜，且暗暗佩服自己，是自己挑唆武则天把他的两个妃子刘妃和德妃害死的。

韦团儿喜滋滋地一路小跑着迎上去，可却被李旦泼了一盆冰水。李旦态度冷漠，甚至不屑。

韦团儿脸一红，忽然感到虚场。她想起被自己害死的李旦的两个妃子刘氏和窦氏。太子妃刘氏是刑部尚书刘德威之孙女，陕州刺史刘延景之女；窦氏是唐朝将作大匠、武德年宰相窦抗之孙，润州刺史窦孝谌之女，个个金枝玉叶，自己是什么？充其量乌鸦比凤凰！但韦团儿不打算退去，她想，自己唯有胜利。

她挺了挺身子，深吸一口气给自己壮胆，而后咬着牙硬着头皮再迎上前。

"参见太子！"韦团儿朝李旦跪下施礼道。

"免礼！"李旦轻描淡写，连斜眼也没看她一眼就从她身边走过去了。

韦团儿眼巴巴地看着李旦从她身旁走过去，连斜眼也没瞧她一下，内心立刻羞愧难当。又听得他的随从窃窃地笑，再一摸自己的脸，烫得跟贴锅烤了一样！

又一阵臊红涌上来，她明白自己此刻有多难堪，无地自容都是轻的。

韦团儿似乎听到了刘氏和窦氏在嘲笑她癞蛤蟆想吃天鹅肉。其实这些都是她的幻觉，刘妃和窦妃早在正月被她借武则天的刀杀死了。

突然几只鸟儿飞过来停在树枝上叽叽喳喳地叫，韦团儿一看气不打一处来。

"连你们也敢嘲笑我！等着瞧，我要让你们死无葬身之地！"韦团儿恨恨骂道，拾起一块石子朝树上的鸟儿砸去。

韦团儿还真是说到做到。那天她再次找来李旦的宫女引儿。上次也是通过引儿诬告刘妃与德妃在深夜议论武则天祭拜万象神宫以武承嗣为亚献武三思为终献的事，进而诬告刘妃和德妃行厌胜术诅咒武则天。使得武则天深信不疑，等到正月初二那天，李旦的两个妃子去给武则天叩安，可这一去就杳无音信，活不见人死不见尸。

韦团儿招来引儿，让她假传信息，说武则天身体抱恙未朝。

李旦一听武则天身体抱恙一刻也不敢耽搁即刻前往探望。

李旦紧赶慢赶来到迎仙宫，韦团儿早早在门口候着，且一路领着李旦进宫。

"母皇怎么了？"李旦一边走一边问。

"陛下吉祥安康！"韦团儿说。

"可引儿说母皇抱恙未朝呢。"太子李旦说。

"哦？这该死的奴婢怎连句话都听不清楚！"韦团儿骂道。

"难道不是？"李旦停下脚步，心想既听错了那就打道回府吧。

"当然不是，该死的奴婢准是把照样听成抱恙了，这要是让陛下知道了还了得！"韦团儿不仅狡辩还话里藏着威胁。

李旦的额头轰的一下便渗出一片细汗。这要是让母皇知道了，还不要说儿臣有意诅咒她？那还不知要掀起什么风波呢！

"引儿她有些耳背，还有别的人知道吗？"李旦连忙问。

"看把太子吓得，放心，就妾身一人知道。"韦团儿居然自称妾身，作羞答状。

"那就好，此话就到这烂在你我的肚子里，不可再传言！"李旦擦一把汗说。

说完就要转身回宫，可一把被韦团儿拽住。

"太子，奴婢带太子见两个人。"

见两个人？难道是刘妃、德妃？李旦不好问，只乖乖地随了韦团儿进到一个内室。

"太子稍待片刻，奴婢去唤来。"韦团儿说着朝内室走去。

不一会李旦就听见内室传来一个细而温婉的声音吟道："南有樛木，葛藟累之。乐只君子，福履绥之。南有樛木……"

德妃！李旦一听这是德妃的声音，而且每当自己不快乐时，德妃就借诗经里的《樛木》来安抚祝愿自己。

"德妃……"李旦不顾一切地冲了进去。

"妾在这呢！"又一声娇滴滴的声音从罗帐内传来。

李旦寻得声音一把掀开罗帐，就见一个赤条条的女子，扳过身子一看，天啊，原来不是德妃，是韦团儿！太子吓得啊一声拔腿就跑。

韦团儿是有备而来的哪里容他跑？只听得冷冷一声道："你跑了就别再想见到她们了！"

"她们在哪？"李旦果然停住脚步。

自从刘妃和德妃失踪后，李旦等了一天又一天不见两位妃子回来，知是已被害，但也不敢问武则天，还得装聋作哑，照常日日去叩安，只是暗地里托婉儿打探下落。今听得韦团儿提及她们，自然是非常想知道。

韦团儿见李旦停住，便说时迟那时快一个驴打滚跳下床拦在了李旦面前，且一把抱住李旦。

"她们俩永远不会再回到太子身边了，就让妾替她们照顾侍奉太子好吗？"韦团儿死死抱住李旦。

李旦哪里经过这样场面，他本能地奋力将韦团儿推开，夺路而逃。

"妾能够助太子登基！"韦团儿全然不顾地冲李旦的背影喊道。

"住嘴！母皇尚健在，你一个贱婢何出此言？待本太子禀临母皇，将你碎尸万段！"镇定后的李旦怒斥道，而后甩袖离去。

韦团儿怔怔望着李旦背影，颓然跌坐。她想自己这回是赔了夫人又折兵，怎么办？太子一旦把今天的事告诉武则天，自己死定了。

"不，我韦团儿是要干大事的，决不能就这样死了，得咸鱼翻身！离下朝还有些时间，太子，你看不起我韦团儿，那就别怪我心狠手辣！"

韦团儿想到这从地上爬起，披上衣装追上李旦跪在李旦面前一番痛哭流涕悔恨交加。

李旦本性仁弱，他连一只蚂蚁都不敢杀的人，哪里经得起韦团儿这番又哭又求饶又寻死觅活的，他不仅原谅了韦团儿，甚至觉得是自己不近人情不谙世故。

他哪里想到这一切都是韦团儿要置他于死地的阴谋。

二

韦团儿稳住李旦后，立刻匿名一纸状书投进铜匦把自己和李旦一起告了。

翌日无朝，武则天午觉起床，照例第一件事就是去开启铜匦取书谏。武则天拿出钥匙对准锁孔插进去再轻轻一旋转，只听得"吧嗒"一声响铜匦被开启，随之滚出一叠谏书，武则天只是粗略地一一扫过，但其中一封令武则天突然脸色大变。

"陛下？"一旁的婉儿立刻揪紧了心。

武则天久久不语，但脸色却越来越难看。

"陛下，是边关告急吗？"婉儿又试探地问。

"后院起火！"许久武则天嗡嗡地说，并把告密信递给婉儿。

婉儿一看，信中告的是太子李旦勾结韦团儿谋反。

"不可能！这绝对不可能！"婉儿急得大声道。

"带韦团儿！"武则天不理会婉儿，只怒气冲冲地喊带韦团儿上来。

韦团儿战战兢兢地来到武则天面前，没等武则天喝问便扑通跪下哭诉，说太子今天来宫里兴师问罪，口口声声要向陛下讨回太子妃和德妃，"奴婢怕伤了陛下母子情，就追出去跪求太子劝他冷静切莫受他人蛊惑，更别做傻事。奴婢千不该万不该不该替太子瞒下，奴婢罪该万死！请赐奴婢一死！奴婢毫无怨言，只恨不能再侍奉陛下！"

婉儿一听，韦团儿这番话哪里是招供，分明是把太子往死里推，而且夹枪带棒指桑骂槐，这个恶毒的女人她想干什么！

"你说的这一切有第三人看见听见吗？"婉儿喝问。

"奴婢无语！奴婢该死！"韦团儿一副十分委屈的样子。

"若无第三人看见，又何来此密信？"武则天突然说。

"此密信不可信！"婉儿断然道。

"人证就在眼前，还有什么不可信的？"武则天深信不疑。

"陛下，太子仁弱，只是一时间受了歹人的蒙蔽，奴婢死不足惜，请饶太子一命，毕竟母子情深！"韦团儿突然为太子求情，且把额头叩在地上直磕得鲜血直流。

婉儿看出来了，韦团儿这是以退为进，她话里行间其实都在挑拨武则天，什么母子情深，分明是在提醒武则天无情最是帝王家。

"汝起来吧，朕不怪汝。"武则天亲手把韦团儿扶起。

"你们都出去吧，让朕好好想想！"武则天朝婉儿、韦团儿挥挥手。

毕竟密告的不是别人，是自己的亲生儿子李旦，武则天得冷静再冷静。

"说，到底发生了什么？"婉儿怒问韦团儿。

"婉儿才人，该说的奴婢刚才都说了。"韦团儿依旧一副楚楚可怜的样子。

这不是韦团儿的本来面目，事出寻常必有妖，在上朝的这段时间里一定发生了不寻常的事。

想到这儿的婉儿立刻去问守卫，谁来过，守卫说太子来过很快又走了，至于发生了什么他们也不知。问宫女，宫女说的和守卫几乎一样。婉儿心下大惊，意识到太子掉韦团儿的陷阱了。

武则天终于出来了，她面色更加难看。

"陛下，事出蹊跷，不如唤太子来……"婉儿希望武则天亲自问问太子，可却被武则天拒绝。

"把案子交由来俊臣审。"武则天冷冷道。

婉儿一听要交由第一酷吏来俊臣审，惊得扑通一声就跪下。

"陛下，万万不可！"婉儿说。

"有何不可？汝不是常说王子犯法与庶民同罪吗？怎么到了李旦头上就不可呢？"武则天狠狠将了婉儿一军。

这还是武承嗣授命礼部尚书时候，武承嗣贪赃枉法被坐实，武则天想保武承嗣，但婉儿坚持说王子犯法与庶民同罪，逼得武则天不得不流放武承嗣。

"可是，太子之事尚无证据，草率交由来俊臣不妥！"婉儿说。

"妥与不妥难道是由你上官婉儿说了算吗？出去！"武则天怒喝。

"陛下！来俊臣生性残暴屈打成招……"婉儿顾不得武则天生气继续苦苦哀劝。

"来人，轰出去！"武则天一声怒喝令太监把婉儿拖出迎仙宫。

三

果然不出婉儿所料，来俊臣接过案子二话不问就将李旦太子当犯人拘押，且把太子宫围得水泄不通谁也进不去，连婉儿也见不到李旦。

已经一天一夜了，婉儿得不到李旦的任何信息又见不到武则天。婉儿心急如焚如坐针毡，不巧的是太平公主又刚生产尚未满月。

大唐到了最危险的时刻了！婉儿凝望夜空，心中暗暗祷告，希望先帝唐高宗在天之灵保佑大唐。

今夜若救不出太子大唐就要彻底易姓了！婉儿想到这反身回屋把溪儿拉出来。

"姐要去闯来俊臣的阎王殿，母亲就交给妹妹了！"婉儿压低声音说。

"姐姐不能去，让溪儿去！"溪儿说。

"妹妹去只能白搭性命，姐把娘托付给妹妹，请受姐姐一拜！"婉儿说完只管给溪儿行跪拜大礼，但被溪儿一把拉住。

"姐姐，您忘记了吗，娘是我们共同的娘，只是……"溪儿欲说又止。

婉儿明白溪儿的顾虑，母亲身体还没有完全康复，若是自己有个三长两短，怕是母亲挺不过去。

"要不再等等？"溪儿试探道。

"还等什么！大是大非面前要以大局为重，母亲都白教导你们了吗？"郑氏突然出现在她们面前。

"是！女儿糊涂，女儿这就去。"

婉儿如释重负，给母亲郑氏跪下深深叩头三拜，而后直奔东宫去。

第八十八章　命悬一线太子旦
闯宫救嗣千钧发

东宫戒备森严，尽管是深夜，守卫个个精神抖擞不敢有丝毫松懈。

来俊臣正在审问太子。

太子脸色死灰，目光呆滞。在他的面前摆放着两个铁笼，一大一小，这是来俊臣发明的刑具之一。大铁笼预备关犯人，小铁笼里关着上百只饥饿的老鼠，若不招供，就将人与鼠一起关进大铁笼，此刑具名曰"死猪愁"。

"从实招来免受其苦，不然这些饿鼠可不认得你是太子！"来俊臣冷笑道。

太子盯着铁笼，盯着笼里蹿来蹿去的老鼠。老鼠互相斗殴互相撕咬，只只血淋淋地发出令人恐怖的叫声。忽然有一只老鼠与太子李旦的目光对视，李旦吓得"啊"的一声大叫，身子缩得更紧。

"怕了是吗？我就说嘛，太子也是人，是人就怕活受折磨！"来俊臣得意地哈哈大笑走到太子身边。

"画押吧！"来俊臣把准备好的供词递过去要太子画押。

"来大人，吾冤枉啊！"李旦唉唉道。

来俊臣见太子还是不肯画押，便踢一脚铁笼，铁笼里的老鼠立刻上蹿下跳起来，它们互相踩踏，且发出恐怖的吱吱吱的叫声。

李旦见了吓得浑身如筛糠一样瑟瑟发抖。

"看来你是不见棺材不落泪，行，本官就让你尝尝人鼠共笼的滋味！"来俊臣一边说一边做着准备工作。

他慢悠悠地把大铁笼打开，又一寸一寸地检查着铁笼外围的铁丝网，完了又把一只鸽子扔进鼠笼，片刻鸽子就被饿鼠瓜分得连骨头都不剩。

太子看着吓得一声惊叫昏死过去。

来俊臣命人泼醒太子，而后继续往饿鼠笼里扔鸽子，饿鼠就继续上演瓜分鸽肉的恐怖场景。

"母皇，孩儿冤枉啊！"太子突然奋力一头朝柱子撞去。

只听"砰"的一声，太子的头撞在柱子上，一股鲜血立刻汩汩地涌出。

"太子！太子……"被一同关押的太子的乐师安金藏见状撕心裂胆地喊。

婉儿在外听见喊声不顾一切地冲进去。

"来俊臣你好大的胆，竟敢对太子用刑?!"婉儿见李旦满脸是血控制不住情绪怒斥来俊臣。

"快传太医！"婉儿喊道，但却无一人敢去叫太医。

"哼，上官婉儿，你哪只眼看到本官用刑了？是他自己撞得与本官无干。"来俊臣狡辩道。

"那么这鼠笼是做什么用的?"婉儿的目光直逼来俊臣。

"这……这是想变个老鼠戏法给太子解解闷，没想到太子胆小，呵呵。"来俊臣嬉皮笑脸起来。

"婉儿救吾，吾冤枉！"太子见婉儿来如见到救星。

婉儿正想安慰太子，可没来得及开口，门外突然响起一个声音：

"初时个个都喊冤，审后个个均无冤。"说话的不是别人，正是武承嗣。

武承嗣一脸得意，他做梦都没想到居然有人替他做了他一直想做却没做到的事情。这对武承嗣来说简直是喜从天降，天助他也！

武承嗣踱着方步慢悠悠走进来，而后对来俊臣弯腰拱手施礼，完全一副奴才相。

"来大人审案何时有过冤情?"武承嗣继续拍来俊臣马屁。

婉儿想以狄仁杰为例反驳武承嗣，但又一想好汉不吃眼前亏，现在不是得罪来俊臣的时候，便把嘴边的话咽了回去。

"来大人，狱中哪个犯人不是一动刑就认罪了？犯人不认罪来大人又何来丰功伟绩？无丰功伟绩又何来陛下倚重?"武承嗣继续用话暗示来俊臣动刑。

来俊臣果然被挑动了神经，冲衙狱一声大喊：

"来呀，上'失魂胆'。"

"失魂胆"也是来俊臣发明的十大刑具之一，听说犯人见了此刑具不用上刑就吓丢了魂。

"大胆，谁敢对太子动刑？"婉儿大声斥道。

"王子犯法与庶民同罪！动手！"武承嗣亦大声喝道。

"武大人，太子犯法了吗？"婉儿怒问。

"太子谋反不是犯法又是什么？"武承嗣反问道。

"证据何在？一纸诬告信就能定一个人谋反，信不信，明天我就告你武承嗣谋反！"婉儿说。

"上官婉儿，你敢！"武承嗣大怒。

"来人，上刑！"

武承嗣担心夜长梦多，想速战速决拿下太子谋反的口供，便自己跳到案前，拍惊堂木发号施令。

衙狱面面相觑，看看来俊臣又看看武承嗣，再看看婉儿和太子，个个都不知所措，这几个爷他们哪个也得罪不起。

"是谁这么大胆？敢对太子用刑？"在情况十分危急时，门外忽然传来武则天的声音。

"参见陛下！"武承嗣连忙恭恭敬敬，完全换了一副嘴脸。

"四哥……"太平公主看见满脸是血的太子哥哥心如刀绞。

原来，婉儿走后，溪儿顾不得那许多，赶到太平公主府邸，将事情和盘托出。公主得知太子哥哥被来俊臣给掳了，便也顾不得自己还在月子中，连夜去求母亲武则天亲自过问此案。

"母皇，孩儿冤枉啊！"太子哀哀地望着武则天。

武则天朝太子望去，只见太子一夜间就脱了人相，不免心酸地落下了泪。

武则天抚摸着儿子李旦，把他的头搂在怀里许久不说话。

"你已经是太子，为何还要谋反？这叫为娘的好不心酸！"许久武则天叹着气说。

"孩儿冤枉，孩儿孝顺还来不及，何曾有过谋反之心啊！请母皇明察！"太子泪水一串一串地掉。

"你自己看吧，这些是你家奴的供词，你让娘怎么明察？王子犯法与庶民同罪啊！"武则天沉下脸把太子家奴的供词扔给李旦看。

李旦见了亦百口难辩，只有泪水汩汩地流。

"陛下，那些所谓供词都是屈打成招的，太子从无谋反之心，陛下不信，安金藏剖心给陛下看！"

一个叫安金藏的乐工，话音落下已经跃起夺过武则天护卫的佩剑朝自己的腹部剖去。顷刻鲜血直流，安金藏渐渐地倒在血泊中，但却面带笑容说：

"陛下，请看我的心，句句真言，太子从无谋反之意！"

安金藏的行为深深震撼了武则天。"快，传太医！"

"陛下不信，安不受医！"安金藏拒绝医治。

"朕信！朕惭愧，母不如尔信子。"

武则天一时感慨万千。这一路走来，为了权力杀害的亲人还少吗！她不由得想起了姐姐韩国夫人，想起了姐姐的一双儿女都死在自己手里，更想起了李贤的《黄台瓜辞》："种瓜黄台下，瓜熟子离离。一摘使瓜好，再摘令瓜稀。三摘尚自可，摘绝抱蔓归。"

再看看蜷缩在墙角的李旦，一脸的血，那被权力吞噬了的母爱刹那被挑了起来，她眼里噙着泪花朝李旦走去。

"娘对不起你，走，娘带你回家！"武则天挽起太子，用袖口轻轻擦太子脸上的血迹。

久失的母爱突然再现，李旦顿时偎依在武则天的怀里失声痛哭。

武承嗣眼睁睁看着武则天带走了李旦，煮熟的鸭子就这么飞了，他好不懊恼，然，更让他懊恼的还是武则天临走时的那一瞥目光。

武承嗣明白那目光里的含义，陛下一定误会是他武承嗣告的密。

"姑母，绝非侄儿所为！"武承嗣顾不得什么直冲武则天背影喊。

"敢发誓否？"

"敢，如查出是侄儿，侄儿自裁了断。"武承嗣说。

武承嗣一点不心虚的样子令武则天感到放心。

"那就好！汝回吧！"武则天说。

"传朕旨意，由上官婉儿与太平公主共同查办太子告密案，朕要将此人碎尸万段，株连九族！"

武则天话音落下，韦团儿手一抖，茶碗打落到地上，摔了个粉碎。

"汝慌什么？难不成是汝？"武则天随口道。可说者无心听者有意，韦团儿脚一软扑通一声跪在了地上。

"陛下，韦团儿……"韦团儿已吓得说话都结结巴巴。武则天一看自己的一句随口话就把人给吓成那样，忍不住哈哈大笑。

"起来吧，玩笑而已，别说汝没那个胆，就是有那个胆，汝一个婢女害太子为何？"武则天压根没想到韦团儿也敢有皇帝梦。

"陛下，奴婢胆小……吓死奴婢了！"韦团儿战战兢兢地站起。

"朕知道汝胆小，从来不会忤逆朕，不像上官婉儿，可朕还是喜欢她，也许是上辈子的孽缘吧！"

"陛下，听说婉儿与太子走得近，把案子交由婉儿审，奴婢怕不能公正。"

韦团儿见武则天丝毫不怀疑自己，心思又活动开了，她想若是能把案子落到自己手里审，这盘棋就活了。

"哦？你是怎么知道的？"武则天立刻警觉起来。

"陛下忘了，奴婢的老乡是太子府的婢女。"韦团儿道。

"上次你说过，太子妃行巫蛊不就是她告发的吗。"武则天说。

"对了，她叫什么来着？"武则天又问。

"叫引儿。"韦团儿答道。

"传引儿！"武则天忽然说。

"回陛下，引儿她……"韦团儿吞吞吐吐。

"汝不会告诉寡人引儿死了吧？"武则天说。

"陛下英明，引儿跳井死了。"韦团儿低声说。

"什么？引儿跳井了？"武则天立刻用异样的目光盯着韦团儿。

"回陛下，引儿胆小怕受太子牵连昨夜跳井自杀了。"韦团儿说。

"谁说引儿是自杀的？"就在这时婉儿查案回宫接过话茬儿。

"陛下，婉儿已查明引儿是被人推下井再砸石块致死的。"婉儿说着拿出仵作的验尸报告递与武则天。

武则天看完验尸报告又以异样的目光盯在韦团儿的脸上。

"陛下，奴婢昨夜值班，未曾出过宫，请陛下明察。"韦团儿连忙洗白。

"不，你一定出过宫！"武则天说。

"报告太子妃行巫蛊的是引儿，向太子传递假消息的又是引儿，关键时刻被灭口的还是引儿，这么多的巧合只能说明一个问题，你，韦团儿有问题。"武则天分析道。

"陛下英明！"婉儿说。

"传御卫！"

武则天一声喝，立刻有太监飞奔去传口谕，不一会儿昨夜值班的御卫都战战兢兢地来到武则天面前，他们一见武则天纷纷扑通扑通跪下磕头如捣蒜求饶不死。

"到底发生了什么，好好说清楚饶尔等不死。"武则天说。

于是御卫便把韦团儿谎称陛下赐御饼到他们莫名其妙昏昏睡去——和盘托出。

事到如今，韦团儿看事情已彻底败露只得扑通跪下求饶。

"拖出去杖毙，诛九族！"武则天怒得几乎发抖，一世英名却不想被一个奴才给耍了一把。

"陛下，她从小就进了宫，她之所谓族人悉数不知，可否饶过她族人？"婉儿恳求。

"也罢，既然案子归你办你就看着办吧。"武则天说。

"婉儿奏请杖毙削首示众以观后效！"婉儿道。

"可！"武则天不假思索道。

"上官婉儿，我有今天都拜你所赐，不要以为你保了我的族人我就会感激你，我做鬼都不会放过你！"韦团儿一边被推出去行刑一边还不知悔改。

"真是不知悔改的东西，尸体丢到野狼岗去喂狼，让她永世不得超生！"武则天大怒。

第八十九章 止戮哭灵惹恼帝
君威甚怒贬感业

一

长寿二年（693）二月，洛阳城的大街小巷忽然流传一句预言："代武后刘人。"

预言很快传到武则天的耳里。武则天立刻请方士作解，方士给出两种解释。其一，取代武周的是刘姓；其二，取代武周的是流人。

何为流人？即被朝廷流放之人。688年李贞父子起兵失败，李唐子嗣除去赐死和斩首的100多人外，其余老弱病残和妇幼婴童统统被流放到南方蛮夷之地。

武则天更担心后一种说法，于是立刻派司刑评事万国俊前往岭南明察暗访，并密授，流人果有反意，即行斩决。

万国俊得到武则天的密令去到广州（今广州番禺），不管三七二十一就将那里的三百余流人统统召集起来，而后说他们造反，令他们自尽，且谎称是武则天的旨意。

流人一听祸从天降，立刻呼天抢地地喊冤且不肯自尽。万国俊一看他们不肯自尽，心想我给你们留全尸你们还不领情，那好，你们等着。

于是万国俊不动声色地把流人诓骗到叫曲水的河边，又令排好队，然后一声令下"杀"！流人还未反应过来，前排的人脑袋已滚落在地，曲水河畔立刻鲜血飞溅，哀号震天！站得离官兵远一些的吓得慌不择路往河里逃去，可是滔滔的河水又岂容他们逃跑？往河里逃去的都被活活淹死。三百多流人小的还在襁褓中，老的九十有余，一个也没能活下来。

万国俊杀了流人回京又谎奏，流人造反统统就地斩杀，且奏言"诸道流人皆怨望谋，不可不早诛"。

武则天听之，且以万国俊有功，擢朝散大夫、行侍御史。又派遣右翊卫兵曹参军刘光业，司刑评事王德寿，苑南面监丞鲍思恭，尚辇直长王大贞，右武卫兵曹参军屈贞筠等摄监察御史，分别往剑南、黔中、安南等六个地方去推鞫流人。

刘光业等见万国俊杀人有功升了官，心里早痒痒的便纷纷争相效仿斩杀无辜流人。

一时间刘光业杀九百人，王德寿杀七百人，其余几位杀的最少的也不下百人。他们杀光了武则天朝的流人，就开始杀历代因种种原因流放的前朝流人。没流人可杀了就杀老百姓，谎报是流人。一时间杀戮成风，国人惊骇！

各地官员无不纷纷上疏谴责万国俊等草菅人命。文昌左丞姚璹，秋官侍郎陆元方还有冬官尚书苏干等有正义感的大臣也纷纷奏请严惩凶者，停止杀戮。可武则天不那么想，她想宁可错杀一千也不放过一个。

"死几个流人，众爱卿何必大惊小怪？"武则天轻描淡写地驳回大臣陆元方的奏章。

"陛下，万国俊、刘光业等制造冤滥，视人命如草芥，当诛！"文昌左丞姚璹急忙顶上去奏道。

"姚爱卿，汝又不是流人，又怎知他们冤？"武则天拉下脸一副不乐的表情。

"陛下，这是'六道'地方官员的奏章，请陛下御览！"婉儿见左丞姚璹也被驳斥下来，便递上"六道"奏章。

何为"六道"奏章？即剑南、黔中、安南等六个地方官员的奏章。

武则天见婉儿不为自己解围反顶杠自己，恼怒地瞪一眼，但又不得不接过奏章。

武则天粗粗浏览了两份，亦颇觉冤滥，但事已至此又能如何？命令是自己下的，承认万国俊和刘光业他们有罪就等于承认自己有错，这个历史污点太大了朕背不起！

想到这儿的武则天，心一横，说："朕得到的密报是流人多有怨言，反心由来已久，众爱卿说朕该相信谁的？"

武则天把音量提高一倍，她在用语气表达对弹劾万国俊、刘光业大臣的不满。

姚璹一班大臣面面相觑，大家都看明白了武则天在护犊子。

"这样吧，众爱卿先请回，朕自有分辨就是！退朝！"

武则天不等姚璹他们反驳便宣布退朝，且自己先行走了。之后的几天武则天称病不上朝，且下令闭门谢客！

姚璹和陆元方又一次被武则天的侍卫拦在迎仙宫集仙殿外。

可滥杀无辜百姓之风却在愈演愈烈，那些官迷心窍的地方小吏也在效仿杀人，纷纷把当地老百姓当流人来杀。

"这样下去怎么得了？"文昌左丞姚璹在议政殿急得踱来踱去。

"一定要阻止这场杀戮！我陆元方去闯宫死谏！"凤阁鸾台平章事陆元方拍案而起。

"不可，这样反而要坏事。"夏官侍郎李昭德拦住陆元方。

"难道李大人还有第二条路吗？"陆元方说。

"的确，除死谏外没有第二条路。"李昭德说。

"武将战死，文官谏死。我去。"姚璹说。

"我是宰相，理当我去！"李昭德说着站起。

"大人肩负重任，还是下官去吧！"陆元方拦住李昭德。

就在他们僵持不下争着去死谏时，忽见婉儿走来。

"三位大人都别争了，由婉儿去吧！"婉儿说。

"对了，我们怎把婉儿才人给忘了，由婉儿去最合适不过了！"姚璹说。

"恐怕陛下也未必肯见啊！"陆元方叹气。

"是啊，如今陛下对婉儿的信任已不似从前。"李昭德道。

"可这又是没办法的最好办法了。"姚璹说。

"婉儿才人，汝有把握吗？"李昭德想想也是。

"各位大人放心，婉儿保证陛下明早上朝！"婉儿胸有成竹道。

"如是甚好！"

李昭德陆元方姚璹都长长地吁了一口气。

二

婉儿出了宣政殿去往武则天的迎仙宫。

迎仙宫侍卫森严，个个眼睛瞪成牛眼，婉儿一看那架势，连只苍蝇也别想飞进去。这也难怪，武则天下了死命令，连一只蚂蚁也不能爬进去，包括婉儿，违者斩。

婉儿别无他法只能跪在宫外恳求。

眼见太阳落了山，天空渐渐暗了下来，武则天依然无动于衷。婉儿对着夜空长叹一声无奈地站起。

婉儿意味深长地最后望了一眼迎仙宫，而后穿上素衣朝李唐宗庙走去。

婉儿来到宗庙，跪在唐高宗灵前哭灵。

婉儿哭自己有三罪。一罪，辜负了唐高宗临终嘱托，未辅佐好新皇李显，又未保护好已废太子李贤；二罪，辜负当今陛下曾以魏徵寄予，如今奸佞当道，无辜惨死，陛下千秋英明受损；三罪，忠不如魏徵，孝不比曹娥。

婉儿哭灵，立刻有太监飞奔去报告武则天。

"反了她不成！"武则天怒气冲冲地赶到宗庙。

宗庙早已里三层外三层地围观了不少人，武则天拨开人群，就见婉儿一身素衣匍匐在大唐先祖灵位前，一把鼻涕一把眼泪地控诉自己的三大罪状。

"上官婉儿！"武则天一声断喝。

"汝无法无天了！"武则天怒不可遏一脚踹去。

婉儿被突如其来的一脚踹倒在地。

"参见陛下！"婉儿跪着道。

"你眼里还有我这个陛下吗？"武则天不解气又一脚踹去。

"婉儿罪该万死！婉儿有负先帝又辜负陛下，才使万国俊等奸佞犯下'六道门'惨案，致使陛下千秋英名蒙尘！婉儿心中万分愧疚，唯有向先帝谢罪赐死！"婉儿再次掏出各地的奏章跪行呈上。

武则天一把夺过奏章砸在婉儿的脸上，然后冷笑一声：

"你不提先皇，朕倒是忘了，按照唐朝律法，皇帝宾天，上至贵妃昭容，下至美人才人，有子嗣者随子嗣，无子嗣者去感业寺了此余生！你作为天皇的才人，又无子嗣，早该去感业寺了！"武则天咬牙切齿道。

"来人，把她拖出去，即刻发配感业寺！"武则天又一声断喝。

"陛下，碧玉不可有瑕，婉儿死不足惜，请陛下务必斩奸除恶！"婉儿丝毫不退缩。

"哼！试问何为奸？何为忠？何人是奸，何人又是忠？你若说服不了寡人，寡人绝不手下留情！"武则天依然怒气冲天。

"善为忠，恶为奸！自古哪一个残暴之徒有忠心？易牙竖刁就是后人的镜子，万国俊等人性泯灭即为奸，既奸必除！"婉儿振振有词。

武则天不觉一颤，这易牙和竖刁，生前享尽齐桓公的宠爱，对齐桓公亦是百依百顺。一日齐桓公戏说山珍海味我都吃腻了，只是没吃过人肉，不知人肉是何味，易牙回去就杀了自己的小儿煮了给齐桓公吃。竖刁为了博得齐桓公的信任，亲手阉割了自己。可是，当齐桓公年老病重时，易牙和竖刁就趁机作乱，将齐桓公囚禁在高墙内活活饿死，且死后六十七天无人问津。

残暴之徒连人性都泯灭了何来忠？这道理武则天懂，可武则天不能认这个错，她只能将错就错。

于是冷笑道："这么说，婉儿便是忠了？"

"婉儿惭愧！"婉儿说。

"陛下，孔子曰，讨好汝的人，必定对汝有所求，而批评汝的人，是想汝做得更好。婉儿是无心之错！请陛下恕罪！"闻讯赶来的郑氏跪下想替婉儿挽回局面。

"婉儿，好好向你娘学习，话说得舒心！朕看在汝娘的份儿上，死罪且免，活罪不可饶，即刻发落感业寺！"武则天冷冷道。

"陛下，婉儿一片忠心，请陛下三思！"

赶来的李昭德、姚璹、陆元方等纷纷跪下为婉儿求情。

"说情者斩！"武则天丢下话起驾回迎仙宫。

第九十章　漫漫长安路途险
长安古道见真情

一

　　婉儿与母亲默默而对，谁也不收拾行李，把仅有的一些碎银也送了陈公公。

　　溪儿十分不解，埋怨道："去感业寺千里迢迢，怎么着也得多带些盘缠，姐姐倒好，却把银子都散了……"

　　溪儿一边埋怨一边从自己身上掏出碎银偷偷塞进婉儿的包裹。

　　婉儿与母亲对视，淡淡会心一笑，什么也不说。可她们都在心里说：傻溪儿，你以为万国俊他们能让我们母女活着到感业寺吗？即使他们能放过，武承嗣也不会放过，他想杀婉儿已不是一天两天的事了。

　　"姐姐也没什么好东西留给妹妹做念想，就把这支金钗送与妹妹，以后见钗如见人。"婉儿拔下金钗要插到溪儿头上，但却被溪儿推了回去。

　　"姐姐不要溪儿了吗？溪儿是不会离开娘的！娘和姐姐去哪溪儿就在哪！"溪儿收拾着行李说。

　　"好妹妹，不是姐姐不要你，是姐姐放心不下雪儿妹妹，等你找到雪儿妹妹再一起去感业寺找姐姐和娘好吗？"婉儿得支走溪儿，她不想连累溪儿无辜丢掉性命。

　　提起雪儿溪儿难过地流下泪水，雪儿失踪已经两年之久，溪儿无时无刻不担心记挂她。

"姐姐已为你雇了马车，说不定雪儿回原先的家了。"婉儿说着把那包碎银和自己的首饰悄悄塞进溪儿包裹里。

溪儿想了想，也着实放心不下雪儿，原先指望她在某一天会突然回宫，现在大家都走了，万一雪儿回来上哪找呢？

想到这，溪儿决定听从婉儿的安排，先去找雪儿，再回感业寺团聚。

马车出了城门，溪儿跳下婉儿的马车，上了另一辆马车。

"好妹妹，姐姐会想你的！来世我们还做好姐妹！"

婉儿紧紧拥抱住溪儿，心里默然道，好妹妹永别了，希望来世再见。

"娘，姐姐，溪儿很快就会与你们团聚的！"溪儿跳上马车掀开帘子冲婉儿的马车喊。

"好妹妹，保重啊！"婉儿冲溪儿的马车喊道。

突然，婉儿与溪儿同时跳下马车朝对方跑过去，然后紧紧拥抱。

婉儿在心里说，"好妹妹，永别了！希望你和雪儿能过得好！"而溪儿在心里说，"姐姐，溪儿此去凶险难测，也许再也见不到姐姐了！希望姐姐过得好！"

"到底走不走？再这样磨叽下去，天黑前就赶不到下里铺了。"溪儿的马夫不耐烦催道。

"姐姐，溪儿很快就会回来的！"溪儿跳上马车又冲婉儿的马车喊。

"好妹妹，姐姐希望你和雪儿都找个好人家好好过日子。"婉儿冲溪儿的马车喊。

"如果雪儿愿意，溪儿会像娘一样把她嫁了，然后溪儿再回感业寺找娘和姐姐的。"溪儿完全没有洞察到婉儿话中有话。

郑氏在车里早已泣不成声。

"该走了……"车夫看看天色已放亮便也催促道。

"再等等。"婉儿说。

婉儿是在等一个人，太平公主。

郑氏不语，微微叹了一声。婉儿会意母亲的意思，世态炎凉，太平公主不会来的。可婉儿坚信太平公主一定会来。

"娘，婉儿与公主指月结金兰，公主一定会来的！"婉儿说。

婉儿希望在死前最后见一面太平公主，因为她放不下太子李旦。

天色大亮，从山后升起的太阳已经光芒四射，阳光洒满大地，婉儿望眼欲穿，可太平公主连个音信都没有。

"也许娘是对的！走吧！"婉儿很是失望。

这个世界婉儿最希望看到太平公主来送行，可唯独太平公主没来。婉儿六岁就做了太平公主的书童，那夜两人又指月结金兰，不是亲姐妹，却胜过亲姐妹，尤其婉儿心里还放不下李唐，而太平公主会是一支复唐的生力军。

婉儿钻进马车，只听得赶车人几声吆喝"驾……驾"马车便扬起四蹄朝着长安方向驶去。

婉儿时不时朝外张望，她不敢相信太平公主如此无情，这极有可能是她们的最后一面，她居然不来，连个信儿都没有。

婉儿情不自禁时不时地哀叹。

车马行出数里，依然不见太平公主的踪影，婉儿放下苇帘再不奢望。出了洛阳隘口，车夫便高高举起马鞭手上加着劲抽着马儿，马儿"噌"地一下便飞快地奔驰起来，郑氏被颠簸得有些气虚，婉儿急忙扶住母亲。

"老伯，慢些，不赶路的。"婉儿掀开苇帘喊道。

"再慢了，天黑时就赶不到第一个客栈了。"车夫大声回道。

"不打紧，娘的身子还没那么虚。"郑氏依靠着婉儿说。

车夫紧赶慢赶，终于在天黑时赶到客栈。客栈早有人候在门口迎接。

"是从京城来的上官大人吧！"

掌柜的见下来的两个女子，年轻的肌肤如雪，虽然一身素装打扮，但眉宇间流露出掩饰不住的灵光与高贵，便猜到一定是上官婉儿了。再看郑氏，虽有些年纪，可骨架在那里，她的美仿佛从她的骨头里徐徐往外散发，这便是当年的长安才女郑氏了。

"他如何识得我们？难道他们如此迫不及待，今夜就要在这里动手？"婉儿面有难色，不知道该不该承认。

"婉儿大人不必惊恐，我们等你们一天了，昨天便有人付过账银，让我们好生侍候！"掌柜的恭恭敬敬把婉儿母女引进上等房间。

"那人是何人？是男是女？"郑氏心不安地问。

"那人只让小的把这个交与婉儿大人，别的没说。"掌柜的拿出一个香囊递给婉儿。

婉儿打开香囊，只见内有一张字条，打开字条见上面写着四个字：指月为证！

"是公主！"婉儿很意外，也很惊喜。

"娘，我们死不了了。"婉儿见了那四个字，便明白了一切。

原来太平公主同样想到了万国俊他们会在路上暗杀婉儿，既如此，那么公主就一定会采取对策。

"娘，安心睡吧！公主足智多谋，她在暗中保护我们，我们不会有事的。"夜里婉儿安慰辗转反侧的母亲。

二

果然如婉儿所言，连行数日，皆平平安安，毫无风吹草动。婉儿说不出的感动。

那日行至函谷关，婉儿让车停下，她想欣赏一下函谷关的风光。函谷关西据高原，东临绝涧，南接秦岭，北塞黄河，是东去洛阳，西达长安的咽喉。素有"长安古道""一夫当关，万夫莫克"之称。

周慎靓王三年，楚怀王合纵举六国之师伐秦，秦依函谷关天险，使六国军队溃不成军，流血漂橹。秦始皇六年，楚、赵、魏等五国军队犯秦，至函谷，亦皆败走。刘邦死守函谷大拒项羽。唐太宗、司马迁都在这里留有诗句，老子在这里写就了《道德经》。作为诗人的婉儿，面对这样一个凝聚了诸多历史故事的著名关隘，她无法不驻足。

婉儿下了车，举目望，果然是"天开函谷壮关中，万谷惊尘向北空"。婉儿不觉又想起宋之问的诗句："不从紫气台端候，何得青华观里逢。"

婉儿虽然不是第一次过函谷关，但，前几次都是跟在武则天的大部队后面，自然不好下车欣赏，难得有今天这样的机会，可得好好作几首诗。

婉儿正这样想着，就见一人从山顶如一只张开翅膀的老鹰俯冲下来，再一看一把寒光闪闪的剑朝自己直逼过来。婉儿吓得"啊"的一声大叫便夺路而逃，可那人哪里容婉儿逃走，他闪电般地几个跳跃就逼近婉儿堵了婉儿的去路。

婉儿心想死定，叹一声，闭上眼，只等杀手的剑刺进自己的胸膛。

可当婉儿睁开眼看到的却是另一幅景象。两个厮杀的剑客，他们都是一袭黑衣，蒙着脸，婉儿一时分不清哪个是杀手哪个是救星。

"你们快走……"其中一个更高些的黑衣蒙面人大声喊。

婉儿明白此黑衣人便是来救自己的侠客。

"不行，我们不能扔下汝！"婉儿怕黑衣人失利，所以不肯走。

"你们不走只会分我的心知道吗？"侠客见婉儿不走有些急。

"我们走吧，刺客的目标是你们，你们跑了，侠客的压力自然就减轻了。"车夫提醒道。

婉儿想想有道理，高手过招比的不是剑术，而是比心无杂念。

"好，后会有期！"

婉儿说着迅速跳上车，车夫往马屁股上使劲一鞭，马便飞奔着出了函谷关。

出得函谷关，远远地望见一辆宫廷马车相向而行。待两车相遇时，迎面的车夫喊道：

"车里可是婉儿才人？"

婉儿心下又一惊，又是刺客？可一想躲是躲不过去了，便一横心掀开苇帘回道：

"正是，尔等何人？"

说话间那人已经跳下马车，冲婉儿抱拳施礼道：

"太平公主在此！"

"太平公主？"婉儿吃惊不小，立刻跳下车。

婉儿掀开迎面马车的苇帘，车内的情形令婉儿大惊失色，而后扑了过去。

太平公主奄奄一息，好像是受了重伤。未等婉儿问，那车夫已然说道：

"公主冒充婉儿才人，先行把刺客一一引出，在过函谷关时，公主不慎被刺客划破了一些皮外伤，本以为不打紧，继续前行，谁知那剑有毒，这才掉转头……"

"公主！婉儿值得你这样冒险吗？这让婉儿如何是好？"婉儿抱住公主泣不成声。

"不碍事，太平既然这么做，就值！"太平公主嚅动着发暗干裂的嘴唇微微露着笑说。

"这万一……"婉儿没敢把后面的话说出来。

"公主若有个好歹，婉儿死一万次也不能弥补啊！"婉儿摸到公主的身子冰凉冰凉，慌得不知如何是好。

"天降大任于斯，相信老天爷不会这么早叫本公主走的！你放心去吧，估计前面不会再有刺客了，但他们不会甘心，到感业寺后自己多加小心……"太平公主强支撑着身体说。

"别让公主多说话，我们还得赶路，公主的解药只能缓解，不能治根……"车夫过来劝开婉儿。

婉儿束手无策，看着公主的马车离去，心如刀绞。马车行出数十步，婉儿突然想起函谷关还有刺客。

"公主要小心，方才我们过函谷关遇到了刺客，幸亏一个黑衣侠救了我们……"

"知道了，后会有期！保重！"车夫声如洪钟，传达着太平公主的话。

声音回荡在山谷，婉儿久久伫立望着公主远去的马车……

第九十一章　青灯一盏伴孤月
感业寺里遇高人

一

　　婉儿到了感业寺，第一时间就去打听倪妃。她是唐高宗生前挂名的德妃。

　　倪妃原名叫倪弃，还在襁褓中就被父母遗弃在宫墙外，后被一个姓倪的公公捡进宫中养大，在掖庭为奴，取名倪弃，又因长得丑，宫里人习惯喊她丑人。

　　一个奇丑无比的奴婢，又是如何一夜间成为皇帝的妃子呢？这得从武则天说起。

　　武则天夺得后位后，便废除皇帝的三年一小选，五年一大选的选秀制度。对于祖制，皇帝必配的四妃九嫔美人才人，武则天想出了一个馊主意，从后宫奴婢中物色补充凑数。

　　倪弃就是凑数中的一个。武则天还振振有词曰倪弃乃华夏嫫母转世，是皇帝德之所系，搞得唐高宗死的心都有。

　　倪弃一夜间鲤鱼跃龙门成为帝之妃，尽管是挂名的，也难免要想入非非。她希望自己成为名副其实的第二嫫母，这才有了她向幼年婉儿学诗的那段相识之缘。

　　唐高宗驾崩，她被遣送到感业寺。

　　"师傅，跟您打听个人，倪妃在哪？"婉儿见一遮面尼，便迎上去打听。

"这里只有佛门弟子。阿弥陀佛!"遮面尼冷冷答道。

"婉儿知错了,婉儿与她是故交,但不知她法号,师傅能否告知?"婉儿双手合十在胸前说。

"她法号弃尘,快不行了,也算你们尘缘未了,她在静堂斋快去吧!"遮面尼说完翩然而去。

婉儿一听便匆匆赶去静堂斋。

在静堂斋的一间屋子里,婉儿见到了倪妃。她侧身躺着,面容枯槁,身体骨瘦如柴,如耗尽的油灯。

"倪妃,吾是婉儿,来看汝来了。"婉儿在她耳边轻声唤着。

"倪妃,吾是婉儿,还记得吾吗?就是掖庭的那个小姑娘……"婉儿继续在她耳旁轻声说。

倪妃不由得微微睁了睁眼。

"倪妃,汝听见婉儿说话了是吗?"婉儿继续说。

"真是婉儿!还以为是梦……叫我弃尘吧!"她枯槁的脸上拉扯了一丝笑意。

"你不是在洛阳吗?怎么来这里了?"她喘着细气问。

"以后婉儿都在这里与弃尘为伴。"婉儿握住她的手说。

"出什么事了呢?"弃尘沉默了一会儿问。

"没事,是婉儿想陪母亲来这里清静清静。"婉儿怕给倪妃添堵便没说实话。

倪妃听了不语,好半天叹着气,而后幽幽道:"终究还是来了,唉!"

轮到婉儿不语,婉儿明白倪妃什么都明白。

"这里青灯一盏,可少去许多虎狼之凶险,未尝不是好事!"婉儿沉默后说。

婉儿的话本是为安慰倪妃,却不想倪妃却说出令婉儿震惊不已的话。

"汝为大唐而生!怎可有此轻言?"

倪妃话音落下,婉儿久久肃然。如今的弃尘已不是昔日劝婉儿明哲保身的那个倪妃了。

"众生必死,死必归土。唯拯救芸芸众生者永生!施主难道要半途而废吗?阿弥陀佛!"倪妃歇了一会儿气,继续道。

537

　　她虽是气喘吁吁，可字字铿锵。婉儿再次惊骇！想不到十年青灯居然将一个懵懂之人淬火成钢，成为忧国忧民的高人。

　　"快回到洛阳去，大唐需要你！回——去——快回……"这是弃尘弥留之际紧紧拉着婉儿的手说的最后的话。

　　弃尘的一席话语令婉儿陷入两难境地。回洛阳就得对不起母亲，母亲在感业寺的精神一天比一天好，这里青灯一盏伴孤月，云霞幽静诗人怀的清静日子很适合母亲。

　　婉儿着实不忍心再回到洛阳去让母亲天天生活在担惊受怕中，可不回去，大唐又处在岌岌可危的时刻！李旦被软禁，太平公主身受剧毒，李唐子嗣与前朝大臣被杀戮殆尽，武承嗣对太子之位虎视眈眈。

　　该如何是好呢？母亲已经经不起折腾了，而大唐又需要自己，太平公主孤掌难鸣也需要自己！

　　"佛祖在上，大唐的列祖列宗在上，请告诉婉儿，婉儿该何去何从？"婉儿跪在列祖列宗灵前口中念念有词。

　　"国重于泰山，大于孝！阿弥陀佛！"一个苍老的声音突然从后堂飘来。待婉儿追过去人影却不见了，但婉儿听出来是那个遮面尼的声音。

　　她到底是谁？怎么如幽灵一般，从婉儿来到感业寺起，她就忽而飘来，忽而只闻音而不见人。说话亦十分的古怪，有时刻薄尖酸，有时疯疯癫癫，有时忧国忧民。

　　会是武则天的眼线吗？武则天的眼线可是遍布全国，防不胜防。可仔细分析又不像，来感业寺的第一个夜晚就是她在暗中保护了自己和母亲，才射过一支暗箭。按理此人非敌。非敌即友，既是友她又何必躲躲藏藏？更费解的是昨夜，婉儿亲眼看见她持刀闪在窗下，分明是要伺机而动。

　　"娘，那个遮面尼好怪！"婉儿对母亲说。

　　"娘也察觉了，小心着她，看来这里也非净土啊！"郑氏叹道。

　　"国之不安，何处是净土？"遮面尼的声音又突然飘进屋子，婉儿浑身一抖立马追出去。

　　"前辈是何方高人？晚辈愿闻赐教！"婉儿说。

　　"阿弥陀佛，此非说话之处，请随老衲去，一切便知晓！"遮面尼丢下话只顾离去，婉儿不顾母亲阻挠一路尾随而去。

二

婉儿随遮面尼七拐八绕的，好不容易来到一处废墟地。只见那里十分的荒凉，几间屋子破旧得东倒西歪，房前屋后的草长得都有齐腰高，一看便知这里平时无人光顾。

原来，这里是早年生尼的住所，已经荒凉了有些年，平时没有人会来这里，这里倒成了非常安全的地方。

遮面尼在其中一间门前站定，犹豫了几秒而后闪了进去。婉儿亦犹豫了几秒而后跟了进去。只见遮面尼背对着婉儿，气氛阴森恐怖。

"这儿只有我们俩，可以见见师傅的尊容吗?"婉儿先开了口。

遮面尼不语，只见她慢慢撩开头顶的黑纱，而后慢慢转过身。

婉儿一看不禁大吃一惊，"汝是……"

遮面尼不是别人，她是唐高祖李渊之妃薛婕妤。唐高祖驾崩，薛婕妤年仅十八，膝下无子女。按唐律先帝驾崩，嫔妃无子嗣又无一技之长者当到感业寺诵经念佛了此一生。唐太宗李世民念及她妙通经史、兼善文才，故留下做幼年李治的老师。

李治初登，薛婕妤如母亲一般尽心尽力地辅佐，帮助李治打理公务掌管启诏等事务。

李治念师傅情，封薛婕妤河东郡夫人，礼敬甚重。后薛婕妤自愿为尼，唐高宗力劝无果从其愿，特在禁中为之别造鹤林寺，举行了三天三夜的盛大受戒仪式。本想一生可就此善终，谁知祸从天降。

麟德元年（664），上官仪因启诏废武，被武则天扣上谋反的罪名受诛。随之薛婕妤被扒出私下与上官仪书信来往，因此被削去河东郡夫人邑号，幽禁于唐高祖别庙静安宫。弘道元年（683），唐高宗弥留之时，想起他幼年母亲一般的老师薛婕妤，知她冤枉，心有愧，特赦免她归故里终老，但薛婕妤却自愿到感业寺了此余生。

算起来薛婕妤也是婉儿的老师。婉儿为才人后，唐高宗经常让婉儿悄悄给薛婕妤送些酥饼去，每每趁了这个机会婉儿就请教薛婕妤一些启诏律法知识。

"师傅，真的是您？"婉儿又惊又喜。

"阿弥陀佛，正是贫尼！"

"没想到会在这儿见到师傅！"婉儿上前拉着薛婕妤的手问寒问暖。

"阿弥陀佛！世间万物看似无常，却皆有常，此乃你我师徒情分未了！"薛婕妤露了一丝淡淡的笑说。

"师傅受苦了！当年若不是……"婉儿欲言又止。

"若不是因汝爷爷，贫尼不至于如此是吗？"薛婕妤替婉儿说出后半句。

婉儿默然。

"非也！好吧，是时候该让汝知道真相了！"薛婕妤轻轻一叹，接着回忆起往事。

原来，薛婕妤与上官仪是故交，上官仪在杨恭仁大人手下当差时，两人就认识。因为薛婕妤的父亲与杨大人既是好友，曾经又同为隋朝大臣，后又同为唐朝大臣。那时候薛婕妤的父亲与杨大人每相聚，杨大人必令上官仪相随，大家在一起快乐地煮酒论诗，快乐地围猎。

那时候薛婕妤就喜欢上官仪的诗，他们就有过诗稿交往，后来薛婕妤进了宫，上官仪中进士也进了宫，但从未见过面更无诗稿书信往来，只是知道彼此都在宫中而已。

直到薛婕妤做了唐高宗的老师，一次偶然与上官仪不期而遇，两个曾经的故人，情不自禁地讨论起诗歌韵律来。这之后，上官仪每有新诗第一个传给薛婕妤看，薛婕妤每阅必复书信谈论自己的观点，所以，在鹤林寺与上官仪书信相通亦不过都是一些诗稿而已，并无半字越轨。谁知爱上上官仪的武则天却因此打翻了醋坛子，杀了上官仪还不够解气又拿薛婕妤出气！

"贫尼倒没什么，只是可惜了汝爷爷一代旷世奇才含冤而死，可惜了那一肚子的好诗！"薛婕妤说起当年的事，心头难免涌起伤感。

"爷爷的事，母亲不愿意多说，婉儿亦不好多问，谢谢师傅不怨恨爷爷！"婉儿说。

"怨恨？何来怨之说！认识汝爷爷是贫尼一生的骄傲！汝爷爷不仅文采盖世诗赋绮丽，更是正人君子，多少达官贵族的女子以得到他的诗稿为荣，贫尼每得到汝爷爷的诗稿都是兴奋不已！"薛婕妤提及上官仪还是禁不住兴奋。

"爷爷有师傅这样的红颜知己，泉下定倍感欣慰！婉儿替爷爷谢过师傅！"婉儿说着就对薛婕好行大礼。

"非也，令他倍感欣慰的是婉儿你呀！当年汝爷爷最不放心的就是婉儿了，汝还在襁褓中。他哪曾想，那个襁褓中的女娃要名垂青史了！师傅亦为汝骄傲啊！"薛婕好由衷地欣慰。

"师傅过奖，婉儿惭愧！婉儿辜负了先帝之托！如今大唐风雨飘摇，婉儿如一片秋叶真不知道会飘向何方！"婉儿满怀忧心长叹道。

"时势造人，岂是婉儿之错？若没有婉儿几次以死相拼，只怕皇嗣早被武承嗣夺了！"薛婕好安慰道。

"师傅虽遁入空门，却依然忧国忧民！请受婉儿一拜！"婉儿说着弯腰下拜。

"不可，贫尼只是尽些绵薄之力，眼下大唐岌岌可危，太后受'金轮圣神皇帝'，武承嗣为亚献，武三思为终献，皇嗣李旦连面都没让露，不祥啊！"薛婕好长叹道。

"陛下易嗣之心越来越强烈！"婉儿亦是一声长叹。

"令武承嗣为亚献，她这是在向天下人宣告武承嗣才是大周真正的皇嗣未来的皇帝！"薛婕好说。

"难道大唐气数真尽了？若太平公主再有个三长两短……"婉儿不敢往下想。

"尚未有公主的消息，这应该是好事。"薛婕好说。

"希望苍天有眼保佑公主保佑大唐！否则婉儿死不瞑目啊！"婉儿十分自责道。

"婉儿不必自责，没有消息就是最好的消息。"薛婕好说。

"这倒也是。可婉儿还是放心不下，婉儿想潜回洛阳一趟，就是不知如何瞒过母亲，请师傅赐教。"婉儿说。

"贫尼正为此事而来，贫尼要汝光明正大地回洛阳去，而不是偷偷地回去。"薛婕好说。

"唉，师傅有所不知，婉儿奉旨感业寺，擅自回都就是死罪！我娘不会答应的！娘为婉儿吃了太多的苦，婉儿不忍心啊！"婉儿说。

"放心，这都不是问题，婉儿只说怕不怕再回到刀口上舔血的宫中去。"薛婕好盯着婉儿问。

"大唐未必因婉儿而绚丽，但婉儿愿为大唐而死！"婉儿目光坚毅。

"好！贫尼要的就是这句！明日午时还在这里不见不散，贫尼授婉儿锦囊妙计！阿弥陀佛！"薛婕好丢下谜一样的话飘忽走了。

婉儿望着薛婕好的背影将信将疑。

三

翌日正午，婉儿如约而至来到那片废墟地，远远地就望见薛婕好坐在一块石礅上打坐。

婉儿放慢脚步悄声立着，正考虑是否方便打扰时，薛婕好开口道：

"来了！"

"见过师傅！"

"不知师傅有何锦囊妙计？"婉儿有些迫不及待。

薛婕好没有回答，也没有掀开面纱，只见她缓缓从腰间解下一个香囊递给婉儿。婉儿打开一看是一包黑色的丹丸。

难不成是毒药？师傅要……婉儿正想着又听见薛婕好说：

"叫令尊每日睡前服一丸。"

"师傅是要牺牲婉儿娘吗？这可使不得，吾娘受了太多的苦……"婉儿扑通一声就跪下恳求薛婕好放过郑氏。

"按贫尼说的去做，不出一个月武则天必诏汝回宫，且会更加信任婉儿！"薛婕好阴冷的语气更令婉儿心惊肉跳。

"给我，我愿意吃！"偷偷尾随而来的郑氏一听婉儿可以回宫，可以拯救大唐，便一个斜刺冲出来夺过婉儿手中的药丸。

原来，昨日婉儿走后，郑氏不放心就悄悄尾随她来到这片废墟地，把她们说的话听了一半去，所以今天午时便悄悄尾随而来。

"娘，以牺牲亲娘的性命来换取陛下的信任，婉儿万不能接受！"婉儿泪流满面道。

"阿弥陀佛，贫尼乃出家之人，即使不能结善果亦不会伤天害理，更何况是婉儿的亲娘！"薛婕妤见婉儿如此紧张便笑了说。

"此乃由千年何首乌、吐蕃国的冬虫夏草、西域的雪山灵芝、南国的燕窝研制而成。每晚以蜂蜜调服，有出新眉乌发之功效，这是贫尼在鹤林寺那会儿研制的妙方。"薛婕妤道出原委。

"既是如此珍贵的东西，我娘又怎敢受用？再说了这与陛下诏不诏婉儿，有何联系呢？"婉儿纳闷。

"贫尼已是风烛残年的出家人，已不需要此等尤物，能用它为国家出些力，是再好不过的归宿了！阿弥陀佛！"薛婕妤闭目双手合十口中念念有词。

"徒儿明白了，师傅是要婉儿把秘方献给陛下。"婉儿顿然大悟。

"非也，不能献，必须是她流着口水求，这才有价值！"薛婕妤神秘一笑。

"其实贫尼已经飞鸽传书当年鹤林寺的数十弟子，要他们在洛阳散播汝娘遇仙人返老还童的消息了。"薛婕妤继续说。

"只是陛下能信吗？"婉儿有些担心。

"当下，长生不老是太后求知若渴的，消息一旦传到她耳里，她必定诏婉儿速速回宫。"薛婕妤胸有成竹。

"也是，人一旦有了最想要的东西，就有了软肋……"婉儿说。

"恕徒儿刚才以小人之心度君子之腹！徒儿惭愧！"婉儿明白了薛婕妤的苦心后，大感对不起师傅。

"请受老妇一拜！婕妤虽遁入空门却不忘国家社稷！老妇自愧不如！"郑氏说着跪下对薛婕妤行大礼。

"快请起，折煞贫尼了！施主培育出一代天骄，对大唐已是功不可没，怎的还惭愧呢！"薛婕妤忙扶起郑氏。

"从今往后，娘不再拖女儿的后腿！那一天来临时，娘与女儿一同赴死！"郑氏抚摸着婉儿的秀发说。

"请受贫尼一拜！先帝泉下有知定倍感欣慰！"薛婕妤对郑氏双手合十深深一鞠躬。

"奴家惭愧！"郑氏亦对薛婕妤双手合十深深一鞠躬。

"这寺院也不太平，尔等要小心。对了，上次那个黑衣人婉儿可知他是谁?"薛婕妤想起那晚舍命救婉儿的黑衣侠。

"婉儿亦不知,好像是一路尾随来的,先前以为是公主的人,可路上问了公主,公主亦无所知。"婉儿说。

"阿弥陀佛!善有善报!定是不经意间结下的善果!"薛婕妤由衷地欣慰。

如是说,婉儿倒是想起九年前的那个行刺婉儿的黑衣人。后来他被杨都尉制服,当时他受了伤,婉儿一念之下放了他一条生路。

难不成是他?婉儿在薛婕妤的启发下想起了那个夜晚。同时婉儿又想起另一个人,城门守卫,人称臭嘴。婉儿也算救过他一命。那天他发誓,从今往后,他的命就是婉儿的。

"阿弥陀佛,善有善报!贫尼安心去云游了,就此别过,阿弥陀佛!"薛婕妤说着,已转身离去。

"师傅要去哪,我们还会再相见吗?"婉儿忙追了上去。

"见与不见情都在心中!"薛婕妤说着已经离去数十丈远。

第九十二章　嵩山历险神秘人
虚惊一场返都城

一

果然，郑氏返老还童的消息很快在洛阳传得沸沸扬扬。

说来也神奇，郑氏按照薛婕妤的要求每晚睡前服一丸。半月后发现原来的白发变黑了，本来已经稀疏的眉毛也变得浓密起来，面部的肌肤变得光泽红润，整个人看上去仿佛年轻了一轮。

武则天将信将疑，但正苦于一天天老去的她，宁可信其真。她立刻派赵公公亲自去感业寺落实，若属实，就接婉儿母女回宫，若为虚，就当什么事也没发生。赵公公来到感业寺，见到郑氏自是吃惊不小，便即刻要求接婉儿母女回宫。婉儿按照薛婕妤的授意婉言拒绝。

赵公公回到洛阳宫，把看见的一五一十陈述给武则天，武则天听得容光焕发，仿佛看到了救星。

"难道她真遇上了仙人？"武则天听完一遍不过瘾，缠着赵公公反复询问。

"是否真遇上仙人老奴不知，但老奴看到的郑氏确实是判若两人，仿佛时光倒回去十年一般。"赵公公说。

"陛下，奴才可以走了吗？"赵公公说。

"等等，传刘幽求即刻觐见！"武则天说。

"遵命！"赵公公领命转身而去。

刘幽求何许人？乃冀州武强人，一介贫寒，性格真性率直。武则天称帝后虽然解散了北门寒士，但她内心还是偏爱寒门出身的有才学士。他们之中大多脚踏实地，能吃苦，能做事，想做事，会做事。刘幽求就是这样一个人，家境虽贫寒，但励志图强，科举虽多年不中，但武则天依然欣赏，在宫中为他谋了个从七品的武骑尉。

武则天密诏刘幽求，给他下了两道圣旨：第一道是秘密处死"六道流人"的罪魁祸首万国俊和刘光业；第二道是大张旗鼓地去感业寺将婉儿母女接回洛阳宫。

"娘，还没睡？"婉儿发现郑氏辗转难测。

"你不也没睡吗？"郑氏说。

"是啊，心里有说不出来的滋味。"婉儿说。

"娘也是。"郑氏说。

"娘的眼皮跳得厉害，好像要发生什么事。"郑氏接着说。

"娘就放心睡吧，有刘幽求。"婉儿说。

婉儿说完略微停顿一下，接着意味深长道："还有他！"

"他到底是谁？"郑氏问。

"不知道，有时女儿还真把他当……"婉儿咽下太子李贤四个字。

"不可能，你不是亲手安葬的他吗？"郑氏说。

"是啊！"婉儿重重地叹道。

"不想了，睡吧，明天还要赶路呢。"郑氏说。

"娘也睡，明天……"婉儿话音未落，就听见"嗖"的一声响，一支箭从窗口射了进来。

紧接着嗖嗖几十支箭射在了床沿和罗帐上，婉儿和郑氏都被这突至的箭惊呆了。待婉儿镇定后，只听得窗外密集的金属打斗声。

打斗声渐行渐远，但不是刘幽求，刘幽求才刚刚赶了来。

婉儿心中莫名地担忧起来，她双手合十默默祈祷他的平安。

剑器的打斗声突然戛然而止，婉儿的心也突然像被刺了一下，又莫名其妙地惊跳。

"娘，婉儿的心跳得厉害。"婉儿摁住加快跳动的心说。

"你这是太担心他了！他不会有事的，你爹你爷爷在天之灵都会保佑他的。"郑氏安慰着婉儿。

"愿好人一生平安！天佑大唐！"婉儿在担忧中重新睡下。

二

天才蒙蒙亮，刘幽求的车马早已在感业寺外等候，他希望尽早回到洛阳。来时武则天特意交代过，能晚上到不等天明到，能早上到，不等下午到。

婉儿与住持拜别走出感业寺，就见四辆马车恭候在感业寺大门口，刘幽求三步并作两步迎接上来。

"婉儿才人请上中间那辆，伯母请上后面这辆。"刘幽求说。

"为何要四辆马车？"婉儿不解地问。

"下官怕有闪失，搞的迷魂阵。"刘幽求回道。

婉儿听了哭笑不得。

"没必要，退了三辆去吧，我和娘同一辆就行！"婉儿说。

"两人同一辆，马跑得慢，陛下想婉儿才人想得急！"刘幽求说。

"那好吧，退两辆总可以了。"婉儿说着把母亲郑氏扶上车，而后自己上了前面的一辆。

刘幽求亲自赶着婉儿乘坐的马车。马车一路疾驶，不到中午就来到函谷关。

函谷关乃天险要塞，西据高原，东临绝涧，南接秦岭，北塞黄河。当年秦孝公从魏国手里夺得函谷关，秦国从此拥有了雄霸天下的天然屏障。这里风景绮丽，英雄故事数不胜数，古今多少文人亦因它留下墨宝。只可惜婉儿几次经过函谷关，都因为这样那样的原因未能停车驻足吟诗作画。上回经过，还没来得及欣赏就被刺客给搅了，婉儿心想这回是不是可以下车领略一番。

"武骑尉，可是到了函谷关？"婉儿掀开帘子问。

"回婉儿才人，正是函谷关。"刘幽求说。

"只道'绝涧深潭三千尺，一夫当关万夫莫开'，而婉儿却屡屡失之交臂，不曾观赏一番，此生憾也！"婉儿幽幽叹道。

"吁……"刘幽求听得婉儿叹气，立马收紧马缰。

马车缓缓停下，刘幽求跳下马车。

"婉儿大人请，求可帮大人实现这一夙愿！"刘幽求说。

"还是赶路吧，莫要节外生枝的好。"婉儿犹豫再三说。

"才人莫要怕，万国俊和刘光业已死，这朗朗乾坤下哪个毛贼还敢劫宫车？何况还有在下！"刘幽求说。

婉儿想想也是，再想想此生未必还有机会来这，便与刘幽求一拍即合。

婉儿下得马车，举目四望，果然风光迥异。西是辽阔的平原一望无际，往东，青山连绵郁郁葱葱，绿色由浅向深递进连绵，给人以古老森林大自然原始之美，往东就是鬼斧神工的天然绝壁。

"多么美丽的地方，却埋葬了无数的英雄白骨！想来令人扼腕！"婉儿站在丘顶，想起战马嘶鸣的战国时代，难免哀叹。

秦惠王时期公孙衍合六国攻秦，在函谷关一战各方死伤八万；秦昭襄王时期，楚怀王受张仪骗，一怒出兵函谷关，楚国横尸八万。除此外，在函谷关发生的与楚、魏、韩等国大大小小的战役死伤不计其数，尤其是魏国败落前，秦魏两国为争夺函谷关几乎是连年战火不绝。

"婉儿才人悲天悯人，在下佩服，请受在下一拜！"刘幽求说着单腿跪地双手抱拳举过头顶作拜。

"武骑尉不必多礼，这里不是皇宫，不必折腾那些繁文缛节，快请起！"婉儿说。

"在下出自真心佩服，并非繁文缛节！在下斗胆再一拜！这一拜算是拜师傅！在下科举屡屡未果皆因诗词歌赋落后，今在下斗胆请婉儿才人赐教一二！"刘幽求不肯起来反倒匍匐在地行起大礼来。

"这个……汝且起来说话。"

"才人若不答应，求不起！"刘幽求倔上了。

"婉儿答应就是！但不可外泄，可省去日后许多麻烦。"婉儿说。

"谢才人！在下将师傅铭记在心中便是！"刘幽求欣喜若狂，又连磕了三个响头才站起。

于是婉儿一路给刘幽求讲解诗歌的要领，刘幽求感激不尽。

"预祝武骑尉来年红榜高中！有一天能为大唐的再次勃起殚精竭虑！"婉儿立于绝顶，目光眺望着大唐的大好河山说。

"托才人吉言，求愿为大唐出生入死死而后已！"刘幽求立刻单腿跪地起誓道。

"平身！有你们，大唐后继有人！幸也！"婉儿由衷地露了一丝笑。

两人又一路聊着诗词歌赋，不觉就回到了山下。

可二人下得山来却不见了山下的马车，婉儿母亲与赶马车的侍卫均不翼而飞。

"不好，出事了！"婉儿说。

"会不会他们先行走了？"刘幽求说。

"我娘一定不会先走的！"婉儿说。

婉儿话音才落，树林里冲出几个蒙面黑衣人。

"你娘被我们寨主请到山寨做客去了，想再见到你娘就跟我们走！"一蒙面黑衣人说。

婉儿一看此人一袭黑衣，脑海里立刻闪现出那个多次救自己的神秘黑衣人。但经过身形甄辨婉儿确认此黑衣人非彼黑衣人。

"你们是什么人？为何要掳我娘？"婉儿大声斥问。

"纠正一下，不是掳，是请，想知道我们是什么人去了便知。"一个小个子的黑衣人说。

"除了土匪还能是什么人，说吧，要多少钱肯放人？"刘幽求第一反应就是遇上土匪了。

"若是土匪，恐怕你们出不起这个价！"二当家的说。

"寨主只想婉儿才女去做客喝盏茶论论诗，明天就送你们下山。"二当家的接着说。

"把他们眼睛蒙上带走。"二当家的接着命令道。

"谁敢！"刘幽求立刻拔出剑护住婉儿。

"别敬酒不吃吃罚酒！"二当家的冷冷道。

"哼，好心当作驴肝肺！我们寨主为了……"一个小个子黑衣人蹿到前头愤愤不平，但话未说完就被二当家的喝住。

婉儿的心一惊，难道他真的出事了？

"你们寨主怎了？昨晚救婉儿的可是他？"婉儿立刻追问道。

"少废话，识趣就乖乖跟我们走。"二当家的似乎不耐烦了。

"要想带走才人先问我的剑答不答应！"刘幽求再次剑拔弓弩。

"我们跟你们走。"婉儿拨开刘幽求上前说。

于是黑衣人一拥而上用黑布把婉儿和刘幽求的眼蒙上，而后刘幽求被捆在了马背上，婉儿被请上马车，接着就听到一声"架"，马车便飞奔起来。剩下的只有风声呼啸从耳边而过。

三

天黑时分，马车终于停下，婉儿被带下马车解开蒙眼布。

婉儿偷眼留意地形，这里两山夹着一条长长的窄道，天险优势几乎不亚于函谷关。莫非是崤山？当年秦穆公偷袭郑国不成，在回去的路上，晋国在崤山设下埋伏，使得秦军全军覆没。秦灭国后，楚汉连年战争，这一带慢慢聚拢了躲避战火的苗民，形成山寨，以猎为生，自耕自足。他们会是苗寨的人吗？如果是，为什么要以这样的方式请自己去？如果不是……

婉儿来不及多想，已被那个叫二当家的黑衣人请上竹轿。

紧接着两个黑衣人抬起竹轿就走，快到山寨时婉儿与刘幽求再次被蒙上眼睛，不过只一盏茶工夫婉儿与刘幽求被带进一个宽敞的山洞。

"谁让你们这样对待客人的？你们可以自行解开了。"山洞里忽然传来一个雄浑有力的声音。

婉儿判断此人应该就是寨主了。婉儿解开蒙布，睁开眼急切地寻找那个发话的人，但出乎婉儿预料，空旷的山洞除婉儿和刘幽求外空无一人。

"这是哪儿？你们为何要把我们掳到这里来？"婉儿四下张望后问道。

"不是掳，是请！"刚才那个声音又传了过来，好像就在前方，但却见不到人。

"就算是请吧，那么你们请我们来所为何事？我娘在哪？"婉儿再问。

"你娘在喝茶，放心！至于为什么请你们来，在下也说不清，也许就是一时兴起想玩个游戏吧。"还是那个声音在说话。

"玩游戏？怎么玩？"刘幽求接过话茬儿。

"你们两个必须死一个，由对方来杀死一方。"那个声音忽然变得冷酷，令人毛骨悚然。

"人命关天，这游戏恕不能从命！"婉儿说。

"非这样不可吗？"刘幽求问。

"不错，按寨主说的做。"二当家的也不知从哪里冒了出来接过话茬儿，且丢过一把剑。

剑掉在地上发出清脆的铁器声，刘幽求捡起还留有余音的剑，左右翻着看。

"好剑！就不知寨主是否配得上这把剑！"刘幽求话里有话。

"此话怎讲？"二当家的说。

"德高配好剑，骏马配好鞍，寨主说话可算数？"刘幽求说。

"君子一言驷马难追！以我寨主名义保证！"寨主声音又响起。

"好！求放心了！"刘幽求说着转过身子面对婉儿。

"请才人杀死求！"刘幽求把剑柄递给婉儿。

"等等，这剑从何而来？"婉儿一眼瞥见剑柄上的三个金色大字"黄台瓜"。

《黄台瓜》，是李贤被武则天废为庶民那夜写的诗题，他希望通过这首诗唤醒武则天的母爱，但却事与愿违，惹得武则天更怒。

"太子，你真的没死吗？"婉儿有些失控，泪水就滚了出来。

"婉儿才人，这里只有勉强温饱的山民，何来太子？哈哈哈，想不到才人也有失控动容的时候啊！"又是寨主的声音。

"人非草木孰能无情！让寨主见笑了！"婉儿不觉脸一红，想想自己的确失控，李贤是自己亲手安葬的，怎可能还活着呢。

"是啊！人要是能忘记一个情字，该少去多少烦忧！"寨主感叹道。

"想不到寨主这样的人也会为情所困！"刘幽求有些讽刺道。

"我和你们一样都是大唐的良民，不同的是我们选择了不同的生活方式！"寨主和气道。

"快动手吧，不然游戏时间一过，你们就都得死。"寨主忽然像变了一个人，撂下话，声音渐行渐远。

"婉儿大人动手吧!"刘幽求闭上眼恳求婉儿杀死他。

"请武骑尉杀死婉儿吧。"婉儿说着把剑递给刘幽求。

"下官奉旨接才人回宫,保护才人是下官的职责。再者,大唐更需要才人,来吧!"刘幽求亮开胸膛只等婉儿一剑刺来。

"婉儿一生只会救人,从不会杀人,更何况汝是无辜之人,婉儿断然不能从!"婉儿掷剑于地。

"寨主,如果你与婉儿有仇,可以直接杀了婉儿,何必连累无辜的人?"婉儿大声呼喊道。

声音在山洞中回荡,当喊声落下,山洞又恢复死一样的沉寂。

"婉儿才人,汝只要握紧剑,不必你动手,求自己扑上去就可。"刘幽求再次拾起剑递给婉儿求婉儿杀死自己。

"武骑尉切莫再生此念,婉儿断然不能从!"婉儿再次断然拒绝。

"可半炷香的时限就到了……"刘幽求焦虑地望着婉儿。

"听天由命!稍安毋躁!"婉儿拿定主意赌一把。婉儿赌寨主不是恶人不会杀他们。至于为什么把他们弄到这里来,婉儿一时也不明白。

"半炷香已过,你们没有完成游戏,那就按我们的规则办……"半炷香燃尽后,二当家的走了进来说。

"再给你们最后一次机会,我数三下,一,二……"二当家的数到二时,刘幽求再也坐不住了。

刘幽求一个跃起跳过去抓起地上的剑塞在婉儿手里,接着自己朝剑扑上去……

婉儿一声尖叫便晕厥过去,待她醒来,见刘幽求还活着只是受了些伤,不禁泪水涟涟滚落。

"还活着,真好!"婉儿由衷地舒了一口气。

"是二当家的救下了我。"刘幽求说。

"天一亮你们就下山去吧,这个男人值得你信赖!"寨主的声音又神秘地响起。

"那我娘呢?"婉儿问。

"跟我走,这就带你去见你娘。"二当家的说。

婉儿由二当家的带进一间木屋,郑氏果然在屋里与一个小丫头喝茶聊天。

小丫头见二当家的来了赶忙退下。

"今夜你们母女就在这歇息一晚，天一亮就送你们下山。"二当家的说完往外锁了门而后离去。

婉儿想不到还能与母亲相见，难免一阵心酸落泪。

"娘，他们没有为难你吧？"婉儿问。

"没有。娘感觉他们都是好人，但又想不通，他们一不劫财二不劫色，到底为何？"郑氏说。

婉儿更是百思不得其解，之前以为是武承嗣买通土匪干的，现在看来肯定不是。

这个男人值得你信赖！婉儿脑海里又一次回荡起寨主的话。

这个男人值得你信赖，乍听起来像醋意呢？他到底是谁？李贤？难道死去的真是他的替身？以他的智慧这样的事情也不是没有可能，还有那把刻有"黄台瓜"的剑，都预示着李贤没死。

如果是他，那么一切就能解释得通了，尤其三番五次地冒险救自己。婉儿喃喃自语。

"说谁呢？"郑氏不解道。

"娘，贤他可能真的没死。"婉儿说。

郑氏先是吃惊，继而搂了搂婉儿，叹了一声。

"都过去这些年了，汝还不肯忘记他！"郑氏显然不相信李贤还活着，因为李贤是婉儿亲手安葬的。

"也是，如果是他，倒是所有的事情都解释得通了！"须臾郑氏也怀疑李贤没死。

"娘也信了李贤没死？"婉儿豁然眼神放光。

"我要见寨主……"婉儿越想越觉得寨主就是李贤，突然擂门嚷着要见寨主。

郑氏一把拽住，"寨主若肯见不早见了吗？你这不是自讨没趣！"

"自讨没趣就自讨没趣，只要能见上一面……"婉儿说。

"问题是……"郑氏想说李贤明明死了，但她把话吞了回来。毕竟这是婉儿的一丝安慰，她不忍心捅破。

第九十三章　君臣重叙往日情
秉烛夜话献丹心

一

翌日，婉儿一行果然如期被送往山下。

"告辞，你们好自为之，若泄露半点山上的事，你们一个也活不了！"

这是二当家的送婉儿一行下山告别时丢下的狠话。其实他无须放狠话婉儿亦不会吐露半点消息，毕竟寨主最有可能是多次救自己于危难中的人，甚至有可能是李贤，再者他们又不是打家劫舍的土匪，只是选择自己的生活方式，与外界隔离，生活在自己的小世界里。

"武骑尉，你身上有伤还是婉儿来赶车吧！"婉儿说。

"不打紧，一点皮肉之伤，我们穷苦人家的孩子没那么娇贵！"刘幽求说着挥起马鞭在空中狠抽了一鞭，只听得哒一声脆响，那马儿扬起蹄子嗬嗬嗬地飞跑起来。

"再说了你一个女娃子哪会赶马车？"刘幽求笑了说。

"这你就小瞧婉儿了，婉儿曾被罚养马数月，对马的习性还是了解一二的。"婉儿说。

"即便婉儿是赶马车的车夫，我刘幽求只要有一口气就不会让一个女娃子替一个大老爷们赶车的！我怕老天爷下辈子会夺去我男儿身，哈哈玩笑了！"刘幽求既是玩笑话又是真心话。

刘幽求虽是一介平寒，仕途亦不顺畅，但他却坚守着做人的节操。他曾

554

调任阆中尉，遭遇刺史无礼不屑，便愤然辞官而去。

若是大唐多些如此男儿，又何至于此！婉儿暗暗感叹。

大唐走到今天这个局面，更多的是男儿丧失了血气所致。先是英国公李勣丧失了一个大臣的基本原则，关键时候投了武昭仪重要一票。再是李显无能，登基不到两个月就被废。后有李蔼告密，这桩桩件件都让大唐男人本色大打折扣。

车马一路劳顿，刘幽求强忍着伤痛赶路，婉儿一路为他提着心。

"武骑尉，累了就在如意客栈歇息一晚，伤口或许会好些。"到达如意客栈时，婉儿见刘幽求面色蜡黄便建议他歇息一晚再走。

"离京城不过三十里地了，只要伯母你们不累，我没事，让马饮些水就走，子时可到达。"刘幽求不想再耽搁时间，他记着武则天的话，能夜里到达不等天明，能早上到达不等下午。

"武骑尉的伤是瞒不过陛下的，汝打算怎么跟陛下解释？"马车快到城门，婉儿突然问刘幽求。

"何止是在下的伤瞒不过去，还有两个侍卫殁了也得有个解释。"刘幽求说。

婉儿不语，这的确是个难题。什么都不说过不了武则天的关，实话实说对不起恩公侠客。

"就说途中遇上土匪，他们两个已捐躯，可妥？"刘幽求又道。

"这是最好的说辞了！就怕万一哪天捅破了要连累武骑尉。"婉儿试探道。

"才人若信不过求，求可速死，死人是最安全的。"刘幽求说着"吁"一声就收紧马缰。

"不可，婉儿信得过！"婉儿连忙阻止。

二

子夜，万籁俱寂，远远近近偶尔传来几声犬吠。

刘幽求赶着马车来到城门下，城门紧闭。刘幽求跳下马车举着宫牌正要叫门时，城门上立着的人却先声喊道：

"可是婉儿才人？"

"正是！快快开城门！"刘幽求应声道。

"武骑尉，从边门入即可。"婉儿掀开帘子说。

可那人已然喊道："开城门！"那人不是别人，正是宿尉长李多祚。

城门在吱呀吱呀声中开启，马车缓缓入城。

"参见婉儿才人！"李多祚上前施礼。

"平身！辛苦李大人了！"婉儿说。

"陛下有旨，陛下已设宴等候。"李多祚说。

"谢陛下隆恩！"婉儿说。

"既如此，我们赶路要紧，后会有期。"婉儿道。

"婉儿大人请！"李多祚迅速让开。

刘幽求扬起马鞭，随着一声"驾"，马儿立刻嘚嘚地一路小跑。

马车还未进宫，远远就望见宫门大开，灯火通明。

"婉儿才人回宫了！"此时已有太监一路喊着飞奔去报信。

不多时就听见赵公公拖着长长的尾音高声喊道："陛下驾到！"

话音未落，列队的公公齐刷刷地跪下，且异口同声"参见陛下！"

"参见陛下！"婉儿连忙跳下车施跪拜大礼。

"参见陛下！"郑氏随在婉儿身后跪下施礼。

"叩见陛下！小人辜负陛下厚望姗姗来迟，请陛下责罚！"刘幽求连忙跪下请罪。

"不迟不迟，回来就好！都平身吧！"武则天笑呵呵地先去拉郑氏，再去拉婉儿起来。

"陛下，路上遇上土匪给耽搁了，武骑尉还受了些伤……"婉儿站起后说。

"哦？伤得厉害吗？"武则天说着拉住刘幽求询问伤势。

"赵公公，快带武骑尉去太医院，传朕旨意，用最好的药！"武则天不等刘幽求回答忙让赵公公带刘幽求去太医院。

"无大碍，谢陛下隆恩！小人告退！"刘幽求说着与赵公公退去。

一阵寒暄过后，武则天迫不及待地夺过宫女手中的灯，提到郑氏面前照。这之前尽管有了各路传报，证实郑氏的确返老还童，但武则天始终将信将疑，这一照，武则天惊呆了。站在她面前的郑氏容光焕发，稀疏的眉毛浓密了，且平添了许多青丝，与去之前那个病恹恹的郑氏判若两人甚至三人，仿佛时间在她的生命里退回了十年。

果然有此等神奇之事！武则天心里暗暗叫好，却没有说出来。婉儿与母亲情不自禁交换了一下眼神，彼此心下会意。

"送郑夫人回采微苑！婉儿今夜就陪朕好好唠唠嗑。"武则天也不管婉儿愿不愿意，她拉着婉儿的手只管朝自己的寝宫走去。

"陛下，太平公主可好？"婉儿迫不及待想知道太平公主的状况。

"幸亏有张文仲、李虔纵、韦慈藏这三位神医，也幸亏那丫头身子骨硬朗，不然哪里还有命，想起这事朕都后怕！"武则天说。

"婉儿罪该万死！是婉儿连累了公主！"婉儿扑通跪下哽咽着泪如雨下。

"起来吧，事情都过去了，好在有惊无险！不然朕一怒之下会要汝陪葬的！"武则天笑笑道。

"若是那样，即使婉儿死一百回也不能心安哪！"婉儿道。

"你们从小一起长大，她从心里视汝为妹，别说汝感动，连朕都感动啊！甚至妒忌。朕有时候想，如果有一天朕遇到危险太平会不会舍命相救！"武则天又笑了笑说。

"公主一定会的！她从小就孝顺陛下！"婉儿回道。

婉儿说得一点不假，武则天母亲去世那年太平公主才八岁，为了替武则天行孝道，她进了道观做了姑子，以至差点误了自己的终身。

"那么婉儿呢？"武则天话突然话锋一转。

"婉儿愿为陛下赴汤蹈火，但是……"婉儿话音未落但被武则天打断。

"别但是了，好不容易回来！"武则天打断婉儿的话，心里骂道，也是一头倔驴！不是一家人不进一家门。

"玩笑的，寡人是上天派来的弥勒转世，哪里会有什么危险？即使有，那也一定有人替寡人担去的！"武则天的脸上情不自禁浮现出与生俱来的优越感。

这也难怪，想当年她还是唐太宗李世民的才人时，李世民因一句预言"唐三世之后，女主武王代有天下"，便三番五次对她起了杀心，但到头来却是左武卫将军李君羡成了替死鬼。

"是，陛下吉人天相！"婉儿恭维道。

"唉，就怕天亦有限，地亦有老啊！"武则天忽又伤感起来。

婉儿明白，武则天这是要把婉儿母亲返老还童的话题给扯出来，但是婉儿想起薛婕妤的嘱咐，要吊她的胃口，吊到她开口求，否则就不神秘了。

婉儿想到这便装傻道："能老，何尝不是一种幸福。"

武则天看一眼婉儿，心里骂道，"你这死妮子揣着明白装糊涂，汝不接棒是吧？没关系，朕有的是耐心，汝也跑不了"。

<h1 style="text-align:center">三</h1>

迎仙宫灯火通明，宫女和太监们都整装列队候在前殿，见武则天来到立马齐刷刷地跪地叩安。

"上酒，奏《神宫乐》！"武则天对管事太监高声说。

奏神宫乐？婉儿吃惊不小，且惶恐不安！

《神宫乐》乃万象神宫落成大典武则天亲自所作，用舞者九百人，是武则天一生的得意之作，此后凡大典庆贺必奏之。

武则天以奏《神宫乐》来表达她的诚意和重视。当然，目的只有一个，就是得到返老还童仙丹。如今的武则天太需要返老还童了，因为她爱上了长得如莲花一样的粉嘟嘟的少年俊郎张昌宗，人称六郎。

"今夜寡人要与千古才女畅饮三百爵，让今夜流芳千古！"武则天举起酒，那气度不是男儿胜过男儿。

"陛下！羞愧死婉儿了！婉儿何德何能，陛下乃千古女帝，前无古人后无来者，陛下将与苍穹同辉与日月同耀！"婉儿慌忙跪地不敢举杯。

"快起来！看把汝吓得。朕说的是实话，朕做了很多对的事，也做了不少错的事，唉！朕的千秋功过就由后人评去吧！来，今夜不醉不休！"武则天扶起婉儿，又亲手把酒樽递到婉儿手里。

"谢陛下，婉儿遵命！"婉儿只得举樽干。

"朕说过，今夜就两个旷世奇女子喝酒唠知心话，没有陛下，也无须礼数，来，干！"

武则天说着又为婉儿斟酒，俨然就是一个老朋友的姿态，可婉儿还是无所适从不敢放开。

"陛下，让婉儿来吧！"婉儿拿过酒壶为武则天斟酒，但只斟了半樽。

"怎么？怕我武媚娘不胜酒力？"武则天扫过半樽酒说。

"陛下，剩下的半樽由婉儿替吧！"婉儿说。

"看来不把你弄醉，你是难放开的。"武则天说。

"这样吧，罚汝先喝三樽，只有醉了汝才会放开。"武则天连斟了三樽酒，命令婉儿一口气喝干。

婉儿只得从命一口气干了三樽。

按了平时这三樽酒是醉不倒婉儿的，可经过一路的劳顿，昨夜又受惊一夜未眠，再加上又是空腹，所以三樽酒下肚，婉儿就感头有些眩晕。

"为了公平，朕自饮三樽。"武则天一边说一边给自己斟满酒。

"陛下不可，急酒伤身！"婉儿虽眩晕，但意识十分清醒。虽然武则天的酒量曾经无人能敌，可如今的她毕竟上了年岁。

"只是屈屈三樽，朕还没老成那样！"武则天说着一仰脖咕咚两声干了，接着又连连一饮而尽。

武则天毕竟是上了年纪，又是三更半夜体力最不支的时候，一连几樽急酒下肚，不觉也有了状态。

武则天强打精神，可她拿壶的手却不断地摇晃，她试着站起，只感两腿发软。

"陛下，不能再喝了！"婉儿夺过酒壶。

"看来朕真的老了！想当年皇后大典，朕打通关文武百官全趴下了，朕还屹立不倒，这才几樽……"武则天顿然伤感不禁抹一把泪。

"陛下切勿忧伤，能老何尝不是幸福？"婉儿又一次装傻。

武则天又在心里骂道，"死妮子，你要把朕吊到什么样才甘心！"

"这倒也是，没命老那才叫个惨，只是这一天比一天多的白发令人生烦！"武则天长叹一声。

婉儿心里打着鼓，是不是可以掏出仙丹了？

"婉儿，汝知道的，朕爱美如命，汝就别再吊朕的胃口了，快说说汝娘是怎么返老还童的？白发是怎么变黑的，又是怎么长出新眉的？"武则天已经顾不得自己的帝王之尊，她拉着婉儿摇晃着一口气问了一连串的问题。

"陛下恕罪！婉儿娘托陛下洪福遇上了仙姑赐以仙丹……"婉儿话未说完就被武则天打断。

"那仙姑何在？"武则天两眼发光。

"仙姑不知踪影。"婉儿答道。

婉儿话音落下武则天颓然跌坐，仿佛世界崩塌了一般。

"陛下莫急，婉儿娘服下几粒后发现果如仙姑所云，黑发如初，黛眉展新，便不敢再服用。"

"为何？"武则天不解。

"吾娘说，如此好东西怎敢自用？所以都给陛下留着呢！"婉儿一笑说。

"果真？"武则天一听兴奋得两眼熠熠发光。

说话间婉儿已从腰间掏出一个精美的绣包，再仔细打开，就见里面一个精美的盒子，打开盒子，武则天看见盒子里是乌黑发亮的药丸。

"就是这些药丸让我娘返老还童的。"婉儿双手捧给武则天。

武则天看着那些药丸，先是一喜，继而顿生疑虑。会不会有毒？万一是个圈套呢？毕竟婉儿与朕有不共戴天的杀父之仇。

"陛下若怕，就再让吾娘吃了。"婉儿看出武则天的心思。

"谁说寡人怕了？量汝不敢加害朕！"武则天急得一把夺了去。

"婉儿与陛下可是有杀父之仇呢！"婉儿笑了说。

"若是那样，就不是婉儿了！也早被朕杀了！或者婉儿早杀了朕了。"武则天感叹道。

"婉儿是把国家利益凌驾于个人恩怨之上的奇女子！这正是朕欣赏的，也是朕不忍杀你的缘故！"武则天又道。

"谢陛下隆恩！婉儿忤逆陛下够死一百回了！"婉儿再次跪地，感念武则天的知遇之恩。

"这正是汝的忠，地上寒着快起来！"武则天忙去搀婉儿。

"唉，也不知你上辈子烧了我们娘俩多少高香……"武则天忽又提起太平公主。

婉儿听出话外音，武则天还是不放心，这才要打公主的恩情牌。

"公主舍命救婉儿，婉儿的命今后就是公主的，公主的亲娘就是婉儿的亲娘!"婉儿表态道。

"那丫头若知汝回来了，只怕要夜闯迎仙宫啊!"武则天笑道。

"哈哈，母皇，孩儿的心思怎就一丁点都逃不过您如来佛的法眼呢?"太平公主爽朗笑着接过话茬儿。

"瞧，说曹操曹操就到!"武则天哈哈笑道。

"公主!"婉儿立刻站起来扑过去与公主紧紧相拥。

"无碍，就是遭了些罪!"太平公主依然爽朗一笑。而婉儿的泪水却像断线的珠子，说不流，却涌得更凶，说不哭却泣不成声……

第九十四章　争宠大战乱朝纲
旧愁才去新愁添

　　长寿三年（694）春，淋淋沥沥下了一整个春天的雨，但丝毫不影响武则天的好心情。

　　这天，武则天起了个大早，她习惯地第一时间坐在梳妆台前，对着铜镜欣赏一番新长出的眉毛后，又张开嘴对着铜镜照那颗如春笋般露出地面的新牙。她照着照着又用玉簪轻轻敲了两下新牙，似乎是不敢相信那突出牙床的洁白的小东西是新牙，可当听见玉器与牙齿碰撞发出清脆的声响时，她开心得笑出了声。

　　"传婉儿与朕同膳！"梳洗完毕后武则天说。

　　武则天这是从心里感激婉儿娘俩。自从武则天服用了婉儿母亲敬献的"返老还童仙丹"，数月后不仅长出新眉，第二年正月居然还不可思议地长出一颗新齿。武则天为此事御驾万象神宫祭祀，大赦天下。

　　"娘，婉儿去了。"接到传诏的婉儿与母亲拜别。

　　"哎，去吧！凡事还得小心才好！"郑氏依然每每都要叮嘱。

　　这也难怪，毕竟武则天是个疑心重又性情多变的女人。别看她今天把你宠上天，明天就可能因几句挑唆把你打入地狱。武承嗣是她的亲侄子算是最贴心最信任的人，可因李昭德一席话"武承嗣既为王，又为相，权力过大恐生祸害。自古帝王，父子犹相篡夺，何况姑侄？"不久就罢了武承嗣相位。

　　黑齿常之降唐数十年中，征战沙场所向披靡，数破突厥战功赫赫，成为大唐的封疆大吏，进燕国公。就是这样的功臣武则天却经不起酷吏周兴几句挑唆，将黑齿常之下狱直至被绞死。像这样的例子比比皆是数不胜数。

　　婉儿来到御膳殿，一张宽大的御膳桌摆在正殿的中央，武则天坐在御膳桌的上方。膳食令为她用托盘端来一碗燕窝粥，桌上已经上了六道小菜，御膳桌的另一端摆放着一套碗筷，显然是给婉儿预备的。

武则天见婉儿来了笑着招呼婉儿坐下。

"陛下早安！"婉儿身子微微一蹲向武则天行君臣之礼。

"坐！"武则天春风满面。

"膳食令，给婉儿上燕窝粥。"武则天又吩咐道。

"谢陛下！"婉儿忙谢过。

武则天在生活上是个简朴的人，喜欢素食。她看看桌上的六道素菜微微笑了说：

"再加些菜，不能委屈了我们的大才女！"

"谢陛下隆恩！陛下生活简朴，乃天下黎民之福！"婉儿说。

"别夸了，朕没那么伟大，朕是怕发胖没身段，朕年轻的时候身段比婉儿还好看呢！"武则天说。

"婉儿知道，婉儿第一次见到陛下，还以为见到仙女了，回去还偷偷写了一首诗，把母亲给吓坏了。"婉儿笑了说。

"哦？那后来呢？"武则天乐了。

"陛下是问那诗吧，被母亲烧了。"

"怎么从没听你说起过，还记得诗吗？念来听听！"武则天很想知道童年的婉儿是怎么认知自己的。

"我想想……"婉儿搜索着童年的记忆。还没等婉儿完全想起，赵公公一路喊着跑来报喜。

"恭喜陛下！贺喜陛下！"赵公公满脸挂着笑。

"哦？朕又有何喜快说来听听？"武则天想不出来这一大早的又有什么喜讯！

自去年以来喜讯接二连三，先是长出了新眉，后又长出一颗新牙；今年一月，右鹰扬卫大将军李多祚击破室韦反军。二月，武威道总管王孝杰在冷泉及大岭打败吐蕃论赞刃及突厥可汗等各三万多人；碎叶镇守使韩思忠又击败西突厥阿悉结泥熟俟斤部落一万余人。三月令和尚薛怀义，也就是冯小宝为朔方道行军大总管，率领二十万大军讨伐阿史那默啜，可二十万大军还未到达敌人已闻风退走，不战而胜，更是快哉。

"魏王受洛阳百姓之托，现正跪在则天门楼下表请陛下加尊号'越古金轮圣神皇帝'。"赵公公和盘托出。

原来，武承嗣看武则天过于宠信婉儿对他不利，便绞尽脑汁想办法争宠。可他毕竟是个粗人，抓破了头皮也没想出新招数，最后只得故伎重演再次率众给武则天加尊号，在上一次的尊号"金轮圣神皇帝"前加上"越古"二字。

"婉儿，随寡人一同去看看。"武则天兴致勃勃奔则天门楼去。

武则天登上则天门楼，往下一看，见武承嗣跪在最前面，后面黑压压跪着的人群见首不见尾，顿时喜不自禁。

"众爱卿平身！民意不可违！朕受！大赦天下，改元延载！"

武则天当即在则天门楼接受尊号并大赦天下，更年号延载，赏武承嗣黄金千两。

婉儿皱紧了眉头，武则天好这一口，这往后还不知要整出多少幺蛾子来。

果不出所料，武三思闻讯武承嗣因请尊号又受赏得宠便立刻命姚为督作，强敛洛阳使节、商人等各方钱财达百万亿铸造大天枢柱，立于洛阳端门之外。柱基由铁铸成，其形如山，周长一百七十尺。柱为铜铸，高一百零五尺，直径十尺，刻蟠龙麒麟围绕，顶上为承露盘，直径三丈。

天枢柱由武三思撰文，武则天的功德镌刻于柱，并刻百官及四方国君的姓名于其上。武则天亲自书写"大周万国颂德天枢"。历时一年方铸造完成。因消耗的铜铁量大，所募之钱购之不及，遂在民间强行搜刮，把民间农具、器皿均无偿征调，弄得民不聊生怨声载道。

武则天的男宠冯小宝一看武则天好这口，连夜折腾了幺蛾子来。

他指使居住在神都麟趾寺及河内地方的老尼姑们与嵩山人韦什方，以邪说迷惑武则天。老尼姑自号净光如来，说能预知未来。韦什方自称生于三国孙吴赤乌年间，已四百五十六岁，其中老胡人不仅自称有五百岁，还说他二百年前就看见过和尚薛怀义，薛怀义是越活越年轻。

这本来是很荒唐的邪说，可武则天不仅相信还格外器重这一帮人，给他们好吃好喝好住不说，还赐韦什方武姓。七月癸未（初一），又任命韦什方为正谏大夫、授同凤阁鸾台平章事，也就是宰相之位，且在诏书中特别强调："韦什方胜过轩辕时代的广成子，超越汉朝的河上公。"

广成子何许人？乃传说中的仙人。传说广成子乃黄帝时期禹州人，住禹州北崆峒山上，自称养生得以道法，活一千二百岁而不衰老。河上公乃东汉朝代人，著有《河上公章句》，主要内容以汉代流行的黄老学派无为治国，以清静善生的观点来解释老子《道德经》。

为进一步迷惑武则天，冯小宝又利用上元节大肆营造迷信，他耗巨资打造巨佛。他先将打造的巨佛深埋地下，然后将佛像从坑底徐徐升起，一直升到彩绸搭建的宫殿之中，再从坑底徐徐升起一幅用牛血画的二百尺高的大佛像，佛像直升到屋顶最高处。场面壮观前所未有。

回到采微苑的婉儿，整夜长吁短叹，辗转难眠。如此挥霍，国库早已捉襟见肘，而边陲又不断吃紧。西突厥可汗与吐蕃联合卷土重来率兵攻占安西四镇，东突厥默啜自立可汗，攻占灵州。而武则天却越来越糊涂越来越荒诞，不是沉迷邪说就是沉醉于男宠，如此下去必将国之不国，百姓怨声载道，到那时内忧外患……

婉儿不敢往下想，她披衣起床，久久伫立窗口。

突然，一阵急促的敲门声打断婉儿的思绪……

第九十五章　杀冯小宝锋芒露
箭在弦上难不发

　　婉儿从急促的敲门声中听清了四个字：天堂失火。

　　这是证圣元年（695）正月十六，才过完元宵佳节。

　　婉儿百米冲刺般直奔天堂。

　　天堂早已火光冲天，将方圆照得如同白昼，现场一片混乱。

　　婉儿见火势一浪高过一浪，火苗最高越过了屋顶，热气把人逼退到 50 米开外，救火人员根本无法靠近，只能眼巴巴地看着火势蔓延。

　　"快，趁火势尚未蔓延到明堂，从东边绕过去把明堂的水缸统统注满水，以备之用。"婉儿镇定地指挥着赶来的羽林军。

　　可婉儿话音落下，却听得一声冷笑：

　　"别徒劳了！天堂内存有上千斤的灯油，很快就会烧到明堂去的！哈哈哈……"

　　这是武则天的男宠冯小宝的声音。婉儿闻声望去，只见冯小宝烂醉歪在一角。

　　"大师，天堂怎么失火了？"婉儿问。

　　"嘻嘻，婉儿想知道这火是谁放的吗？"冯小宝一副嬉皮相。

　　"何人所为？"婉儿厉声问。

　　"是咱家，咱家好汉做事好汉当，啊哈，啊哈……"冯小宝说完疯了一样笑。

　　"大师醉了不成？"婉儿无法相信。

　　"无醉，无醉，拿酒来，爷要御酒……爷还要烧皇宫呢！啊哈哈，啊哈哈……"冯小宝狂笑着。

婉儿不敢相信仍然以为那厮说的是醉话。

"汝为何要烧天堂，知不知道天堂是国之重器？"婉儿怒问。

"咱家不管那么多，咱家憋屈，委屈，咱家就烧了它！"冯小宝说完忽呜呜地哭起来。

"媚娘她不爱咱家了，她终究还是瞧不起一个卖药的，她现在是嘴里含着一个沈南珍，眼中又盯着一个吹笛子的。我，冯小宝，现在就是她的旧衣服，呜呜……"冯小宝号啕大哭起来。

婉儿一听，这才相信这厮虽醉但说的不是醉话，火是他放的。但不能由着他这张臭嘴胡说，否则要大损陛下的千秋英明。

于是，婉儿当机立断，令护卫杨慎交捆了冯小宝且堵了他的嘴。

杨慎交，乃杨都尉杨嘉本之子，婉儿表弟。在婉儿的穿针引线下，他如愿以偿子承父业。

"看好了，别再让他胡说八道，吾去回禀陛下。"婉儿说。

武则天正半闭双目，倚靠在龙椅上努力控制自己的情绪。天堂和明堂都是武则天一生的骄傲，不曾想过有一天会在一片火海中化为乌有。当她得知天堂失火那一刻，整个人瞬间坍塌一般，双腿无力支撑她偏胖的身子。

"陛下！"婉儿轻轻走到武则天身边。

"火势控制住了吗？"武则天有气无力地问。

"火势太大，羽林军拼了命也无法扑灭。"

"知道怎么失火的吗？"武则天又问。

于是婉儿将冯小宝的话一一和盘托出，只等武则天下令处死冯小宝。可没想到，武则天却扑哧一声笑，而后道：

"果然是那厮，也太胡闹了！"武则天的脸上浮现出微微的喜悦。

"他还扬言要烧皇宫呢……"婉儿叹气。

"他敢！"武则天噌一下坐起。

可立刻又怂下，因为她知道冯小宝敢。这之前冯小宝说过，如果有一天武则天不爱他了他就一把火烧了天堂，今天他做到了，就因为上元节自己冷落了他。他别出心裁打造了那样一尊巨佛，本以为能得到武则天的嘉奖，不曾想却遭遇到武则天的冷漠，这使得他很受伤。

"陛下！他还有什么不敢的？再宠下去，只怕连弑君都敢！"婉儿嘟哝道。

"婉儿，朕知道他死有余辜，只是他毕竟跟了朕十年，第一次见到他时，他还是个大男孩……"武则天心存不忍，自言自语叨叨着第一次见到冯小宝的情景。

"陛下！如今的他已无恶不作，再放任之，指不定哪天他真一把火点了皇宫。"婉儿提醒道。

"可朕……唉！"武则天依旧犹豫不决。

"陛下……"

"别说了婉儿，朕都懂，但朕不忍杀他，再说了是朕对不起他，朕冷落了他。"武则天极力替冯小宝解脱。

"这样，把那厮捆了来，朕问问他，若改就饶他一回，否则……"武则天想了想说。

婉儿无奈，只得把五花大绑的冯小宝推到武则天面前。武则天望着冯小宝再一次想起第一次相见的情景，那时的冯小宝诚惶诚恐，小鸟依人，像只可爱的小猫。之后的日子因有了冯小宝，自己的生活多了许多精彩和快乐，而今要杀他实在不忍心，再者，他是打翻了醋坛子而纵火，武则天更不忍杀他。

"让汝重建天堂意何？"武则天在屋里踱了几个回合，突然问冯小宝。

冯小宝惊诧得不敢相信自己的耳朵。

"陛下……我，不，是小人没听错吧？"冯小宝暗喜。

"让汝重建天堂意何？"武则天停在冯小宝面前重复了一遍。

"陛下……呜呜……"冯小宝感动得失声痛哭。

冯小宝想，自己犯下了死罪，本以为死定了，不承想武则天不仅不杀他还让他重建天堂。这个反差太大，冯小宝一时控制不住情绪。

"好啦，好啦，别跟孩子似的，去吧。明日朝堂朕就说是工匠用火不慎，引起火灾。"武则天这一刻又对冯小宝生出万种情意。

"谢陛下！是小人错了，小人以为陛下不要咱家了，呜呜……"冯小宝滚到武则天的脚下哭得泪流满面。

"不是你的错，是工匠用火不慎，记住了！"武则天提醒冯小宝。

"是，怀义记住了，是工匠用火不慎！"冯小宝说着心里暗笑，到底是舍不得我冯小宝，还惦记着爷的好吧。

武则天亲自给冯小宝松了绑，冯小宝大摇大摆地出宫去。婉儿望着冯小宝更加得意的身影，只能摇头叹气，同时为武则天暗暗捏把汗。

这之后的冯小宝，果然更加目中无人，不仅在闹市策马扬鞭踏伤百姓，对武则天亦是屡屡顶撞恶语相伤，甚至公然把妓女弄到白马寺喝酒淫乐，更可恶的是他居然当着妓女的面拒绝武则天的诏寝，让武则天颜面全无。

"婉儿，朕错了！那厮……唉！"

这天夜里，冯小宝再次拒绝诏寝，武则天闷闷不乐。

婉儿不语，她只管为武则天铺榻整被。

"那厮完全疯了！"武则天继续说。

婉儿停下活儿，直起身子似要说什么，但欲言又止，她重新弯下身子整榻。

"婉儿，你说句话好吗？"武则天唉唉地恳求。

"唉，婉儿说的陛下愿听吗？"婉儿叹一声。

"朕听，朕现在恨不能让他立马人间蒸发！"武则天一语双关。

"他怪不得朕，朕已经仁至义尽！"武则天继续说，且目露杀气。

"陛下英明，婉儿遵旨！"

婉儿心领神会领旨而去。

"婉儿，汝真明白朕的心思吗？"武则天似乎担心什么连忙追出去问。

"他咎由自取，非人所害！"婉儿一语双关。

武则天听了暗道，和聪明人打交道就是省心！可立刻又微锁眉头，且微微叹道："会跑的马也会踢人，好马性多烈啊！"

延载二年（694）二月四日，婉儿假诏冯小宝去瑶光殿与武则天幽会。瑶光殿是武则天与冯小宝第一次见面的地方，每年武则天都会约冯小宝来到他们初次相见的地方，重温美好的回忆，这使得冯小宝少了许多戒备心。

那日，带着一身酒气姗姗来迟的冯小宝，远远望见武则天斜倚在帐纱里。粉色的帐纱被风撩得时起时落，武则天半裸的背影忽隐忽现，冯小宝望着心神摇荡，一边骂着粗话，一边加大脚步。

本就有六七分醉意的冯小宝此时没了任何戒备，他掀开帷帐一头扑上去。就在他展开双臂去拥抱武则天时，一根尖利的东西噗一声借力刺进了冯小宝的腹部，冯小宝发现是假的武则天时，翻手就去掐那人的脖子，可没等他使上劲，一把尖利的剑已经刺进他的胸膛。

冯小宝应声倒下。

把剑刺进冯小宝胸膛的人正是杨慎交。他子承父业，接父亲杨嘉本的班，做了武则天的贴身侍卫，擢杨副尉。

他轻松地走出帷帐，击掌三声，婉儿立刻令奏乐。

刹那，瑶光殿沉浸在一派歌舞声中，杨慎交借着月色悄无声息地把冯小宝的尸体弄到白马寺，然后一把火点燃……

翌日，白马寺的小和尚跌跌撞撞来报，说冯小宝因酗酒过度打翻了油灯失火升天了。

婉儿与武则天会心一笑，但武则天的脸上随即涌起淡淡的忧虑。婉儿见了随即皱紧了眉头。婉儿知道自己锋芒太露不是好事，其实师傅薛婕妤的教诲韬光养晦，婉儿何尝不懂，只是箭在弦上不得不发。

第九十六章　佛祖台前一朵莲
　　　　　　　今生前世孽亦缘

　　已是第十天，武则天未诏婉儿早膳，婉儿明白武则天多疑的老毛病又犯了。

　　武则天最近身体欠安，国事都由婉儿打理，武则天既省心又不放心。这也难怪，毕竟婉儿年轻漂亮又有才华，还深得大臣的拥戴。尤其婉儿是唐高宗的才人，具备取代武则天的潜力。

　　婉儿早把武则天的心思看透，该打消武则天的疑心了！婉儿望着窗外的夜色思考着下一步。

　　最好的办法就是找人接替自己，至少分权自己，这样武则天才能放心。可是谁能接替自己呢？武承嗣是万万不行的，李昭德、徐有功已被贬他乡，娄思德虽忠，但个性太过柔弱，镇不住第一宰相的场面。

　　有一人倒是能堪当大任，婉儿不禁想起了狄仁杰。只可惜他被贬彭泽。

　　原来，天授二年（691）九月，狄仁杰授户部侍郎、同平章事成为宰相。可只当了四个月的宰相，就受酷吏来俊臣诬害贬为彭泽县令。

　　"汝不是说，观陛下对狄公有起复意吗，何不向陛下推荐？"郑氏说。

　　"陛下正疑吾，吾不推荐还好，推荐了反要坏事。"婉儿道。

　　"那就找个她信得过的人，让他出面推荐。"郑氏想了想说。

　　"找这样的人难啊！此人不仅是陛下信任倚重的，还必须怀天下之心方可。"婉儿说。

　　"汝不是常说娄思德是个有大胸怀的人么，陛下又信任他，不如就让他去。"郑氏又说。

　　"知人知面不知心，就怕他也经不起世俗的诱惑。"婉儿叹道。

但须臾接着说："也只有他了！明日去敲打敲打他。"

翌日下朝，婉儿来到议政殿，见娄思德正聚精会神处理公务，便找了个由头唤娄思德到内殿。

双方寒暄后婉儿叹道：

"陛下御体欠安，婉儿毕竟为女流，婉儿观德公是能当重任的人……"婉儿抛出话题试探。

"谢婉儿才人谬赞，下官惭愧，不过才人所虑亦是下官所虑。"娄思德毫不隐讳道。

"哦？那么德公以为何人堪当？"婉儿抓住话题。

"唯一人堪当！"娄思德不假思索。

"何人？"婉儿怦然加速心跳，且莫名其妙地紧张。

可娄思德却卖起了关子，他不慌不忙一笑转身离去。

"下官已向陛下推荐了，婉儿才人就等好消息吧！"走了几步远的娄思德忽嘿嘿笑道。

"哦？敢问德公推荐的何人？"婉儿不放心地追问。

"回吧，兴许陛下正等才人拟诏呢！"娄思德又呵呵笑道。

这个娄思德！婉儿暗笑道，便一路紧赶慢赶回集仙殿。

武则天正在集仙殿闹腾，自从冯小宝死后，她夜夜噩梦，脾气一天比一天坏，常常无故把宫女太监打得鼻青脸肿。这不，又在御膳房大打出手，明明是自己无胃口，却硬说厨师不尽职尽责，连最信任的张膳令也被罚关进柴房。

"婉儿，你来得正好，替朕好好管教这些个不知死活的东西！"武则天见婉儿来了便向婉儿诉苦。

"陛下，待婉儿为陛下调羹，一定让陛下美餐一顿。"婉儿像哄孩子一样哄着武则天。

婉儿一边为武则天重新做羹，一边给武则天说笑话逗乐，武则天呢，听着听着居然打起了呼噜。

婉儿一看武则天睡着了，便命宫女拿来薄毯轻轻披上。待武则天打盹醒来，婉儿的莲子燕窝羹已经做好。

婉儿又精心为武则天挑了几样开胃的小菜，武则天果然吃得津津有味，心情大悦。

"婉儿，朕是越来越离不开汝了。"武则天感叹道。

"陛下何出此言，难不成陛下要撵婉儿走？"婉儿笑道。

"朕说的是真心话！朕老了！"武则天又叹气道。

"陛下何故言老？古有姜子牙、百里奚，八十不言老，陛下青春尚不及八十，怎就言老呢？"婉儿劝慰道。

"唉！寡人最近好像肚子里有个生气的妖怪，不生气都不行，我娘老的时候也有过，所以……"武则天唉唉地说。

"陛下哪里是肚子里有生气的妖怪，明明是陛下忧天下之忧，而我们做臣子的又无能！"婉儿见缝插针转了话题。

"婉儿不提寡人倒是忘了，娄思德荐狄仁杰复相，婉儿以为呢？"武则天想起了娄思德的奏折。

"陛下英明，宰相人选想必陛下早有数，德公推荐不过是推波助澜而已。"婉儿把话说得滴水不漏。

"狄仁杰与李昭德比，婉儿以为谁更胜任！"武则天忽然提出一个十分尖锐的问题。

李昭德是绝对的倾唐派，为保李旦的太子位彻底得罪过武承嗣，后受武承嗣陷害被贬。武则天在这个时候提及李昭德，一定有她的用意，但自己的回答对李昭德的起复很关键，高了不行低了也不行。

"如果说昭德是鲍叔，那么狄仁杰就是管仲。"婉儿顿了一下回道。

"精辟！但昭德的胸怀比不了鲍叔，鲍叔的干练比不了昭德。"武则天说。

"陛下英明！"婉儿说。

"可惜，婉儿是女儿身，不然，做个宰相游刃有余。"

武则天话音才落又道："汝倒是实至名归的女宰相，千秋后必将随寡人名垂青史！"武则天一语双关。

武则天这番话意在告诉婉儿，你的一切是我武则天给的，有我武则天才有你婉儿，你得尽力辅佐我才好。

"谢陛下隆恩！陛下成就婉儿做了佛祖台前的一朵青莲，今生足矣！"婉儿亦一语双关。意在告诉武则天，青莲永远都是青莲，不会有非分之想。

武则天笑而不答。只是在她转过身去的同时忽然转回身子说：

"迁豆卢钦望秋官尚书。"

豆卢钦望，京兆万年人，门荫入仕，不苟言笑，办事踏实。垂拱年间任司宾卿，长寿二年（693）任内史。证圣元年（695），宰相李昭德受酷吏来俊臣诬陷下狱，他受累被贬赵州刺史。次年起复司农卿。

武则天话题忽然变道，婉儿虽然有些失望，但擢豆卢钦望是一个良性信号，婉儿看到了起复李昭德和狄仁杰的曙光。

第九十七章　揭竿四起国危难
不让须眉展红颜

一

"陛下……"婉儿拿着一封奏折来到武则天面前，欲言又止。

"说吧，该来的终归都要来！寡人的大周帝国塌不了！"武则天啐一口，将嘴里的葡萄皮吐出，神情镇定。

"前方急报，王孝杰、娄师德兵败。"婉儿细声道。

武则天听完好半天没说话，但脸上的怒气在升腾。突然，她一把将面前的果盘打翻大怒道：

"都是废物！王孝杰贬庶人，娄师德贬原州员外司马……"

武则天把责任和怒气全都撒在吃了败仗的王孝杰和娄师德身上。

原来，天册万岁元年（695）七月，吐蕃攻临洮，武则天遣夏官尚书王孝杰为肃边道行军总管讨伐。次年，即万岁通天元年（696）一月十一日，武则天又以娄师德为肃边道行军副总管支援王孝杰，两军会合共同迎击吐蕃。三月一日，王孝杰、娄师德与吐蕃大将论钦陵及其弟赞婆大战于素罗汗山，王孝杰与娄师德中了敌人的埋伏，兵败汗山。

"陛下，胜败乃兵家常事……"婉儿试图替王孝杰、娄师德说情。

但盛怒下的武则天油盐不进。

"莫要说情，功者赏，败者罚，天经地义，拟旨吧！"武则天不容商量道。

"还有什么坏消息，说吧，寡人说过，朕的大周帝国塌不了！"武则天观婉儿的神色知道麻头的事情还不止一件。

"国库未有黄金打造明堂顶端的凤凰，请陛下明示可否易铁。"

武则天又一阵沉默，良久，叹道："也只能这样了，涂层金水吧！"

"还有坏消息吗？"武则天见婉儿未离去再问道。

"没，没有了。"婉儿不忍心一口气将一堆的坏消息一股脑儿地倒出来，毕竟武则天年纪大了，又赶上刚大病过一场，怕她经不住打击。

"不对，还有契丹李尽忠和他的妻兄孙万荣反，他们杀了营州都督赵文翙，自立无上可汗。"武则天面带微笑看着婉儿说。

"陛下！"婉儿叹一声。

"婉儿是怕寡人承受不住这么多的打击吧！哈哈，寡人在婉儿眼里就那么不堪一击吗？"武则天镇定自若，哈哈一笑，跟没事人一样。

"陛下御体才愈，婉儿确有不忍。"婉儿说。

"寡人什么风浪没经历过，区区一个李尽忠，能奈朕何？"武则天冷笑一声。

李尽忠何许人？李尽忠乃唐赐姓，他实为契丹部落首领窟哥孙。

契丹族王是唐朝时期兴起的东北一带游牧部落，以畜牧射猎为主。贞观二十二年（648），契丹内附唐朝成为唐朝的附属国。唐朝在其故地设置松漠都督府，以契丹部落首领窟哥为使持节，掌管都督十州诸军事及松漠都督契丹各部事宜，并赐李姓。

显庆五年（660），李窟哥死，继任松漠都督的阿卜固率契丹诸部与奚族联兵叛唐，不久兵败，阿卜固被擒送洛阳。唐高宗便以李窟哥的其中一孙李枯草离为左卫将军、及弹汗州刺史，封归顺郡王；另一个孙子李尽忠则为武卫大将军、松漠都督，继统契丹八部。

三十多年来李尽忠按期纳贡，万岁通天元年（696）因不堪忍受营州都督赵文翙的侮辱和压榨，又看到武周内忧外患的契机，那日深夜，李尽忠与妻兄孙万荣一合计，便揭竿而起反武周。

"陛下，这一份奏疏是弹劾营州都督赵文翙的，说是赵文翙的贪婪和刚愎自用逼反了李尽忠。"婉儿说着将奏疏递给武则天。

"鞭长莫及，边疆的官员胡作非为欺压敲诈附属国，朕也早有耳闻，待朕收拾了叛军再来收拾他们！”武则天恨恨道。

“拟旨昭告天下，改李尽忠为李尽灭，孙万荣为孙万斩。遣左鹰扬卫将军曹仁师、右金吾卫大将军张玄遇、左威卫大将军李多祚、司农少卿麻仁节等二十八将领率兵征讨！朕要在一月之内剿灭他们，看看以后还有谁敢反叛我武周帝国！”武则天决意迎战，且制定出一系列的迎战决策。

“陛下，既是赵文翙逼反的，不如派使臣安抚，毕竟战争生灵涂炭，苦的是百姓。再者，兵书言，杀敌一万自损八千，不战而屈方为上上策！”婉儿急忙劝道。

“安抚？这会使武周帝国颜面扫地！倘若授了还好，倘若不授，朕的面子往哪搁？以后那些个附庸国还不纷纷效仿？寡人要杀鸡给猴看，要让其他的附属国以后连想都不敢想反字。”武则天这么多年趾高气扬习惯了，哪里听得进婉儿的劝谏。

“陛下，大周连年征战，军费累升，国库空虚，又恰逢灾年，婉儿以为当下宜和不宜战，婉儿愿前往抚之！”婉儿跪下恳请。

“这仗还没开打，你就长他人志气灭自家威风，是何道理啊？”武则天一脸的不高兴。

“陛下，恕婉儿直言，据报李尽忠十日内就聚集了十万兵马，各部落纷纷投靠，群情激愤，这说明守边官军有不得人心之处。此时朝廷再发兵镇压，婉儿担心激起更大的反抗。”婉儿顾不了武则天不高兴继续把不利因素分析给武则天听。

“十万乌合之众能奈寡人何？想当年李敬业一夜间就聚集了十万兵马，结果又如何？李尽忠说白了就是个蛮夷，还不如李敬业，只怕寡人的军队还没到，他就闻风丧胆了！那时他自己捆了来负荆请罪，寡人饶不饶他还得看寡人的心情。”武则天对婉儿的分析嗤之以鼻。

“陛下，婉儿以为李尽忠与李敬业不可同论，李尽忠不仅骁勇善战，且……”婉儿想继续劝谏但被武则天打断。

“放肆！退下！”武则天怒道。

“陛下！婉儿以为战则弊和则利！”婉儿跪下继续劝谏道。

“滚出去，寡人不想再见到汝！”武则天勃然大怒抓起案几上的毛笔就朝婉儿砸去。

"陛下！当前形势，请陛下慎言战！"婉儿跪着继续劝谏。

"拉出去，禁足！再长他人志气杀无赦！"武则天怒不可遏。

"陛下……"婉儿还想劝谏但却被杨慎交杨副尉捂住了嘴。

"表姐不想活了也得想想你娘呀！"杨副尉硬生生把婉儿给架出宫押送到采微苑让郑氏看管好。

二

万岁通天元年（696）六月二十九日，武则天派二十八位大将率领三十万大军浩浩荡荡开赴前线讨伐契丹李尽忠，企图一举歼灭。然，事情却与愿违。李尽忠与武周军队鏖战一个月后，不仅越战越勇且屡战屡胜。

七月武则天又派梁王武承嗣率领十万兵马去支援，结果九月的黄獐谷一战，武周军几乎全军覆没，连同武承嗣的军队一同被李尽忠诱进黄獐谷一举歼灭。至此武周军由进攻转入防御，从主动变被动。

祸不单行，西南的吐蕃国得知武周连吃败仗，大将论钦陵立马出了个馊主意，他派使臣到大周请求和亲，但点名和亲者不是当年的太平公主而是当今陛下武则天。

吐蕃国请亲并非头次，第一次发生在贞观八年（634），遭到唐太宗的拒绝。被拒绝的松赞干布恼羞成怒，出兵攻打大唐的附庸国吐谷浑、党项、白兰羌。四年后直打到唐朝边界的松州，且扬言若不和亲，便要大举侵唐。

唐太宗听了勃然大怒，派牛进达为先锋，侯君集率主力后援。松赞干布自知不敌，在唐军主力到达前，已退兵并遣使谢罪。贞观十四年（640）又派使臣大论薛禄东赞携黄金五千两及众多珍宝来正式和亲。唐太宗见吐蕃真诚，于贞观十五年（641）正月十五，将宗室女封为文成公主嫁给松赞干布。

第三次求亲发生在仪凤二年（677）。吐蕃相继攻下安西四镇、扶州临河镇后，指名道姓要太平公主和亲下嫁，当时的唐高宗亦处在内忧外患时期，无奈只能示弱，临时为太平公主抢修了一座道观，再以太平公主早年出家为尼为由搪塞过去。

这是第四次请亲。此次请亲，吐蕃国显然醉翁之意不在酒，而是志在安西四镇和西突厥十姓的疆土，请亲只是个幌子。

那日，吐蕃来使赞婆居高临下站在朝堂上，傲慢无礼道：

"武皇陛下若是舍不得这偌大的江山下嫁我赞普，请把才女上官婉儿赐予赞普亦可。"

"放肆，上官婉儿乃先帝天皇才人，岂能赐予赞普。"武则天勃然大怒。

"这也不行那也不行，我吐蕃国颜面何在？武皇陛下总不能让老夫两手空空而回吧！"赞婆终于抛出话头试探。

"那么汝想如何？"武则天笑问。心想豺狼张口了，这是想吃朕哪块肉呢！

"把安西四镇、西突厥十姓之地割让于我吐蕃国，作为求亲不成的面子补偿，不然……"吐蕃使臣虽打住了后面的话，但狼子野心已暴露无遗。

"放肆！朕的武周还没到你们这些蛮夷可以大放厥词的地步！"武则天拍案怒喝。

"那就走着瞧，我吐蕃国也不是吃素的，告辞！"吐蕃使者撂下狠话欲拂袖而去。

"慢，婉儿愿往和亲，只是尊敬的赞婆大将军，婉儿已非妙龄，现已是半老徐娘，婉儿担心赞谱未必看得上，还烦大将军回去详情禀报，婉儿静候将军佳音如何？"婉儿突然出现在大殿，打了吐蕃使臣一个措手不及。

婉儿句句在理，吐蕃使臣无话可说，恨恨离去。

"求陛下治罪！婉儿擅闯朝堂！"吐蕃大臣走后，婉儿伏地请罪。

武则天看着跪在面前的婉儿，心中惭愧，当时若能听婉儿劝谏，何至于有今天吐蕃的嚣张。

"婉儿直言不讳何罪之有？错的是寡人啊！寡人低估了敌人！"武则天面有愧色。

"还有尔等，就知道挑好听的，就知道明哲保身！"武则天忽然指着满朝的文武百官训道。

"陛下，吾等失职，罪该万死！"满堂的文武百官吓得呼啦啦跪了一片。

"都平身吧！"武则天摆摆手说。

如今的武则天哪里还有心情处罚他们，叛军就要打到洛阳了，而武周已无兵力可派。

　　大臣们变得都爱说好听的话，其实这能怪谁呢？自从武则天重用酷吏，满朝文武人人自危，早上去上朝，不知晚上能归否。迎合马屁者却能平步青云，最典型的例子要算傅游艺。

　　载初元年（690）他上书称武则天符瑞，合当皇帝，率百姓诣阙，劝武则天改唐为周。武则天擢其为给事中。数月后加同凤阁鸾台平章事、朝散大夫、鸾台侍郎。改唐为周后，赐姓武。天授二年（691）五月，又加银青光禄大夫，改司礼少卿。一年间，他自九品升至三品；衣服历青、绿、朱、紫四色，时人谓之四时仕宦。后因梦登湛露殿事发下狱自杀。

　　残酷的现实让大臣们不得不学会迎合拍马屁，即使发生冯小宝火烧天堂这样的人祸，也被他们说成是祥瑞。还堂而皇之举例当年周武王伐纣，军队过河时天降大火，结果武王伐纣凯旋，所以明堂失火不是灾而是预示大周朝的兴旺！还有人举例说当年弥勒成佛时便有天魔烧宫，天堂失火说明陛下真是弥勒佛！

　　"当然，众爱卿变得都爱说好听的话，那是因为寡人喜欢听好听的话，所以归根结底错在寡人，不在你们，你们都起来吧！"武则天突然自责起来。

　　"陛下英明！"婉儿以及大臣情不自禁异口同声。

　　"快起来，婉儿！"武则天走下金銮宝座亲自将婉儿扶起来。

　　"谢陛下隆恩！"婉儿说。

　　"是寡人要谢婉儿！"武则天拉着婉儿走上金銮宝座。

　　"告诉你们，李尽忠初反时，婉儿劝谏过寡人派大臣安抚，不宜发兵镇压，若当时再多有几人劝谏不宜发兵，恐怕今天的局面不是现在的局面。"武则天望着文武百官说。

　　武则天停顿了一下继续说："从今往后，凡直言寡人瑕疵者，赏银千两！从婉儿开始，婉儿直言力谏，忠诚可嘉，赏金千两！"

　　武则天突然大赏婉儿。婉儿先是一愣，心想都快揭不开锅了，为何还出手如此阔绰？不过倒是个掏他们口袋的好机会。婉儿想到这扑通跪下说：

　　"谢陛下隆恩！但国家正是危难时期，恳请陛下允许婉儿全数捐给国库！"

　　"寡人准奏！"武则天没有拒绝，甚至没有拒绝的意思。

　　这正是武则天要的结果。武则天想要大臣们在紧要关头捐款，已经想了好几天了，一直不好开口。今天一看有机会了，因为武则天料定婉儿必定会捐出来。

"婉儿还有一事恳请陛下饶恕，婉儿将陛下平日里赏赐的首饰珠宝卖了，共卖得千两白银捐献于国库！"婉儿将自己变卖家产为国募捐一事道出。

"陛下，按律法，转赠变卖陛下赏赐之物，犯的是死罪！"武三思跳出来说。

"退下去！"武则天呵斥道。

"律法是死的，人是活的。国家危难之时，身为一介女流，却能心系国家和黎民百姓，而不顾个人死活，这样的人如果还有罪的话，那天下岂有公道？"

武则天目光锐利地扫过满堂文武百官，心想你们呢？七尺男儿在国家危难时候，你们都在做什么？

堂下鸦雀无声，继而李旦请求减免半年俸禄作为捐献。

"陛下，承嗣愿捐出陛下多年赏赐的三千两黄金！"这时武承嗣亦看懂了武则天的真正用意，便只得忍痛割爱。

接着满朝文武纷纷慷慨解囊踊跃捐献，共捐得三万五千两黄金。武则天大喜。

第九十八章　吐蕃和亲权宜计
杀伐果断七尺男

武则天又头疼得厉害，且一个劲地闹腾要婉儿侍候。

"陛下，婉儿尚在议政殿。"赵公公小心翼翼道。

"在议政殿都干些什么？"武则天顿了一下问。

"据报，与大臣们在争论吐蕃请亲之事。"赵公公说。

"都怎么争论的，细细禀明。"武则天顿了顿说。

"遵命！"于是赵公公便把右武卫冑曹参军郭元振以及上官婉儿等大臣的观点一字不漏地禀报与武则天。

武则天听完默然片刻突然道"起驾去议政殿"。

原来，吐蕃趁大周被李尽忠打得措手不及腾不出手之际，以请亲为幌子，实则是要大周割让安西四镇和十姓之地。

武则天正为此事头疼得紧。

武则天来到议政殿，但她示意公公别通报，她隐在屏风后偷听大臣们的争论。

"允之，伤四夷，于国不利；拒之，吐蕃必为边患，以下官之见以计缓之。"右武卫冑曹参军郭元振说。

"说了等于没说，你以为吐蕃是傻子吗？人家能允你缓之？"王方庆嗤之以鼻道。

"允否，没试怎知道？"郭元振不服气道。

"明知不可为，又何必徒劳？"李道广嗡嗡道。

"反正，使其和望未绝则善矣！"郭元振丝毫不退让自己的观点。

"大人的意思是拖，拖到我们腾得出手，这个道理连三岁小孩都懂，那比猴都精的论钦陵能不知道?"王方庆再道。

"那依王大人的意思是割地了?"郭元振反问道。

"下官以为,安西四镇以及十姓之地,本无用于国,却要连年耗费兵戍国力,若吐蕃无东侵之志,不如赐予吐蕃,以免再耗兵力财力,又可解当下之忧何乐不为?"王方庆踱着步侃侃而谈。

"本官意亦如此!"李道广立刻附和。

"目光短浅,匹夫也!"郭元振愤然拍案。

"你骂谁呢?你能,那你去消灭李尽忠啊!"王方庆恼羞成怒道。

"你!"郭元振怒目。

"都别吵了,割地是万万不能的,陛下也绝不会答应。都散了吧!"婉儿看大臣们不但讨论不出个名堂来,还可能伤及感情,便让他们散了回家去。

"知寡人者婉儿也!"武则天突然接过话茬儿从屏风后走了出来。

"参见陛下!"大家见武则天到立刻弯腰行君臣礼。

"割地就如同割寡人的肉!"武则天拉下脸。

郭元振得意地偷觑一眼王方庆,王方庆的额头正冒着汗,但王方庆也不是吃素的,他立刻双腿跪地奏道。

"陛下,地是死的跑不了,割让只是拖延的权宜之计,待灭了李尽灭,只怕吐蕃要连夜跑着来归还给陛下。"

王方庆的一番马屁话果然博得武则天的好脸色。

"王爱卿平身!"武则天道。

"王爱卿说的亦不无道理。"武则天接着说。

"陛下,吐蕃乃狼子野心,得安西四镇和十姓怕是如虎添翼,到时后患无穷!"郭元振立刻反驳道。

武则天一听亦觉有道理。

"婉儿,汝的意见呢?"武则天突然问一直不语的婉儿。

"回陛下,恕婉儿直言,割地为下下策!四镇及十姓附唐日久,今割而弃之,恐伤诸国之心,非所以御四夷也。"婉儿直言不讳道。

"不割就得和亲,难不成婉儿才人真想去做吐蕃国的皇后吗?"王方庆立刻冷笑道。

"王方庆,你!"婉儿怒道,但立刻便心平气和说道,"陛下,婉儿以为,可和，但有条件。要在两国交界地建一座净身塔，婉儿要在净身塔里为先帝天皇吃斋念佛七七四十九天方能下嫁。如此折腾，论钦陵必知难而弃，即使不弃，那也为我们赢得了宝贵时间。"婉儿对武则天和盘托出自己的盘算。

但立刻遭到以王方庆为首的割地派的攻击。

"说到底还是想做吐蕃的王妃，不过是找了个漂亮的理由而已。"王方庆又冷笑道。

"王爱卿不得无礼。"武则天不痛不痒地责备着王方庆。

"如此甚好，但倘若吐蕃接受了你的条件，四十九天后婉儿又该如何脱身呢？"武则天冷冷问道。

"陛下放心，吐蕃志在疆土，非诚心和亲，不会有万一！"婉儿说。

"疆土可失而复得，而千古才女百年不遇千年难求，朕若是吐蕃王就宁可选择婉儿！"回到迎仙宫的武则天重提这事。

"谢陛下谬赞！吐蕃王志在疆土扩张野心，婉儿对于他来说只是个女人，一文不值。"婉儿道。

"虽是这个理，但寡人怕万一，怕失去婉儿。"武则天婉言拒绝了婉儿的建议。

"谢陛下隆恩！陛下放心，婉儿说不会有万一就一定不会有万一！"婉儿一笑道。

"何以见得？"武则天问。

"陛下忘了？在这草原上远不止吐蕃一只狼！"婉儿一笑道。

"婉儿的意思是？"

"扔根骨头，让狼们打去抢去！"

"婉儿的意思是让四夷内讧。"武则天对婉儿投去友善的一瞥。

"四夷中力量最强的当属突厥，寡人也曾考虑过以物示好突厥，只是这样无疑要暴露我大周的空虚。突厥受则万事大吉，万一不受，反与吐蕃、李尽灭等遥相呼应共犯我大周，那后果不堪设想。"武则天把自己的忧虑和盘托出。

"陛下的担忧，婉儿亦反复斟酌过，此步棋的关键是突厥归附，而有一人可当此任！"婉儿道。

"何人？"武则天问。

"雷万富。"婉儿回答。

"就是那个做羊皮生意的?"

"是的,他常年往返于突厥做生意。"

"寡人听说过此人,怕老婆像怕狼一样,可生意却做得风生水起。"武则天露出不屑。

"陛下,有一种人是小勇大怯,另一种人是小怯大勇,雷万富是后一种。"婉儿说道。

"哦?如是说来寡人想见见他。"武则天道。

"陛下,此刻他或许正在请突厥人喝酒,亦或许提着礼品去拜访突厥的某个高官呢。"婉儿附着武则天的耳根说。

"哦?难不成他已经……"

武则天暗喜,又对婉儿投去一瞥赞赏的目光,武则天心里清楚这是婉儿的运筹帷幄。

"是的,陛下,从李尽灭起反的第一天起,他就在筹划说服突厥归附武周了!"婉儿说。

武则天再次对婉儿投去欣赏甚至是感激的目光,心想,明明是你婉儿的运筹帷幄,却说成是他自己去的,无疑是为顾及朕的颜面罢了。

"朕为有这样的子民骄傲,但朕对不起他们,这些年朕好大喜功,做了不少错事……"武则天叹一气自责起来。

雷万富果然不负众望,他撒尽家产收买了突厥王默啜身边所有的人,连扫地的下人都得了好,搞得默啜身边只有一种声音:附周。

九月,突厥默啜正式附周,武则天赐谷种四万斛,杂彩五万段,农器三千件,铁四万斤,并册授默啜左卫大将军、迁善可汗。

十月,突厥默啜乘契丹李尽灭病卒袭松漠,虏李尽灭及万荣妻子而去。武则天大喜,进拜默啜为颉跌利施大单于、立功报国可汗。

"婉儿,汝又为武周立了一大功!雷万富是汝提前派去的吧。"武则天悠闲下来时候问。

"陛下,婉儿不过是使了点小聪明,揣摩了陛下的心思,哪里就敢居功?"婉儿道。

"说到底,还是陛下洪福齐天威震四海,才使得默啜做了正确的选择!"

婉儿再道。

"瞧瞧你这张嘴，什么时候也变得比蜜甜了。不过，朕现在更喜欢听真话，真话能让人不犯错少犯错。"武则天道。

"以后婉儿就是朕的魏徵，朕赐汝丹青铁券免死牌。"

"谢陛下隆恩！陛下舍得杀婉儿早杀了，有陛下的庇护胜过丹书铁券呢！"婉儿婉言谢绝，她不想引起其他大臣的妒忌。

婉儿为武则天铺好御榻，再把武则天扶到御榻上躺下。

"今晚可以睡个好觉了！"武则天一边躺下一边叨叨。

"有婉儿真好……真好……"武则天叨叨着就鼾声大起。

而婉儿却辗转难眠，就在武则天睡下后，前方军情告急。

李尽灭虽死，但他的妻弟孙万荣收拾余部势如破竹连下两州冀州、瀛洲后，又剑逼魏州。

魏州的地理位置十分重要，是洛阳的后方门户，攻陷魏州，洛阳难保。可魏州刺史独孤思庄却是个贪生怕死的胆小鬼，怕是敌人未到他就闻风丧胆逃之夭夭了。

不行，魏州得立即换刺史。

婉儿来到武则天卧榻前，她轻声唤醒武则天。

"前方十万火急……"婉儿道。

"那么婉儿以为何人堪当魏州刺史？"武则天沉默了半天问道。

"狄仁杰！"婉儿坚定道。

武则天半天不语。独孤思庄是她一手提拔亲自任命的，临阵换人岂不打脸。

"陛下，魏州必须万无一失啊！"婉儿急得额头冒汗。

"狄仁杰就一定能保魏州吗？"武则天道。

"婉儿拿性命担保，狄公在魏州在！"婉儿发誓道。

"好！拟诏，擢狄仁杰魏州刺史。"武则天终于松口。

"陛下英明！"婉儿松下一口气。

"不过，失魏州拿汝一道问罪！"武则天又补充道。

"失魏州婉儿甘愿领罪！"婉儿说着已拟好诏，连夜派刘幽求火速送往彭泽诏狄仁杰。

　　狄仁杰果然不负众望，到任后，便实施了一系列仁政，让百姓返田耕作，稳定民心。孙万荣闻听狄仁杰被起复，不战而退。魏州百姓争相立碑颂德。不久，狄仁杰调任幽州都督，获赐紫袍、龟带。武则天在紫袍上题写了十二个金字，以表彰狄仁杰的忠勇。转过年，即神功元年（697），狄仁杰二次拜相，擢鸾台侍郎、同凤阁鸾台平章事，加授银青光禄大夫。

第九十九章　十恶不赦来俊臣
命悬一线丽景门

一

连日来假山后的乌鸦直叫得人毛骨悚然。"哇，哇，哇"……

郑氏的心又一阵抽紧，难道来俊臣的石子砸中婉儿了？

来俊臣何许人？郑氏又为何如此紧张？

来俊臣是个因污告一夜间戏剧性地从死囚犯变成了朝官。之后，他开启了构陷罗织忠良的潘多拉盒！他以夷诛大臣为功，被无辜构陷下狱的朝官过千，屠族人逾万。他还发明了十种酷具，一曰"定百脉"，二曰"喘不得"，三曰"突地吼"，四曰"着即承"，五曰"失魂胆"，六曰"实同反"，七曰"反是实"，八曰"死猪愁"，九曰"求即死"，十曰"求家破"。被无辜构陷下狱的朝官，多因难以承受酷刑而认反，纵有个别不屈者，或斧、钺、刀、锯，或活活缢死。

大将军张虔勖含冤下狱，要求大理寺平讼，被乱刀砍其身而死。内侍范云仙不服，被割去舌头。欧阳通下狱宁死不屈，被缢死。除此外还建立了罗织罪名的组织分布在全国各地，一旦目标选定，就令全国各地的爪牙在相同的时间段告密，被他锁定的人是百口难辩，死路一条。以致朝廷上下，文武百官，人人不得自安，路上相遇不敢招呼只以目语，每上朝不知能否归来得在家中预留遗书。

后来实在找不到目标了，来俊臣就把所有官员的名字写在一块小木牌上，然后站在远处用石子投，砸中谁就罗织谁。

郑氏的神经绷得越来越紧，谁也无法预料来俊臣的石子什么时候砸中谁。

"婉儿大人在吗?"院门外突然响起敲门声。

郑氏被惊了一跳，差点打翻手中的药罐。

"谁?"郑氏警惕道。

"小人是来俊臣的手下卫遂忠。"门外来人道。

难道他们真砸中了婉儿? 郑氏的身子一晃差点栽倒。

卫遂忠，乃来俊臣最得力帮凶。来俊臣所做恶事八成有卫遂忠。

"何事?"郑氏的声音有些颤抖，也不敢去开门。

"娘，谁呀?"婉儿从屋里出来。

"见过婉儿大人，小人是卫遂忠，来大人派小人来请婉儿大人去丽景门品茶吟诗。"卫遂忠隔着院门道出原委。

郑氏一听是去丽景门，吓得拦住婉儿不准她开门。

"告诉来大人，婉儿身体不适，去不了。"郑氏冲门外喊道。

"夫人，请放心，只是去喝茶，小人保证把婉儿大人毫发无损地送回来。"卫遂忠知道郑氏是因害怕而托辞。

"那也不行，一会儿婉儿还要去见陛下。"郑氏抬出武则天希望吓退卫遂忠。

门外没了声音，须臾卫遂忠道:"好吧，小人告退。"

"慢，婉儿跟你去。"

出乎郑氏预料婉儿居然满口答应。

"你?"郑氏不解。

其实婉儿早就想去丽景门探个究竟。毕竟有太多的忠良惨死在那里，尤其是李昭德目下还被拘押在那里，明知昭德冤可苦于无证据，即使那厮不请，婉儿也想闯一闯!

"多谢婉儿大人! 小人佩服!"卫遂忠道。

郑氏又惊又气，禁不住雨点般地揎打婉儿。

"你疯了不成! 难道你不知道丽景门就是活死人墓吗?!"郑氏"呜呜"地哭泣起来。

"娘放心，婉儿敢去就有把握回得来！"婉儿安慰着母亲。

"你就会骗娘，进那里的人无一例外出来，你凭什么能出来？"郑氏哭道。

"娘，婉儿是去喝茶，又不是去受审，情况不一样的。"婉儿极力安慰母亲。

"不行，无论你说什么娘都不会让你去的。"郑氏说。

"娘，那厮若起歹心，躲得过初一也躲不过十五呀。"婉儿道。

"娘今天就卖了这张老脸去告御状。"郑氏道。

"没用的，娘一个人告，那厮便放出一百个人来告，陛下是听一个人的，还是听一百个人的呢？"婉儿说。

"如是说就拿那厮无奈只有等死了？"郑氏的眼泪如断线的珠子一样吧嗒吧嗒地落。

"天若亡吾，吾无话可说，天若有眼，婉儿必送他上断头台！"婉儿说这话时目光坚毅，神情庄严。

"你，你是要以自己的命取证来唤醒陛下？"郑氏有所悟。

婉儿不语，只把母亲拥抱得更紧。

"你，你是不是早有此念？"郑氏的身子在颤抖。

"娘，恕女儿不孝！"婉儿更紧地拥住母亲。

"是为李昭德？"郑氏道。

"是，也不是，为所有冤死的忠魂。"婉儿目光坚定。

"看来娘是拦不了你了！"郑氏颓然跌坐。

"好，娘不拦了，只是娘要让你看一件你父亲留给你的东西。"郑氏说完头也不回地朝自己的寝室走去。

"爹留下东西？怎从没听娘说过？"婉儿好奇地随在郑氏身后进了郑氏的寝室。

"就在枕下，你自己拿去！"郑氏说。

婉儿将信将疑走到母亲床边弯下身子伸手去掏，可与此同时郑氏以迅雷不及掩耳的速度转身出门将门给反扣了。

"娘，开门，开门啊……"婉儿发现上当使劲地擂门。

"溪儿，看好了，娘回来前，你说什么都不能放她出来，不然拿你是问!"

话说溪儿,那日城外与婉儿郑氏一别,回到栓福爷爷住处寻找雪儿,可那里早已屋倒地荒,哪里有雪儿。溪儿又到附近村子打听,均无消息,溪儿只得去感业寺与婉儿郑氏团聚,谁料到了那里才知婉儿郑氏回宫了,于是溪儿又返回宫里与婉儿郑氏团聚。

郑氏不理会婉儿的叫喊,她只管吩咐溪儿看好婉儿,自己便出门朝武则天的迎仙宫而去。

二

郑氏紧走快赶,半炷香后来到迎仙宫的第一道门,迎仙门。此门以四季鲜花垒砌。门前是一片开阔地,有花圃果园、花鸟露台、梅兰竹楼、听音阁、吟诗台……但郑氏连瞥一眼的心情都没有。她心急火燎地对守卫表明身份,两位守卫虽不认得郑氏,但每日里进进出出的上官婉儿他们再熟悉不过,于是没多盘问就放她进去。

郑氏来到第二道门,曰旨门,有八个羽林军两位公公把守。顾名思义进这道门必须有圣旨,或是皇帝诏见,否则擅自闯门就是死罪。

"民妇郑钰瑶,上官婉儿的母亲,民妇有十万火急的事情求见陛下!"郑氏扑通跪下向守卫请求。

"陛下去梁王府了!"一主事公公说。

郑氏一听大惊失色。

"多时去的?"郑氏问。

"这不是夫人该问的!刚才老奴已经是看在上官大人的份儿上,否则打探陛下行踪,轻者棒撵,重者死。"主事公公冷冷道。

"多谢公公大人!"郑氏作揖答谢。

"出什么事了?婉儿大人呢?"主事公公看到郑氏十分焦急的样子忍不住问道。

"是这样的,来俊臣要请婉儿去丽景门喝茶,老妇怕……"郑氏话未说完就被主事公公打断。

主事公公一听来俊臣三个字亦如谈虎色变，且立刻变了态度对郑氏下逐客令。

郑氏只得退了出来，在迎仙门耐着性子等候武则天。

可她哪里知道，她前脚走，婉儿后脚就被来俊臣的手下卫遂忠给接走了。

原来，卫遂忠伪装成轿夫，传完话并未走远，他与另一轿夫隐在拐角处，见郑氏走了便杀了个回马枪把婉儿接走。

来俊臣一看卫遂忠还真有能耐把婉儿给请了来，高兴地拍着卫遂忠的肩膀说：

"今天记你个头功，改日大哥我请客！今后荣华富贵都少不了兄弟你一份。"

卫遂忠像往常一样，千恩万谢，感激涕零一番后告辞离去。

郑氏等了大半天还不见武则天的踪影，无奈只得先回采微苑。

可还没走到采微苑就遇上来寻她的溪儿。溪儿把她走后发生的一切和盘托出，郑氏一听只觉眼前一黑，一个趔趄栽倒不省人事。

"娘，娘，您可得挺住啊，婉儿姐姐还等您去救她呢！"溪儿一看郑氏晕倒，吓得哇哇大哭。

"快掐人中！"一守更公公见了上前就掐郑氏的人中。

郑氏果然幽幽醒来。

"娘，您醒了，您吓死溪儿了！"溪儿搂住郑氏。

"婉儿……"郑氏喊一声便泪如雨下。

"对了，婉儿姐姐走时说戌时未归就去找陛下。"溪儿想起婉儿走时嘱咐的话。

"戌时？现在什么时辰了？"郑氏"噌"地一下想站起，可双腿发软幸亏溪儿一把搀扶住。

"没听见敲更吗？亥时了。"守更公公一边说一边唧哪邦敲着一路走去。

郑氏一听又晕厥过去，溪儿学着连忙掐郑氏的人中。

郑氏再次幽幽醒来。

"快，去梁王府……"郑氏爬起来跟跟跄跄地朝前走去。

三

"婉儿才人请坐！来某三生有幸！"来俊臣欣喜若狂，抱拳向婉儿施礼。

"来大人三番五次邀请婉儿来喝茶，想必这里是有婉儿没喝过的茶了?"婉儿话中有话，神情不惊不忧。

来俊臣暗暗佩服，但凡被他请到这里来的人，或大汗一身，或说话哆嗦，尿湿裤子的亦不在少数。

"婉儿才人说对了，来某这里的好茶，只恐陛下亦是没有。"来俊臣沾沾自喜道。

"婉儿不信，大人素有忠君不二的美名，怎会藏着好茶不献给陛下呢?"婉儿有意激将。

"忠君不假，可来某藏有私心亦是不假。"来俊臣哈哈一笑道。

"哦？大人好胆量，就不怕婉儿向陛下告密?"婉儿继续激将。

"不怕，婉儿尽管告去好了，哈哈。"来俊臣又哈哈大笑。

"哦？难道来大人活腻味了不成?"婉儿有些纳闷。

"差也！本大人恨不能如彭祖活上八百岁呢!"

"既如此，那为何不怕婉儿告密?"

"哈哈，婉儿呀婉儿，亏你跟了陛下这么些年，还摸不透她老人家的脾气！我来某贪婪无道，铜匦里每天都有告我来俊臣的密信，她老人家能一点都不知？就算她不知，前前后后亦有不少大臣弹劾过老夫，包括你上官婉儿，陛下难道一句都不信？陛下英明就英明在这！装聋作哑。"来俊臣一边煮茶一边肆无忌惮口无遮拦。

婉儿暗暗叹气。武则天护犊子偏袒来俊臣，婉儿何尝不知。

"知道陛下为何装聋作哑吗?"来俊臣不等婉儿问又接着道。

"婉儿愚钝愿闻其详。"婉儿道。

"我来某就好比陛下的看门犬，有我这条恶犬，她老人家可高枕无忧！这叫舍小取大!"来俊臣毫不隐讳。

婉儿在心里哀叹，这厮说得一点不错。他曾因大肆收受贿赂，被御史纪履忠逮了个证据确凿，武则天不得不判他死罪，可不久武则天就下旨免去死罪，贬为庶民。长寿年间，复召任殿中丞，万岁通天元年（696）又擢洛阳令，司仆少卿，还为其设置特殊监狱，名曰"推事院"，即丽景门。

武则天对他所犯的罪行，夺人妻女，收受贿赂，横征暴敛，陷害无辜等等尽数知晓，但就是装聋作哑视而不见。

这厮乃国之大害！不除国将永无宁日！婉儿在心里暗暗道。

"难怪大人坏事做绝，不受制反官升三级，现在离宰相只一步之遥了，也许不久的将来，大人就是一人之上万人之下的宰相了！婉儿这厢先恭喜大人贺喜大人！"婉儿趁机进一步激将他。

"宰相算他妈个屁，老子是石勒转世，等本大人把武承嗣和太平公主以及陛下的两个窝囊废儿子全都罗织了，你说陛下她还能把皇位传给谁？"来俊臣说到这突然坏笑地盯着婉儿。

"到那时，寡人封你为皇后娘娘。"

来俊臣说着突然凑近婉儿，使劲吸气嗅婉儿，从头嗅到脖颈再移到身后嗅她的背。

"都说婉儿出的汗是香的，来某做梦都想嗅一嗅……香，果然香……"来俊臣嗅着仿佛坠入云雾的样子。

"大胆狂徒！吾乃先帝天皇的才人，休得无礼！"婉儿喝道。

"切，你提那死鬼作甚？连死了还耽误着你。"来俊臣回到自己的座位对唐高宗不屑一顾。

"住嘴！不许侮辱先帝！否则婉儿不奉陪！"婉儿怒道。

"得，谁乐意提那死鬼，扫兴！"

"你，你简直是无法无天了！"

婉儿愤然而起，却被来俊臣拦了下来。

"瞧我这嘴！我打自己嘴巴总可以了吧。"来俊臣说着轻轻打了自己一个嘴巴。

婉儿转念一想自己还带着任务呢，便顺势又坐了下来。

"来俊臣，你的胆子是越来越大了，不拿先帝放在眼里也罢，现在连公主和魏王你也敢罗织？"婉儿坐下后说。

"有何不敢？魏王？我呸，他算个屁！没有陛下他连我来某都不如！"来俊臣对武承嗣嗤之以鼻。

"魏王可是陛下的侄儿，你动他就不怕陛下找你算账?"婉儿道。

"放心，陛下只爱权力，为了皇权她连儿子都不爱，又怎会为武承嗣而丢弃我这条能为她咬人的狗呢。"来俊臣得意道。

"住嘴! 你连陛下的英名也敢玷污，不想活了!"婉儿大声呵斥。

"得，今夜不谈国事，只品茶。来，这是日本使臣孝敬我来某的茶，婉儿见多识广，帮着鉴别一下可是货真价实的极品!"来俊臣说着为婉儿斟上一杯茶。

婉儿端起嗅了嗅，而后呷一口含在嘴里仔细品味，再咽下。

"果然是极品中的极品! 香气持久不衰，沁入脾胃仿佛余音缭绕，似有摄魂之魅力，饮一口令人终生难忘!"婉儿大为赞赏。

"比陛下的晚君侯如何?"来俊臣得意起来。

"有过而无不及! 陛下有时也就一个虚名，哪里有来大人这等实惠!"婉儿哄着他说。

"婉儿明白就好! 这人一辈子太短，活得实惠才算是活过，你们文人有句诗老夫很是喜欢，叫花开堪折直须折! 莫待无花空折枝。"来俊臣说着便起身挨着婉儿坐。

"婉儿是死脑筋，还得慢慢向来大人学习。"婉儿连忙换一个位置避开他，同时又以潜台词给来俊臣希望，以控制他胡来。

"哈，不急，不急，毕竟婉儿姑娘是诗书风雅之人，来某可以理解。"来俊臣对婉儿的拒绝还真就一笑了之。

"听说自从来大人把西突厥酋长给罗织后，其他的附属国都害怕了，在去进贡陛下前都得先进贡来大人，可有此事?"婉儿坐下后又问。

来俊臣看一眼婉儿，而后冷笑一声说:

"看来婉儿今天不是来陪来某喝茶的，而是来当密探的!"

"岂敢岂敢! 是来大人自己说了不怕婉儿告密，即使告了陛下也会装聋作哑，所以婉儿才没遮拦的，再说了，这里不就你我两个人吗?"婉儿笑着解释。

"当然咯，如果来大人原本是怕的，刚才不过是吹牛而已，那婉儿自当言语检点!"婉儿又一次激将道。

"怕? 本爷爷打娘胎里出来就没带怕字! 那些番夷跑到朝堂上割了耳朵

抓破面皮告我，陛下都没动我半根毫毛，我来俊臣还怕谁?"来俊臣拍着胸脯得意到极点。

事情是这样，来俊臣看中了西突厥酋长阿史那斛瑟罗的一个能歌善舞的婢女，为了将此婢女据为己有，他指使党羽罗织阿史那斛瑟罗谋反并下到狱中。后来各番酋长十几人到朝廷以自割耳朵划破脸皮的方式为史那斛瑟罗申冤，武则天也只是免去史那斛瑟罗的死罪，这事件后，来俊臣更加目中无人，胆大妄为。

"那来大人敢不敢告诉婉儿，你是怎样把一个一个的忠良罗织成谋反罪名的?"婉儿继续问道。

"当然敢，只是……"来俊臣突然卖起关子来。

"只是……"婉儿正要问只是什么，可一抬眼看见来俊臣色眯眯地盯着自己吓得打了一个抖。

"只是今夜本大人只想打情骂俏……"来俊臣说着一个探身抓住婉儿的手，接着顺势一拉就把婉儿拦腰抱住。

"来俊臣，大胆狂徒!"婉儿大惊连忙挣脱，可是身子却被来俊臣的胳膊锁得不能动弹。

"老夫就大胆了奈我何?! 嗯? 哈哈哈，哈哈哈!"来俊臣一边说一边挟起婉儿往密室走。

"别，来大人，你听婉儿说，心急吃不了热豆腐，我们从长计议……"婉儿只能拿话哄他。

"别哄了，你当我三岁小孩? 你上官婉儿心高气傲，即使我来某做了皇帝，你也未必看得上我!"来俊臣继续朝密室走去。

婉儿见哄不管用，就只能激怒他。

"是，你说得不错，像你这样恶贯满盈的畜生，婉儿与你不共戴天! 快放开我! 不然我咬舌自尽!"婉儿一边撕抓一边怒骂。

"好，我是畜生，那今天就让你尝尝畜生的滋味，哈哈哈哈……"来俊臣一边走一边开心大笑。

来俊臣挟着婉儿来到密室门前，他抬起脚一脚踢开虚掩着的门。

这是一间外观平平常常的临时审讯间，但却内设机关密室，是来俊臣秘密审问大臣的地方。密室内置放着各式各样的刑具，其中就有来俊臣发明的十种酷刑。

来俊臣挟婉儿继续朝里屋走，里屋是一间休息室。来俊臣径直走到床边，一手将婉儿摁住一手去宽衣。婉儿得以趁机抽出手拔出盘在头发里剪子以迅雷不及掩耳的速度朝来俊臣的手臂扎去。

来俊臣疼得本能地丢下婉儿。他看着火辣辣的伤口，殷红的鲜血从伤口处流出，立刻恼羞成怒追上想逃走的婉儿。

"贱人！敬酒不吃吃罚酒！"

来俊臣一把揪住婉儿的头发，接着就是几巴掌掴过去。婉儿哪里经得起，瞬间昏厥过去，待婉儿醒来，已被来俊臣挟进密室，捆在一根柱子上。

婉儿扫视四周，墙壁上挂的、地上堆的，屋角搁置的，全都是刑具，连案几上也堆着几样小型刑具。刑具占据了大半个屋子，依稀可嗅到一股霉味和血腥味。

婉儿不觉一阵作呕，但立刻努力控制住。

"别以为你是陛下的人老子就不敢动你！老子今天就让你见识一下丽景门的厉害！"来俊臣恶狠狠道。

"看好了，这是十种酷刑，你想先尝哪一种？"来俊臣捆好婉儿便指着那些酷刑得意地笑。

"此为1号曰'定百脉'，此为2号曰'喘不得'，3号曰'突地吼'……"来俊臣得意地一一介绍他发明的酷刑。

3号"突地吼"看起来很简单，只是十枚尺来长的钢针，但这十枚钢针是用来一根一根钉进指甲的，钉进指甲后再用火持续烧钢针，钢针逐渐发烫再传导到钉进的肉体，令人痛不欲生。

"你想象一下，钢针一根一根钉进指甲，再用火一根一根烤钢针，那会是个什么滋味？"来俊臣一边说一边拿起一根钢针在婉儿的指尖上划来划去。

来俊臣想以此恐吓，期待婉儿不战而降！

"来俊臣，你惨无人道天理难容！"婉儿怒骂。

"别激动，更厉害的还在后头！待来某一一介绍！"来俊臣嬉皮笑脸，对婉儿的怒骂一点都不上火。

"此为5号，曰'失魂胆'，要不婉儿才人先尝尝5号的滋味？"来俊臣说这话时，手里正玩味着一个铁丝圈。

"看不出这东西的厉害吧？没关系，来某示范一下就明白了。"

来俊臣说着将铁丝圈套在婉儿头上，然后从一堆的木楔里挑了一根最小的锥进铁丝圈内，而后道：

"若是往铁丝圈里锥进一百根木楔结果会怎样？嘻嘻，来某也不知道，因为至今无一个犯人能坚持到锥进一百根就什么都愿招，让他杀爹他绝不杀娘，哈哈哈……"来俊臣得意地大笑不止。

可他突然又笑不起来了，因为婉儿依然毫无畏惧，这使得他很受伤。

他转过身走到案前，惊堂木一拍，大声吼道：

"看来你是不见棺材不落泪，那好，来某今天就给你上第10号刑具，求——家——破！"来俊臣咬牙切齿道。

"原来你就是用这些惨无人道的酷刑，将一个个忠良，或屈打成招，或残暴至死的，使千余家庭家破人亡！你向左卫大将军高丽泉献诚索求钱财不得，就诬其谋反；为夺西突厥酋长之婢女，蓄意构陷，使得各番酋长对大周不满，汝坏事做绝，轻者害民，重者毁国！终有一天人不将你绳之以法，天都要将你劈成碎片，任乌鸦秃鹫啄食！"婉儿怒骂不止。

婉儿心想即使死了也要痛骂一番这祸国殃民的国贼。

"你就趁口舌之快吧，一会儿来某看你怎么跪下了求爷爷饶了你！"来俊臣说完就将婉儿解下捆到另一根大字状的柱子上。

婉儿四肢被叉开捆绑着，整个人被捆成一个大字。柱子前方摆放着一个怪模怪样的刑具。主体由四个组合的锯轮构成，每个锯轮叶面各涂以面目狰狞的血腥图案，锯轮轴心还安装了各式各样的辅助刑具，剑、刀、锥，和铁钩。

婉儿相信这便是"求家破"了。

"来俊臣，这就是你发明的最厉害的酷具吧。"婉儿反倒更加镇定。

"不错，只要来某将机关一扭，四个巨轮就会飞转起来，然后……"来俊臣打住话等待婉儿的求饶。

"然后四肢被锯下，婉儿成了第二戚夫人人彘对吧。"

令来俊臣没想到的是，婉儿不但没有求饶，反倒替他把话说完，且无一丝的慌张恐惧。

这使得他备受打击。

"不错，你知道就好。"来俊臣说着已将机关旋开。

四个锯轮立刻转了起来，且由慢到快，不一会儿就转得风声呼呼响。

来俊臣见婉儿依然不屈服，便推动酷具缓缓朝婉儿前行。

婉儿看着四个飞轮就要锯进自己的身体，不由得惊叫一声便昏厥过去。

来俊臣一看开怀大笑。他关了机关。

"怕了是吧？没关系，现在从了来哥哥还来得及，来某人一向怜香惜玉，更何况是婉儿！"来俊臣托着婉儿的下颚得意道。

婉儿喘着虚气，睁开眼看见来俊臣近距离地靠近自己不觉恶心透顶。

"如何？来某也是一表人才嘛！连陛下都诏寝过，你又何必那么固执呢！"来俊臣冲婉儿挤眉弄眼。

"呸！你这祸国殃民的国贼，终究有报应的！"婉儿一口唾沫吐在来俊臣的脸上。

来俊臣抹去脸上的唾沫，恼羞成怒地扑上去朝婉儿左右开弓地扇。见婉儿昏死过去还不解气，又旋动酷具开关，四个锯轮顷刻转了起来，不一会儿就转得风声呼呼响……

来俊臣看着转得呼呼响的锯轮，兽性大发，手舞足蹈地狂笑道：

"看谁救得了你，老子今天就将你制成人彘，叫你求生不得求死不能……"

来俊臣疯了一样地推着刑具朝婉儿身体逼近……

"住手！"

在巨轮就要锯进婉儿四肢时，突然传来武则天的一声断喝。

"来俊臣，你好大的胆子！"武则天怒目而视。

原来，卫遂忠送婉儿到丽景门后立刻就去了武承嗣府邸，并把来俊臣砸中武承嗣的事透露给武承嗣。武承嗣一听吓得魂不附体六神无主，最后还是卫遂忠给了个主意，让武承嗣诓武则天去一趟丽景门。

"陛下，上官婉儿谋反，小人怕走漏风声，所以……"来俊臣立刻恶人先告状。

"你欺寡人老糊涂了吗？你心里的小九九，寡人能不知吗！"武则天气得扇了来俊臣一巴掌。

这一巴掌似有恨铁不成钢的意味。

"陛下，小人知错，小人愿领死谢陛下再造之恩！"来俊臣仿佛踩死了武则天的命门，他说着跃起拔剑就要自刎。

"不可！来爱卿！"武则天情不自禁喊道。

来俊臣一听武则天喊他来爱卿，连忙丢下剑跪倒在武则天面前，捶胸顿足泪流满面忏悔，可心里却在笑，看谁玩转的赢。

武则天回过神，气得一脚踢开来俊臣，走到婉儿面前。见婉儿满脸鲜血，耷拉着脑袋昏迷不醒，内心震惊不小。再看那一款比一款惨无人道的闻所未闻的酷具，惊骇得冒虚汗。

武承嗣更是惊得一身冷汗，且心中连连暗道幸亏有卫遂忠。

"陛下，此国贼也！恐日后伤及陛下英明！"武承嗣立刻进言道。

武则天不语，武则天在斟酌，来俊臣还有多大的价值。

"陛下，此贼自称石勒转世……还说要把魏王梁王嗣子和太平公主统统罗织了。"幽幽醒来的婉儿虚弱地说。

"陛下，她胡说，明明是她利用女色引诱下官，要下官为她报杀父之仇！不信陛下可问卫遂忠。"来俊臣极力狡辩且反打一耙。

"卫遂忠，说，到底怎么回事？"武则天问缩在一角的卫遂忠。

卫遂忠畏畏缩缩走向前，来俊臣得意地看一眼婉儿，心想你死定了，老夫有卫遂忠佐证，你就等死吧。

"回禀陛下，事情是这样的……"

出乎来俊臣的意料，卫遂忠把来俊臣请婉儿来喝茶以及对婉儿由来已久的不怀好意，竹筒倒豆子一样一粒不剩地倒出来。

来俊臣一看卫遂忠反水自己，立刻就咬卫遂忠与婉儿同反。

"陛下，小人上这一对狗男女的当了，原来他们是同伙……"

"还不快将这逆贼拿下！"来俊臣说完就冲狱吏喝道。

"大胆！陛下在此，由不得你来俊臣做主！"武承嗣立刻喝道。

"姑母，谁是谁非，已再清楚不过了！"武承嗣对武则天轻声耳语道。

武则天默然，久久不语。按理按法来俊臣都该打入死牢，可不知为什么，武则天就是想偏袒他。

一旁的武承嗣看了紧张得一头大汗，卫遂忠更是小腿直哆嗦，这要是扳不倒来俊臣，接下来死的就是自己。

"陛下，如此国贼不除，苍天岂容！"婉儿哀哀地望着武则天。

"姑母，王子犯法尚且与庶民同罪……"武承嗣扑通跪下奏请。

武则天一看这厮今天闹大了，不有所表示是不行了，她叹一声喝道："将来俊臣拿下，听候发落！"

第一〇〇章　阵阵寒战君王倾
不遗余力谏斩奸

一

"婉儿大人，老朽拜托了，请多多劝谏陛下！"亦感束手无策的内使王及善对婉儿拱手道。

来俊臣下狱后，满朝文武乃至武承嗣皆纷纷上疏立斩不赦！但武则天却迟迟不下旨斩杀，这使得所有谏臣惶惶不可终日。

为了保来俊臣武则天干脆称病不朝，连内使王及善也拒之门外。

"陛下，这是卫遂忠检举来俊臣的'罗织经'。"婉儿将罗织经递给武则天。

武则天慢悠悠接过，随意翻了两页冷笑一声道："哼，卫遂忠小人也！来俊臣有今天全拜他所赐！"

卫遂忠，河东人，来俊臣第一心腹，来俊臣所做坏事十件有八件少不了他。十几年来他俩狼狈为奸，但不久前他们之间发生了一件事，使得卫遂忠惶惶不可终日，以至卫遂忠决定给来俊臣下套。

一次，卫遂忠喝高了上来俊臣家串门，不巧遇上来俊臣正宴请王夫人娘家人。来俊臣嫌卫遂忠地位卑微便让家奴骗卫遂忠自己不在家将他打发了，谁知卫遂忠不信硬是闯了进去。

卫遂忠一看，嗬，原来是宴请王夫人一家，感情你王夫人身份高贵瞧不起我卫遂忠？喝得正高的卫遂忠顿时撒泼起来，把个王氏羞辱得狗血淋头。

那王氏是太原名门望族，哪曾受过这等委屈，更何况又是在娘家人面前，再一想自己命好苦，无端被来俊臣这厮强行霸占已是十分委屈，如今又被他的喽啰无端羞辱，又见来俊臣把卫遂忠一顿打后放了，而且依然视他好兄弟。王氏越想越觉得无颜再苟活在世上，几天后跳井寻了短。

王氏自杀后卫遂忠惶惶不可终日，时刻都担心来俊臣秋后算账，他想来想去，这样成天担惊受怕等着来俊臣来收拾自己，与其不如先下手为强。于是他便开始给来俊臣下套，一方面鼓动来俊臣染指婉儿，另一方面告诉武承嗣他已被来俊臣的石子砸中，这才有了关键时刻武承嗣把武则天诓到丽景门目睹了来俊臣的残暴和十种酷刑。

武则天话里话外都在偏袒来俊臣，婉儿不禁皱紧眉头。虽说卫遂忠不是什么好鸟，在对来俊臣上不够哥们，但毕竟来俊臣是咎由自取，怨不得别人。

"陛下，来俊臣实属咎由自取！"婉儿道。

"依朕看，这些人未免有些落井下石罢了！"武则天愤然弃罗织经于案。

"陛下……"婉儿惊愕。

"朕累了，改日再画！"武则天推开一堆的关于请斩来俊臣的奏折，起身离去。

"明日不朝。"武则天走了两步又回头道。

"陛下！来俊臣贪赃枉法、罗织忠良、构陷四夷、欺压百姓、夺人妻妾毁千余无辜家庭，实乃大恶不赦！"婉儿立刻大声跪奏。

武则天不语，因为婉儿说的都是实情。

"朕，就是不想杀他！"武则天蛮横道。

"陛下！佑此国贼必伤陛下千秋啊！"婉儿双手伏地把头叩在地上继续奏道。

"那又如何？人死了要千秋何用？寡人不想再杀于媚娘有功的人！"武则天甩袖离去。

婉儿望着武则天离去的背影，心中阵阵寒战！重修的明堂定于九月举行庆典，庆典之日就是大赦天下之时，陛下迟迟不下制，显然是在等这个大赦的机会。

长寿年间，来俊臣曾因大肆收受贿赂，被判死罪，可不久武则天下旨改免死为庶，不久忽又召回任殿中丞，万岁通天元年（696）擢洛阳令，司仆少卿。武则天的纵容使得来俊臣更加胆大妄为无视法律，贪赃枉法，构陷罗织忠良。

绝不能让恶魔般的历史重演！婉儿暗道。

"陛下，婉儿叩请速斩来俊臣，以正国法平民怨恨！"婉儿起身拦住武则天再次伏地跪奏。

"让开，朕说了朕就是不想杀他！"武则天喝道。

"陛下乃一国之君，不可以一己喜好审度事物！"婉儿严正道。

"大胆，还轮不到你来教训寡人！"武则天怒道。

"寡人连一个喜欢的人都保不了那还算什么寡人？滚！"武则天踢开婉儿自顾去了御花园。

"陛下……陛下！"婉儿追了上去却被几个公公架住。

二

请斩来俊臣的奏疏一天比一天多，可到了武则天那都泥牛入海。武则天扣而不画，日日称病不朝。这使得满朝文武更加夜不能眠食不能香。

"陛下御体欠安，今日不朝！"婉儿无奈地对候在殿外的大臣宣道。

这已是第五日不朝，大臣们都面面相觑，但谁也不敢吭声。

"婉儿大人，这该如何是好？"内史王及善也按捺不住了。

"该谏的婉儿都谏了。"婉儿叹气。

"如是说我们就坐以待毙，等到庆典天下大赦那一天了！"王及善说着仰天长叹。

"呜呜……我那可怜的孩子还没出生呢，呜呜，早知就不弹劾了，呜呜……"王及善话音落下忽然有官员呜呜地哭泣起来。

"陛下滞制，待九月大享通天宫，来俊臣必赦，那时我等都将死无葬身之地啊！"凤阁舍人韦嗣立哀叹道。

"呜呜……呜呜，早知下官也不弹劾了！呜呜……母亲大人，儿子不孝要连累您了……"又一个大臣仰天而泣。

"别哭了，哭有用吗！"王及善喝道。

"都要死了，以后连个烧纸钱的人都没有，就让我们自己哭哭吧！"第一个哭的大臣回道。

"也罢，得罪陛下的事由老夫来做吧。"王及善叹一气说。

"大人不可。"婉儿连忙阻止。

因为王及善是继李昭德之后力挺李唐的中流砥柱。

"婉儿才人不必劝，老夫意已决！将来的事情自有后来人，眼前的事唯有老夫。"王及善一语双关。

"那大人打算怎么做？"婉儿问道。

"跪请逼宫！"王及善说着撩起衣襟就跪下。

"此为下策！依陛下的脾气，弄不好你们……"婉儿没敢往下说你们都得死。

但立刻有大臣站队王及善跟着跪请。

"如此死那也是死得其所，总比被构陷谋反死好。"韦嗣立亦随王及善跪请。

"请陛下立斩来俊臣！"

文武百官一看有宰相大人牵头，便在宣政殿齐刷刷跪了一地，声声奏请速斩来俊臣！

"婉儿，去告诉他们，逼宫就是死罪！不怕死的就继续跪着！"武则天大怒。

"陛下，即使把他们全杀光，他们也不会走的。"婉儿道。

"这么说他们都活腻歪了？"武则天不解。

"陛下难道没听说过吗，可得罪陛下却万不可得罪来俊臣。"

"哦？为何？"

"得罪陛下只一人受死，而得罪来俊臣受死的就是一家子，甚至株连九族。现在他们全都得罪了来俊臣，陛下若不杀来俊臣，他们能安心回家吗，又敢安心回家吗？"婉儿道出原委。

"这么说，寡人是杀也得杀，不杀也得杀了？"武则天又怒道。

"陛下！来俊臣已经人神共怨。"婉儿道。

"寡人偏不杀！爱跪就跪去吧。"武则天说着突然朝正喂着肉的鹰一棍子打去。

婉儿惊了一跳，这只鹰通人性，是武则天的宠物，平时掉了一片羽毛都要追究责任，今天居然自己打了一棍。婉儿心中咯噔一下，有不祥预感，但旋即舒了一口。

婉儿看见武则天不走常路，却有意绕道下阶梯，朝御花园去。婉儿顿悟，武则天这是答应除恶了。心爱的鹰好比来俊臣，武则天棒打鹰表明她下决心杀来俊臣。但需要一个台阶，就这么被大臣们逼宫，她没面子，下不了台。

"婉儿有个折中的办法。"婉儿追上去说道。

"说来听听。"武则天道。

"择一位未弹劾过来俊臣的大臣，代众臣奏言。"婉儿提议道。

武则天想了想觉得是个办法，这对来俊臣来说也算公平。可又一想来俊臣如今是墙倒众人推过街老鼠人人喊打，满朝文武人人唯恐未跟上弹劾来俊臣的脚步，哪里还有漏网的鱼呢。

"好倒是好，只是恐怕未有这样的人选啊！"武则天叹道。

"非也，吉顼至今未弹劾来俊臣。"婉儿道。

"哦?"武则天感到意外。

"吉顼乃真君子也。"武则天有些感叹。

吉顼，洛州人，父吉哲易州刺史，进士出身。顼身材八尺，仪表堂堂，又最敢言，深得武则天赏识，初擢进士任明堂尉，早年与来俊臣共事，相交不错，亦做过一些告发的事情，但很快收手，暗挺李唐。

"传诏，吉顼御花园见。"武则天接着说。

六月，正值百花盛开，吉顼来到御花园顿感花香袭人但他顾不上欣赏花儿，他小步快走，来到指定的花亭，只见武则天伫立花亭，目光远眺山河。

"参见陛下，陛下万岁万岁万万岁！"吉顼快步上前躬身施礼。

"免礼，平身！"武则天仿佛心情不错。

"还是第一次来朕的御花园吧。"武则天问道。

"是，谢陛下隆恩！"吉顼道。

"知道寡人为何宣汝吗?"

"想必是为来俊臣的事。"吉顼道。

"不错，满朝皆请斩，但朕思之告密有功于国不忍。"武则天先声夺主，意在告诉吉顼她的态度。

吉顼一听知道武则天不想杀来俊臣，其实武则天不想杀来俊臣已是人人皆知的事。她扣押奏疏不上朝，不就是为了保来俊臣吗。

"陛下，请恕臣直言死罪！"吉顼思索片刻说。

"爱卿只管直言，朕赦汝无罪。"武则天说。

"于安远告虺贞，今止为成州司马，今俊臣聚结不逞之徒，诬构良善，而又赃贿如山，冤魂塞路，国之贼也，何足惜哉！"吉顼一番话完全出乎武则天的预料。

武则天收起笑脸略显不快。

"吉爱卿言之有理！容朕再想想吧。"武则天下逐客令。

但吉顼走后，武则天又一想，吉顼的话有道理，来俊臣是为自己登基做了贡献，但该报答的已经报答过了，现如今他犯下了滔天死罪，怪不得别人！若再纵容，只怕如王及善所奏动摇国家根本，更何况眼下契丹反，边关战事吃紧，在这个时候不宜为了来俊臣一个人而得罪天下人，这不是一个帝王所为。

武则天闷闷不乐地回到迎仙宫，婉儿一看便知吉顼不负所望。

"这个结果是你婉儿早预料到的吧！"武则天瓮声问婉儿。

"陛下，阻天下扑蝇何其难！"婉儿道。

"可朕怕他是第二个冯小宝，人死不能复生。"武则天忽然眼里闪动着泪花。

婉儿一听原来武则天的心结在这里，于是劝道：

"陛下，您是陛下，天下的子民皆为陛下子民，死在来俊臣酷刑下的多少冤魂何尝不是死不能复生?!"婉儿一针见血。

武则天一怔，须臾喃喃道："容朕再想想吧……"

"陛下，您难道要为一个来俊臣辜负天下的子民吗?"婉儿跪泣哽咽。

武则天不语，径直离去。婉儿跪着无声哭泣。

"明日上朝！"不一会儿就折回来的武则天决定明天上朝。

三

初夏，黎明前的洛阳笼罩着残春的凉意，文武百官比平时来得早。他们候在南门外，个个表情严肃，有的严肃到了紧张，他们无法预料今天自己的命运，个个出门前都与家人留好了遗言。

"若无制，何应策？"宰相杜景佺问王及善。

"再无制，老朽撞柱死谏！明年的今日就是老朽的祭日！"王及善态度坚决道。

"不可激化矛盾，离大享通天宫毕竟还有一些时间，又怎知无变数？"夏官侍郎姚元崇立刻劝道。

"姚大人所言极是，昨日下官对陛下言，来俊臣国之贼，何足惜哉！陛下有所动。"吉顼道。

"果真如此，国之幸也！"王及善道。

时光在众臣们的焦虑等待中一滴一滴流过。

笼罩在宫城的最后一抹夜色被晨光撕开，一道亮光渐渐照亮大地。南门被吱呀一声缓缓开启，议论声戛然而止，百官依次而入。

来到宣政殿阶前，武官右，文官左，再按大小职位排成纵列。一切就绪，赵公公拾级而上，站在最高台阶上，浮尘一扬，接着扯开嗓音高声唱道：

"入——朝！"

话音落下，文武百官鱼贯而入。

武则天高高坐在金銮宝座上，一脸庄严，目光射出一股寒冷的威严。婉儿立在一旁，单薄的身子显得特别纤弱，与强大的气场有些格格不入，唯有那充满睿智的目光，让人感到她内心的强大。

文武百官入殿就绪，领班宰相王及善向前跨一步而后双膝跪地，双臂环抱举过头顶再匍匐在地声呼：

"陛下万岁万岁万万岁！"

话音落下，群臣一片跪下匍匐在地，声呼：

"陛下万岁万岁万万岁!"

武则天居高临下,看着一片跪地的群臣,嘴角掠过一丝骄傲。

"众爱卿免礼! 平身!"

王及善没有如往常一样站起,而是依然跪着。群臣一见领班宰相还跪了,便也跪着。

"微臣斗胆,恳请陛下立斩国贼来俊臣!"王及善开门见山请斩。

"还有奏吗?"武则天沉声问道。

"臣有奏,来俊臣贪赃枉法祸国殃民,死有余辜!"宰相杜景佺第二个站出来奏本。

"还有吗?"武则天又沉声问。

武则天这态势摆明了还是不想杀来俊臣,其余大臣立刻面面相觑不敢作声。

"陛下,婉儿有奏,来俊臣自比石勒,党羽满天下,不除后患无穷!"婉儿走到武则天面前跪地请奏。

群臣一见婉儿跪奏,便有了底气,齐刷刷一片跪奏:

"陛下英明! 立斩国贼!"

武则天见这情形,连武承嗣、武三思都不支持自己,知道不杀来俊臣是万万不行了,只得暗暗叹息,来俊臣你作恶多端寡人也保不了你了。

武则天呼啦一下站起,表情严峻,整个大殿屏息而待。王及善悄悄握了一把杜景佺的手,意在说,老夫的担子就交给你了!

大殿静得可以听见彼此加速的心跳,武则天望着忽然大声宣道:

"准奏! 明日午时三刻与逆贼李昭德同斩于街市示众,以儆效尤!"

李昭德与来俊臣同斩? 婉儿一听如五雷轰顶。

李昭德,长寿元年(692),擢凤阁侍郎、同凤阁鸾台平章事,即宰相,延载元年(694),擢检校内史,即中书令。他任宰相期间,打击酷吏,反对武氏,力挺李唐,曾经乘机杖毙武承嗣的爪牙王庆之,又进言下了武承嗣的宰相。武承嗣对李昭德恨之入骨,在武则天面前多次诋毁李昭德不成后,又指使他的朋党凤阁舍人逄弘敏、前鲁王府功曹参军丘愔等轮番弹劾,后因丘愔的一番话武则天对李昭德心生怨意,延载元年(694),李昭德被贬为南宾县尉,不久又被流放。神功元年(697),被召回朝中担任监察御史,武承嗣害怕，便买通来俊臣诬告他谋反，同时又指使党羽尝庭辱、秋官侍郎皇甫文备一同告李昭德对流放不满有反心，李昭德因此再下狱。

李昭德是来俊臣罗织的最后一个忠良，婉儿本以为除掉来俊臣，可以救出李昭德，不承想武则天神操作来了这一招。

"陛下，李昭德案素由来俊臣审，其中多有冤屈，婉儿请奏移刑部复审！"婉儿忙伏地跪奏。

武则天见婉儿为李昭德求情立刻沉下脸道："众爱卿可有异议？"

大臣们见武则天不高兴，心想好不容易把来俊臣扳倒，何必在这个时候节外生枝，再者李昭德与武承嗣有梁子，于是个个噤若寒蝉，低头不语。

"既无议，退朝！"武则天说完起身离去。

皇命难为，婉儿无奈只得暗自为李昭德哀叹叫冤。

六月初三，李昭德与来俊臣一同被押赴刑场斩首示众。

老天给李昭德开了个天大的玩笑。人们目视李昭德的尸体洒泪暗别，而来俊臣的人头一落地，百姓轰拥而上，割肉的割肉，抽筋的抽筋，剥皮的剥皮，挖眼的挖眼，掏心的掏心，须臾时刻，来俊臣被剐成一具骷髅。武则天闻讯，怕百姓怨恨自己，急下制数其罪恶，宜加赤族之诛，以雪苍生之愤。

夜里，李昭德的尸体不翼而飞，民间忽然流传，说有人看见李昭德的尸体突然长出一对硕大的翅膀，而后朝天空飞去。

第一〇一章 易嗣风波卷土起
斡旋二张险失蹄

一

控鹤府灯火通明，歌舞不断。武承嗣手牵一匹汗血宝马去喂夜草，那是武则天宠男张昌宗六郎的心爱之马。

自李尽忠契丹之乱被平定，武承嗣又打起了易嗣算盘，把目光锁定在备受恩宠的张氏兄弟身上，不是帮他们牵马喂草，就是献媚馈赠。

婉儿与武承嗣擦肩而过，婉儿敏锐的政治嗅觉似乎嗅着了什么。

"陛下，听说嗣子身体抱恙。"婉儿试探道。

"替寡人去看看吧。"武则天淡淡道。

"唉，人都说龙生龙凤生凤，可寡人生的几个儿子怎就一点不像寡人呢？"武则天叹一声说道。

婉儿一听心下发惊，这话可不是好兆头！

"嗣子如天皇仁善。"婉儿有意提及天皇唐高宗。

"可寡人要的是帝王将才！一个帝王光有仁善是完全不够的。"武则天道。

"陛下，难道……"婉儿吃惊地望住武则天。

"随口说说，别大惊小怪！"武则天又一笑了之。

可婉儿的神经却越绷越紧，当下形势十分不利嗣子李旦。王及善病故后不但武承嗣一手遮天朝野，武三思亦位列宰相。朝中已无人能对抗武氏兄弟，现在又多了张昌宗、张易之兄弟两股耳边风。

可别小觑张氏兄弟的耳边风，武则天对张氏兄弟几乎言听计从。

回到采微苑，婉儿突然感到头疼得厉害。

"姐姐，好好的怎说疼就疼了？"溪儿连忙拿木梳为婉儿刮头。

"她哪里是头疼，她是心病。"郑氏唉唉道。

"我来吧。"郑氏接过溪儿的头梳要亲手为婉儿刮头。

可婉儿突然站起夺门就走。

婉儿来到政务殿，见狄仁杰还在忙心下暗喜。

狄仁杰，字怀英，并州太原人，早年以明经科及第，为官刚正廉明，执法不阿。历任大理丞时，一年之内判决积压如山的案件，涉及一万七千人却无一人冤诉，因而声名大振。天授二年（691）九月，擢同凤阁鸾台平章事，即宰相，但为相才四个月就被酷吏来俊臣诬陷下狱，后被贬彭泽县令。万岁通天元年（696）契丹之乱时被起复任魏州刺史，后迁幽州都督获赐紫袍、龟带，武则天还在紫袍上题写了十二个金字，以表彰狄仁杰的忠诚。神功元年（697）再度拜相。

婉儿屏退左右把心事和盘托出。"观陛下似反复嗣子。"婉儿道。

"陛下已然问及老朽，易嗣子乎。"狄仁杰亦把武则天有心易嗣子的事告诉婉儿。

婉儿又一惊，急道："狄老意何？"

"老朽回陛下，吾观天下人都还思念李唐，太子非陛下骨血不可。"狄仁杰道。

"陛下怎说？"婉儿越发紧张问道。

"唉，陛下龙颜不悦，但老夫定当竭尽全力。"狄仁杰表态道。

"婉儿明白了，婉儿替先帝和天下人谢国老！"婉儿对狄仁杰深深一鞠躬深表敬意和感谢。

婉儿探明狄仁杰的心意后便一路去了控鹤府，她想找张氏兄弟谈谈，争取拉到嗣子李旦一边，哪怕让他们保持中立也好。

控鹤府歌舞升平，张易之正在奏乐，张昌宗正拉拽武则天跳《凤求凰》，武则天见婉儿来忙拖婉儿陪张昌宗跳。随着乐声婉儿翩翩起舞，张昌宗仿佛忘记了他是武则天的男宠，一边吹笛一边与婉儿珠联璧合翩翩起舞。

武则天看着看着突然打翻了醋罐子，抓起茶碗就朝婉儿砸去。

乐声戛然而止，婉儿与张昌宗都吓得连忙跪下请罪。

"将婉儿拿下打入死牢！"武则天甩袖而去。

"陛下，六郎错了，六郎再也不敢了……"张昌宗跪爬到武则天面前一把鼻涕一把眼泪地求饶认错。

武则天扶起张昌宗揩去他的泪水，好言好语安慰，只把醋意全撒在婉儿头上。

"陛下，其实六郎是把婉儿当陛下了，不信陛下剜出六郎的心看看，六郎的心里全是陛下呢。"

夜晚张昌宗趁武则天开心了试着营救婉儿。

"好啦，朕的小心肝，朕信还不行吗！"武则天乐呵呵地道。

"年轻的时候，朕的舞姿堪比赵飞燕，只可惜……"武则天忽然想起唐太宗从来不欣赏自己的舞姿。

"可惜什么？"张昌宗有意装傻。

"没什么，现在想起来还得感谢他，是他把朕逼到了绝路，朕才能浴火重生。"武则天旋即又龙颜大悦。

"这么说六郎也要感谢他了！让六郎给陛下揉揉。"张昌宗说着就为武则天又揉肩又捶背。

可武则天不是嫌轻了就是说重了。

"你呀，还是吹笛子去吧，叫婉儿来，婉儿的手捏哪哪舒服。"

事情过后的武则天深感对不起婉儿，但又不好说，便有意装糊涂，以这样的方式接回婉儿。

张昌宗暗喜，令杨副尉传武则天口谕去监狱把婉儿接回宫中。

二

"婉儿，朕老了……"武则天突然幽幽道。

"陛下何出此言。"婉儿小心翼翼道。

"转过年寡人就七十有六，想不认老都不行啊。"武则天说。

"可陛下的精神一点不觉老。"婉儿道。

"你也学会嘴甜了，老了就是老了，年龄摆在那里。"武则天道。

"陛下其实是想说嗣子的事吧。"婉儿想了想单刀直入。

"嗣子仁弱，这偌大个江山，寡人着实不放心啊。"武则天顿了顿说出心里话。

"想当年太宗不放心天皇宅心仁厚，今陛下不放心与天皇的子嗣。"婉儿有意提及天皇唐高宗。

意在提醒武则天不看僧面得看佛面，你的一切都是天皇给的。

武则天半天不语，而后幽幽道："寡人还真是想他了，也不知他在那边过得好不好！"

"陛下就没梦见过他吗？"婉儿道。

武则天许久不语。

"婉儿亦只梦见过一回，他浑身是血被歹徒追杀……"婉儿又提起那一次的梦。

"他真的喊媚娘了？"武则天忍不住问。

"是的，天皇一边跑一边喊媚娘救寡人。"婉儿道。

"婉儿，陪朕去宗庙烧炷香吧，朕想和他说说话。"武则天说着起身。

可才出得迎仙宫，就遇上迎面而来的武承嗣。武承嗣给武则天送来新鲜的红枣。

武承嗣可谓是有心人，这是寒气逼人的二月，枣子早在去年冬天就下了树，没下树的也被鸟儿啄了，可武承嗣却能提着一篮子新鲜枣子来孝敬武则天。

"都怪侄儿来得不是时候。"武承嗣一脸的遗憾。

"承嗣有事吗？"武则天问。

"不敢打扰姑母，侄儿告退。"武承嗣模棱两可。

"有话就说吧，别吞吞吐吐。"武则天道。

"侄儿怕给姑母添堵……"武承嗣顿了一下道。

"寡人在汝的眼里就那么弱不禁风吗？"武则天沉下脸。

"那侄儿就说了？"武承嗣暗喜。

"说。"武则天道。

"也不知是哪个挨千刀的，说天下人都还思李唐，这对姑母太不公平，侄儿气不过当场训斥了他们一番，可事后就怕了，侄儿算是把满朝文武给得罪光了！"武承嗣一边说一边装得畏畏缩缩的样子。

武则天半天不语，之后气道："这个狄仁杰，朕看他是老糊涂了。"

武则天一气之下打道回府。武承嗣得意地瞟一眼婉儿，心语道："你道高一尺我魔高一丈，你小样的想打唐高宗的感情牌，没门！"

三

"朕不信天下人都还思念李唐！"武则天愤愤不平。

"狄老年纪大了说话难免随意，孔子曰七十随心！陛下不必在意！何况……"婉儿忙为狄仁杰说情。

"何况什么？"武则天怒气未消。

"陛下曾为后，在平常人眼里陛下与李唐是一家，思李唐就是思陛下您呀！"婉儿把话说得柳暗花明，武则天顷刻气消了一半。

"可有人弹劾狄仁杰功高盖主，目中无朕！"武则天丢一份奏折给婉儿看。

"陛下以为呢？"婉儿看了奏折反问武则天。

"婉儿以为呢？"武则天把球踢了回去。

"国老绝无居功自傲冒犯陛下之心，更无反心！"婉儿口气坚决。

武则天久久不语，半晌骂道：

"朕就知道，汝和他一个鼻孔出气，身在曹营心在汉，没一个好东西！"

"说到底还是娘家人亲靠得住啊！"武则天看着一篮子如鸡蛋般大的颗颗新鲜的红枣感叹。

"传魏王梁王到集仙殿，寡人就到。"武则天突然决定。

"陛下！"婉儿上前扶武则天却被武则天一把推开。

武则天自顾上了步辇把婉儿抛在一边。婉儿怔怔地看着武则天离去的背影，感觉大事不妙。

"陛下难道恨与天皇的子嗣吗？"婉儿冲武则天的背影喊。

这是婉儿的最后一张王牌，唐高宗李治。毕竟武则天与唐高宗有过三十余年的夫妻恩爱，更何况没有唐高宗，哪里会有今天的武则天。

想当年唐高宗冒天下之大不韪冲破一切阻力把武则天从感业寺接回宫中，之后又忤逆舅舅长孙无忌以及顾命大臣褚遂良等废了王皇后立武则天为后。

"替本宫跑一趟狄府。"婉儿塞给新来的小太监高力士一张纸条，纸条上只写了集仙殿三个字。

高力士，本名冯元一。祖籍高州良德霞洞堡人，父，冯君衡曾任潘州刺史，因家庭变故一夜间还是幼年的他便沦落阉割成为宫奴，后李千里看他外貌俊秀人又机灵便把他送进宫。公公高延福见其聪明伶俐且外貌清秀，将其收为养子更名高力士，并推荐给了武则天。

四

狄仁杰马不停蹄赶到集仙殿。

武承嗣满面春风，与狄仁杰擦肩而过时故意蹭了一下狄仁杰，狄仁杰一个趔趄差点摔倒。

"参见陛下！"狄仁杰顾不得武承嗣的得意。

"消息挺灵通的嘛！"武则天冷冷道。

"臣若连陛下驾到都一无所知，那岂不是酒囊饭袋，陛下要一个酒囊饭袋做宰相岂不是陛下的失职？"狄仁杰正色道。

"好你个狄仁杰，果真伶牙俐齿。"武则天哭笑不得。

"礼在人们心中，权在陛下手中，微臣听候发落！"狄仁杰依然不卑不亢正色道。

武则天被狄仁杰的坦然震慑。武则天顿了顿和声道：

"狄老可知有人弹劾你居功盖主蓄意谋反吗？"

"不仅知道，还知道是谁弹劾的。"狄仁杰道。

"谁？"武则天问。

"自然是妨碍到他利益的人，臣不想说出他的名字，只要陛下心如明镜就是大周百姓的福分。"狄仁杰道。

武则天又一次被狄仁杰的正直感动得无语。一个如此坦荡的人真君子也！武则天默默赞叹。

"狄老今岁七十有余了，正是孔子说的随心的年龄。"武则天主动缓和气氛。

"陛下好记忆，但要纠正一下，臣不是随心，而是出自肺腑真心。"狄仁杰好像一点不给武则天面子。

武则天面有难色。

"可朕所观未必如狄老所言天下人都还思李唐，以朕看是汝老了，老人嘛都难免有思乡怀旧心情。"武则天淡淡道。

"陛下所言极是，天下人亦思大周，但大周在天下人的眼里依然是李唐。"狄仁杰道。

"放肆！大周姓武，李唐姓李，大周怎么能等同李唐？"武则天勃然大怒。

"陛下息怒！请恕老臣直言死罪！在天下人的心中，陛下是李唐的皇后，大周只是李唐的延续。"狄仁杰一针见血直指武则天的痛处。

"大胆！"武则天拍案而起，可转而又叹气。

"是，朕的大周是李唐的延续，但你看嗣子那个懦弱样，他能担得起天下重任吗？"武则天道。

"不还有庐陵王吗？"狄仁杰道。

"显儿！"提及李显武则天忽然感到满心愧疚。

"显儿离开朕有十四年零九个月了，不知他变没变样！朕还真想他了！"武则天的眼眶突然噙满泪花。

"四季更替，人是物非，十四年母子未曾谋面，怕是陌路相逢，彼此不相识了！"狄仁杰抓住机会打母子感情牌。

"可朕又心有不甘，朕的武周帝国难道就短短几十年吗？岂不贻笑大方！"武则天揩去泪水心又硬了起来。

"自古帝业，哪一朝又能春秋万代？唯子嗣香火能延绵不绝，天长地久！"狄仁杰推心置腹道出要害之言。

武则天惊愕，她顿了顿，还想说什么，但只嚅动了一下嘴唇。许久武则天幽幽道：

　　"容朕再想想，汝退下吧。"

　　狄仁杰走后，武则天从袖笼里掏出一纸圣旨靠近烛火点燃，直到圣旨变成灰烬她才缓缓走出集仙殿。

第一〇二章　明修栈道抛诱饵
暗度陈仓庐陵王

一

圣历元年（698），李旦与武承嗣角逐太子已到了白热化，可武则天始终摇摆不定，昨才说不易嗣子，可一觉起来又改了主意。

婉儿从宣政殿出来，直奔控鹤府。但不是去找张氏兄弟，有了上次武则天吃醋的教训，婉儿对张氏兄弟是避而远之。婉儿去控鹤府找吉顼。最近由张易之牵头成立了编撰《三教珠英》部门，地点设在控鹤府，吉顼是核心人员。可见吉顼与张易之关系不错，婉儿希望通过吉顼争取张氏兄弟。

婉儿匆匆而行，猛抬头见张昌宗骑着马晃悠悠地迎面走来，给张昌宗牵马缰的人不是太监小顺子，而是武承嗣。

"呦，婉儿大人这是要去控鹤府吧，小心再被陛下逮个正着，那就没上次那样好运气了。"武承嗣显然在威胁警告婉儿少去控鹤府。

"武大人好兴致，不知此番牵马与彼番牵马同感否？"婉儿不由得想起武承嗣曾经也这样为武则天的第一个男宠冯小宝牵过马。

武承嗣一听立刻羞愧得满脸涨红。

"上官婉儿，你！"武承嗣恼羞成怒。

但立刻又变了一副皮笑肉不笑的表情道："婉儿，汝何必一根筋呢？我武承嗣若立了太子第一个就封汝为太子妃。"

"哦？那不知武大人给六郎许诺了什么？"婉儿立刻嘲讽道。

"你！哼！别给脸不要脸，我们走着瞧！"武承嗣再一次恼羞成怒愤然离去。

婉儿望着武承嗣离去的背影，心想别得意的太早，鹿死谁手还不知道呢！

婉儿在控鹤府找到吉顼，一番简短交谈吉顼已然明白婉儿要他做什么。

吉顼，洛州河南人，进士出身，历任明堂尉，右肃政台中丞。圣历元年（698）供奉于控鹤府与张氏兄弟共同撰述《三教珠英》。吉顼处事干练，为人豁达直言不讳，深得武则天欣赏。

婉儿离开控鹤府后，吉顼立刻找了张易之。

吉顼直截了当地问张易之："你们兄弟深受恩宠，但不是因为品德功业，难免要遭天下人嫉恨，你们如何才能保全自己呢？"

张易之一听，吉顼说的正是自己日夜担忧的，武则天毕竟老了，不能保护自己一辈子。

"仁兄所言正是愚弟所忧，仁兄见多识广，还望给愚弟指条明路！"张易之拱手道。

吉顼一听心下暗喜，继续道：

"如今天下都还思李唐，陛下虽摇摆，但血浓于水，依愚兄看，李氏胜算更大，贤弟何不先知先觉力挺李唐，一可维系百姓期望，二可长保富贵，利国又利己。"

"好倒是好，只是人家李旦已经是太子，到时恐怕没我啥事，反倒成了风箱老鼠两头不得好。"张易之想了想说。

"贤弟所言极是。愚兄以为复庐陵王为太子如何？到时您就是功臣一个，那时还怕保不住富贵？"吉顼又道。

"仁兄果然智慧，愚弟茅塞顿开，愚弟这就去找陛下说。"

张易之是个急性子，听完吉顼一番话，掉头就去迎仙宫找武则天。

二

"谁派你们来做说客的，是狄仁杰还是上官婉儿？再或是李旦？"武则天逼问张氏兄弟。

"陛下，乃之己所思，与他人无干！"张易之扑通一声跪下道。

"朕不信，你们都还是娃娃，从不关心立太子之事，若无人指使怎会突然关心起立太子的事情！"武则天说。

"陛下，谁为太子，天下人都在关心，又何况我们兄弟俩？"张昌宗道。

"那你们说说，为何要立庐陵王，而不是武承嗣呢？"武则天继续问。

"陛下，请饶恕六郎有私心，立庐陵王，我们兄弟可算功臣一个，只有这样我们兄弟日后才可保全性命啊！"张昌宗扑进武则天的怀抱，且一把眼泪一把鼻涕地抹。

"哎哟，朕的心肝宝贝，都快起来吧，朕不会让任何人动你们半根毫毛的！"武则天亲自把张氏兄弟一一扶起。

"那陛下答应立庐陵王了？"张易之道。

"好，好，好，朕……"武则天话音未落，已鼾声大起。

张氏兄弟知道武则天是装睡，但亦无奈，只得另找机会进言。

"自古神不歆非类，民不祀非族。今朕拥天下，岂能以李氏为嗣乎！"

一日武则天正与婉儿欣赏诗稿，忽然话锋一转对婉儿提及当年武承嗣授予王庆之的一番话，婉儿一听惊得差点洒了茶水。

此番话乃天授二年（691）武承嗣通过他的党羽王庆之的口对武则天说的话，当时被宰相岑长倩驳了回去，王庆之亦被李昭德杖毙，之后再无人敢提及。时隔七年，武则天复提必定别有用意。

难道陛下决定要立武承嗣为太子了？婉儿不觉又打了一个寒战。

"陛下，差也！陛下今之天下，乃太祖高祖皇帝南征北战一生戎马得之，高宗天皇托之，今陛下与天皇子嗣均健在，何来歆非类，祀非族之说？"婉儿毫不客气道。

"哼，朕就知道婉儿亦会说这番话，岑长倩说过，李昭德说过，吉顼说过，朕最信任的国老狄仁杰亦说过，就连六郎五郎兄弟也被尔等赤化，尔等个个拿这番话来压朕！这么多年了，压得朕都喘不过气，滚，都给朕滚，朕不想再见到你们！"武则天勃然大怒。

"带走你的诗稿一起滚！"武则天怒不可遏抓起纸稿揉成团朝婉儿砸去。

"陛下……"婉儿想拼死跪奏。

可武则天却像疯了一样对婉儿又打又骂，只是棍棒却没有落在婉儿身上，婉儿正为武则天的怪异行为纳闷时，武则天又扔给婉儿一个纸团。

"快滚！滚得越远朕的耳根子越清净！"武则天一边骂一边抓起案上的茶杯朝婉儿砸去。

婉儿心下暗喜，似乎明白了什么，揣好纸团装得慌慌张张哭着跑回采微苑。

三

婉儿攥着纸团，心扑扑地跳得厉害。婉儿直奔采微苑，一头扎进母亲郑氏怀里号啕大哭。

郑氏不知是戏，也一把眼泪一把鼻涕陪婉儿掉泪。须臾，婉儿估计着武承嗣的眼线撤了才叫溪儿关好门窗迅速展开纸团。

只见纸上写着五个字：速接显回宫！

婉儿顿时不敢相信自己的眼睛，恍如梦中，不觉捂住字条真真地号啕大哭一回。

武则天要接庐陵王李显回宫，这说明武则天已定李显为太子。

这怎么可能？就在早朝武则天还大发雷霆赶走力挺庐陵王的狄仁杰，不会是武则天故伎重演要诱杀庐陵王吧？婉儿想着忽然感到后怕。

垂拱二年（686），也就是武则天称帝前一年，武则天为了扫平称帝道路上的障碍，即李唐宗室势力，武则天以庆典所谓的"洛河宝图"为契机，设下迷局引蛇出洞，李唐宗嗣果然上当密谋起反，结果被一网打尽。韩王李元嘉及子，越王李贞及子等诸王相继被诛，连太平公主的驸马薛绍亦未能逃过此劫，受杖一百，饿死狱中。

"若是陷阱，李唐再无希望！"婉儿对母亲道。

"娘倒觉得未必是陷阱，而是生机！"郑氏压低声音说。

"哦？何以见得？"婉儿的眼睛豁然亮了起来。

"凭一个母亲的爱！瞧这个显字似有泪痕。"郑氏分析道。

婉儿用舌尖舔了舔似泪痕的地方，果然是咸的，婉儿惊喜万分。

"终究是血浓于水！"婉儿哽咽，一块大石总算落了地。

只是接下来的难题又摆在婉儿面前，如何把庐陵王平安接回宫呢？现在到处都是武承嗣的眼线，弄不好就前功尽弃，庐陵王甚至有性命危险。

派谁去接呢？婉儿在脑海里迅速搜索着人选。表弟杨副尉？太显眼，只怕杨副尉一出城就被盯死，到时不但接不回李显还要打草惊蛇得不偿失。刘幽求？也不行，也是武承嗣盯梢的对象；吉顼？更不行，动静会更大。

"让公主的人去。"郑氏建议。

"武承嗣对公主府是日夜不松懈地盯梢，根本行不通。"婉儿道。

"不过，倒是可以把公主府当诱饵……"婉儿忽然计上心头。

"把嗣子当诱饵岂不更好？"郑氏道。

"对呀，还是娘厉害。"婉儿道。

"三个臭皮匠赛过诸葛亮嘛。"郑氏笑道。

再找个可靠又不引起武承嗣注意的人暗度陈仓，大事成也。婉儿心中已然有了全盘计划，但还欠东风。谁人既绝对可靠又不会引起武承嗣注意呢？

婉儿的脑海迅速过滤着每位受过唐高宗恩惠的大臣。

可就在这时门外响起了敲门声。

"郑夫人在吗？"

原来是尚服局一个叫齐瑞的如今升为管事姑姑的人突然造访。

"谁？偏偏这个时候来？"婉儿立刻警惕起来。

"娘出去瞧瞧。"郑氏说。

"呀，什么风把齐姑姑给吹来了？"郑氏满脸笑迎。

"唉，说起来惭愧，夫人离开尚服局这么些年也没敢来打扰，只是今有块料子薄如蝉翼，轻如云纱，整个尚服局没一个敢下手绣，这不，我想起夫人的手巧，就过来了。"齐姑姑好一番巧语。

郑氏心想你明明就是武承嗣派来刺探的，当我傻呀。

"齐姑姑如是说岂不是要折老妇的寿？老妇那点三脚猫功夫在齐姑姑面前简直就是班门弄斧。"郑氏笑道。

"这么说夫人是不肯帮这个忙了？"齐瑞一边说一边伸长脖子往屋里瞧。

"我这手早生分了，如果齐姑姑不怕被我砸了场子老妇领命就是。"郑氏道。

"哎呀,那今个老妇的面子可是比天大了,只是民妇还有一个不情之请,想请婉儿才人一同过去给参谋参谋?毕竟她是陛下的心腹,最了解陛下的喜好。"齐瑞见郑氏应允了又立马提出第二个要求。

郑氏没想到齐瑞得寸进尺,而且抬出了武则天,这下可是进退两难。不叫婉儿去,日后齐瑞定要拿此事做文章,让婉儿去,又不是时候。郑氏望着齐瑞,一时不知该如何是好。

"既关乎陛下,婉儿去便是。"婉儿从容应下邀请。

"呦,婉儿大人在呀,小人给大人请安!"齐瑞说着立刻给婉儿作揖施礼。

"免礼,走吧。"婉儿说。

"娘想换件衣服……"郑氏望一眼婉儿。

婉儿明白母亲是担心那字条,想托个口进屋子藏好字条再走。

"娘,去去就回而已,不必换了。"婉儿挽着母亲出了院子,坐上齐瑞准备好的木轿一路朝尚服局而去。

"齐瑞来得蹊跷,东西可是藏好了?"郑氏躲过齐瑞悄声问。

"娘放心,藏好了。"婉儿说。

果然,婉儿母女前脚走,后脚就有人翻墙入院,翻箱倒柜找了好一番。不一会儿,那人在一叠诗稿中翻出一张有揉皱痕迹的纸稿,塞进怀里溜之大吉。

原来,武承嗣得到密报,说武则天怒骂狄仁杰后,又冲婉儿发无名火,还扔给婉儿一个纸团,内容不详。武承嗣得到密报,虽然觉得形势有利于自己,但为了万无一失,他要知道那张纸上到底写的什么。这才有了尚服局的齐瑞来诓走婉儿母女那一幕。

从尚服局回来,婉儿与母亲郑氏都发现有人进过屋子,但表情却各不相同,郑氏一脸紧张,她担心那道圣旨,而婉儿却愁云散尽,笑若春风。

"查查丢了什么没有?"郑氏说。

"不必,我们家家徒四壁,即使丢了什么又如何?"婉儿笑道。

"还笑!那张纸就是江山,还不快看看丢了没?"郑氏急道。

"既是江山又岂能丢!"婉儿说着从乌发中取出。

"这样看来,亲娘的直觉是对的,不是陷阱是生机!"这一刻婉儿如释重负。

原来，武则天用装睡支走张氏兄弟后，辗转难眠，直到五更鸡鸣，朦朦胧胧睡了。可很快又被噩梦惊醒，她梦见自己下双陆棋老输，气得抄起棋盘砸去，可却把鹦鹉两翼折断。武则天醒来心里很不安，早朝时私下问狄仁杰是何征兆，狄仁杰答道：双陆不胜，因无子。武则天又问鹦鹉双翼折断何解？狄仁杰又说道：武者陛下之姓，双翼象征陛下的两个儿子，陛下扶起两个儿子，两翼可重新展翅高飞。武则天听了再无犹豫，决定速速接回庐陵王立为太子，将来好把皇位还予他。

只是宫中到处都有武承嗣的眼线包括自己身边，一旦走漏消息，庐陵王必遭横祸，这才有了武则天演戏给武承嗣看，又是撵狄仁杰又是打骂婉儿。

"娘，婉儿有主意了……"婉儿话音未落却被郑氏打断。

"别说出来！隔墙有耳。"

四

原来，婉儿想到了一个人，徐彦伯。

徐彦伯，名洪，字行，兖州瑕丘人。七岁能文，少年以文章著名，河北道安抚大使薛元超表荐之。徐彦伯果然不负众望，对策高中第一。其文章典缛，语言清丽沉凝专辞，称河东三绝。万岁通天二年（697）入控鹤府修编《三教珠英》。

婉儿之所以想到徐彦伯：一、因为徐彦伯是个不卷入政治斗争的纯粹文人，这样的人目标小不会引起武承嗣的注意；二、徐彦伯还是婉儿的铁杆粉丝；三、徐彦伯有一诺千金的品格。

由徐彦伯带着圣旨悄无声息地去房州定能瞒天过海接回庐陵王，唯一不足的是，他是个文弱书生，一旦途中发生意外，他无能力保护庐陵王。但又一想，与惊动武承嗣比还是危险小胜算大。

婉儿决定就此一搏。

婉儿手持一叠诗稿朝控鹤府去，这一叠诗稿都是徐彦伯的诗稿。徐彦伯与婉儿虽未行师生之礼，但他视婉儿为师，每有新作必先与婉儿润色。日积月累婉儿的案几上便堆了厚厚一叠徐彦伯的诗稿。

婉儿来到控鹤府，与吉顼、张说等一一招呼后从容走向徐彦伯。

"徐大人的一叠诗稿，婉儿一一拜读过，只是有几处婉儿想与大人切磋。"婉儿一边说一边将写有"天降大任于斯人"字样的纸稿呈现在徐彦伯的面前。

"不知大人愿意否？"婉儿一语双关。

徐彦伯觉得话有蹊跷，又见婉儿神色严峻表情异样，猜到一定有大事，便道："下官愿闻其详。"

"瞧瞧这句，如此改可好？"婉儿指着被改了的诗句，但没有念出来。

婉儿将徐彦伯诗中的"晴风丽日满芳洲"改成"晴风丽日满房州"。

徐彦伯看了惊一跳，房州？这不是暗指李显庐陵王吗，看来庐陵王角逐太子胜出了，只是不明白婉儿为何要以这样的方式告诉自己？

"大人意下如何？"婉儿盯着徐彦伯的眼睛问。

"极妙极好！以万死不辞报润色之恩！"徐彦伯亦一语双关。

有了徐彦伯的承诺，婉儿将武则天的圣旨从一叠诗稿中抽出摆在徐彦伯面前。徐彦伯一看"速接显回宫"四个字是武则天的手迹便要下跪行礼，但立刻被婉儿制止。

"这一句婉儿亦做了修改……"婉儿嘴上说的是改诗，而实际却递给徐彦伯一道密令，要徐彦伯深夜兼程秘密去往房州接回庐陵王。

徐彦伯虽然不喜欢参与政治，但他毕竟是在宫中混的人，对宫中斗争的惨烈早有耳闻，尤其是李氏与武氏的太子之争已到了白热化程度。他立刻明白婉儿选择自己去接太子，原因只有一个，目标小，容易瞒天过海。

从控鹤府出来，婉儿去了李旦府。李旦得知详情当机立断配合婉儿演一出戏，给武承嗣布下第二个迷局。李旦利用皇嗣身份调用一百名侍卫对自己加强安防措施，把武承嗣的注意力完全吸引过来。

武承嗣一看李旦府加强了安防，误以为武则天天平偏向了李旦，他立刻采取措施，一方面加强对武则天的攻势，另一方面调动所有眼线盯死李旦府，一旦武则天确定李旦仍为太子，不惜一切代价暗杀李旦。

武承嗣做梦都没想到，正当他这边在紧锣密鼓地布置暗杀李旦时，房州那边的一架破马车正星夜兼程地往洛阳赶，马车里坐着两个农夫打扮的男人，一个是李显庐陵王，另一个是派去接庐陵王的职方员外郎徐彦伯。

圣历元年（698）三月的一天，晴空万里，一架很不起眼的破马车拉着两个风尘仆仆的男人，驶进洛阳城，而后从从容容地驶进洛阳宫。

当婉儿将李显领到武则天面前时，武则天刹那老泪纵横。经历了十四年坎坷的李显，面容憔悴身形枯槁。十年前的青春任性如今在他的身上已寻不到半点踪迹，站在武则天面前的是一个战战兢兢的糟老头。

这一刻武则天的母爱被彻底唤醒，武则天第一次有愧疚感犯罪感。

太子之位再无悬念！

武承嗣得知庐陵王回京，当即吐血一病不起，于八月十一日病逝。

九月，武则天立李显为皇太子，赐武姓。

第一〇三章　风云突变塌天日
　　　　　　　搅动时局武三思

一

　　婉儿才喝下发汗药，想躺下睡会儿，杨公公杨思勖上气不接下气地闯进采微苑

　　"婉儿才人，出大事了，出大事了……"杨公公喘着粗气断断续续说。

　　婉儿一惊，杨公公是太子李显东宫的人，看他如此慌张定是太子出事了。

　　婉儿冲出屋，杨公公不等婉儿问便把刚刚发生的事情和盘托出。

　　原来，武三思也在暗地里一直做着太子梦。他苦思冥想，终于想出一条陷害太子的毒计。

　　武三思，荆州都督武士彠之孙，武则天同父异母兄武元庆之子，武则天之侄。弘道元年（683）唐高宗驾崩，中宗李显继位53天被废为庐陵王，武则天临朝称制。之后武则天开始任人唯亲，将两个同父异母的侄子武承嗣和武三思从边远山区召回，擢右卫将军、礼部尚书，武则天称帝后又擢司空、同平章事、宰相，封梁王。他的堂兄武承嗣封为魏王。武承嗣死后，武三思便不动声色地做起了太子梦，且决定在张昌宗和张易之身上做文章。

　　哼，李显，本王让你成也萧何败也萧何！一个月黑风高的夜晚，武三思立在窗前阵阵发笑，一条毒计在他心中酝酿成熟。

　　武三思认为李显能打败武承嗣坐上太子宝座，主要是张氏兄弟的作用，

所以武三思决定要打破太子与张氏兄弟的关系链。

那日，秋高气爽。几个年轻人武延基、邵王重润、永泰郡主等上太湖游玩摘了些莲蓬回到郡主府午饭，酒后几个年轻人似乎意犹未尽，武延基提出要与邵王重润对弈，邵王重润欣然允。

邵王重润，太子李显与韦后长子，武则天嫡孙。永泰郡主，太子李显长女，武则天嫡孙女。武延基，武承嗣之子，武则天侄孙，永泰郡主驸马。

就在邵王重润与武延基博弈得难分胜负时，一场真正的血腥博弈正悄然逼近他们，而他们却浑然不知。

武三思早瞄准了这几个常聚在一起的年轻人，他要拿他们做文章，从这里撕开口子，将太子拉下马。

武三思得知几个年轻人又聚在一起时，立马拿了一册《三教珠英》到奉宸府，也就是原来的控鹤监找张氏兄弟。

控鹤监是武则天为男宠张氏兄弟设置的为武则天遮羞的后宫机构，由张易之负责并编撰《三教珠英》，久视元年（700）改奉宸府，张易之为奉宸令。

武三思来到奉宸府，守卫见是梁王，自是不加盘问，互相行礼便一关一关放进去。

奉宸府分前中后殿，前殿接待大臣，中殿为编撰《三教珠英》办公地，后殿专供武则天与张氏兄弟品茶赏诗歌舞玩乐，曰奉宸殿。

"烦请公公通报，下官武三思求见奉宸令。"武三思对守卫道。

守卫看是武三思二话没说转身去通报。张易之听说是武三思便也没敢耽搁，立马起身出来。两人相见没等寒暄，武三思扑通一声就跪下，张易之见状慌忙上前搀扶，而武三思却不肯起来。

"梁王，这怎么使得？下官哪里担当得起！"张易之说。

"罪臣今天是负荆请罪来的！"武三思说。

负荆请罪？他武三思请的是哪门子罪？张易之茫然。

"罪臣有眼无珠，曾经与他人苟同，瞧不起奉宸令，如今读了这《三教珠英》，小人才知陛下慧眼识金，是小人狗眼看人低！"武三思跪着说。

武三思一番话令张易之顿时飘然，不过张易之的确非泛泛之辈，通音律，懂药理，祖上亦是达官宰相，自沦为男宠的他内心时感自卑，武三思这番话正是一剂大补药，大大满足了他的自尊心。

"梁王快请起，请奉宸殿喝茶。"张易之拉着武三思进了后殿。

新装修的奉宸殿武三思还是第一次来。这儿的富丽堂皇令武三思瞠目结舌，从建筑到摆设装饰，不是金银便是珠宝玉石，一对玉雕桂花树立在屏风两边，满树桂花栩栩如生，仿佛还飘着桂香。武三思早有耳闻这桂花树是由一整块玉石巧雕而成，由五百工匠耗工千日才雕刻而成。有幸目睹一眼便是三生有幸，但武三思无心思观赏，他今天是来扳倒太子的。

武三思赞叹一番便掏出《三教珠英》并翻开其中一页，像个学生恭恭敬敬地请教疑惑之处，张易之接过武三思手中的《三教珠英》顺手翻了起来，发现每一页都涂抹着圈圈点点的旁批，多为赞美，偶有不解之惑，张易之心中顿生成就感，张易之哪里知道这些都是武三思的道具，是他的老谋深算。

张易之煞有介事一番指点后，武三思感激涕零后便掏出一管玉笛请张易之鉴赏。

张易之掂在手中，凭直觉这管玉笛价值不菲。

张易之一番欣赏后放在嘴边吹了吹，笛子立刻发出悦耳清脆的乐声，张易之顿时喜出望外。

"宝物，宝物啊！"张易之道。

"此乃桓伊之笛，仁兄若是喜欢，三思愿意奉上。"武三思说。

桓伊之物？那可是价值连城。张易之的心再次为之跳动。

桓伊何许人？字叔夏，小字子野，谯国铚县人。东晋军事家，著名音乐家，号称"江左第一"。善吹笛，有一管蔡邕制作的笛子，人称"笛圣"，有著名《梅花三弄》传世。

"既是此等绝世宝物，易之岂敢夺人之爱！况且无功不受禄！"张易之半推半就。

武三思心里骂着狗娘的，但脸上却笑着说："俗话说好鞍配好马，此笛唯尔等兄弟可受之，就算是三思的求学拜师学费吧！"

武三思实在周到，还为张易之找好了收下的理由。

"既如此，小弟谢过梁王！以后梁王的事就是吾张易之的事！"张易之拍着胸脯道。

武三思一看是火候了，便皱起眉头叹一声道：

"易之仁兄不提，三思倒也得过且过，仁兄这么一提，难免忧上心头。"

张易之心里明白，武三思今天送这么贵重的礼物，定是有事相求，便说道：

"梁王有难处尽管开口，吾做不到的还有陛下！"

"还是不说吧，也许是老夫多虑了，他们毕竟都还是孩子，也许太子会念你们兄弟的拥戴之功，将来……"

武三思适可而止打住后面的话，但已经足够了，张易之已经听出了弦外之音，便道：

"梁王听到了什么尽管直说，否则就是拿我张易之当外人了！"

武三思故作为难，又故作思虑再三，而后吞吞吐吐说：

"其实也没什么，就是刚才从延基那来，听到延基和重润几个年轻人在议论大人，他们或许不知道大人于当今太子有功，大人千万别与他们计较。"

张易之一听，脸便沉了下来，而后瓮声问："他们都议论什么？"

"老夫就听了一句，说你们兄弟不宜任意出入宫中，有损大唐列祖列宗颜面。"这是武三思早就编好的假话。

张易之听了半晌不语，但脸上的怒气在一点一点升腾。

"哼，还没登基呢，就过河拆桥呀！"张易之一掌击在案几上。

武三思见挑拨离间起了效应，便继续煽风点火。

"唉，陛下若真能万岁，你我可高枕无忧！只是自古谁能万寿无疆？不知那一天到来时张兄会怎样，老夫又会怎样？"武三思说着故作连连叹气。

张易之听了整个人便愣愣的，他最怕的就是那一天。

"罢，罢了……张兄比老夫年轻都不愁，老夫一大把年纪了还愁个啥？哈哈哈……"武三思突然豁然开朗，哈哈笑着大踏步而去。

二

武三思前脚走，张易之后脚便风风火火奔武则天去，一见武则天便吧嗒吧嗒掉眼泪，而后把武三思的话学舌一遍又添油加醋道：

"听说他们在下棋，易之想去凑个热闹，不承想被羞辱一番……"

武则天先是沉下脸，须臾后便笑了说：

"五郎大人不记小人过，他们都还是孩子，就当他们是放屁。"

武则天心想这几个人都与自己太亲了，一个是嫡孙，一个是嫡孙女，还一个是侄孙，而且是武承嗣之子，自己本来就对不起武承嗣，现在要因一句闲话而杀他的儿子，实在不忍心。

"请陛下恕罪，五郎以后不能再侍奉陛下了！"

张易之见武则天没惩罚他们的意思，便使出武则天最怕的撒手锏，走人老子不侍奉。

"五郎，你要去哪里？"武则天急忙喊道。

"去一个谁也找不到的地方！"张易之头也不回地走了。

张昌宗见状亦跪下道："陛下，六郎与五郎虽不是同胞，但感情胜过同胞，五郎走了，六郎亦无法独存，请陛下恕罪，六郎就此告别陛下！"

张昌宗说完站起亦头也不回地走了，任由武则天怎么喊也不回来。

张氏兄弟走后武则天的怒气在一点一点地升腾。

"寡人刚刚把他们的父亲扶上太子位，他们不思恩也罢了，却还恩将仇报！"武则天越说越气愤。

"治家乃治国，治国先治家，传太子，朕要问问他那个太子还想不想当！"武则天已是盛怒之下。

太子李显听说儿子重润和女儿女婿闯祸了，而且得罪的是张氏兄弟，吓得浑身直哆嗦，又听陛下传唤，吓得躲到床下不敢答应。他害怕像当年那样，母亲一声令下他的人生就由天堂变成地狱。

韦氏见状叹一声，而后从容地走出去应付传唤公公。

"太子身有染，请公公宽些时间，随后更衣就到。"韦氏说完塞给公公一块上好的玉佩。

公公得了好，便出主意让太子捆了他们去负荆请罪。韦氏接受了让人拿来绳索，而后走进寝殿。

"快出来吧。"韦氏说。

李显从床底下战战兢兢爬出了。韦氏便把绳索吧嗒一下扔在李显面前。

李显一看妻子扔一根绳索给他，误以为要他上吊，吓得又要躲进床底，韦氏哭笑不得。

"不是让你上吊，是让你把那几个不争气的捆了去负荆请罪！"

"负荆请罪？管用吗？"李显说。

"虎毒还不食子，毕竟都是她最亲的亲人。"韦后说。

"亲人算什么，我还是他亲生的儿子呢，当年……"李显忽然发现说漏嘴，连忙打住。

"那你说怎么办，躲床底下躲得过去吗？负荆请罪是唯一的办法！"韦后说。

李显想也是，这是唯一的办法，便拿起绳索朝郡主宫殿去。

李重润和武延基还在棋盘上杀得难分难解。李显一路气冲冲，见了他们不分青红皂白便破口大骂。

"你们还有心思下棋，死到临头了！"李显骂着把绳索吧嗒一下扔在他们面前。

李重润和武延基都为这突来的一幕发蒙，不知到底发生了什么。

"父王……"李重润愣愣地望住太子。

"出什么事了？"一旁观棋的郡主忙问。

"出什么事你们不知道？你们闯大祸了！你们说五郎六郎的坏话，被人给告到陛下那去了，现在陛下赐你们死！"李显暴跳如雷，也不知怎么就说出后一句话来。

"我们什么时候说他们坏话了？这是栽赃陷害！是谁干的？"李重润说。

"是啊，父王，我们吃了饭就下棋，干吗议论他们兄弟呀！"武延基说。

"父王，女儿一直在场，谁也没议论他们。"郡主向李显保证。

"你们跟我喊冤，老子跟谁喊冤，啊？现在母皇震怒正传你们父王去问罪呢，这一去你们父王恐怕……"李显说着便呜呜地哭起来。

李重润生性温和孝顺，知道父亲被贬多年，在房州吃尽了苦头，不忍因为自己连累了父亲，便拿了绳索转过后院挂在树上自缢身亡。武延基见重润自杀了，心想躲过初一也逃不过十五，不如以死明志，也可保全岳父和妻子以及即将出生的孩子。

武延基想到这便站起一头朝柱子撞去，可怜卿卿性命在瞬间便烟消云散。

郡主见状惊骇得晕厥过去。

李显见闯祸的儿子女婿都死了，挤出几滴眼泪，拍拍衣服的尘土，放心地朝紫宸宫去。

婉儿去太子东宫扑了个空，又匆匆赶到郡主殿时，不该发生的都发生了。婉儿颓然跌坐。心中不住叫苦，"李显啊李显你好糊涂啊！你把事情扩大化，使张氏兄弟无法回头再与你站在一条线上了！而张氏兄弟的势力又渐长，武则天对他们有求必应，这可如何是好呢？"

是夜，郡主因惊吓早产血崩而亡。

这是大足元年（701）九月三日，一个塌天的日子，所有的事情都发生得太突然，婉儿措手不及。

第一〇四章　丢车保帅实无奈　断臂虽痛江河明

一

事情正如婉儿所料，李显逼杀了亲生儿子李重润和女婿武延基后，表面上看是平息了二张的怒气，而实际上是与二张拉开了决裂的序幕。

"哥，我们是不是把事情闹大了？一旦太子登基……"张昌宗没敢往下说。

张易之在沉思。

"要不我们把太子拉下马，推武三思当太子！"张昌宗憋了一会儿又道。

"不可，此乃下下策！"张易之果断道。

"为何？"张昌宗不解。

"第一，好马不吃回头草。我们当初没有选择梁王，他肯定怀恨在心，他登基和李显登基我们的下场都一样。何况武三思心胸狭隘，阴险狡诈。"张易之道。

"那咱该怎么办？不会就死路一条吧？哥，我不想死！"张昌宗一脸哭丧。

"天无绝人之路，干脆一不做二不休，咱们自己当！"张易之突然一拳砸在案几上，震得案几上的茶盏跳得当啷当啷响。

"自己当？当什么？"张昌宗不敢相信。

"当太子！"张易之坚定道。

"哥，这，这能行吗？"张昌宗惊得结结巴巴。

"别那么没出息，刘邦只是泗水亭的亭长，都能当天子，想我张氏是宰相名门之后，论才华我们兄弟远在许多王公贵族之上，凭什么不可以当太子当皇上？"张易之冷笑道。

经张易之这么一分析，张昌宗觉得有道理。如今武则天重病缠身，大事小事唯他们兄弟视听，连奏章都由自己和哥哥代画，王公贵族，文武百官，多半唯恐巴结不上，这是天赐良机啊！

"经哥这么一说，小弟倒是觉得是老天派我们来的，那句话叫什么来着？天降大任于斯……"张昌宗立刻活蹦起来。

"小弟全听哥的，哥说怎么做就怎么做！"张昌宗接着道。

"好，哥就等你这句话。"张易之道。

"第一步得先除掉魏延忠，此人不除，我们兄弟早晚要死在他手里。"张易之接着说。

"魏延忠多次坏我们的好事，我早就想除之后快！只是陛下倚重，拿他没办法。"张昌宗道。

"哥有一计，可一箭双雕！"张易之诡诈一笑。

"哦？哥快说来听听！"张昌宗兴奋道。

张易之让张昌宗靠近，而后悄声说出他的计谋，张昌宗听完立马直奔武则天去。

魏延忠何许人？宋州宋城人，本名真宰，因避讳武则天母亲名号而改。早年为太学生，志气高远，心性孤傲，为人光明磊落，不把举荐放在心上，故累年未能升调。仪凤四年（679），吐蕃不断侵犯边土，魏元忠向朝廷上奏，论说朝廷命官用兵作战方面优缺点，受到唐高宗的欣赏，授他为秘书省正字，令他在中书省听调遣，不久任监察御史。弘道二年（684）迁任殿中侍御史。

弘道二年，李敬业占据扬州作乱，魏元忠为监理军事，讨平叛乱有功，为武则天器重。但不久就被周兴诬陷下狱，赴刑场行刑时，武则天念其平乱有功，令快马飞奔刑场刀下夺人，免死发配贵州。不久又被召回京城任用。

长寿元年（692）又被侯思止陷害下狱被贬。万岁通天二年（697）契丹李尽忠反唐，魏元忠再次被起复任侍御史，御史中丞。圣历二年（699）狄仁杰病故，升任凤阁侍郎，检校并州长史，替代狄仁杰。不久，加授银青光禄大夫，迁任左肃政台御史大夫，兼检校洛州长史及太子李显左庶子。

张氏兄弟为何把魏元忠列为头号敌人呢？三个原因：一是魏元忠声望高，两朝元老，有功于朝廷。二是魏延忠真君子，与张氏兄弟水火不容。第三个原因，也是最主要的原因，魏元忠是太子李显的左庶子，一旦魏元忠被定性谋反，就可将太子网罗进去，一网打尽。

二

武则天懒懒地靠在躺椅上，见张昌宗来，立刻堆起笑脸。

"六郎，快过来，来陪陪朕！"武则天说。

"六郎陪陛下去花园散散心如何？"张昌宗说。

"朕倒是想去，只是这身子骨困乏得紧，一步都不想走。"武则天说。

"唉！难怪……"张昌宗立刻抓住机会，把话扯个头，挖个坑等武则天跳。

"难怪什么？"武则天果然掉了进去。

"六郎不敢说，还是让六郎给陛下捶捶吧！"张昌宗立刻小鸟依人，双拳一上一下在武则天的腿上轻轻捶打起来。

"有朕，六郎尽管说！"武则天笑道。

"无论牵涉到谁都可以说吗？"张昌宗说。

武则天心一惊，目光忧郁地看着张昌宗，心想难道又与太子有关？如果这样，还真难为寡人了！寡人已经从洛阳迁都长安，是准备不久传位于太子的，太子可别做傻事呀！

"算了，还是不说为好！"张昌宗站起欲离去。

武则天立刻急道："六郎，你别走，寡人不是让汝说吗！"

张昌宗故作犹豫，又回到武则天身旁，一边小鸟依人偎依着武则天，一边气愤地骂道：

"六郎气不过，陛下对魏元忠可谓恩重如山，曾赦免过他的死罪，两次流放，陛下均念其微功而起复，现如今是一人之下万人之上的宰相，可他呢？不但不思恩图报，居然……咳！"张昌宗有意在紧要关头打住转而连连叹气。

武则天听了只在心里发笑，心想你这个小屁孩，这样的把戏是寡人早年玩腻了的，不过为了哄你开心，寡人就陪你演一演吧。

"居然什么？接着说！"武则天问。

"居然，居然要谋反！"张昌宗装得一副义愤填膺的样子。

"谋反？何以见得？"武则天的神情一下就绷紧了，她一生最怕的就是谋反二字。

但很快又冷静下来，因为武则天相信魏元忠不会谋反，也明白张昌宗为什么要构陷魏元忠，他始终瞧不起张氏兄弟。

"魏元忠与司礼丞高戬私下议论，说陛下老了，我辈当挟太子而令天下，此不为反何为反？"张昌宗说着还把他的粉拳轻轻擂着案几。

武则天听了感到好笑，心想你这道行还浅着呢。但为了哄他开心还得装下去。

"反了他不成！"武则天佯怒。

"只是，六郎是怎么知道的？"武则天又漫不经心问道。

"昨日散朝后，魏元忠与高戬见左右无人，一边走一边议论着，不想隔墙有耳，六郎亲耳听见的。"张昌宗回道。

武则天一听又暗笑，"你个小屁孩，你以为寡人是那样好糊弄的？得给你吃点小亏，不然寡人在你小哥俩的心里就成昏君了"。

"就六郎一个人听见吗？"武则天笑着问。

"还有……还有张说也听见了。"张昌宗似乎感觉到武则天不相信，仓促间只得胡乱抓出个张说来佐证。

"张说当真在场？"武则天一听有证人，脸色立刻变了。

张昌宗已没有了退路，他仗着即使说了假话武则天也不会拿他怎样，于是拍着胸脯说：

"陛下不信，可传张说对证！"

有证人，情况就大不一样了。武则天笑不起来了，只见她的怒气在一点一点地升腾。

"朕还没死呢，他们就想翻天！"武则天满腔怒气。

"明日六郎敢与魏元忠当面对质吗？"

武则天又一想："要让魏元忠心服口服，免得人说我偏听偏信"。

"六郎敢！"张昌宗犹豫片刻道。

"好，立刻将魏元忠、高戬拿下，明日朝堂对质！朕要他们死得无话可说！"武则天拍案道。

婉儿忽闻魏元忠下狱惊出一身冷汗，又得知有张说为证，便深夜找到张说。

张说，字道济，名一字说。范阳方城人。制科策论第一，任太子校书，参与编修《三教珠英》。长安二年（702）《三教珠英》修成，张说改任右史、内供奉，兼知考功贡举事，后擢凤阁舍人。

张说见婉儿来已知来意，不等婉儿开口便和盘托出事情经过，只是隐了张氏兄弟许诺的宰相好处。

"张兄，你知道你的一句伪证要死多少人吗？"婉儿皱紧了眉头。

张说低头满脸涨红。

"他们这是项庄舞剑，意在沛公啊，魏元忠反则太子反，仁兄明白吗？仁兄这是一失足成千古骂名啊！"婉儿又急又恨。

"七尺男儿当战死沙场的那个你呢？以前的你难道都是假的？"婉儿既语重心长又恨铁不成钢。

"在下一己私心，险些酿大错，惭愧至极！"张说满脸愧色。

"悬崖勒马为时不晚！"婉儿握住张说的手。

"谢婉儿才人，在下知道该怎么做了！"张说终于表了态，婉儿告辞离去。

三

九月，晨露如霜，习习寒意笼罩在大明宫殿，一股杀气凝结在武则天的心头。

殿外文武百官早排好了两行队伍，但有三人迟迟未到，张易之、张昌宗和张说。

婉儿立在百官的前头，心中忐忑，不知张说能否正义。

他们三人姗姗来迟。张氏兄弟一前一后对张说唯唯诺诺，张说目无斜视，大大方方跨进殿堂。婉儿观张说坦然无惧，心便安了几分。

御史中丞宋璟斜刺里拉住张说。

"名义至重，鬼神难欺，不可党邪陷正，以求苟免。若获罪流放，其荣多矣！"

张说不语，他望了一眼宋璟抽出身子大踏步继续走去。在经过殿中侍御史张廷珪身旁时，又被张廷珪一把拉住道：

"夫子之道不可须臾离，朝闻道，夕死可矣！"

张说依然不语，抽出身子继续朝前走，可没等张说迈步，左史刘知几一把拽住道：

"无污青史，为子孙累！"

张说依然不语，他走到自己的位置站定。

张昌宗靠了上去，说："勿怕，有陛下！荣华富贵皆陛下所赐。"

张昌宗言下之意，我有陛下，你的荣华富贵就捏在我手里。

"陛下驾到！"随着赵公公一声唱喏，大殿蓦然肃静。

武则天仰着高傲的头颅，身子挺得不能再挺，神情凝重地一步一步迈进殿堂，直到走上金銮殿落座。

"恭迎陛下！陛下万岁万岁万万岁！"

"众爱卿平身！"

随着武则天话音落下，张昌宗迫不及待地跳出来奏道："臣有本要奏！"

"臣告宰相魏元忠与司礼丞高戬谋反！他们私下议论说陛下老了，我辈当挟太子而令天下。"张昌宗一口气念完奏本。

"押上来！"武则天喝道。

武则天话音落下，魏元忠与高戬立刻被押进殿。

武则天看看跪着的魏元忠，又扫视一眼群臣，而后慢悠悠说：

"一人之词不可为凭，可有佐证？"

"有，张说为证。"张昌宗得意道。

"张说，六郎所说可属实？"武则天扫向张说问。

直到这一刻，魏元忠才闹明白自己因何被打入大牢，一时心急便破口大骂：

"张说，你个小人，你与张昌宗合谋栽诬老夫是想当宰相吗？"

张说听完冷笑一声，叱道："哼，汝还是宰相呢，怎么听风就是雨，跟里巷小人一般！"

可一旁的张昌宗却急得催促道："张说，快告诉陛下，昨天你也听见了魏元忠说陛下老了不如侍太子持久。"

张说不语，他似乎还在衡量轻重。

整个大殿鸦雀无声，文武百官屏息等待下一秒。婉儿手心冰凉，心跳加快，她仿佛突然对张说失去信心，她甚至想到如果张说为证，自己便以死为太子证清白。

张昌宗见张说不语，便一个劲地催促。

张说突然冷笑一声，不慌不忙跪下对武则天行大礼，而后道：

"陛下都看见了，当着陛下的面，昌宗仍敢如此相逼，何况在背后？臣今天当着满朝文武的面说清楚，青天白日，不敢玷污我张氏列祖列宗，臣未闻元忠与高戬说不该说的话，此均昌宗逼小人伪证。"

张说话音落下，满朝仿佛都吐了一口气，只有张氏兄弟面面相觑。张易之首先反应过来，张说临阵反水了。

张易之盛怒下，指着张说道："张说与魏元忠同反！"

话音落下，朝臣窃窃私笑。刚才还说他是证人，咋一会儿就说他同谋，此小儿信口雌黄也。

武则天一听亦有些气恼，刚才还说张说可为证，转眼又说张说是同谋，搞什么嘛，这是朝堂，不是小孩子过家家的地方。你丢脸不要紧，害得寡人也跟你们丢尽了脸。

张易之看武则天脸色不悦，便补充道：

"张说曾劝魏元忠做伊尹、周公。伊尹流放太甲，周公代成王摄政，这不是谋反是什么？"

话音落下，朝堂一片哄笑。武则天皱紧了眉头。

伊尹，名挚，助商汤灭夏建立了商朝，后拜右相。太甲，商汤之孙太丁之子。商汤的长子太丁死后，由太丁弟外丙、仲壬先后继任商王。但外丙、仲壬继位不久相继死去。伊尹只好立太丁长子太甲为王。然太甲继位，不修德政，昏暗暴虐。伊尹十分忧虑，多次规劝无效后，伊尹采取断然措施，在商汤墓地建了一座宫室，称为桐宫，把太甲送入桐宫反省。太甲在桐宫见到的是祖父的陵墓，想到的是祖父艰苦创业、替天行道的功绩，读的是伊尹专为他写的教材《伊训》《肆命》《徂后》，其中，《伊训》是伊尹对他的告诫，《肆命》是教他怎样当政，《徂后》是商汤的法律制度。三年过去，太甲迷途知返，悔过自新。伊尹见放逐太甲的目的已达到，便亲自到桐宫迎接，恢复太甲王位，自己退为臣。

周公，姓姬名旦，周文王姬昌第四子，周武王姬发之弟，曾两次辅佐周武王东伐纣王，武王死后，其子成王年幼，由他摄政当国。他摄政当国时候，平定叛乱，大行封建，营建东都，制定和完善宗法、分封等各种制度，使西周奴隶制获得进一步的巩固，周公摄政七年，成王已经长大，周公还政于成王。

此后伊尹、周公便成为历史忠君的楷模，不承想到了张易之嘴里却成了反臣。

张说一看张易之闹笑话便更理直气壮道：

"往日元忠初衣紫时，臣以郎官往贺，元忠谓贺客曰'无功受宠，不胜惭惧'，臣曰明公居伊、周之任，何愧三品。众所周知伊尹、周公为臣至忠，古今共仰，陛下用宰相，不使学伊周，当使学谁呢？"

张说话音落下一片唏嘘喝彩。

此时的张说已经忘记昨日自己答应了帮张氏兄弟作伪证的事情，他继续慷慨陈词道：

"臣岂知今日附和昌宗可以立取宰相之位，而正义元忠，可能诛九族，但臣害怕元忠冤魂而不敢昧心诬证。"

"陛下，孰是孰非事情已经再清楚不过了！一切皆二张小人构陷也！"宋璟看准了时机连忙奏道。

"退下！"武则天喝退宋璟。

武则天已然看明白了，张氏兄弟是偷鸡不成反蚀把米，但怎么说这俩小子是寡人的人，俗话说打狗看主人，你们今天合着伙欺负张氏兄弟就是不给我武则天面子，是不把寡人放在眼里。

武则天想到这拍案而起喝道：

"张说，反复小人，朕再问你，魏元忠说否？"

武则天两眼怒视着张说。

张说已然豁出去了，便道："回陛下，张说从未听魏元忠说过不忠不义的话！"

张说态度坚定，武则天更感下不来台，脸色变得越来越难看，婉儿见状上前打圆场。

"一场误会，说清楚就好。"婉儿想和稀泥。

"谁说是误会？魏元忠身为宰相，言不检点，贬高要（今广东）尉，高戬、张说流放岭外！退朝！"武则天拿出帝威，毫不讲理道。

"陛下英明！"婉儿一听，连忙带头伏地高呼陛下英明。

满朝大臣一见不得不跟婉儿跪下伏地山呼陛下英明。

武则天在山呼中退出金銮殿，二张一前一后耷拉着脑袋侍奉着。同平章事朱敬则气不打一处来，冲婉儿呼哧呼哧责问。

"明知魏公冤，婉儿何故不争？且不让老夫争？"

原来，朱敬则未看懂婉儿的用意，婉儿就是怕大臣据理力争再生事端，魏元忠未被定性为谋反案，太子可保，保住太子就是最大的胜利。

"断臂虽痛，但能全身而退，难道朱公想不明白已是最好的结果吗？"婉儿笑道。

"他姓朱，是猪脑子！"宋璟随后玩笑道。

第一〇五章　一告二张白忙活
稍安毋躁有妙招

天刚拂晓，文武百官排列有序，在宫门外等待入朝。御史中丞宋璟与中丞植桓彦范夹杂在大臣的队伍中。

婉儿擦身而过悄声问宋璟："有把握吗？"

"板上钉钉。"御史中丞宋璟回道。

婉儿舒了一口气。

随着赵公公一声喊"入——朝——"大臣们鱼贯而入。

武则天高高坐在金銮殿的龙椅上俯视群臣。

宋璟迫不及待把张昌宗兄弟的供罪书呈上，由婉儿递给武则天。

原来，经过"太子门"和魏元忠事件后，拥唐派一致认为不能坐以待毙，要反击张氏兄弟。经过一番讨论，以桓彦范、宋璟为代表的拥唐派决定先从张昌宗的几个兄弟下手撕开一道口子。张昌宗的几个兄弟早已坏事做绝，百姓苦不堪言，于是被宋璟、桓彦范一纸告到朝堂。武则天见条条罪状闻所未闻且证据确凿，不得不下令拘捕审理。谁知二张的几个兄弟都是软骨头，他们一进刑部就把张昌宗强买人田的不法行为供认不讳。宋璟如获至宝，激动得一夜没睡好，心想明日看你武则天还怎么庇护这两个小人。

武则天接过供状看了看，好半天不语。心想你们摆明了是不给朕面子，明知张昌宗是朕的心肝，还揪着不放，不过就是强买人田地嘛，小题大做。可这样的话武则天只能在心里说，因为无论是大唐律法还是大周律法，强买人田欺压百姓都是死罪。

武则天干咳两声，又勉强挤出一丝笑，而后道："王子犯法与庶民同罪，张昌宗即有罪理当拘押受审。"

644

武则天话音落下，全场哗然，婉儿暗喜，心想陛下终归是英明。宋璟连声高呼陛下英明！

可待话音落下，武则天又笑了笑，道："璟爱卿与六郎素有嫌隙不宜审理，交司刑正贾敬言审理吧"

交贾敬言审？婉儿的心咯噔一下凉了，这还不如不审的好。

贾敬言，善阿谀奉承，见二张把魏元忠扳倒后，立马更庭换户，投入二张怀抱，案子交由他审摆明了是走过场。

"陛下，按大周律法，此案不属司刑正管辖，贾敬言无权审。"宋璟不服道。

"律法是人定的，特殊情况特殊处理嘛。"武则天沉下脸。

果然不出所料，贾敬言为讨好二张和武则天，胡乱审理一番，对张昌宗强买人田一事就轻避重，只判罚铜二十斤，武则天暗喜，立即画"可"。

只一壶茶工夫，张昌宗就大摇大摆地从司刑正出来，路过宋璟身旁还特地停下来，理了理衣襟而后大声道：

"想不到贾敬言的茶真不错。"

宋璟气得差点脱鞋子砸过去。

"小人得志！有一天再落到我手里就一锤子先砸死再说！"宋璟气得一路骂娘。

"好不容易撕开二张的口子，不曾想却是这样的结果！"桓彦范也气得骂骂咧咧。

"唉！来俊臣时代怕是要重演了！"文昌右相豆卢钦望叹道。

"小人得志畏也！吾等死不足惜，怕就怕伤及江山社稷！这是根本啊！"苏安恒道。

"不能就这么放过这两个小人，明日吾等联名上奏弹劾株连罪。"桓彦范想了想说。

"怕陛下不朝。"御史大夫李承嘉道。

李承嘉的担忧不无道理，近年来，武则天因身体欠佳，又因与张氏兄弟夜夜无度饮酒歌舞挥霍精力，她开始懒怠朝政，时有不上朝。

"这个交给婉儿，婉儿一定让陛下上朝。"婉儿道。

"那就拜托了，其余的事就交给我们！"宰相豆卢钦望拱手道。

翌日早朝，桓彦范递上联名奏疏弹劾张昌宗。奏曰：张同休、张昌期、张昌仪共贪赃四千余缗，按律法，张昌宗应株连免官。

张昌宗一听急了当场自辩自己有功于国，所犯不至免官。

宋璟一听张昌宗自称有功，立刻问张昌宗是骑过战马还是杀过敌人再或是守过边关？

张昌宗哑然，却不承想武则天站了出来，问诸大臣：

"张昌宗有功乎？"

众大臣面面相觑，心想一个男宠何功之有？于是均哑然。武则天便点名问宰相杨再思。

杨再思明白武则天是要他站出来替张昌宗说话。杨再思想了想，嘿，有了。只见他双手作揖弯下身子行礼道：

"张昌宗合神丹，陛下服之有验，此莫大之功。"

武则天一听满意地笑道："既有功，可将功抵过，赦昌宗株连罪并复其官职。"

这个结果更是宋璟、桓彦范以及婉儿始料不及的。

宋璟与桓彦范气得差点背过气去，而张昌宗却得意地扬长而去。路经桓彦范身边还有意蹭了一下桓彦范，把桓彦范蹭得一个趔趄差点摔倒，幸亏被宋璟一把提住。

眼看司法对二张无效，许多大臣都长吁短叹，担心人人自危的时代又要来临。

"来俊臣时代又要重演了！"桓彦范长叹加短叹。

"绝不能让来俊臣时代重演！"婉儿道。

"婉儿大人，可有良策？"一日婉儿与宋璟在太平公主鸿鹤馆对弈宋璟悄声问。

"无策，但物极必反，恶绝必谴。"婉儿答道。

"虽是这个理，但吾等总不能遥遥无期地等待天谴恶人吧？再说了，我们等得起，怕是陛下年岁等不起啊！"宋璟急道。

"璟兄，看棋，打劫。"婉儿的注意力似乎都在棋盘上。

"得劝太子早早做打算啊。"宋璟压低声音根本无心思下棋。

"对弈不可旁走心思，不然你输定了。"婉儿提醒着。

"不下了，国将不国，哪还有心思下棋！"宋璟生气地推了棋子。

"请稍安毋躁，一子不慎满盘皆输，反过来，一子擎天反败为胜。"婉儿耐心地将棋子复位。

宋璟一听，这话似乎有余味，便又坐了下来，但没等开局便有人匆匆闯入。

此人不是别人，正是太平公主。只见她神秘一笑，递给婉儿一张字条，婉儿看完递给宋璟，宋璟一看喜出望外。

"果然是一子擎天！"宋璟说完起身直奔桓彦范府邸。

第一〇六章　三告二张皆未果
　　　　　　风雨欲来奈何天

长安四年（704）冬。

大街小巷忽然落满飞书。飞书言张昌宗曾经召术士李弘泰占相，李弘泰言昌宗有天子相，劝于定州造佛寺，则天下归心。

飞书连日如秋天落叶，大街小巷随处可见。传到第三日，所有大臣的手里都有一张，街巷百姓亦无人不知。三日后，即十二月二十日许州人杨元嗣首告张昌宗召术士李弘泰占相欲意谋反。群臣一看有人带头告发，便纷纷上书弹劾张昌宗谋逆。

武则天久久不语，心想打狗得看主人，你们明知五郎六郎是朕的宠男，还变着花样整这哥俩，这分明是和寡人过不去嘛，你们看不得朕好是吗？行，寡人就和你们斗斗法，看谁能赢得了寡人。

武则天思虑一番后，下令拘捕张昌宗，但婉儿和一帮大臣还没来得及高兴，武则天接着笑道：

"由宰相韦承庆，司刑卿崔神庆及御史中丞宋璟三人同审。"

婉儿暗暗叹气，这哪里是真心拘捕？分明又是走过场。三人中，韦承庆、崔神庆皆二张党朋，且官职都在宋璟之上，宋璟除了吹胡子瞪眼外根本奈何不了张昌宗。

果然，韦承庆只做样子走了下过场便结案，说张昌宗召术士李弘泰一事已向陛下奏明自首过，可免其罪，李弘泰妖言惑众，应予法办。

这个结果又一次把婉儿和倾唐派宋璟、桓彦范、苏安恒等气得吐血。

武则天对韦承庆抛过一瞥赞许的目光，当堂画可。

宋璟眼看张昌宗又一次逃脱法律的制裁，越想越义愤填膺。再一看张昌宗那得意的小脸儿，耿介之性情彻底被激发。宋璟心一横，跨出队列，对武则天行罢礼后挺直身子道：

"昌宗虽云早已奏报，然宠荣如是，复召术士占相，志欲何求？倘以弘泰为妖妄，何不执送有司！可知昌宗终是包藏祸心，法当处斩抄家，请即下狱，穷治其罪。"

宋璟这一奏，立刻得到桓彦范及宰相崔玄玮的附和。

武则天见宋璟拗上了，又有大臣附和，心里不快，但不好直说。想了想，老办法，对不听话的，支走便是。

于是对宋璟说："宋爱卿，这事汝就别管了，朕派汝去扬州巡按一桩陈年旧案。"

宋璟一听武则天要支走自己，更加不服气，心想今天反正是得罪了武则天，与其就得罪到底！

于是顶道："陈年旧案乃监察御史之职，御史中丞，非军国大事，不当出按。"

武则天听后，心想你嫌案子小，好，那就派你去查个大案，看你还怎么拒绝。于是笑道：

"那朕就诏卿去幽州查办都督贪污之大案。这个差事可不小啊！"

武则天没想到宋璟照样拒绝受命。道："陛下，恕臣亦不能从，幽州都督案虽为大事，但非御史中丞所职。"

武则天这下可是有些哭笑不得，想发火，可宋璟又合理合法。想放弃，更不行，张昌宗要是落在宋璟手里，死定了。

事情僵持了一会儿，武则天勉强挤出一丝笑，接着道："那就陪宰相去陇蜀替朕访贫问苦总可以吧！"

这下轮到宋璟犹豫，连连抗旨可是死罪，可若是接受，张昌宗便要再度逍遥法外。宋璟思虑再三，还是觉得义激于心，不吐不快！大不了就是一死！宋璟想清楚了，便上前一步匍匐在地行大礼，而后道：

"陛下，眼下陇蜀无变，陛下要臣出使，无非是不想让臣办昌宗案，昌宗分外承恩，臣知言出祸从，然义激于心，虽死不恨！"

宋璟话一出，满座皆惊，连武则天也惊得目瞪口呆。就是魏徵在世也未必敢如此直言不讳。

惊过之后众官都为宋璟捏把汗。宰相杨再思见宋璟揭了武则天的裤底，又见武则天很尴尬便训斥道：

"大胆！还不退下！"

宋璟早已豁出去了，连武则天的面子都不给，哪里还会给他杨再思的面子。

宋璟斜视一眼杨再思，厉声道："皇上在此，不烦宰相放肆！"

众臣见宋璟谁的面子都不给，便满座哑然。武则天哭笑不得，既羞愧，又佩服。又看宋璟一脸正义凛然，不禁心底叹道，"如果男儿皆如此，我武曌又岂能坐在这里？"

宋璟，字广平，邢州南和人。文采博群，十七进士及第，生性耿介颇有上官仪之风范，武则天十分赏识。初授上党县尉，迁中书舍人、御史中丞。

"宋璟屡屡抗旨，当立斩以儆效尤！"张易之见状跳出来奏道。

婉儿的心提到了喉口，该如何出手救宋璟？婉儿急出汗。

武则天久久不语。宋璟少年天才，十七岁进士及第，是开考中进士年龄最小的一个。比上官仪进士及第时还小两岁。武则天虽然杀人如麻，但向来爱惜天才敬重耿介之士。更何况宋璟风范似上官仪，武则天偏爱有加，杀之不忍。可不杀，宋璟纠缠张昌宗不放，自己也下不了台。

武则天脸上的笑意在一点一点褪去，杀气在一点一点升腾。婉儿望一眼，见武则天两眼眯成线状，嘴角微翘冷笑状，婉儿太熟悉武则天这样的表情，每当这样的表情出现，必定有人要人头落地。

婉儿紧张到手心冰凉却全是汗。

忽然武则天噌的一下站起……婉儿惊得一跳，条件反射就拽了一下武则天衣角。

武则天迟疑了一秒，望向婉儿。

"杀宋璟易，堵悠悠众口难！陛下千秋英明，不可蒙尘！"婉儿悄声提醒道。

武则天明白婉儿在提醒她什么，你是千古一帝，切不可留下为男宠不惜杀忠臣的骂名！

武则天一听，迅速冷静下来，继而转怒为笑道：

"璟爱卿言之凿凿，寡人佩服！准奏，交由宋爱卿复审。"

宋璟喜出望外，一刻不敢耽误，即刻升堂开审，即使这样还是快不过武则天的一道圣旨。张昌宗前脚走进御史台，屁股还没坐热，武则天的圣旨就到了，召张昌宗奉驾，并特旨赦免。

宋璟长叹："国将不国也！"

眼看张昌宗钻进武则天的金銮轿扬长而去，婉儿亦长叹加短叹。

"婉儿才人，请借一步说话。"张柬之斜刺里道。

"传言二张代画属实否？"张柬之把声音压得极低。

"千真万确！"婉儿道。

"吾观陛下御体每况愈下，婉儿是否担心？"张柬之一语双关。

"大人所忧婉儿所忧。"婉儿道。

"既如此，何不劝太子早做打算？"张柬之把声音压得更低。

婉儿惊得连连后退。这话分明是要太子宫变。这可不是小事，弄不好太子前功尽弃。

"陛下擢汝为宰相，张公不思恩，何故出此下策累及太子？"婉儿沉下脸色。

"陛下擢老朽为相，不就是要老朽保江山社稷吗？难不成老朽要报一己私恩而废大利？"张柬之严正反驳，且彻底亮明态度。

婉儿暗喜，狄仁杰再三推荐张柬之为相，果然没看错。

"婉儿才人好好考虑一下老夫的话吧。"张柬之又道。

"乃下策，万不得已而行之。"婉儿不假思索道。

"二张离太子位只一步之遥了，万一陛下突然……"张柬之打住驾崩二字，但婉儿明白。

婉儿顿了顿。"再等等吧，相信陛下英明！"

"垂暮之年，已昏聩至极，何谈英明？"张柬之愤然。

张柬之说的一点不假，武则天在处理二张问题上的确是昏聩至极。一代忠臣魏元忠无辜被贬，宋璟耿直秉公，险些遭张易之诛杀，张说因为不愿意替张昌宗作伪证而被贬。张易之兄弟贪赃枉法，张昌宗强买田地，桩桩件件皆是死罪，而武则天却法外施恩，只罚铜二十斤草草了结，更有甚者连遮羞布也不要了，当着大臣的面与张氏兄弟同銮而坐，且由二张阅奏代画。

"老夫知道，婉儿跟随陛下半生戎马，情深如母女，但现在不是讲个人情感的时候，国家利益高于一切。"张柬之语重心长。

婉儿又叹一气。张柬之说的婉儿何尝不知，自魏元忠无罪被贬后，二张抓紧了篡夺太子位的步伐，他们把来俊臣那套学了去，打压异己构陷忠良，广交朋党。而武则天不但视而不见，且百般纵容。为了提升二张的威望，武则天居然让二张陪伴左右同坐步辇上下朝。

只是逼宫一事婉儿实难抉择，一来与武则天的感情确实如母女，二来一旦走漏风声太子将万劫不复，武则天的狠婉儿再清楚不过。

"再等等吧，待婉儿再好好劝劝陛下。"婉儿思虑再三道。

"老夫倒是愿意等，就怕时不我待啊！但愿婉儿是对的，那样便皆大欢喜！"张柬之无奈而去。

婉儿望着张柬之离去的背影心中一片茫然。

第一〇七章 艰难抉择为情困
梅花庵里抉择难

转过年又发生了一件令婉儿无语的事。

苏安恒第三次奏请武则天疏远二张，亲近忠臣，可不等苏安恒奏完，张易之冲上去一把夺了苏安恒的奏折将其痛打一顿，并令左右羽林军将苏安恒推出斩首。

武则天视而不见，幸亏朱敬则、桓彦范、魏知古三位老臣力救，苏安恒才免死获流放。

散朝后婉儿闷闷不乐，宋璟追了上来邀婉儿赏雪下棋去。

"哪还有心思赏雪下棋！"婉儿叹气。

"相信陛下是英明的。"宋璟道。

这是婉儿每每拒绝张柬之时说的话。婉儿一愣，抬头望住宋璟。

"走吧，张公在等你。"宋璟悄声道。

婉儿犹豫着。

"劝婉儿大人丢掉幻想吧！陛下已昏聩至极。"宋璟丢下话自顾走了。

婉儿默默跟宋璟上了马车出了城，来到一个叫梅花庵的地方。

果然张柬之在。一同在场的还有桓彦范、崔玄玮、袁恕己、敬晖。

婉儿一看这架势分明是要商议逼宫了，婉儿一时木讷在那。

"婉儿才人，就等你了。"张柬之热情地招呼着。

"你们这是要干什么？"婉儿害怕说出逼宫二字。

全场默然，随之他们把目光转向张柬之。张柬之亦低头默然，良久叹道："此乃下下策，不得已而为之！"

张柬之唉唉叹着气继续说道："陛下于老朽有再造之恩，一年易三色，从刺史到洛州司马、秋官侍郎即宰相。论私情老朽最不该对不起陛下，只是老朽反复思考，陛下倚重难道是要老朽报私恩？这是陛下的初衷吗？"

张柬之说到这顿了顿，又叹着气继续说："陛下倚重老朽乃至各位，是要我们报效国家！现在陛下御体抱恙，奸佞小人趁机作乱，国家危在旦夕，吾等岂能以个人私情而不顾国家利益？"

张柬之挺直了腰杆慷慨陈词直问在场的人。

张柬之，字孟将，襄阳人。永昌元年（689），已经六十四岁的张柬之以制科及第，擢监察御史。后出任合州、蜀州刺史、荆州长史等职。狄仁杰第一次向武则天举荐，武则天提他为洛州司马。才过数日，狄仁杰又推荐，说张柬之可为宰相，非司马也。遂，武则天又擢张柬之为秋官侍郎，不久又得姚崇推荐，武则天最终擢张柬之第一宰相。

"老朽亦恐遭天下人唾忘恩负义，但为了国家利益，老朽何惜区区骂名！"张柬之再慷慨陈词。

"婉儿迟迟难抉，请问可是为私情所困？"张柬之突然话锋一转。

在场的都望向婉儿，婉儿默然。婉儿一方面的确是为私情所困！她与武则天恩恩怨怨相濡以沫二十七年，彼此欣赏彼此共渡难关，武则天是她的杀父毁家的仇人又是培育成就她的大恩人，几次死里逃生，都是武则天出手相救。而另一方面，婉儿怕万一，一旦失败李唐万劫不复，后果不堪设想。

"毕竟婉儿与张公不同，她与陛下相濡以沫半生，只是何为重何为轻，婉儿才人可千万别犯糊涂啊！"桓彦范劝道。

"婉儿大人，论私情，陛下于晚辈亦是恩重如山，晚辈自登科备受陛下关爱，二张三番五次欲置晚辈死地，均陛下爱惜不从，吾等今之举，皆为社稷之福，并非他图。"宋璟掏心掏肺地劝道。

"婉儿姑娘，老朽已过六甲，本是解甲归田的年纪，可承蒙陛下倚重擢老夫为宰相，要说恩，陛下对老朽何尝不是恩重如山，可是，如今的形势国家已立在悬崖边，二张挟陛下传伪诏杀忠良；无度挥霍国库，为其母花天酒地享乐。如此下去，国必灭！"崔玄玮义愤填膺道。

的确如此，张易之为母亲打造了一张床叫"七宝帐"凡世间有的珠宝罗帐内一样不少，仅仅这张床就动用了国库十万两黄金。

崔玄玮，原名崔玄暐，博陵安平人。武后时有所避讳，因此改名。以明经科入仕，任高陵主簿、库部员外郎，几次任凤阁舍人。秉性耿直，对待公事讲原则，从不接受私事谒见请托，深受武则天信任，长安元年武则天直接提拔他为天官侍郎。

"婉儿为大唐几经生死，今天为什么就想不通呢？"敬晖道。

敬晖，字仲华，绛州太平人，历任卫州刺史、夏官侍郎、泰州刺史、洛州长史、中台右丞。练达果敢，明辨是非，直言不讳。

"尔等问过太子吗，太子同意吗？"许久婉儿问道。

"太子胆小，老朽怕吓着他，二来怕万一事不成，也不至于连累太子。"张柬之说道。

"也就是说未经得太子同意。"婉儿道。

"不到万事俱备老朽不打算告诉太子。"张柬之道。

婉儿又一次久久陷入沉思。

"汝爷爷为大唐而死，为了大唐，你们上官满门忠烈，现在该轮到婉儿了，若事不成必定人头落地……"崔玄玮话里行间在问婉儿是不是怕死。

婉儿当然听得出来。

"个人生死婉儿早置之度外，只是不做则已，要做必须成功，不然大唐就要断送在吾等手里，这样既对不起列祖列宗，更对不起天下人！"婉儿亮明态度。

"所以需要婉儿鼎力，才能万无一失。"张柬之道。

"尔等需要婉儿通李多祚将军是吗？"婉儿道。

"正是。婉儿姑娘果然聪明绝顶。"张柬之道。

"婉儿于李将军有救命之恩，即使做不通那也不至于出卖。"桓彦范道。

"李将军是个为原则是从的人，婉儿只能试试。"婉儿道。

"那就拜托了！老朽静候婉儿佳音。"张柬之拱手施礼，目送婉儿下山离去。

第一○八章　逼上梁山难言苦
神龙政变为江山

一

长安末年（705）元宵佳节，武则天强撑病体。

"婉儿，你帮朕好好拾掇拾掇，朕是不是又瘦了。"武则天坐在铜镜前照着自己憔悴多了的脸庞。

"陛下为国事操劳能不瘦吗，陛下就没有考虑过让……"

婉儿拿来玉梳和头油准备为武则天梳妆打扮，并想借机劝武则天让太子监国，但话未说完就被闯进来的张昌宗打断。

"陛下，让六郎来伺候陛下吧。"张昌宗不由分说就夺了玉梳。

武则天乐得合不拢嘴。

武则天挺着病体上城楼观了一会儿花灯就由二张侍奉回奉宸府。张昌宗和张易之为她准备了另一场别样元宵会。

可灯会赏到一半，二张突然扑倒在武则天怀里痛哭，且不停地诅咒自己早日死掉得好。

武则天听得心酸心痛。

"朕的小心肝，要朕如何，你们才能回到从前快乐的样子呢？"

"我们说了只怕陛下不恩准！"张昌宗说。

"只要宫里有的，朕帝国有的，朕一定恩准！"武则天说。

"我们兄弟不要陛下的宝贝，也不要陛下的金银，只需陛下放我们兄弟走，我们隐居山林，从此朝中再无人说陛下受我们兄弟邪祸！”张易之说。

“朕什么都可以给你们，就是不能放你们出宫！”武则天伤感道。

“可六郎什么都不想要，就想离开这个处处都有杀身之祸的皇宫！”张昌宗哭成个泪人。

“你哥俩是不是也嫌弃朕老了？”武则天沉下脸。

“五郎与陛下相见恨晚！陛下给五郎的恩宠，五郎来生都难以报答，又怎么会嫌弃陛下老呢？”张易之立刻跪下说。

“陛下一点都不老，六郎看陛下永远都看不够，何来老？只是六郎没出息胆小，害怕哪一天又被他们抓了什么把柄关进大牢，怕是陛下也保不了！”张昌宗绕着弯说出对武则天的不满，其实是要逼武则天杀宋璟。

武则天听了哈哈笑了说：“就知道你们哥俩还在怨朕。”

“哎呀，要知道你们犯的可是死罪，朕只是让御史台走走过场，朕保证下不为例！以后无论你们犯什么错一律赦免无罪，现在你们可以给朕笑了吧？”武则天拿二张没办法，只能又一次对二张妥协。

原来，自二张间接害死太孙李重润，又构陷宰相魏元忠谋反后，以婉儿为首的拥唐派宋璟、桓彦范、敬辉便立刻集矢二张。大家商量着决定通过司法扳倒二张，于是暗中对二张展开了调查。便有了前文所述的三告二张。

三告二张皆以失败告终！武则天已经把他们俩宠上了天，可兄弟俩还是不满足，于是有了刚才一幕。

张昌宗见目的达到，立刻转哭为笑道：

“谢陛下！六郎给陛下吹一曲《凤求凰》！”

“五郎愿为陛下舞！”张易之亦擦干眼泪翩翩起舞。

武则天见二张终于不闹了，心中甚喜，开怀大笑。殊不知大喜大怒皆不利于久病之身，张昌宗才吹到一半，就见武则天面色发紫，问她，亦不动不言语。

“快传太医，陛下晕过去了。”张昌宗惊慌地喊道。

“不可！”张易之立刻阻止。

“让那些大臣知道陛下的状况，对我们兄弟非常不利。”张易之立刻阻止张昌宗。

“那咋办？若是陛下驾崩对我们不是更不利吗？”张昌宗说。

"陛下只是经不起喜怒一时晕过去,你去把风,不准任何人进来,我有办法。"张易之说。

张易之略懂医术,只见他用银针在武则天中指端轻轻扎了一下,再挤出一滴黑血,又在另一只手的中指端照样轻轻扎了一下,再挤出一滴黑血,就见武则天缓过一口气,幽幽醒来。

"陛下!刚才吓死五郎六郎了!"张易之松一口气说。

"陛下,是五郎救了陛下。"张昌宗连忙跑过来为五郎请功。

"请陛下恕罪,五郎情急下用银针扎了陛下的龙体。"张易之这是在巧妙地邀功。

"你们救驾有功朕要大赏,何来有罪之说!"武则天虚弱地说道。

"五郎不求有功,但求无过。方才臣怕陛下有恙传出去对陛下不利,便自作主张封锁消息,如果臣错了,请陛下降罪。"张易之抓住机会向武则天讨旨封锁迎仙宫。

"你们做得好!那些大臣还有太子恐怕天天都盼朕早死呢!传朕旨意,明日起休朝,除你们兄弟二人和婉儿,其他人朕一概不见!"武则天果然掉了进去。

话音落下,张易之与张昌宗不期对视一眼,继而相视而笑。

二

"哥,陛下已经在我们的掌控中,我们是不是可以大开杀戒了?"离开武则天的病榻,张昌宗压低声音问。

"不可,还要一人,才可大开杀戒!"张易之说。

"哥说的是上官婉儿吧!"

"正是。她掌诏,得她得半个天下。"张易之说。

"可她油盐不进,像块千年的冰疙瘩我试了好多次都搞不定。"张昌宗说。

"看哥的!食人间烟火者岂有绝七情六欲乎?"

张易之在屋子里踱了一会儿,一条毒计在他胸中酝酿成熟。

是夜，二张矫诏把婉儿骗到奉宸府，也就是原来的控鹤府。

婉儿来到奉宸府，早有一名候着的小公公领婉儿往内殿走。奉宸府分前殿中殿内殿，内殿仅供武则天和二张欢宴，但婉儿也时常被武则天邀请来作诗，所以婉儿未多心，一路随小公公进去，只是行到一半忽诧异，怎不闻乐声传来。

进得内殿，婉儿未见武则天，亦未见二张，只见大殿中央置一大铁笼和一大铜柱。铁笼当中置一盆炭火，一只白鸽于铁笼内。

白鸽惊恐焦躁地绕圈走，忽而扑起爪子挂在铁网上，但立刻被炙落。铁笼内的温度在继续升高，惊恐的鸽子再次飞起，又再次被炙落。鸽子就这样一次一次地努力往外冲，又一次一次地被炙落，直到毛落口渴而死。

婉儿早有耳闻张易之与张昌宗皆好美食。独创了一种残酷食法。即置鹅鸭于大铁笼内，当中置炭火，铜盆贮五味汁，鹅鸭绕火走，渴即饮汁，火炙痛即回，表里皆熟，毛落尽，肉赤烘烘乃死。但婉儿从未见过，今一见可谓残忍至极。

白鸽已死，婉儿的视线被大铜柱吸引。好眼熟，这不是……没错，这是来俊臣发明的酷刑之一，铜烙。婉儿那次被来俊臣请去司刑处丽景门，来俊臣亦曾以铜烙恐吓。

婉儿惊得往后退去，心中顿生不祥之感。

婉儿环顾四周，转身想退出内殿，隔墙却传来笛声，随声望去，张易之和张昌宗吹奏着走来迎接婉儿。

"婉儿才人驾到，我们兄弟蓬荜生辉！"张易之说。

"陛下呢？"婉儿问。

"今天奉宸府的主人只有婉儿没有陛下！"张昌宗说。

婉儿一听，喝道："大胆！你们敢伪诏！"

二张相视一笑，继而张易之叹一声说：

"燕雀亦知春来冬去，何况人乎？陛下对我们是好，可是陛下毕竟不能万岁，难道婉儿从来不为自己打算？"

婉儿听张易之说完，已然明白二张接下来的戏文。他们无非是要搞定自己与他们同流合污。

婉儿绕着二张瞅，而后不冷不热道："是啊，是该为自己打算打算了，五郎六郎可是有了好打算？"

二张原以为婉儿要狠狠教训他们一番，不承想婉儿冒出这句话。二张一时摸不着婉儿的脉门，先是面面相觑，继而张易之回道：

"我们想把婉儿推上金銮殿！"

张易之话音落下，婉儿大笑，笑毕说："是五郎六郎在做金銮殿的美梦吧！"

"即便是，那又如何？"张昌宗抢着说。

婉儿再次大笑，笑毕："你们何德何能？居然想当天子？可笑，可笑至极啊！"

"陛下登基，乃颠覆亘古，凭什么我们就不能？"张昌宗怒道。

"哈哈哈，哈哈哈……"婉儿忍不住大笑。

"陛下乃前无古人后无来者的盖世奇才，岂是尔等鼠辈能同论？"婉儿无限鄙视道。

"哥，别跟她啰嗦，我看她是贱，放着杀父仇人不报，反倒尽心尽力辅佐，猪狗不如！"张昌宗暴跳起来谩骂，希望能激怒婉儿。

"听说你父亲死不瞑目，他没能听你喊一声爹，带着遗恨死去。"张易之开始挑拨。

"我还听说你爷爷是唐高宗吃醋，设计借陛下的手杀死的。"张易之接着挑拨。

"现在陛下病重，为我们所控，报仇的机会就摆在你面前……"张易之见婉儿不语把话进一步深入。

"别费心思了！婉儿岂能与尔等苟合！婉儿为天下苍生而生，为天下苍生而死！相信，爷爷父亲九泉有知定会欣慰！"婉儿说完甩袖而去。

但张易之哪里容婉儿离开，只见他一跃跳过去拦住婉儿的去路。

"你知道了我们哥俩的秘密还想走？"

"哥，先杀了她！"张昌宗接着喊道。

"先关进密室吧，还得去应付那些求见陛下的大臣。"张易之想了想说。

"给你一天的时间考虑，若还执迷不悟，鸽子的下场就是你的下场！假山后的枯井就是你的坟墓！"张易之离开时恶狠狠地说道。

三

婉儿被关在内殿的密室。密室狭小无窗，一丝光线也透不进去，即使白天，里面亦是黑漆漆的。婉儿触摸着木壁，攥紧拳头捶了几下，感觉到木壁的厚实非同一般，又喊了几声，发现声音被闷在里面传不出去。

这可如何是好？张易之与张昌宗这是动手了，可大臣们包括太子、太平公主都还蒙在鼓里。他们连武则天的面都见不到，一旦武则天驾崩，二张必定假传圣旨夺兵权杀忠良。

婉儿想着这些，心急如焚，可又寸步难行。

无奈，婉儿只能盘腿而坐，冷静思考如何解决眼下困局。不知过了多久，估计是第二天，婉儿听见有人来开门，婉儿想若是二张，得先答应他们，只有出去了才有机会把二张谋反的消息传出去。婉儿正想着门开了。可只开了一条缝，紧接着从门缝处塞进一个盒子，婉儿连那人脸都没看清，门吱呀一声又被关上了。

"我要见五郎六郎……"婉儿嘶喊着一边拼命捶打门，直到声嘶力竭也再无一点动静。

婉儿颓然跌坐，一会儿，她的肚子饿得咕噜咕噜地叫，她才想起递进来的那个盒子。在昏暗中不由得摸向盒子，果然是一些糕点，婉儿抓了一块强咽了下去。

婉儿在这暗无天日的密室里不觉又待了一天，直到第二天的下午，张易之和张昌宗终于出现了。

随在二张身后的还有他们的兄弟张同休、张昌期、张昌仪。

张同休、张昌期、张昌仪因贪赃枉法，长安四年（704）均被贬地方，今突然都出现在这里，进一步说明二张动手了，婉儿心想不管二张提什么要求先答应了出去再见机行事。

"婉儿想通了，决定报杀父之仇！"婉儿一见二张便道。

二张面部没有表情，时间空白了五秒，婉儿心中急，难道二张识破自己的计谋？

婉儿望望张易之，又望望张昌宗。"你们为何不语？是信不过婉儿吗？"

"陛下要见你！"半晌张易之幽幽说道。

婉儿心中一阵狂喜，下意识捋了一下发丝，以便掩饰喜色。

"别高兴得太早，你的母亲在我们手里，她关在另一间密室。"张昌宗得意地笑道。

"你们……畜生！"婉儿愤怒，继而哀哀地恳求。

"密室不是人待的地方，我娘年纪大了，求你们发发善心，哪怕换一个地方。"婉儿边说边落泪。

"那得看你的表现了，你按我们说的去做，别坏我们的大事，事成后你就是头功一个，皇后宰相任你挑，到那时本官也为你母亲打造一张'七宝帐'。"张易之道。

"那样的地方，只怕我娘熬不过今夜！"婉儿唉唉道。

"好，看在你孝的份儿上，我答应给夫人最好的待遇，让她与我母亲同住同食，但是她的命是掌握在你这个做女儿的手里的。"张易之忽然心软了。

也许与他孝顺母亲有关。张易之父亲去世早，与母亲相依为命，因此十分孝顺母亲。得宠后，他首先让母亲享尽天下荣华富贵，还为母亲搜罗天下之宝，镶嵌于床和蚊帐，取名曰"七宝帐"。他母亲要太阳他不给月亮。一日他母亲被邀请参加宴会，看中了年轻英俊、又是的进士出身的李迥秀，居然点名要李迥秀做她的情人，这本来是难以启齿的事情，可张易之也一分不打折扣地满足。张易之通过武则天强迫李迥秀娶了他的母亲。

婉儿相信张易之这点能做到，便随张氏兄弟朝迎仙宫走去。

四

武则天气息虚弱，见婉儿第一句便骂道："这两天你死哪去了？"

"陛下！天凉了。"婉儿帮武则天掖了掖被头。看她病成那样，忍不住鼻翼一酸，眼泪差点掉下来。

"朕问你这两天去哪了！"武则天生气地拨开婉儿的手。

"回陛下，婉儿该死，生了两天病。"婉儿不得不撒谎。

武则天看一眼婉儿，一夜间的确憔悴了许多。

"是憔悴了许多，好些了吗？要不要传朕的太医瞧瞧？"武则天反关心起婉儿来。

"谢陛下，婉儿好了，这不，又能伺候陛下了！"婉儿强挤出笑。

"这就好，不然我们娘俩都病倒了，谁来看那些劳心劳肺的折子？"武则天舒了一口气。

"还有五郎六郎呢！"婉儿丢出一颗试探石。

"五郎六郎就是孩子，朕怕他们贪玩误了国事，唯婉儿可委已！"武则天握住婉儿的手说。

"谢陛下信任！"婉儿感动得又红了眼圈。

"好啦，快去，替朕看那些劳什子的折子去。"武则天挥挥手要婉儿快去阅览各地的奏章。

婉儿三步一回头离去，张昌宗上前伺候武则天，张易之押着婉儿去审阅奏章。

整个迎仙宫已被二张的兄弟张同休、张昌期、张昌仪以及他们的党朋把得水泄不通，太子李显、太平公主以及宰相一波一波的人都被假诏拒之门外。

"姐姐，咋办？我们一个都出不去。"溪儿找到婉儿悄声说。

"老虎亦有打盹的时候，耐心等待机会。"婉儿说。

又一天一夜过去了，二张渐感焦头烂额。一个要陪住武则天，一个要看住婉儿，迎仙宫外又一波一波的大臣没完没了地上奏跪请要见武则天。

"哥，宰相张柬之带着一帮大臣就要冲进来了，我拦不住……"张昌仪慌慌张张跑进内殿求助。

张易之与张昌宗不得不一起出去应付。婉儿见机会来了，立马拿着弹劾二张谋反的奏折给武则天看。其中有宰相崔玄玮的奏折。

崔玄玮奏曰：皇太子和相王，仁德彰明，孝顺母亲，友爱兄弟，完全可以在您身旁侍奉汤药。皇宫是重地，事关重大，希望陛下不要让异姓人随意出入。

武则天听后淡淡一笑说："朕十分感激卿厚意！"

接着一把扯过奏折扔进火盆烧了，连同弹劾二张谋反的奏折全部扔进火盆烧了。

婉儿惊骇不已！看来武则天是被这哥俩给玩死了。唉！一世英名，却要毁在这哥俩手上，真应验了一句谚语，卤水点豆腐，一物降一物。

婉儿悻悻地退出，对武则天失望透顶。她最后回眸看了一眼武则天，坚定地朝后花园走去。

后花园是一座珍奇花鸟世界，但婉儿无心欣赏，她快步朝鸽笼走去，又迅速打开笼门将一只羽翼特别丰盈的白鸽放飞。

这只鸽子是太平公主驯养的信鸽，这是一个月前婉儿与太平公主以防万一设下的埋笔，有朝一日这只鸽子飞回府上时，就到了必须刀兵相见之日。

太平公主见鸽子飞回，一刻不敢耽搁，立刻起身去找宰相张柬之。

张柬之，字孟将，襄州襄阳人。年轻时涉猎经书史籍，初补缺太学生。永昌元年（689），朝廷以贤良科举召试，即开考制科，他在一千余人中脱颖而出一举夺魁，进士第一。这年他已六十四岁。后累迁监察御史，合州、蜀州刺史，荆州长史。但一直不被武则天看好，直到长安年间狄仁杰推荐，武则天才擢张柬之洛州司马，几天后，狄仁杰再次向武则天推荐，并言明，他推荐的不是司马，而是宰相之才。于是武则天又提拔他为秋官侍郎。长安四年（704）又经姚崇推荐，武则天终于晋升张柬之凤阁侍郎，即宰相。

但太平公主直奔张柬之，不是因为他官居宰相，而是因为张柬之是坚定的拥唐派。早在长安年间，张柬之代替杨元琰做荆州长史时，一次与杨元琰泛舟江中便表达了匡复李唐之志。他入相后，又见二张如此嚣张，便不动声色地利用宰相之便，先是将同样有匡复之志的杨元琰调任右羽林将军，接着利用武则天病重不理朝事，先后任命司刑少卿桓彦范、中台右丞敬晖、李湛为左右羽林将军。

又一次被假诏挡了回来的张柬之，深感问题的严重，他和一帮大臣想从婉儿那获悉武则天的健康状况，当他们来到采微苑，才知人去苑空。张柬之立刻意识到连婉儿和她母亲都被控制起来了。

"不好，要出大事！"张柬之大喊一声。

"不如我们提前行动吧！"桓彦范说。

"现在行动不确定因素太多，李多祚的脉门我们还未号准，他可是关键人物。"张柬之说。

李多祚，世为靺鞨酋长，后率部归顺唐朝。他骁勇善战，战功卓越，北门宿卫长二十余年任劳任怨。万岁通天二年（697）进讨契丹孙万荣反叛有功，迁右羽林军大将军，封上柱国、辽阳郡王，掌握禁兵，统领北衙禁军，也就是保护武则天的禁卫军。

"他若不配合，就得大动干戈，那样很快会惊动陛下，一旦惊动陛下，后果不堪设想。"张柬之继续道。

"这可如何是好？"桓彦范急得团团转。

"只有老夫卖了这张老脸去试水了。"张柬之考虑再三说，

张柬之提了酒正要去找李多祚，太平公主赶到。公主把婉儿的飞鸽传信递给张柬之。

张柬之一看，"祚妥"二字，心中的一块石头落地。

原来，那天从梅花庵回来后，婉儿去找过李多祚，李多祚深明大义，表态苟利国家，唯相公处分，岂敢顾身及妻子！

"老夫没有看错人，婉儿果然不负众望！"张柬之深深吐了一口气。

万事俱备只欠东风了，这个东风就是太子点头同意。其实到了这个地步太子也是没得选择的，同意也得同意，不同意也得同意。

神龙元年（705）正月二十二日，以张柬之为首，兵分两路，张柬之和崔玄玮以及桓彦范带领五百卫兵冲进玄武门控制住各要道，羽林卫大将军李多祚带领北衙禁军去东宫把太子迎接到玄武门号令天下。两路兵马按约定的时间在玄武门会合后冲进迎仙宫将还在熟睡中的二张以及二张的几个兄弟诛杀。

武则天被外面的动静惊醒，她从床上坐起，吩咐宫女掌灯，这才知道发生了什么。

神龙元年正月二十三，太子监国，大赦天下。二十四日，武则天传位于太子，二十五日，中宗即位，迁长安。

武则天移居上阳宫。

第一〇九章　天降大任于斯尔
汝不是娘的女儿

婉儿在上阳宫外已经跪了三天，可武则天依然不肯见婉儿。

"太后，婉儿……"宫女锦儿想提醒武则天婉儿还在外面跪着，但立刻被武则天打断。

"你是没长记性还是不当朕的话是话？"武则天暴怒。

"也是，朕已不是朕了，落毛的凤凰不如鸡嘛。"武则天又自嘲道。

武则天移居上阳宫后，就拒绝见任何人。

"太后真就那么恨婉儿吗？"婉儿叹气。

"那就让她恨去！她冤杀你爷爷你父亲你叔叔，这笔账还没找她算呢！"郑氏愤愤不平。

"娘，别说了。她要强了一辈子，如今沦落到住上阳宫，已经比死还难受了。"婉儿说。

"那是她罪有应得！多少忠良志士死在她的刀下！程务挺、你爷爷、裴炎、岑长倩、欧阳通、李昭德、黑齿常之……哪一个不是忠魂铁骨？可都死在她手里！为了权力她杀子灭女，把李唐宗室杀戮殆尽，重用酷吏，假案如山冤魂塞路，包养男宠祸乱朝纲，这桩桩件件历历在目，她还有资格恨谁呢？"郑氏一口气控诉了武则天四大罪状。

"娘，您说的这些，的确令人扼腕。但，人非圣人孰能无过！太后杀了不少忠良志士，但也起用了不少有才贤能。她平定边患，实行"建言十二事"，纳附属国，扩展疆土，国家人口增长，人民安居乐业，此为大功！"婉儿一分为二地评价武则天。

"不然！她杀了章怀太子李贤乃千秋罪人！章怀太子文武双全德才兼备，

666

大唐在他的手上一定比现在强盛！现在的国家已是个烂摊子，国库亏空，民不聊生。她分明就是大唐的罪人！"郑氏有郑氏的理。

"唉！"婉儿叹一气，接着道：

"婉儿亦想过这个问题，贤如果足够智慧，就不会死于非命，再者，帝王的权力会改变一个人，就是贤做了帝王，恐怕亦是功过参半啊！"婉儿凭心就事论事。

"娘看汝是跟她太久了，连杀父之仇都忘记了！还替仇人说话！这个女人害得你一出生就失去了父亲、爷爷、奶奶！害得我们一夜间家破人亡……"郑氏不堪回首往事，禁不住泪流满面。

"娘，是非功过自有后人评说，与个人恩怨是两回事。"婉儿擦去母亲的泪水搂紧母亲。

"我们不说她了，难得女儿有闲暇，不如陪母亲去白马寺烧炷香超度爷爷和父亲的亡灵吧。"婉儿提议。

"你哪里来的闲暇？新皇三番五次诏见呢！"郑氏说。

"女儿累了，就等太后气消了见上一面，而后与母亲一起出家去，青灯一盏过完余生！"婉儿说。

"只怕婉儿不是青灯一盏的命！"郑氏叹气。

婉儿不语，情不自禁亦叹了一气。新皇李显一天一道恩赐，这是在逼婉儿出山啊。

"婉儿决意不受，新皇亦无可奈何！"婉儿道。

郑氏听了不语，只久久望住女儿，她太了解自己的女儿了。

"你看见窗外那厚厚的枯叶吗？"郑氏突然问了一个似乎毫不相干的话题。

"再厚的枯叶，也挡不住小草奔向春天！这么多年来，娘早看明白了，婉儿不是娘的女儿，婉儿只是借娘的肚子短暂停留了一下，婉儿是大唐的小草，是黎民百姓的小草！不是娘的女儿！"

又一个春天来了，而又一场暴风雨也会接踵而来……

郑氏望着窗外，她无法预测哪一场暴风雨会将婉儿击倒！

第一一〇章　千古女帝巾帼宰
日月同辉照千秋

神龙政变的第十天，阳光明媚，武则天起了个大早。这天她的精神看上去似乎不错。

用过早饭，武则天一一接见大臣，第一个就是婉儿。

武则天坐在暖暖的阳光下，她已经不注重梳妆打扮，穿着宽大的睡袍，披着一夜全白了的头发，目光注视着远方。

婉儿轻手轻脚靠近，又轻轻拿起一把头梳为她梳理。

"来了！"武则天不看就知道是婉儿。

"嗯。"接着是一阵沉默。

"汝也参与了是吗！"一阵沉默后武则天平静地问道。

"嗯。"婉儿顿了顿低声嗯道。

又是一阵沉默。

"汝是什么时候开始背叛哀家的。"武则天再问。

"从陛下把弹劾二张的奏章扔进火盆起。"婉儿低声说。

又是一阵沉默。

"哀家对汝不薄，汝却在哀家背后捅刀子，这算什么？"沉默后的武则天突然咆哮起来，夺过婉儿手中的头梳扔在地上用脚踩。

婉儿不语，默默地跪下！因为一切解释都是多余的，婉儿相信武则天会明白。

良久，武则天亲手挽起婉儿，而后像小孩一样扑在婉儿怀里啜泣，之后整个人就轻松了许多，仿佛所有一切都放下都忘记了一样。

武则天擦干泪水，平和了一下心情，继而问道："听说五郎六郎绑架了你娘，她没事吧?"

"谢陛下关心，我娘没事! 瞧，还给陛下做了桂花糕呢。"婉儿笑道。

"那就好。替哀家谢谢你娘!"武则天如释重负，接着又道，"哀家对不住她!"

婉儿不语，婉儿明白武则天道歉什么，那不是一句道歉能弥补的伤痛。

"哀家想了几天，事情变成这样，错在哀家，五郎六郎本是两个好好的孩子，任是给哀家宠坏了! 是哀家害了他们!"武则天说着眼睛一酸便又落下泪来。

"还有你，其实哀家不恨你，换了哀家会做和你一样的选择，毕竟江山社稷大于一切嘛。"武则天继续说。

"谢陛下不恨婉儿!"婉儿重新为武则天梳头绾发。

"别再叫哀家陛下，叫太后吧。"武则天收起泪又恢复了平静。

"以后哀家该叫汝昭容了吧!"武则天话锋一转。

"不，婉儿早厌倦了宫廷的尔虞我诈，余生只与青灯相伴。"婉儿说。

"何况婉儿的情，早随贤去了。"婉儿接着说。

"你呀，恐怕没那么好的命哦。"武则天微微露了一个笑。

"为了大唐，汝还得继续往前走。昭容你受也得受不受也得受! 这是先帝天皇的遗诏，也是哀家的愿望。"武则天望着婉儿说。

"婉儿心意已决，只待见过太后便与亲娘去感业寺!"婉儿说。

"婉儿呀，天皇临终便有此托，意在辅佐显儿，你是知道的。而今看来，天皇是何等的英明，知子莫若父呀! 显，根本无能力治理好国家!"武则天感叹!

"今非昔比，新皇在房州经历过艰苦岁月，应该有所成长。"婉儿说。

"房州的经历只使他减了任性，但却多了懦弱，听说他第一天监国，韦后就垂帘听政，有这事吗?"武则天问。

"有。"婉儿说。

"哀家还听说，韦后下令，她的皇后大典要比任何一个皇后都隆重，凤冠上的宝石要最大的，仪仗队要与皇帝登基一般气派。有这事吗?"武则天再问。

"有。"

"那么，婉儿放心把国家交给这个女人吗？"武则天又话锋一转。

婉儿叹气不语，须臾后，婉儿哀哀道：

"天皇驾崩时，婉儿还是血气方刚，一腔义气，而今婉儿已是半老徐娘，有心而无力呀！"婉儿思虑片刻后委婉拒绝。

"信不信？你的命是大唐的，汝为大唐而生，为大唐而死。怎么逃也逃不了的！"武则天诡异一笑。

"太后言重了！有张柬之他们，韦后怕是难有作为。"婉儿说。

"呵呵，哀家断言，不久张柬之他们都将落得非死即贬的下场，韦后将兴风作浪。"武则天说。

婉儿叹气。婉儿何尝不知韦后在效仿武则天正做着女皇梦，只是婉儿从心底感到累。另一方面，婉儿想让母亲过几天踏实的日子。

"这个婉儿无能为力！"婉儿说。

"那么婉儿忍心看太平死于韦后之手吗？"武则天又话锋一转。

太平公主与婉儿两小无猜，曾舍命救过婉儿，如果没有太平公主那次的舍命相救，婉儿早被万国俊那帮人暗杀了。

想到太平公主，婉儿颓然跌坐。婉儿与公主有过金兰之约，愿为公主赴汤蹈火！万死不辞。

"汝放不下太平吧！"武则天哈哈笑道。

"还有，你曾答应过，哀家作古后，你要保护武氏子嗣，要李武两家和睦相处！"

不错，婉儿是答应过这件事。那是武则天担心一旦把皇位归还李家，李家会像当年自己杀戮李氏宗室一样杀戮武氏宗室，婉儿为了安抚稳住武则天不得已为之。

"这可是你答应过哀家的，你若食言，哀家做神做鬼都不会饶恕你！"武则天突然放出狠话。

话别武则天后，婉儿一脚深一脚浅地回到采微苑，想着武则天的话，望着新皇的赐封长吁短叹。

武则天弥留之际，还念念不忘要婉儿发誓，辅佐李显保护武氏子嗣，要李武两家和睦相处！

下 篇

第一一一章 树欲静而风不止 三思韦后损招频

一

婉儿一心要退出政治生涯。在跟随武则天的二十八年中，多少风雨，几经磨难，多少回死里逃生，她早已身心疲惫。如今大唐已复，自己是时候急流勇退。当然，她更想给母亲一个安逸的晚年，弥补这些年对母亲的亏欠。可树欲静而风不止，李显皇帝一天一道圣旨，不是赐金银珠宝就是赐美味佳肴，尽管这样，婉儿依旧无动于衷。

"去告诉陛下，你爹有办法让上官婉儿就范。"那天武三思突然对儿子武崇训说。

武崇训，武三思之子，当今驸马，娶李显与韦后之女李裹儿。

武崇训惊愕地看着父亲。心想，皇帝都撼动不了婉儿，你一个无权无势的糟老头子，如何能左右婉儿？况且还是斗了半辈子的政敌。

"你相信爹，爹真有办法！"武三思说。

武崇训也只尴尬地笑笑，心想让我如何信？

"爹真有办法，就是要得罪韦后，这也是没办法的办法。"武三思叹道。

"难道爹不知道宁可得罪陛下也不可得罪韦后吗？"武崇训说。

"爹都知道，但这是你爹出山的机会，爹想赌一把。至于得罪韦后，爹权衡过，毕竟是亲家，不至于置老夫死地，而张柬之他们就不同了，爹若不能咸鱼翻身，迟早要死在他们手里。"武三思的这个决定是经过深思熟虑的。

"张柬之倒还好，那个薛季昶真是可恶至极，三番五次建议对父亲您要斩草除根……"武崇训提起薛季昶恨不能立刻杀了他。

薛季昶，名将薛仁贵从子，本名薛通，字季昶。进士及第，初授监察御史，迁给事中等官职，后被贬。长安末年，拜洛州长史，神龙元年（705）参与神龙政变，李显登基时授户部侍郎。神龙政变后薛季昶多次建议杀武三思，他认为去草不去根终将复生，到那时就是第二吕产、吕禄，但每次都遭到张柬之和敬晖的拒绝。张柬之认为大势已定，彼犹板上肉，有何能为？所诛已多，不宜复加。

"眼下张柬之是被胜利冲昏了头脑，一旦他清醒过来，你爹必死无疑。"武三思又一声长叹。

"唉，孩儿亦是天天活在担惊受怕中，想不到我们武家会落到今天这地步！"武崇训哭丧着脸耷拉着个脑袋。

"你好歹也是驸马爷，你让李裹儿出面向陛下给你爹讨个宰相，不就一切迎刃而解了吗！"武三思突然大声责备起儿子来。

"她，哼，孩儿无能，不提她也罢！"武崇训提起李裹儿便气不打一处来。

"你们又吵架了？"武三思问。

"孩儿都说了不提她了！"武崇训气道。

武三思见儿子痛苦的样子，只得暂时不提，但他心里明白无论李裹儿做什么都得劝儿子忍气吞声，因为得罪了李裹儿就等于得罪了皇帝和韦后，那就真等死了。

其实武崇训心里同样明白，李裹儿是得罪不起的。李显帝对她言听计从，她要太阳李显不给月亮，只是她太过分了！与武延秀偷情也就罢了，自己睁一眼闭一眼装傻得过且过，谁知她却公然挑明她爱武延秀，还要自己让出婚殿。士可杀不可辱，况且自己也是王公贵戚，如何能忍！武崇训一怒之下与李裹儿打起了冷战。

"如果只把她看成一把利器，你还在意那些吗？"良久武三思嗡嗡道。

"父亲，孩儿明白了！孩儿知道该怎么做了！"武崇训在父亲的启发下恍然大悟，利器只要锋利就可以了！

"父亲，孩儿告辞！"武崇训起身欲离去。

"等等，父亲要你看一样东西。"武三思拉儿子去自己的卧室。

武三思父子走进卧室，来到一架紫檀木橱前，打开橱门。橱门一开，武崇训只觉眼睛被光芒闪了一下，随之便惊得目瞪口呆。

原来武三思早为儿子准备好了讨好李裹儿的礼物，一件采百鸟羽毛制成的衣裙。此裙的颜色鲜艳无比，令人眼花缭乱，不知其本色，从正面看是一种颜色，从旁侧看是另一种颜色，在阳光下、背光下，所呈现出的色彩各不相同，整体看更是别有洞天，闪烁着百鸟图案，金缕绣织的花鸟，细如发丝，大如黍米，眼鼻口甲皆备，栩栩如生，神奇美妙无与伦比！再加上镶嵌的稀世珠宝，此衣裙可谓价值连城。

"连名字爹爹都想好了，就称其为百鸟裙！"武三思得意地对还惊得没缓过神的儿子说。

"美！精美绝伦！此物只怕是天上亦难得！"武崇训依然沉浸在百鸟裙的美艳中。

"安乐一定喜欢得不得了！只是估计花了父亲半个家当吧？"武崇训忽而暗暗叹了一气。

"钱财乃身外物，只要李裹儿高兴，你父亲能东山再起，何愁钱财不滚滚来？"武三思说着目光便升腾起一股杀气。

"有此百鸟裙，何愁公主不开颜为父亲说话！"武崇训信心满满。

"那就好，见到韦后转告她，父亲想孝敬她。"武三思说。

"记住，这是我们家生死存亡之际，你一定要忍常人不能忍，为常人不能为明白吗？"武三思送儿子出府，一路上语重心长。

"孩儿谨记父亲教诲，明日早安时，孩儿定转达父亲的意思。"武崇训说完跃上马背一路急去。

二

李裹儿，当今皇帝李显与韦后所生。她一出生就有故事。分娩于贬途，因车中未有褓褓衣物，李显只得解下自己的衣袍包裹婴儿，故取名裹儿。圣历元年（698），李显被召回皇宫立为太子，这年李裹儿十四岁，出落得如出水芙蓉，娇滴惊艳。不仅武则天看着喜欢，武家人更是看到了天机，武承嗣和武三思的儿子纷纷对李裹儿展开角逐。而李裹儿就同时与这两个男人暧昧，但武崇训在父亲武三思的授意下，剑走偏锋使出生米煮成熟饭的险招，做上了乘龙快婿。

谁知不安分的李裹儿，婚后却继续与武延秀保持暧昧关系，甚至发现自己真心爱的是武延秀，且发展到公开与武延秀通奸，这才惹得武崇训打翻了醋坛子。

百鸟裙果然赢得李裹儿的芳心，李裹儿与武崇训言归和好。武崇训抓住时机提出邀请韦后和皇帝一起来欣赏百鸟裙。李裹儿虽然觉得是多此一举，穿着百鸟裙去见母后和父皇不就可以了吗，但为了嘉奖武崇训，便欣然同意。

韦后与李显倒是乐得女儿前来邀请，难得她有如此孝心。那天下朝，韦后从金銮殿的帘子后走出，脸色十分难看，李显一个劲地安慰，她依然怒气难消。

原来今天朝堂上，张柬之等一帮大臣当面反对韦后垂帘听政。

李显允许韦后垂帘听政，这还得从李显被贬说起。嗣圣元年（684）李显从皇帝一夜间被武则天贬为庐陵王幽禁房州时，李显身心备受煎熬，尤其害怕听到朝廷敕使到。每回听说朝廷派敕使来，他就惊恐不安，夜不能寐，食不能香，多次产生了自杀的念头。是韦后不离不弃地安慰他，韦后说："祸福无常，宁失一死，何遽如是！"

是韦后的不离不弃，使得李显度过了人生最艰难的一段岁月。所以李显发誓，假如还有重见天日的那一天，一定百倍千倍地补偿韦后，唯她是从，她可以随心所欲，他绝不干涉。

神龙政变李显二次登帝，韦后立马效仿武则天做起了女皇梦。每临朝韦后都坐在帘子后面参与朝政，这引起张柬之等一帮大臣的不满，他们多次给皇帝上疏反对韦后垂帘听政，但李显均不理睬，韦后亦是我行我素，逼得张柬之他们无奈只得当殿上疏，这才有了韦后的怒气冲天。

韦后与李显走出太极殿，杨公公弯着腰侍候着，武崇训见了连忙迎了上去。韦后见了驸马武崇训才想到自己答应了女儿李裹儿下朝后去欣赏她的百鸟裙。

"小婿参见陛下，小婿参见皇后娘娘！"武崇训迎上去施礼。

"免礼，本宫都给气糊涂了，差点忘了答应了裹儿去欣赏她的百鸟裙。"韦后舒了一口气说。

"娘娘切不可因几个一时得势的小人而伤了尊体啊！"武崇训连忙接过话茬儿。

"崇训啊，你是没看到张柬之那伙人有多嚣张，今天居然当着本宫的面奏本宫的本！真是岂有此理！"韦后提起就一腔怒气。

"他们功高盖主，只怪小婿无能，不能为陛下和皇后娘娘分忧！可惜我爹……"武崇训有意提到自己的父亲，以此暗示韦后启用自己的父亲武三思来对付他们。

韦后当然嗅出了气味，甚至是茅塞顿开。只见韦后眼珠转悠了两下立刻和颜悦色问道：

"对了，你爹爹还好吗？有些时日没见他了！"

"谢皇后娘娘抬爱！爹爹还好，就是看不惯张柬之他们功高盖主，喝高了就……"武崇训见韦后上套了暗暗高兴，心想爹爹离重出不远了。

"哦？快说说，你爹喝高了就怎样？"韦后大感兴趣，且欢颜大开。

"爹爹喝高了就一个一个地轮流诅咒他们，还说……"武崇训故意卖起了关子。

"还说什么？"韦后问。

"说自古功高盖主的，离死就不远了！"武崇训压低声音说，韦后听完放声大笑，笑罢说道。

"崇训呀，你爹是个人物，以后得好好跟你爹学着点！"

"小婿谨记皇后娘娘教诲！只是……"武崇训又一次故意卖关子。

"只是什么？你这孩子有话尽管说，哀家把心肝宝贝女儿都下嫁于你了，你还有什么不方便说的吗？"韦后有些不快。

"只是父亲有话不肯对孩儿说，他希望有机会亲口对陛下和皇后娘娘说。"武崇训终于把底牌亮了出来。

韦后扑哧一声笑，心想原来欣赏百鸟裙是假，武三思想杀回朝堂才是真意。但韦后暗中窃喜，这真是应验了古话，踏破铁鞋无觅处，得来全不费功夫。

其实当韦后一而再再而三地受到大臣们的反对时，韦后就想到了亲家武三思，只是考虑武三思也不是一盏省油的灯，有赶走虎招来狼的担忧，才未付诸行动。现在好了，是他自己送上门而且有求于我，那他以后就不敢居功自傲了。

"这样吧，明日无朝，本宫替陛下做主，赏你爹同游昆明池。"

韦后有意沉思了些许才说出这番话。武崇训听后如释重负。一旁的李显看韦后喧宾夺主，难免有些尴尬，但又作声不得，只得呵呵讪笑默许。

三

翌日阳光明媚。武三思和儿子武崇训早早来到昆明池，直等到太阳爬得老高，才见李显和韦后坐在八匹骏马的御驾上慢悠悠地驶进昆明池。武三思见了远远地弓着背一路小跑到李显和韦后面前迎接。

"奴才叩见皇后娘娘和皇帝陛下！"武三思跑到马车前扑通一声便跪下行君臣大礼。

"平身！"李显说。

韦后未说话，而是笑了笑起身下马车。武三思见了立刻跨前一步，弯下身子把自己当成下马车的梯子。韦后虽然穷奢跋扈到极致，但对于武三思此举还是愣了一下，且难免有些过意不去。

"亲家折煞本宫了，怎么说爱卿也是梁王，本宫何忍踩下这一脚？"韦后确实感到为难。

"皇后娘娘，您就权当是赏给奴才的殊荣吧！"武三思坚持要皇帝和娘娘踩着他的背下车。李显也觉得难为情，便下意识看了看韦后，韦后迟疑片刻便抬起脚一脚踩下……

下了御驾杨公公早准备好了游船，韦后兴致勃勃拉上武三思的手与李显皇帝一同登上游船。

船划到水榭台，韦后、李显、武三思等下船登上水榭亭台品茶赏景。当然只有李显在认真地品茶，韦后和武三思都各怀鬼胎，打着自己的小九九，但目的是一样的，就是除掉张柬之那帮老臣。

"亲家不是有话要对本宫说吗？"韦后终于忍不住问道。

武三思有意尴尬地看了看一旁的宫女和太监，韦后立刻支开下人，武三思这才放心说出斩杀功臣的计谋，可却遭到李显的反对。

"现在兵权在他们手里，贸然斩杀他们中的任何一个，只怕打虎不成反被虎伤！"

李显想起了当年被母亲武则天从皇帝宝座上拉下来的情景。那次给他的教训是刻骨铭心的，也让他明白了，皇帝未必可以为所欲为。

"陛下是一朝被蛇咬十年怕井绳吧！"韦后看穿了李显的心思。

"流放的日子不好过啊，还是从长计议为妥！"李显瓮声说道。

"陛下，此一时彼一时，当年陛下头顶压着母后那座大山，而今陛下是名副其实的天子！"韦后嗲声嗲气软硬兼施地劝道。

"娘娘说得极是！如今陛下是，坐拥天下，一呼百应，谁人敢抗旨？"武三思立马附和韦后给李显鼓劲！

"不杀张柬之，陛下形同虚设，他们还要恢复贞观时期的朝制，这摆明了是狼子野心欲架空陛下！"韦后继续挑拨。

"张柬之他们迟早是要杀的，寡人的意思是不能操之过急，要万无一失！"李显说出这番话使韦后和武三思都长长地舒了一口气。

"陛下英明！目前我们势单力薄，三省六院、禁卫军几乎全是他们的人。"武三思抓住机会抛出这番话，巧妙地向皇帝要职位。

李显和韦后当然都听出了弦外之音。

"让亲家出山任宰相如何？"韦后一语双关，既是征求皇帝，又是试探武三思。

"奴才不敢有此念，但奴才愿意做陛下和皇后娘娘的刀，陛下和皇后娘娘指向哪奴才就砍向哪，绝不存半点私心！"武三思立刻趋前跪地表忠心。

"好！本宫替陛下做这个主了！复其相，明日就上朝！"韦后拍板道。

"谢娘娘！娘娘千岁千岁千千岁！谢陛下！陛下万岁万岁万万岁！"武三思慌忙叩首谢恩！只是李显却皱紧了眉头。

"陛下怎么了？亲家与我们才是一家人，怎么都好过张柬之那些个外人！别看他们拥戴你登基，一半也是为自己着想呢！"韦后误以为李显不同意，便拉着李显衣袖嗲声嗲气地撒娇。

"用亲家当宰相，寡人是一百个一万个乐意，只是未经中书省、门下省，如何任命？"李显说出苦衷。

"哼，规矩是死的，人是活的。陛下令上官婉儿拟诏，明天上朝直接宣布，看那帮老不死的能奈何？"韦后硬气道。

提及上官婉儿，李显暗暗叹气，自己从小就仰慕这个女人，可这个女人却始终拒自己千里之外，即使现在当了皇帝，她也相不上自己，屡屡拒授昭容。

"她是父皇的才人，又不是朕的昭容，朕也不便强迫她。"李显逮住机会抛出话。

韦后一听明白皇帝这是在跟自己谈条件，其实，用一个昭容换一个亲家宰相，划算。只是婉儿宁死不授诏，这也令韦后头疼。

"本宫倒是愿意成全陛下，只是人家宁死不从，本宫亦束手无策！"韦后叹气道。

武三思听了先是眼睛一亮，继而看看韦后，欲言又止。

"亲家想是有法子吧？"韦后不傻，她看出武三思有办法，但碍于自己而欲言又止。

"不听话就一道圣旨统统杀了，何必这么劳神费劲！"李裹儿啐出葡萄皮突然插嘴道。

"你小孩子懂什么？有那么容易就好了！"李显喝道。

"在下倒是有一个法子不知当讲不当讲？"武三思望着韦后既是试探又是征求。

"亲家有办法就快说！"李显立刻抢过话。

"当然，并非朕贪色，只是婉儿掌诏有利于我们，这都是形势所需！"李显连忙补一句，毕竟当着韦后的面也别太令韦后难堪。

"贪色是人之常情，何况陛下是帝王，本宫不会那样小气，更不会因争宠而不顾陛下！"韦后哈哈一笑，装得十分通情达理。

"娘娘堪称天下第一国母！大唐有如此国母，天下之幸、微臣之幸！"武三思立刻逢迎溜须。

"亲家过奖了，本宫不求有功但求无过。"韦后摆摆手说。

"那微臣就说了？"武三思再一次望向韦后征求道。

"只管说!"韦后道。此刻的韦后喜欢权力胜过吃醋。她恨不能有个帮手立刻杀了张柬之等五王以泄心中之愤。

"记得每次打猎,当猎物不出来的时候,我们就用各种办法搅乱它们的环境逼猎物出来,上官婉儿现在就好比一只安逸的猎物,只要把她的环境搅乱,她还能不出来吗?"武三思得到韦后的许可便把他的阴招道了出来。

武三思说完,韦后怪怪地盯着武三思笑。心想好你个武三思,果然是个人才。

"有道理,只是朕有些糊涂,还请亲家明示!"李显没太明白武三思葫芦里的药,想了想问道。

"寡妇门前是非多,咱给她制造些桃色绯闻……"武三思小心翼翼解释。

"朕明白了,为了辟谣,上官婉儿她逃无可逃!这招高明!"李显茅塞顿开,正当他要为武三思的损招喝彩时,一抬头望见韦后皱紧了眉头。

"还是算了吧,寡人不想对不起皇后,朕有些累……"李显欲离去,想以退为进。

武三思与韦后一看都急了,武三思复出的事情皇帝还没点头呢,哪能让他走。

"本宫说过,本宫可不是小肚鸡肠的人,为了大局,本宫不仅同意,还要再添一把火!"韦后上前拉住李显。

"本宫还要赐婚。"韦后接着说。

"赐婚?"李显又一头雾水。

"先赐丹儿那丫头姓韦,再赐予上官婉儿堂哥上官经野为妻,这样上官婉儿不就与本宫是亲家了吗?还愁以后她不与我们同心?"韦后说完嘴角露出更深的阴笑。

"好!这又是一招绝好的棋!以后与婉儿就亲上加亲了!"李显打心眼里欢喜,不觉对韦后投去一束感激的目光。

第一一二章 绯闻四起逼出山
难逃宿命受昭容

一夜间，宫中传出上官婉儿的绯闻。说婉儿与武三思通，绯闻且如春草，迅速扩散蔓延，一时间整座宫殿便传得沸沸扬扬。

起先还很多人不信，后来传的人多了，且又绘声绘色，这就使得一些人不得不信。

"谣言！百分百的谣言！连猪脑子都不信！"太平公主笃定道。

太平公主之所以如此笃定。首先，婉儿与武三思是宿敌，婉儿是唐高宗的才人，坚定的拥唐派。武则天在位时，武氏兄弟曾多次欲置婉儿于死地，为争启诏权，武三思曾顾凶暗杀过婉儿。其次，婉儿的心只属于已故太子李贤，为了这份情她至今守身如玉，乃至拒绝李显赐封昭容。再次，当时的武三思不仅是年过花甲土埋脖子的老人，而且无权无势，成天还得担惊受怕被张柬之他们所杀。最后，退一万步说，即使婉儿要找风流，仰慕婉儿的英俊才子排着长队，张说、宋璟、沈佺期个个玉树临风文采超群，随便挑一个都甩武三思到天边。一句话，无论如何瞎着眼挑也不会是武三思，哪怕是太监也不会是武三思。

"可是，宫里都说婉儿是中邪了，为了讨好韦后，还把武三思献给韦后呢。"公主的奶娘继续把听到的学舌给太平公主。

"这也信？笑死人了，笑死人了……"太平公主笑得前仰后翻。

笑罢说道："武三思与韦后是亲家，焉有不认识之理？皇帝哥哥幽禁房州时，武三思曾授赦房州，焉能不相识？皇帝哥哥为太子时，母皇怕李武两家将来杀戮，三天两头把两家人聚在一起，韦后焉能不相识武三思？还需婉儿献？再说了，武三思是年过花甲的糟老头，凭什么成为两个最有权势的女人的香饽饽?"太平公主一针见血。

"再说了,人家韦后可是玩货!瞧她身边那几个小鲜肉,马秦客、叶静、杨均,个个青春活力四射,武三思只怕帮她提鞋她都嫌老呢!"太平公主笑道。

"我寻思着,这谣也太损了,哪怕随便换个人,只要不是武三思也没那样损!"奶娘顿了顿为婉儿惋惜叹气着。

"确实太损!他们欺人太甚!"太平公主为婉儿愤愤不平。

"不行,本公主不能让这些畜生如此侮辱婉儿!奶娘,套车。"太平公主决定去采微苑一探究竟。

公主远远就听见采微苑传来的琴声。她停下脚步,仔细聆听,琴音悠扬平静,没有一丝浮躁和不安,太平公主暗暗感叹,又生出一分敬意。

"谣言都快把这屋子淹没了,你还能如此恬静,本公主佩服!"太平公主跨进采微苑,一边鼓掌一边哈哈笑了说。

"清者自清,浊者自浊!"婉儿淡淡一笑说。

"你都知道了?"太平公主说。

"知道,这些天连宫里的树叶都在交头接耳呢。"婉儿淡然道。

"武三思真来过?"太平公主直截了当问。

"那天他来了跪在院子里,说是来忏悔,如今才明白这一切都是阴谋,是个局!"婉儿说。

"本公主就知道他没安好心!只是他哪来的胆?谁都知道皇帝哥哥欲纳汝为昭容,而他却在这个骨节眼儿上大肆造谣污蔑,就不怕陛下杀了他?"太平公主有些不解。

"寡妇门前是非多,他是来替陛下设局的,目的只有一个逼婉儿受命!"婉儿叹道。

"原来如此!"太平公主恍然大悟。

"如此看来,朝廷要重新洗牌了,武三思会再度出山。"太平公主有所思道。

"是啊,大唐将再度风雨飘摇!"婉儿锁紧眉头。

"眼下韦后事事干政,已是司马昭之心路人皆知,而陛下又事事纵容,大唐怕是要遭受更大的灾难了!"太平公主叹气。

婉儿不语，她长久地望着远方，此刻她的心是多么向往自由，向往天空翱翔的鹰，哪怕做一只小麻雀也是幸福的。然而，她明白自己今生都不可能拥有，自己的命运早就被绑上了大唐的战车，她生是大唐的人，死是大唐的鬼。

"汝不说话，是已经选择了是吗？"许久太平公主问。

"朝廷动荡，外寇必犯。婉儿还能有自己的选择吗?!"婉儿哀哀叹道，不禁流下两行泪。

婉儿想起二十年前，被迫做了唐高宗的才人，洒泪与章怀太子李贤恩断情绝，而今又要再一次被迫做李显的昭容。

"不知道的以为是飞上高枝！怎知是又一次牢笼！"郑氏抹着泪哀哀叹道。

"又要让你受苦了！请受本宫一拜！"太平公主说着作揖施礼。

"公主使不得，公主折煞婉儿了！"婉儿急忙去拉公主，但被公主推开。

"本宫一拜婉儿祖父对大唐的忠，二拜婉儿对大唐的忠！三拜婉儿巾帼不让须眉！"太平公主感动之下便对婉儿行了三拜大礼，急得婉儿不知所以！

"公主真是折煞婉儿了！婉儿惭愧至极！"婉儿上前拥住公主。

"婉儿受之无愧！请再受本宫一拜！这第四拜是替百姓而拜！"太平公主坚决对婉儿行了四拜，弄得婉儿不知所措。

"唉！"婉儿重重地叹一气。

一只鸟儿忽然从头顶飞过，飞向蔚蓝的天空，婉儿的目光贪婪地追逐，她多想自己是那只快乐飞翔的鸟儿。

太平公主不禁心疼地把手轻轻摁在婉儿的肩头，目光同样望向浩瀚的天空，然，她的心情却与婉儿截然不同。她想，这天空好宽广，也许……也许……可母亲武则天做到了！

"婉儿有两个条件。一，昭容只行其名不行其实；二，为避嫌免去日后韦后争风吃醋，婉儿请求恩赐修复祖宅，日后好移居。不知公主可否代婉儿转告陛下？"婉儿做出了决定，且将人情送给太平公主。

"本宫这就去见皇帝哥哥，至于重修老宅不必禀报，一切包在本公主身上。"太平公主非常乐意跑这趟差，既讨好了皇帝哥哥，又不得罪韦后。

韦后果然欢喜，皇帝却不太痛快，但又一想，毕竟是前进了一步，得慢慢来，如此想来便也释然一笑。

"本宫提议追赠上官仪为中书令秦州都督楚国公。"韦后当即提议道。

"朕准奏，再追赠她父亲上官庭芝黄门侍郎、岐州刺史、天水郡公；封郑氏为沛国夫人。"李显补充道。

"陛下英明！太平先替婉儿谢主隆恩，这就去告诉婉儿！"太平满脸欣喜，本来还考虑怎么跟皇帝哥哥提这事，没想到韦后替她做了。

"不必，本宫正好要去太医院，顺道贺声喜。"韦后突然阻止道。

韦后心想，自己打翻的饭蒸怎能让狗吃了。

太平公主察觉到韦后不快，只得悻悻告辞离去。

韦后看着太平公主的背影，心中啐道：跟本宫斗还嫩了点，不老实以后有你的苦！

第一一三章　月光倾泻宛若仙
玉簪花神花自洁

七月是玉簪花盛开的鼎盛期，雪白的玉簪花，连绵千亩，远远望去如一望无际的雪，只是清风拂过，淡淡的清香使人清醒，那不是雪是玉簪花。

这片玉簪花最先只有一小块地，由郑氏亲手栽种。只因婉儿喜欢在玉簪花下抚琴作诗，后经过连年垦荒扩大到三五亩地。李显继位，为讨婉儿欢心，又因婉儿不受金银财宝之惠，便命人把周围的花圃全都种上玉簪花，这才有了如此壮观的千亩玉簪花海。婉儿在花圃中央建了一座书屋，赐名花屋。

月光升起，玉簪花时不时散发出淡淡的幽香，婉儿在花香中或抚琴或吟诗或读书。不知什么时候，宫里有了流传，说夜间有花仙子降临书屋，与婉儿秉烛吟诗品画。这话很快传到李显耳里，李显心里痒痒得想亲眼看看。

那日，月光皎洁，李显想，这样的夜晚，婉儿必定在花屋。于是派太监去对韦后撒了个谎，说自己醉了今夜歇在养心殿。

夜幕降临，洁白的月光倾泻在玉簪花上，玉簪花仿佛是得到月光的命令，顷刻花香浓郁四溢。李显隐藏在附近，一会儿就见一女子轻盈地走进花丛，手里捧着诗集，再就听见嘤嘤吟诵！接着香气阵阵袭来。

嗅着花香，踏着月光，再加上曼妙的吟诵回荡在夜空，一时间李显迷迷糊糊仿若在仙宫，不由得惊叹道：

"这分明是玉簪花神下凡间啊！"

婉儿听见动静，便喝道："何人？"

李显只得站起来，一边朝婉儿走去，一边鼓掌说：

"妙，妙！寡人闻夜间这里有玉簪花仙子吟诗弹唱，原来玉簪花仙子乃

686

寡人昭容也!"李显下意识地刻意强调昭容二字。

"参见陛下!不知陛下驾到下官有失远迎,还望陛下恕罪!"婉儿见是皇帝,立刻矮下身子施礼,却刻意强调下官二字。

"娘娘何罪之有?倒是寡人搅扰了花神的雅兴,要说有罪那也是寡人!"李显忙乘机扶一把婉儿,目光直勾勾地盯着婉儿。

婉儿倒吸一口气,下意识地微微后退,心想今夜恐怕有麻烦了。

李显算是碰了个软钉子,有些尴尬,一时间语顿不知说什么好。

一旁的杨公公见状立刻上前呵呵笑着解围:"陛下审了一下午的奏折,奴才心疼得慌,就撺掇陛下出来透透气,顺便来昭容娘娘这讨杯玉簪花茶醒醒脑。"

杨公公的话把婉儿推向更大的难处,他公然挑明要婉儿邀请皇帝进书屋喝茶。如果拒绝,太不给皇帝面子,不拒绝,小小的花屋,一个是皇帝,一个是昭容,又是三更半夜,就算皇帝不贪色越轨亦觉尴尬,何况皇帝对自己从来不死心,到时只怕更尴尬。

想到这儿的婉儿心一横说:"陛下喜欢玉簪花茶,杨公公尽管进屋挑!明日婉儿再制些奉上!"婉儿揣着聪明装糊涂。

李显再一次感到尴尬,不知如何好,把目光投向杨公公。

杨公公立即上前对婉儿恭恭敬敬施礼,礼罢说:"娘娘想必比老奴更清楚,橘生淮南则为橘,生淮北则为枳,既是玉簪花茶必定要在玉簪花屋喝,才能喝出那个味!"

"公公说的极是!"李显听杨公公如此打圆场心下高兴,且不管婉儿同不同意,甩开大步噌噌就进了花屋。

婉儿无奈只得为皇帝烧水煮茶。杨公公见皇帝进了花屋谎称自己肚子吃坏了要去方便,一溜烟跑了。

不多时,月光下的花屋里飘出一股清香,但李显皇帝的心神根本不在茶上,他的眼睛从进屋就没有离开过婉儿。

"婉儿,寡人知道汝打小就看不上寡人,汝喜欢的是贤哥哥,他文武双全,可是老天爷偏偏把汝赐给了寡人……"李显边说边去拉婉儿的手。

"陛下,婉儿十分感激陛下的隆恩,只是婉儿福薄命浅,怕糟蹋了陛下的隆兴,所以恕婉儿万不敢从命!"婉儿想抽出手,但李显反抓得更紧。

"婉儿，汝就当可怜可怜寡人还不行吗？"李显觍着脸恳求。

婉儿不知所措。看见皇帝贪婪的眼神，心中惶恐。应了皇帝，岂不食言？而且会引起韦后的争风吃醋，更主要的是自己不情愿，不答应嘛，他毕竟是皇帝，怎么办？

"汝不说话，寡人就当汝应了！"李显使一把劲把婉儿拽进怀里。

婉儿惊得没多想，本能地一把推开皇帝慌乱地跑出花屋。

李显追了出来，婉儿急忙跪下："婉儿罪该万死！"

李显叹气，瓮声问道："寡人真就那么糟粕吗？即使做了皇帝亦不能讨汝半分喜欢？"

"陛下何出此言，是婉儿不识抬举，罪该万死！"婉儿跪着，身子在瑟瑟发抖。

"起来吧，汝何罪之有？"李显见婉儿浑身发抖好生怜惜。

"婉儿不识抬举！是死罪！"婉儿重复说依然跪着。

"朕恕汝无罪！起来吧别寒着腿！"李显下意识地又想去扶婉儿，又下意识地退回去。

婉儿站起来，月光倾泻在她的脸庞，一阵风过，只见她衣袂飘飘，宛若仙子下凡，李显感叹，又一次脱口道：

"这分明就是花仙子下凡间！"

"谢陛下赐封！花仙子定当冰清玉洁！婉儿定不辜负陛下敕封！"婉儿逮着机会把个皇帝拒之千里之外。

李显一听，只得懊恼地拂袖而去。

婉儿望着皇帝的背影叹着气，一会喃喃吟道：

> 米仓青青米仓碧，
> 残阳如诉亦如泣。
> 瓜藤绵陡瓜潮落，
> 不似从前在芳时。

这是婉儿怀念李贤写下的诗句，经过木门寺时，婉儿把这首诗与李贤刻在晒经石上的诗，一起刻在了木门寺的李贤亭。其实是刻在了婉儿的心灵深处!

　　"唉！有谁懂婉儿！"婉儿吟罢望着夜空哀叹！

　　婉儿话音落下，斜刺里响起一个声音幽幽道："本宫懂！"

　　此人不是别人，正是韦后。

第一一四章　促膝谈心真君子
韦后利诱不动心

　　原来，韦后早看透了皇帝的心迹，听杨公公报皇帝今夜在养心殿休息时，韦后就明白今夜会有故事发生。她便暗地跟踪，这才有了韦后突然冒出来的一幕。

　　"婉儿真君子也！不过即使汝遂了皇帝，本宫也不会吃醋，本宫会与汝姐妹相称共同侍奉陛下！"韦后假惺惺道。

　　"有言在先昭容只为挂名，对了，为何让皇帝跑到我这儿来闹，下次就保不准婉儿还能守身如玉了！"婉儿半玩笑道。

　　"那又如何？婉儿以为本宫只是乡野醋罐子吗？不信婉儿试试，汝今夜就从了皇帝，本宫不但不吃醋，还升汝为皇贵妃！"韦后笑道。

　　"得了，娘娘就别逞强了，世上有哪个女人愿意和人分享自己的男人？"婉儿笑说。

　　"如果婉儿愿意，本宫可以是个例外！"韦后说着违心的话。

　　"如果婉儿有选择的话，就走出宫墙，回到父亲的家乡陕县，找一处山清水秀之地，写诗作画读书，与世无争快哉！"婉儿叹着气说。

　　"婉儿呀，不是本宫说汝，汝生就没那个命，从出生起汝的命就是大唐的，汝就认命吧！"韦后一语双关。

　　"是啊！我现在相信了，没人能拧得过命！"婉儿叹气！

　　"这么说婉儿是答应帮助本宫了？"韦后欣喜。

　　婉儿默然。

　　"婉儿，汝给评个理，同样是女人，太后可登基称帝，而本宫只是在帘子后面坐坐，他们怎么就如此容不下本宫？"韦后愤愤不平。

"冰冻三尺非一日之寒，娘娘只看到太后的风光，而不知她背后的辛酸！她心里有多少苦都是说不出来的啊！"婉儿委婉地规劝道。

"杀女弑儿，这样的苦当然没法说！人都说虎毒不食子，也只有她武则天做得出来！"韦后冷笑一声道。

"不仅仅是这些，要治理好一个国家，谈何容易！内忧外患，如果娘娘真想助陛下管理好国家，那就好好向太后学习，尤其是太后的"建言十二事"，娘娘不妨继续实施，相信必定有收获的！"婉儿劝韦后继续实施武则天的"建言十二事"，希望她对国家有所建树。

何为"建言十二事"？这是唐高宗与武则天执政初期，为了让国家迅速从战乱中恢复，武则天提出"建言十二事"，即劝农桑，薄徭赋，免徭役，广言路，杜谗言，息兵，以道德教化天下等等，"建言十二事"使大唐从战后恢复期进入蓬勃发展期，国力渐盛，人口增加，人民安居乐业。

"好，本宫依昭容所言！给本宫拟诏，扬州水灾，免当年徭赋，来年免半；博州、益州闹瘟疫，免三年徭役；复广言路，为国献良策者，赏银百两！"

韦后有意当即令婉儿拟诏，意在告诉婉儿她韦后才是事实上的皇帝，你婉儿向着我有你的好，否则……

可婉儿却淡淡一笑婉言谢绝道："今日已晚，待明日上朝拟不迟，今日就请娘娘好好品品婉儿的玉簪花茶如何？"

韦后碰了一鼻子灰，但却一副大方状态，哈哈笑道：

"依婉儿，本宫今天就饱饱口福！"

第一一五章　设修文馆扬国风纳八方贤壮山河

经张说、宋璟、沈佺期等文人多次提议设修文馆。婉儿请奏，李显二话没说画可。

修文馆设在长安街，总面积达十余亩。修文馆正门两边各设一投谏铜匦，只用来举荐能人志士或毛遂自荐。修文馆内分诗词歌赋、老子、孔子、易经馆、棋艺、茶道等六个各为相对独立的馆。修文馆的最大特色是未设两扇开合的门。此意在向天下人宣告：国家的大门向贤能志士敞开着。

"婉儿，这修文馆无门何意？"那日李显来到新落成的修文馆，见了很是纳闷。

"陛下可知千金买骨、燕昭市骏的故事？"婉儿抿嘴一笑说。

"婉儿知道寡人从小就不好书，虽略知一二，但不详尽……"李显呵呵笑道。

"回陛下，听婉儿与陛下细细道来。"于是婉儿将千金买骨、燕昭市骏的典故细说于李显。

战国时期，燕国内乱，燕王请求邻国齐国平乱，结果齐国却趁机侵略了燕国。燕昭王即位决心振新燕国，暗暗发誓要报复落井下石的齐国。

于是他出台了一系列的富民强国政策，其中一项就是招贤纳士，但却收效甚微。一日燕昭王去请教郭隗，如何招来有能之士，以小燕，御强齐。郭隗说大王如果能够亲自拜访选拔重用国内的人才，天下人得知一定都会奔赴燕国来。昭王又问我应当拜访谁才合适呢？郭隗没有直接回答，却给燕昭王讲了古代一个君王千金买马的故事。

古有君王，以千金求千里马，可三年过去，未有结果。后来宫中有个内臣毛遂自荐可以替国君买到千里马，于是国君派他去。三个月后这个内臣虽然找到了千里马，可马已死，他就以五百金买了千里马的骸骨回宫报告国君。国君大怒，内臣却不慌不忙说："死马尚且肯花五百金，更何况活马呢？让天下人都知道大王善马，何愁买不到千里马？"果然，不到一年，三匹千里马主动送上门来。

郭隗接着说，"现在大王果真想招揽人才，就先从我开始吧。像我这样的人尚且被重用，何况真正的人才呢？"燕昭王采纳了郭隗的建议，为郭隗修建了燕国最富丽的官宅，比燕昭王的宫殿还漂亮，又赐他享不尽的荣华富贵，且尊他为师。不久，乐毅从魏国来了，邹衍从齐国来了，剧辛从赵国来了，有才干的人都争先恐后地聚集到燕国。二十八年后，燕国殷实富裕，兵强马壮，昭王就任命乐毅为上将军，联合楚、秦、赵、魏、韩等国讨伐齐国，齐国大败，差点亡国。后人称其为千金买骨、燕昭市骏。

"寡人明白了，婉儿忧国忧民用心良苦，寡人有赏，告诉寡人，汝想要什么？"李显大感欣慰。

"不敢，区区小事臣子本分也，何敢求赏？"婉儿婉言谢绝。

"朕就知道汝不要赏，但朕还是要赏的，赏金千两，加五百食邑。"李显坚持要赏。

消息传到李裹儿那，立刻惹恼了李裹儿。这样一来婉儿的食邑就比李裹儿多了五百。当然，多五百也没什么，明着是婉儿多五百食邑，而暗地里自己不知多了多少去，只是自己三番五次向父皇讨要昆明池无果，一肚子气没地方出，今恰好借题发挥。

"本宫这就去修文馆……"李裹儿气冲冲就要去修文馆找碴儿。

但被韦后一把拉住。"小不忍则乱大谋！"韦后说。

"母后能忍，本公主可不想忍，看父皇那双眼睛，盯在上官婉儿身上拔不出来的样子，本公主就气不打一处来。"李裹儿恨恨道。

"你父皇现在是帝王，哪个皇帝没个三宫六院，汝母后都不吃醋，你吃个哪门子醋！"韦后装得若无其事。

"是吗？那好，请母后看着裹儿的眼睛说，母后真的一点都不吃醋！"李裹儿根本不相信韦后真能不吃醋。

韦后看着李裹儿，忽然叹了一声，接着道：

"母后骗不了裹儿，是，母后承认吃醋！那夜母后看着你父皇觍着脸封她为玉簪花神时，母后就想冲上去抓花她的脸，再揪着她的头发像拖狗一样满地拖，然后听她哀号……"韦后说到这停顿了一下，然后一个深呼吸，接着她的心情仿佛平复了许多。

"可是，你母后不但没那么做，反而还替你父皇嘉奖了她。"韦后狡黠一笑，情绪轻松得像什么都没发生一样。

"那是为什么？"李裹儿一百个不明白。

"因为本宫更爱权力，本宫不想让你父皇说本宫是个小肚鸡肠的女人！"韦后说着嘴角露出得意和阴险的笑。

"既是这样，那就让女儿替母后出这口恶气。"李裹儿说。

"不必，汝母后已经为上官婉儿挖好了坟墓……"韦后咬着牙说。

"哦？那快说给裹儿听听……"李裹儿立刻舒展眉颜。

"成也萧何，败也萧何！她上官婉儿因才华而得宠，本宫就让她也死在才华上……"韦后冷笑道。

"哦？怎么个死法？"李裹儿有些急。

"下个月你姐姐长宁公主要庆贺流杯池落成，本宫就利用这次机会搞一次诗词大会……"

韦后话没说完被李裹儿打断，李裹儿急得跳起来抢过话。

"搞诗词大会？母后没说错吧？那不是扬她之长吗？"

"看你急得，扬人之长未必于己无利！老子说过水满则溢，月满则亏，本宫就让她的水满到天上去再摔下来！本宫就不信还摔不死她！"韦后说着脸上露出狡黠的阴笑。

"可母后，裹儿还是不太明白。"李裹儿还是没明白韦后的用意。

"到时我们一家四口，都由她代诗，她上官婉儿就是有三头六臂恐怕也应付不过来！那时陛下脸上自然无光，她的才女称号从此也就砸了，她没了才女这块招牌，一个半老徐娘还拿什么吸引皇帝呢？一旦失宠她上官婉儿就是一只任本宫宰割的羊羔，到那时本宫让她死得比戚夫人还惨！"韦后恶狠狠道。

"若是她应付得过来呢？"李裹儿有些担心。

"不可能，从未有人能在同一时间代四个人写同一景物的诗！"韦后说。

"万一，就怕万一，那时只怕父皇要更宠她了！"李裹儿说。

"没有万一，即使有，本宫就让所有的人都由她替，直到她文思枯竭败下阵为止！"韦后咆哮起来，且将一盆正盛开的玉簪花踢翻。

"这才像裹儿的娘，早就该这样了！"李裹儿非常满意韦后的决定，母女相视一笑就等长宁公主的流杯池落成大典。

第一一六章　搬起石头砸自脚
流杯池宴诗流芳

长宁公主是韦后的长女，安乐公主李裹儿的姐姐。她的奢侈淫威不亚于安乐公主，多处设府，参与斜封官，卖官鬻爵敛财无所不为。

这不，长宁公主把已故长安魏王李泰的旧宅地，强行霸占作别苑，将三百亩荷塘建成比昆明池还华丽壮观的流杯池。

这块地，原是魏王李泰的别苑，魏王李泰去世后，唐高宗将这块地以及三百亩荷塘划给民间使用。李显继位后，长宁公主强行霸占作别苑，见安乐公主建定昆池，她便从老百姓手里夺过池塘建流杯池。

别苑落成又大张旗鼓举行落成典礼，令五品以上官员都得前来祝贺，排场空前宏大，几乎不亚于当年武则天拜洛水授宝图。

一切都似乎在韦后的掌控中，中宗领百官游完别苑完了后便进入击鼓传花游戏。游戏规则由韦后宣布，球止于谁手里，谁就得以"流杯池"为题赋诗一首，可自赋亦可代赋，无诗亦无人代赋者做狗爬一圈。

韦后宣布完游戏规则，李显自知不会写诗，便抢着去当击鼓手，但却被韦后一把拽住。

"朕不会写诗，皇后就放过朕，让朕去当击鼓手吧！"李显皇帝小声求着韦后。

"陛下有婉儿，何惧？再说了一个大唐皇帝去当击鼓手，陛下就不怕贻笑大方吗？"韦后没好气回道。

"朕有婉儿，那皇后呢？还有裹儿和长宁，她们都不会作诗，婉儿一人怕是应付不过来，朕去击鼓是为了把婉儿让给你们！"

李显不知韦后阴谋，却把心事和盘托出，以为这样韦后便会放他去当击鼓手。李显哪知韦后要的就是婉儿应付不过来。

"陛下常夸婉儿是旷世奇才，如果连几首诗都应付不了，那以后就该换个执诏人了！"韦后冷笑道。

李显听了心咯噔一下，暗叫不好，今天是婉儿的鸿门宴。但又奈何不了韦后，只得暗暗为婉儿捏着汗，并祈祷希望球别老砸在自己一家人手里。

百官围成一圈坐定，中央支一面大鼓，安乐公主的驸马武崇训走到中央，韦后将一个用彩线绣得比拳头大的球递给皇帝。

皇帝随之一声令下"击鼓！"

鼓槌便雨点般落在鼓面，随之咚咚咚的鼓声震耳欲聋，李显皇帝条件反射像扔烫手山芋一样把球扔给下一位，下一位又立刻把球传给再下一位……

很快，球就传了一圈又回到皇帝手里，皇帝还没来得及把球扔给下一位，鼓声戛然而止，李显握着球尴尬地呵呵干笑。

"朕中头彩了！"李显说着目光已瞟向婉儿。

婉儿心领神会立刻起身向皇帝施礼，且道：

"陛下为国事日理万机，这赋诗的小事可否由婉儿代劳？"

"也罢，朕就请昭容娘娘代赋一首。"皇帝面露喜色，情不自禁露出感激之情。

"谢陛下隆恩！"

婉儿说着步入中央，凤眼环顾，四周环水，这是一座建筑在水中央的彩楼。园中奇石鬼斧神工，楼阁亭宇金碧辉煌，紫藤花下青藤缠绕。远处山谷白云滚滚腾飞，如被风车风出的白烟。湖面微风徐徐水波粼粼……婉儿的脑海立刻呈现出一幅画景，继而吟道：

> 放旷出烟云，萧条自不群。
> 漱流清意府，隐几避嚣氛。
> 石画妆苔色，风梭织水文。
> 山室何为贵，唯余兰桂熏。

"好，好诗！'风梭织水文''唯余兰桂熏'妙也！"

婉儿吟罢，李显皇帝第一个鼓掌喝彩，接着全场响起热烈的掌声，韦后很不爽示意快击鼓。

第二通击鼓传花开始，这第二个中彩的便是韦后。

韦后不慌不忙微微笑着站起，而后说：

"哀家原本是打算自己献丑的，反正是家宴嘛就图个乐子，可是刚才听昭容娘娘这么一吟，让本宫改变了主意。听吟原来是那么享受。今天哀家就自私一回，亦请昭容娘娘代劳！"

"皇后娘娘过誉，婉儿惭愧，若不怕婉儿扫皇后娘娘的兴，婉儿就献丑了。"婉儿没多想，因为每回宴会韦后亦是请婉儿代赋。

可当婉儿起身步入中央时，韦后突然阴阳怪气道："本宫有个不情之请，希望昭容能如替陛下一样用心！"

婉儿心里咯噔一下，感到来者不善，但还是没多想，以礼回道：

"婉儿不才，定当尽力！"

婉儿步入中央，略加思索，吟道：

登山一长望，正遇九春初。

结驷填街术，闾阎满邑居。

斗雪梅先吐，惊风柳未舒。

直愁斜日落，不畏酒尊虚。

婉儿吟罢皇帝与大臣又是一阵喝彩。

婉儿欠身问韦后："娘娘，可满意？"

韦后强挤出笑，道："好，昭容娘娘果然文思如宿构，当是世界第一，无人可比！"

韦后话音落下，未等婉儿谦虚，就听得安乐公主李裹儿骂道：

"依本公主看就是狗屁……"

韦后见李裹儿发飙，立马假惺惺喝道：

"不得无礼！昭容娘娘是你父皇的宠妃，本后都得让她三分呢。"

韦后这哪里是劝，分明是在拱火。

"别人怕她，本公主可不怕，什么登山一长望，这里有山登吗？这不是狗屁又是什么？"安乐公主继续发飙。

可话一出口引得全场窃笑。韦后亦觉丢脸，用力摁安乐坐下。悄声道："今天是你姐姐的宴会，别闹。"

婉儿默然，心里已然明白今天是鸿门宴了。

李裹儿这么一闹，场上气氛立刻变了味，个个噤若寒蝉，生怕说错话。一个是皇后，一个是执诏的昭容，哪个都得罪不起。

李显见状不得不站出来和稀泥。

"她还是孩子，就当她什么都没说。快击鼓……"李显怕事态恶化连忙命令击鼓。

第三轮击鼓传花，当球传到安乐公主手里时，安乐公主居然把球攒在手心玩有意不往下传，直到鼓声落下。

这又是玩得哪出戏？在场的都一愣一愣地看着安乐公主，等待她的说文。然而安乐公主一声不响，忽然一个动作，就见球朝婉儿飞去。

突然飞过来一个球，把婉儿惊了一跳。她猝然接住，还没等问个究竟，就听得安乐公主说：

"本公主不会写诗，也请代劳吧！"

婉儿有些愤怒，想把球抛还回去，但见李显和韦后都在呵斥李裹儿，虽然韦后是假心假意，但也算给了婉儿面子，婉儿便忍了，但却拒绝为李裹儿代诗。

"婉儿不才，请公主另寻高就！"婉儿气愤道。

"可本公主偏就寻你！"安乐无理道。

"裹儿，不许对昭容娘娘无礼！"韦后又假惺惺呵斥。

李显见刚息下的火又烧了起来，且明火执仗，李显心下为难，因为这三个女人都是他生命里不可替代的人。一个是陪伴他度过最艰难岁月的韦后，一个是他打小就崇拜的女神婉儿，还一个是他的心肝宝贝女儿。

可不能让她们斗得你死我活，朕得和这盘泥。

"给朕一个面子，替作一首否？"李显觍着脸替安乐求情。

婉儿不语，心下在权衡利弊。李裹儿公然亮剑，自己接不接招呢？若接，让群臣看笑话传到宫外去不成体统，不仅于国不利，亦让陛下为难。如果不接又咽不下这口气。

"婉儿，再加上本宫的面子还不成吗？"韦后亦跟着求情。

婉儿不想闹得太僵，更不希望皇帝为难，想了想还是大大方方站起，分别向李显和韦后欠身施礼，施罢礼又一次步入中央。

婉儿站定，随口吟道：

　　玉环腾远创，金埒荷殊荣。
　　弗玩珠玑饰，仍留仁智情。
　　凿山便作室，凭树即为楹。
　　公输与班尔，从此遂韬声。

婉儿吟罢，李显没敢喝彩，只拿眼看了看韦后。

韦后顿了顿不痛不痒道："以哀家看，即使公输盘在世，也未必能建造出如此绝妙的流杯池！"

公输盘何许人？乃后人称之为木匠鼻祖的鲁班。鲁班一生做了一件不该做的事，就是不听墨子劝告一意孤行造云梯攻打宋国。婉儿在诗歌里引用《公输》典故，其目的不是单纯地为了赞美流杯池的建筑美，更是在告诫韦后和安乐公主，切莫得陇望蜀。但婉儿的良苦用心韦后与李裹儿一点没领悟，倒是宰相韦嗣立悟出弦外音，事后搬弄于韦后。

第四轮球砸在了太平公主手里。太平公主看了看婉儿，又看了看韦后。韦后的得意已经写在脸上，太平公主已然洞察了韦后的动机，意图败婉儿名声。

但太平公主太了解婉儿了，于是暗笑韦后走了一招臭棋，但太平公主有意要逗逗韦后。

于是太平公主握着球有意磨蹭着，既不请婉儿代也不着急请他人代，她在等韦后的反应。

韦后果然沉不住气，抛出话道：

"太平磨叽什么呢？以前你不都是请婉儿代的吗？"

太平公主一笑道："是啊，可是今天婉儿要代的人太多，太平怕……"

太平公主有意激将韦后，韦后果然掉进去，笑道："太平多虑了，三朝兼美的才女，几首诗就能奈何那还称得上才女吗？陛下说呢？"

韦后面露得意。李显呵呵干笑，因为他也担心婉儿一拳难敌四手。

婉儿彻底看懂了韦后的心思，心想写诗作文难不倒我，便笑了说：

"谢陛下，谢皇后娘娘谬赞！婉儿不敢以才女自居，但作几首不成敬意的诗还是可以的！"

"那就好，太平不才就有劳昭容娘娘代一首！"太平公主笑道。

婉儿不推辞，起身步入中央，且脱口吟道：

> 霁晓气清和，披襟赏薜萝。
> 玳瑁凝春色，琉璃漾水波。
> 跂石聊长啸，攀松乍短歌。
> 除非物外者，谁就此经过。

婉儿吟罢没等李显鼓掌喝彩，李裹儿抢了话高声喊擂鼓。李裹儿摆明了是不想看李显和大家为婉儿喝彩。

游戏玩到这里，谁都看明白了，韦后是想玩死婉儿。于是无论球砸在谁手里，都不敢擅自作诗，都在看韦后的脸色行事，而韦后呢，就帮着一个个说情都请婉儿代作，当婉儿作完第二十五首诗时，李显看出不是婉儿被韦后玩死，而是韦后收不了场。婉儿越战越勇，才思如泉涌。

不能让这两个女人再火拼下去。李显心思一动突然捂着心口喊疼，韦后看出皇帝是装的，但想想再斗下去不但难不倒婉儿，反而成就了她一世美名，也只能鸣金收兵，暗自又恨又恼。

第一一七章　防不胜防美人计
负屈含冤入冷宫

　　流杯池宴后，婉儿的名气达到巅峰，宫里宫外都沸沸扬扬传颂着婉儿在流杯池宴一口气作了二十五首诗的传奇故事，甚至添枝加叶说是一口气作下的二十五首，连气儿都不喘。李显也更加宠爱婉儿，每日不是赐御宴就是赐文房墨宝乃至绝世珍奇异宝。

　　韦后恨得牙根咬断铁，但又能如何，毕竟他是皇帝，又是自己做下的一件蠢事，只能打碎牙齿往肚里咽，但也不能任由皇帝无限滑向婉儿。韦后想来想去决定使用美人计来分流婉儿的恩宠，于是她为李显寻到一双绝世姊妹花，李显果然喜欢，赐名姐姐绿珠妹妹碧珠。

　　姐妹俩除了貌美如花外还各怀绝技，绿珠能如赵飞燕一样在鼓上跳舞，妹妹碧珠则有一双巧手，把皇帝伺候按摩得舒溜舒溜，姐妹俩一时颇得恩宠。

　　一天，绿珠正为李显跳新编的荷花舞，一旁的碧珠也没闲着，她一双巧手正为李显按摩拿捏。

　　可碧珠按着按着便双眉紧蹙，手下也松了劲，李显扭头看见碧珠面色铁青，嘴唇发黑，额头豆大的汗珠正往下滚落。

　　"碧珠，你怎么了？哪不舒服吗？"李显问。

　　"奴婢——肚子——疼……"碧珠疼得说话都变得困难。

　　"吃坏了什么吗？"李显又问。

　　而只这一刻时间，碧珠就只能拿眼瞪着皇帝，她的舌头瞬间就如石头般僵硬麻木，喉头也像被东西堵塞一样，她说不了话。

　　碧珠下意识流出一串泪，李显一看是红色的泪，再一看红中带着发黑的血液开始从她的鼻孔流出来。

碧珠再也坚持不住，倒在了李显皇帝的怀里。

"快传太医！"李显大惊。

太医赶了来，见碧珠七窍流血，摸了摸脉，又翻开眼皮见瞳孔放大便摇着头说，中的是鹤顶红，已殁了。

李显惊骇，下令立查。太医很快查出桂花糕里有大量的鹤顶红。

"这是哪来的……"李显话说到一半突然把桂花糕三字吞了回去。

谁的桂花糕？整个宫里谁都知道婉儿母亲的桂花糕闻名天下。这些桂花糕正是婉儿派高力士一早送来的，可李显不想因为一个婢女失去婉儿。

李显干咳两声后对太医说："此事尚未查明原因，暂不可外泄。"

李显的态度摆明了要袒护婉儿，一旁的绿珠见状"哇"一声哭开来。

"我说呢。她怎么那么好心，一大早送来桂花糕给妹妹，我可怜的妹妹呀，她刚过 17 岁呀，而且……"绿珠欲言又止。

"而且什么？"李显问。

"陛下，妹妹已怀上龙种，她害怕传扬出去被害，所以连陛下也没说，没想到她还是免不了被害呀！呜呜……我可怜的妹妹呀……"绿珠呼天抢地哭，唯恐事情不闹大。

"还有谁知道这事？"李显急忙再问。

"回陛下，薛太医知道。"绿珠回道。

薛太医可是婉儿的专用太医，这不是又一罪证指向了婉儿吗？事情是不是也太巧合了？李显想到这抬起脚一脚朝绿珠踢去。

"贱人，昭容娘娘岂是小肚鸡肠丧尽天良之人，一定是你这个贱人妒忌陷害她。"

"陛下，奴婢句句属实，陛下若不信，奴婢就把剩下的桂花糕吃了以死明证。"绿珠哭着爬起来扑过去就去夺桂花糕。

就在这时韦后赶了来。

"慢，本宫可以证明。"韦后道。

"陛下，绿珠和碧珠是本宫为陛下精心调教的，碧珠性格懦弱，近日她身感不适又不敢言，是绿珠悄悄来求本宫给个太医，又正好薛太医在场，本宫就令薛太医顺道去看看。薛太医把了一会儿脉说恭喜碧珠是喜脉，本宫还没来得及告诉陛下，没想到会出这样的事。"韦后把那日的事情一一和盘托出。

"陛下若连本宫也不信，可传薛太医来。"韦后再道。

"不必了，朕不信皇后还信谁?"李显有些恼道，心想宫里玩这样的把戏还少吗。

"妹妹呀，你死不足惜，可是你肚子里的孩子可是陛下的骨肉啊! 陛下您要为皇子做主啊……"绿珠见有韦后撑腰更加哭天抢地，且指桑骂槐。

"住嘴，事情还没有查清楚，本宫不相信昭容娘娘会做出此等天理不容大逆不道的事。"韦后明着是呵斥绿珠，实则是煽风点火。

"除了她还能是谁? 这桂花糕就是她派人送来的，她表里不一，自己不愿侍奉陛下，又妒忌我们姐妹……"在韦后的挑唆下绿珠公然指名道姓。

"住嘴，桂花糕是婉儿的不错，但寡人不是也食用了吗? 谁又能保证不是被人动了手脚?"李显呵斥道。

"呜呜，妹妹呀，你死得好冤啊……"绿珠一听便更伤心地哭天抢地起来。

"好啦，本宫做主厚葬碧珠，并擢美人，也算她没白死，她或许是为陛下死的。"韦后一语双关。

言下之意投毒人的目标不是碧珠而是皇帝。碧珠只是阴差阳错救了皇帝一命。

"妹妹，你听见了吗? 你没白死，你是为陛下而死的，姐姐为你高兴呢，只是你肚子里的皇子冤啊! 他还没出生，就遭人暗算……你们可要记住了，是上官婉儿害死你们的，你们做鬼也……"绿珠越演越上劲，以致没遮拦。

"撑嘴，越说越离谱了!"李显吼道。

李显一声令下，立刻有公公上前左右开弓扇绿珠的嘴巴子。

"陛下，本宫替她求个情，她刚刚失去亲人觅死寻活也在情理中……"韦后表面上是替绿珠求情，实则暗示绿珠闹得更大一些。

绿珠当然明白，只见她脖子一挺道:

"王子犯法与庶民同罪，陛下偏袒，妾也不活了，免得日后也要死于非命……"绿珠说着起身去撞柱子。但她没想到，韦后正襟危坐连出手拦下的意思都没有。

一旁的太监都是看菜下快的人，他们看韦后神色已然明白韦后之意，也就不敢上前拦。

绿珠只得假戏真做，一头朝柱子撞去，只听得嘭一声响，绿珠撞得头破血流昏死过去。

韦后看着昏死过去的绿珠心中暗道，果然没用错人，但韦后想的不是赶紧救绿珠，而是想到棋子用完该灭口了。

韦后使眼神让马秦客拖出去处理掉。

"陛下，贱妾知道陛下为难，昭容娘娘日理万机，陛下又爱之切，那就让妾替昭容受过吧，妾自降皇贵妃，打入冷宫。"

李显一听，皇后这哪里是自罚，这分明是开出了处罚婉儿的条款。

李显更加为难，事情还没有查清楚，仅凭桂花糕有毒就断定是婉儿下的毒也太过草率，对婉儿太不公平。再说了婉儿又不是傻子，把毒下在桂花糕里，岂不等于对天下人宣布毒是她上官婉儿下的吗。

"事有蹊跷，待朕亲自查明再做处罚"李显犹豫后道。

"陛下这是连本宫也信不过了，那就让本宫也撞死，以称陛下心如陛下意！"韦后说着起身也要一头朝柱子撞去。

"万万不可！"李显一把抱住韦后。

"罢罢，拟诏降上官婉儿为婕妤，打入冷宫。"

李显在韦后的逼迫下不得不下旨将婉儿打入冷宫。

第一一八章　假戏真做假亦真
糊涂太子糊涂人

还在议政殿审阅奏章的婉儿，对刚才发生的一幕浑然不知。就见几个羽林军突然闯进议政殿，他们表情严肃，随同的宫闱令杨思勖装模作样摆谱一番后，对婉儿宣读圣旨。

婉儿惨淡一笑，没有反抗没有辩驳，默默放下手中的奏章，安安静静地被押送去冷宫，仿佛这一切都在预料中。

赶来的李显与婉儿擦肩而过，四目相望，婉儿默然，李显惭愧地低下头暗暗叹气。心中默道，"婉儿，朕知道你冤！"

当晚，韦后诏来宗楚客武三思以及她的三位心腹面首：光禄少卿杨均，常侍马秦客，国子祭酒叶静。

他们热烈庆祝一番后言归正传，商量下一步如何让安乐公主取代太子李重俊。宗楚客掏出一份早拟好的黑名单，黑名单上包括相王李旦临淄王李隆基和太平公主在内的唐王宗室与大唐忠臣等共十八人，魏元忠排在首位。

武三思看了名单略有小异，他认为上官婉儿才是最强劲的对手，建议最好一鼓作气先杀掉上官婉儿以绝后患。

但宗楚客不以为然。"魏元忠三朝元老，有如汉陈平，婉儿说到底是个女人。"宗楚客驳道。

"她不是一般的女人，不可小觑。"武三思驳道。

"她已入冷宫，杀她如同捏死一只蚂蚁般容易，但，倘若引起帝不满，只怕得不偿失。"宗楚客道出自己的顾虑。

"不杀她，你会后悔的，老夫断言她很快就能翻盘，而且会坏我们的大事。"武三思从建议到态度坚定。

"那就请皇后娘娘定夺吧。"宗楚客不想因此事与武三思闹得不欢,便把球踢给韦后。

韦后转着圈踱步,思考着。突然,她停住脚步一个转身,目光犀利又阴毒道:

"不仅不杀,相反,本宫还要替她洗冤屈,亲手放她出来。"韦后说着嘴角露出一丝阴冷的笑。

"如此,帝喜,天下人皆称赞娘娘高风亮节,堪当国母,将来登帝也就一呼百应了。"宗楚客立刻附和赞许。

"与其让陛下查下去,不如抢先一步做个好人。以后看她上官婉儿还怎么说本宫的坏话!"韦后得意地冷笑。

武三思仍不以为然,他认为这样做是放虎归山,后患无穷,但为了迎合韦后,武三思没有说出来。

韦后也是个精细之人,武三思的心思她看出来了,于是继续说道:

"还有更大的好处,可以挑拨太子不再信任婉儿,这一举三得的好事本宫为何不做?"韦后说完把目光落在武三思的脸上,似在反问武三思。

"下官惭愧!下官只看到脚尖下的一步,不似娘娘一目千里!下官佩服娘娘!"武三思看到韦后的坚定连忙阿谀奉承,再不敢有任何的异议。

"哦,对了,那个绿珠做了吗?"韦后突然想起绿珠。

"估计这会已成了老鼠野兽的美餐了。"马秦客回道。

"那就好,死无对证。"韦后道。

"对了,汝去找薛太医,让他来检举碧珠欺君诈孕。"韦后又吩咐马秦客。

马秦客原是太医院的一个小御医,他擅长肠胃疾病,韦后是个贪嘴的角,经常犯肠胃毛病,又见马秦客年轻健壮,故攘入怀中封常侍。

马秦客找到薛太医,二话不说把他捆了推出去斩首。薛太哭天抢地说要死个明白。这时马秦客屏退左右,要他说实话,碧珠到底怀没怀孕。薛太医吞吞吐吐,他不知该不该说实话,因为之前要他指证碧珠诈孕的人也是他马秦客。

"求大人救奴才一命,奴才来生愿做牛马报答大人。"薛太医突然对马秦客磕头如捣蒜。

"要想活命，救你的人不是我。"马秦客道。

"那是谁？谁能救奴才？"薛太医可怜巴巴的。

"远在天边近在眼前。"马秦客道。

薛太医一听，眼前不就你马秦客一个人吗，于是又磕头如捣蒜。

"那不就是马大人吗？小人求您了！求您了……"

"不，是你自己，只要你对皇后娘娘说出实情，不仅能救你自己还能替昭容娘娘洗清冤屈，又能替皇后娘娘澄清妒忌的骂名，此一举三得的好事啊！"马秦客终于亮明目的。

只是薛太医更加糊涂了，要他伪证他好理解，就是为了嫁祸上官婉儿。可是一转眼又要他翻供救上官婉儿，如此180度的大弯他哪里转得过来。薛太医心想，一定是韦后不放心自己派马秦客来试探自己的。

想到这儿的薛太医立刻发誓道：

"碧珠千真万确怀了龙种，小人不慎把消息泄露给了昭容娘娘……"薛太医把假话重复一遍说得连自己都信了真。

"这不是实话，要大实话，大实话，你这榆木脑袋怎就转不过弯来呢？"马秦客急得踹了他一脚。

薛太医更加眩晕，怔怔地看着马秦客。

"大实话？诈孕！"薛太医喃喃自语又似在征询马秦客。

"总算转过弯了，快去找娘娘自首，就说一切皆绿珠姊妹威逼，你一时糊涂做了假证。"马秦客说。

"自首？可是，可是……皇帝能饶我吗？"薛太医一脸哭丧。

"别怕，有皇后娘娘呢，快去吧。"马秦客道。

薛太医也没别的选择，只能按着马秦客说的去做，向韦后检举揭发绿珠姐妹的阴谋。

韦后带着薛太医去见李显，薛太医又亲口对李显陈述一遍，李显本来就觉婉儿冤，但苦于无证据，现在有薛太医的证词，高兴得还嘉奖了薛太医。

当晚韦后亲自摆宴为婉儿接风洗尘。一同被邀请来的有太子李重俊，还有相王李旦，太平公主携驸马武攸暨，安乐公主及驸马武崇训，长宁公主和驸马杨慎交，当然没落下武三思。

李显坐在正殿上方，韦后为右，婉儿为左。相王太平公主于西面落座，安乐公主于东面落座，太子一看东面的位置被安乐公主霸占了只能气鼓鼓地南面落座。

李显一脸都是笑，他很开心韦后有如此胸怀，愿为婉儿昭雪洗冤。

"看到一家人相亲相爱，朕很欣慰。"李显乐得合不拢嘴。

"这要归功于皇后。"李显继续说。

婉儿与太平公主迅速交换了一下眼神，什么也没说。

李显举起酒樽，"这第一樽酒朕敬娘娘，向娘娘道歉，朕误会了娘娘，殊不知娘娘胸怀比海宽，此乃朕之幸，天下人之幸也！"

李显说完欲一饮而尽，但一把被韦后阻止。

"妾不敢当，要说妾不吃醋不妒忌那是假的，可是，谁让妾是皇后呢？皇后嘛就得有容天下之气度，妾做得还不够好，所以这杯酒让妾替陛下饮。"

韦后像变了个人，变得知书达理温文尔雅含情脉脉，仿佛一夜间脱胎换骨由魔鬼蜕化成佛。

"娘娘是怕朕受不得这杯酒劲吧！不打紧就一樽。"李显小声道。

"一樽也不行，陛下得听医嘱，陛下之御体是国家的。再者妾也没别的本事，就让妾替陛下饮吧。"韦后坚定地夺过酒一饮而尽。

李显看着韦后，仿佛那个在房州时期的、对他体贴入微的妻子韦氏又回来了，心中感慨万千，更喜不自禁。

"这第二樽酒，朕要向昭容娘娘道歉……"

李显举起第二樽酒，可话还没说完又被韦后抢了去。

"这樽酒更要由妾来饮，是妾的过失才使昭容蒙冤，幸亏老天有眼给妾改过的机会，希望昭容能不计前嫌。"韦后说完又一饮而尽。

韦后饮罢没等自己缓过气接着就替自己斟满酒，而后离席来到婉儿面前，双手托樽道：

"如若妹妹不肯原谅本宫，本宫亦无怨言，换了本宫也会不原谅的，毕竟受了那么大的委屈。"韦后言语恳切到闪出泪花。

婉儿暗暗骂道，戏演得真好。但让婉儿百思不解的是韦后处心积虑利用绿珠姊妹设局，已然达到目的把自己打入了冷宫，可为何又要演洗冤这出戏呢？

婉儿来不及细想，李显已站出来和事。

"看在朕的份儿上……"李显用目光恳求婉儿。

婉儿无奈，接过李显递过来的酒，与韦后碰了一下，而后双双一饮而尽。

但婉儿毕竟是有历练的人，跟随武则天二十八年不是白跟的，婉儿迅速调整状态。为自己斟满酒，离席来到韦后面前，且扑通跪下。

"请娘娘责罚，妹妹以小人之心度君子之腹，幸亏娘娘宽厚仁义，才有婉儿的今天，婉儿在这给娘娘赔罪了！"婉儿亦是情真意切到闪出泪花。

韦后急忙搀扶起婉儿，两人又你来我往地互相敬酒互相自责好一番，弄得李显激动得也跟着闪出泪花来。

两人假戏真做都达到了登峰造极，不仅骗过了李显，也骗过了太子，就连太平公主都一度信了真。

李显见韦后与婉儿和好如初相敬如宾，打心眼里高兴，一双小眼睛笑得看不见缝。

而一旁的太子却越来越坐立不安。

韦后与婉儿一来二往，不觉七八樽酒下肚，韦后似有不胜酒力，只见她身子微微颤抖了一下，仿佛是冷。李显见了立刻解下自己的龙袍披在韦后身上。

"陛下……千万使不得！"韦后惊得跪下。

"都是自家人，不就一件披风而已，何须如此。"李显忙把韦后搀扶起来。

"陛下，差也！众口悠悠，黄袍加身会陷妾于万劫不复之地的！"韦后装得一脸惊慌。

"只要朕不介意，就是……"李显想说就是把皇位送给你又如何，可话到嘴边忽吞了回去。

他想起二十年前，自己因一句负气话要把皇位送与岳父韦玄贞，而被母亲武则天逮了把柄拉下皇帝宝座，流放房州一十四年。十四年来他受尽颠沛流离之苦，虽说现在没人敢抓他的把柄，但他还是心有余悸把话吞了回去。

"这里没外人，就不讲那些个繁文缛节。"李显呵呵笑道又亲自为韦后披上系好扣带。

婉儿嚅动了一下嘴唇想说什么，但什么也没说。婉儿清楚韦后卖惨成功了，此时跳出来反对只会适得其反。

"恭敬不如从命，妾谢陛下隆恩！"韦后起身向李显施礼谢恩。

韦后就这样堂而皇之地披着龙袍端坐，心中得意无须言。她偷眼瞟婉儿，见婉儿脸色难看，更觉得意。抬眼朝太平公主望去，太平公主只管低着头与驸马武攸暨卿卿我我，仿佛眼前的一切与她无关。

这不像太平公主，韦后想。但韦后决定趁机威慑一下她。

"太平。"韦后突然喊道。

太平公主猛然抬头，看见韦后似笑非笑，不觉身子抖了一下。武攸暨及时握住她的手，暗示妻子别怕有我呢。

"听说，汝潜心向佛，有时本宫想，是不是我这个皇嫂照顾不周呢。"韦后不冷不热道。

"回禀皇后娘娘，太平向佛，只因佛根未净，阿弥陀佛！"太平公主起身双手合十口中念念有词，俨然一个佛家弟子。

自从汉阳王张柬之，平阳王敬晖，扶阳王桓彦范，南阳王袁恕，博陵王崔玄纬等神龙政变功臣相继被韦后武三思党羽斩杀后，太平公主就走了韬光养晦的策略，她借着两次入过观的理由再次入观潜心修佛。

"果真与佛有缘，本宫也就放心了，不然本宫就要担了恶嫂的罪名了。"韦后一语双关。

太平公主自是听懂了，韦后在警告自己，最好老老实实潜心向佛，不然会死得很惨。

"阿弥陀佛！贫尼本就是太平观里菩提树下的一朵青莲，哪里来哪里去，谢娘娘关心！阿弥陀佛！"太平公主左手竖掌右手滑动珠捻口中念念有词。

"赐斋！"韦后仿佛吃了定心丸再无别话。

"来来来，大家喝酒吃菜，随意，无须礼节，今天是家宴。"李显怕再生是非急忙招呼大家吃菜喝酒。

李显一声令下，杯盏相撞一片其乐融融，唯有太子心事重重，没几樽酒下肚便醉得吐了一地，被李显呵斥先行回东宫去。

宴罢，婉儿心如明镜，知道更汹涌的斗争还在后头，只有太子糊涂人看戏更糊涂。

第一一九章 一出一出皆陷阱 步步精心皆枉然

"娘娘果然高明！观太子面色，太子昨晚着招了。"

翌日，武三思找韦后下棋巴巴地奉承。

"是太子太愚蠢，本来嘛只是雕虫小技。"韦后故作谦虚。

"有时想想还真没劲，对手太脓包。"韦后接着说。

"就怕瞒不过婉儿。"武三思见韦后轻敌便绕着弯提醒。

"放心，有太子这只死耗子，不愁坏不了一锅粥！"韦后笑道。

"莫非娘娘又有妙计？"武三思一语双关，既是试探又是暗示必须乘胜追击。

"医者下药都讲究三帖，本宫才下了一帖，当然还有二帖三帖，才能药到病除。"韦后诡异道。

"娘娘果然大智！即便姑母在世也未必是娘娘的对手啊。"武三思又巴巴地奉承。

"亲家就等看好戏看大戏吧！"韦后得意而又骄傲地笑。

"什么好戏？也让寡人瞧瞧。"李显突然走了进来。

"参见陛下！"武三思连忙起身施礼。

"陛下不是去看昭容了吗？咋折回了？"韦后连忙笑迎。

"不提了，说说娘娘有什么好戏，也让朕开心开心。"李显道。

"妾哪有什么好戏，戏不都在这棋盘上嘛。"韦后撒娇道。

"嗯，这棋倒是难分难解，的确有好戏。"李显看了看棋局说。

李显说着一屁股坐下，叫武三思和韦后继续下，自己在一旁帮着数子。

可李显却老走神，韦后看在眼里，知是又吃了婉儿的闭门羹。

"又吃闭门羹了?"武三思走后韦后问道。

"那倒没有,只是朕内疚没脸见她。"李显叹气。

"都是妾的错。"韦后又假心假意自责。

"都是那两个贱人!"李显恨道。

"事已至此,妾有个想法,可以将功补过令昭容一展笑颜。"韦后适时抛出引线。

李显眼睛一亮,"哦?快说说。"

"看陛下急的,就不考虑妾的感受。"韦后忽又嗔怒。

"瞧瞧,彼火未灭此火又起,朕啊还是做孤家寡人的好!"李显一边自嘲一边去安抚韦后。

"妾可不忍心!"韦后忽又娇滴滴的。

"放心,妾会顾大局的,大唐需要昭容……"韦后忽一本正经道。

"妾已想好了,把一年一度的晦日宴游改为诗赛,由昭容来主持评判,昭容一定会开心的。"韦后兜了一大圈终于亮出葫芦里的药。

"好!诗是昭容的第二生命,她一定会快乐起来的。"李显拍案叫好。

"朕这就去告诉她。"李显说着就起身,但一把被韦后拽住。

"现在告诉她就没意思了,要给她个惊喜才刺激。"韦后道。

"而且,现在国库银根紧缩,她知道了又要唠叨节俭,又要扯出古代什么明君来,岂不大煞风景!"韦后接着说。

李显觉得有道理,便道:"一切凭娘娘做主。"

"差也,妾就是提个建议,其余的妾不参与,不然,朝野又要说妾干政了。"韦后忽又推得干干净净。

李显有些晕眩,心想韦后你干政还少吗?其实一直都是两人共同执政,甚至是她的主张占领全局。

难不成韦后真要退隐南山?李显做梦都没想到韦后在布一盘大棋。李显没想那么多,总之韦后能与婉儿冰释前嫌就是天大的好事。

李显想到了高力士,高力士行事缜密,脑袋鬼机灵,又是婉儿的近侍,把任务交给他,定能不辱使命。

时间紧迫,李显连夜诏高力士,给他一道密旨,命他要把诗赛办得空前绝后流芳千史。

高力士，潘州人，姓冯名元一。父冯君衡，曾任潘州刺史，长寿二年（693）因岭南流人门案，家遭变故，年幼的他沦落官奴被阉割。圣历元年（698）岭南讨击使李恪嫡长子李千里见他聪慧机敏，又仪表堂堂便荐他入宫，入宫后被宦官高延福收为养子，改名高力士。

高力士长得眉清目秀，武则天一见就喜欢便留在了身边，后因小过被逐。一年后，武则天复召其入宫隶属司宫台，武则天去世后他跟随上官婉儿，擢宫闱令。

"不要替朕省钱，一定要办得史无前例，比当年母后的梅园诗赛规模还要大，朕要让这次诗会载入史册，万古流芳！"李显再三嘱咐。

高力士暗笑，"就怕你不肯花钱"。

高力士连连承诺美滋滋拜辞而去。

第一二〇章   一朝梦幻却成真
才华千古量天下

  高力士果然不负圣望，他别出心裁，在昆明池搭建了一座气度可与明堂媲美的彩楼，站在彩楼的观景台鸟瞰，长安全景尽收眼底。

  彩楼呈天井式，整座彩楼珠光宝气，雕梁画栋。彩楼设东西南北阁，各以风雅颂赋命名。西曰赋，南曰风，北曰雅，东曰颂。新科举子三品以下官员在西面的赋写诗作画，三品以上宰相官员在南面的风饮酒作赋，皇亲宗室，太平公主、李旦、李隆基、安乐公主等在北面的雅饮酒作赋，太子李重俊携太子妃在东面的颂饮酒赏风光。

  这天，大小官员五百多号，再加上新科举子皇室宗亲嫔妃侍卫仪仗队等逾千人。李显与韦后坐在八骏御驾上，率领着长龙一样的队伍，浩浩荡荡朝着昆明池开去。

  初春的昆明池，一派素装，星星点点的红梅，点缀千亩残荷，倒也不乏一副清雅之瘦美。

  李显领着众人，先把昆明池的景物游玩了个遍，临近中午回到彩楼饮酒赋诗听歌赏舞。

  宴席进行到日中，个个正七八分醉时候，李显登上彩楼的观景台。歌乐声霎时奏起，所有的人放下酒杯，跑出彩楼举目望登上九层楼高的皇帝。只见皇帝威风凛凛立于彩楼最高处，风吹动着他的龙袍，龙袍上用金丝绣的九条龙，在日光下闪闪发光，仿佛真龙在舞动。

  "众爱卿，今天是诗的盛会，朕要让这次诗会载入史册，千古传唱！尔等就以昆明池为题赋诗，胜负由上官昭容评判，位列冠者赏红袍一件，白银千两！"李显用洪钟一样的声音宣布。

李显话音落下，全场一片沸腾。接下来是众官员依次登楼赋诗吟诵，完了留下诗稿待婉儿评审。

几巡酒过后，只剩下沈佺期和宋之问两位大诗人。他俩在诗坛齐赋盛名，是今天的压轴戏，全场鸦雀无声，屏息静候。

沈佺期望了望宋之问谦让道："贤弟请！"

宋之问看了看沈佺期礼貌回敬道："仁兄请！"

"不如一起上"，有人提议。"一起上，一起上……"众人立刻起哄。李显表示可。于是沈佺期与宋之问两人齐齐登楼站在观景台上，可谁先吟诵两人又互相推让起来。

最后由比宋之问大两个月的沈佺期先吟诵。

沈佺期干咳两声润润嗓子，接着吟道：

> 法驾乘春转，神池象汉回。
>
> 双星移旧石，孤月隐残灰。
>
> 战鹢逢时去，恩鱼望幸来。
>
> 山花缇绮绕，堤柳慢城开。
>
> 思逸横汾唱，欢留宴镐杯。
>
> 微臣雕朽质，羞睹豫章材。

沈佺期吟罢，楼下一片喝彩，连李显亦鼓掌叫好。沈佺期的粉丝见皇帝都鼓掌叫好，便齐声喊开来：沈佺期第一！沈佺期第一……

"该贤弟你了！"沈佺期吟罢，见皇帝也在为自己喝彩难免有些飘然。

宋之问不慌不忙，也干咳两声润润嗓子，接着吟道：

> 春豫灵池会，沧波帐殿开。
>
> 舟凌石鲸度，槎拂斗牛回。
>
> 节晦蓂全落，春迟柳暗催。
>
> 象溟看浴景，烧劫辨沉灰。
>
> 镐饮周文乐，汾歌汉武才。
>
> 不愁明月尽，自有夜珠来。

宋之问话音落下，亦是一片喝彩，李显亦鼓掌叫好。宋之问的粉丝见皇帝鼓掌叫好便也高呼：宋之问第一！宋之问第一……

参赛作品全部吟诵完毕，剩下就是婉儿的事了。

时光在沙漏中一点一点消逝，婉儿反复咀嚼品味每一首诗。

终于，婉儿出现在了观景台，楼下喝彩一片。

婉儿身披湖蓝色披风，肩揽一条垂腰粉带。她立在九层楼观景台上，风栩栩吹动着她。披风和彩带在空中，时而被风高高扬起，时而突然落下，仿佛一朵彩云，时而曼妙轻舞，时而行云流水，时而又似飘飘仙女落凡。

婉儿手捧一沓诗稿，不一会儿那些诗稿就如雪片，一张一张地从高空飘飘落下，最后只剩下五首。分别是宋之问、沈佺期、李乂、苏颋、张说的。

婉儿把五首诗重复吟诵一遍，一个转身忽又抛下两首，是李乂、苏颋的。只剩宋之问、张说和沈佺期三个人的了。

李乂和苏颋拾起被抛下的诗稿，皆面有难色，尤其是李乂心有不服，但他不好说自己的诗，便扯过苏颋的诗稿看，且轻声吟诵道：

> 炎历事边陲，昆明始凿池。
> 豫游光后圣，征战罢前规。
> 霁色清珍宇，年芳入锦陂。
> 御杯兰荐叶，仙仗柳交枝。
> 二石分河泻，双珠代月移。
> 微臣比翔泳，恩广自无涯。

"好诗，只是不知留下的能比兄台的好吗！"李乂一语双关，意思很明显在指责婉儿不公。

苏颋自是会意，便把李乂的诗稿扯过去看，便也轻声吟道：

> 玉辂寻春赏，金堤重晦游。
> 川通黑水浸，地派紫泉流。
> 晃朗扶桑出，绵联杞树周。

717

乌疑填海处，人似隔河秋。

劫尽灰犹识，年移石故留。

汀洲归棹晚，箫鼓杂汾讴。

看完亦叹道："兄台的才是好诗。"言下之意与李乂有同感不知留下的能更好吗？

"依兄台看，今天谁能第一？"李乂看出苏颋亦有不服，故意挑起话头。

"宋之问可能性较大。"苏颋说。

"鄙人以为张说可能性最大，之问人不如诗，昭容向来不屑。尤其是出卖了好友张伸之后，昭容更加不齿。"李乂酸溜溜道。

"兄台的意思是昭容徇私……"苏颋话未说完，只见彩楼上又飘落下一张诗稿。

有人捡起喊道是张说的。苏颋随即看一眼李乂，李乂顿感尴尬。

"也许是我们以小人之心度君子之腹吧！"苏颋小声道。

李乂默然。

只剩宋之问和沈佺期的了。此时所有的人都屏住呼吸等待第一名花落谁家。

婉儿反复吟诵着宋之问和沈佺期的诗，忽一个动作抛下沈佺期的诗稿。

"陛下，胜负已定。"婉儿说着把宋之问的诗稿呈给李显。

沈佺期拾起诗稿，仿佛诗稿上有尘土，用指头弹了弹，以此压制内心刹那失去的平衡。在此前沈佺期是信心满满，志在必得。这也难怪他有此信心，他的这首诗可谓绞尽脑汁，把昆明池的几个典故都巧妙地写进了诗，同时又巧妙地运用典故进行了歌功颂德。

如第一联下句"神池象汉回"，即点出了昆明池的来历，是汉武帝为了练习水兵开挖的，同时又不动声色地把李显比作汉武帝。

第二联下句"孤月隐残灰"这句即描写了池底黑泥的实景，又道出了一个典故。当年汉武帝开凿此池，在池底掘到黑灰，故问东方朔，东方朔说，天地大劫将尽，就会发生大火，把一切东西都烧光，叫作劫火，这是劫火后遗留下来的残灰。

第三联"战鹢逢时去，恩鱼望幸来"，这句出自汉武帝的典故。据说汉武帝曾救过一条大鱼，后来在昆明池旁得到一双夜光珠，是大鱼报恩献给他的。

第五联"思逸横汾唱，欢留宴镐杯"，是巧妙地借用两位明君的故事来歌功颂德当朝天子。

相传周武王建镐京落成宴请群臣，成为佳话。汉武帝曾和他的大臣们乘船泛游于汾水之上，自己作了《秋风辞》与群臣和唱，亦成为君臣和睦佳话。

这样一首好诗，别说沈佺期不服，在场的包括皇帝都有些不服。

"昭容娘娘，能否把之问兄的诗点评一二，好让小生茅塞顿开？"沈佺期道。

沈佺期这是在绕着弯向婉儿讨公道呢。婉儿当然明白。

"众爱卿，宋之问与沈佺期的诗工力悉敌，却为何宋之问摘得桂冠，大家一定想知道吧！"婉儿微微一笑说。

"是啊，请婉儿大人言明。"沈佺期的粉丝喊道。

婉儿便把沈佺期诗落句和宋之问诗落句各吟一遍，而后道：

"沈佺期诗末句诗气枯竭，无余味，而宋之问的'不愁明月尽，自有夜珠来'诗意未尽，犹健举也！"

沈佺期听完婉儿的点评抱拳施礼："下官无话可说，服！"

李乂与苏颋互看一眼，均有羞愧之色！

第一二一章 太子糊涂落陷阱 兵戎挥戈自作死

初秋，一个雨夜，婉儿依旧在日理万机地处理公务。而另一个女人，许久立在窗下，突然，她阵阵狂笑，直笑到泪出。

此人便是韦后。

韦后又想出了一条毒计，一箭三雕，不仅可以除掉太子还能带上婉儿，又能让安乐公主顺理成章当上皇太女。

韦后连夜招来她的宝贝女儿安乐公主。

韦后对安乐公主这般耳语一番，安乐公主听完兴奋得哇哇叫好，且抱住韦后猛一阵狂亲。

"如此英明的母后不当女皇真是暴殄天物！"安乐公主兴奋道。

"本宫已经等得太久了，不想再等了！"韦后目露凶光杀气腾腾。

韦后的计谋，就是利用安乐公主争夺皇太女之事去激怒太子李重俊，像当年武则天激怒太子李贤一样，逼他出刀。但韦后似乎比武则天更高一筹，她要引太子之刀砍向李显的心头肉，那便是昭容娘娘上官婉儿。让婉儿死在太子刀下，太子死于谋反，安乐公主登上皇太女。

这样一箭三雕的妙计，且无须废一兵一卒，韦后怎能不笑出泪！

"唉！"韦后突然又叹了一声。

"咋啦？母后？"安乐公主问。

"计虽好计，可难就难在如何让太子恨婉儿恨到起杀心呢。"韦后皱紧眉头。

"母后，这个交给儿臣去做。"安乐公主诡异一笑道。

"你有办法？快说来母后听听。"韦后似乎有些不放心。

"母后，不对，是母皇，您忘了？儿臣是属狐狸的，益人不能，可害人那是天生我才耶！"安乐公主得意地笑道。

韦后想想也是，这丫头天生反骨，让她做好事难，做坏事比谁都狠，上官婉儿你摊上她算你倒霉。

"去吧，母后等你的好消息。"韦后笑道。

安乐公主果然是个害人精，她连夜潜入议政殿把婉儿废弃的手稿全搜了去，而后命驸马武崇训寻访民间临摹高手。

韦后也没闲着，她招呼宫闱令杨思勖，要他大张旗鼓地为婉儿堂兄上官经野的夫人韦氏筹备生日宴会。韦后还替李显皇帝做主，令人铸了一口洪钟，由李显亲自提铭文。

另一方面又命人散播谣言，婉儿将与韦后共同垂帘听政。

为了让太子相信，安乐公主不仅四处造谣，还令人制作了一件比自己原先那件更昂贵更华丽的百鸟裙，然后四处造谣说是送给上官婉儿的，以表曾经对婉儿不敬的歉意。

而在对太子方面却截然不同，不是训责就是嘲笑乃至侮辱。

韦后和安乐公主联袂上演冰火两重天，对婉儿这边是火，对太子李重俊那边却是冰。

那日，李重俊刚刚被韦后训斥一番出来，又遇上安乐公主。安乐公主见李重俊垂头丧气，知是被母亲韦后训斥，于是按计行事要在太子伤口上再撒把盐。

安乐公主驾着马车突然径直朝低头想心思的太子李重俊撞过去，太子来不及躲闪被撞飞掉进池子里成落水狗。

安乐公主见状笑得前仰后合，连同她的仆人也跟着乐。从池塘爬起来的太子，浑身湿漉漉，头发滴下的臭水流经脸颊和着泪水滴落，那样子说多狼狈有多狼狈。

"你，贱人！"太子李重俊怒目而视。

"冲撞太子该当何罪？"太子随从左千备怒道。

"太子？哈哈，连上官婉儿都不看好的太子，还能走多远？只怕再过些时日要成阶下囚了！"安乐公主嘲讽道。

"胡说！昭容娘娘受先帝嘱托，是不会与尔等同流合污的。"李重俊道，但语气有些缺底气。

　　说实话，最近关于上官婉儿的风言风语已经塞满太子的耳朵，太子不愿信，可许多事实又都摆在他眼前，从那晚婉儿与韦后的冰释前嫌，到诗歌盛会，现在韦后又正在大张旗鼓张罗为她堂哥上官经野的夫人韦氏庆贺生日，那口颇费国库的大洪钟是真真切切的证据！这些都使得李重俊内心忐忑不安，且不得不信。

　　"瞧，说话都没底气了吧？其实你心里是信了对不？毕竟她的爷爷父亲都是被你们李家所杀，杀父之仇不共戴天，这是人之常情嘛。"安乐公主借机挑拨，说完咯咯咯地笑着扬长而去。

　　李重俊望着安乐公主的背影，听着她得意的笑声，气得几乎咬断牙根，可又奈何不得。

　　李重俊爬上岸，一阵风吹过只感凉飕飕，不禁连连打着喷嚏，但安乐公主遗失在路边的红色绸布袋他还是一眼看见了。

　　"快去拾来瞧瞧。"李重俊道。

　　绸布袋立刻被拾来送到李重俊面前，李重俊有些颤抖地打开，只见里面装着一卷奏疏，李重俊迫不及待地展开，但只看了个头，就被回头来找寻的安乐公主给夺了去。

　　不看则已，一看太子便变了一个人。

　　回到东宫的李重俊就像着了邪一样，不言不语，不吃不喝，反扣了门把自己关闭在屋子里，任凭怎么敲门谁也不理会。

　　"贱人！贱人，都是贱人……"太子突然冲出屋子，歇斯底里地见东西就砸，遇人就打，甚至像狗一样撕咬人。

　　原来，太子看到的是安乐公主伪造婉儿笔迹的奏疏。奏疏内容直逼废太子，这才使得太子愤怒到发疯。

　　"太子，奴才有句话不知当讲不当讲。"太子左千备忽然道。

　　"讲！"太子道。

　　"不妨见见李多祚将军。"左千备靠近太子压低声音道。

　　太子一愣，这不是劝自己宫变吗？这可不是小事，闹不好就人头落地，可又一想，跪着活不如站着死，何况太子位已经岌岌可危。

　　"他们压根瞧不起太子，不会想到太子敢来这一手。"千备继续压低声音道。

"兵者诡，出其不意方能制胜，好主意！"太子拍案而起。

"走，见他去，现在正是他巡宫之际。"太子当机立断。

太子来到玄武门，果然遇上巡宫的李多祚将军，太子暗示借一步说话。

李多祚跟随太子来到僻静处，太子开口就问，将军有今天是谁给的，李多祚愣了一下，当年神龙政变前张柬之和婉儿都问过这句话，难道太子也要政变？

"臣不敢忘先帝赐恩！"李多祚道。

"现在先帝子嗣有难，将军可惜性命？"李重俊又问道。

这又是婉儿与张柬之当年问过的话，李多祚没有犹豫。

"臣不敢爱惜自己的生命，愿为先帝鞠躬尽瘁！"李多祚再道。

李多祚明白，出来混都是要还的。当年降唐后受唐高宗器重，宿卫北门二十余年，万岁通天年（696）平乱契丹李尽忠有功，武则天擢其为禁卫右将军，神龙元年（705）二张作乱协助宰相张柬之铲除二张，匡扶唐李显继位有功，继续担任宫中禁卫将军，享尽荣华富贵。现在到了还债的时候了。

当然，李多祚满口应允太子，也不完全是为了还什么债。更多的是看不惯韦后。

李显继位后，韦后干政，武三思作恶，张柬之等一帮参与神龙政变的功臣五王相继死于非命，死得最惨的要算扶阳郡王桓彦范。武三思的爪牙周利贞，命人把路两边的竹子砍掉削成尖桩，再让人骑马拖着桓彦范的身体在削尖的竹桩上拖行，直到皮肉被刮得可见骨头，再乱棍打死。

李多祚对韦后武三思的残酷暴行早就看不惯了，今天又有太子找上门便不假思索答应。

神龙三年（707）七月六日，太子又秘密联络了李唐宗室李思冲、李承况、成王李千里、独孤祎之、沙吒忠义等将军。这些人不是李家王朝后代就是早就看不惯韦后武三思作恶的倾唐派。他们在一起一拍即合，且说干就干，当天夜里便矫制发羽林千骑兵三百直奔梁王武三思府邸。

子夜，武三思一家子正睡得酣，太子一声令下杀，羽林千骑兵翻墙而入，打开大门，三百千骑兵一哄而入闯入卧室，对熟睡的武三思及其儿子武崇训等家人亲党百余人，手起刀落，一个活口未留。

　　杀死武三思父子，太子领着羽林千骑兵迅速赶去控制玄武门，可行至太湖时，太子突然想起那日成落水狗的情景，同时想起那卷废立太子的奏疏，不觉怒火中烧。

　　"杀上官婉儿。"太子突然吼道。

　　李多祚一愣，杀上官婉儿可是要延误战机的。

　　"太子，万万不可！我们从天津桥一路行来恐怕早已泄露消息，控制玄武门刻不容缓！"李多祚劝道。

　　"本太子知道，上官婉儿于将军有恩，将军不忍就留下等本太子归来。"李重俊不但听不进去，还反唇相讥。

　　"微臣唯忠大唐江山，不敢有私心，还望太子以大局为重。"李多祚身披铠甲不便下跪便抱拳深鞠躬劝谏。

　　"这儿距采微苑不到一盏茶工夫，无碍，愿去的跟本太子走。"李重俊完全不顾李多祚的反对，他挥手一呼，羽林军呼啦啦跟在太子身后奔婉儿的住处采微苑去。

　　李多祚暗暗叫苦大事不好，但无奈只得随队伍一同前往。

第一二二章　一只耗子坏了粥
有勇无谋亲者痛

四更，婉儿还未歇下。她还在审阅堆成小山一样的策书。而太子李重俊正带着三百骑兵朝婉儿宫杀来！

去年以来，突厥不断犯边，鸣沙战役大唐惨败。于是李显命上到一品下至平民百姓，皆可献计献策，良策者或官升三级或白银千两。皇榜一出，各地官员和英雄好汉乃至平民百姓纷纷献策，策书每日如雪片一样飞进京城，又一叠一叠被送进议政殿。

宰相魏元忠不放心宗楚客和武三思审，而他自已又年岁已高，根本顾不过来每日如小山一样的策书，这个任务无疑落在了婉儿身上。

"总这么熬夜就是铁打的人也要熬垮的！"郑氏一觉醒来见婉儿屋里还亮着灯便一边起床一边嘟哝。

总算阅完了，婉儿有些吃力地站起，她捶了捶酸疼的腰，将右补阙卢俌等几份有分量的上疏收好，以备天明朝议。

"娘给你煮碗热汤？"郑氏心疼地走了进去望着女儿说。

"不用，这就睡。又让娘操心了。"婉儿说。

就在婉儿话音落下之时，门外响起了急促的擂门声。难不成哪里又失火了？婉儿脑海刹那闪过。那年明堂失火也是这般急促，可是没等婉儿去开门门已被踹开。

"何人？擅闯后宫死罪！"婉儿立刻绷紧了神经且朝后退去。

原来闯进来的不是宫里的太监，而是一个蒙面黑衣人。

"太子起事正赶来杀你，快快随我逃命！"黑衣人说着已箭步上前一把将婉儿夹在腋下就往外走。

"胡说！太子就是起事也不会杀我。"婉儿挣扎厮打黑衣人。

"什么人？胆敢挟持昭容？"郑氏听到动静冲了出来。

黑衣人没时间解释，只见他回身将郑氏夹在右腋下，夺门而去。

婉儿和郑氏不停地叫喊踢腾。溪儿一边追一边喊。

"小祖宗，别喊了，再喊我们就都没命了。"黑衣人压低声音恳求。

"婉儿大人可还记得臭嘴这个人？"黑衣人说。

"记得，守城门的，难不成你就是？"婉儿停止厮打，亦觉事有蹊跷。

臭嘴何许人？原是李多祚手下一员宿卫。啥都好，就是说话没遮拦，人称狗嘴里吐不出象牙，外号臭嘴。那年城门之下，由于不知是婉儿，于是对婉儿吐了一嘴粪话，按律当斩，可婉儿说不知者不为罪，就这样救了他一命。他便对婉儿许下承诺，他的命从此是婉儿的。这不，也在队伍中的他，一听太子要杀婉儿，他便抄近路先一步赶到采微苑。

长龙似的火把正朝采微苑挺进，婉儿惊呆了。

"太子他？难不成他真……"婉儿喃喃自语。

臭嘴将太子与李多祚将军起事，及已经杀了武三思等和盘托出。

"太子，你好糊涂呀！"婉儿落下两行泪。

"不行，我要去阻止太子。"婉儿说着就要往回走。

但一把被臭嘴拽住，"你找死呀！"

臭嘴话一出口就觉唐突，立刻松手道歉："瞧我这臭嘴！"

"嘴虽臭，却不失为堂堂七尺男儿！"婉儿对臭嘴投去一瞥感激的目光。

"现在去就等于送死，当务之急是去通知陛下迅速控制玄武门。草民就不奉陪了，就此别过！"臭嘴说完朝着废墟地一溜烟跑没影了。

婉儿无奈只得急忙奔甘露殿去。

婉儿赶到甘露殿时，韦后已先一步赶到，李显皇帝正在调动羽林军控制玄武门。

太子在采微苑扑了个空，急急斩关肃章门入玄武门，但李多祚将军担心的事发生了，玄武门已被李显皇帝控制。

李显命左羽林大将军刘景仁率百余飞骑屯于楼下等待太子，又命宰相杨再思、尚书右仆射苏瓌、兵部尚书李峤、宰相宗楚客以及左卫将军纪处讷拥兵二千屯太极殿，闭门自守，以防不测等待大军到来。

太子与李多祚行至玄武楼下，欲升楼，遭到宿卫拒绝。此时李显突然出现在玄武门城楼上，太子与李多祚一看皇帝站在了城楼上，太子心想来得正好，省的本太子找你。而李多祚心想，坏事了！

于是太子对着李显喊话："父皇，当下奸佞当道，韦后临朝，武三思作乱，儿臣只为清君侧，绝不会伤害父皇一根毫毛。"

"别听他的，逆子人人得而诛之！"韦后立刻道。

"太子，你受何人蛊惑，快向汝父皇赔罪！"婉儿喊道。

李多祚心一惊，婉儿、韦后都在，说明消息早泄露了。皇帝已有所准备，仅凭三百余人胜算全无。既如此，是不是该替太子担下蛊惑的罪名呢？婉儿的话外音不就是希望扯出个替罪羊来拯救太子吗？

就在李多祚沉思之际，李显看到了机会，他悄声问谁能匹敌？擒贼先擒王！于李显身旁的宫闱令杨思勖一听立刻请缨。他以传圣旨为由，但行至李多祚婿、羽林中郎将、起事前锋总管野呼利身后时，趁他无防备忽然一个跃起挺刀将前锋总管斩于马下。

叛军见前锋总管落马，瞬间慌得乱了阵脚。李显再次看到机会，及时向叛军喊话。

李显喊道："汝辈皆朕宿卫士，何为从多祚反？苟能斩反者，勿患不富贵？"

李显话一出，李多祚的副将才知道自己上当了，原来是太子矫诏。他心中骂道，好你个李多祚陷吾不义，那就别怪我无情了。李多祚的副将一边在心里骂道，一边趁李多祚无防备驱马上前一刀砍下李多祚的人头献给皇帝。

李多祚一死，太子仿佛失去了主心骨，在混战中节节败退，另一路人马攻太极殿亦久攻不下。

太子带着百余残兵败将败走终南山，行至鄠西只剩下数人，累极憩于林下，被最先劝他起事的亲信左千备所杀。

婉儿颓然跌坐。

李显下令将太子李重俊首级献太庙，并祭武三思、武崇训父子灵枢，再晓之朝堂震慑群臣。成王李千里、李承况等改姓蝮氏，同党皆伏诛。

李千里是唐太宗李世民季子李恪的嫡长子。李承况是李世民第十三子李福之子。

唐宗室濒临灭绝。李旦！婉儿的脑海里不由得跳出李旦，他是大唐最后的希望！他一定不能再有事。然而婉儿明白，韦后、宗楚客等必定要借太子李重俊大做文章而后网罗李旦。

明日的朝堂会是一场恶战！而自己很可能要单枪匹马，因为魏元忠自身难保。他的儿子很不幸无辜躺枪。他行走在路上遇上太子队伍硬是被逼了一起去玄武门，结果被乱刀砍死，使得魏元忠有口难辩。

陛下！这是婉儿唯一能依靠的一张王牌！也是最有力的一张王牌！

她吩咐溪儿与她梳洗。她坐在铜镜前又精心打扮了一番，之后久久端详自己。许久，缓缓起身令起驾……

婉儿一路朝皇帝的甘露殿去……

第一二三章 温情初夜为哪般
泪湿枕巾谁人懂

李显见婉儿深夜造访不觉一惊，又出什么大事了？

"妾心有余悸，睡不着，来向陛下讨盏茶喝，不知陛下允否？"婉儿语气温婉目光含情。

这可是从未有过的表情，李显一时蒙了，不敢相信这是真实的。

"帝不欢迎？"婉儿又冲傻愣愣的李显一笑。

"朕不是在做梦吧？"李显高兴得不知该怎么好。

"不对，一定有事。说吧，昭容的事就是朕的事。"李显立刻收起笑容。

这也难怪，自李显登基以来，婉儿在情感上始终拒皇帝于千里之外，昭容始终都只是挂名的。

"今夜妾不想谈政事，只想喝陛下的茶。"婉儿解下披风娇柔妩媚。

李显不由分说地握住婉儿的手，他发现婉儿双手冰凉，浑身在颤抖。

"朕终于等到石头开花了！"李显闪出泪花，一把将婉儿搂进怀里。

可突然又将婉儿推了出去，像烫着手一样，之后目光无处躲藏。

"陛下！"婉儿轻轻唤一声。

"婉儿是上天派来的花仙子，寡人……"李贤表情痛苦。

"朕知道汝为何而来！放心，相王是寡人的手足。"李显说。

"你们兄弟四个只剩陛下和相王了！"婉儿深情道。

"要是你们都没长大该多好，那时候，你们四兄弟同食同住，一起上学，一起骑马学射……"婉儿说到这停顿了一下，她想起李贤。

"贤哥哥最聪明又最好学。"李显接过话，但说到这也似乎有顾虑，打住话题。

须臾噙噙道："婉儿还深爱着二哥对吗？"

婉儿好半天不语，最后深深叹一气道："婉儿与贤有缘无分！但愿来生还能遇上他！"

"寡人希望来生能再相遇婉儿！"李显一把握住婉儿的手，目光含情而贪婪。

婉儿立刻避开李显的目光，下意识地想逃，可又下意识地放弃逃，她知道自己此行的目的……李显是救李旦的唯一救命稻草，也是自己明天战胜韦后朋党保住大唐江山的关键！

贤，婉儿……婉儿实在没有办法……婉儿痛苦的心只能在心底默默呼唤着李贤……

夜更黑，婉儿的身子蜷缩得更紧，两行无声的泪水汩汩地流！

第一二四章 风凄雨凄赴黄泉
忠魂铿锵动天地

回到采微苑，婉儿把自己洗了又洗，泪水如瀑布般地往外涌。郑氏默默看着，她明白今夜在女儿身上发生了什么。为了救李旦，更确切地说是为了救大唐，她打出了最后一张王牌，那便是自己的女儿身。

李显爱慕婉儿多年，都被拒之门外，婉儿的心早给了章怀太子。可为了大唐，她不得不委身于李显皇帝。

天边露出了鱼肚白，又要上朝了，婉儿坐在梳妆镜前，久久凝视自己，她明白，今天的朝堂会是一场恶战。

接婉儿的步辇停在了院门外，婉儿没有立刻起身，她坐在梳妆台前久久抚摸父亲唯一的遗物桃木梳。今后就由你陪伴母亲了！婉儿嚅动着嘴唇对桃木梳说，仿佛桃木梳是她的亲人。

门外又在催促，婉儿缓缓站起。

"母亲！"婉儿望着母亲的窗灯默默告别。

"也许女儿这一走就是永别！"婉儿的泪水泉水一样涌出来。

"保重！母亲！恕女儿不孝！"婉儿擦去泪水而后坚定地朝门外走去。

朝堂上，文武百官鸦雀无声，每个人都屏息静待。婉儿扫视一眼群臣，李旦一夜间白了头。当婉儿的目光与李旦不期而遇时，李旦犹豫的目光在说，婉儿，大唐真完了！

婉儿以坚毅的目光告诉李旦，婉儿在大唐在！

金銮殿上李显表情阴沉，韦后的脸上露出掩饰不住的喜悦，她看一眼一夜间憔悴了的婉儿，嘴角露出得意的笑。

李显一脸余怒，突然他站起一声断喝："枭首！"

话音落下，宫闱令杨思勖托着一个木盒不急不慢走上殿来，他朝皇帝和皇后行罢礼后，转过身子面对群臣，只见他一手托盒一手慢慢打开盒盖，接着从盒里拎出一个黑乎乎血淋淋的头颅。

这是太子李重俊的头颅，李显要用他的头颅震慑群臣。

"这就是逆贼李重俊的下场！"宫闱令杨思勖大声道。

杨思勖话音落下，李显噌一下站起，指着太子的头颅怒道：

"众爱卿，都抬起头来，好好看看，这就是寡人的太子！寡人立他为太子，他不思感恩反要杀朕！"

"这就是恩将仇报的下场！"韦后接着喝声道。

杨思勖便拎着头颅一一从朝臣面前巡过，如展示宝物一样，走到李旦跟前时，李旦被吓得双目紧闭，双腿直哆嗦。

他本来就胆小心慈，何况这是李重俊的头颅，他亲亲的侄子，昨天还与他说过话。

杨思勖见了暗暗发笑，便故意上下颠抖头颅，使之发出吱吱唧唧血浆摩擦的声响，李旦直感一阵眩晕欲呕。

杨思勖继续朝前走，李旦松下一口气，慢慢睁开眼，可就在他睁开眼的刹那，杨思勖忽地一个回身将头颅奋力掼在地上。

被掼在地上的头颅打了几个滚不偏不斜地滚到李旦的脚下，李旦惊叫一声昏厥过去。

婉儿眉头紧锁，愁容满面地望向李显。"相王乃帝唯一手足！"这是昨夜婉儿离开甘露殿对李显说得意味深长的话。

李显明白，昨夜婉儿含泪委身，是为救相王和太平公主，如若殃及池鱼婉儿必将不依。当然，李显也不是一个狠角色，他看着自己的同胞弟弟李旦也着实可怜，便让李隆基扶李旦到偏殿休息。

韦后忍俊不禁，扫视一眼群臣，道："太子年轻容易受人挑唆！"

韦后说着把目光投向兵部尚书宗楚客。

宗楚客仿佛接到命令一般，立刻挺直了身子跨出队列，朝李显韦后双手画一个大圆环抱，而后弯腰跪下施礼，礼罢从宽大的袖笼里掏出两卷早就准备好的奏折，小步上前递给李显。

李显接过展开看，一卷是弹劾宰相魏元忠的，另一卷是弹劾相王李旦的。

李显感到为难，这两人一个是唐朝的功臣，也是他的左膀右臂；另一个更令他为难，李旦不仅是他的同胞弟弟，而且是唯一的一个弟弟。一母四兄弟，大哥宏猝死，二哥贤被母后杀死，现只剩自己和旦，如婉儿言，自己是兄长，也是唯一能保护旦的人，自己决不能将弟弟杀死，决不能！

李显放下奏折，干咳两声，似有不议之意。婉儿舒了一口气，可这口气还没来得及落下，右台大夫苏珦便跳出来请求治太子重俊党羽，且话里话外矛头都指向相王李旦。

李显暗暗叫苦，皱紧眉头，心里骂道苏珦啊苏珦你就不懂朕的苦处吗！

韦后看出来李显无意治罪魏元忠，更不想罪相王。她扭动了一下身子顺势踩了一脚李显。

李显明白韦后不满了。这可如何是好！李显有些木讷在那。一边是手足亲情，一边是与他共患难过的韦后，无论哪方他都无法割舍。

"清者自清，浊者自浊，相王光明磊落，曾以天下让陛下，又何必今日染党羽。"婉儿站出来说道。

李显仿佛听出了味，婉儿这番话是不久前，吏部侍郎兼御史中丞萧至忠说过的，婉儿这是在提醒朕可以把案子交给萧至忠。

萧至忠不是韦后的人，交由他审李旦不会有事，又可以堵了韦后一党的嘴。想到这儿的李显，装模作样沉下脸，令吏部侍郎兼御史中丞萧至忠鞠之。

萧至忠果然不负婉儿所望，只见他磕头跪下，老泪纵横道：

"陛下富有四海，不能容一弟乎？而使人罗织害之乎！相王昔为皇嗣，固请于则天，以天下让陛下，累日不食，此海内所知。奈何以祖雍一言而疑之！"

萧至忠一番话不仅说的李显哑口无言，韦后及宗楚客之流也都哑口无言。想当初，武则天秘密从房州召回李显，武承嗣一路追杀，李旦冒着生命危险主动充当诱饵，太平公主一路保驾护航，李显这才安然回到洛阳宫。李显回到洛阳宫，李旦立刻主动请辞嗣子让位于李显，武则天一时没答应，李旦便绝食直到立李显为嗣止。

李显想起这些便惭愧地低下头。

魏元忠见状冒死进谏，曰："元恶已死，虽鼎镬何伤！但惜太子陨没耳！"

韦后一看，本来是要拔出萝卜带出泥的一手好牌，眼看就要被婉儿四两拨千斤打得稀巴烂，一股怒气油然而生。她怒目于宗楚客，宗楚客仿佛接到命令，身子一振，大呼太府卿纪处讷。

太府卿纪处讷一听宗楚客直呼他名，知道再不站出来是不行了，于是，一个跨步出列跪下请奏道：

"忠与太子通谋，请夷其三族。"

纪处讷话音落下，魏元忠扑通跪下，老泪纵横，"请陛下明察，老臣教子无方，请辞归田。"

今日的魏元忠不同往日，往日的他总是铿锵有力与宗楚客之流针锋相对，且多次在李显面前揭露宗楚客的阴谋，而今天的他只有求饶的份儿。

只因他的儿子太仆少卿升运气不好，在永安门撞上李重俊太子起事的队伍，被太子胁迫去玄武门，混战中被乱兵砍死。

魏元忠有苦难言跳进黄河洗不清，他除了请辞外别无他法。

魏元忠百口难辩，只能双手伏地跪泣。满头的银丝随着他的痛哭颤颤抖动，像寒风中即将飘落的枯叶。

李显又一次愣在那难以抉择。魏元忠三朝元老，为人做事光明磊落，于大唐赤胆忠心，在李敬业叛乱中他立下汗马功劳，也是高宗、武则天倚重的大臣。

兵部尚书宗楚客见状再奏："不诛恐难服众！"

宗楚客话音落下，朝堂跪了一半韦后党羽，皆奏不诛恐难服众。

李显扫视一眼婉儿，心语道，"婉儿，看朕有多难，这怪不得朕，希望你理解"。

婉儿仿佛听懂了一样，她以坚毅的目光回视一眼，而后轻移莲步上前，与魏元忠同跪，但什么也没说。

萧至忠见婉儿带头替魏元忠求情，便也上前与魏元忠同跪，接着许州参军燕钦融、大理卿郑惟忠等半朝的老臣哗啦啦也跪了一片。

韦后见了大怒道："凡参与者，请陛下悉诛之！"

李显像是被激怒了一般，脸色阴幽，站起，但没等他开口准奏，大理卿郑惟忠便大声奏道：

"陛下，今大狱始决，人心未宁，若改推悉诛，必递相惊恐，则反侧之子，无由自安。"就在这千钧一发之际，郑惟忠及时提醒李显。

郑惟忠，宋州宋城人。仪凤中进士举，授井陉尉，转汤阴尉。天授中，应举召见答：忠者，外扬君之美，内匡君之恶。武则天欣赏，授左司御率府胄曹参军，累迁水部员外郎、朝散大夫、凤阁舍人。李显继位迁大理卿。

李显想想也是，自己当初在玄武门上承诺的，只要放下武器，既往不咎，今若出尔反尔，怕会引起更大的动荡。

想到这儿的李显又坐下。

"陛下，罪臣无颜再侍朝，陛下若念及罪臣老矣，就赐罪臣解甲，罪臣感激不尽！"魏元忠把头叩在地面发出嘭嘭的响声。

李显看了心疼，叹一声道："魏爱卿，三朝兼美，劳苦功高，朕准奏归乡颐养天年。"

李显话音落下婉儿舒了一口气，只要魏元忠不被构陷网罗，那么构陷李旦就更无理由了。

一旁的韦后见连个魏元忠都搞不定顿时怒目圆睁，她起身甩袖而去。宗楚客一看韦后生气，又硬着头皮上。

"陛下，臣还有一奏！"宗楚客说着又递上一折。

李显暗暗叫苦，担心他又给自己捅娄子，好在这个奏折是请求立安乐公主为皇太女的。

李显看完扫视一眼堂下，道："议。"

堂下立刻炸开了锅，但无非是赞成和反对两种声音。

"众爱卿吵得朕头疼！"李显恼道。

"这样，同意的站右边，反对的站左边。"李显接着说。

李显话音落下，宗楚客第一个站到了右边，紧接着太府卿纪处讷、常侍马秦客、光禄少卿杨均、国子祭酒叶静等立刻都站到了右边。

婉儿第一个站在了左边，但跟婉儿站队的只有郑惟忠、燕钦融、萧至忠、其余的都原地不动，表示中立。

从人数上看，韦后占据了上风。韦后一看有利于自己立刻又现身出来。

"看来立安乐公主还是众望所归嘛……"韦后道。

不想话音落下，许州参军燕钦融叩地高声奏道：

"皇后淫乱，干预国政，安乐公主武延秀宗楚客等，朋比为奸，谋危社稷，应亟加严惩，以防不测。"燕钦融神色不屈，有凭有据，句句铿锵。

李显默然，韦后与马秦客、杨均、叶静三人关系暧昧，李显也是有所知的，只是他不想管也管不了。

韦后一听勃然大怒，拍案而起："大胆狂徒，污蔑本后就是侮辱陛下，左右刀斧手还不快拿下！"

韦后话音落下，埋伏左右的刀斧手一哄而上。

"住手！陛下在此谁敢造次！"婉儿喝道。

"叉出去！快！违令者斩！"韦后歇斯底里地吼。

宗楚客见状便自己上前去叉燕钦融，刀斧手见状一哄而上像老鹰抓小鸡一样把燕钦融提起扔到殿外，宗楚客的骑士便立刻将燕钦融锁拿掷于殿石阶，再将其头颅旋扭至颈项而断，可怜燕钦融立时毙命。

婉儿见状双手伏地，控告韦后宗楚客安乐公主阴谋篡位的事实。婉儿说出绿珠姐妹死因真相。

原来，那日韦后趁绿珠撞柱昏死，命令常侍马秦客杀人灭口，将绿珠抛尸荒园枯井，而这一切都在婉儿的眼线监视中。从碧珠向婉儿讨要桂花糕起，婉儿就心生疑虑，并将计就计，且布下天罗地网。所以，那天常侍马秦客前脚把绿珠抛下枯井，后脚绿珠就被高力士救起，绿珠命大居然还有一口气，她悲愤地道出原委后知道自己横竖都活不了便咬舌自尽了。

婉儿把韦后监守自盗在桂花糕里下毒又嫁祸于自己，以及指使碧珠诈孕而后杀人灭口等一一和盘托出。

"简直是无稽之谈！陛下，可得替妾做主啊！"韦后心虚急忙装得可怜巴巴地向李显讨救。

李显脸色难看，他最怕的就是婉儿与韦后掐，他夹在缝中左右都不行。

"碧珠诈孕，妾亦被蒙在鼓里，妾得知昭容冤枉后便立刻禀奏陛下，且请昭容洗冤，这些陛下都是知道的。"韦后表现得很委屈的样子。

婉儿进一步揭露韦后阴谋，她说出当夜韦后诏武三思、宗楚客等密谋皇太女以及阴谋篡位之事。

"抓贼抓赃，尔血口喷人，陛下，请为妾做主！"韦后扑通对李显下跪。

"陛下，婉儿以削发为尼向陛下保证，婉儿所言句句属实！"婉儿说完掏出早已准备好的剪刀一把将青丝剪断。

"陛下，婉儿这是以小人之心度君子之腹，报一箭之仇。妾冤枉！请陛下鸣公！"韦后继续装得十分委屈。

"婉儿，碧珠诈孕，皇后确实不知，为这事她一直自责愧疚……"李显还是信了韦后。

"陛下，婉儿从不计较个人恩怨，婉儿关乎的是江山社稷，安乐公主恃宠而骄，强抢豪夺鱼肉百姓；韦后摇弄国权，贼臣递构，谗陛下除忠良，此母女国贼也！何以立嗣堪当国家大任啊！"婉儿打断李显恳切道。

"婉儿，安乐年幼虽有不是，但不在其位不谋其政，一旦立嗣她定然会是另一番景象的。"李显替安乐公主求情。

"江山易改本性难移！若陛下执意立安乐，婉儿必将以死相谏，以报先帝太后知遇之恩！"婉儿说着掏出一个精致的小瓷瓶。

李显一看婉儿掏出的是鸩酒吓得大喊："不要，婉儿，朕……"

"你吓唬谁呀？一哭二闹三上吊，宫里玩腻了的把戏！也只有父皇会被你愚弄，杨思勖，宣诏！"安乐公主突然闯进大殿，命宫韦令杨思勖宣诏。

原来，李显已经答应封安乐公主为皇太女，连圣旨都拟好了。

杨思勖立刻从怀里掏出一卷圣旨展开宣道：皇帝诏曰……

"陛下……万万不可！"婉儿伏地，额头猛地磕在地上"砰"的一声响，鲜血渐渐渗了出来。

"宣！"韦后喝道。

"皇帝诏曰……"杨思勖再次扯开嗓子宣读。

"陛下！！！"婉儿声泪俱下连磕了三下响头。

婉儿这是在向李显告别，可李显没有明白，他天真地以为只要挺过这一关，圣旨一经宣布生米煮成熟饭，立嗣风波从此消停，自己也从此解脱了，再不要夹在韦后与婉儿的墙缝中。

杨思勖继续宣读："安乐公主，娴淑聪慧，贤明孝敬，忧国爱民……"

婉儿见大势已去，已没有力量可以阻止眼前的一切，她满心悲愤地拔开瓶盖一仰脖饮下鸩酒。

李显大惊，急呼太医。太医赶到，但婉儿拒绝就医。

"婉儿，朕求你了，朕不立皇太女还不行吗！"李显流着泪恳求。

"传诏，永不立——皇——太——女！"婉儿用僵硬的舌头艰难地说完便昏死过去。

"一定要救回朕的昭容！不然，你们都得死！"李显冲太医们发疯似地吼。

第一二五章　二月疏影横斜冷
幽径断墙古色香

高力士跌跌撞撞，一头撞进采微苑。

扯开嗓子就喊："夫人，夫人，昭容……"

高力士惊呆于眼前的景象。郑氏衣着隆重整齐，端坐于院中央，石桌上摆放着一个精致的小瓷瓶，瓷瓶顶系着小红丝带，这是鹤顶红，也就是鸩酒的标志。

"慌什么！迟早的事！"郑氏镇定自若。

高力士一看郑氏的穿戴以及沉着镇定的神情，便知，其实这一切都在郑氏的预料中。

不错，从郑氏发现婉儿偷藏鸩酒起，郑氏就知道这一天快到了。婉儿每日上朝去，郑氏都会第一时间去查看鸩酒是否被带走，今天婉儿前脚走郑氏后脚发现鸩酒被带走便做好了准备。

"夫人……"高力士看着石桌上的鸩酒想说什么，但什么也没说。

"你出去吧！"郑氏平静道。

高力士嗫动了一下嘴唇，想劝郑氏好死不如赖活，可他再一次什么也没说。他知道一切话语都是多余的。他早就听说了郑氏与上官庭芝的爱情，当年若不是因为有婉儿，郑氏也和婆婆杨氏一样一根白绫随夫君一起去了。

高力士默默退出，带上院门，心中对这对母女更加肃然起敬。

郑氏轻轻叹了一声，打开一直紧握的手掌，对着被握得有些汗湿的桃木梳说："你终归好了。"

这把桃木梳是上官庭芝送给她的定情物，也是唯一的遗物，她与婉儿都珍爱如命。

"庭芝，我们一家子就要团聚了！记得夫君问过妾，怕不怕受连累，妾说不怕，夫君若赴难妾绝不独活，可后来为了婉儿，妾不能随夫君去，而今，婉儿也去了，妾终于可以兑现了，夫君，你等久了吧……"

郑氏对着桃木梳轻声倾诉。她满脸挂泪却又带着笑意。

她把桃木梳贴在面颊轻轻摩挲，轻声倾诉：

"唉，谁让妾爱上夫君呢！你们上官氏呀就是倔，老的倔，夫君倔，我们的女儿比她爷爷还倔，现在好了，你们爷孙都把命倔给了大唐！告诉你，我们的女儿婉儿，为了阻止安乐公主立嗣，就在刚才，在那个夫君上过朝的大殿服下了鸩酒……"郑氏说到这忽然哽咽说不下去。

她停了停，歇了一下气，又继续倾诉："你们爷孙一定欣慰吧！我们的婉儿是好样的，她没辱没上官氏一门忠烈，当然，妾也不会拖后腿的，夫君，再等一会儿，妾来了……"

郑氏拔开瓶盖，一仰脖一口吞下鸩酒。

毒性很快发作，毒药像一群带刃的蝌蚪从喉管四处游去，郑氏顿感有无数把刀在寸寸剐她的肠，她疼得蜷缩成一团，但却始终面带笑意。

她望见墙角的梅，嘴角漾出更深的笑，且吟道：

> 疏影横斜冷，
> 断墙古色香。
> 不谙风花月，
> 悠然独自芳。

她艰难地，断断续续地，反复吟诵……

这首《古梅》是她在显庆初年晦日皇宫诗赛会上一举夺魁的作品，不承想，时隔半个世纪，朗朗读来，却仿佛是她自己一生的写照。

第一二六章　含泪葬母降婕妤
未雨绸缪见赤胆

一

婉儿奇迹般地被御医从鬼门关硬生生地拽了回来，只是苏醒过来已是第五天。

婉儿睁开眼，看见李显伏在床头正打呼噜。

"陛下！"婉儿嚅动了一下嘴唇，但她干涩的喉管没能发出声音。

"醒了！醒了！"御医见婉儿睁开眼兴奋地摇醒李显。

"醒了？谁醒了？婉儿吗？"李显一边揉眼一边不敢相信。

"昭容，您终于醒了，不然我们……"御医兴奋得都呜呜地哭起来。

"水……"婉儿虚弱地吐出一个字。

"快，快拿水来……"李显大喊。

"婉儿，你真的醒了吗？朕不是在做梦吧？"李显似乎不敢相信。

"你可把朕吓坏了！"李显含着泪双手握住婉儿的手，又是揉搓又是笑。

"是陛下的鼾声把婉儿给吵醒的，婉儿还真想睡上一万年呢！那里的风景真好，没有喧嚣，没有争斗，只有徐徐飘来的玉簪花香……"婉儿说着仿佛真有这样一个世界。

"唉！昭容只管有了好去处，却不管朕的死活！"李显伤感道。

"陛下在昭容的床头守了五天五夜了！"御医近前说。

"谢陛下隆恩！陛下真正该守的不是婉儿，而是江山啊！"婉儿不失时机地一语双关。

李显不语，默然叹气。这些天他零零星星地想起一些韦后诡异的事，串起来发现了一些蛛丝马迹。比如，婉儿被打入冷宫那夜，武三思、宗楚客等的确都在韦后宫里，他不仅撞见武三思与韦后下棋，且听了个尾声，只是被韦后敷衍过去了。

"陛下？莫非安乐……"婉儿见李显叹气，首先想到是不是安乐为嗣已成定局。

"不，朕答应了昭容不立安乐，君无戏言！"李显连忙解释。

婉儿舒了一口气，喝下一些汤水，对李显行跪拜大礼，而后道：

"婉儿以死相谏自是有损帝威，请帝降婕好！"

"这又是何苦来着！"李显显然不愿意。

"帝不忍，婉儿自降婕好！"婉儿坚持道。

李显叹气，他最爱的两个女人，一个也说服不了，只能随婉儿去。

"我昏睡了五天，吾娘一定急坏了！"婉儿想起了母亲。

提到郑氏，全场立刻绷紧了神经。李显担心婉儿受不了丧母的刺激，急忙说：

"夫人有溪儿陪着，汝才醒来，身体虚弱，御医嘱咐不宜走动，汝就在朕的养心殿多养几日吧。"

"是，是，夫人好着呢，奴才刚刚从那里来，还有太平公主陪着。"高力士连忙帮皇帝敷衍。

可他们僵硬的表情，却恰恰暴露了郑氏出事了。

"不对，高力士，你在说谎，你的眼睛为何躲闪，快说，我娘怎样了？"婉儿逼视着高力士。

高力士低下头不敢看婉儿，他正为没劝下郑氏而惶恐悔恨。

"吾娘她是不是……"婉儿不敢往下想。但婉儿清楚，娘不会独活。

婉儿不顾一切，跌跌撞撞要回采微苑。

"终是瞒不住的，送昭容回采微苑吧。"李显道。

"替朕照顾好她，厚葬夫人！"李显口谕高力士。

"赐节义夫人！"高力士才转身，李显又补充道。

高力士前脚走，李显后脚出了养心殿，一路奔议政殿去。

二

"娘，娘……"婉儿远远望见院墙插满白幡，心中顿生不祥之感。

她迫不及待地跳下马车，可扑通一声就栽倒了。本就极度虚弱的身子，再受这样大的刺激，自是雪上加霜。

她双腿颤抖站立不住，太平公主和溪儿闻声赶来。

"姐姐，娘她……"溪儿哭得说不出话。

"娘，娘，女儿回来了……"婉儿被搀扶进郑氏的卧室。

郑氏安详地躺在床上，婉儿扑了过去，想抱起母亲，可郑氏僵硬的身子抗拒着。

"娘，你怎么啦？娘！……娘的身子怎么这么冷？"婉儿四处抓摸母亲的身体。

"快，快生炭火，溪儿，溪儿，你怎么能让娘这样冷！"婉儿一边说一边挽住郑氏的头痛哭。

"都出去吧，让昭容与夫人絮叨最后一程吧！"太平公主说。

屋里的人迅速退了出来，只有高力士不情不愿走，他实在担心婉儿扛不过去再寻短，这样自己就要吃不了兜着走，无法向皇帝交代。

"放心，昭容的命属于大唐，她不会因个人情感轻生的！"太平公主看出高力士的担忧，便安慰着他。

"那就好，不然老奴担待不起呀！"高力士道。

婉儿哭了一阵果然止了哭声，她发现母亲手里还紧紧攥着一样东西，一看是桃木梳。

婉儿轻轻一掰桃木梳便掉了下来，之前溪儿与郑氏净身子时，想拿下桃木梳，可怎么也掰不下，仿佛桃木梳与郑氏的手掌连在一起。

婉儿拾起桃木梳，仔细端详，发现桃木梳新刻上了父亲母亲和自己的名字。

婉儿又一头扑在母亲身上，轻轻喊一声"娘！"而后只管紧紧拥抱住一动不动，像是在静静地聆听母亲的心跳，又仿佛是歇息在母亲的港湾……

"娘，你好傻！"许久，婉儿用桃木梳给母亲梳理头发。

"娘本是金枝玉叶，本可以荣华富贵一生，可却受我们上官氏连累，入掖庭为奴，干着最低下的刷马桶的活儿，受尽侮辱，几近被折磨至死，后来又成天为婉儿担惊受怕，没过上一天安稳日子！娘，女儿不孝！对不起娘！"

婉儿又控制不住哽咽。

"女儿欠娘的太多了！比这数不清的头发还多！可是，娘从来都无怨无悔……"

"娘……你不要离开婉儿好不好啊！娘！"婉儿突然又紧紧抱住母亲，那压抑住的情感又一次决堤，她趴在母亲身上号啕痛哭。

"总这么哭下去，怕昭容的身子承受不了！"张太医提醒公主。

太平公主抹一把泪走了进去，发现婉儿已哭得手脚抽筋，身子蜷缩，掌心冰凉，手指抽搐成拳。

公主试着掰开，但没能掰开。"来人！"太平公主急忙喊。

"带昭容离开这里！"太平公主当机立断。

"别让婉儿离开娘啊！公主求求你了！……"婉儿死活不肯离开，但无奈被高力士、张太医等硬生生架上公主的马车，公主亲自驾车一路朝公主府邸去。

"你好好歇息一晚，明天再送汝过来。"太平公主说。

"不要，今晚就入殓天明就下葬，越快越好。"婉儿说。

"为何？"公主有些诧异。

"迟了，怕不能亲手安葬母亲。"婉儿说。

"陛下不是答应不立裹儿了吗？"太平公主没明白婉儿为何要如此急地下葬母亲。

"韦后能答应吗？李裹儿又能答应吗？帝爱裹儿切之深，如今答应亦不过是权宜之计啊！"婉儿道出自己的担忧。

"吁——"公主拉住缰绳，马车立刻停了下来。

"婉儿，我们李家欠你们上官氏太多了！你爷爷，你父亲，你……"公主由衷地感慨。

"不，公主所言差也！能为国家天下人活，高尚者也，如果爷爷与婉儿称得上是高尚之人，那是你们李家成就了我们爷孙，婉儿将与爷爷一样含笑九泉。"婉儿慷慨陈词道。

太平公主唯有感动地紧紧相拥婉儿。

"放心，本公主不会再让你一个人战斗！"公主调转马车把婉儿送回采微苑。

三

李显来到议政殿，未见宗楚客他们，转身就去韦后宫殿，有韦后线人飞快跑去报信，被李显逮了来，直接杖杀。

宗楚客以及韦后的面首，果然都在韦后宫殿，他们在狂欢庆贺。比预计中的更理想，太子死，魏元忠滚蛋，婉儿只剩一口气说死就死，太平公主成了半个尼姑，李旦胆小又窝囊，给他个皇帝他都不敢接，不久的将来这天下是谁的已经不言而喻了。

"这运气来了挡都挡不住！想不到魏元忠会掉了进来。"常侍马秦客举起酒樽说。

马秦客话音落下，宗楚客立刻纠正道："此言差也，不是运气好，是韦后娘娘运筹帷幄的结果。"

"尔等有所不知，从嫁祸婉儿到替她洗冤，再到太子反，这一切都是娘娘之作！老臣佩服得五体投地！如此智慧不受帝乃暴殄天物啊！"宗楚客一边说一边频频向韦后敬酒。

"娘娘高瞻远瞩，娘娘万岁万岁万万岁！"光禄少卿杨均扑通跪地向韦后行皇帝之礼。

"陛下万岁万岁万万岁！"国子祭酒叶静一见情敌杨均把马屁拍得噼啪响自是不能落后，他扑通一声跪下直呼韦后陛下。

韦后被两个小情人的马屁挠得心花怒放，只有一旁的宗楚客微微皱了眉头。

"小心隔墙有耳！"宗楚客提醒道。

"那又如何？他现在就是一只没了牙的老虎，看着吓人罢了！"韦后不想在情人面前示弱，便嘚瑟道。

就在这时一太监线人来报，婉儿起死回生了。

"什么时候的事？"韦后大怒。

"回娘娘，有一会儿了。"太监道。

太监话音一落就被韦后结结实实地掴了一巴掌。

"有一会儿怎么才来禀报？"韦后有些暴跳如雷。

"回娘娘，刚才见帝在，奴才未敢进。"太监委屈道。

"你说什么？见谁在？"韦后轰的一下就吓出一身冷汗。

"陛下呀！"太监道。

"你说的可是陛下来过？"宗楚客揪着太监的衣领问。

"回大人，是的，小的见陛下离开才进来的。"

太监明明白白的回答，令在场的都失禁跌坐。

"怎么办？陛下一定是听到了。"宗楚客说。

韦后不语，她从惊慌中慢慢镇定下来，"慌什么？"

"都散了吧！没事的！"韦后强挤出一丝笑，装得若无其事。

"实在不行就……"宗楚客言外之意提前行动。

"本宫会见机行事的，你们该干嘛干嘛去，这几天暂不要来本宫这，有事本宫会派人通知你们。"韦后最后说道。

宗楚客们离开后韦后立刻换装去见李显，但被拒之门外。这是韦后第一次被拒之门外。

李显把自己禁闭起来，谁也不见。他下了死命令，擅闯者斩！

深夜，韦后翻来覆去睡不着，她还是怕了李显这只没牙的老虎。一旦他翻脸不认人，一旦他全然不念房州患难夫妻情，一旦他猛然清醒，一旦他……韦后不敢往下想。别看自己今天要风得风要雨得雨，风光无限，但这一切都是皇帝赐予的，他只要一道圣旨一个"废"字，就立马把自己从天上打入十八层地狱。

想到这儿的韦后弹簧一样从床上坐起。

"裹儿，你睡了吗？"韦后来到安乐公主卧榻前。

自从驸马武崇训被故太子李重俊杀死后，安乐公主就住进了韦后宫里。

"母后，咋又睡不着？"

"这心里老不踏实！"韦后说着叹了一声。

"出啥事了?"

"也说不上出啥事,就是……"韦后欲言又止。

"到底出啥事了,母后快说呀!"李裹儿急得也坐了起来。

"今天你父皇可能听到本宫与宗楚客、叶静他们的谈话……"韦后犹豫再三还是说了出来。

"母后都说什么了,怕成这样?"

"还不就说立你为嗣的事,还能说什么。"韦后选择性地说。

可李裹儿也不是省油的灯,她猜到韦后还有更严重的事情隐瞒了,不然就这事,老生常谈,母后不至于夜不能寐。

"母后一定还说了别的,不然不至于!"李裹儿笑道。

"叶静山呼母后陛下,你父皇一定是听见了。"韦后不得不全盘说出。

"就这事啊,母亲随便编句谎话糊弄下不就得了,每次不都这样吗!"李裹儿打个呵欠准备再睡。

"这次恐怕不行了,你父皇拒见母后,这样的事还是第一次。"韦后皱紧眉头。

"母后,真有那么严重?"李裹儿审视着韦后的表情。

"母后不是说父皇是没牙的老虎吗?就是当面说了又如何?"李裹儿不以为然。

"没牙是没牙,但毕竟是老虎。"韦后又叹了一气。

"母后不是在告诉裹儿,父皇会为了婉儿杀我们吧?裹儿才不信呢,量他没那个胆!"李裹儿不等韦后回答而是自问自答。

"无情最是帝王家啊!"韦后又重重地叹一气。

韦后起身欲离去,就在这时,宫韦令杨思勖派手下的来报,李显去了上官婉儿那。

"又是上官婉儿!"李裹儿大怒。

"母后,明天看裹儿的。"李裹儿嘴角漾出阴冷的笑。

韦后无声退去,这就是她要的。那夜,她睡了个好觉。

第一二七章　忽闻噩耗天地崩
临危拟诏定海针

一

翌日，李裹儿求见李显同样被拒之门外后，她就在李显的养心殿前架起一口大缸，缸中盛满水，缸下燃薪柴。这是周兴发明的酷刑，叫温水煮青蛙，把犯人丢进瓮中慢慢煮，再强的意志都能摧垮。后来来俊臣就用周兴的酷刑让周兴顷刻认罪，美其名曰"请君入瓮"。

但李裹儿此举不是用来审犯人，而是用来演戏逼李显就范的。

李裹儿爬进缸里，让人点燃薪柴。

"父皇不出来，裹儿就不出去。"

水温在一点一点上升，李裹儿蹲进缸里任由谁劝也不为动。

韦后赶来哭天抢地。李显在屋子里焦虑地徘徊。

"陛下，想当年被贬房州，我们一家连过冬的衣物都没有，途中生下裹儿，却发现无褓褓，陛下宽衣将裹儿包裹，为了记住这个日子，陛下给她取名裹儿。她三岁就知道逗陛下开心，六岁会给陛下捶背，十岁生日，她悄悄把鸡蛋藏在陛下的粥里……"韦后数落起房州那段苦难岁月。

韦后数落的目的，就是提醒李显，在房州是谁陪你度过的，你又对我韦氏许下过什么诺言。

原来，在房州时，每每武则天派官员到房州视察，李显便吓得精神崩溃，生怕母亲是派使者来毒杀他的，而在这样的岁月中，是韦氏一次一次地安慰他，为他点亮活下去的勇气。

一次李显一激动便向韦氏许诺："一朝见天日，誓不相禁忌。"

李显当然听出弦外之音，但李显很为难，如今的韦后已经危及大唐的江山，心想："我李显再糊涂也不能把祖宗的江山来断送"。

"裹儿，你父皇不要我们了，让母后与你一起死吧！"韦后见李显还不出来只得使狠招。

韦后说着也往缸里爬，弄得一帮太监呜呼哀哉的，有的上前拉拽，有的跪在地上磕头求李显出来，有的哇啦哇啦地哭。

经过这样一番折腾，闻声赶来的大臣，已经呼啦啦跪了一片。李显明知李裹儿与韦后是在做戏，但也不得不出来。

走出门的李显一见缸底下真生着火，着实急了一把。

"裹儿，你这是要气死你父皇啊！"李显冲上去灭火。

"还不把公主弄出来，公主要有个三长两短，你们一个也活不了！"李显指着太监们大怒。

"谁让父皇不要裹儿了！"李裹儿半推半就出了缸。

李显见一身湿淋淋的李裹儿，瞬间就动了侧隐心，他心疼地抱住李裹儿道：

"咋这么傻！父皇永远都不会不要你们的！"

"父皇只是太累，想好好睡上几天几夜。"李显道。

"裹儿想父皇嘛！"李裹儿撒娇道。

"父皇知道了，晚上父皇去看裹儿，赶紧去换衣裳别着凉了！"李显关切道。

"妾就知道陛下不会忘记当初的！"韦后上前为李显整衣领又一语双关道。

李显顿然生厌，这些年韦后不停地拿这件事压他，已经压得他喘不过气还不罢休。

李显将韦后的手拨开，转身离去，把韦后晾在那，韦后遭此境遇还是第一次，她狼狈到脸色发紫。

"你父皇变了！"

夜里，韦后又来到李裹儿卧室。李裹儿正发着热。

"父皇骗裹儿！他就是个大骗子！"李裹儿哭着大骂。

"你父皇现在是只见新人笑不见旧人啼！"韦后煽风点火道。

"那就别怪本公主无义！"李裹儿目露凶光。

韦后倒吸一口气，"裹儿，你要干什么？"

李裹儿不语，韦后继续道：

"可不能胡来！凡事得从长计议，你父皇只是一时糊涂。"

"母后就是太心慈，才会有今天！若是有奶奶那般狠毒，杀光他们，哪会有今天！"李裹儿说完翻一个身，面朝里不再说话也不再理会韦后。

"马秦客，你到底传没传公主有恙。"韦后突然问常侍马秦客。

"娘娘交代的事，下官还能忘？"马秦客道。

"看来他真变了！"韦后意味深长叹了一气。

"那我们该怎么办？"马秦客道。

"慌什么！对了，擢裴谈、张锡等人的奏疏陛下画否？"

原来，韦后称帝之心败露后，便加紧培植党羽，令朋党上书分别擢刑部尚书裴谈、工部尚书张锡并为同中书门下三品，擢吏部尚书张嘉福、中书侍郎岑羲、吏部侍郎崔湜三人为同平章事。这样一番操作下来，朝政大权就尽落韦后之手。这又是效仿当年的武则天，嗣圣元年（684），李显被贬房州，武则天一番人事改革，轻而易举就把皇权牢牢地控制在了自己手里。

可李显也不是傻子，他扣下奏疏迟迟不画可。

"据杨思勖言尚未画可。"马秦客回道。

韦后许久不语，而后道："起驾！"

"娘娘要去哪？"

"陛下在哪，本宫就去哪！"

"帝在昆明池。"

"他去昆明池干什么？"

"说是散心，其实是……"马秦客打住话题。

"其实是为了躲本宫对吧！"韦后坦然说出马秦客打住的话。

"一同去的大臣都有谁？"韦后又问。

"三品以上大臣基本都去了。"

"郑惟忠、萧至忠去了吗？"

"哼，他们俩现在可嘚瑟了，萧治忠擢中书令，替代魏元忠，郑惟忠擢黄门侍郎。"

"这么大的事情为何不早报？"韦后气得一掌掴去。

把个马秦客掴得脸色红紫到脖颈。

"走，去昆明池。"韦后顾不得情郎马秦客的窘迫，她抄起披风就往外走。

韦后来到昆明池，先是哭哭啼啼一番，接着又把房州的老账一页一页翻出来。李显明白韦后想要什么，为了息事宁人，李显答应画可。

韦后见目的达到便打道回府，只是韦后前脚离开，李裹儿后脚赶到。李裹儿与韦后的态度大相径庭，她气势汹汹咄咄逼人，对李显未前去看望自己骂不绝口。

"父皇错了还不行吗？"李显无奈只得认怂。

"不行，除非立裹儿为嗣。"李裹儿强势道。

"唯独此不可！"李显道。

"裹儿偏要！"李裹儿寸步不让。

"裹儿，别闹了好不好，父皇累了一天，身子忒困乏。"李显的确感到累，一边说一边躺下。

"要裹儿不闹，除非立裹儿为嗣。"李裹儿见李显认怂便变本加厉。

"唔，父皇有些不舒服，让杨思勖进来吧。"李显突然感到胸口发闷。

"答应裹儿，不然谁也别想进来。"李裹儿反借机要挟。

"那裹儿为父皇倒些水来，再打开那个木盒，里面有个红色锦盒，拿两粒药丸给父皇。"李显无奈只得让李裹儿为他端水拿药。

李裹儿打开木盒，果然里面有一个红色的锦盒，她又打开锦盒，里面躺着四粒黑黢黢的药丸。李裹儿盯着药丸看，心一下子突突突地跳得厉害。继而，李裹儿的嘴角扯动一丝阴笑，她迅速将药丸与自己的药丸掉了个包。

李裹儿端来水喂李显服下药，而后离去。

四更，一阵急促声把韦后吵醒。

"陛下，他，陛下他……"宫韦令杨思勖惊吓得跌跌撞撞结结巴巴。

"莫非陛下废本宫？"韦后第一反应是李显废后。

"陛下仙去了！"杨思勖哭着说。

"什么？你说什么？"韦后惊骇。

"陛下驾崩了！"杨思勖再一次说道。

韦后身子一晃，跌坐在床半天说不出话。

半晌，她幽幽问道："昨夜还有谁见过陛下？"

"娘娘走后，安乐公主见过。"杨思勖说。

"裹儿？"

"是的。"

韦后又一阵沉默。须臾，她诡异一笑道："上官婉儿未去？"

"确实未去！"杨思勖道。

"若是去了呢？去没去还不是你杨大人说了算。"韦后暗示杨思勖嫁祸婉儿。

"恐怕不行，这几日太平公主日夜陪伴在婉儿身边，如是只怕弄巧成拙。"杨思勖道。

"罢，还有谁知道陛下驾崩？"韦后叹一气又问。

"只有老奴一人知道。"杨思勖回道。

"那就好！现在你要做的就是死守消息防止外露，秘不发丧。"

韦后吩咐完杨思勖就立刻诏宗楚客和她的三个面首常侍马秦客、光禄少卿杨均、国子祭酒叶静。

"先调集兵马控制长安城，再诏宰相于殿。"宗楚客说。

"宗爱卿与本宫不谋而合！"韦后说着拿出一份人事名单。

由驸马都尉韦捷、卫尉卿韦璿、左千牛中郎将韦锜、长安令韦播、郎将高嵩，及韦灌等韦氏家族分头统领五万兵马驻扎长安城。中书舍人韦元负责巡察城中六街，左监门大将军兼内侍薛思简等人带领五百骑兵迅速前往均州戍守，以防均州刺史谯王李重福起反。李重福乃早年受韦后构陷被贬的李显次子。

宗楚客等一帮人看完韦后的部署，啧啧夸赞一番后便分头行动去。

二

话说婉儿与太平公主亦被一阵急促的敲门声惊醒。溪儿拉开门，高力士迅速闪进院子。

"出大事了！"高力士跌跌撞撞一跨进门就嚷嚷着出大事了。

高力士把杨思勖深夜去见了韦后，韦后深夜诏宗楚客调集兵马等一一和盘托出。

"她们这是要动手了？"太平公主第一反应是韦后宫变。

"快通知相王。高力士，你去通知李隆基，让他千万别进宫，有他才有相王的安全。吾去见陛下。"婉儿思索片刻决定道。

"怕是不会让你见陛下了！"太平公主道。

"不让见就说明陛下出事了！"婉儿说。

"依婉儿看，陛下现在会是什么状况。"太平公主问。

"一定不好，被逼宫的可能性比较大。"婉儿略略思索后说。

"吾去了！"婉儿跳上马车。

"如果你一去不回，该如何？"太平公主追着马车问。

"以琴声为信，若月上树梢还听不到婉儿的琴声，就说明婉儿已不在人世。"婉儿想了想说。

"若陛下安好，你就弹《凤求凰》，若需勤王你就重复弹上阕，若陛下……"太平公主忽然打住。

但顿了顿，还是说道："若驾崩你就重复弹下阕。"

驾崩？婉儿的心咯噔一下。心想不可能吧，但，又一想，韦后、李裹儿什么事都干得出，于是幽幽叹道：

"好，一言为定，婉儿去了。"婉儿亲自驾马车一路奔昆明池去。

韦后听说婉儿来了，嘴角露出阴冷的笑，"消息挺快的，来得正好，把她控制起来。"

韦后一声令下，几个太监立刻上前限制了婉儿的自由。

"大胆！你们这是要造反吗？吾要见陛下。陛下，陛下……"婉儿故意扯开嗓子大声喊陛下。

"别喊了，陛下睡着了，他再也听不见了！"韦后走了过来说。

婉儿一愣，她不敢相信，"胡说！你们把陛下怎么了？"

"本宫倒是希望是胡说……"韦后挤出几滴泪。

"什么时候的事？"婉儿见韦后一脸认真想来不假。

"不知道，杨思勖发现的。"韦后回道。

"娘娘现在是要秘不发丧吗？"

"秘不发丧只是权宜之计，瞒得了一时瞒不了一世。"韦后说。

"听说娘娘已调兵马五万，莫非是要效仿太后登基称帝？"婉儿开门见山。

韦后听了笑道："本宫若称帝，婉儿第一个扒本宫的皮，不是吗？"

婉儿默然不语。

"婉儿，以前本宫吃你的醋，做了一些对不住你的事，现在陛下殁了一切也就烟消云散了，本宫希望婉儿能不计前嫌，与本宫共渡难关。"韦后突然悲悲切切地对婉儿示弱。

"那要看什么事，婉儿一向唯原则是从！"婉儿说。

"婉儿视原则如命本宫已经领教过了，违背原则的事本宫自是不敢开口。"韦后道。

"说到底您是娘娘，但凡有婉儿能效力的请娘娘吩咐就是。"婉儿说着对韦后深深一鞠躬。

"就本宫个人而言是没什么要帮的，可这江山社稷不得不令人愁啊！帝暴毙，皇太子未立，朝臣不和，边关战事不断，不瞒你说，本宫有大厦将倾之感啊！"韦后这一番说辞倒是在情在理。

但其实韦后是在试探婉儿的立场，立谁为皇太子。

李显还有两个儿子，次子谯王李重福和幼子温王李重茂均非韦后所生。若按长幼有序，自然是立李重福为皇太子，但韦后很清楚立李重福为皇太子自己的好日子就到头了，因为李重福早年被贬均州刺史全拜韦后所赐。这也是韦后为什么要深夜派左监门大将军薛思简带五百骑兵迅速赶往均州戌守的缘故。

婉儿当然听出了弦外音。但婉儿想，只要不立安乐公主为嗣自己就可以退一步。

"娘娘可是向温王？"婉儿又单刀直入。

韦后半天不语，仿佛被人戳穿的尴尬。

"温王虽年幼，但最像陛下，仁厚慈爱，婉儿难道不觉得温王更适合吗？"半晌韦后毫不客气地表露出自己的心迹。

"只要不是李裹儿，婉儿可以退一步。"婉儿说。

婉儿想，能立温王已是最好的结果了。

"好，上笔墨！"

婉儿话音落下，韦后立刻命人端上笔墨，韦后亲自为婉儿研墨。

婉儿接过笔墨，展开绢纸，略略思索后写道：

奉天承运，皇帝诏曰：温王李重茂勤勉好学，仁慈有遗，励精图治，安邦之可塑，立皇太子。写到这婉儿顿了顿，而后继续写道：

相王李旦忠君可嘉，堪比周公，特诏安国王辅政大臣……

遗诏写到这，一旁的韦后见了居然没自己什么事，便立刻变了脸。

"单相王辅政这权力未免太大了吧！试问，若相王异心，温王何以抵御？"韦后问。

"相王无意帝位，这一点大家都有目共睹。"婉儿解释道。

"此一时彼一时，当年他执意让位难道不是因为太后有意归位于帝吗？再说了，就算相王没想法，你能保证他的几个儿子也没想法吗？尤其是三郎李隆基，本宫观他独具帝像！"韦后一番话把婉儿说得哑口无言。

"陛下啊，您在天之灵都看见了吧？您对婉儿那是恨不得挖心掏肝给她，如今你尸骨未寒，她居然左右顾相王，置温王于险境不顾……"韦后一把鼻涕一把泪地号起来。

"娘娘言之有理，婉儿愧对陛下！"

婉儿想了想觉得韦后说的不无道理，就是李旦不想当皇帝，谁又能保证他的儿子们不想当皇帝呢，尤其三郎李隆基，很小的时候他就显示出帝王的才能。

婉儿拿起笔重新起诏，在结尾加上韦后垂帘字样。

韦后这才破涕为笑，拿了诏书去见宗楚客。

韦后走后，婉儿想到还未给太平公主报信，于是她让太监取来琴，按照约定重复弹奏《凤求凰》下阕。太平公主得到李显驾崩的消息立刻赶去通知相王李旦。

"她秘不发丧，我们就给她来个反其道而行之，走，去敲丧钟，搞得沸沸扬扬，让所有的人都知道陛下驾崩了！"太平公主提议道。

"不失为好计！"李旦赞同。

丧钟敲响，瞬间宫里宫外一片哀声。宰相们自是都赶了来。

宗楚客还正在喋喋不休劝韦后效仿武则天登基称帝，突闻丧钟响。

"谁走漏了消息？"宗楚客恼羞成怒。

"他们的势力还无处不在，现在登基为时还早。"韦后道。

"那就先把少帝攥在手里，由皇太后摄政，到时如杀张柬之五王一样各个击破杀之。待扫清障碍再风风光光称帝登基！"宗楚客不得不放弃韦后直接称帝的想法。

"摆在面前的难题是相王辅政。"韦后道。

"那有何难！叔子不便与皇嫂过密接触，这个理由谁敢驳斥？"宗楚客得意一笑。

"好！宗爱卿不愧为智囊星！"韦后赞许道。

"宰相们都到齐了吗？"韦后问。

"到齐了。"

"走，我们该登场了！"

"不，娘娘不能这么出场，娘娘得三顾茅庐，然后哭着被人搀扶着进场。"宗楚客提醒道。

"宗爱卿提醒得极是。"韦后说着顺手扯乱自己的头发，然后换上素装，再放开喉咙哭得死去活来。

大殿上聚齐了十四位宰相，李旦相王，萧至忠，韦安石，赵彦昭，郑惟忠，宗楚客，纪处讷，韦嗣立，韦巨源，李峤，裴谈，张嘉福，岑羲，崔湜。

终于把韦后请上殿，韦后被两个太监搀扶着哭成个泪人。

"娘娘节哀！"宗楚客带头跪下。

"难道？难道……"萧至忠看韦后穿着粗布麻衣惊骇得身子一晃差点栽倒。

"千真万确，陛下昨夜暴毙！"杨思勖也哭成了泪人。

"陛下!"萧至忠一声陛下跪地痛哭。

整个大殿顿时哭声一片。

"娘娘节哀,国不可一日无君!"宗楚客突然一声大喊。

所有的哭声被这一声喊戛然而止。

"娘娘节哀!"萧至忠缓过神说。

"娘娘节哀!"一堂的宰相也都跟着说。

韦后这才止住哭,撩了撩纷乱的发丝,哀哀叹道:

"本宫好命苦啊!陛下眼睛一闭就这么撒手不管了,丢下我们娘俩一老一幼,这可如何是好!"

韦后把温王李重茂拉过去搂在怀里。宰相们一看便都明白,韦后这是要立温王。这个结果有些出乎萧至忠等唐字派宰相的意料,本以为韦后会为所欲为立安乐公主,不承想韦后居然立温王李重茂。

"陛下可留遗诏?"萧至忠问。

"遗诏在此!"婉儿递上自己刚写的诏书。

萧至忠看了心中亦知是矫诏,但这有利于安定,再加上立的是温王也就默认。于是,萧至忠亦假戏真做朗朗宣读矫诏。

只是话音落下,宗楚客跳出来反对相王辅政,理由就是男女有别,叔嫂应避嫌。

但宗楚客的主意遭到唐字派的强烈反对,因而无功而返。

立温王算是双方各退一步,所以一切都很顺当。景龙四年(710)7月,李显驾崩第三天,十五岁的李重茂顺利登基,改年号"唐隆"。

婉儿和太平公主等都稍稍松下一口气。

这一夜,婉儿回到采微苑,可一切都不是原来的样子。院子里母亲的温暖没有了,婉儿举目四壁,整个院子仿佛一夜间荒草丛生,婉儿抱紧身子,直感到阵阵发冷。

"溪儿,咋这样冷?"婉儿打着哆嗦。

"姐姐身子还没复原,又遭这般变故,今夜就好好休息,什么都别想了!"溪儿扶婉儿上床盖好被子。

婉儿迷迷糊糊仿佛睡着,又迷迷糊糊母亲喊她去了一个地方。

第一二八章 鞠躬尽瘁忠魂洒
玉簪花香成史篇

一

婉儿飘飘忽忽来到一个地方，乍一看，这里四处只见白茫茫的雪，连天空的白云仿佛都滚动着雪，一望无际，但这地方似曾相识。

婉儿信步向前，忽闻一股清香扑鼻，婉儿加紧脚步寻那飘香的源头，一脚踏下，眼前的风景令她目瞪口呆。原来这连天的雪却是那盛开得如火如荼的玉簪花。

再一看，那玉簪花丛中立着一个女子在吟诗抚琴。只是她手里拿的诗本竟然是自己的，曲子也是自己作的。这人是谁？这不是自己吗？婉儿！吾怎么会在这儿呢？

正当婉儿无比纳闷时，见两个女子笑着走来，其中一女子说：

"婉儿是你俗间的名字，你是这片花的主人，玉簪花仙子。"

"娘！"婉儿认出来了，说这话的女子正是郑氏，自己的亲娘。

"娘，娘……"婉儿追了上去，可两个女子瞬间就飘没影了。

"姐姐，姐姐……"溪儿把婉儿喊醒。

"为什么要喊醒姐姐，姐姐见到娘了。"婉儿虚弱地说。

"薛崇简在院子里等呢。"溪儿在婉儿耳边轻声道。

"崇简？"婉儿有些诧异，甚至有不祥之感。

薛崇简，乃太平公主与驸马薛绍的次子，官职卫尉少卿，也就是宫门官。

"你扶姐姐起来吧，姐姐感觉爬都爬不起来了！"婉儿说。

婉儿强支撑着身体来到院子。

"怎么是你来，你娘呢？许也是累了吧？"婉儿说。

"我娘来不了了。宫里禁了，里面的出不去，外面的进不来，东西南北宫门一夜间全换上了韦后的人，我娘只好让我来。"薛崇简一番话令婉儿恍然大悟。

原来，韦后那么干脆立温王，走的是瞒天过海棋，称帝才是她的本心。

"你可是自由？"婉儿思索一会儿问薛崇简。

"在宫里还算自由，就是不能出去。"薛崇简回道。

"哦。"婉儿哦一声而后陷入沉思。

好一会儿，婉儿拿起笔在一方绢纸上写了一个少了一点的"唐"字递给薛崇简说：

"你想办法去找钟绍京，把这个字交给他，什么都无须说，看他明天找不找你，若找就好办了。"

钟绍京何许人？唐兴国清德乡人，出身贫寒，为人忠厚老实，李显景龙年间擢其宫苑总监。

薛崇简匆匆离开后，婉儿回到内屋又昏昏欲睡。

"许是原来睡得太少了，这么些年多是四更起五更朝。"溪儿扶婉儿上床盖好被。

"刚才姐姐做了一个非常有趣的梦……"婉儿忽然想起那个梦，且一五一十地说与溪儿听。

"莫非姐姐真是玉簪花仙子？宫里宫外多有传说。"溪儿听完婉儿的梦说。

"都是闲人无聊杜撰出来的，溪儿也信呀！"婉儿笑了笑。

"溪儿一直都信，尤其是姐姐身上飘香的时候！"

"这些天，姐姐睡着的时候飘得整个屋子都是香气，还招来很多的花蝶呢。"溪儿只顾絮絮叨叨，根本没发现婉儿的脸色大变。

"溪儿，你说的可是真的？"

"当然真的，溪儿什么时候骗过姐姐？窗子下还一堆的蝶骸呢。"

　　婉儿心一惊，脑海中瞬间闪过一个词"香消玉殒"，难道自己的大限到了？想到这，不禁望了一眼溪儿，心下问溪儿该怎么办？

　　"溪儿，跟姐姐有三十三个年头了吧？"婉儿幽幽问道。

　　"三十三年零五个月十七天。"溪儿答道。

　　"溪儿真是好记性！若参加科试不是进士也是举人！"婉儿笑道。

　　"姐姐笑话溪儿了，溪儿心里就装着这一件事当然好记，不像姐姐心里装着数都数不清的大事，却从未出过差错，真不知姐姐是怎么做到的！"溪儿说。

　　"溪儿……"婉儿欠起身子拉住溪儿的手。

　　"你答应姐姐，无论发生什么，你都要活下去！"

　　"不，溪儿的命是姐姐的，姐姐活溪儿就活，姐姐……"溪儿顿了顿低下头，须臾泣道：

　　"姐姐不活溪儿亦不活！"

　　"不可以！你与姐姐不同，姐姐的命不是自己的，身不由己。但溪儿可以出宫快乐地活下去，姐姐把你托付给太平公主，今夜就走。"婉儿忽然变得严肃起来。

　　"姐姐是嫌弃溪儿了还是溪儿做错了什么吗？"溪儿一听急得哗啦就流出泪。

　　"好妹妹，你什么都没做错，姐姐怕连累你，怕欠你的太多，下辈子都还不清啊！"婉儿搂住溪儿不禁泪如雨下。

　　"姐姐你别哭，哭花了脸一会儿来人就难看了！再说了，我们好好的哭什么？"溪儿突然觉得哭得有些莫名其妙。

　　"倒也是，只是姐姐这一折腾倒是没了睡意。"婉儿说。

　　"那溪儿给姐姐梳头，然后出去透透新鲜空气。对了，玉簪花都抽花箭了，姐姐有些日子没光顾了，溪儿可是天天替姐姐看着呢！"

　　溪儿一边说一边打开梳妆盒，与往常一样拿起一把玉梳给婉儿梳头挽发。

　　"溪儿，拿桃木梳梳吧！"婉儿突然说。

　　溪儿愣了一下，婉儿可是从未用过这把桃木梳梳头。这是他父亲唯一的遗物，不仅郑氏看得比命重，婉儿同样看得比命重。

溪儿顿了一下，但还是放下玉梳，拿了桃木梳为婉儿梳头。

婉儿坐在铜镜前，溪儿蘸一些头油为婉儿梳理头发，不承想，一梳还未梳到发梢，桃木梳居然断了两枚齿。溪儿一看吓得目瞪口呆，这可是婉儿看得如命一样的信物。

溪儿瞬间如被点了穴一样，木讷地停在那，两眼惊恐地盯着断了齿的桃木梳。

"溪儿，咋了？"婉儿扭头，发现溪儿手握桃木梳，神情惊恐万状。

"咋了？"婉儿拿过桃木梳，一看亦是受惊不小。但婉儿毕竟是经过大风大浪的人，她很快就镇定下来。

"许是时间太久了。"婉儿拾起断齿，轻描淡写地用绸帕包好放进梳妆箱，让溪儿换玉梳继续梳头。

可溪儿无法跟没事人一样，她哭丧着脸，始终缄默不语。毕竟民间有传言，特殊的信物突然毁坏是不祥之兆。

"不就一把木梳吗？坏了就坏了，开心一点！姐姐喜欢听你像小鸟一样地在姐姐耳边叽叽喳喳乱叫。"在去园子的路上婉儿尽力去逗溪儿开心。

可溪儿怎么也开心不起来，哪怕是装笑都笑不起来。

"瞧你这没出息，姐姐在阎王殿都走过几趟的人了，不是有句俗话叫大难不死必有后福吗！"

婉儿话音落下，溪儿扑哧一笑，脸上还挂着两滴泪。婉儿掏出绢帕为她擦泪。

"别弄脏了姐姐的帕。"溪儿躲开自己用衣袖楷。

"你呀，什么时候能爱自己一回！"婉儿感叹。

"溪儿有姐姐爱足矣！"

"你跟着姐姐除了受罪还是受罪啊！"婉儿叹气。

"姐姐，我们干吗来着？别又驴子拉磨绕回去！"溪儿嗔怪道。

"也是，出来就只说开心的。"婉儿笑道。

"真香！"溪儿突然嗅到一股香气，她扬起脸贪婪地吮吸空气中飘来的花香。

"是玉簪花香。"婉儿说。

"玉簪花就开了？"溪儿诧异。

"也许姐姐错了，才六月呢，玉簪花要七月底开。"婉儿立刻怀疑自己的嗅觉。

"只是这的确是玉簪花香。"婉儿又道。

溪儿小步向前跑去，她想看看到底是什么花香。未等溪儿跑进园子，园子的花匠前来禀报，玉簪花一夜间奇迹般地开放了。

婉儿快步走进园子，千亩玉簪花果然尽数开放，仿佛一片白皑皑的雪原。

婉儿瞠目结舌，且想起那个梦，就是这般奇观壮观！难道自己真的大限已到？婉儿的内心微微颤抖了一下，不觉又望向溪儿。自己对生死早看淡，就是苦了溪儿，欠她的太多。

"姐姐，溪儿不是在做梦吧？昨天还来过，怎么一夜就开了呢？而且开得这样齐！"溪儿很是兴奋。

"想必这玉簪花也是有灵性的，它和溪儿一样，想逗姐姐开心吧。"婉儿笑说。

"姐姐，你现在信了自己是玉簪花仙子了吧？"溪儿笑道。

"溪儿说是就是吧，只要溪儿开心就好。"婉儿笑说。

"姐姐就是花仙子！"

"对了，姐姐今夜住这吗？"

"住，闻香入梦，何求烟火！"婉儿回道。

"溪儿替姐姐收拾屋子去……"溪儿说着"噜噜噜"就朝花屋跑去。

"不急，慢点。"婉儿在后喊。

婉儿一个人朝玉簪花纵深走去，四面花香扑鼻，以往这样的情形，婉儿总是诗兴大发，一路走一路诗，可今天，她却满脑子萦绕一个人，天后武则天。

她想起武则天的《催花令》："明朝游上苑，火速报春知。花须连夜发，莫待晓风吹。"可那时正值腊月，是百花凋零的季节，谁也不承想，翌日来到御花园，百花竟如约绽放。

当年的婉儿就和今天的溪儿一样激动兴奋地跑来跑去。"莫非太后是花神？"婉儿想起当年自己的话。

"哀家若是花神，婉儿便是玉簪花仙子。"这是武则天的笑话。

　　武则天之所以会这样说，也是有理由的。婉儿不仅从小就酷爱玉簪花，更因为玉簪花在婉儿手里怎么种怎么活，且花朵总比别人种的大，比别人的香，甚至经久不败。

　　婉儿回想着往事，笑容偷偷地爬上她憔悴的面容。

　　"参见昭容娘娘！"忽然一个声音打断了她的思绪。

　　来人是高力士。李显驾崩后经婉儿举荐高力士投奔了李旦。

　　婉儿的心咯噔一惊："何事？"

　　"韦后图谋，相王问如何应对？"高力士说。

　　婉儿沉思一会儿道："以不变应万变。"

　　婉儿未敢说让薛崇简找钟绍京的事，一来怕多一个人知道就多一分泄密的风险，二来万一事情败露李旦还可独善其身。

　　高力士走后，婉儿来到花屋。

　　这里的书屋还是原来的书屋，琴还是原来的琴，夜晚的月光依旧洁白柔美，只是仿佛人已经不是从前的人。今夜的婉儿仿佛没了灵气，立于花台，沐浴着月色与花香却全无诗性，倒是意外睡了个好觉。

　　婉儿醒来已日上三竿。

　　"对了，薛崇简来过吗？"婉儿问。

　　"还没。"溪儿答道。

　　婉儿缓缓皱紧了眉头。"回采微苑吧。"

　　一路上婉儿都在想薛崇简为什么没来，是钟绍京不愿为大唐出力？还是薛崇简失去自由？或者两者都有。

　　婉儿想着心事不觉就回到了采微苑。

　　婉儿站在院门前向着远方张望，忽然几只鸟儿在远处歪歪斜斜地从地平线慢悠悠地升起，越升越高，且朝着采微苑方向栩栩飞来。婉儿再仔细一看，原来是风筝。

　　风筝？这可是太平公主玩的绝活儿，难道公主在宫里？婉儿正纳闷，只见风筝上都写着大大的"唐"字，婉儿顿然明白，这是薛崇简失去自由了，他在用风筝给自己传信呢。

　　婉儿深深舒了一口气，推开院门，发现院子里的海棠树上什么时候已挂着一只风筝，看来薛崇简不止一次地放过风筝。

溪儿把风筝取了下来，是一个完整的"唐"字，这说明钟绍京答应了。婉儿深深舒了一口气。

"姐姐怎就知道钟绍京答应了？"早膳后溪儿问。

"还记得姐姐写的是一个少了一点的唐字吗，钟绍京把点给补上了，一切就都在不言中了。"婉儿笑道。

"可如何把消息传出去岂不又成了难题？"溪儿想了想说。

"放心，薛崇简和他娘一样聪明，他会有办法的。我们只管去沐浴花香。"婉儿一笑道。

正如婉儿所料，薛崇简派了高力士一个宫外差，把消息递给了临淄王李隆基。是夜李隆基与刘幽求以太监装扮潜入宫中，高力士内应引见钟绍京，约定七月二十一日子夜发动政变。

二

七月二十一日子夜，李隆基引兵进入内宫兵分三路。一路由葛福顺带领突袭羽林营，诛杀韦后党羽韦跨、韦播、高嵩。一路由李仙凫引兵攻入白兽门。钟绍京领着内宫二百多号宫奴打开宫门迎接李隆基，守卫内宫的侍卫见钟绍京反亦纷纷倒戈响应。

葛福顺又策反了羽林军，攻入玄德门。韦后逃入飞骑营反被倒戈的士兵斩杀，随后各路捷报传来，宗楚客安乐公主等均被斩杀。

五更时分，三路人马会师于凌烟阁。

"上官婉儿呢？"李隆基悄声问刘幽求。

"王……何意？"刘幽求心里咯噔一下。

"杀！"李隆基踱了几步忽回身道。

刘幽求乍一听连连后退，他不敢相信自己的耳朵。

"婉儿不是一直帮我们吗？"刘幽求不解。

"那又怎样！该杀就得杀！"李隆基道。

"王，若不能说服求，恕求不能从命！"刘幽求跪下道。

李隆基见刘幽求拗上了，不觉叹一声道："本王又何忍！本王又何尝不知是她拼了性命救下父王，保住了大唐，才有今天这个局面！只是……"李隆基说到这又叹了一气。

"只是不杀她，她必定会成为父王的昭容，甚至皇后，这于本王不利呀！"李隆基仰天而叹。

"婉儿德才兼备，母仪天下岂不顺应民心！有何不利？"刘幽求更加一头雾水。

"你这榆木脑瓜！王问你，她与姑姑近还是与本王近？"原来李隆基是担心婉儿将来有可能与太平公主联手对付他。

"女权时代该结束了！"李隆基举起剑一剑下去劈翻了案几。

"求，明白了！"刘幽求恍然大悟。

"那还不快去！"

李隆基一声喝，刘幽求跨上马一路飞奔而去，但却越接近婉儿就越心虚没底气。

那年，刘幽求奉武则天命护送婉儿从感业寺回宫，途经函谷关，刘幽求请教婉儿指点写诗作赋，婉儿亦一番诚心指点过，这也算一日为师终身为师了。

刘幽求忽然勒住马缰……

三

采微苑正张灯结彩，准备迎接新军。忽然，有人从后院翻墙入内。

"快跟我走，李隆基要杀你！"来人火急火燎说。

"你是谁，本宫凭什么信你？"婉儿正色道。

来人忽一下掀掉自己的面罩，露出他的庐山真面目。

说："我受章怀太子生前之托，一生一世保护你！"

"是你！南山君！又名秦山剑侠。"婉儿恍然大悟。

他姓秦，字山，外号南山君。秦宗室后裔，秦孝公庶子樗里疾第五代孙。他善剑好游，以隐为居，因剑与章怀太子结下生死之交。

"早该想到是你，那夜刺杀我的黑衣人是你，后来一次又一次救我的黑衣人是你，嵛山山寨寨主亦是你，对吗？"婉儿说。

"是，但现在没时间说，估计他们很快就到。"南山君焦急道。

"恩人！请受婉儿一拜！"婉儿扑通跪下深深伏地谢恩。

"姐姐，没时间了！快走！"另一个黑衣人冲上前拽住婉儿就走。

"你又是谁？"婉儿诧异她是个女子。

"我是雪儿。"她亦掀掉面具。

"雪儿？你怎么……"

婉儿和溪儿在惊讶下又都十分欣喜，只是不知雪儿怎么和恩人在一起，而且雪儿能说话了。

"雪儿，你还活着，太好了！只是怎不给个信。"溪儿激动得一把抱紧雪儿热泪盈眶。

"现在没时间说，快走！来日方长慢慢说。"雪儿道。

"带溪儿和雪儿快走！"婉儿对侠客道。

"我带你们走，让雪儿假扮娘娘拖延住他们。"南山君道。

"不，你们走，溪儿来拖延他们。"溪儿说着把婉儿的装束套在自己身上。

"溪儿，如果你为姐姐死了，姐姐一刻也不愿意活下去。"婉儿含泪注视着溪儿。

"若姐姐死了，溪儿亦一刻也不愿意活下去！"溪儿含泪注视着婉儿。

"既然这样，你和雪儿走吧。"婉儿对南山君平静地说道。

"我求你走，你为大唐做得够多了，而他们却这样对你！"南山君突然单腿跪地恳求婉儿。

"姐姐，你不活，怕是秦大哥活着也是死了。"雪儿突然跪下啜泣。

"怎么回事？"婉儿扶起雪儿。

"他爱上了姐姐，胜过爱自己的性命！"雪儿和盘托出。

"但姐姐不用怕，他是君子，他知道姐姐的心只属于章怀太子，他也不会做对不起章怀太子的事，他已娶雪儿为妻。"雪儿说出南山君心中的秘密。

雪儿接着说出那日被韦团儿关进铁笼里用火烤的事，后来是他救了雪儿。雪儿一心要跟他学剑，时间久了，两人日久生情，他便娶了雪儿，新婚那夜奇迹发生了，雪儿居然能发声说话。

婉儿听完，很是为雪儿高兴，摘下金簪送给雪儿做贺礼，而后对恩人吐出肺腑之言。

"吾只有一死，不然往后太平公主与李隆基较量，吾该帮谁？公主与吾情同姐妹，可她毕竟是外戚……"婉儿叹气。

"大唐再也经不起折腾了，所以，死是婉儿最好的归宿！"

婉儿道出肺腑之言，南山君明白婉儿生是大唐的人，死是大唐的鬼，没有人可以逆转她对大唐的忠心。他只得含泪万般不舍地带雪儿退去。

马蹄声越来越近！婉儿将自己精心修饰一番，而后打开大门……

刘幽求的人马迅速堵在院门口。溪儿提着宫灯，婉儿镇定自若。

"刘将军，久违了！"婉儿道。

刘幽求默然，且气势瞬间被婉儿摧毁。

"刘将军，你的手在抖，这样不好，会让婉儿死得不痛快的！"婉儿笑道。

刘幽求一惊。"娘娘……知道？"刘幽求颤抖着声音说。

"知道！"婉儿说。

"我，我再去求王！"刘幽求突然决定放弃，他调转马头，要去求李隆基放过婉儿。

"就知道你会没出息！如此这般妇人心，以后如何堪当大任！"李隆基不等刘幽求开口便把他训斥一顿。

原来，李隆基担心刘幽求下不了手，毕竟他与婉儿有过一面师徒之缘。于是，刘幽求前脚走，李隆基后脚就赶了来。

李隆基驱马向前，士兵让开一条道。婉儿与李隆基迎面对视。

"祝贺临淄王！"婉儿扬着高傲的头说。

李隆基亦是愣了一下，无语言对。

"动手吧！"婉儿道。

"有什么未了的心愿？"李隆基顿了顿问。

"了无牵挂！若说有，那便是死后葬于父亲的故乡。活着不能去看看爷爷父亲的故乡，就让白骨驻守那里吧！"婉儿出奇地镇定，几乎使得李隆基也丢盔弃甲。

"这样，本王蒙上眼，你若命大，本王放你一马。"

李隆基说着拿出一块黑布蒙上眼，一手提剑，一手狠狠拍了一掌马儿，马儿扬起四蹄朝前奔去……

"大唐！婉儿去也……"婉儿大笑道，迎着那道寒光，仿佛迎着霞光轻飞而上……

婉儿应声倒下，李隆基惊慌地滚下马鞍，逃一样地撤去。

太平公主闻讯赶到，婉儿的尸体却不翼而飞，只见一地枯萎的玉簪花。

第一二九章　千年万岁椒花颂
千古留香谥惠文

数月后，太平公主思念婉儿成疾，来到婉儿的花屋小坐。公主不觉迷迷糊糊，似梦非梦，恍惚间听见婉儿在吟诗：

月下洞庭初，思君万里馀。
露浓香被冷，月落锦屏虚。
……

待醒来，公主嗅到一屋子的花香，公主不免又落下两行泪！喃喃自语：你来过了，本公主知道……

太平公主出得花屋，含泪临别，一步三回头，久久凝视花屋，而后一路吟颂婉儿的墓志铭：

潇湘水断，宛委山倾。
珠沉圆折，玉碎连城。
甫瞻松槚，静听坟茔。
千年万岁，椒花颂声。
……

景云二年（711）七月，睿宗李旦，追赐上官婉儿谥号惠文。开元元年（713），唐玄宗李隆基追念上官婉儿的好，下令收集其诗文，辑成二十卷，诏中书令张说亲笔为序。

一百年后，洛阳突然刮起一股抢购旧书潮，只因有人在洛阳南市买到一本上官婉儿花屋收藏的书，名曰《研神记》，不承想那人翻开，书中香气袭人，尤其有婉儿题跋批注的书页香气尤为浓烈。

后　记

一晃，十年时光过去了。从 2013 年春动笔到 2022 年冬定稿，恰好十年。所谓十年磨一剑，此生算领教了。那么《大唐婉儿》一书是怎样耗去我十年时光呢？

给自己贴点金，慢工做细活。上官婉儿既是我心中的女神又是我的祖姑，所以我立志拿出最好的状态和最大的韧劲来创作。仅第一章我就写了六个版本，因为小说的第一章多半枯燥，故事情节还未展开。我想克服这一难题，于是写了六个版本，发给喜爱看小说的读者看，请他们告诉我他们喜欢哪个版本。其中一个版本，充满了诗情画意，以及春秋战国等古代典故知识，我自己是喜欢的，但反馈回来的结果却令我失望，他们说看着累。后来我想他们是有道理的，小说首先是读故事情节，而不是为了学知识，若为学某方面的知识，直接找相关的书籍就可以。所以我采纳了读者的意见选择了现在这个版本。

拿出最好的状态和最大的韧劲，说起来容易做起来难，才动笔就遇到了第一个困难。上官氏家谱一摞四五十本，都为繁体文，枯燥烦心，于是我有些走马观花，心想小说反正以虚构为主。但当我写到六万字时，出问题了。之前我把上官婉儿的外公杜撰为一个教书先生，而上官氏家谱清清楚楚地记载道：上官庭芝妻郑氏荣国夫人为御史中丞郑崇素之女。查阅到这一史料，我自责之下又欣喜若狂，将之前写的全部推翻，并开始认真研读家谱。时间来到 2013 年 8 月，一个惊天喜讯飞来：2013 年 8 月，陕西出土了上官婉儿墓志铭。墓志铭的记载颠覆了宋代的《旧唐书》和《新唐书》记载。不用说我的几十万字稿件又泡汤了。但我非常庆幸这迟到的墓志铭的出土，昭雪了婉儿的沉冤！为我塑造婉儿新形象提供了最有力的历史依据！

收官稿是70余万字，后因高昂的出版费，以及牵涉到过多少数民族章节的敏感内容，不得不进行一轮又一轮的压缩删减，当然也有文学需要的因素。已经记不清修改压缩的次数，我想上百次是有的，仅书号批下来书本印刷前与出版社来回核稿就四轮。

写上官婉儿的人不少，但都没有跳出新旧唐书构架的框框，婉儿的形象逃不出才气美貌加风流，既无新意，亦无文学历史价值。《大唐婉儿》是一部更加尊重婉儿所处时代的历史评价以及更高境界地诠释唐代杰出女性的书。

有学术界人士对上官婉儿提出五大谜团，其中最大一点就是武则天与婉儿的特殊关系：她们既有杀父之仇，又能相濡以沫同心共助；一个敢于委以重任，一个不负众望忠君不二。很多人表示不理解，其实把思想境界拔高，按奇女子的思维去思考，也就迎刃而解了。在国家民族利益面前，个人恩怨又算什么？武则天与上官婉儿都是千古奇女子，巾帼不让须眉，她们有着共同的美好愿景，强国富民安邦天下。至于其他几个谜团，如婉儿身世、郑氏家世以及婉儿是否上过正规学堂等，本书均有答案。

这里需要特别提到的是，这本书不是因为上官婉儿是我的祖姑，因而美化她，而是梳理历史脉络的结果。婉儿的负面影响来源于《旧唐书》与后人的花边杜撰。《旧唐书》最大的负面记载是婉儿与韦后一丘之貉，为了攀韦后这条高枝，还把武三思当礼品介绍给韦后做情人。其实只要稍微用点心读史，就会发现其中漏洞百出、自相矛盾。

第一，刘昫记载的事件没有说明出处，且与唐代人对婉儿的评价背道而驰。

第二，武三思与韦后是亲家关系，焉有不认识之理？何须婉儿搭桥牵线认识？何况李显贬房州期间，公元684年李敬业起兵伐武，武则天派武三思作为视察官到房州监视李显。据记载，武三思对李显态度不错，李显颇为感动。

第三，武则天确立李显为太子后，武则天为了保护武家人日后不被李家人杀戮，可以说是煞费苦心，把李显的两个女儿都许配给武氏。为了加深李武两家的感情，经常举办诗歌游园等活动，那么韦后与武三思焉有不认识之理？

第四，武三思何德何能？一个比婉儿和韦后大十五岁的花甲老头，在失去武则天这棵大树后，他每天都在张柬之的刀下战战兢兢地活着，他凭什么成为两个最有权势的女人的香饽饽？说他与韦后通奸也是不符合逻辑的。韦后是个懂享受的女人，她身边不乏马秦客、杨均这样帅气又年轻的情人，凭什么要和老头亲家通奸？男人都死绝了？只能说刘昫的虚构水平太低！

第五，根据《墓志铭》的记载，婉儿是坚定的保唐派，是韦后的死敌，那自然也是武三思的死敌，谁能和一个死敌有染？

第六，婉儿与志同道合的张说、宋璟等人尚且无任何绯闻，乃至李显皇帝她也未必看得上，凭什么能看上"三无产品"——无才、无德又无青春的武三思？这么多自相矛盾的地方，足以说明问题。还有几处不符合逻辑的记载，但已无须再一一例证！2013年陕西出土的《上官婉儿墓志铭》已为上官婉儿鸣冤昭雪了！

我很庆幸我有第一手资料《上官氏家谱》，很庆幸有生之年能看到《上官婉儿墓志铭》的出土，使我得以更准确地塑造一个更接近历史真相的上官婉儿。

最后，感谢福建省原作协主席杨少衡老师在百忙中挤出宝贵时间为《大唐婉儿》作序！感谢大力支持赞助出版的企业、宗亲及喜欢上官婉儿的读者！

再次深情致谢！！！

上官晓梅

2023 年 4 月 23 日